KB253464

잔디벌레 1

지은이_임희정 | 초판 1쇄 인쇄_2008년 6월 16일 | 초판 1쇄 발행_2008년 6월 26일 | 발행처_도서출판 청어람 | 발행인_서경석 | 편집장_문혜영 | 편집책임_조수희 | 편집_서지현 | 주소_경기도 부천시 원미구 심곡1동 350-1 남성B/D 3F | 등록_1999년 5월 31일(제1081-1-89호) | 문의전화_032)656-4452 | 팩스_032)656-4453 | http://www.chungeoram.com | 전자우편_eoram99@chollian.net | 어람번호_8-0010 | 파본은 구입하신 서점에서 교환하여 드립니다. 저자와 협의하여 인지를 붙이지 않습니다. 이 책은 도서출판 청어람과 저작자의 계약에 의해 출판된 것이므로, 무단 전재 및 유포·공유를 금합니다. 책값은 뒤에 있습니다.

ISBN 978-89-251-1360-9 04810
ISBN 978-89-251-1359-3 (SET)

한여름밤 1

임희정 소설

이 소설의 배경은 실제 역사와는 관계가 없는 가상의 공간입니다.

Contents

I will give to my teachers the respect and
gratitude which is their due.

I will practice my profession with conscience and dignity.
The health of my patient
will be my first consideration.

소개

I will respect the secrets which are confided in me.
I will maintain by all means in my power,

the honor and noble traditions
of the medical profession.

나는 걸음마를 뗐을 때부터 A를 '에이' 라고 부르는 것에 그 어떤 의심도 가하지 않았으며 하늘이 왜 파란지, 파도는 왜 굽이치는지에 대해 깊이 생각해 본 적이 없었다.

나는 남들이 그러하듯 자라났고, 남들이 그러하듯 공부를 했다.

그저 주어진 길이기에 의사가 되길 선택했고, 학교에서 의학을 가르치기에 의학을 배웠다.

나는 의사가 되기 위해 산 것이 아니었다.

나는 살다 보니 의사가 된 것이었다.

나는 죽어가는 사람보다는, 다친 동물들에게 더 잦은 손길을 내밀었다.

내 주변에 죽어가는 사람 따위는 없었으니까. 기껏해야 감기 따위로 찾아오는 엄살쟁이들뿐.

나에게 있어 의학은 말 그대로 '학문' 이었다. 철학이나 수학 따위의 시간놀음이었다. 책에서 외운 대로 약을 만들었고, 배운 대로 처방을 내렸다.

하지만 그는 달랐다.
그에게 있어 의학은 말 그대로, '의술' 이었다. 그에게 의학은 사람을 살리는 길이었고, 그는 조금이라도 더 많은 사람을 구하고자 금기도 서슴지 않았다. 하지만 의학만으로 모든 이를 구하기란 무리였다. 그는 목숨을 놓아버리는 많은 사람들을 절망적으로 바라보면서 이렇게 생각했다고 한다.

나에게 이 사람들의 생명을 미리 구할 수 있는 능력이 생긴다면,
내가, 저 사람들이 다치기 전에 미리 구해줄 수 있다면…….

그러던 어느 날, 그에게 그 '능력' 이 찾아왔다.
조금은, 아름답지 않은 모습으로.

"죽은 자의 안락을 지켜주는 존재가 무엇이라고 생각하는가?"

그는 굉장히 지쳐 보였다. 나도 이번에는 평소의 그에게 버금가는 멋진 말을 해보리라 다짐했다.

"가족들이 가져다준 화환?"

하지만 되돌아오는 건 단호한 도리질뿐.

"아니라네. 묘지를 뒤덮은 잔디. 떠나지 않고 피어 있는 잔디들이 그들의 마지막 안식이자, 사치라네."

내 대답이 선택되지 않았다는 아쉬움은, 나로 하여금 그의 말에 침묵하게 만들었다. 마치, 그의 말에 전혀 관심이 없다는 것을 보여주기라도 하는 듯이. 속으로는 다음에 어떤 말이 이어질지 귀를 기울이고 있으면서도, 나는 짐짓 모른 체하며 딴청을 피웠다.

"……"

　“나는 요즘 무서운 상상을 하곤 한다네. 내가 구하지 못한 죽은 자들이 나를 향해 목놓아 운다네. 그들은 축축한 땅속에서 나를 원망하고 있어.”
　나는 다소 위험해 보이는 그를 위해, 그것은 아니라고 말해주려고 했다. 하지만 그는 내가 말할 틈도 없이, 잽싸게 다음 말을 내뱉어 버렸다.
　“나는 죽은 자를 괴롭히는 몹쓸 사람일세. 마치, 그들의 마지막 안식을 갉아먹는 잔디벌레, 잔디벌레처럼 말일세.”

olemnly pledge myself to the service of humanity.

I will give to my teachers the respect and
gratitude which is their due.

I will practice my profession with conscience and dignity.

The health of my patient
will be my first consideration.

Chapter 1
알에 갇힌 청년

will respect the secrets which are confided in me.
I will maintain by all means in my power,

the honor and noble traditions
of the medical profession.

어니뷔트. 토샤의 명망있는 귀족들 중 어니뷔트를 모르는 자들
은 없었다. 아니, 부유한 평민들에게도 그 이름은 익숙했다. 대대
로 황제의 주치의를 맡으며 가세를 떨친 가문. 나의 아버지 또한
현 황제 폐하의 주치의였다. 아버지는 황제 폐하의 사소한 기침
을 치료해 주고 수만금을 받는 사람이었다.

아버지는 나에게 의사가 되어 가업을 이을 것을 요구했다. 나
는 부유한 가정환경을 이룩해 준 할아버지들과 아버지에게 감사
했고, 지금 생활에 상당히 만족하고 있었다. 그러니 내가 이러한
생활을 영위하기 위해 의사가 되어야 한다면, 딱히 거부할 이유
가 없었다.

세요 폰 어니뷔트.

나는 위세있는 귀족의 자제였고, 가문의 힘으로 장차 황제의
주치의가 될 사람이었다. 나는 안락한 방 안에서 여유롭게 차를

마셨고, 주어진 공부를 하며 잔잔한 노래를 흥얼거릴 줄 아는 사람이었다. 나를 둘러싼 모든 환경에 만족하고 감사했으며, 세상은 그저 즐겁고 아름다운 곳이기만 했다.

나는 의사로 자라나기 위해 차근차근 준비를 했다. 아니, 아버지께서 준비해 주신 대로 따르기만 했다. 그리고 결국, 엘베하토샤에서 가장 유망한 의과대학, 성 켈로츠 의과대학에 입학할 수 있게 되었다.

나는 성 켈로츠 의과대학에 처음 입학하던 날을 잊지 못한다. 건물의 장엄한 모습이나, 뛰어난 주변 경관 따위에 반해서가 아니었다. 내 기억의 한 귀퉁이를 강렬하게 꿰차고 앉아 있는 그 장면은, 오로지 한 남자에 의해 만들어졌을 뿐이다.

낯선 대학 건물들은 너무나 혼란스럽기만 했다. 나는 멜컨 교수가 신입생들을 기다리고 있는 곳을 찾지 못하고, 한참 동안이나 두리번거렸다. 초조한 마음이 나를 한없이 엄습해 왔다.

그렇게 우왕좌왕하는 내 발걸음을 붙든 곳은 결국, 어느 언덕 위였다. 성 켈로츠 의과대학이 한눈에 내려다보이는 전망 좋은 곳. 그곳에는 누군가가 먼저 와 있었다.

나는 풀밭 위에 죽은 듯이 누워 있는 남자에게 가까이 다가가 그를 의심스럽게 살펴보았다.

"저기?"

내 목소리가 너무 작아서인지, 그는 미동도 하지 않았다. 나는 순간 덜컥 겁이 났다. 혹시 이 남자, 정말로 죽은 걸까?

명색이 의과대학 신입생이다. 사람이 기절했거나 혹은 죽은 상황일지도 모르는데 못 본 척 지나칠 순 없는 노릇이었다. 나는 멜컨 교수를 찾아가야 한다는 생각도 잊은 채, 언덕 위에 누워 있는 남자를 이리저리 건드려 보았다. 가슴도 눌러보고, 눈동자도 뒤집어보고, 숨도 확인하고.

"뭐 하십니까?"

나는 소스라치게 놀라며 송장에서, 아니, 누워 있던 남자에게서 후닥닥 떨어졌다. 눈을 몇 번이나 끔뻑인 후에야, 누워 있는 남자의 얼굴을 똑바로 쳐다볼 수 있었다. 그는 나를 빤히 바라보더니 자리에서 일어나 앉았다.

"아, 그게, 죄송합니다. 혹시 몸에 탈이라도 나셨나 싶어서. 너무 조용히 잠들어 계신 것 같아서 오해했습니다."

나는 창피한 마음에 주절거리기 시작했다.

"이 학교 학생? 의사? 흠, 교수는 아니신 것 같은데."

"학생입니다. 신입생이죠."

몸에 왜 이렇게 힘이 빳빳하게 들어가는지 모르겠다. 나는 자연스럽게 말하고 행동하려고 했지만 몸이 따라주지 않았다.

"그렇군요. 에, 그런데 언제까지 그렇게 서 계실 겁니까? 목이 조금 아픈데."

나는 그의 말을 이해하지 못하고 어정쩡하게 서 있었다. 그러다가 그가 나에게 앉을 자리를 권하는 것이란 걸 알았을 땐 불에 덴 듯 얼굴을 붉혔다.

"아……!"

내가 머쓱해하며 머리를 긁적이자 그가 피식 웃었다.

"제가 정말 위급한 상태였다면 생명의 은인이 되실 분이었군요."

생명의 은인이라……. 듣기에 썩 나쁘지는 않았다. 아니, 오히려 묘하게 가슴이 벅차오르기도 했다. 나는 짐짓 기쁨을 숨기며, 흠흠 헛기침을 해댔다.

그는 자신도 이 학교 신입생이라고 했다. 그제야 모든 상황을 이해할 것 같았다. 분명 이 남자도 멜컨 교수를 찾아 헤매다가 실패하고 이곳에서 잠들어 버린 것이겠지.

"길을 잃으셨나 봐요?"

확신을 가지고 넌지시 물었다. 하지만 그의 대답은, 나의 짐작을 가차없이 비웃었다.

"아니요. 일부러 이곳으로 왔습니다. 조금 전 외과 담당 교수님을 만나고 꽤나 실망을 했거든요. 그래서 다른 교수님들은 만날 생각도 않고 이리로 와버렸지요. 마음이나 달랠까 하고."

외과 담당 교수라면 내가 그토록 찾아 헤매던 멜컨 교수였다. 멜컨 교수는 벌써 한참 전에 신입생들과의 만남을 끝냈나 보다. 난 지각을 한 것도 모르고 왜 그렇게 그를 찾아 헤맸던 걸까.

"실망?"

멜컨 교수라면 국내 제일의 외과 교수였다. 그런 사람에게서 실망을 느꼈다니, 좀처럼 이해하기 힘들었다. 난 이름만 들어도 오금이 저리는 사람인데.

"그는 혜슬의 해부학 책을 교재로 쓴다고 합니다. 기껏 원숭이 사체만 잔뜩 갈라놓은 그림을 보는 게, 인간을 고치는 것에 무슨 소용이 있겠습니까. 인간의 병을 고치려면 인체 해부도를 공부해야 하지 않겠습니까. 여기라면 다를 줄 알았는데 역시 별반 차이가 없군요."

"하지만 인체 해부도는……."

아버지에게 끊임없이 들은 소리 중 하나였다.

"해부라니, 사람이 어떻게 그런 짓을 하느냐. 더군다나 동물도 아니
고 인간을? 더러운 녀석들."

나도 그렇게 생각했다. 인간이 인간의 배를 가르고 그 내장을
파헤치는 짓을 어떻게 한단 말인가. 비록 차갑게 식은 송장이라
곤 하지만, 그래도 인간의 형상인데. 어쩔 수 없이 원숭이나 돼지
를 해부하는 것만으로도 인상이 쓰이는데, 어떻게 인간을!
"인체 해부도는, 뭡니까?"
남자는 고개를 갸웃거리며 물었다.
"아니요, 아닙니다."
그는 내가 다음 말을 하길 재촉했지만, 나는 머뭇거리며 말을
삼켜 버렸다. 물론 내 새하얗게 질린 표정이 그의 질문에 모든 대
답을 해주었을 것 같긴 하지만 모르는 체했다. 괜히 처음 만난 사
람의 생각을 가차없이 부정하며, 내 의견을 줄줄이 펼쳐 놓을 이
유는 없었으니까.
그 후로 우리는 한참 동안 침묵했다. 나는 그다지 할 말이 없었
을뿐더러 인체 해부도를 원하는 남자와 말을 섞을 기분이 들지
않았다. 그렇다고 휑하니 자리를 박차고 일어서 버기리도 난감해
서 적당히 때를 기다리는 것이었다.
"잔디가 왜 푸른지 아십니까?"
별안간 침묵을 깨고 들려온 그의 목소리는 생뚱맞기만 했다.
"네?"
내가 당황스러워하는 걸 아는지 모르는지, 그는 제 할 말만 계
속해 나갔다.

“피처럼 붉은색이면 안 되거든요.”

순간 진지하게 고민했던 내가 한심했다. 이런 말장난을 하자고 그렇게 무게를 잡은 건가. 나는 공연한 심술을 느끼며 퉁명스럽게 굴었다.

“어째서죠?”

“잔디가 피처럼 붉다고 생각해 보십시오. 그럼 제 옷은 새빨간 풀물로 물들어 버릴 것 아닙니까. 그럼 마치 피를 흘린 양, 꼴이 흉해질 겁니다. 잔디는 그것을 알고 저런 숭고한 푸른색을 유지하고 있는 것이지요.”

“그런가요?”

고개를 갸웃거렸다. 헛소리 같기도 하면서도, 묘하게 와 닿는 이유는 대체 무엇이란 말인가.

“피란, 무서운 것이거든요. 상당히.”

그의 표정은 절실했다. 내가 그의 말에 고개를 끄덕이는 이유를 겨우 알아차릴 수 있었다. 나는 그가 얼마나 피를 싫어하는지, 반대로 얼마나 생명을 사랑하는지를, 그 순간 무의식적으로 느껴 버린 것이었다. 그를 은근히 무시했던 내 속마음은, 언제 그랬냐는 듯이 싹 지워졌다.

그것이 첫 만남이었다. 졸업하는 순간까지, 헤슬의 해부학 책과 고대 신학 서적을 구입하기를 끝까지 거부한 남자. 많은 교수들의 눈 밖에 났으면서도 절대 탑의 자리를 내주지 않았던 남자.

웨인 파예트였다.

웨인은 많은 학생들의 부러움과 질투를 한 몸에 받으면서 동시에 동경의 대상이었다. 그는 모든 이들에게 친절했고, 자주 웃는 편이었다. 상당히 다가가기 쉬운 성격인 반면, 너무나 높은 곳에 있는 것만 같아 섣불리 다가설 수 없는 그런 존재였다.

나 또한 모든 청년들과 같은 마음이었다. 나는 웨인을 동경했고, 그를 멀게 느꼈다. 물론 어니뷔트라는 이유만으로 나 또한 비범한 편이었지만, 그것은 예외였다. 학생들은 나의 가문을 신기해할 뿐, 나에 대한 평가는 그다지 높지 않았다. 하지만 웨인에 대한 사람들의 호감도와 평가는 붙잡을 수도 없이 멀고도 높았다.

새로운 생활에 한참 익숙해져 있던 초여름, 나는 천문학 과제 때문에 머리를 끙끙 싸매고 도서관에서 시간을 보내고 있었다.

"열심이군."

일부러 인적이 드문 조용한 자리를 골랐건만, 누군가 나의 집중력을 흩뜨리기로 작정했는지 옆에 다가와 앉았다. 나는 소음을 신경 쓰지 않기 위해 책을 더욱더 얼굴 가까이 바짝 가져다 댔다.

"어이."

등에 닿는 마찰이 느껴졌을 때야 비로소 내 옆에 앉은 남자가 나에게 볼일이 있다는 걸 깨달았다.

"누구?"

나는 고개를 돌렸다. 눈앞에 보이는 이 남자. 으음, 왠지 익숙한 얼굴인데.

"다르젠 체페. 흠, 우리 지난번에 웨인과 같이 있을 때 얼핏 얼굴 한번 본 것 같은데."

기억이 떠올랐다. 웨인과 늘 함께 지내는 청년이었다. 웨인은 평범한 학생들에게는 어렵기만 해서 그런지, 은근히 친밀한 친구가 없는 듯 보였었다. 그런 웨인의 곁을 유일하게 편안하게 지키는 사람. 웨인을 어렵게도, 동경의 대상으로도 바라보지 않고, 그 냥 친구로 대해주는 사람이 있었다.

다르젠 체페. 체페 상단의 명성이라면 나도 어릴 때부터 들어 왔던 터였다. 엘베하와 토샤를 연결하는 무역은 모두 체페 상단 에서 맡고 있다고 했다. 엘베하토샤라는 국가를 이루는 거대한 두 도시. 서쪽의 엘베하와 동쪽의 토샤. 비록 토샤가 수도라곤 해 도, 엘베하의 위세는 결코 토샤에 뒤지지 않았다.

엘베하와 토샤는 교묘하게 사이가 나빴는데, 그래서인지 무역 거래도 순탄치가 않다고 했다. 체페 상단은 그 불화를 잘 조정해 서 큰 이익을 남기곤 했는데, 그 명성이 동서 엘베하토샤에 걸쳐 자자하게 소문이 난 터였다.

"아. 기억나는군."

웨인은 가끔씩 길을 가다가 나와 마주치면 상당히 반갑게 인사 를 건네오곤 했었다. 나는 그때마다 상당한 감격을 느끼긴 했었 지만, 왠지 모르게 불편해서 인사를 짧게 끝내 버리곤 했다. 어차 피 입학 날 잠깐 스친 인연 때문에 예의상 인사를 해주는 것일 테 니, 그를 오래 붙들고 있기가 난감했던 것이다.

며칠 전에도 웨인을 우연히 스친 적이 있었다. 그는 다르젠과 함께였는데, 역시나 어김없이 나에게 밝게 인사를 해왔었다. 인 사를 전하면서 다르젠을 잠깐 소개시켜 주었는데, 다르젠은 용케 도 그 짧은 순간을 기억하고 있던 모양이다.

"정말 기억해 주는 건가? 훗, 어니뷔트께서 날 기억해 주다니 영광인데. 뭐, 기억나는 척 연기하는 것이라 해도 봐주도록 하 지."

"아니야. 정말로 기억한다네."

그는 다급하게 대답하는 내 모습이 우스웠던지 입꼬리를 씨익 올렸다. 남들이 지어 보였으면 상당히 기분 나빴을 그 표정이, 다르젠의 얼굴 위에서는 매력적이기만 했다.

"자네, 취미가 그림인가?"

나는 깜짝 놀랐다. 내가 그림 그리기를 즐긴다는 것은 나의 가족들이나 집안의 시녀들 외에는 모르는 일인데.

"어떻게 알았나?"

"자네가 펜을 잡고 글씨를 쓰는 걸 보니 알겠더군. 가끔씩 펜을 잡는 손가락 모양이 달라져. 특히 생각에 빠져 있을 땐 말이지. 잘은 모르지만, 회화를 그리는 사람들이 그런 식으로 펜을 잡았던 것 같아서 말이야."

나는 지금도 내가 펜을 다르젠이 말하는 것처럼 붙잡고 있다는 걸 깨달았다. 괜히 민망한 감이 들어서 펜을 슬쩍 놓아버렸다.

"눈썰미가 좋은데?"

다르젠은 어깨를 으쓱해 보였다. 그러더니 늘어지게 하품을 했다. 우리 아버지가 보았으면 분명 천한 짓이라고 눈살을 찌푸렸을 테지.

"아, 자네 말이야."

"응?"

그는 갑자기 떠올린 듯 말을 꺼냈다. 나는 잠깐 찾아온 침묵에 그새 익숙해졌는지, 다르젠의 말소리를 굉장히 이질적으로 느꼈다. 깜짝 놀라며 대답하는 나를 보고, 다르젠은 또 한 번 피식 웃었다.

"나와 내기 한번 하겠나?"

뜬금없는 말소리에 눈을 동그랗게 떴다. 다르젠은 재촉하는 듯한 눈빛을 보내왔다.

내기라… 내기라는 것은 보통, 절친한 친구들끼리 술값 따위를 걸고 벌이는 작은 경연이 아니던가. 아직 그럴 사이는 아닌 것 같은데. 내 돈이 탐나는 건가? 설마 체페 상단의 자제가?

이러한 나의 의심은 별 의미가 없었다. 우리는 결국 웨인을 두고 내기를 해버렸으니까. 그가 이번 천문학 과제에서 만점을 받을 수 있을 것인가에 관한 내기. 나는 당연히 할 수 있다는 것에 고개를 끄덕였다. 그러자 다르젠은 '자네가 그렇다면 뭐, 나는 못한다는 것에 걸어야겠지'라며 성의없이 내기에 임했다.

천문학 교수는 굉장히 까다로운 사람이었다. 그에게서 '나쁘지 않군'이라는 평가를 듣는 것은 거의 극찬이었다. 그런데 만점이라니. 조금은 무리일지도 몰랐다. 하지만 웨인에 대한 나의 신뢰감은 왠지 모르게 하늘 끝까지 닿아 있었다. 웨인이라면, 그런 교수의 입에서 '자네가 최고라네!'라는 말을 들을 수 있으리라고 확신했다.

내기의 결과는 나의 승리였다. 웨인은 결국 만점을 받아냈다. 비록 웨인의 과제에 대한 교수의 평가는 겨우 '꽤 흥미롭군'일 뿐이었지만. 물론 그 평가는 학교 내에 이슈로 돌며 많은 청년들을 열기로 불태우기도 했었다. 여담으로, 나의 과제에 대한 평가는 '어니뷔트의 성이 아깝군'.

다르젠은 내기에 진 대가로 나와 웨인을 오페라극장에 데려가주기로 했다. 오페라극장이라. 가족이 아닌 친구들과 음악이나 미술을 즐기러 가는 것은 실로 처음이었다. 조금은, 두근거리는 마음이 들었다. 다르젠이 나에게 말을 걸고 내기를 건 이유는 따로 있었다. 그는 내가 웨인을 너무 어려워하는 것 같아 어떻게든 친분을 쌓게끔 도와주고 싶었다고 말했다. 웨인이 나를 상당히 마음에 들어 했는데, 내가 계속해서 자리를 피해 버려 안타까웠다는 이야기까지 덧붙이면서.

의외였다. 늘 멀리, 높이만 있던 웨인이 사실은 나를 주시하고 있었다니. 웨인은 이렇게 말했다. 처음 만났을 때, 자신의 시답잖은 헛소리를 가만히 들어주고, 감격스러운 눈빛을 띠어준 사람은 내가 유일했다고. 대부분의 사람들은 웨인 파예트의 말이기 때문에 그러려니 하고 여겨줄 뿐, 처음 만나는 사람의 말을 진지하게 들어주지는 않는다고.

웨인, 다르젠과 함께 오페라극장으로 향하던 날 밤, 나는 난생처음으로 친구들과 시간을 보낸다는 게 얼마나 즐거운 일인지 깨달을 수 있었다.

한 학기가 지나갔을 무렵, 초가을이 스멀스멀 다가왔다. 풍요로운 단풍이 성 켈로츠 의과대학의 전경을 아름답게 물들였고, 학생들은 점잔을 빼며 독서를 즐겼다. 나 또한 분위기를 즐긴답시고 나무 아래에서 책을 읽거나, 멍하니 사색에 잠겨 있기 일쑤였다.

"세요."

다르젠이 멍한 나의 정신을 일깨웠다.

"아, 다르젠, 웨인은?"

나는 습관적으로 웨인을 찾아 두리번거렸다. 다르젠은 고개를 절레절레 저으며 한숨을 쉬었다.

"그 녀석은 없어. 신학 교수님께 불려가서 귀찮은 설교를 들어야 한다고 하던데?"

“그렇군.”

늘 있던 일이라 대수롭지 않게 여기며 피식 웃었다. 다르젠은 내 옆에 털썩 앉으며, 내가 읽고 있는 책을 이리저리 살펴보았다. 그러더니 곧 흥미를 잃어버린 모양인지 금세 시선을 거두었다.

“자네, 케이큘번 레럼이라고 들어본 적 있는가?”

“응. 그 사람이 왜?”

케이큘번 레럼. 그의 이름은 서너 번 들은 적이 있었다. 지금은 휴학을 한 모양이지만 예전에 학교에 다닐 때는 꽤 유명한 학생이었던 것 같았다. 선배들이 웨인을 힐끔거리며 곧잘 케이큘번 레럼과 비교를 하곤 했는데, 그때마다 그들의 반응은 ‘파에트는 천재지만, 레럼은 노력파지. 아무리 레럼이라고 해도, 웨인 파에트를 이길 수는 없을 것 같은데’ 였다. 그들의 이야기를 몰래 엿들으면서 나는 괜히 뿌듯했었다.

“곧 복학을 한다는데? 우리랑 동급생으로.”

“오, 그래?”

순간 설레었다. 다르젠의 말이 사실이라면, 웨인과 케이큘번의 대결 구도가 이루어지는 것이니까. 나는 웨인이 케이큘번을 단박에 짓누를 것이란 걸 믿어 의심치 않았다. 사람들의 단순한 어림짐작이 짐작에서 그칠 게 아니라, 실제로 웨인이 케이큘번을 꺾고 최고가 되기를 은근슬쩍 기대해 보았다.

“그가 왜 휴학했었는지 오늘 알게 되었지.”

다르젠의 말에 흥미가 일었다. 많은 사람들의 기대를 한 몸에 받고 있던 학생이 한 학기를 마치자마자 휴학을 해버린 이유가 대체 무엇일까? 간간이 케이큘번의 이름을 들을 때마다 들었던 의문이지만, 누구를 붙잡고 캐물은 적은 없었다.

"무엇 때문이던가?"

"그의 아버지는 꽤 유능한 의사였다네. 그런데 외과 쪽에 깊은 관심이 있었나 봐. 많은 이들의 손가락질을 받으면서도 묵묵히 연구에 연구를 하곤 했었다지. 들리는 소문에 의하면 그가 아내의 시신을 직접 해부했다고 하는데? 뭐, 과장하길 좋아하는 사람들이 만들어낸 뜬소문이겠지만."

"그래?"

소름이 끼쳤다. 가끔씩 웨인이 아무렇지도 않은 표정으로 해부에 대해 언급하는 바람에 그 거부감이 조금 줄어들긴 했지만 아직도 나에게 해부는 역겹고, 징그러운 것이기만 했다. 그런 짓을, 자신의 아내에게 직접 행했다니. 제발 헛소문이길 바랐다.

"어느 귀족의 따님이 계셨는데 몹쓸 병에 걸렸다더군. 정확히 무슨 병인지는 모르겠지만 확실히 우리가 배운 것 중 하나는 아니야. 굉장히 희귀한 병이었다고 하니까. 많은 의사들이 포기를 선언하고 그 여인을 방치했다네. 그리고 결국 그 아픈 여인을 멀리 요양 보내기로 결정했다지."

"요양이라……."

"말이 좋아 요양이지, 그냥 격리시켜 놓고 죽기만을 기다리는 것 아니겠나."

"그렇군."

"그런데 레럼의 아버지가 나선 거라네."

다르젠의 눈빛이 반짝 빛나는 게 보였다. 나는 그의 얼굴에 조금 더 가까이 귀를 가져다 대며, 깊게 경청할 마음의 준비를 했다.

"그는 자신이 그 여인을 살릴 수 있다고 나섰지. 하지만 문제가 있었다네. 배와 가슴을 갈라야 했으니까. 자네라면 어쩌겠는가? 같은 귀족으로서, 자네의 고귀한 누이나 어머니가 남자 의사에게 배와 가슴이 갈리도록 내버려 두겠는가?"

"아니."

난 단호하게 고개를 내저었다.

"그렇지. 그들도 마찬가지였어. 그들은 말도 안 되는 소리라며 손사래를 쳤지만, 레럼의 아버지는 끝끝내 밀어붙였지. 그리고 결국 수술을 하게 되었는데 그만 잘못되어 버린 거야. 귀족의 따님께서는 비참하게 죽어버렸다네, 배와 가슴이 갈기갈기 찢긴 흉한 몰골로."

나는 은연중에 생각하고 있었다. 당연히 잘될 리가 없지. 나는 아버지의 말씀처럼, 인간의 배를 가르는 짓은 신의 뜻에 역행하는 죄라고 생각했다.

"그래서 어떻게 되었는가?"

"어떻게 되긴. 그는 그동안 쌓아두었던 명성을 모조리 날려 버림과 동시에 재판을 받고 사형을 당했다네. 살인자로 몰렸음은 물론이고, 여성의 몸을 탐하려는 불한당, 그리고 이단까지. 갖가지 오명을 쓴 채 죽었다네."

"음… 안타깝네."

"그게 한 해 전의 일이었다네. 그 때문에 케이큘번 레럼은 잠시 학업을 그만둔 게 아닌가 해. 그리고 일이 마무리되고 조용해진 이 시점에 다시 복학하려는 것이겠지."

케이큘번 레럼에 대한 강한 호기심이 솟구쳤다. 유능한 의사 아버지 아래에서 자랐고, 학교에서도 훌륭한 학생으로 인정받았던 사람. 하지만 한순간에 살인자의 아들로 낙인찍혀 버린 그는,

과연 어떤 얼굴과 목소리를 지니고 있을까.

이러한 나의 궁금증은 굉장히 빠른 시일 내에 풀렸다.

나는 친구들과 함께 산책을 하고 있었다. 다르젠과 웨인이 얼마 전 내가 보여준 그림을 두고 열심히 토론하는 걸 들으며 나는 조용히 걷기만 했다.

"아, 이 친구 정말 우기기 하난 잘하는군. 그게 어딜 봐서 비 온 뒤에 땅 위로 나온 지렁이라는 건가?"

"아니야. 확실하네. 세요는 그 훌륭한 생명력! 그것을 그려내고 싶었던 거야. 그 오묘한 색감과 역동적인 선은 분명 그렇게 말하고 있었어. 그렇지, 세요?"

나는 반짝이는 눈빛으로 대답을 요구하는 웨인을 향해, 어색하게 웃어 보였다. 웨인은 상상력이 풍부해서 그런지 항상 내 그림을 제멋대로 해석하곤 했었다. 하지만 이번에는 그 정도가 조금 심했다. 나는 그저 푸른 하늘과, 나풀대다가 바닥으로 떨어진 리본을 그렸을 뿐인데.

"웨인, 자네는 정말 의사가 되길 잘 선택한 거야. 행여나 예술가가 되겠다고 설쳤으면 분명 세상에서 버려졌을 테니까."

다르젠이 한숨을 푹 쉬었다. 나는 웨인이 이번에는 어떤 말로 다르젠에게 반박할지 관심있게 지켜보았다. 하지만 내 기대와는 달리, 웨인은 다르젠에게 아무런 대꾸도 하지 않았다. 그의 시선을 다르젠이 아닌, 다른 이가 침범해 버렸기 때문이었다.

"잠시만."

웨인은 들뜬 표정을 짓더니 우리에게 양해의 말을 건넸다. 다르젠과 내가 눈을 마주치며 어깨를 으쓱거리는 동안, 웨인은 저

앞에 보이는 낯선 남자에게 뚜벅뚜벅 걸어가고 있었다.

"누구지?"

내가 의아하게 묻자 다르젠이 곰곰이 생각에 빠졌다. 그러더니 손바닥을 주먹으로 탁 내려쳤다.

"저 녀석 분명……!"

하지만 다르젠보다 웨인의 입에서 낯선 남자의 정체가 먼저 밝혀졌다. 나는 멀리서 들리는 웨인의 목소리에 집중했다.

"만나서 반갑군. 나는 웨인 파예트. 자네가 케이큘번 레럼이지?"

매력적인 은발과 강인한 인상을 가진 남자. 케이큘번 레럼을 나는 그때 처음 보았다.

웨인이 손을 내밀었지만, 케이큘번은 그 어떤 미동도 없었다. 보통은 자리에서 일어서며 악수를 받아주는 게 예의이건만, 케이큘번은 손에 책을 든 채 웨인을 가만히 쳐다보기만 했다.

"저 사람이 케이큘번 레럼인가?"

내가 속삭이듯 묻자 다르젠이 고개를 끄덕였다.

"그렇지. 웨인 녀석, 얼마 전 나에게 케이큘번 레럼에 대해서 이것저것 묻더니 역시 관심이 있었나 보군."

나는 다르젠의 말을 들으며 둘의 상황을 지켜보았다. 웨인은 여전히 민망한 손을 내민 상태였고, 케이큘번은 아직도 가만히 앉아서 웨인을 올려다보고만 있었다.

"누구라고?"

드디어 케이큘번의 입이 떨어졌다. 그들과 멀리 떨어져 있는 나에게도 그들의 어색한 상황이 전달되어 왔다.

"웨인 파예트. 신입생이지. 자네와 같은 학년이라네. 케이큘번 레럼에 대해서는 숱하게 들었다네. 어떤 친구일까 궁금했었는데, 이렇게 만나니……."

"나에 대해서 많이 들었다고?"

케이큘번은 웨인의 말허리를 툭 잘랐다. 그 말투가 어찌나 무례한지, 그들과 멀리 떨어진 나와 다르젠마저도 살포시 인상을 쓸 정도였다. 정작 웨인은 아직도 멋지게 웃고 있었지만.

"그래."

케이큘번은 상당히 날카로운 표정을 지으면서 자리에서 일어섰다. 나는 그가 웨인의 손을 잡아주려나 기대했지만 무리였다. 웨인은 케이큘번의 사나운 표정을 보더니 슬그머니 손을 거두었다.

"나를 살인자, 이단자의 아들로 비난하고 싶다면 내가 없는 곳에서 하게. 웨인 파예트라. 그러고 보니 들어본 적이 있는 것 같군. 이봐, 파예트."

"……."

나였다면 손발을 휘저으며 그게 아니라고 변명을 했을 텐데, 웨인은 어째서인지 아무 말도 않고 케이큘번의 말을 듣기만 했다. 우습게도, 혹시 웨인이 케이큘번의 사나운 성질에 기세가 눌린 건가 하는 생각마저 들 정도였다.

"내 앞에서 오만함을 부리고 싶다면 당장 관둬. 나에게서 자네가 얼마나 잘났는지를 확인하고 싶은 건가? 허튼짓 마. 난 자네의 재롱 따위를 보려고 복학을 한 게 아니거든. 잘난 척을 하고 싶다면 우매한 다른 청년들 앞에서나 해. 나는 자네와는 달라서 다른 이들에게 달콤한 아부 소리나 듣자고 헤헤 웃고 다니진 않으니까."

케이큘번의 싸늘한 말은 나를 빳빳하게 굳어버리게 만들었다. 웨인이 어떤 심정일까 생각하며 그를 바라보았다. 웨인의 표정은 알 수 없었다. 대체 그는 무슨 생각으로 케이큘번을 빤히 쳐다보고 있는 건지.

"기선 제압은 확실하게 하는군. 웨인이 다가오는 걸 알아차렸을 때부터 마음의 준비를 했겠지. 절대 웨인에게 얕잡혀 보이지 않겠다고."

나는 다르젠의 말에 고개를 갸웃거렸다.

"무슨 말인가? 레럼은 웨인이 누구인지도 몰랐는데 어떻게 마음의 준비를 했다는 거지?"

"잘 생각해 봐. 레럼은 책 페이지를 넘기려고 책장을 비비더니, 갑자기 그 손길을 멈추고 페이지를 넘기지 않았다네. 그게 무엇 때문이겠는가? 책이 아닌 다른 것에 신경을 빼앗겼다는 이야기지. 즉, 웨인이 다가오는 걸 알고 긴장을 했다는 증거일세."

"그것까지 보았는가?"

나는 다르젠의 관찰력에 입이 딱 벌어졌다. 종종 있는 일이었지만, 나는 그때마다 이렇게 크게 놀라곤 했다. 다르젠은 눈을 가늘게 뜨며 둘을 더욱 관심있게 지켜보기 시작했고, 나 또한 다르젠처럼 그들에게로 시선을 던졌다.

"이거, 학교에 돌아온 첫날부터 기분이 영 나쁘군."

케이큘번은 몸을 획 돌려 뚜벅뚜벅 걸어가기 시작했다. 그의 뒷모습조차 '나는 상당히 기분이 나쁘다' 라고 말하고 있는 듯했다.

"레럼!"

조용히 서 있기만 하던 웨인이 갑자기 케이큘번을 불러 세웠다. 케이큘번은 인상을 쓴 채 뒤돌아보았다.

"여기 책 가져가지 않는 건가?"

웨인은 케이큘번이 앉아 있던 벤치에서 책을 집어 들며 환하게 웃었다. 비웃음이라든가 가식적인 미소가 아닌, 진정으로 환한 웃음. 만약 저 웃음이 연기라면, 웨인은 의사가 아니라 배우가 되어도 손색이 없을 거라는 생각이 들었다.

"버려."

케이큘번은 간단하게 대답하고는 다시 제 갈 길을 뚜벅뚜벅 걸어갔다. 깜짝 놀랐다. 도서관 책이 아니었다. 그렇다는 건 자기 돈을 주고 샀다는 이야기다. 책은 결코 싸지 않다. 꽤 비싼 돈을 주고 샀을 텐데, 저렇게 쉽게 버리라고 말하다니.

케이큘번의 모습이 상당히 멀어지진 후에, 나와 다르젠은 웨인에게 가까이 다가갔다. 웨인은 케이큘번의 책을 이리저리 살펴보고 있었다.

"흠… 저주가 쓴 건 아닌 것 같은데."

웨인의 혼잣말에 다르젠이 피식 웃었다. 그는 웨인에게 어깨동무를 하며 이렇게 말했다.

"자, 이제 볼일 다 끝났으면 세요의 그림이 과연 지렁이가 맞는가에 대해 다시 한 번 토론해 볼까?"

그들은 또다시 필요 이상의 언쟁을 시작해 버렸다.

멜컨 교수의 외과의학 강의에는 실습이 없었다. 오로지 헤슬의 해부학 책을 교재로 외우는 공부만 할 뿐이었다. 웨인은 항상 그것이 불만이라고 토로했지만, 나에게는 큰 다행이었다. 나는 약학과 내과의학 따위가 마음에 들었지, 사람의 팔다리를 어떻게

잘라내는가, 배를 어떻게 갈라야 하는가에 대해서는 전혀 알고
싶지 않았다.

약초나 간단한 채혈만으로도 충분히 사람을 고칠 수 있다는데,
굳이 그 내장을 파헤칠 필요가 있을까 하는 생각이었다. 많은 사
람들이 나처럼 생각했고, 사실 그것이 외과가 경시받는 가장 큰
이유였다. 웨인은 인정하지 않겠지만 외과의학은 사실상 크게 필
요없는 과목이었으며, 그가 늘 시간 낭비라고 주장하는 신학보다
도 더 비중이 없었다.

"실습은 반드시 필요합니다."

외과 강의 시간. 케이큘번은 멜컨 교수와 다투고 있었다. 그는
인간의 몸을 고치는 데 원숭이의 해부도는 필요없다고 주장하며,
의학의 발전을 위해서는 반드시 외과 실습이 겸해져야 한다고 말
했다. 그의 그러한 주장 덕분에, 웨인의 눈이 얼마나 반짝거렸는
지 모른다.

"레럼."

"네, 교수님."

잠깐의 침묵으로 흥분을 가라앉힌 케이큘번은 진정된 말투로
멜컨 교수의 부름에 응답했다.

"인간이나 원숭이나 다 같은 신의 창조물일세. 그렇다는 말은
그 큰 골격이나 구조는 유사하다는 말이지."

"뼈마디 하나의 차이가 전혀 다른 생물을 창조한다는 생각은
해보신 적 없습니까? 인간의 몸은 섬세하고 치밀합니다. 그 구조
를 하나하나 파헤치고 완벽하게 연구했을 때에야 비로소 그 몸을
제대로 고칠 수 있을 겁니다."

케이큘번의 말에 멜컨 교수의 눈썹이 움찔거리다가 곧 제자리

로 돌아왔다.

"대부분의 사람들은 간단한 채혈만으로도 치료가 된다네. 신의 또 다른 창조물인 원숭이에게서 취득한 외과의학으로 고칠 수 없는 사람은, 신에게 버림을 받은 것이라고 보는 게 옳다네. 우리는 의사지, 성직자가 아닐세. 왜 신에게 버림받은 자들을 위해서 불손한 사체 해부를 직접 해보아야 한다는 건가?"

케이큘번이 대꾸를 하려고 입을 연 순간이었다. 케이큘번 대신, 다른 남자가 먼저 나섰다.

"그건 틀렸습니다, 멜컨 교수님."

웨인은 모두의 시선이 부담스럽지도 않은지 유유히 자리에서 일어섰다. 청년들의 의아한 시선들 속에는 케이큘번의 얄궂은 시선도 함께 섞여 있었다.

"틀렸다니?"

멜컨 교수는 심기가 불편한 듯 보였다. 그는 들고 있던 책을 탁 접으며 웨인을 직시했다.

"불치의 병이 신에게 버림받은 증거라면, 비단 불치병뿐만이 아니라 사소한 감기나 어지럼증도 분명 신이 내리는 약한 벌들 중 하나일 테지요."

"그럴 수도 있지."

"그렇다면 의사들은 이미 그 신의 뜻에 역행하는 인물들이군요. 신이 일부러 몇몇 인간을 골라 고통을 주었는데, 의사들은 그 고통을 없애주려고 노력하지 않습니까? 이왕 신의 뜻을 거스르는 삶을 살기로 마음먹은 이상 신에게 버림을 받은 인간이든, 약한 벌을 받은 인간이든, 어떻게든 그 사람을 살려내는 것 자체가 의사의 사명 아니겠습니까?"

웨인의 당당한 말투에 멜컨 교수의 인상이 살포시 틀어졌다. 그의 인자한 인상에 낯선 주름이 생기자 많은 청년들이 긴장을 했다.

"의사의 사명은 신을 도와 그가 돌보지 못한 약한 자들을 돕는 것뿐이야. 자네의 이야기는 궤변일세, 파예트. 신이 돌보지 못한 자와 신에게서 버림을 받은 자를 구분하지 않고 마구 덤벼드는 것은 아집이야. 틀린 것이지."

멜컨 교수는 귀찮다는 듯이 말했다.

"어떻게 아십니까? 지금 죽어가고 있는 수많은 사람들이 신의 버림을 받은 자들인지, 신의 보살핌을 받지 못한 단순한 약자인지. 힘들고 어려운 것을 기피하려는 의학자들의 잘못된 핑계일 뿐입니다. 레럼의 말처럼 외과 실습을 통해 의사들의 실력을 키우고, 아직 밝히지 못한 의학을 터득하기만 하면, 교수님이 말씀하신 신이 버린 자는 한순간에 신의 보살핌을 받지 못한 약자로 돌변해 버릴 겁니다."

웨인은 긴말을 끝내고 숨을 고르게 다듬었다. 나는 주먹에 힘이 들어가는 걸 느꼈다. 웨인은 항상 미소를 지으며 교수들의 말에 부드럽게 퇴짜를 놓곤 했었지만, 이렇게 나서서 자신의 의견을 강하게 피력한 적은 없었다. 그래서 지금 이 순간, 나조차도 이렇게 긴장되는 것이었다.

"그것 또한 신의 뜻일세. 모든 이가 해부를 꺼리는 건, 신이 그리하지 말라 하셨기 때문이야. 의학의 발전 또한 신이 허락하는 선 안에서 행해져야 하네. 역천은 무서운 것이야. 먼 훗날, 신이 인간의 해부를 허락하고, 내장을 들추는 걸 허락해 주신다면, 그때 실습을 하도록 하겠네."

"신 따위는 없습니다."

웨인과 멜컨 교수의 대화를 잠자코 듣고 있던 케이큘번은 기어코 한마디를 내뱉었다. 그의 말에 모든 청년들이 숨을 죽였다. 나는 그 덕에 오묘한 질투감을 느꼈다. '신은 없어. 혹은 죽었거나'라는 웨인의 말을 자주 들었던 나에게 어쩌면 나보다도 케이큘번이 웨인의 뇌리를 더 강하게 침범하는 건 아닐까 하는 조바심이 생긴 것이었다. 케이큘번의 말 한마디에 얼굴 가득 호감을 드러내는 웨인의 행동은 그러한 나의 불안감을 한층 더 높여주었다.

"오늘 수업은 여기까지 하지. 레럼, 파에트. 다음부터는 이런 소모적인 논쟁은 피해주게나. 자네들의 의견을 무시하진 않겠네. 하나, 나를 설득시키려 하진 말게. 미안하게도 나는 너무나 보수적인 사람일세."

멜컨 교수는 책을 챙겨 밖으로 빠져나가 버렸다. 나는 케이큘번을 힐끔거리며 웨인에게 다가갔다. 웨인의 시선 또한 케이큘번에게 머물러 있었다. 나는 웨인의 표정에서 너무나 강렬한 호기심을 엿볼 수 있었다. 지금 웨인은 케이큘번을 붙잡고 당장이라도 신에 대한 토론을 시작하고 싶어하는 것만 같았다. 케이큘번이 가방을 챙겨 밖으로 나가는 걸 보면서 웨인은 몸을 움찔거렸다.

"관둬, 웨인. 난 레럼 녀석 마음에 안 들어."

다르젠이 통명스럽게 말했다. 웨인은 어느새 곁에 다가온 우리를 쳐다보더니, 아쉬운 눈빛으로 케이큘번의 잔상을 찾아 헤맸다.

"역시 생각이 있는 친구였어. 언제쯤 마음의 문을 열려나."

웨인은 혼잣말을 하듯이 내뱉었다. 나는 그의 말을 들으면서

싸한 감정이 심장을 훑고 지나가는 걸 느꼈다. 웨인에게 있어 생각이 있는 친구란, 신을 부정하고 외과에 관심을 가지며, 똑똑한 사람인 것인가? 나와는 정반대의 모습인.

조금은 소침해졌다. 어쩌면 나는 웨인에게 있어서 생각을 공유하고, 함께 세상을 논하고, 자신을 맡기는 친구는 될 수 없을 거라는 생각이 들었다. 나는 단순히 천재 웨인 파에트가 옆에 두기에 편한 인물은 아닐까? 나는 설령 그의 뜻이 나와는 다르다고 해도 그의 말들을 조용히 잘 들어주며, 그의 말에 반박하지 않고, 그를 늘 반짝이는 눈빛으로 바라보고 있으니까.

나는 그저 웨인 파에트가 얼마나 빛이 나는 진주인가를 알리기 위해 그의 옆에 붙어 있는 진흙 정도일까? 괜히 심술이 났다. 허전한 마음에 화가 들어차고, 굳게 다문 입 안에는 차마 뱉어버리지 못한 한숨들이 가득 모여들었다.

"세요, 왜 그래?"

다르젠이 나를 툭 치며 물었다. 나는 말없이 고개를 내저었다. 다르젠이라면 내 말투와 눈빛을 보고 내 기분을 파악해 버릴 사람이었다. 나는 그것이 무서워서 긴 앞머리로 눈을 가리고, 입을 굳게 다문 채 터벅터벅 걷기만 했다.

다르젠은 이렇게 말했었다. 요즘 웨인이 케이큘번을 쳐다보고 인사를 건네는 모습을 보고 있노라면, 마치 처음 웨인이 나를 대할 때의 모습을 보는 것만 같다고. 웨인은 늘 나를 흥미롭게 지켜보다가, 기회가 생기면 어떻게든 인사나 말을 건넸다고 한다. 정작 그런 그를 부담스러워하며 자리를 떠버린 건 내 쪽이고.

"웨인은 환하고 밝은 성격이지만, 사람에게 성큼성큼 다가가지

는 못해. 자신에게 다가오는 쪽을 크게 환영해 주는 편이지. 인사
는 잘 건넨다지만, 그게 다야. 오늘 잘 지냈냐고 묻고 난 이후에
는 상대에게 건넬 말이 없어서 늘 전전긍긍하지. 그러니 그의 인
간관계는 넓고 얇기만 했던 거야. 사실, 웨인에게 쉽사리 다가오
는 사람도 많지 않으니까.”

“그래? 사교성이 굉장히 좋아 보이던데.”

내가 의외라는 듯이 눈을 동그랗게 뜨자 다르젠이 고개를 가로
저었다.

“그렇지 않아. 그런 사람일수록 마음에 드는 상대에게 다가갈
때 훨씬 더 많은 생각을 하고, 많은 탐색을 한다네. 자신이 섣불
리 다가섰다가 그저 흐지부지한 사이로 굳혀져 버릴지 모르니까.
생각해 봐. 자네에게도 그랬잖아? 웨인은 자네가 어니뷔트이기
때문에 얼마나 고심했는지 모른다네. 행여나 자네가 평민 따위와
는 같은 자리에 앉지 않는다고 고집을 부리는 족속일지도 모르니
말일세.”

“그래?”

“웨인은 일단 상대에게 호감을 보여준 후, 그가 그만큼 자신에
게 다가오길 기다려. 또는 조금 더 다가갈 수 있나 없나 늘 탐색
을 하지. 사람에게 다가서는 선을 정해놓고 그 선까지 조금씩 발
을 내민다네. 선에 걸리면 뚝 멈춰 버리고, 다음 선을 가늠하지.
웨인은 자네에게도 그랬고, 지금 레럼에게도 그러고 있군. 휴…
이번에도 결국 내가 나서야 되는 건가?”

다르젠은 귀찮다는 듯 투덜거렸다.

“자네가 나서다니?”

“자네 때처럼, 레럼과 웨인이 터놓고 이야기를 할 수 있는 자리

를 만들어줘야겠지. 그런데 썩 내키지가 않는단 말이야. 마음에 안 들어. 웨인이 그런 녀석에게 호감을 가지는 게 불쾌할 정도란 말이지."

나는 은근슬쩍 안도감을 느꼈다, 다르젠 또한 케이큘번을 탐탁지 않게 여기는 것 같아서. 나는 스스로 다르젠은 내 편이라고 여기며, 슬며시 미소를 지었다.

신학을 담당하는 르베르 교수는 학생들에게 엄청난 과제를 부여했다. 그 과제는 학교 내에 한창 이슈가 되어 떠돌던 케이큘번의 '신 따위는 없습니다' 발언에서부터 시작되었다. 신앙심이 깊은 르베르 교수에게 케이큘번의 발언이 용납될 리 없었다.

"신이 존재하신다는 증거를 찾아오게, 이번 달 말까지. 가장 훌륭하게 과제를 완성해 오는 조에게 올 학기 최고의 점수를 주지."

조별 과제라. 학우와 함께 과제를 하는 일은 나름 즐거운 일이었다. 서로의 지식을 나누고, 의견을 교환하면서 배우는 거니까. 하지만 이번 경우는 조금 달랐다. 마냥 즐겁지만은 않았다.

"미안해서 어쩌지? 웨인은 무조건 이번 과제를 나와 함께해야 한다네. 그가 신이 존재하는 증거 따위를 찾아 나설 리가 없지 않은가. 투덜대는 웨인을 이끌고 이 과제를 해낼 수 있는 사람은 나밖에 없어."

다르젠은 자신만만하게 말했다.

"나, 나도 할 수 있다네. 내가 웨인과 함께 과제를 하겠어."

나는 필사적이었다. 이 인 일 조가 되어 과제를 해야 했다. 나는 당연히 다르젠이나 웨인 중 한 명을 선택해 조를 짜려고 했다. 하지만 걸림돌이 나타나 버린 것이다. 웨인과 다르젠이 조를 이

룬다니!

　무조건 둘을 갈라놓아야 했다. 이들이 나를 버린다면, 나는 어쩔 수 없이 홀로 남은 한 남자, 케이큘번 레럼과 함께 과제를 해야 했다. 다르젠과 웨인만 믿고 유유히 능장을 부리던 나는, 내일까지 조 편성 현황을 제출하라는 르베르 교수의 말에 기겁을 했다. 짝을 찾지 못한 사람은 케이큘번 레럼, 한 사람뿐이었으니.

　"내가 웨인과 함께하겠네."

　다르젠의 말이 꽤나 강압적이었다. 나는 느낄 수 있었다. 저렇게 단호한 모습이라니. 다르젠도 분명 케이큘번을 피하기 위해 애쓰고 있는 것이다. 나는 마지막 승부수를 던졌다.

　"그럼 자네와 내가 한 조가 되는 건……."

　"안 돼."

　다르젠은 한숨을 휴 내쉬었다.

　"어째서?"

　"웨인과 레럼이 한 조가 된다고 생각해 보게. 그들은 무조건 낙제야. 그걸 그냥 두고 볼 수는 없지 않은가. 흠, 이기적이긴 하지만 나는 레럼 녀석과 함께하기가 싫어. 그러니 자네가 양보해."

　내 어깨를 붙잡는 다르젠의 손에서 강인한 힘이 느껴졌다. 이 친구, 자기 말을 듣지 않으면 어깨를 부숴 버릴 요량인 건가.

　나는 끝까지 발버둥을 쳤고, 다르젠은 또다시 내기를 권했다. 간단한 동전 던지기. 나는 신중을 가해 앞면을 선택했다. 이렇게 떨렸던 순간이 내 인생에서 몇 번 되지 않았던 것 같다. 나는 두 손을 꼭 붙잡은 채 동전에서 눈을 떼지 않았다.

　"미안하군, 친구."

　너무나 밝은 다르젠의 미소. 나는 다르젠의 팔에 떠밀리다시피

하여, 케이큘번에게로 다가갔다.

"저기……."

나는 떨어지지 않으려는 입을 간신히 움직여 말을 뱉었다. 케이큘번은 나를 흘낏 쳐다본 후, 금방 시선을 거두어 가버렸다. 그는 눈도 마주치지 않고 책장을 휙휙 넘기면서, 무성의하게 말을 건넸다.

"자네 이름이 세요 폰 어니뷔트, 맞나?"

"응? 아, 어, 어. 그렇다네."

왜 이렇게 당황스러운 것인지. '왜, 무슨 일이지?' 정도의 대답을 기대했다가 전혀 다른 말을 들어서 당황스러운 건지, 아니면 케이큘번이 내 이름을 정확하게 알고 있어서 당황스러운 건지 분간이 잘 가지 않았다.

케이큘번은 종이에 내 이름과 그의 이름을 나란히 쓰더니 나에게 건네주었다. 나는 그가 내미는 종이를 받아 들고는 고개를 갸웃거렸다.

"이게 뭐지?"

"뭐긴 뭔가. 내일까지 르베르 교수님께 제출해야 할 서류지. 이번 신학 과제를 나와 함께하자고 말하려던 참 아니었나? 저기 저 갈색머리와 한참 투덕거리는 걸 보아하니 그런 것 같던데."

그는 다르젠을 힐끔 가리키며 말했다. 케이큘번은 내가 그와 조가 되기 싫어서 필사적으로 다르젠과 아옹다옹했던 걸 보았단 말인가? 민망한 마음이 솟구쳤다.

"맞아, 이번 과제 함께했으면 해."

"편할 대로 해."

"그럼, 오늘 도서관에 함께 가보는 게 어떤가? 일단은 책부터 살펴보는 게 좋을 것 같으니까. 그 후에 실 사례를 찾아다니고…….”

케이큘번은 피식 웃었다. 그가 웃는 것을 처음 보았다, 비록 비웃음이었지만. 나는 내 말에 비웃을 거리가 있는 건지 찬찬히 뜯어보기 시작했다.

“실 사례라… 자네 설마 내가 신의 자취를 찾기 위해 사방팔방 뛰어다니길 원하는 건 아니겠지?”

“하지만.”

말문이 콱 막혔다. 하긴, 생각해 보면 신이 없다고 주장해서 이러한 엉뚱한 과제를 만들어낸 장본인이 내 앞에 선 이 남자인 것을. 그런 사람이 자신의 말을 번복하고 신을 찾아다닌다는 게 꽤 우스운 모양새이긴 했다.

“과제는 내가 알아서 하지. 자네는 나와 함께 조를 이루었음을 알리고, 과제를 제출하는 일만 해주게. 나머지는 도울 필요없으니까. 뭐, 자네는 내성적인 것 같으니 발표는 내가 하지.”

케이큘번의 말투는 상당히 건방졌다. 나는 미간을 찌푸렸다.

“알아서 하겠다고? 어떻게?”

“그건 알 것 없네.”

기분이 몹시 상했다. 나는 케이큘번 레럼이 복학을 한 후, 그의 공부하는 모습이나 열정을 볼 때면 늘 혀를 내두르곤 했었다. 그가 충분히 존경받을 가치가 있고, 훌륭한 학생이라는 건 인정했다. 케이큘번 레럼이라면, 분명 훌륭하게 과제를 완성해 내겠지. 하지만 기분이 나빴다. 이렇게 무시를 받고 기분이 좋을 리가 없는 게 당연했다.

“자네가 어떤 식으로 과제를 풀어갈지 나더러 가만히 보고만 있으라고? 나는 자네와 함께 과제를 풀어가고, 간섭할 권리가 있어."

나는 대뜸 기분 상한 말투를 내뱉었다. 화를 낼 생각은 아니었지만, 평소의 악감정과 함께 무시당했다는 분노가 동시에 터진 것이었다. 말을 뱉어놓고 곧 후회하긴 했지만, 그래도 이왕 말을 내뱉은 이상 지지 않겠다는 마음을 먹고 주먹을 꽉 쥐었다.

"그럼 자네가 하든가. 나는 함께하는 게 익숙하지 않은 사람이거든. 자네가 직접 하겠다면 내가 구경을 하도록 하지. 선택하게. 자네가 하겠는가, 아니면 내가 하도록 내버려 둘 텐가? 어느 쪽이 더 좋은 점수를 받을 수 있지?"

상황이 좋지 않았다. 이런 대답을 원한 건 아니었는데. 난 그저 내가 방해가 된다는 듯이 말하는 케이큘번에게 일침을 가하고, 과제를 함께 풀어나가고 싶었을 뿐이다. 나도 할 수 있다는 뜻을 전하고 싶었을 뿐인데.

솔직히 자신없었다. 내 성적이 나쁜 편은 아니었지만, 그렇다고 케이큘번 레럼에게 함부로 구경만 하라고 할 입장도 아니었으니까. 만약 내 임의로 과제를 완성했다가 행여나 나쁜 점수를 받으면 그 원망을 어떻게 감당해야 할지 앞이 캄캄했다. 나는 자존심이 상했지만, 발끈했던 성질을 죽이고 결국 그의 말에 따르기로 했다.

그리고 며칠 후, 케이큘번은 나에게 깔끔하게 정리된 과제를 내밀었다. 나를 너무나 경악하게 만드는 도발적인 종이 한 장을.

"레럼, 이건 좀 너무하지 않은가?"

나는 등에 식은땀이 주르륵 흐르는 걸 느꼈다. 케이큘번이 내민 종이에는 차마 소리 내어 읽지 못할 말들이 잔뜩 적혀 있었다.

신은 가식적이다. 모든 이를 사랑한다고 말씀하시고는 인간을 차별하고, 버린 자에게는 불치의 병을 내리신다.

신에게 책임감이란 없다. 그에게 책임감이 있다면, 그가 돌보지 못한 자를 대신 돌보게 할 의사라는 종족을 만들진 않았을 것이다.

신은 경망스럽고 유치하다. 자신의 몸을 숨긴 채, 무조건 존재를 믿으라고 말한다. 그야말로 어린애들 장난과 무엇이 다른가?

신은 단순하며 무식하다. 인간을 평가할 합당한 기준을 생각해 내지 못해, 신분이라는 무식한 제도를 만들어냈다.

신은 오만하다. 그는 자신의 훌륭한 발명품을 일단 세상에 풀어놓은 채, 그것들이 어떻게 망가지는지는 전혀 생각하지 않는다. 피를 토하는 인간들에게 창조해 준 것만으로도 감사하라고 말한다.

신은 미쳤다. 자신의 복잡한 창조물들이 자기네들끼리 부딪쳐서 부서지는 것을 보며 흐뭇해한다. 마치 자신의 자식들끼리 싸우고 죽이는 것을 보며 즐거워하는 미친 부모와도 같다.

"뭐가 너무한가?"

"신학 교수님께 이런 글을 보여 드리라는 말인가? 난 못해."

내가 종이를 도로 내밀자, 케이큘번은 혀를 쯧쯧 찼다. 그러더니 내 손 안의 종이를 홱 채갔다.

"역시 어니뷔트답군."

나는 발끈하려다가 겨우 꾹 참아냈다. 소란을 일으키긴 싫었다.

"분명 과제는 자네가 알아서 한다고 하지 않았던가, 레럼? 하지만 저걸 제출했다가는 분명 낙제를 면하지 못할 걸세."

화나 짜증보다는 걱정이 먼저 앞섰다. 케이큘번의 말에 따라 멍하게 지켜보기만 한 게 잘못이었다. 이럴 줄 알았으면 차라리 내가 과제를 수행할걸. 그랬다면 낙제는 면했을 텐데.

"낙제라……."

"어쩔 셈인가? 자네만 믿고 있던 나는 바보가 되었군."

나는 퉁퉁거리며 다그쳤지만, 케이큘번은 여유롭기만 했다.

"낙제만 면하게 해주면 되는 것 아닌가? 너무 쫑알거리지 말라고. 만약 이번 신학이 낙제라면, 대신 자네에게 내 내과의학 필기를 빌려줄 테니까. 어떤가? 이 정도면 그럭저럭 수지맞아 보이는데?"

케이큘번 레럼의 필기라… 귀가 저절로 쫑긋 섰다. 만약 신학에서 낙제를 받는다 하더라도, 내과의학에서 좋은 점수를 받는다면 나로선 딱히 문제될 건 없었다. 아니, 전체 성적으로 보면 더 좋은 결과를 초래할지도 몰랐다. 신학보다는 내과의학이 훨씬 더 높은 비중을 차지하고 있으니까. 결국, 난 케이큘번의 말에 다소곳이 순종해 버렸다. 그것이 최선의 방법이었다지만 그래도 너무나 분해서, 나는 다르젠에게 이런저런 응어리들을 풀어놓기 시작했다.

"너무하지 않은가? 아무리 그래도 조별 과제인데. 내 생각도 함께해 주어야지. 너무 이기적인 친구라네."

"원래 그런 녀석인걸. 뭐, 생각보다 심하긴 하지만. 너무 신경 쓰지 마."

다르젠은 쿡쿡거리며 내 어깨를 토닥여 주었다. 나는 그의 손길에서 '내 대신 그 녀석과 함께 조가 되어주어 고맙군, 세요' 라는 메시지를 읽을 수 있었다.

"그 녀석에게 매번 무시당하는 것 같아서 기분이 너무 좋지 않아. 차라리 내가 과제를 한다고 나설 걸 그랬어."

그때였다. 잠자코 나와 다르젠의 대화를 듣고 있던 웨인이 갑자기 불쑥 끼어들었다.

"세요."

"응?"

"레럼은 충분히 훌륭한 친구야. 머리도 좋고 사고도 개방적이지. 현실을 직시할 줄 알고 미래를 내다볼 줄 아는 사람이라네. 그리고 그는 누구보다도 열심히 자신을 가꾸는 사람이야. 그는 신이 없다고 말하면서도, 신학에서 나쁜 성적을 받은 역사가 없다네. 그런 친구가 섣불리 낙제를 받을 각오를 하고 일을 벌이겠는가?"

"하지만 자네도 듣지 않았는가? 그 보고서는 무조건 낙제야. 다른 길이 없어."

"레럼은 분명 깊은 생각을 하고 있을 거야. 이왕 그에게 맡긴 이상, 자네도 참고 기다려 주는 게 예의 아니겠는가? 그가 직접 발표를 한다고 했으니 한번 두고 보게. 가끔씩 보면 자네는 너무나 깊게 틀에 박혀 있어. 시야를 넓히게."

나를 탓하는 웨인의 눈에는 케이큘번을 향한 강한 신뢰가 담겨 있었다. 아주 조금, 심장이 오그라든 느낌이었다. 나는 그저 케이큘번에게 섭섭했을 뿐인데. 나를 무시하는 사람에 대해 속상하다는 이야기를 뱉어냈을 뿐인데. 웨인은 나더러, 나에게 상처를 준 케이큘번을 이해하고 믿으라고 말하고 있었다. 케이큘번이 나에

게 한 짓은 너무나 당연하니 내가 참는 게 마땅하다고 말하고 있
었다.

어째서? 웨인이 케이큘번을 마음에 들어하는 것까지는 이해할
수 있다. 하지만 어째서 나는 웨인에게 케이큘번보다 못한, 그를
위해 참아야 할 존재가 되어버린 거지? 나는 그들과 달리 신을 믿
고 있으니까? 나는 외과를 싫어하니까? 혹은, 나는 그들처럼 우수
한 두뇌를 지니고 있지 않으니까?

"생각이 좁아서 미안하군."

자리를 박차고 일어서 버렸다. 어쩌면 내가 아끼고 동경했던
친구가, 나보다도 다른 이를 더 챙긴다는 섭섭함이 나를 조종한
것일지도 모른다. 객관적으로 내가 케이큘번보다 못하다는 건 인
정하지만, 그래도 웨인은 나의 편을 들어주길 원했다.

남들은 모르는 나만의 장점을 친구들은 눈치 채고 있어주길,
내가 케이큘번보다 잘난 점 하나쯤은 그들이 인정하고 존경해 주
길 바랐다. 내가 케이큘번의 잘못을 하나하나 열거하면, 친구들
은 내 말에 맞장구쳐 주며 내가 옳다고 말해주길 바랐다. 하지만
과욕이었나 보다.

생애 처음으로 우정의 향기를 느끼게 해준 친구들이 웨인과 다
르젠이었다. 그만큼 웨인은 나에게 소중한 친구인데. 하지만 웨
인에게 있어서 나는 남보다 못한 존재일 뿐이라는 열등감은 나를
옹졸하게 만들어 버렸다. 내가 그를 아끼는 마음에 비한다면, 그
가 날 존중해 주는 마음은 그 반도 못 미칠 거라는 계산이 나를 강
하게 옭아매었다. 그것은 너무나 내 마음을 아프게 했다.

"어이! 세요!"

나를 부르는 다르젠의 목소리를 모른 척하면서 나는 뚜벅뚜벅

걸어갔다. 주머니에 손을 찌르고 묵묵히 걸으면서 나는 유치한 생각만 계속해서 해댔다.

그래, 유능한 너희들끼리 잘해보라고. 난 어니뷔트의 명성에 기댄 채 틀에 갇힌 삶만을 살아갈 테니까. 난 틀린 게 아니야. 다를 뿐이야. 너희가 옳은 게 아냐.

의사로서의 사명감을 불태우는 너희들이나, 그저 안락한 삶을 위해 의사의 길을 택한 나나, 결국은 똑같은 인간이라고.

나는 한동안 웨인뿐 아니라 다르젠마저도 멀리하며 지냈다. 웨인에게는 섭섭한 마음이 남아 있었고, 다르젠은 대하기 민망했다. 나는 그들이 인사를 건네오면 간단하게 받아주기만 하고 얼른 자리를 떠버리곤 했다. 마치 웨인을 높이 뜬 구름처럼 여기며 마냥 신기해하던 때처럼. 가끔씩 다르젠이 진지하게 대화를 걸어오려고 할 때에도 나는 무언가에 쫓기듯 그를 피해 버리곤 했다.

그렇게 시간은 흘러가고 드디어 신학 과제 발표일이 다가왔다. 르베르 교수는 학생들이 미리 제출한 과제를 교탁 위에 쌓아두었다. 그리고 한 사람씩 나와서 자신들의 과제를 발표하게 하였다. 교수는 미리 검토해 본 과제를 토대로 학생들에게 질문을 던졌고, 그 질문에 대한 대답에 고개를 끄덕이거나 인상을 쓰면서 점수를 매겼다.

다른 조의 과제가 왜 이리 완벽해 보이는지. 특히 다르젠이 발표를 할 때에는 입이 탁 벌어질 정도였다. 나는 다소 걱정스러운 표정으로 케이큘번을 쳐다보았다. 케이큘번의 표정에서는 아무것도 읽을 수 없었다. 그는 긴장하지도, 걱정하지도, 그렇다고 여유있어 보이지도 않았다.

"어니뷔트, 레럼."

르베르 교수의 부름에 케이큘번이 자리에서 우뚝 일어섰다. 그는 묵직한 발걸음을 옮겨 모두의 앞으로 나섰다. 많은 학생들의 시선에 흥미로움이 묻어 있었다. 르베르 교수마저 케이큘번이 나서는 모습에 학생들과 똑같은 표정을 지어 보였다.

"케이큘번 레럼입니다. 발표를 시작하겠습니다."

나는 의식하지 않으려고 했지만 자꾸만 웨인 쪽으로 시선이 향했다. 웨인은 빛나는 눈동자로 케이큘번을 지켜보고 있었다. 괜히 마음이 좋지 않아서 나는 그에게서 시선을 거두어 버렸다. 시선을 홱 하니 돌리다가 나를 빤히 쳐다보고 있던 다르젠과 눈이 마주치는 바람에 얼마나 진땀을 뺐는지 모른다.

케이큘번은 과제를 쭉 읽기 시작했다. 눈으로 보는 것만으로도 민망하기 그지없는 그 문자들이, 케이큘번의 목소리가 되어 허공을 쨍쨍하게 울렸다. 학생들 중에는 얼굴이 하얗게 질리는 자들도 있었고, 놀란 눈을 뜬 채 굳어버리는 사람도 있었다.

반면에 케이큘번의 태도가 재미있는지 웃음기 띤 표정으로 그를 지켜보는 자도 적지 않았다. 나는 르베르 교수와 케이큘번을 번갈아 보며 가슴을 잔뜩 졸였다. 르베르 교수는 의외로 담담해 보였다. 하긴, 이미 과제의 내용을 모두 살펴보았을 테니 그 충격이 완화되긴 했겠지.

"레럼."

르베르 교수가 갑자기 케이큘번의 말허리를 끊었다. 케이큘번은 다음 문항을 읽으려던 걸 멈추고, 교수를 향해 대답했다.

"네, 교수님."

"신에게 버림을 받는 자는 그럴 만한 이유가 있다는 나의 의견에 대해 어떻게 생각하는가?"

"자아조차 성립되지 않은 갓난아기가 불치병에 걸려 세상을 뜨는 걸 보면, 신이 죄악을 기준으로 인간을 버린다고는 생각되지 않습니다."

"그 아기가 세상을 더럽힐 존재라면, 또는 그 아이로 인해 세상이 어지러워진다면, 신은 응당 그 아이를 벌해야 하지 않겠는가?"

케이큘번은 잠시 침묵했다. 학생들이 숨을 죽였다. 르베르 교수의 입가에 옅은 웃음이 걸렸다. 여기에 존재하는 모든 학생들은 나와 같은 생각일 것이다.

'레럼, 도망칠 구석이 없구나.'

"그렇다면 진즉에 그 아이를 창조하지 않았어야 옳습니다. 태어난 지 얼마 되지 않은 아이의 운명까지 꿰뚫고 계신 신이, 아이를 창조할 때 그 아이의 운명을 몰랐다는 것은 모순입니다. 실패한 피조물을 세상에 꺼내놓았다가 바로 거두어가는 건 엄연한 실수이며, 실수가 아니라면 단순한 장난으로밖에 해석할 수 없습니다."

르베르 교수는 무언가 말을 꺼내려다가 도로 삼켰다. 더 이상 이야기를 진행하는 건 논쟁이지, 학생에 대한 교수의 단순한 질문이 아니라는 걸 아는 것 같았다. 그 뒤로도 르베르 교수의 간단한 질문들은 계속되었다. 그때마다 케이큘번은 마치 준비한 듯 통쾌한 대답을 했고, 그 대답은 갈수록 도발적이고 위험해졌다.

"신은 눈이 아닌 마음으로 자신을 보고 믿기를 바라고 계신다네. 그러한 순수한 신앙심을 인간에 대한 시험의 잣대로 삼으시고, 우리를 지켜보고 계시지. 그러니 어떻게 모습을 드러내실 수 있겠는가? 마음으로 신을 바라볼 줄 아는 성직자들이 가장 신에게 가까운 사람이라는 말이 왜 나왔다고 생각하지?"

"신께서는 눈에 보이는 것, 그리고 나 자신만을 믿는 것이 가장 현명하다는 걸 인간이 경험하게 함으로써 가르치셨습니다. 이 세상을 살아가면서 무턱대고 누군가를 믿는 것만큼 위험한 일은 없습니다. 그러한 인생의 가르침을 주신 후에 자신은 무조건 믿으라고 하시니, 이것 또한 신의 말도 안 되는 광기가 아니고 무엇입니까?"

르베르 교수는 미간을 찌푸리며 손가락으로 이마를 꾹꾹 눌렀다. 그는 한참 동안 그 행동을 유지하더니, 시간이 꽤 지나고 나서야 입을 열었다.

"정녕 신이 우리를 세상에 풀어놓으시고, 우리가 서로를 망치는 걸 보며 즐거워한다고 생각하는가? 우리는 신의 깊은 뜻을 알지 못하고, 서로의 작은 이익을 위해 싸우는 벌거벗은 어린애와도 같다는 생각은 하지 않는가? 그는 싸우고 다투는 인간을 내려다보며 사실은 마음 아파하고 도우려 하고 있다고는 생각하지 않는 건가?"

"신은 배고픔 또는 자신의 생계를 위해 싸우는 짐승들에게 자신을 찬양하라는 말은 하지 않습니다. 과욕과 집착으로 남을 죽이는 인간들에게는 자신을 찬양하라 하시지요. 그리고 축복과 벌을 내리십니다. 모두 똑같은 그의 창조물이라면서 말입니다. 죄를 짓지 않는 짐승들은 이미 신의 눈 밖에 난 녀석들입니다. 어째서입니까? 짐승들은 신을 찬양할 만한 두뇌를 가지고 있지 않기 때문이 아닙니까? 신이 눈여겨보는 것은 오로지 인간. 필요없는 싸움과 전쟁을 일으키는 인간뿐입니다. 신은, 피 냄새가 진하게 진동하고 다툼이 끊일 날이 없는 인간 세계에 흥미를 가지고 있는 겁니다. 인간은 그를 찬양할 수 있는 뛰어난 두뇌를 지니고 있거든요."

"흐음……."

"제가 신이라면, 그리고 정말로 인간을 사랑한다면, 나 자신을 찬양하는 소리를 듣기 위해 인간을 싸우고 다투게, 고통스럽게 내버려 두진 않을 것입니다. 차라리 다른 짐승들처럼 지능을 앗아가 버리겠습니다. 현재 우리를 내려다보고 계신 신은, 이기적이기만 합니다. 그는 절대 인간을 사랑하는 것처럼 보이지 않습니다."

"그렇군. 수고했네."

르베르 교수가 점수를 매기려는 찰나, 케이큘번이 또 한 번 입을 열었다.

"저는 아직 과제 발표를 끝내지 않았습니다."

"아직 남았는가?"

케이큘번은 고개를 한 번 끄덕였다.

"제가 이제껏 발표한 내용은 신에 대한 모욕일 뿐, 그가 존재한다는 증거는 아닙니다. 진정한 과제의 해답은 앞으로 나올 이야기들입니다."

케이큘번은 르베르 교수를 빤히 직시했다. 르베르 교수가 계속 말을 해보라는 손짓을 취하자, 케이큘번은 천천히 이야기를 시작했다.

"저는 신을 모욕했으며, 그를 부정한 사람입니다. 그러니 제가 벌을 받는다면 그것이 곧 신이 존재하신다는 증거가 될 겁니다. 하지만 제가 벌을 받지 않는다면 신은 존재하지 않으시거나 또는, 제 생각을 못난이의 어리광이라고 재밌게 여겨주시는 것일 테지요. 그렇다면 교수님은 저를 어여삐 여기시는 신의 뜻에 따라 저에게 후한 점수를 주셔야 할 것입니다."

“재미있는 친구군.”

“또한, 만약에 신께서 자신의 존재를 쉽사리 내비치는 게 싫어서 저를 벌하지 않으신다면, 교수님은 이 과제를 무효화시키셔야 할 겁니다.”

“어째서인가?”

“자신의 모습을 숨기고 싶은 게 신의 뜻인데, 교수님은 그의 뜻을 꺾고 학생들에게 그의 존재를 찾아오라고 했으니 말입니다. 신학 교수님께서 신의 뜻을 거스르는 과제를 학생들에게 내리시는 건, 분명 잘못입니다.”

르베르 교수는 결국 피식 웃어버렸다. 그리고 다음날, 신학 과제에 대한 결과가 나왔다. 최고 점수. 나는 눈을 몇 번이나 비볐는지 모른다. 르베르 교수의 채점에 많은 학생들이 웅성거렸지만, 그 소란은 이내 잠잠해졌다. 과제는 참신하고 훌륭했지만 레럼의 태도에는 분명 문제가 있으니, 레럼에게 한 달 동안 신에게 사죄의 기도를 올리라는 명이 떨어졌기 때문이었다. 물론, 그와 조를 이루었던 어니뷔트도 함께.

어느 날, 기도를 끝내고 나오는 나를 기다리는 남자가 있었다. 해가 저물 시간이라 날은 어둑어둑했고, 늦가을의 추위가 스멀스멀 나를 엄습해 왔다.

“다 끝난 건가?”

나는 습관적으로 입을 앙다물어 버렸다. 검은 머리칼을 하늘하늘 날리며 나에게로 다가오는 웨인을 바라보면서 나는 치밀어 오르는 반가움을 의식적으로 꾹꾹 눌렀다.

“…….”

“자네를 기다렸다고.”

“내가 아니라 레럼이겠지.”

나도 모르게 퉁명스러운 말이 튀어나갔다. 말을 뱉어놓고 얼마나 후회했는지 모른다. 이건 뭐, 연인에게 투정을 부리는 아가씨의 모습이라 해도 전혀 어색하지가 않을 정도다.

“자네에게 보여주고 싶은 게 있는데.”

웨인은 환하게 웃으며 나를 잡아끌었다. 나는 못 이기는 척하며 그를 따라나섰다. 속으로는 은근히 들뜨는 마음도 들었다. 그가 밉다고 생각했었는데, 나를 기다려 주고 이렇게 말을 걸어주니 나도 모르게 고마운 마음이 들었나 보다.

그는 나를 도서관으로 데리고 갔다. 그리고 먼지가 자욱하게 쌓인 책들 중에서, 한 권을 꺼내 들었다.

“베우스의 해부학 책 중 한 권이라네.”

나도 모르게 인상을 썼다. 베우스의 해부학 책은 헤슬의 해부학과는 달랐다. 베우스는 원숭이가 아닌 인간을 샅샅이 파헤쳐 놓은 인물이었다. 나는 거부감이 들었다. 그리고 무의식적으로 주변을 살펴보았다. 죄를 짓는 느낌, 잘못을 저지르고 있다는 불안감이 나로 하여금 타인의 시선을 의식하게 만들었다. 다행히도 늦은 시간이라 그런지 사람은 아무도 없었다. 사서마저도 자리를 비운 상태였다.

“이걸 왜 보여주고 싶다는 건가?”

내 표정은 아마 책을 들여다보고 싶지 않다는 내 마음을 한껏 투영하고 있을 테지. 아무렇지도 않은 척 노력하긴 했지만, 미간이 찌푸려지는 건 어찌할 도리가 없었다.

“인간의 몸은 너무나 신기하다네. 멜컨 교수님의 말처럼 원숭이와 기본 뼈대는 비슷할지도 몰라. 하지만 세부적으로 파고들어 가면 얼마나 치밀하고 또, 원숭이의 몸과는 다른지 몰라. 한번 보게나. 자네에게 보여주고 싶어.”

“싫은데.”

나는 단호하게 거부했다. 그러자 웨인은 강제로 책을 내 눈앞에 들이밀어 억지로 그곳에 시선을 꽂게 만들었다. 보기 싫은 그림이 눈앞에 한가득 펼쳐졌다. 나는 눈을 감아버렸다.

“자네는 왜 의사가 되려고 하는 건가?”

어두운 시야에 웨인의 말소리가 떠다녔다. 나는 살며시 눈을 뜨며 웨인을 바라보았다. 그의 표정은 꽤나 진지했다.

“그거야 사람을 고치려고…….”

“아닐 텐데.”

말문이 막혔다. 나는 내 얼굴을 뚫어져라 바라보는 웨인을 마주하면서 마치 최면에 걸린 듯 상념에 빠져들기 시작했다. 내가 의사가 된 이유? 사람을 살려야 하니까. 왜? 왜 사람을 살려야 하지? 그거야 당연히, 그렇게 배웠으니까. 나는 의사가 되어 사람을 살리는 인물이 되어야 한다고, 그렇게 배워왔으니까.

“세요, 자네가 의사가 되려는 이유는 단지 자네가 어니뷔트이기 때문이야. 난 그게 아쉽다네.”

웨인의 나지막한 말소리가 들려왔다. 나는 그의 목소리 덕분에 갑갑한 상념에서 빠져나올 수 있었다.

“무슨 소리지?”

“손과 발이 썩어 들어가서 결국엔 온몸이 망가지는 환자를 본 적이 있는가? 아마도 상처에 잔뜩 끼인 이물질들 때문에 사망했을 송장을 본 적이 있는가?”

"아니."

왜, 왜 이렇게 창피하지? 왠지 모를 수치심이 나를 괴롭혀 왔다.

"난 그런 사람들을 살리고 싶어. 자네처럼 여러 가지 인생의 모습 중 의사라는 길 하나를 택해 무난히 걷는 게 아니라, 너무나도 처절하게 사람을 살리고 싶어. 그리고 죽어가는 자들을 살리려면, 내과뿐 아니라 외과가 반드시 존중되어야 해. 마취, 해부, 소독, 이 모든 게 발전되어야 해. 자네는 그렇게 생각하지 않지?"

그의 말투는 느릿느릿했음에도 불구하고, 굉장히 단호했다.

"내과만으로도 충분하지 않은가? 간단한 채혈만으로도……."

"충분하지 않아. 모자라도 한참 모자라. 그것이 자네와 나의 차이야. 황제 폐하의 소소한 병환만 돌보면 되는 자네와 빈민의 썩어가는 팔다리를 고쳐 내야 하는 나와의 차이."

웨인의 눈동자가 흔들리고 있었다. 나는 뭔가 울컥해 오는 걸 느꼈다. 대체 왜 이렇게 마음이 아프고 답답한 건지.

"나는 자네가 나와 생각을 같이하길 바랐어. 자네처럼 순수하게 세상을 바라보는 사람이 제대로 된 의술을 배우고, 나와 함께 뜻 깊은 연구를 하여 사람을 살려낸다면 얼마나 멋질지, 생각을 하는 것만으로도 두근거렸다네."

웨인의 목소리가 너무나 잔잔하게 들려왔다. 그의 목소리에 깊게 내재된 아쉬움이 느껴졌다.

"미안하군. 하지만 난, 난 내가 알지 못하는 세상은 두렵다네. 내가 알고 있는 약학, 내과의학만으로 사람들의 감기 따위나 고쳐 주면서 살고 싶어. 사람의 배를 가르는 짓은 도저히 할 수가 없어."

웨인은 나의 어깨를 붙잡았다. 그의 손이 닿기 전에는 몰랐는데, 그의 손이 닿고 나니 깨달을 수 있었다. 내 몸이 아주 가늘게 떨리고 있다는 것을.

"강요하진 않아. 다만 내가 원할 뿐이지. 난 단지 말해주고 싶었을 뿐이라네. 나는 자네에게 내 생각을 강제로 심어주려는 이기적인 마음에, 본의 아니게 친구에게 상처를 주게 되었어. 레럼은 나와 생각이 같기에 나도 모르게 그와 비교를 해버렸다네. 용서하게. 내가 너무 무리하게 자네를 끌어내리려고 한 것 같아. 자네는 너무나 소중한 친구인데, 그것만으로도 족한데, 훌륭한 동료로 만들려고 했으니 내 욕심이지."

그는 베우스의 해부학 책을 다시 책꽂이에 꽂아 넣었다.

"나에게 저 책을 보여준 이유가 뭔가?"

웨인은 잠깐 멈칫했다. 슬펐다. 욕심이 났다. 그의 소중한 친구가 아닌, 그의 훌륭한 동료 자리마저도 꿰차고 싶었다. 하지만 나의 겁과 나를 가둔 틀은, 나에게 그것은 불가능이라고 말하고 있었다. 절대로 이룰 수 없지만, 너무나도 이루고 싶은 비망에 나는 몸서리치며 안타까워했다. 그러면서도 두려워했다.

"마지막으로 자네를 설득하고 싶었던 내 이기적인 행동이라네. 자네가 그렇게 끔찍해하지 않았다면 나는 이 책들을 하나하나 설명해 주었을 거야. 내가 가진 사상과 지식, 그리고 왜 그렇게 외과를 중요시 여기는지 말해줄 참이었지."

왜 이렇게 아쉬운 마음이 드는 건지. 그의 내면을 들여다볼 수 있는 기회를 눈앞에서 놓치는 것만 같아서 마음이 뜨끔했다. 다르젠만이 알고 있는, 아니, 어쩌면 다르젠도 모르는 웨인의 깊은 마음을 공유할 수 있는 기회였는데. 나의 좁은 하늘이 그것을 막아버렸다.

"웨인."

목이 착 가라앉았다. 나의 잠긴 목소리가 웨인을 나지막하게 불렀고, 웨인은 씁쓸하게 웃으며 나의 말에 응답해 주었다.

"응?"

"나는, 의사가 될 자격이 없는 걸까?"

생전 처음으로 해본 고민이었다. 의사가 되어 사람들의 존경을 받으며 여유롭게 살아갈 생각만 했지, 내가 과연 의사가 될 만한 인물인가에 대해서는 처음 생각해 보는 것이었다. 앞에 선 웨인을 보니 내 마음은 너무나 깜깜하기만 했다. 인간, 그 자체를 사랑하는 천재를 보고 있으니 나는 마치 죄인이 된 것마냥 몸이 움츠러들었다. 지금의 상황은 나에게 '넌 절대 의사가 될 재목이 아니야. 넌 자격 미달이야' 라고 외치고 있는 것만 같았다.

"죽어가는 사람을 살리는 것도 의사이지만, 상처에 고통받는 사람을 편안하게 치료해 주는 것도 의사라네. 내가 잘난 척을 하고 있긴 하지만, 우리 둘 다 추구하는 모습이 다를 뿐. 자네나 나나 똑같은 의사, 똑같은 인간인걸."

나는 눈물을 흘렸다. 웨인의 입에서 '자네는 의사보다는, 그저 낭만만을 즐기는 화가에 더 어울리지' 라는 말이 나오지 않아서. 고맙고, 다행스러운 마음에 친구의 앞에서 눈물을 보이고 말았다. 웨인에게 있어 한심한 인간이 아니었다는 안도감이 나를 소리 내어 울게 만들었다.

emnly pledge myself to the service of humanity.

I will give to my teachers the respect and
gratitude which is their due.

I will practice my profession with conscience and dignity.

The health of my patient
will be my first consideration.

Chapter 2
시기와 동경

will respect the secrets which are confided in me.
I will maintain by all means in my power,

the honor and noble traditions
of the medical profession.

　그날 이후, 나는 웨인에 대한 앙금을 모조리 풀었다. 더 이상 웨인을 기피하지 않는 나를 보면서 다르젠이 얼마나 쿡쿡거렸는지 모른다. 마치 내 속마음을 다 꿰뚫고 있기라도 했다는 듯이, 다르젠은 내 어깨를 툭툭 쳐주었다. 한동안 자신과 이야기를 나누지 못해 삶이 지루하지는 않았냐고 묻는 그의 눈가에는 차마 제대로 숨기지 못한 웃음기가 한가득 묻어나 있었다.

　"역시 내가 이겼군. 요즘 어째 나한테 행운이 잘 따른단 말이지?"

　다르젠은 동전을 허공에 던졌다, 되받는 행동을 반복하면서 즐거움을 내비쳤다.

　"행운이라니?"

　"웨인이 자네에게 베우스의 해부학 책을 보여줄 거라고 이야기하더라고. 난 당연히 자네가 거부할 테니 관두라고 말했지. 하지만 웨인은 진심은 통할 거라고 우기면서 내 의견을 묵살해 버리더군."

웨인이 도서관에서 내 눈앞에 억지로 책을 들이밀었던 장면이 떠올랐다. 그때 난, 인체 해부도를 보자마자 눈을 감아버려 웨인의 표정은 볼 수 없었다. 하지만 다르젠의 말을 듣고 있으니, 까만 시야에 웨인의 얼굴이 떠오르는 것만 같았다. 나에 대한 실망감을 감추지 못하고 한없이 슬픈 표정을 짓고 있었을 그의 모습.

"그랬었군."

씁쓸하게 대답하는 나와는 달리, 다르젠은 너무나 즐겁게 자신의 말을 이어갔다.

"그래서 내기를 하자고 했거든. 훗, 덕분에 난 동전 하나를 얻었지. 짠! 이게 바로 승리의 증표라네."

다르젠은 가지고 놀던 동전을 나에게 보여주며 씨익 웃었다. 동전에서 반사되는 금빛과 다르젠의 밝은 표정이 꽤 잘 어울린다고 생각했다. 그의 생기에 나마저 기분 좋아지는 걸 느끼며, 쿡쿡 웃었다.

"아, 이런. 기도드리러 갈 시간이네."

나는 해가 스멀스멀 지는 걸 보며 눈을 동그랗게 떴다. 부랴부랴 시계를 꺼내보니 분침이 아슬아슬하게 정각에 다가가고 있었다. 나는 자리에서 벌떡 일어서며 물건들을 주섬주섬 챙기기 시작했다.

"기도? 흐음, 나도 같이 갈까? 아직 집으로 돌아가고 싶지 않으니."

"자네도?"

"어차피 할 일도 없고. 혼자서 지루한 시간 보내는 것보다야,

내가 옆에 있어주면 좀 더 낫지 않은가? 자네에게도 레럼과 단둘이 있는 시간은 답답하고 괴로울 텐데 말이야.”

“으음.”

맞는 말이었다. 르베르 교수가 우리의 출석을 확인한 후 예배당을 빠져나가고 나면, 나는 케이큘번과 어색한 시간을 보내야한다는 숨 막힘에 몸을 잔뜩 웅크리곤 했었다. 비록 서로 간섭하지 않고 조용히 입 다물고 있을 뿐이지만, 그래도 답답한 건 어쩔수 없었다.

“훗, 설마 교수님께서 신에게 기도를 드리고 싶어 찾아온 학생을 내치시진 않겠지. 서두르라고.”

다르젠은 나보다도 먼저 나섰다. 그는 성큼성큼 걸어서 강의실을 빠져나갔고, 겨우 짐을 다 챙긴 나는 총총걸음으로 그를 뒤쫓았다. 성 켈로츠 의과대학의 중앙에는 교회가 있었다. 그 뒤편으로는 교회보다 훨씬 더 큰 도서관이 있었는데, 이렇게 해질 무렵에는 도서관의 그림자가 교회를 비스듬히 덮치곤 했다. 그렇게도서관의 그림자를 잔뜩 짊어진 교회 건물의 모습은 굉장히 어두웠다. 하지만 동시에 노을빛을 가득 머금어, 꽤나 낭만적으로 보이기도 했다.

“늦었군, 어니뷔트.”

“죄송합니다.”

나는 뒷짐을 지고 기다리는 르베르 교수에게 머리를 숙여 사과를 했다. 르베르 교수는 기분 나쁘지 않을 정도의 인상을 썼다. 그러고는 내가 아닌 다르젠에게로 시선을 옮겼다.

“체페, 자네가 웬일이지?”

다르젠을 향한 르베르 교수의 말투는 굉장히 부드러운 편이었다. 지난번 과제 발표 때, 르베르 교수는 다르젠의 발표가 썩 마음에 들었던지 다르젠의 이름을 깊게 새기며 흐뭇하게 웃어 보였다.

"요즘 간절히 원하는 일이 있어서 기도를 올리고 싶었습니다. 그래서 세요가 오는 길에 함께 왔습니다."

르베르 교수는 고개를 끄덕였다.

"그렇군. 이참에 자네가 부디 신을 가벼이 여기는 이 불쌍한 영혼들을 구제해 주게."

다르젠은 르베르 교수가 실내를 빠져나가는 마지막 순간까지 예의 바른 웃음을 잃지 않았다. 르베르 교수가 완전히 사라지고 나서야, 다르젠은 휴 하고 한숨을 내쉬었다.

"쯧쯧."

우리의 모습을 말없이 지켜보던 케이큘번이 갑자기 인기척을 냈다. 불만스러운 표정으로 혀를 차는 모습에, 다르젠이 발끈했다.

"뭐냐? 왜 사람을 그따위로 쳐다보는 거지?"

케이큘번은 열을 내는 다르젠을 간단하게 무시했다. 그리고 늘 기도를 드리는 자리로 뚜벅뚜벅 걸어가 버렸다. 물론 그가 기도를 올린 적은 단 한 번도 없었다. 그냥 말없이 앉아 있기만 할 뿐. 그렇게 두 시간이나 버티면 힘들 텐데, 차라리 나처럼 신에게 이런저런 이야기라도 하는 편이 훨씬 수월할 텐데, 하는 생각이 들었다.

"정말 싫은 녀석이야."

나는 다르젠을 살살 다독여 케이큘번의 옆 자리로 끌고 갔다. 마음에 들지 않는 자리이긴 했지만 어쩔 수 없었다. 그곳이 내가

잔 디 벌 레

기도를 드리는 자리였기 때문이다. 행여나 르베르 교수가 우리의 태도를 살펴본답시고 들어오기라도 했을 때, 내가 자리를 이탈해 빈둥거리고 있거나 잠들어 있으면 그야말로 큰 낭패였다.

내 양옆에 다르젠과 케이큘번이 나란히 앉았다. 케이큘번은 멍하게 앞만 바라보고 있었고, 다르젠은 조금 전 이곳으로 오기 전에 그랬던 것처럼 동전을 가지고 놀았다. 나는 이 두 남자 사이에 끼여서 문득 이런 생각을 했다. '차라리 내가 케이큘번과 같은 조여서 다행이구나' 하는 생각. 만약 다르젠과 케이큘번이 한 조였고, 나 대신 다르젠이 매일같이 케이큘번과 반성의 기도를 드려야 했다면!

머리를 절레절레 흔들었다. 이들은 신성한 예배당 안에서 치고받고 싸웠을지도 모를 일이었다. 거기까지 생각이 미치자 다르젠을 괜히 데리고 왔다는 생각마저 들었다.

"휴……."

남모르게 한숨을 내쉬었다. 나는 눈동자만 픽픽 굴려가며 다르젠과 케이큘번을 차례대로 번갈아 보면서, 절대 이들 사이를 가로막는 이 자리를 뜨지 않겠노라 다짐했다. 내가 자리를 뜨면, 다르젠이든 케이큘번이든 누군가 하나는 분명 상대방에게 먼저 시비를 걸 테니까.

"짜증나는군."

하지만 나의 존재는 아무런 가치도 없었다. 내가 중앙에서 그들 사이를 가로막든 말든, 그들의 유치한 언쟁은 바로 시작되었으니까. 다툼의 시작은 바로, 동전이 손바닥에 착착 감기는 소리에 슬쩍 묻어 나온 다르젠의 말소리 때문이었다.

"어이, 어니뷔트. 자네는 어린애인가? 혼자 다닐 줄 몰라서 저

런 비굴한 겁쟁이 녀석 손을 잡고 여기까지 온 건가? 길 잃을까
봐?"

눈을 감고 신에게 이런저런 이야기를 하며 시간을 보내던 나는
갑자기 들려온 다르젠의 말소리에 움찔하고, 그에 대꾸하는 케이
큘번의 말에 땀을 삐질 흘렸다. 내가 그들을 말리려고 입을 열려
는 순간, 다르젠이 말할 기회를 가로채 갔다.

"세요, 좀 전해주겠는가? 자기 때문에 괜히 벌받게 된 사람에게
미안하다는 말 한마디도 할 줄 모르는, 그런 재수없는 녀석 면상
이 어떻게 생겼는지 보고 싶어서 따라왔다고?"

내가 우려했던 일은 기어이, 너무나도 쉽게 벌어지고 말았다.

"어이, 다르젠."

나는 난감한 표정으로 다르젠을 탓했다. 다르젠은 콧김을 흥
내뿜으며 고개를 돌렸다. 나는 케이큘번의 눈치를 살폈다. 그의
표정은 분명 아무런 색도 띠지 않은 무표정이었건만, 그 무표정
자체가 자신의 언짢음을 너무나 잘 나타내 주고 있었다. 케이큘
번은 다르젠처럼 자신이 화가 났음을 노골적으로 표현하는 것은
아니었지만, 그 나름대로 자신의 감정을 상당히 잘 풍겨내었다.

한동안 침묵이 계속되었다. 케이큘번도, 다르젠도, 말없이 상
대방을 무시했다. 나는 다행이라고 생각했다. 숙연해야 할 이곳
에서 다 큰 청년들의 싸움이 일어나는 건 좋지 않았다. 아슬아슬
하게 이어지는 침묵. 나는 양쪽을 번갈아 보다가, 다시금 마음을
놓고 눈을 감았다.

"세요, 무슨 기도를 드리고 있는 건가?"

내가 눈을 감고 꽤 오랜 시간이 지난 후, 다르젠이 슬쩍 말을 걸
어왔다. 여전히 그의 동전이 손바닥에 떨어지는 소리가 리듬에

맞춰 들려오고 있었다. 착착 소리가 이렇게도 단조롭게 느껴지는 걸 보니, 다르젠이 지금 이 순간을 얼마나 지루해하고 있는지 알 수 있었다. 나는 잠에서 깨듯 눈을 떴다.

"글쎄, 처음엔 신을 욕보인 것에 대한 사죄를 했지만, 지금은 그냥 이런저런 잡념만 떠올리고 있다네."

"휴… 도저히 지루해서 이거야 원. 이런 짓을 한 달 동안씩이나 해야 하다니. 새삼 자네가 불쌍하군."

"괜찮아. 나름 사색의 시간도 가질 수 있고……."

'대신 최고 점수까지 받았으니까' 라는 말은 슬쩍 삼켜 버렸다. 케이큘번이 바로 옆에 앉아 있는데, 이런 말을 꺼내기가 조금은 자존심이 상했기 때문이다. 뭐, 쑥스럽기도 했고. 사실, 내가 벌을 함께 받게 된 것에 대해 케이큘번이 단 한 번도 사과를 하지 않은 것처럼, 나 또한 그 덕분에 최고 점수를 받게 된 것에 대해 일체의 감사도 전하지 않은 터였다.

나는 마음속으로 나를 합리화시키고 있었다. 케이큘번은 나를 무시하고 자기 멋대로 도박을 했고, 운이 좋아서 높은 점수를 받은 것이었다. 나는 전혀 예상치 못했던 점수를 받긴 했지만 그것은 요행일 뿐, 실제적으로는 케이큘번에게 피해를 입은 것밖에 없다고 생각했다. 이렇게 시간을 빼앗겨 벌을 받게 되었으니까. 그래서 케이큘번에게 절대 감사하다거나 대단하다는 말을 전해 주지 않았다.

"사색의 시간도 하루 이틀이지."

다르젠은 혀를 끌끌 차며, 드디어 손바닥 안의 동전을 주머니 속에 집어넣었다. 그는 그 후로도 지루함을 못 견뎌 하더니, 결국엔 자리를 이탈했다. 다르젠은 예배당의 이곳저곳을 돌아다니면서 구석구석 살펴보기 시작했다.

"다르젠, 그러다가 르베르 교수님이 오시면 어쩌려고 그래?"

내가 걱정스러운 마음에 다르젠을 불러보았지만, 그는 여유롭게 고개를 가로저었다.

"벌을 받는 건 자네와 레럼이지, 내가 아니야. 나는 기도를 다 끝내고 자네를 기다리는 참이라고 하면 그만인 거지."

"휴우……."

다르젠의 말소리에, 케이큘번이 나지막이 한숨을 내쉬었다. 다르젠을 힐끗 쳐다보는 케이큘번의 눈빛은 분명 이렇게 말하고 있었다.

'한심한 녀석.'

나는 뜨끔해지는 마음을 느끼면서 반사적으로 다르젠을 쳐다보았다. 다행히도 다르젠은 케이큘번의 한숨 소리를 듣지 못한 듯했다.

"세요, 아마도 르베르 교수님의 과제를 해결하기 위해 이 예배당 안에서 죽치고 앉아 있던 녀석이 있었나 봐."

"응? 갑자기 무슨 소린가?"

내가 다르젠의 말에 눈을 동그랗게 뜨자, 다르젠은 바닥에서 무언가를 주워 들며 목소리를 키웠다.

"누가 손톱을 잘근잘근 물어뜯어서 바닥에 버려놨네. 허, 아주 양손을 다 물어뜯은 모양이야. 누군지는 몰라도 엄청 애탔나 보군. 이 자리 주변에 보니까 펜 자국이 나 있어. 예배당 안에 필기구를 챙겨서 올 녀석이 누가 있겠어? 신성하게 기도만 드리는 곳인데. 분명 르베르 교수님의 과제를 하려고 온 녀석일 거야."

"그래?"

"그래. 누군가 종이를 대고 필기를 하려고 했던 게 분명해. 중간에 뭉뚝 끊겨 있는 선 모양을 보니 알겠군. 어라? 담뱃재네. 신께서 모습을 드러내지 않으니 초조해서 담배 한 대 태운 건가?"

다르젠은 그 주변을 꼼꼼히 살펴보았다. 조금 전까지 지루해했던 모습은 온데간데없이, 그는 너무나도 흥미로운 표정을 짓고 있었다.

"쯧쯧. 신을 찾겠답시고 신성한 예배당에 찾아와서는 담배나 뻐끔뻐끔 피워대는 녀석이나, 며칠 동안 제대로 청소도 안 해서 이렇게 더럽게 내버려 둔 청소부 녀석들이나. 다들 신에게 벌받으려고 작정을 한 건지."

나는 다르젠의 말에 쿡 하고 웃었다. 하지만 나의 웃음은 곧 사라져 버렸다.

"체페, 자네 원래 그렇게 시끄러운 녀석이었나?"

잠자코 있던 케이큘번이 툭 하고 내뱉었다. 굉장히 기분 나쁜 말투였다.

"뭐?"

다르젠은 손에 묻었던 먼지를 탈탈 털며 이쪽으로 다가왔다. 나는 불길한 느낌이 엄습하는 걸 느끼며 둘을 말리려고 나섰다.

"하하, 둘 다 참아."

나는 최대한 눈썹을 둥글게 만들면서 웃어 보였다. 그렇게 어설프게 웃으면서 다르젠과 케이큘번을 번갈아 보았다. 이제 곧 기도가 끝날 시간이라 르베르 교수가 올 텐데, 그에게 두 사람이 싸우고 있는 모습을 보여 드리는 건 곤란했다.

"이 녀석이고, 저 녀석이고, 모조리 하나씩 모자란 녀석들끼리 잘도 어울려 다니는군."

"모자라다고?"

케이큘번은 자신을 내려다보는 다르젠을 같은 눈높이에서 맞이하기 위해서인지, 자리에서 우뚝 일어섰다. 두 사람은 팽팽하게 서로를 쳐다보기 시작했다.

"한 놈은 가문의 위세 말고는 전혀 내세울 것 없이 어린애처럼 맹하게 돌아다니기나 하고. 뭐 그렇게 맹하게 살아도 황제의 주치의가 되실 테니 평생 그렇게 살라지."

심장에 바람이 휑하니 지나갔다. 저렇게 노골적으로 말하다니.

"또 다른 놈은 신학 교수 앞에서 알랑거리다가, 정작 그 신성하다는 예배당을 시끌벅적하게 만들질 않나. 아, 장사치다 보니 비굴하게 숙이는 법은 몸에 잘 배어 있긴 하겠군."

"잘도 지껄이는데, 레럼."

다르젠의 눈에 열기가 도는 듯했다. 나는 이제 둘을 말릴 생각도 하지 못했다. 그들 사이에 내가 낄 공간은 눈곱만큼도 없었다.

"또 한 놈은 주변에서 천재랍시고 떠받들어 주니 온갖 거만을 다 떨질 않나. 제까짓 게 잘난 척해봐야 정말 의학이 뭔지 알고 있기나 한 건가? 그 녀석이 정말 외과가 뭔지 알고 나서는 건가? 휴우… 정말 끼리끼리 잘도 노는군."

다르젠은 부들부들 떨리는 주먹을 간신히 잠재웠다.

"닥쳐, 레럼. 웨인은 너 따위가 함부로 말할 존재가 아니야. 웨인 파예트는 너 따위가 아무리 발버둥쳐도 따라갈 수 없는 존재라고. 차라리 솔직하게 질투난다고 말하지 그래? 두 눈에 시기심을 잔뜩 묻혀놓은 주제에 겉으로는 무시하는 꼴이라니."

케이큘번은 다르젠을 빤히 쳐다보았다. 꽤 오랜 시간 조용히 다르젠을 쳐다보던 케이큘번이 드디어 입을 열었다.

"시기? 웃기지 마, 체페. 나는 내가 인정하지 않는 녀석은 시기도 하지 않아. 웨인 파예트는 시기할 가치도 없는 녀석이야."

"시끄러워!"

다르젠의 떨리던 주먹이 케이큘번을 향해 날아가려던 순간, 예배당의 문이 열렸다. 르베르 교수가 조용히 들어섰다. 나지막한 르베르 교수의 발소리가 예배당 안을 고요하게 울렸다. 나는 다르젠과 케이큘번의 다툼 때문에 어쩌면 벌을 받는 기간이 더 늘어날지도 모른다는 불안감에 눈을 질끈 감아버렸다.

"오늘도 수고했네. 이만 돌아가게."

르베르 교수는 신성한 예배당을 어지럽힌 우리들을 모르는 척해주었다. 다행이었다. 벌을 받는 기간이 더 늘어나지 않은 것도 다행이었고, 다르젠과 케이큘번의 다툼이 중간에 멈출 수 있게 된 것도 다행이었다. 나는 가슴을 쓸어내리며, 예배당 안을 최대한 재빨리 빠져나왔다.

71

나는 아주 오랜만에 아버지와 함께 식사를 했다. 아버지는 늘 바쁘셨기에, 이렇게 한자리에 마주 앉은 것도 참 오랜만이었다. 입학한 이래 이렇게 아버지와 함께 식사하는 건 처음이었다.

"얼마 전에 멜컨 교수를 만났다."

"멜컨 교수님을요?"

"그래. 너에 대해 물어보았지."

"그러셨군요."

어째 아버지의 표정이 어두웠다. 나는 아버지가 나에게 꾸중을 하시리란 걸 직감했다. 빵에 버터를 바르던 동작을 천천히 멈추면서 나는 아버지의 꾸중을 받아낼 마음의 준비를 하기 시작했다.

"성적은 꽤 괜찮은 것 같더구나. 성실하게 생활하는 것도 같고. 잘해내고 있더군."

"감사합니다."

"한데, 이상한 녀석과 어울려 다닌다고 하더구나."

나는 입에 빵을 가져가려던 걸 그만 포기했다. 목구멍이 꽉 막힌 것 같아서 빵을 삼킬 자신이 생기지 않았기 때문이다.

"이상한 녀석들이라니요?"

아버지는 손수건에 손을 닦으면서 대답했다.

"웨인 파예트라고 했더냐? 멜컨 교수의 말에 따르면 굉장한 수재라고 하던데."

"아, 맞습니다. 웨인 파예트. 굉장히 똑똑한 친구예요."

아버지의 인상이 묘하게 비틀어졌다. 저 표정은 아버지가 길바닥에서 구걸을 하는 거지나, 가난한 사냥꾼들을 쳐다볼 때의 표정과 거의 흡사했다.

"그 녀석, 너무 똑똑한 나머지 정신이 나간 것 아니냐? 멜컨 교수가 지정한 교재를 거부하고 인체 해부도를 권했다고 하던데. 어째서 그런 녀석과 어울리는 거냐? 혹시 네 덕을 보려고 너에게 엉겨 붙은 것이냐?"

"아닙니다. 좋은 친구라서 가까이 지내고 있는 겁니다."

나는 조금은 기가 죽은 목소리로 겨우 대답했다. 아버지가 외과를 얼마나 경멸하시는지는 내가 가장 잘 알고 있었다. 베우스가 몇십 구의 시신을 해부하여 인체 해부도를 완성해 냈다는 소문이 들려왔을 때에도 아버지는 마치 베우스가 패륜이라도 저지른 양 비난을 서슴지 않았었다.

　아버지가 유일하게 친분을 쌓고 지내는 외과의는 멜컨 교수뿐이었는데, 그와의 인연을 저버리지 않는 이유는 단 하나였다. 아버지와 멜컨 교수가 오랜 지기였기 때문이었다. 아버지는 멜컨 교수를 두고, '재능은 있는데, 괜히 외과에 관심을 가져서 큰 명성도 되지 않는 외과 교수나 하고 사는 친구'라고 말하곤 했었다. 그것이 아버지가 외과의를 향해 내릴 수 있는, 최고의 칭찬이었다.

　"넌 마음이 약한 것이 탈이다. 너에게 해가 되는 녀석들은 가차 없이 쳐낼 줄 알아야지. 정에 이끌려서 그런 녀석 이야기를 다 들어주고 어울려 주다 보면, 훗날 너에게도 득될 게 전혀 없다는 걸 알아두어라. 널 이용하려 들지도 모르고."

　"정에 이끌린 건 아닙니다. 저에게 뭘 요구한 적도 없고요. 그저 마음에 드는 친구일 뿐입니다."

　얼굴이 화끈거렸다. 정작 웨인을 동경하고 그의 곁에 다가가고 싶어했던 건 나인데……. 이 자리에 웨인이 없다는 게 천만다행이었다.

　"신학 과제도 레럼인가 뭔가, 그 살인자의 자식 놈과 한 조를 이루어서 했다지?"

　살인자의 자식 놈이라… 딱히 케이큘번의 편을 들어주고 싶은 마음이 생기는 건 아니었지만, 왠지 모르게 아버지의 선입견을 고쳐 주고 싶다는 생각은 들었다. 케이큘번의 아버지가 살인자가 아니었다는 정확한 증거도 없는데 말이다.

　"파예트, 레럼, 모두 똑똑한 친구들입니다. 너무 걱정 마세요. 제가 바보같이 이용당하고 있는 건 아니라고 확실히 말씀드릴 수 있어요."

아버지는 식사를 다 끝냈는지 모든 식기를 내려놓았다. 매서운 눈빛으로 나를 빤히 쳐다보는 바람에 나 또한 식사를 도중에 관두어야만 했다.

"어린 녀석. 너도 외과에 관심이 생기는 거냐? 설마 인간을 해부하겠다고 나설 요량은 아니겠지?"

당연했다. 나는 아직도 웨인이 들이밀었던 인체 해부도만 떠올리면 저절로 인상을 쓰는 사람이었다. 그런 내가 인간을 해부한다고 나설 리가 없었다. 하지만 왜인지 아버지의 말에 고개를 끄덕이고 싶지가 않았다.

인간을 갈기갈기 찢어놓는 외과는 분명 나쁜 것이고, 해부란 더러운 거라고 배워왔던 나였지만 그것이 잘못된 생각이란 걸 웨인을 통해 어렴풋이 느껴왔던 터였다. 내가 행할 수는 없지만, 외과 시술은 분명 인간을 살리는 방법 중의 하나였다. 나는 더 이상 그것을 부정할 생각이 없었다. 받아들이기 힘들었지만 엄연히 사실이었다.

"외과가 싫긴 하지만, 나쁜 건 아니지 않습니까?"

나는 생애 처음으로 아버지에게 말대꾸를 했다. 나의 생각을 조금 틀어놔 버린 웨인 때문에, 불가능하지만 너무나 닮고 싶은 그 친구 덕분에, 무조건적으로 외과를 비난하는 아버지에게 처음으로 반항심이 생긴 것이었다.

"나쁘지 않다고? 신께서는 인간의 육신을 해하지 말라고 하셨다. 너는 지금 저질스러운 취향으로 인간의 몸을 찢고 자르는 외과가 나쁘지 않다고 말하는 것이냐? 멜컨 교수의 말이 맞았군 그래. 이상한 녀석들과 어울리니 너도 몹쓸 사상을 가졌구나."

"사람을 살리는 길이라면 그것이 외과든 내과든, 또는 기도든,

그 어떤 것이라 할지라도 상관없는 것 아닙니까?"

나는 아버지의 말에 발끈 나서면서 이상한 기분을 느꼈다. 내가 이런 말을 내뱉고 있다니. 아무리 아버지에게 대꾸하기 위해서라지만 이제껏 내가 그토록 기피했던 이 생각을 아무렇지도 않게 입 밖으로 내뱉고 있다니.

아버지는 잠시 침묵하며 나를 가만히 살펴보시더니 무거운 입술을 들어 올렸다. 나는 아버지의 눈초리를 감당할 자신이 없어 슬며시 고개를 다른 쪽으로 돌려 버렸다.

"설령 그렇다 한들 그것이 너와 무슨 상관이 있느냐? 네가 외과를 제대로 배우고 인체를 완벽하게 공부해서 어디다가 쓰려고? 황제 폐하의 몸에 칼을 가져다 대려는 심산이 아닌 이상, 너에게 외과가 무슨 소용이며, 해부가 왜 필요한 거지?"

"저에게 필요하진 않지만, 그들이 외과에 관심을 가진다고 해서 무조건 나쁘다고 말할 수는 없는 거잖아요."

나는 떨리는 목소리로 아버지를 설득하려 했지만, 아버지의 태도는 완고하기만 했다.

"시끄럽다. 그 녀석들과는 어울리지 말거라. 너에게는 일체의 도움도 되지 않는 녀석들이다. 오히려 해만 끼칠 녀석들이다. 아비가 너를 위해 말하는 거니 새겨듣도록 해."

아주 오랜만에 아버지와 함께 자리를 가진 것이었는데, 아버지는 떨떠름한 표정을 남기신 채 자리를 떠버리셨다. 어릴 때부터 아버지를 존경하고, 그를 하늘처럼 믿으며 살아온 나에게 아버지와의 불화는 그다지 반가운 소식이 아니었다.

"휴……."

아버지의 심기를 불편하게 만든 데 대한 죄송함보다, 아버지가

웨인을 미워하는 것에 대한 답답함과 짜증이 훨씬 더 크게 차올
랐다. 그리고 조금 전부터 나를 의아하게 만드는 얄궂은 감정이
점점 더 확대되어 떠올랐다.

"외과라……."

나는 아버지의 시선 속에서 당당하게 외과는 나쁜 것이 아니라
고 대답을 했다. 그래서일까? 마음이 두근거리기 시작하면서 어
쩌면, 어쩌면 하는 단어가 자꾸만 나를 휘감았다.

어쩌면 나도 이젠 웨인처럼, 순수한 마음으로 사람을 살리기
위해 외과를 긍정적으로 바라보게 된 걸까? 그렇다면 나도 이제,
인체 해부도를 아무렇지도 않게 바라볼 수 있게 된 것일까?

나는 이제 웨인과 감정을 공유할 수 있게 된 걸까?

확인을 해야 했다. 나는 조금은 두려우면서도, 한없이 두근거
리는 마음을 안고 곧장 성 켈로츠 의과대학으로 향했다. 교회 뒤
로 보이는 커다란 도서관. 나는 마음을 다시 한 번 다잡고 곧장
도서관 안으로 몸을 들이밀었다.

지난번처럼 늦은 시각이라 그런지, 이번에도 학생들은 몇 없었
다. 자리를 메우고 있는 사람들은 졸거나 독서에 한참 열을 올리
고 있는 것 같았다. 나는 사람들을 의식하면서 긴장되는 마음을
다잡고 또 다잡았다. 그들이 내가 외과의학 책이 진열된 곳으로
걸어가는 걸 눈치 채지 않길 바라면서, 나는 서서히 걸음을 옮겼
다.

좌우에 버티고 선 책장들이 나를 압박했다. 나는 깊게 드리운
책 그림자들 속을 터벅터벅 걸었다. 조금은 어두운 듯한 공간에
내 발소리가 꽤나 크게 울린다고 생각했다. 나는 침을 꿀꺽 삼키

면서 웨인과 함께 머물렀던 그 장소로 향했다.

베우스의 [해부학 인간의 몸].

나는 두꺼운 표지로 무장한 그 책을 꺼내 들었다. 사람들 틈 속을 파고들어 당당하게 그 책을 펼쳐 들 용기는 차마 나지 않았다. 그래서 이 어둠 속에 홀로 머물기로 했다. 나는 책장에 등을 기댄 채 그 자리에 털썩 주저앉아 조심스럽게 책을 펼쳐 보았다.

"으음……."

마음이 덜덜 떨렸다. 죄를 짓고 있는 것만 같았다. 다음 페이지를 넘기면 나타날 인체 해부도를 바라보기가 너무나 겁이 났다. 내장을 훤히 드러낸 채 책 속에 누워 있을 인간 그림이, 마치 내가 칼을 들고 찔러 죽인 듯한 사람이라도 되는 양 죄의식이 솟구쳤다.

나는 책장에 가져다 댄 손을 비비면서 갈등하고 또 갈등했다. 베우스가 책 말머리에 '의학의 진실된 발전을 원하는 진정한 의사들을 위하여'라고 써놓은 걸 멍하니 응시하면서 나는 좀처럼 마음을 굳게 다잡지 못했다.

"이봐."

심장이 덜컥 내려앉았다. 이런 모습, 아무에게도 들키고 싶지 않았는데. 나는 당황한 시선을 말소리가 들려온 쪽으로 옮겼다.

"레럼?"

나는 잽싸게 책을 덮고 뒤표지가 보이도록 뒤집었다. 책 제목이 무엇인지 케이큘번에게 들키고 싶지가 않았다. 케이큘번은 창가의 어스름한 빛을 등지고 나를 내려다보았다.

"여긴 내 자린데."

나는 분명히 알고 있었다. 성 켈로츠 의과대학의 도서관은 지정석도 아니었을뿐더러, 더군다나 이러한 책장들 사이의 공간이 자신의 자리라고 우기는 건 분명히 억지였다. 하지만 우습게도, 나는 그 사실을 너무나 잘 알고 있으면서도, 내가 앉은 자리를 쉽게 내어주고 말았다.

"아, 미안하네."

그것도, 미안하다는 말까지 붙이면서.

"뭘 보고 있는 건가?"

케이큘번은 내 손의 책을 힐끗 쳐다보며 물었다. 나는 책을 등 뒤로 슬쩍 숨기면서 어색하게 웃었다.

"아무것도 아니야."

다행히도 그는 더 이상 캐묻지 않았다.

"의외인데?"

"뭐가 말인가?"

케이큘번은 내 행동에 전혀 관심이 없기 때문에 질문을 멈춘 게 아니었다. 그는 이미 모든 상황을 다 파악해 버렸기에 더 이상 질문을 던질 필요가 없었던 것이다. 케이큘번의 '모든 것을 다 알고 있다'는 듯한 눈빛을 보니 식은땀이 주룩 흘렀다.

"자네가 베우스의 해부학에 관심이 있는 줄은 몰랐군."

대답하기가 애매했다. 당당하게 '나도 이제 외과에 관심을 가져 보려고'라고 말하기엔 자꾸만 자괴감이 치솟았고, 그렇다고 외과를 소중히 여기는 사람 앞에서 '설마! 내가 외과 따윌!'이라고 손사래를 칠 수도 없었다.

"그냥, 어떤 책인지 보려고, 우연히, 어쩌다 보니."

나는 말을 더듬는 것으로 대답을 대신했다.

"내가 좀 가르쳐 줄까? 그 책 처음 보면 어려울 텐데. 번역이 잘 못돼서 이해하기 어려운 부분들이 많더라고."

귀가 번쩍 뜨이는 느낌이었다. 케이큘번이 나에게 호의를 베풀겠다니. 너무나 뜻밖이었다. 내가 선뜻 대답하지 못하고 머뭇거리고 있을 때, 케이큘번은 내 손의 책을 가로채 가버렸다. 그가 거침없이 책을 펴는 걸 보면서 나는 반사적으로 손을 내밀었다.

"아, 아니, 난 괜찮아. 혼자 보겠네."

아직 마음의 준비가 되지 않았던 것이다. 행여나 웨인이 그랬듯이, 케이큘번이 책을 눈앞에 들이대기라도 한다면 큰일이었다. 나는 평소에 얄미워했던 친구 앞에서 뒷걸음질을 치거나 엉덩방아를 찧는 우스운 모습을 보여줘야 할지도 몰랐다.

"자네 혹시 웨인 파예트 때문에 억지로 이 책을 보려고 했던 건가?"

나는 찔끔 놀랐다. 억지로 보려고 했던 건 아니지만, 사실 내가 해부학 책을 들여다보고 싶은 이유는 단 하나, 웨인 때문이었으니. 그를 이해하고, 그와 생각을 공유하고 싶어서였다. 웨인이 아니었더라면 나는 어쩌면 아버지처럼 평생 외과의학을 무시하며 살았을지도 모른다. 그러한 속마음을 너무나 쉽게 들킨 것만 같아서 얼굴이 화끈거려 올 지경이었다.

"억지로 보려고 했던 건 아닐세."

"흐음, 자네처럼 꽉 막힌 친구가 이 책을 들여다보게 만들 정도라… 이봐, 어니뷔트. 내가 뭐 하나만 물어봐도 되는가?"

"물어보게."

나는 케이큘번의 뜬금없는 말에 고개를 갸웃거리면서도 성의껏 대답했다.

"파예트는 진정 외과의학을 이해하고 있는 건가?"

"이해하다니?"

"그가 외과에 관심을 가지고 멜컨 교수님의 교재를 거부한 행동 말이야. 정녕 자신의 천재성이나 비범함을 외과라는 독특한 발상으로 만인들에게 인정받으려고 하는 과장된 행동이 아닌가, 라고 묻는 걸세."

케이큘번의 말은 조금 어려웠지만 대답은 할 수 있을 것 같았다.

"웨인은 진정으로 인간을 사랑하고 있어. 그는 외과에만 관심을 가지는 게 아니라, 사람을 살리기 위해 내과든, 외과든 모조리 공부하는 것뿐이야."

왜 내가 이렇게 뿌듯한지. 케이큘번의 진지한 표정을 보고 있으니, 내가 웨인의 명성을 한몫 거들게 된 것만 같아서 기분이 들떴다.

내 이야기를 가만히 듣던 케이큘번은 더 이상 아무런 대꾸도 하지 않았다. 그는 내 손에서 가로채 간 베우스의 해부학 책에 관한 것으로, 화제를 돌려 버렸다.

"베우스는 이 책을 내고 신성제국 황제 폐하의 주치의가 됐지. 참 대단한 사람이지 않은가?"

"응? 아, 그래."

그는 조금 전까지 내가 앉아 있던 자리에 가만히 앉으면서 나를 올려다보았다.

"뭐 해? 옆에 앉지 않고. 그렇게 서 있으면 높이가 맞지 않아서 함께 책을 볼 수 없다고."

내가 왠지 모를 분위기에 이끌려 옆에 앉자, 그는 베우스의 해부학 책을 내 눈앞에 확 펼쳐 보였다. 나는 인상이 쓰였지만 짐짓 아무렇지도 않은 척하며 책에 시선을 고정했다. 가슴이 떨리고 땀이 흘렀지만 참고 또 참았다. 케이큘번의 호의를 거절하지 못하고 결국 이렇게 된 이상, 처음 마음먹었던 대로 책을 끝까지 한 번 읽어보자는 심산이었다.

케이큘번 레럼은 역시 상당히 똑똑한 학생이었다. 그의 말대로, 엉망으로 번역된 베우스의 해부학 책은 나 혼자 읽기에는 다소 무리가 따르는 편이었다. 케이큘번은 그날 내내 의외의 세심한 모습을 보여주며 나에게 책에 대해 설명을 해주었고, 언뜻언뜻 외과에 대한 자신의 사상을 조금씩 내비쳐 주기도 했다.

나는 그렇게 케이큘번과 함께 인체 해부도를 바라보았다. 어느새 우리는 마치, 내 상상 속의 웨인과 나의 모습처럼 함께 책을 읽고 있었다.

81

어쩌다 보니 베우스의 해부학 책을 대출해 버리고 말았다. 케이큘번이 옆에 있을 때는 몸을 추켜세우는 긴장감 덕분에 책에 시선을 꽂을 수 있었다. 하지만 스스로 저 책을 넘기기엔, 아직도 나의 용기는 한없이 모자라기만 했다. 나는 벤치에 앉아서 끙끙거리고 있었다.

"그 책을 언제 넘길지 계속해서 지켜봤다고."

나는 소스라치게 놀랐다. 벤치 뒤에서 예고도 없이 등장한 다르젠 덕분이었다.

"체페, 아, 아니, 다르젠."

어제 케이큘번이 계속해서 다르젠을 '체페, 체페'라고 부르는 바람에 나도 모르게 그의 성에 익숙해져 있었나 보다. 나는 허겁지겁 말을 주워 담으며 다르젠을 맞아주었다. 딴에는 아무렇지도 않은 척 슬쩍 상황을 넘기려고 했지만, 다르젠이 나의 어색함을 눈치 못 챘을 리가 없었다.

"뭔가? 체페라니. 혹시 레럼 녀석과 하루 종일 어울려 다니기라도 한 건가? 자네의 귀에 체페라는 이름이 박혀 버리도록 험담을 할 녀석은 케이큘번 레럼밖에 없을 것 같은데."

케이큘번이 딱히 다르젠의 험담을 한 건 아니었지만, 내가 케이큘번과 어울린 건 사실이었다. 나는 조금 전보다 훨씬 더 어색하게 웃어 보였다. 그러고는 슬쩍, 화제를 돌렸다.

"웨인은?"

언제나 그랬듯이 웨인을 찾으면서.

"또 신학 교수님께 불려가서 설교를 듣는 중이겠지. 생각해 보면 르베르 교수님도 꽤나 힘드실 것 같단 말이야. 자네에게 벌을 내려야지, 웨인도 설득해야지. 휴……."

다르젠은 고개를 절레절레 저었다. 웨인이 끝끝내 책을 준비하지 않고 버티자, 르베르 교수는 틈만 나면 웨인을 불러 설득을 하곤 했었다. 늘 불려가면서도 고집을 꺾지 않는 웨인의 고집도 엄청나지만, 그러한 그를 계속해서 놓지 않는 르베르 교수 또한 대단했다.

"그냥 책을 사면 될 텐데."

"내 말이 그 말이라네. '가장 훌륭한 치료법은 신에 대한 신앙심을 가지는 것'. 이 한 문장이 마음에 안 든다고 교재를 거부하는 녀석이라니. 데리고 다니려면 꽤 피곤하단 말이지. 휴, 어릴 때도 그 고집은 아무도 못 꺾었다네. 환하게 웃는 얼굴로 '절대 싫어' 라고 말하는 웨인의 모습을 한번 상상해 보게. 질려."

다르젠은 몸까지 부르르 떨었다. 웬만하면 웨인과 함께 귀가를 하기 위해 웨인의 모든 학교 생활을 기다려 주는 다르젠에게 있어, 웨인이 신학 교수에게 자꾸만 불려가는 게 반갑지는 않을 거라는 생각이 들었다. 뭐, 다르젠의 표정을 보아하니 반갑지 않은 정도가 아니라 넌더리날 만큼 싫어한다고 표현하는 게 더 정확해 보였다.

이런저런 불만을 쏟아내던 다르젠은 잠시 후, 내 손에서 베우스의 해부학 책을 뺏어 들어 아무런 망설임 없이 쓱쓱 넘겼다. 그는 독특하게도 책이 출간된 시기, 책 표지의 재질에 대해 훨씬 더 큰 호기심을 가졌다. 그 안에 들어 있는 내용이라든지, 인체 해부도는 관심 밖인 듯했다.

"책 표지부터 무식하군. 이렇게 답답하게 만들어놨으니 웨인 같은 녀석 외에는 아무도 안 읽지."

그는 책을 탁 덮으며 나에게 도로 넘겨주었다.

"하하."

"자네, 그 책 말이야."

"응?"

"억지로 읽지는 마."

다르젠은 코끝을 만지고 머리카락을 쓸어 넘기며 은근슬쩍 말을 뱉었다. 나는 그의 말 덕분에 아주 짧은 순간 동안 내 자신에 대한 상념에 접어들 수 있었다. 내가 이 책을 펼치는 모습이 그토록 억지스러워 보였던 건가? 케이큘번도 그렇게 말했었다.

"억지로 보려는 심산은 아니야. 걱정 말게."

"보고 싶은 책인 것도 아니잖아? 자네가 그 책을 보려는 이유가 뭔가? 갑자기 외과에 관심이 생겼다고 하기엔 그 책을 집어 든 자네의 손이 너무나 망설이는 것 같은데.”

“그냥 봐둬서 나쁠 건 없을 것 같아서.”

“봐두면 좋은 거겠지. 자네가 그 책을 읽고 받아들일 수 있게 된다면 웨인에게 더 다가설 수 있을 테니. 아닌가? 내가 잘못 본 건가?”

속마음을 들킨다는 건 그다지 유쾌한 일이 아니다. 내가 입을 다물고 있자, 나의 대답을 잠깐 기다려 주던 다르젠은 제 할 말을 이어나갔다.

“자네가 웨인 때문에 생각이 넓어지고, 좋은 쪽으로 발전한다면 굉장히 바람직하다고 생각한다네. 하지만 아직 정체도 제대로 모르는 녀석 때문에 자네가 오랜 기간 고수해 왔던 사상을 일시에 뒤엎으려 할 필요는 없다는 거야. 자네 생각이 틀린 게 아닐지도 모르니까. 어쩌면 웨인이 틀린 행동을 하는 걸지도 모르고.”

“음.”

내가 웨인에 대해서 잘 모른다는 말 한마디는 가시가 되어 날아왔다. 오랜 기간 웨인과 함께 지내온 다르젠이었다. 그의 앞에서 내가 웨인에 대해 아는 척을 할 수는 없는 노릇이었지만, 나는 내가 웨인에게 상당히 가까운 사람이라 여겨왔던 터였다.

웨인 파예트라는 이름에 이끌려서가 아닌, 그 남자의 존재 자체에 반해 버린 사람은 나뿐이라고 믿어 의심치 않았다. 웨인도 자신의 이야기를 진심으로 들어준 사람은 내가 처음이었다고 말했으니까. 다르젠은 그러한 나의 자부심에 옅은 상처를 남겨주었다.

“자네처럼 행동하는 사람은 많았어. 다들 웨인과 가까워지고 싶어했고, 그래서 웨인의 독특한 발상을 따라 하려고 했다네. 언젠가 웨인이 씻지 않는 것에 대한 미학을 밝히고 한동안 전혀 씻지 않고 돌아다닌 적이 있지."

"씻지 않았다고?"

"그래. 웨인 녀석은 고집이 센 반면, 자신의 잘못도 잘 인지하는 편이라 다행이었지. 곧 정상으로 돌아왔으니까. 하지만 문제는 그런 웨인을 멋있다고 따라 하던 녀석들이었어. 웨인이 왜 씻지 않을 생각을 했는지는 중요치 않고, 그저 씻지 않는다는 것에만 집중하던 녀석들 말이야. 그들은 웨인의 잘못된 생각을 아무 의심 없이 그대로 흡수해 버렸기에 못난 꼴을 보이고 말았어."

"으음."

"외과라든가 해부도 똑같다네. 자네는 웨인이 왜 외과를 그토록 중요시 여기는지 제대로 이해하지는 못하잖아? 마음이 받아들이지 않는 내용을 머리로 억지로 습득한다고 한들 무슨 소용이 있겠어?"

85

"하지만 난, 그가 왜 그런 생각을 가졌는지 알기 위해서는 이 책 정도는 읽을 줄 알아야 한다고 생각한 거야."

내가 변명하듯 대답하자 다르젠은 그런 나의 어깨를 톡톡 쳐주었다. 마치 어린아이를 달래듯이.

"자네는 아직 웨인의 상황과 그의 사상을 이해하기엔 무리야. 조급해하지 말게. 내가 이런 말을 해주는 이유가 바로 그거야. 웨인의 씻지 않는 행동을 따라 했던 녀석들 중 웨인의 곁에 남아 있는 사람은 아무도 없단 말이지. 오히려 그 녀석이 씻든 말든 상관 않고, 깨끗하게 씻고 다닌 나만 그의 곁에 남아 있지. 무슨 말인지 알겠지? 난 자네가 얼마나 웨인을 좋아하는지 알고, 웨인 또한 자네를 얼마나 마음에 들어하는지 알기 때문에 이런 말을 하는 거야."

"알기 때문에?"

"자네가 웨인의 빛에 눈이 먼 수많은 군중 중 한 사람이 아니라, 그의 진실한 친구가 되길 바라는 거라네. 자신의 빛을 잃지 않으면서도, 웨인의 빛을 존중할 줄 아는 친구 말이지. 자네가 외과에 관심을 가지는 웨인을 무시하지 않으면서, 한편으로는 자네의 길을 꿋꿋이 걸으며 살아가는 것. 그게 최고지."

뭔가 뜨끈한 감정이 올라오는 기분이었다.

"설령 자네가 나중에 외과에 큰 관심을 가진다 해도 이 사상만은 변하지 말아야 해. 자네의 빛깔이 웨인과 비슷해지는 것이어야 하지, 자네의 빛을 웨인에게 흡수시켜, 자네의 존재를 없애 버리진 말라는 거야. 내 말, 무슨 말인지 알겠나?"

나는 고개를 크게 끄덕였다. 웨인의 오랜 친구였던 다르젠에게 인정을 받았다는 고마운 느낌이 스멀스멀 올라왔다. 나는 조금 전까지만 해도 다르젠에게 서운해했던 감정을 모조리 지웠다.

신학 교수와의 면담을 마치고 이쪽으로 걸어오는 웨인을 반갑게 맞아주면서, 나는 베우스의 해부학 책을 조용히 가방 속에 집어넣어 버렸다.

✻

바람은 세차게 불기 시작했고, 이제는 가을의 꼬리마저도 종적을 감추어 버린 듯했다. 끝까지 가을의 옷자락을 붙잡고 늘어지던 단풍들도, 결국 힘을 잃고 지쳤는지 녹록하게 바닥으로 치닫고 있었다.

"겨울이네."

사람들은 토샤의 겨울 풍경은 세계 어디에 내놓아도 손색이 없다고들 했다. 특히 눈이 내릴 때는 숨이 멎을 정도로 아름다운 모습이 연출되곤 했다. 나도 눈 내리는 토샤의 풍경에 반해, 그 모습을 자주 화폭에 옮기곤 했었다.

겨울 풍경이 아름다운 도시인만큼, 매년 이맘때쯤 토샤에서는 늘 큰 축제를 벌이곤 했다. 이번 해에도 어김없이 '겨울제' 라는 이름이 붙은 축제가 다가오고 있었다. 거리마다 축제를 준비하고 들떠 있는 사람들을 보고 있노라면, 나조차도 들뜨는 기분이 들었다.

하지만 마냥 흥분하고 들떠 있을 수는 없었다. 겨울제보다도 종합 시험이 먼저였기 때문이었다. 일 년간 배운 내용을 총망라하여 대대적으로 시험을 치는 것. 내과의학부터 시작하여 천문학, 수학, 신학 등등 모든 과목의 시험을 보았다.

굉장히 어렵다고 소문이 자자한 이 종합 시험은, 꽤나 큰 부담으로 다가왔다. 더군다나 요즘 아버지와 사이도 좋지 않아서, 좋은 성적을 받아 아버지를 기쁘게 해드려야겠다는 마음도 든 참이었다. 그래서 나의 부담감은 평소에는 비할 데도 없이 바윗돌처럼 크고 무겁기만 했다.

"으음. 사혈, 맥박 진단법, 뇨 진단법……."

나는 지끈거리는 머리를 톡톡 때렸다. 책을 읽어도 한 문단 이상 눈에 들어오지가 않았다. 글자만 읽힐 뿐 내용이 흡수되지가 않아서 나는 한 번 읽었던 부분을 계속 반복해서 읽었다. 그래도 집중이 되지 않아서 이제는 입으로 소리까지 내며 중얼거리고 있었다.

내가 그렇게 공부라는 미명하에 의미없는 시간들을 보내며 발버둥을 치고 있을 때, 뒤에서 누군가가 나를 불렀다.

"어이, 이거."

머리카락이 곤두서는 느낌이었다. 책에 집중하기 위해 모든 정신을 다 쏟고 있는데 누가 훼방을 놓는 건지. 나는 다소 나답지 않은 사나운 눈초리를, 소리가 나는 곳을 향해 던졌다.

"사람 죽이겠군."

비아냥거리며 서 있는 사람은 뜻밖에도 케이큘번이었다. 그는 딱딱하게 굳은 표정을 지은 채, 손에 든 무언가를 내밀고 있었다.

"이게 뭔가?"

나는 금세 표정을 풀며 그가 내미는 걸 받아 들었다.

"왠지 줘야 할 것 같아서. 자네에게 진 빚도 있고 해서, 어제부터 급하게 베껴놓은 건데. 도움이 되면 쓰라고."

"빚이라니?"

"나 때문에 한 달 동안이나 벌을 받지 않았는가? 뭐, 자네가 기도를 드리는 모습을 보니 벌을 받는다는 느낌은 별로 없었지만. 하여튼 빚지고는 못 사는 성미라서 말이야. 필요없으면 버려 버리든가."

"음. 이게 대체 뭐기에 그렇게 말하는 건가?"

"보면 알 것 아닌가."

케이큘번은 심드렁하게 대답하고는 나에게서 슬슬 멀어져 갔다. 나는 그의 뒷모습을 갸웃거리며 지켜보다가, 그가 완전히 시야에서 벗어났을 때에야 비로소 손에 들린 걸 제대로 자각할 수 있었다.

그가 내밀고 간 건 꽤 고급스러워 보이는 노트였다. 어쩐지 노트의 표지가 베우스의 해부학 책과 닮은 것만 같아서 움찔거렸다. 하지만 이내 그 우스운 생각을 떨쳐 버리고 그 노트를 펼쳐 보았다.

"어엇?"

나는 눈을 몇 번이나 비볐는지 모른다. 수많은 내과의학 자료들이 노트를 깔끔하게 채우고 있었다. 눈에 쏙 들어오는 차트며, 필기들이 내 입을 떡 벌어지게 만들었다.

"아!"

난 한참 후에야 케이큘번이 왜 나에게 이 노트를 주고 갔는지 깨달을 수 있었다. 그는 예전에 자기 멋대로 신학 과제를 마무리하고는, 행여나 낙제 점수를 받으면 자신의 내과의학 필기를 건네주겠노라 약속했었던 것이다. 무심코 지나가는 말로 넘겨 버린 탓도 있었지만, 케이큘번 덕분에 낙제가 아닌 최고 점수를 받을 수 있었기 때문에 그 사실을 까맣게 잊고 있었다.

나는 교재를 잠시 옆으로 밀어두고, 케이큘번의 노트에 빠져들기 시작했다. 그의 치밀하고 꼼꼼한 성격이 필기 하나하나에 잘 나타나 있었다. 어제부터 급하게 베꼈다고는 믿을 수 없게 상당히 깔끔하고 훌륭했다.

"와!"

어려운 문장들만 줄줄이 꿰여 있는 교재는 내 눈 밖에 나버렸다. 대신 케이큘번의 노트는 나를 굉장히 감탄시켰다. 지난번 도서관에서 우연히 만났을 때 케이큘번은 나에게 베우스의 해부학 책에 대해 쉽게 설명을 해주었다. 지금 내 손에 들린 노트도 마찬가지였다. 교수들이 설명할 땐 그렇게나 어렵고 머리 아프기만 했던 내용들이 이 노트 속에서는 상당히 흥미롭게 잘 정리되어 있었다.

방대한 내용들이나 어려운 단어들은 여전히 변함없이 나를 괴롭히긴 했지만, 그래도 상관없었다. 나는 왜 케이큘번 레럼이 그토록 훌륭한 성적을 유지할 수 있었는지 단박에 이해해 버릴 정도였다.

케이큘번에 대한 고마움과 미안함이 동시에 밀려왔다. 처음에 웨인이 그를 인정한다는 이유만으로 미워했던 것도 미안했고, 케이큘번 덕분에 최고 점수를 받았는데도 단순한 요행이라 여기며 감사함을 전하지 않았다는 것도 미안했다. 그와 함께 조를 이루어 과제를 할 때, 그에게 무시를 받았다는 것에 자존심이 상해 툴툴거렸던 내 모습은 깡그리 잊은 듯, 나는 미안함만을 가득 껴안았다.

케이큘번에게 친구가 없는 이유는, 그가 사교성이 부족하다든가 말솜씨가 부족해서가 아니라, 그가 친구를 '귀찮아해서' 라는 건 꽤 유명한 이야기였다. 그를 알고 지냈던 선배들은 케이큘번에게 친밀히 접근하다가 크게 데인 사건을 우리들에게 말해주며 케이큘번의 친구가 될 생각은 일찌감치 접으라고 말하곤 했었다.

그러한 그가 나를 위해 직접 노트를 베껴서 왔다니. 그에 대한 앙금과 질투가 일시에 녹아내리는 느낌이었다. 나는 어쩌면 내가 케이큘번과 좋은 친구가 될 유일한 사람일지도 모른다는 따뜻한 감정을 느끼면서 그의 노트를 굉장히 소중히 챙겼다.

종합 시험 날짜는 눈 깜짝할 새에 바로 앞으로 다가왔다. 선배들은 이미 경험해 보았던 시험의 두려움에 몸서리를 치며 공부에 집중했다. 신입생들은 그러한 학교의 압도적인 분위기에 짓눌려, 지레 겁을 먹고 걱정을 늘어놓곤 했다. 몇 년 전에 천문학 시험을 치다가 자살 소동을 일으킨 사람이 있었다는 밑도 끝도 없는 헛

소문은 학교의 분위기를 더욱더 고조시켰다.

　그리고 학생들의 관심은 하나로 모였다. 한 학년을 지내오면서 웨인의 우수함은 이미 증명이 된 터였다. 하지만 케이큘번이 복학한 후 치르는 공식적인 시험은 이번 종합 시험이 처음이었다. 학생들은 둘을 놓고 저울질을 하기 시작했다.

　이제껏 숱한 과제들을 완벽에 가깝게 해결했고, 교수의 질문에 단 한 번도 막힌 적이 없던 케이큘번이었지만, 정작 시험 성적은 어떨지 장담할 수 없었다. 더러는 케이큘번의 실력과 노력이라면, 충분히 웨인보다 좋은 성적을 거둘 수 있을 거라고 장담했다. 하지만 또 다른 이들은 기상천외한 문제가 잦기로 유명한 종합 시험인만큼, 케이큘번의 지식보다는 웨인의 천재성이 더 빛을 발할 거라고 말했다.

　성 켈로츠 의과대학의 모든 사람들은 주목했다. 과연 케이큘번이 웨인의 절대적 탑의 자리를 가로챌 수 있을 것인가.

　"가끔씩은 화가 난다고."

　암기를 하고 있던 나는, 툴툴거리는 다르젠의 목소리에 눈을 동그랗게 떴다.

　"화가 난다니?"

　"저 녀석 말이야."

　다르젠은 턱끝으로 앞자리에 앉은 웨인을 가리켰다. 웨인은 아침부터 꾸벅꾸벅 졸더니, 이젠 아주 책상에 엎어져서 곤히 잠들어 있었다.

　"웨인이 왜?"

　"레럼에게 바짝 뒤쫓기는 주제에 저렇게 태평한 모습이라니. 저건 뭐, 난 공부하지 않아도 성적은 좋소, 하고 사방팔방 소문내는 꼴이지."

나는 다르젠의 말에 훗 하고 웃었다. 맞는 말이었다. 모든 학생들이 몸을 잔뜩 움츠리고 책 속에만 파묻혀 있는 이때에, 웨인은 평소와 다름없는 모습이었다. 평소와 다름없이 다른 생각에 빠져 있고, 평소와 다름없이 웃고, 평소와 다름없이 강의를 듣고 공부를 했다.

"자기만의 공부 방식이 있겠지. 그리고 다르젠 자네가 웨인을 탓할 수준은 아니야."

"무슨 소린가?"

나는 몇 시간 전부터 계속해서 217페이지만 읽고 있던 다르젠을 향해 톡 쏘듯이 말했다.

"자네도 굉장히 쉬엄쉬엄하는 편이라고. 도무지 책장을 넘길 생각은 않고 계속 다른 데만 신경을 쓰고 있지 않은가? 지나가는 사람들이나 뚫어져라 쳐다보고, 웨인이 언제 잠에서 깰지 짐작한답시고 한눈이나 팔고 말일세."

다르젠은 늘 그렇듯 하품을 하면서 내 말을 가볍게 무시했다.

"그건 그렇고, 그 노트는 어디서 난 건가? 처음 보는데. 새것 같진 않고."

다르젠은 케이큘번의 노트를 가리키면서 물었다. 나는 뜨끔거리는 마음을 조용히 숨기며, 아무렇지도 않은 척 노트를 가방 안으로 집어넣었다. 이 노트가 케이큘번이 전해주고 간 거란 걸 알면, 다르젠이 그다지 좋은 반응을 보여줄 것 같진 않았다.

"아니라네. 원래 있던 거야."

나는 눈동자를 또르르 굴리며 책에다가 시선을 박았다.

"저런 모양은 자네 취향이 아니야. 뭐기에 그렇게 급하게 숨기는 건가? 내가 보면 안 되는 건가?”

그는 손바닥을 내밀었다. 노트를 보여달라는 뜻이었다. 나는 잠깐 고민했다가 결국 노트를 다시 꺼냈다. 숨기면 숨길수록 다르젠은 더욱더 이상한 눈초리로 날 쳐다볼 테니. 차라리 내가 필기한 거라고 해명하는 편이 나을 듯싶었다. 노트를 받아 든 다르젠은 반짝이는 눈빛으로 하나하나 살펴보기 시작했다.

“별거 아닌데…….”

“레럼의 노트군.”

‘그냥 내가 필기한 걸세’라는 마지막 말은 다르젠의 한마디에 내 목구멍으로 도로 삼켜졌다.

“으응?”

나는 난감함을 숨기지 못했고, 다르젠은 날카로운 눈초리로 나를 바라보았다.

“레럼의 노트라고 하면 내가 찢어버리기라도 할까 봐 숨긴 건가?”

다르젠의 목소리에서 섭섭함이 묻어 나왔다. 나는 미안한 마음이 들었지만, 그것보다는 다르젠이 바로 케이큘번의 노트를 알아본 것에 대한 신기한 마음이 더 컸다.

“어떻게 알아챈 건가?”

“자네 또 나의 관찰력이 대단하다며 극찬을 늘어놓을 생각이라면 관두게. 난 그저 글씨체를 알아봤을 뿐이니까. 그건 관찰력도 뭣도 아니야. 그냥 그 녀석의 글씨체를 기억할 수 있는 기억력일 뿐이지.”

다르젠은 심드렁하게 대답했다.

“사실 레럼이 나와 조를 이루어 과제를 하면서 지나가듯이 한 말이 있었거든. 만약 신학 과제에서 낙제 점수를 받게 된다면, 대신 자기 내과의학 노트 필기를 빌려주겠다고."

나는 다르젠에게 솔직하게 털어놓기 시작했다. 그가 나에게 노트를 전해 주고 간 상황, 그에 대한 미움을 눈 녹이듯 녹여 버린 내 심정, 그리고…….

"자네가 레럼을 너무 싫어하는 것 같아서 숨긴 거라네. 레럼이 건네주고 간 노트라는 걸 알면 자네가 기분 상할 것 같아서."

내가 노트를 숨길 수밖에 없던 이유가 다르젠 때문이었다는 사실도 은근히 덧붙였다.

"그렇군."

다르젠은 의외로 차분하게 고개를 끄덕였다. 그러고는 조용히 입을 다문 채, 케이큘번이 주고 간 노트에 신경을 쏟았다.

"세요, 이거 레럼이 하루 만에 급하게 베껴서 준 거라고 했다고?"

계속해서 노트를 살펴보던 다르젠이 고개를 갸웃거리며 나를 향해 물었다.

"그렇게 말했지."

"이상한데. 하루 만에 베꼈으면 뒤로 갈수록 글씨체가 망가져야 정상 아닌가? 이렇게 정갈한 글씨체로 이만한 분량을 하루만에 써냈다는 건 무리가 있을 듯싶은데?"

"그래?"

나는 다르젠의 손에서 노트를 넘겨받았다. 그의 말대로였다. 처음과 끝이 일정한 글씨체로 깔끔하게 적혀 있었다.

"그리고 노트 표지 뒷면을 보게. 잉크가 묻어나지 않았지?"

나는 다르젠이 시키는 대로 따랐다.

“그러네?”

“그건 필기를 한 후에 시간이 많이 지나고 나서야 표지를 덮었다는 말이라네. 책장을 넘겨 봐. 표지 뒷면만 그런 게 아니야. 다른 페이지에도 급하게 베낀 것치고는 잉크가 전혀 묻어나지 않았어. 음, 설마 한 페이지씩 적고 잉크를 완전히 말린 후에 다음 페이지를 쓰는 짓을 반복했단 말은 아니겠지?”

“으음…….”

“내 생각엔 말이야. 이건 레럼이 강의 시간에 직접 필기를 한 노트일 것 같군. 베낀 게 아니라, 원본이란 말이지.”

“응? 이게? 그럼 레럼은 무엇으로 공부를 하고?”

나는 눈을 동그랗게 뜨며 물었다.

“이미 완벽하게 공부를 다 했거나, 사본을 가지고 있겠지. 아님 그 노트에 필요없는 내용만 잔뜩 적혀 있거나.”

내 질문에 대답을 한 사람은 다르젠이 아닌 웨인이었다. 그는 언제 깼는지 맑은 눈빛으로 우리를 지켜보고 있었다. 나는 웨인의 마지막 말은 틀렸노라 확신했다.

“아니야. 완벽한 필기야. 음, 이게 원본이라니. 괜히 미안해지는데.”

내가 중얼거리듯 말하자 웨인이 피식 웃었다. 그러더니 다르젠에게 시선을 옮기면서 당당하게 팔짱을 꼈다.

“것 봐, 다르젠. 내 말이 맞지 않은가? 케이큘번 레럼은 자네 생각보다 훨씬 괜찮은 녀석이래도. 의리도 있고 정도 있는 친구야.”

다르젠은 하품을 크게 하면서 웨인의 말을 못들은 척했다. 웨인과 내가 그러한 다르젠의 모습을 보고 쿡쿡거리고 있을 때였다. 도서관의 입구에 케이큘번의 모습이 나타났다. 나는 시계를 쳐다보았다. 역시. 그가 늘 도서관에 모습을 드러내는 오후 네 시였다. 어쩌면 이렇게 기막힌 순간에 등장을 할 수 있을까 하는 생각이 들었다. 우리가 자신의 이야기를 하고 있었다는 걸 알면 분명 그 특유의 인상을 써 보이겠지.

"휴……."

갑자기 다르젠이 자리에서 일어섰다. 그러더니 케이큘번에게로 뚜벅뚜벅 걸어갔다. 어쩐지 다르젠의 뒷모습에서 결의가 느껴졌다. 케이큘번의 코앞까지 다가간 다르젠은 망설임없이 툭 내뱉었다.

"어이, 레럼, 나랑 내기 한번 할 텐가?"

케이큘번은 다르젠을 의아하게 쳐다보았지만, 다르젠은 전혀 개의치 않았다.

"뜬금없이 내기라니?"

"할 텐가, 말 텐가?"

다르젠은 귀찮다는 듯한 표정으로 케이큘번을 다그쳤다. 케이큘번은 인상을 쓴 채 우리 쪽을 힐끗 쳐다보았다. 그는 나와 웨인을 번갈아 보았다. 케이큘번의 시선을 받은 웨인은 손을 들어 그에게 인사를 전했다. 마치 아주 친한 친구인 척. 케이큘번은 그러한 웨인을 빤히 응시하더니 천천히 입을 열었다.

"하지 뭐."

그의 반응은 상당히 의외였다. 나는 케이큘번이 분명 '싫어'라고 퇴짜를 놓으리라 생각했었는데. 케이큘번은 신기하게도 묘한 웃음마저 띠고 있었다.

"내기의 주제는 세요와 나의 내과의학 성적으로 하지. 어때? 차마 자네나 웨인에게는 견주지 못할 테고, 세요 정도라면 훗."

다르젠이 장난스러운 표정으로 쳐다보자 나는 어정쩡하게 웃어 보였다. 말은 저렇게 해도 저 녀석, 상당한 실력인데. 다르젠이 웨인과 어울려 다니지 않았다면 그 어느 무리에 끼어도 최고 수준의 성적이었을 것이다.

내가 다르젠보다 성적이 좋으면 케이큘번이, 다르젠이 나보다 성적이 좋으면 다르젠이 이기는 걸로 정해졌다. 나는 케이큘번의 난감한 시선을 받아내느라 진땀을 흘렸다. 케이큘번은 못 믿겠다는 표정을 지어 보이면서도 서슴없이 나에게 승리를 걸었다. 하긴, 케이큘번이 다르젠에게 신뢰를 보여줄 리가 없었으니. 어쩔 수 없이 날 선택한 거겠지.

"이번 겨울제에 세르게일이 오페라를 하나 선보인다더군. 지는 쪽이 그 오페라의 표를 사는 걸로 하지."

"오페라?"

"그래, 오페라. 내가 오페라를 꽤 좋아하거든. 지는 사람이 웨인과 세요의 입장권도 함께 부담하는 걸로 하자고."

다르젠은 씨익 웃었고 케이큘번은 잠깐 고민에 빠졌다. 침묵에서 벗어 나온 케이큘번은 단호하게 고개를 끄덕였고, 그렇게 내기는 성립되었다.

그날부터 나는 훨씬 더 오래도록 공부를 했다. 만약 나 때문에 케이큘번이 내기에서 진다면……. 머리를 내저었다. 그의 사나운 눈초리를 받아낼 자신이 없었다. 나는 아버지의 엄한 얼굴보다도, 케이큘번의 무표정을 먼저 떠올리며 스스로에게 박차를 가했다.

"시험은 나를 힘들게 하는군."

내 앞자리를 지키며 사색에 잠겨 있던 웨인이 갑자기 입을 열었다.

"웬일이야? 자네 입에서 시험에 대한 걱정이 다 나오고."

"시험에 대한 걱정이라기보다는 다른 아쉬움이라네."

"아쉬움?"

웨인은 종이 한 장을 펼치면서 대답했다.

"자네가 공부에 빠져 버리는 바람에, 더 이상 그림을 그리지 않으니 말이야. 이 지렁이 그림같이 훌륭한 그림을 더욱더 많이 그려내 주면 좋겠는데. 난 세요 폰 어니뷔트의 그림이 너무나 마음에 든단 말이지."

웨인은 흐뭇하게 웃으면서 나의 리본 그림을 바라보았다. 한낱 지렁이로 전락해 버린 아름다운 리본이 그림 속에 오롯이 놓여 있었다. 당황스럽긴 했지만, 그래도 고마웠다. 늘, 웨인에게 나의 장점 하나쯤은 뚜렷하게 부각시키고 싶었으니까. 적어도 난 웨인에게 '그림 잘 그리는 친구'로 각인이 되었다는 사실이 기뻤다.

"고맙네. 시험이 끝나면 자네를 위해 그림을 하나 그려야겠는걸."

나는 감정을 숨기지 못하는 타입이었다. 즐거움을 입 안 가득 문 채, 함박웃음을 지었다.

"오, 좋은데? 자네가 시험을 망치고 우울해하면서 지금 했던 말을 없었던 일로 하자고 하면 곤란해."

웨인은 나더러 얼른 공부를 하라며 닦달했다. 그러더니 자신도 책을 펼쳐 들고 아주 오랜만에 공부에 빠져들기 시작했다.

다르젠은 내기를 건 장본인인 주제에, 평소와 행동이 다름없었다. 공부에 열을 올리지 않아도 나 정도는 가뿐히 이길 수 있다는 자신감인가? 나는 묘하게 승부욕이 들끓는 걸 느끼면서, 무조건 다르젠을 이겨 보이리라 다짐했다. 그 바람에 케이큘번이 나에게 전해 주고 간 노트는 훨씬 더 값진 물건이 되어버리고 말았다. 나는 '하위 오십 위까지의 학생들에게는 이 주일간의 천체관측을 과제로 내도록 하겠네' 라고 으름장을 놓았던 천문학 교수의 얼굴마저 머릿속에서 지워 버렸다. 천문학이나 수학 등등의 다른 모든 과목을 합친 것보다 더욱더 큰 비중으로, 내과의학을 공부하고 또 공부했다.

그리고 결국, 나는 다르젠 앞에서 씨익 웃어 보일 수 있었다. 당황스러웠던 건, 분함에 치를 떨 거라고 생각했던 다르젠이 오히려 내 머리를 쓰다듬어 주며 장난스러운 표정까지 펼쳐 보였다는 점이다.

"수고했어, 세요. 덕분에 내가 졌어."

"내기에서 졌는데 분하지 않아?"

"분하긴."

다르젠과 내 표정은 뒤바뀌어 버렸다. 나는 황당한 표정을 지어 보였고, 다르젠은 씨익 웃었다. 한참 후에야, 나는 다르젠이 왜 이토록 여유로운지 알 수 있었다.

"체페 상단의 아들이, 불운한 일로 가난해진 한 청년의 푼돈을 빼앗는 건 영 꺼림칙한 일이라네. 그렇다고 그냥 돈을 내준다고 하면 그 녀석같이 더러운 성격의 소유자가 좋게 볼 리도 없고. 그러니 자네가 보란 듯이 나를 이겨준 게 얼마나 고마운 일인지 모른다네."

"다르젠, 자네는 레럼을 싫어했지 않은가?"

"싫어했지. 아니, 아직 싫어하네."

"그런데 왜……."

"웨인을 믿어보려고."

나는 그의 말을 단박에 이해하지 못하고 고개를 갸웃거렸다.

"웨인을?"

다르젠은 아주 살짝 인상을 썼지만, 이내 얼굴에서 표정을 지웠다. 그러고는 입꼬리를 삐죽이 올리면서 어깨를 으쓱거렸다.

"난 처음에 자네를 크게 좋게 보지 않았거든. 어니뷔트 가의 후계자라면 얼마나 도도하고 건방질지. 싫어했던 건 아니지만, 그런 선입견이 있었던 건 사실이라네."

"그랬었군."

"하지만 자네는 좋은 사람이었어."

"내가, 좋은 사람?"

의외의 칭찬에 기분이 좋아졌다.

"그러니 레럼도 어쩌면 좋은 놈일지도 모르잖아, 첫인상은 별로였지만. 생각해 보면 이해가 되기도 하고. 사실 나라고 해도 독보적이었던 내 자리를 누군가가 한순간에 치고 올라와 가로채 버린다면 상당히 미울 것 같긴 하거든."

"으음……."

케이큘번을 처음 본 순간이 떠올랐다. 웨인을 의식하며 은근히 긴장했던 주제에 독소만 퍼붓고 사라졌던 남자. 케이큘번은 원래 불친절하긴 했지만, 어쩌면 처음 그 순간의 모습은 단순한 불친절함이 아닌, 웨인에 대한 시기심이 만들어낸 행동이 아닐까 하는 생각이 들었다. 웨인을 얕잡아본 듯이 말을 하긴 했지만, 사실 그 속은 깊은 시기심과 질투로 무장하고 있을지도 모른다는 생각. 지금 다르젠의 이야기를 들어보니 나를 사로잡은 이 생각이 거의 확실할 듯싶었다.

"좋은 놈이길 바라야지. 아니, 좋은 점이 하나쯤은 있는 놈이길 바라야지. 오페라라……. 레럼 녀석, 오페라를 보고 감동할 정도의 감성을 가지고 있으려나 모르겠군."

다르젠의 한숨이 실외로 자욱하게 퍼져 나갔다. 다르젠의 한숨을 삼킨 겨울 추위는, 이제 곧 시작 될 겨울제를 싣고 토샤의 거리에 스며들었다.

겨울제의 시작을 알리는 나팔 소리가 토샤의 곳곳에서 울려 퍼졌다. 두꺼운 옷으로 나름의 멋을 잔뜩 부린 젊은이들이 광장을 가득 메웠다. 가게들은 각각의 장신구로 축제의 분위기를 살렸고, 거리마다 퍼레이드로 소란스러웠다.

이번 겨울제에서 가장 많은 주목을 받는 건 바로 세르게일의 오페라였다. 그는 까마득한 옛날부터 전해 내려오던 전설을 오페라로 재구성하였는데, 최고의 작곡가라는 그의 명성 덕분인지 그 오페라에 대한 사람들의 관심은 하늘을 찌를 정도였다. 특히 다르젠처럼 예술에 많은 관심을 가진 사람들에게 있어 그 오페라는 절대 놓쳐서는 안 될 소중한 볼거리였다.

"이번 무대의 여주인공을 맡은 가수가 엘베하에서 왔다고 하더군."

"엘베하?"

엘베하. 엘베하토샤의 서부 지역에서 가장 큰 도시. 수도인 토샤와 맞먹는 경제력과 군사력을 갖춘 도시였다. 토샤와는 사이가 나빠서 교역도 잘 하지 않는 편인데, 토샤의 축제에 엘베하의 여가수가 등장한다니 참 뜻밖이었다.

"서 엘베하토샤의 여인들은 다들 목소리가 곱다던데. 그중에서도 뛰어난 가수라니 상당하겠지?"

다르젠의 들뜬 목소리가 귀를 찔렀다. 나 또한 함께 들뜨는 걸 느꼈다. 그렇게 축제의 분위기에 한껏 젖어 있는 우리와는 달리, 케이큘번과 웨인은 조용하기만 했다. 우리와의 관계가 어색한 케이큘번이야 그렇다 처도, 웨인은 왜 저러는지 걱정스러웠다. 보통 때의 웨인이라면, 이 상황에서 환하게 웃으며 축제를 마음껏 즐겨야 정상인데.

드넓은 오페라극장은 이미 만원이었다. 우리는 다르젠이 준비해 준 입장권 덕분에 꽤 좋은 자리에 앉을 수 있었다. 나중에야 안 소식이지만, 이번 세르게일의 오페라는 체페 상단의 지원을 받은 것이었다. 그래서 엘베하의 여가수도 데려올 수 있었나 보다. 나는 다르젠을 향해 깍듯이 인사를 하는 관리자들을 보면서 상당한 위화감을 느꼈다. 평소의 수수하던 다르젠의 모습이 자꾸만 떠올랐으니까.

"예술가들은 참 대단하다는 생각이 드는군."

공연 중 웨인이 슬쩍 내뱉은 말이었다. 한참 무대 위의 화려한 조명에 빠져 있던 나는 마치 누군가가 때리기라도 한 듯 정신을 번쩍 차렸다.

"응?"

케이큘번이 웨인을 슬쩍 쳐다보았다. 그도 웨인의 말에 흥미가 동한 건가.

"자신이 가진 힘과 영혼을 산산조각 내서 작품에 싣는 사람들 아닌가. 예술 작품을 접한 군중은 그 속에 담긴 힘과 영혼을 흡수해서 마음을 살찌우지. 어찌 보면 참으로 숭고한 희생이란 말이야."

웨인은 멍하게 무대를 쳐다보면서 들릴 듯 말 듯한 목소리로 마지막 말을 뱉어냈다.

"차라리 예술가가 될 걸 그랬어. 몸보다는 마음을 고쳐 주는 편이 훨씬 더 값진 걸지도 모르니."

순간 케이큘번과 눈이 마주쳤다. 케이큘번은 아주 잠깐 알 수 없는 눈빛을 띠어 보였다. 하지만 곧 원래의 차가운 눈빛으로 돌아간 그는, 나에게서 고개를 홱 돌려 무대를 향해 시선을 던졌다.

공연이 끝나자 다르젠은 잠깐 자리를 비웠다. 우리는 관객들이 실내를 빠져나가는 걸 쳐다보면서 다르젠이 볼일을 다 마치고 돌아오기를 조용히 기다렸다. 하지만 다르젠은 거의 모든 사람들이 실내의 공간을 비울 때까지도 우리의 곁으로 돌아올 생각을 하지 않았다.

다르젠은 세르게일과 꽤 오랜 시간 동안 이야기를 나누고 있었다. 원래 친분이 있었던 모양인지 그들은 아무런 거리낌 없이 대화를 나누고 웃어 보였다. 다르젠은 세르게일과 이야기를 하면서도 자꾸만 다른 쪽으로 시선을 던지곤 했다. 세르게일과 얼마 떨어지지 않은 곳에 가만히 서 있는 한 아가씨였다. 이번 오페라의 여주인공으로 등장했던, 엘베하에서 왔다던 여가수였다.

혹시 다르젠이 아름다운 여가수의 시선을 끌기 위해 세르게일과 억지스런 인사를 나누고 있는 건가? 하는 생각이 나의 두뇌를 지배하려던 바로 그 순간, 나의 모든 잡념을 환기시키고 웨인과 케이큘번을 자리에서 벌떡 일어나게 만드는 장면이 연출되었다.

"치리!"

다르젠이 흘낏거리던 아가씨가 바닥에 털썩 쓰러져 버린 것이었다. 순식간에 여가수 주변에 다르젠을 비롯한 많은 사람들이 모여들었다.

"치리! 왜 이래! 정신 차려, 치리!"

동료로 보이는 한 여인이 쓰러진 아가씨의 몸을 붙들고 마구 흔들었다. 다르젠은 그녀를 진정시킨 후 쓰러진 아가씨의 상태를 살펴보기 시작했다. 나와 웨인, 그리고 케이큘번이 다가갔을 때, 치리는 쌕쌕 소리를 불규칙하게 내뱉고 있었다. 그녀는 호흡곤란 증세를 일으킨 것이었다.

학교에서 배운 대로 착실하게 환자의 상태를 살펴보던 다르젠은 갑자기 얼굴을 한없이 붉혔다. 다르젠은 조금 전 치리를 붙들고 소리를 지르던 여인을 바라보며 입을 열었다.

"혹시 비어 있는 대기실이 있습니까?"

"네? 글쎄요. 저희는 공연이 끝나자마자 엘베하로 돌아갈 예정이라서 지금 대기실을 쓸 수 있을지는……."

"음, 환자 분을 다른 곳으로 좀 옮겨야 되겠는데. 비어 있는 공간을 좀 찾아봐 주십시오."

다르젠은 여전히 새빨간 얼굴로 더듬었다. 다르젠이 그렇게 말을 내뱉는 와중에도 치리의 상태는 훨씬 더 심각해져 가는 것처럼 보였다. 그녀의 숨소리는 더욱 거칠어졌고, 이젠 그르렁거리는 소리마저 날 정도였다. 다르젠이 당황스러움을 숨기지 못하고 난감해하던 중에 갑자기 웨인이 나섰다.

"뭐 하는 건가, 다르젠! 지금 대기실로 옮기고 말고 할 시간이 어디 있어! 이러다가 이 아가씨가 잘못되면 어쩌려고 그러는 건가!"

나는 처음으로 본 웨인의 신경질적인 모습에 깜짝 놀랐다. 그는 다르젠의 옆으로 가서 앉으며, 환자를 살펴보기 시작했다. 조금 전, 다르젠이 행했던 모습 그대로. 늘 부드럽게 사람을 상대하던 그가 지금 이 순간, 굉장히 날카로운 모습으로 치리를 살펴보고 있었다.

"다들 눈을 감으십시오!"

갑자기 웨인이 크게 외쳤다. 하지만 아무도 그의 말을 따를 생각은 하지 않았다. 나조차도 상황 파악을 못하고 멀뚱멀뚱 뜬 눈으로 웨인을 쳐다보기만 했다.

"헉!"

이곳저곳에서 탄성이 흘러나왔다. 웨인이 갑자기 치리의 화려한 겉옷을 벗겨내기 시작했기 때문이었다. 상당히 거친 손길이었다. 모든 이들은 경악했고, 관리자들은 웨인을 저지하려고 했다. 하지만 다르젠이 도리질을 치자 그들은 행동을 멈추고 웨인을 지켜봐 주었다. 그리고 몇몇 사람들은 조금 전 웨인이 시킨 대로 눈을 감았다.

"칼! 칼!"

코르셋이 훤히 드러난 터였다. 코르셋을 단단히 동여맨 끈들을 헤집던 웨인은 결국 그것들을 다 풀지 못하고 칼을 찾아댔다. 치리는 자신의 상황을 아는지 모르는지 거친 숨소리만 계속해서 뱉어내고 있었다.

누군가가 가져다준 칼은, 단박에 코르셋을 해체시켰다. 웨인은 치리의 등에 상처를 남기지 않기 위해서인지 상당히 조심스럽게 칼을 다루었다. 젊은 아가씨의 등살이 훤히 드러나자 모든 이들이 얼굴을 붉혔다. 나는 더 보지 못하고 등을 돌려 버렸다. 하지만 웨인은 무덤덤하게 코르셋을 벗겨낼 뿐이었다.

나는 뒤돌면서 내 뒤에 묵묵히 서 있던 케이큘번을 발견하였다. 그는 뭐라 설명하기 어려운 표정을 띤 채 웨인을 바라보고 있었다. 그의 눈동자는 상당히 흔들리고 있었다. 지금 이 공간에서 얼굴을 전혀 붉히지 않은 사람은 웨인과 케이큘번, 단 두 사람뿐이었다.

"휴……."

문이 딸깍 열리면서 다르젠이 모습을 드러냈다. 그는 땅을 향해 한숨을 휴 내쉬었다. 다르젠의 표정에 안도감이 서려 있는 걸 보니 치리는 무사한 듯싶었다.

"어때?"

"지금은 잠들었어. 간 떨어지는 줄 알았네."

다르젠은 고개를 절레절레 내저었다. 치리가 잠들었다는 말에 웨인의 눈동자는 차차 안정을 되찾아갔고, 케이큘번의 입꼬리도 슬며시 올라갔다.

오페라가 끝난 후, 다르젠은 치리의 안색과 기이한 표정을 보고 그녀의 상태가 좋지 않았음을 직감했노라고 말했다. 그래서 세르게일에게 인사를 건넨답시고 괜히 그녀의 주변을 맴돌았노라고 고백했다. 내가 '다른 마음이 있었던 건 아니고?' 라고 묻자, 그는 크게 손사래를 치며 극구 부인했다.

"걱정했던 것처럼 그녀는 바로 휙 쓰러져 버리더군. 공연이 끝나자마자 긴장이 풀려 버렸나 봐. 의식하지 못했던 것들이 한눈에 들어오면서 심장이 놀란 거지."

"그래도 별 탈 없어서 다행이네."

나는 다르젠을 토닥였다.

"걱정이군. 그런 나약함으로는 배우 생활을 버텨내기가 힘들

텐데. 정신력이 부족하군. 공연 끝낼 때마다 긴장이 풀어졌답시
고 그렇게 픽픽 쓰러져 버리면 곤란하지.”

잠자코 있던 케이큘번이 불쑥 끼어들었다. 그의 말은 너무나
무미건조해서 전혀 치리를 걱정하는 것처럼 보이지가 않았다. 오
히려 그녀의 나약함을 비판하는 것처럼 보일 뿐.

“그녀는 엘베하에서 온 사람이라네. 토샤에서 공연을 했다는
것만으로도 얼마나 큰 부담이 되었겠나. 우리가 엘베하 사람을
낯설어하는 만큼 엘베하 사람들도 우리를 낯설어할 텐데.”

다르젠은 발끈하며 대답했다. 조금 전, 그녀에게 다른 마음이
있었던 건 아니냐는 내 물음을 큰 목소리로 묵살시켜 버린 것에
비하면 상당히 노골적으로 감정을 드러내고 있었다. 나는 결코
눈치가 빠르거나 예리한 편은 아니었지만, 그래도 느낄 수 있었
다.

시뻘건 얼굴로 케이큘번에게 으르렁거리는 다르젠의 모습을
보면서 나는 속으로 피식 웃었다.

다르젠, 이 녀석. 훗.

“그렇군.”

열을 내는 다르젠과는 달리 케이큘번은 간단하게 대응했다. 다
르젠은 민망한 기색을 잔뜩 드러내면서도 짐짓 아무렇지도 않은
척 헛기침을 해댔다.

“와!”

때마침 퍼레이드가 우리 옆을 스쳤다. 화려한 수레에는 전설
속의 괴물 ‘소포베니’가 타고 있었다. 이 덩치 큰 괴물은 수레 위
에 선 채로 길가의 아이들을 향해 포효하거나 크게 웃곤 했다. 갓
젖을 뗀 듯 보이는 작은 아이들은 덜컥 울음을 터뜨렸고, 것보다

좀 더 자란 사내아이들은 신나게 웃으며 나뭇가지 따위를 소포베니에게 겨누었다.

부정한 과부들과 미혼모들을 응징한다는 무서운 괴물, 소포베니. 그의 수레 뒤쪽으로는 질질 끌려가는 과부들로 분장한 많은 여인들이 줄에 묶여 있었다. 전설 속에서는 그녀들의 아이들이 모두들 찢어진 살갗을 드러낸 채 소포베니의 수레를 끌었다고 하지만, 퍼레이드 내에 어린아이들은 없었다. 하긴, 수많은 아역 배우들을 찾기란 쉽지 않았겠지.

"항상 의문이란 말이지. 아름다운 겨울을 찬양하는 이런 축제에 왜 해마다 저런 괴물 분장을 한 사람들이 돌아다니는 건지. 분명 퍼레이드를 준비하는 교회 딴에는 사람들에게 죄에 대한 경각심을 일깨워 준다는 뜻이겠지만. 쯧쯧."

나는 눈을 동그랗게 떴다. 다르젠이라면 이런 구경거리를 굉장히 좋아할 줄 알았는데, 그는 의외로 혀를 차고 있었다. 아침에 달의 수호신에게 붙들려 가는 죄 많은 송장들의 퍼레이드를 볼 때만 해도 그저 즐거워하기만 했던 다르젠이, 유독 소포베니의 행진에는 눈살을 찌푸려 보였다.

웨인의 표정 또한 상당히 어두워져 있었다. 퍼레이드를 바라보는 그의 표정은 어둡다 못해 왠지 모르게 아파 보이기까지 했다. 친구들의 반응은 퍼레이드를 즐겁게 지켜본 내 모습을 한순간에 민망하게 만들어 버릴 정도였다.

"케이큘번."

웨인은 케이큘번을 성이 아닌 이름으로 불렀다. 나는 웨인이 케이큘번에게 너무 성급하게 다가가는 건 아닌가 하고 마음을 졸였다. 케이큘번은 왠지, 자신을 이름으로 부르는 걸 허용해 주지 않을 사람 같은데.

"왜?"

다행히 케이큘번은 별 거리낌 없이 응해주었다. 나는 신기한 마음을 느끼며 나도 케이큘번을 이름으로 불러볼까, 하고 갈등하다가 관두기로 했다. 내가 그의 이름을 부르는 모습을 상상해 보자 뭔가 간지러운 느낌이 들기도 하고 한없이 어색하기까지 했으니까.

"바쁘지 않다면 다 함께 술 한잔하러 가겠는가? 자네들도 시간 괜찮지?"

웨인은 나와 다르젠을 번갈아 보았다. 어째 웨인이 지쳐 보였다. 치리가 쓰러진 사건 때문에 놀라서 그런 걸까? 아니, 그전부터 오늘의 웨인은 뭔가 달랐다. 평소답지 않은 우울감이 그를 감싸고 있었다. 나는 그런 그가 걱정스러워서, 최대한 집에 일찍 돌아오라는 어머니의 말씀마저 잊은 척, 고개를 끄덕였다.

다르젠과 웨인은 익숙한 발걸음을 옮겨 그들이 자주 들렀던 주점으로 나와 케이큘번을 안내했다. 다르젠이 들어서자마자 주점 주인이 아는 체를 해왔고, 덕분에 우리는 상당히 좋은 좌석에 앉을 수 있었다.

"웨인, 오늘 무슨 일 있었나? 하루 종일 우울해 보이는데."

우리에게 시간을 내어달라 요청했던 장본인은 정작 창밖만 멍하니 보고 있었다. 나는 그러한 웨인의 시선을 끌기 위해서 슬며시 질문을 던져 보았다.

"응? 아, 그래? 미안해. 미안하군. 잡념이 사라지지 않네."

"무슨 잡념?"

웨인은 싱긋 웃더니, 혼잣말인 척, 하지만 우리에게 모두 들릴 수 있게끔 슬쩍 대답했다.

"오늘 아침에 한 아기를 만났지."

"아기?"

나는 흥미가 이는 걸 느끼며 귀를 쫑긋하게 세웠다.

"웬 사내가 갓난아기를 안은 여인에게 고함을 지르고 있더라고. 그것도 큰길에서. 아침이라서 한산했지만, 그래도 지나가는 사람이 꽤 있었는데 신경도 쓰지 않더군. 보아하니 아기가 고열을 앓고 있는 것 같았어. 내가 다가가서 아이를 진찰해 보려고 하니, 아버지로 보이는 그 사내가 나를 밀쳐 내었다네."

"으음."

"아내에게 고함을 지르던 사내는 나를 밀쳐 내며 말했지. 어차피 저년 죄야. 결혼한 지 여섯 달 만에 애를 낳은 요망한 년이라고. 애새끼랑 같이 죽게 내버려 둬. 네까짓 게 뭔데 나서? 하고. 아기는 얼핏 보기에도 상당히 위험한 상태였다네. 아마 지금쯤은……."

"어이! 여기 주문 안 받나?"

갑자기 다르젠이 점원에게 큰 소리를 지르는 바람에 웨인의 말이 뚝 끊겨 버렸다. 나는 왠지 다르젠이 의도적으로 웨인의 말을 가로막은 것 같다는 생각을 지울 수가 없었다. 다르젠은 내 시선을 모른 체하며, 점원이 왜 이렇게 게으르냐며 투덜거렸다.

"그러니 자네가 하루 종일 우울했던 이유는 그 아픈 아기를 고쳐 주지 못했기 때문이다, 이거로군."

케이큘번이 웨인에게 툭 내뱉듯 말했다.

"그래, 그거야. 내 눈앞에 다친 사람이 있는데도 고쳐 주지 못하고 그냥 지나쳐야 했어. 상당히… 괴롭더군."

잔 디 벌 레

웨인은 괴로운 마음을 드러내며 인상을 썼다.

"뭐, 아이의 아버지가 성화를 부리는 바람에 어쩔 수 없었던 모양인데 그냥 잊어버리게."

"어쩔 수 없었다곤 해도 결국 중요한 건 내가 사람을 살리지 못했다는 거야. 어떤 이유에서든 눈앞에서 죽어가는 사람을 살리지 못했을 땐 정말… 너무나 힘들어. 미칠 것만 같지."

"흐음. 그래서 포피니에 양이 쓰러졌을 때도 그렇게 격하게 행동한 건가? 살리지 못할까 봐?"

케이큘번은 팔짱을 낀 채 물었다.

"그래. 머릿속이 하얘지면서 포피니에 양을 살려야겠다는 생각밖에 안 들었다네. 덕분에 그녀에게 엄청난 치욕감을 주었지만 말이야. 지금에 와서야 당황스러워했던 다르젠의 행동이 이해가 가지만 그 당시로는 답답하더라고. 이 자리를 빌어서 사과할게. 아깐 미안했어, 다르젠."

저렇게 진심 어린 표정으로 사과를 하는 그를 어떻게 박대할 수 있을까. 역시, 다르젠은 대수롭지 않다는 듯 어깨를 으쓱거려 보였다.

그날의 대화 덕분이었다. 케이큘번 레럼은 더 이상 웨인 파예트를 겉멋만 든 광대라고 모욕하지 않았다. 그리고 나는 알 수 없는 끈으로 이어져 있는 듯한 그들을 바라보면서, 상당한 기쁨과 함께, 상당한 질투도 함께 느껴야 했다.

Chapter 3
멀어지는 천재

토샤 시내가 떠들썩했다. 모든 이의 관심을 사로잡을 만한 소식이 봄기운에 실려 각각의 가정에 전해졌기 때문이다. 토샤에 기거하는 모든 지식인들은 틈만 나면 소문의 진상에 관해 토론하곤 했다. 그 지식인들 중에 성 켈로츠 의과대학 학생들이 포함되어 있었음은 두말할 것 없었다.

그리고 소문의 진원지 또한, 성 켈로츠 의과대학이었다.

"웨인 파예트?"

"와, 웨인 파예트가?"

"세상에……."

매년 이맘때면 교수들의 새 학기 전달 사항이 군데군데 나붙고, 진급을 하지 못한 학생들의 울분 토하는 소리가 학교를 울려야 정상이었다. 하지만 올해에는 새로운 학년이 되었다는 기쁨이나 뿌듯함으로 무장해야 할 학생들이 오로지 웨인에게만 신경을

쏟고 있었다. 웨인은 대학교에 입학한 지 일 년 만에 토샤, 아니,
엘베하토샤의 모든 사람을 술렁이게 하는 소문의 중심에 선 것이
었다.

학생들이 보기에 나는 어느새 다르젠의 위치만큼 올라 있었나
보다. 웨인의 절친한 친구로 말이다. 삼삼오오 모여 수군대던 청
년들은, 내가 자기네들 옆을 스칠 때면 항상 나의 소매를 붙들고
웨인에 대해서 꼬치꼬치 물었다.

"정말로 웨인 파예트가 마취에 성공하였단 말인가?"

"고통을 전혀 느끼지 못한다고 하던데 사실인가?"

나는 젊은이들의 혈기 넘치는 호기심을 웃음으로 마주하며 대
충 넘겨 버리곤 했다. 어쩔 수 없었다. 나조차도 요즘 토샤를 시
끄럽게 하는 이 소문이 진실인지 아닌지 제대로 모르고 있었으니
까.

방학이 끝나갈 무렵에 나는 아버지의 입을 통해 처음으로 그에
대한 이야기를 들을 수 있었다. 방학이 시작되자 웨인에게서 연
락이 뚝 끊겨 버리는 바람에, 나는 소문의 진위를 가려낼 수 있는
처지가 아니었다. 그래서 방학이 끝나면 당장 웨인을 찾아가 캐
물으려고 마음먹고 있었다. 하지만 어째서인지 개강한 지 며칠이
지나도 웨인은 학교에 잘 나오지 않는 듯했다. 웨인뿐만이 아니
었다. 다르젠조차도 쉽게 모습을 보여주지 않았다.

그러다가 드디어 오늘, 웨인과 다르젠에게서 만나자는 연락이
왔다. 그들을 만나기로 한 주점에는 케이큘번이 먼저 와서 자리
를 잡고 있었다. 방학이 끝난 이후에 케이큘번을 처음 본 것이었
다. 나름대로 반가운 마음이 들었다.

"오랜만이네."

“지루하던 참에 잘됐군. 이리 와서 앉게.”

“웨인과 다르젠은 아직 오지 않은 모양이네?”

나는 케이큘번의 곁에 가 앉으며 슬쩍 물었다. 그는 내 말에 대답할 생각은 않고, 물이 가득 담긴 컵을 내 앞으로 밀어주었다.

“급하게도 온 모양이군. 설마 어린애들처럼 출랑거리면서 뛰어온 건 아니겠지? 마셔.”

나는 그의 핀잔에 발끈하려고 하다가 늘 그랬듯이, 참았다. 뭐, 뛰어온 건 사실이니까. 그가 건네준 물을 꿀꺽꿀꺽 마신 후에 나는 긴 한숨을 휴 내쉬었다.

“자네도 들었지? 웨인에 관한 소문.”

케이큘번은 또 대답없이 미리 시켜놓은 맥주를 벌컥벌컥 마셨다. 이 정도의 무시는 이제 익숙했다. 나는 그가 대답을 하든 말든 내 말을 이어갔다.

“사실일까?”

“그 녀석이 오면 알아서 대답해 주겠지. 내가 웨인 파예트가 아닌데 어떻게 자네에게 사실인지 아닌지를 대답해 줄 수 있겠나?”

조금은 짜증스럽게 대꾸하는 그를 보면서 나는 속으로 생각했다.

‘쳇, 관심없는 척하기는.’

“여어, 세요! 레럼!”

귀가 솔깃해졌다. 멀리서 들려오는 다르젠의 목소리에 나는 그만 자리에서 벌떡 일어서며 컵을 엎질러 버렸다. 점원이 다가와서 물을 닦아주고 내 옷을 털어주는 동안 다르젠과 웨인은 벌써 이만큼 다가와 있었다.

우리는 잠시 서로의 소소한 안부를 물으며 재회의 기쁨을 나누었다. 다르젠은 아버지를 따라 엘베하에 다녀왔노라고 말하며, 엘베하에서 있었던 크고 작은 사건들을 이야기해 주었다. 하지만 다르젠의 이야기에는 크게 흥미가 동하지 않았다. 나의 관심은 오로지 웨인에게만 쏠려 있었으니까.

"이 친구들, 내 이야기에는 관심도 없나 보군. 뭐, 그렇겠지. 어이, 웨인. 자네가 얼른 입을 열어야겠어. 세요가 저렇게 노골적으로 자네를 흘낏거리다가 사팔뜨기가 되기라도 하면 정말 큰일이잖아?"

"아, 아닐세. 난 그냥……."

다르젠에게 미안한 마음이 들어서 얼굴을 붉혔다. 내가 뒷말을 찾지 못하고 머뭇거리는 와중에 케이큘번이 불쑥 끼어들었다.

"체페가 틀린 말 한 것도 아닌데 뭘 그러나. 시답잖은 이야기들은 다 접어두고, 본격적으로 이야기해 보게. 자네가 국소마취에 성공하였다던데 사실인가?"

웨인은 대답하기를 망설였다. 그는 잠깐 머뭇거리더니 고개를 끄덕였다.

"확실히 마취에는 성공하긴 했지. 내 혀를 날카로운 바늘로 쿡쿡 찔러도 아무런 통증이 없었으니까."

씨익 웃으면서 대답하는 웨인에게서 일순간 빛이 나는 것처럼 느꼈다. 소문이 사실이었구나. 내 또래의, 나와 같은 학교의 학생이, 아니, 나의 친구가 정말로 해낸 것이었구나.

"자세히 말해보게. 이번 방학 기간 동안 획기적인 마취제라도 발견해 낸 건가?"

두근거리는 마음으로 웨인을 바라보느라 정신없는 나에 비해, 케이큘번은 상당히 침착했다. 그는 팔짱을 낀 채 웨인을 다그쳤다.

"획기적이라… 글쎄, 코카나무 잎을 획기적이라고 할 수 있는가? 음, 고대의 의사들은 환자들을 시술하면서 코카나무 잎을 씹었다고 하지. 그래서 난 코카나무 잎 속에는 아마도 불안감을 없애주거나, 또는 피로감을 없애주는 그러한 성분이 있을지도 모른다는 생각을 했다네. 실제로 코카나무 잎을 씹은 많은 의사들이 굉장히 상쾌한 기분으로 수술을 했었다는 기록도 있었고."

"흐음."

"어릴 때 의사가 아닌 환자들에게도 잎을 씹게 하는 편이 좋겠다는 생각을 했었지. 다들 살이 찢기는 고통을 참기 위해 술을 마시거나 차가운 얼음을 가져다 대곤 하지만, 그것보다는 낫지 않겠나 싶었다네. 아주 단순한 생각이었어. 그러다가 이번에 다르젠에게 도움을 받아 코카나무 잎을 구해서 연구를 했다네. 실질적으로 관심을 기울인 건 이번 방학 때이지만, 연구를 하리라 마음먹었던 건 벌써 몇 년 전이야."

"코카나무 잎이라… 확실히 토샤에선 구할 수 없는 것이지."

"다들 외과 시술이니 마취니 하는 건 신경을 안 쓰니, 조금만 살펴보면 쉽게 찾을 수 있는 것도 못 찾은 거지. 나는 획기적인 발견을 한 게 아니라네. 칭찬받을 일이라면 코카나무 잎에 숨어 있던 마취제를 밖으로 끌어낸 것, 그것뿐일세."

웨인과 케이큘번은 웨인의 연구 결과에 관해 계속해서 이야기를 나누었다. 나는 그들의 이야기를 들으면서 굉장히 멍한 표정을 짓고 있었던 것 같다. 코카나무에 관한 책이라면 나도 어릴 적에 읽은 적이 있었다. 단순히 읽고 넘겨 버린 나와 그걸 깊게 곱씹은 웨인의 차이를, 천재와 범인의 차이를, 나는 또다시 뼈저리게 느꼈다.

그 이후로 웨인과 다르젠은 정상적인 학교 생활을 시작했다. 아니, 웨인의 경우는 조금 특별했다. 그는 수도 없이 멜컨 교수, 정확히 말하자면 멜컨 교수를 찾아온 손님들에게 불려가 이번 연구 내용에 대해 줄줄이 읊어놓아야 했다. 사실 웨인은 이번 마취가 성공하자마자 멜컨 교수에게 상황을 알렸고, 멜컨 교수는 그 결과를 대중들에게 공개했다. 소문의 발단은 멜컨 교수라고 해도 과언이 아니었다.

어쨌거나 그 덕분에 의학협회의 인사들을 비롯하여 많은 학자들이 웨인에게 큰 관심을 쏟기 시작했다. 그들은 멜컨 교수를 통해 웨인을 만나고자 하였고, 멜컨 교수는 기꺼이 중계자가 되어 웨인을 소개하곤 했다.

120

"웨인, 시달리느라 피곤하겠는데?"

나의 걱정스러운 물음에 다르젠이 피식 웃었다.

"그 녀석은 오히려 신이 났다고. 멜컨 교수님 덕분에 르베르 교수님이 자기를 부르지 않는다면서 말이야. 왜 신앙심을 가져야 하는가에 대한 설교를 두세 시간 동안 들을 바에야, 차라리 코카인의 효능에 대해 네다섯 시간 연설하는 게 낫다고 하더군."

참 웨인답다는 생각이 들었다.

"체페, 뭐 하나만 물어도 되나?"

엘베하를 거쳐 토샤로 돌아오기까지의 여정을 줄줄이 늘어놓던 다르젠은, 불쑥 끼어드는 케이큘번 덕분에 뒷말을 모조리 삼켜 버려야 했다.

"응? 아, 말하게."

“파예트 녀석 말이야.”

“웨인? 웨인이 왜?”

“내가 마취에 성공했냐고 물었을 때 자기 자신의 혀를 바늘로 찔렀다고, 그렇게 대답했었잖아?”

“그랬지.”

“그럼 그 녀석은 계속해서 자기 자신을 상대로 마취 실험을 해 온 건가?”

케이큘번의 말에 가슴이 덜컥 내려앉는 기분이 들었다. 그땐 경황이 없어 살피지 못했지만, 만약 케이큘번의 말대로라면 상당히 위험한 것이었다. 실제로도 마취제 실험을 하다가 잘못된 의학자가 꽤나 많았기 때문이다. 다행히 웨인이 멀쩡하긴 하지만, 생각해 보면 그는 참 위험한 일을 행한 것이었다.

다르젠은 어렵게 입을 열었다.

“그렇지. 내가 거금을 들여 실험자를 구해준다고 했는데도 극구 거부하더군. 사실 내가 이번 엘베하행을 결심한 것도, 아버지에게 웨인을 후원한다는 약속을 받아냈기 때문이었는데. 내 고생이 무색해지리만큼, 웨인은 나에게서 아무런 도움도 받지 않으려고 했다네. 기껏해야 코카나무 잎을 실어오는 정도였지.”

“엇? 그럼 자네는 웨인이 코카나무 잎 연구에 착수할 것이란 걸 엘베하에 가기 전부터 알고 있었다는 건가?”

내가 놀란 눈으로 묻자 다르젠은 고개를 끄덕였다, 너무나 당연하다는 듯이. 나는 그 바람에 약간 소침해져 버렸다. 나에게는 연락 한 번 하지 않았던 친구가, 다르젠에게는 모든 걸 터놓았던 것이구나 하는 생각 때문이었다.

웨인과 다르젠이 함께 모습을 드러냈을 때, 그들이 서로 연락을 하고 있었다는 정도쯤은 알 수 있었다. 그때도 섭섭했었는데, 지금 이 순간은 우울할 정도였다. 그나마 다행인 건 케이큘번도 나처럼 아무것도 몰랐다는 것 정도일까. 만약 케이큘번마저 웨인의 행동거지를 모두 알고 있었다면, 나는 극도의 소외감을 느껴야 했겠지.

"그 녀석에게 지지 않으려면 학점이라도 잘 받아놔야겠군."

하지만 케이큘번이 나에게 위로만 남겨주는 것도 아니었다. 책을 유유히 펼치는 그의 여유로운 모습에 한숨이 절로 나왔다. 다르젠이 웨인의 마음을 터놓을 수 있는 친구라면, 케이큘번은 웨인의 두뇌를 터놓을 수 있는 친구겠지.

웨인이 멜컨 교수와의 면담을 모두 끝내고 돌아올 때까지 나와 다르젠은 시시콜콜한 이야기를 나누며 시간을 보냈다. 사실 이야기를 하는 쪽은 줄곧 다르젠이었고, 나는 듣는 편이었다. 듣는다기보다는 듣는 척하는 것뿐이었지만.

"하여튼 그 마부가……. 어이, 세요. 내 말 듣고 있는 건가?"

"으, 응? 아, 응, 응. 듣고 있네."

다르젠은 살포시 인상을 썼다.

"됐네. 마침 웨인도 볼일이 다 끝난 모양이고. 내 재미없는 이야기는 이쯤 하도록 하지. 요즘 들어 자네는 계속해서 내 얘기를 귓등으로 흘려 버리더군."

다르젠은 뾰로통한 표정으로 자리에서 몸을 일으켰다. 나는 미안한 마음에 다르젠을 툭툭 건드렸지만, 다르젠은 모르는 척 딴청만 피웠다.

"미안해. 오래 기다렸지?"

이쪽으로 다가오는 웨인이 보였다. 어째 그의 표정이 상당히 밝아 보였다.

"왜 그렇게 싱글벙글거리는가? 좋은 일이라도 있었는가?"

다르젠의 물음에 웨인이 크게 미소를 지었다.

"아, 그게……."

이야기를 하려던 웨인은 순간 움찔거리며 입을 닫았다. 그가 당황스러운 표정으로 입을 닫는 그 순간의 시선은 나에게로 향해 있었다. 나를 보자마자 급하게 말을 멈추다니. 내가 들어서는 안 될 이야기라도 되는 건가?

"말해봐."

"아니야. 조금 있다가 이야기해 주겠네, 다르젠."

웨인은 그렇게 말하고는 서두르며 짐을 챙겼다. 그의 어색한 행동을 보면서 나는 싸하게 심장을 훑고 지나가는 한기를 느꼈다. 의식적으로 나에게는 시선을 주지 않는 그의 모습 때문에 나는 기막힌 소외감에 몸서리쳐야 했다.

"어이, 파예트, 물어볼 게 몇 가지 있는데 말이야."

케이큘번이 웨인 곁으로 넌지시 다가갔다. 웨인은 아주 반가운 얼굴로 그를 반겨주었다. 나의 과대망상일지는 모르겠지만, 웨인은 케이큘번에게 모든 신경을 던질 수 있게 되어 상당히 기뻐 보였다. 케이큘번과 대화를 하는 동안에는 나를 상대하지 않아도 되니까.

이런, 다르젠과 함께 지내다 보니 이상한 눈썰미만 늘어가는군.

웨인과 케이큘번은 자기네들끼리의 이야기를 계속하면서 저 멀리 앞서 나갔다. 반면 다르젠은 그들의 이야기에 끼지 않으려는 속셈인지 나와 함께 발걸음을 맞춰주었다. 하지만 함께 걸어

주는 것뿐이었다. 다르젠은 요즘 내가 그의 이야기를 흘려듣는다
는 이유로 상당한 앙금을 가진 상태였다. 보통 때였다면, 웨인과
케이큘번이 수준 높은 이야기를 나눈답시고 멀어져 버리면 다르
젠이 소소한 이야기들로 지루함을 달래주곤 했을 테지. 하지만
지금은 그것도 기대하기 어려웠다.

　나는 오랜만에 찾아온 극심한 소외감에 심장이 오그라드는 감
정마저 느끼면서, 터벅터벅 걸었다.

　며칠 후, 우리 가족은 영광스럽게도 황제 폐하의 만찬에 초대
받게 되었다. 늘 황제 폐하의 곁을 지키는 아버지로서는 황제 폐
하의 초대가 크게 감격스럽거나 신선한 일이 아닌 듯 보였다. 아
버지는 감격스러워하기보다 오히려 가족들이 황제 폐하 앞에서
실수나 하지 않을지 초조해하기만 했다.

124　"잘 들어라, 세요. 황제 폐하는 인자하고 감성적인 분이시란다.
예술을 사랑하고 정이 많으신 분이지. 너에게 미술이나 음악에
대해 질문을 하시거든 머뭇거리지 말고 즉시 대답하도록 해라.
시원시원한 사람을 좋아하시니 말이다."

　"네."

　아버지는 포크를 떨어뜨리거나 컵을 엎지르지 말라는 당부, 말
을 더듬지 말라는 당부, 곁눈질을 하지 말고 항상 옅은 미소를 짓
고 있으라는 당부를 틈틈이, 수도 없이 하셨다.

　"그만 좀 하세요, 당신. 제가 결혼한 이후로 오늘 가장 말씀이
많으신 것 같아요. 세요가 어린애도 아니고 이제 다 큰 성인인데
어련히 알아서 잘하겠어요? 그냥 내버려 두세요."

　보다 못한 어머니가 핀잔을 주었다. 상당한 미모를 지니신 나

의 어머니는, 각종 보석과 머리 장식들로 그 미모를 한층 더 화려하게 꾸미신 상태였다. 어머니는 자그마한 거울을 바라보며 머리를 만지셨다. 시선을 거울 속에 가만히 박은 채, 어머니는 중얼중얼 말을 이어갔다.

"그리고 황제 폐하께 잘 보일 필요 있나요? 세요가 당신의 자리에 오를 때쯤이면, 황태자 전하께서 황제에 등극하실 텐데. 잘 보이려면 황제 폐하의 아드님께 잘 보이는 편이 훨씬 낫죠."

"하지만 세요에게 직위를 내리실 분은 지금의 폐하라오. 그분께 밉보여서 좋을 건 없지."

아버지가 불편한 기색을 드러냈지만, 어머니는 전혀 아랑곳하지 않았다.

"설사 밉보인다 하더라도, 세요는 어니뷔트 가의 자제인데 무슨 문제가 있나요? 세요의 인생이 순탄하려면 황제 폐하보다는 황태자 전하의 마음을 사로잡는 편이 훨씬 더 좋지요. 황태자 전하께선 날카롭고 이성적인 사람을 더 좋아한다고 하시니, 차라리 그런 모습을 보여 드리는 편이 낫지 않겠어요?"

어머니는 덜그럭거리는 마차가 멈춰 서자 드디어 거울을 내려놓으셨다. 나는 우아하게 발을 내디디는 부모님을 따라서 황궁 안으로 몸을 들이밀었다.

아주 어릴 때, 이곳에 와보았던 기억이 얼핏 뇌리를 스쳤다. 무언가를 추억할 만큼의 커다란 기억은 아니었지만, 마음을 설레게 할 만큼의 아련한 장면이었다. 마치 아주 낡은 그림을 감상하는 기분으로 나는 발걸음을 옮겨갔다.

"어서들 오시오."

"초대해 주셔서 감사합니다. 폐하, 오랜만에 뵙겠습니다. 여전히 사내다운 기백이 넘치시는군요."

"어니뷔트 부인의 아름다움도 여전하시구려. 자, 자리에 앉으십시다."

낯설지 않은 인상의 황제 폐하와 황후 마마가 우리 가족을 반겨주었다. 저분들의 저 인상도, 먼 기억 속의 일부에 함께 숨어 있었던 것 같다. 나는 확실치 않은 반가움의 손을 내밀어, 황제 폐하와 황후 마마께 초대에 대한 감사를 전했다.

식탁 위에는 어마어마한 양의 식기들, 장식품들, 촛대들이 가지런히 놓여 있었다. 자리에 앉으니, 어마어마한 높이의 촛대들이 시야를 가렸다. 맞은편이 잘 보이지 않을 지경이었다. 티끌 하나 없이 반짝이는 접시들을 내려다보았다. 나는 숨소리를 낮추었다. 큰 숨을 내뱉었다가는 이 접시에 어울리지 않는 더러운 입김이 묻어날 것만 같다는 중압감이 생겼기 때문이었다.

"사실 오늘 이 자리는 내가 아니라 황태자가 주선한 자리라오. 어니뷔트 선생의 가족들과 함께 자리를 가지고 싶다고 하더군. 함께 올 손님이 있다고 하더니……."

그 순간이었다. 커다란 문이 열리면서, 수려한 외모의 젊은이가 실내로 들어섰다. 아무도 말해주지 않았지만, 나는 한눈에 그가 황태자 전하라는 걸 알아차릴 수 있었다. 온몸을 감싼 번쩍이는 옷과 고급스러운 신발뿐만이 아니라, 늠름하고 당당한 걸음걸이가 '내가 황태자다' 라고 말하고 있는 듯했다. 그리고 곧이어 황태자를 뒤따르는 한 남자의 모습도 나타났다. 나는 그 남자 때문에, 황태자 전하를 맞이하기 위해 의자에서 일으키던 몸에서 힘을 쭉 빼버리고 말았다.

"늦어서 죄송합니다. 손님들이 먼저 와 계셨군요."

그 남자도 나를 발견한 듯 눈을 동그랗게 떴다. 우리를 제외한 사람들은 왁자지껄하게 인사를 나누었다. 하지만 나는 그들의 목소리 중 단 한 줄기도 제대로 인식하지 못하고 있었다. 어째서 웨인이 이 자리에 황태자 전하와 함께 나타난 것인가. 나는 혼란스러워하며 멍하게 웨인을 쳐다보고 있었다.

"이쪽은 웨인 파예트 군. 성 켈로츠 의과대학의 우수한 학생입니다."

웨인은 황태자 전하가 자신을 잡아끌자, 나에게서 시선을 거두어갔다. 하지만 나는 웨인이 황제 폐하에게 공손하게 인사를 끝내는 마지막 순간까지도 그에게서 전혀 시선을 뗄 줄 몰랐다. 갖가지 생각이 떠올랐다. 며칠 전, 웨인이 나의 시선을 피하며 다르젠에게 나중에 해주겠다고 했던 말이 바로 이것이었던가? 황태자 전하의 부름을 받았다는 이야기?

"오호, 파예트? 요즘 엘베하토샤를 떠들썩하게 만든 그 훌륭한 청년이 바로 자네인가?"

평민이 황가의 초대를 받는다는 건 굉장한 영광일 것이다. 웨인이 그렇게 들뜬 표정으로 다르젠에게 자랑하고 싶어했던 내용은 분명 황태자 전하의 부름을 받았다는 것, 그것일 테지. 하지만 웨인은 나에게는 아무 말도 해주지 않았었다. 후에 소식을 알았을 다르젠조차도 나에게 아무런 이야기도 해주지 않았다. 어째서일까?

"세요, 어디 아프니?"

어머니의 나지막한 목소리가 와 닿았다. 내 맞은편에 앉은 웨인은 어머니의 목소리를 들었는지 걱정스런 눈빛으로 나를 쳐다보았다. 나는 촛대 사이사이로 희미하게 보이는 웨인을 흘낏거린 후, 고개를 내저었다.

"아니요, 괜찮습니다."

내가 어니뷔트이기 때문이다. 장차 황제의 주치의가 되기로 정해진 세요 폰 어니뷔트이기 때문에. 어쩌면 웨인은 자신이 나의 영광을 빼앗는다고 생각했을지도 모른다. 나를 배려한답시고 나에게는 쉬쉬한 것이겠지. 장차 황제가 되실 분이, 장차 자신의 주치의가 될 나를 버려두고, 다른 의사에게 손을 내밀었으니.

화가 났다. 이번에는 외롭거나 우울한 게 아니었다. 화가 났다. 정말로 나의 자리를 가로채인 듯한 느낌.

처음으로 느껴지는 나보다 잘난 사람에 대한 시기.

나와 웨인을 날카로운 비교의 눈동자로 훑어보는 황태자 전하의 태도는 나의 마음에 더욱더 분노의 불을 질렀다. 그의 눈동자는 마치 '보았느냐, 어니뷔트? 가문의 힘으로 이 자리에 초대된 너와는 달리, 웨인 파예트는 진정으로 훌륭한 청년이다' 라고 말하는 것만 같았다.

나이프를 꼭 쥐었다.

웨인, 어째서 너는 황태자 전하의 부름에 순순히 응한 것이냐. 황궁 안에서 너의 입지가 높아지면, 가문 외에는 내세울 것 없는 나는 순순히 뒤로 내몰려야 한다는 걸 알고 있으면서.

친구의 영광을 참지 못하는 나의 이기적이고 못된 마음이 자꾸만 치솟았다.

그와 함께 나를 옥죄는 자괴감. 웨인과 다르젠은 나를 위해 황태자 전하의 부름을 쉬쉬해 준 것일 텐데. 나는 왜 그들에게 환하게 웃으면서 '나 그렇게 속 좁은 사람 아니야. 진심으로 웨인을 축하한다고' 라고 말하지 못하는 거지? 왜 나는, 친구들의 판단에서 조금도 벗어나지 않은 모습으로, 이렇게 웨인을 시기하고 허탈해하고 있는 걸까. 친구들더러 왜 나에게 웨인의 일을 숨겼느냐고 따지지도 못하게끔.

웨인과 나 사이를 가로막고 있는 촛대는 조금 전보다 훨씬 더 높아 보였다. 이 촛대의 높이는 요즘 들어 뼈저리게 느껴지는 웨인과 나 사이의 거리감을 너무나도 절실하게 잘 나타내어 주고 있었다.

나와 웨인 사이에 흐르는 어색함과는 상관없이 식탁의 분위기는 화기애애했다. 아버지는 웨인을 향해 잠깐 못마땅한 표정을 지어 보이셨지만, 이내 마음을 숨기고 온화한 미소를 지으셨다. 하지만 그 미소가 유지되는 시간은 그리 길지 않았다.

"어니뷔트 선생, 내가 아바마마께 자리를 마련해 달라 요청한 이유가 따로 있답니다. 어니뷔트 선생께 부탁이 있습니다."

"말씀하십시오, 전하."

"의학협회에서 파예트 군의 전신마취 연구를 돕는 게 어떻겠습니까? 파예트 군은 이번에 발견한 코카인이 혹시 전신마취에도 효능이 있진 않을까 하고 생각하더군요. 만약 그렇다면 상당히 획기적인 것 아니겠습니까?"

아버지의 눈썹이 미세하게 떨렸다. 아버지는 잠깐 골똘히 생각을 하시더니 금세 답변을 하셨다.

"무리입니다. 전신마취는 많은 이들의 흥미를 살 만한 내용이지만, 그만큼 두려워하는 것이기도 합니다. 행여나 몸의 감각이 모두 사라진 상태에서 정상으로 돌아오지 않는다면, 그 책임을 누구에게 돌리겠습니까? 성공한다 한들, 전신마취가 사용되는 건 인간의 팔다리 따위에 칼을 가져다 댈 때뿐이겠지요. 인간의 몸을 가르는 저질스러운 행위를, 그것도 신의 뜻에 역행하는 행위를 위해 의학협회에서 나선다는 건 보기가 좋지 않습니다."

"안 되겠습니까?"

"이발사와 외과의사가 서서히 분리되면서 과거에 비해 외과의 입지가 높아진 건 사실입니다. 하지만 외과의사의 위상은 더 이상 이발사가 아니라는 것, 이발사보다는 조금 더 기술적으로 훌륭한 사람들이라는 것, 그것뿐입니다. 숭고한 정신과 높은 직위를 지닌 의학협회가 미천하고 무서운 외과의학 실험에 함부로 발을 들이려 할까요? 게다가 지위 높은 중견 의사도 아닌, 한낱 학생을 선두로 말입니다. 전하께서 파예트 군의 업적을 기특하게 여기시고 그에게 많은 기대를 거시는 건 이해합니다만, 반발만 살 겁니다."

아버지는 단호하게 말씀하셨다. 아버지와 황태자 전하 사이에 흐르는 교묘한 기류를 눈치 채신 어머니는 나이프와 포크를 쥔 손을 낮게 낮추며 숨을 죽이셨다. 황제 폐하는 흥미로운 눈빛으로 두 사람 사이의 대화에 귀를 기울이고 있었다.

"과연 그들이 반대만 하고 나설까요? 의학협회의 인사들 중에는 파예트 군의 연구에 관심을 가지는 자들도 많다고 들었습니다. 어니뷔트 선생이 말씀하신 것처럼 외과의 입지는 높아졌습니다. 아니, 지금도 높아지고 있습니다. 즉, 내과뿐 아니라 외과에 대한 사람들의 관심도 증가하고 있다는 말이겠죠. 그러니 제대로 깨우친 의사들은 시대의 흐름에 맞추어 새로운 기술과 학문을 갖추고 배우고 싶어하지 않을까요? 그것이 내과든, 외과든 말입니다."

"글쎄요. 아직은 이르다고 봅니다만."

"세상은 변하고 있습니다. 몰락하는 귀족들의 숫자는 늘어가고, 반대로 귀족들의 머리 위에서 노는 평민들도 생겨납니다. 날이 갈수록 전쟁 무기는 발달하죠. 그러니 의학도 함께 발달해야 합니다. 언제까지나 현실에 안주하며 주어진 것에 만족하며 지내선 안 됩니다. 오래도록 유지되던 절대적이라고 믿었던 전통도 언제 어떻게 뒤엎어질지 모르는 겁니다. 그 전통이 발전하지 않고 뒤처진다면 말입니다."

황태자 전하는 말을 잠깐 멈추더니 아버지의 눈을 똑바로 직시하였다. 굉장히 도전적인 눈빛이었다. 그는 뭐라 말을 하려고 하더니 관둬 버렸다.

나는 그의 목구멍 속으로 삼켜진 말이 무엇인지 어렴풋이 알 것 같았다. 오랜 전통이 언제 뒤엎어질지 모른다는 말. 황제의 주치의라는 절대적인 위치도 언제 어떻게 바뀔지 모른다는 말일 테지. 과도한 망상일지도 모르지만, 지금으로선 그렇게밖에 생각되지 않았다.

"됐다. 너무 성급한 결정이다. 황태자의 뜻은 좋으나, 어니뷔트 선생의 말에 더 일리가 있다."

황제 폐하께서 주위를 환기시키며 말을 꺼냈다.

"하지만……."

"웨인 파예트 군은 아직 학생이지 않느냐. 의학협회더러 한낱 학생을 도우라고 하는 건 그들의 자존심을 긁는 거란다. 물론, 파예트 군이 아무리 뛰어나고 훌륭하다는 소문이 자자해도 말이다. 그리고 코카인의 효능에 대해 아직 완벽하게 정립된 이론도 없다고 알고 있다. 그런 상태에서 무리하게 일을 추진하면 의학협회의 반발뿐 아니라, 신학자들이나 일반 국민들도 가만있지 않을 게다. 그들이 진리라고 믿고 있는 건 아직, 신의 뜻과 자연의 섭리라는 사실을 잊지 말도록."

촛대 너머로 웨인을 흘낏 쳐다보았다. 그도 나만큼이나 이 자리를 불편하게 느끼고 있는 것 같았다.

"우선 파예트 군의 코카인 국소마취 연구부터 완벽하게 결론짓도록 하는 게 어떻겠느냐? 그리하면 그의 인지도는 높아질 게다. 서서히 파예트라는 이름에 힘부터 실어준 이후에, 어니뷔트 선생에게 부탁을 하도록 해라. 무리한 부탁을 하는 건 실례란다. 그게 싫다면 파예트 군이 아닌 다른 의학자를 중심으로 연구를 진행하는 방법도 있다. 여기 앉아 계신 의학협회의 수장, 어니뷔트 선생이라든가 또는 멜컨 교수와 같은 사람들 말이다."

황태자 전하는 잠깐 망설이더니 이내 고개를 저었다.

"파예트 군의 인지도가 높아지기를 기다리는 편이 현명하겠군요. 다른 의학자를 내세웠다가는, 그가 파예트 군의 공을 가로챘다는 소문이 돌지도 모릅니다. 저는 파예트 군의 성장을 성심껏 도와야겠군요."

이야기의 화제는 곧 다른 걸로 바뀌었다. 아버지는 불편한 기색을 숨기시며, 황제 폐하가 새로 구입한 조각상에 대해 칭찬을 늘어놓기 시작했다. 요즘 한창 유행하는 조개 장식 모자에 대한 화제로 넘어가자 황후 마마와 어머니의 얼굴에는 눈에 띄게 화색이 돌았다. 두 여인의 즐거운 웃음소리 덕분인지 식탁의 분위기는 다시 화기애애해졌다.

나는 답답한 속을 달랜다는 명분하에 잠깐 자리를 벗어났다. 가물가물한 기억 속에 남아 있던 황궁의 웅장한 복도가 보였다.

"세요."

언제 뒤따라왔는지 웨인이 나를 불렀다. 잠깐의 공백 후에 내
가 뒤돌아보자 그는 급히 내밀었던 손을 거두어들였다. 아마도
저 손을 내 어깨에 올려두려고 했었던 것 같다.

"즐거운 식사 시간이었어."

나는 건조한 말투로 그의 부름에 응답했다. 웨인은 나를 빤히
쳐다보았다. 왠지 이 표정, 어디선가 본 것 같았다. 아, 그래! 웨
인이 처음 케이큘번을 만났던 날. 자신을 무시하는 케이큘번을
말없이 쳐다보던 그 표정, 그 표정이구나.

지금 웨인의 이 표정은⋯ 자신을 경멸하는 상대를 대하는 표정
인 거구나. 나는 지금 웨인을 경멸하는 눈초리로 쳐다보고 있는
걸까? 세요 폰 어니뷔트가, 웨인 파예트를?

"변명 같겠지만 들어주게. 후에 자네에게 말을 해주려고 했어.
처음에 황태자 전하께서는 그저 내 연구 이야기가 듣고 싶다고
하셨어. 나는 상당히 기뻤지만 자네의 영역을 침범하는 것 같아
서 너무나 미안했고, 그래서 섣불리 입을 열 수 없었다네."

마음이 한층 더 무거워졌다.

"그랬군."

"게다가 황태자 전하께서는 황제 폐하께 부탁해 나에게 직위를
내리겠다고 하셨지. 그래서 난 황태자 전하를 단념시킨 후에 자
네에게 말해줄 생각이었다네. 나는 직위라든가 황실과의 인맥에
는 전혀 관심이 없다는 걸 자네에게 깔끔하게 증명하고 싶었어."

고마워야 하는데 좌절감이 더욱 크게 밀려왔다.

"나는, 세요 폰 어니뷔트는, 어니뷔트라는 이유만으로 친구들
에게 부담감을 주는 존재였군. 내가 없었다면 자네가 굳이 황태
자 전하의 호의를 거절할 이유도, 친구의 눈치를 볼 필요도 없었

겠지."

"세요……."

"나를 비웃고 싶지, 웨인? 내가 부담스럽지? 자네가 마음만 먹으면 황태자 전하의 혈기를 등에 업은 채 날 충분히 몰아낼 수도 있었다고 생각하지? 이런, 자네는 나를 어린애 보듯이 보고 있겠군."

왠지 모르게 화가 나서 주먹을 꽉 쥐었다. 열등감, 소외감, 자괴감이 한데 합쳐져서 나를 괴롭혔다. 나는 혼자서 씩씩거리다가 웨인에게서 등을 돌렸다. 한참 후에, 웨인의 나지막한 목소리가 들려왔다.

"자네는 내가 높아 보인다고 했지?"

"……."

"나는 자네가 더 높아 보였어. 자네는, 어니뷔트였으니까."

"……."

"사람들이 날더러 천재니 수재니 떠들어대지만 난 그저 웨인일 뿐이야. 처음에 난 평범한 학생의 신분으로, 어니뷔트의 후계자인 자네를 얼마나 높게 바라보았는지 모른다네. 나 따위는 다가설 수도 없는 높은 존재라고 생각했었어."

왠지 마음이 따가워지는 느낌이 들었다.

"자네도 그런가 보군. 자네는 사람들이 자네를 두고 황제의 주치의가 될 사람이라고 이야기하는 건 신경 쓰지 않지. 자네는 어니뷔트가 아닌 그저 평범한 학생의 신분으로, 사람들이 천재라고 불러주는 웨인 파예트를 바라보는 거지. 그렇지?"

그래. 웨인의 말이 맞았다. 나는 평범한 학생. 웨인은, 천재. 갑자기 웨인의 마음을 알 것만 같았다. 그의 입장에서 그는 평범한 학생. 나는, 어니뷔트.

"나는 세요를 더 이상 훌륭한 집안의 자제로 보지 않겠네. 나는 세요를 세요로 바라볼 거야. 그러니 자네도……."

웨인의 손에 힘이 들어갔다.

"나를 천재가 아닌 그냥 웨인으로 봐주게. 자네의 소중한 친구로."

그로부터 며칠 동안 웨인과 만나지 못했다. 황궁에서 도망치듯 빠져나온 이후, 나는 웨인을 마주할 자신이 없었다. 학교도 잘 나가지 않았다. 나는 집에서 그림을 그리면서 적적한 마음을 달래다가 아끼던 연필이 두 동강이 나고 나서야 비로소 바깥공기를 쐬러 실외로 나왔다.

"휴……."

산들산들한 바람은 은근히 마음을 달래는 데 효과가 있었다. 나는 아주 오랜만에 산책을 즐기면서 상념에 젖어들었다. 방 안의 나쁜 공기를 들이마시며 떠올렸던 부정적인 잡념들과는 달랐다. 나는 넓고, 탁 트인 공간에서 이제껏 나를 괴롭혀 왔던 기억들을 하나하나 정리하며 괴로움 속에서 빠져나올 수 있었다.

나를 답답하게 만드는 글자, 웨인 파예트. 나는 왜 웨인을 떠올리면서 그렇게 괴로워했던 걸까.

처음 그를 만났던 날이 떠올랐다. 죽은 듯이 잠들어 있다가, 생뚱맞은 이야기로 나를 사로잡았던 청년. 알고 보니 그 청년은 모든 이의 관심을 한 몸에 받는 천재였다. 처음엔 웨인 파예트란 존재가 굉장히 신기했다. 그는 멀리 떠 있는 구름 같은 존재. 닿지 않으니 마냥 신기하고 멋져 보이기만 했던 멋진 친구.

그런 구름이 어느 날 나를 향해 내려왔다. 다르젠이라는 바람에 실려서. 나는 바람을 타고, 구름의 손을 잡고 함께 하늘을 날았던 것이다.

"구름……."

구름이 너무 가까이 다가왔기 때문이다. 그래서 나 또한 구름처럼 되고 싶었나 보다. 그저 하늘에 박아두고 바라보는 것만으로도 즐거워했던 내가 어느새 그 구름의 자태를 탐내고 있었나 보다.

하지만 이룰 수 없다는 걸 너무나 잘 알고 있었고, 그랬기에 내가 구름이 되고 싶어한다는 자체를 인정하려 들지 않았던 것이다. 내가 그렇게 허우적대며 구름의 손을 붙잡고 있을 때, 구름은 날 기다려 주지도 않고 앞으로 훨훨 잘만 나아가더라.

그래서 섭섭했던 것이다.

또 다른 구름인 케이큘번과는 달리, 구름인 웨인에게서 절대 떼어놓을 수 없는 바람인 다르젠과는 달리, 나 따위는 잠깐 스치는 인연일 뿐, 그의 인생에 있어서는 아무런 의미도 없다고 생각했었으니까. 날 두고 훨훨 날아가는 웨인을 보며 초조해했고, 그래서 그를 따라잡을 수 없는 나 자신에 대해 실망했다.

그리고 마지막에는 나를 기다려 주지 않는 그를 원망하게 된 것이구나.

찌릿한 마음이 들어서 가슴에 손을 가져다 댔다. 아무도 보는 이 없었지만, 가슴을 쓸어내리는 행동이 뭔가 창피했다. 나는 나 자신의 행동을 합리화시키기 위해서 손을 슬쩍 아래로 내리며, 슬며시 내뱉었다.

"아… 배고파."

한층 개운해진 머리를 홀홀 털며 다시 집으로 향했다. 나는 깨달았다. 나에겐 답답해하거나 웨인에게 섭섭해할 이유가 전혀 없었다.

그는 분명히, 나를 기다려 주고 있었다. 웨인은 나에게 베우스의 해부학 책을 보여주었고, 나의 앞길을 침범하지 않기 위해 자신의 몸을 사렸었다. 그는 한순간도 내 손을 놓고 먼저 나아간 적이 없었다. 손을 놓은 쪽은 오히려, 내 쪽이었다.

"집에, 얼른 가야지."

나는 그날 밤 편안하게 잠들 수 있었다. 며칠 동안 들어오던 어머니의 잔소리도 이젠 안녕이었다. 나는 눈을 뜨면 학교에 갈 생각이었다. 학교에 가서, 웨인을 만날 것이다.

그리고 나는 그와 함께 하늘을 날기 위해, 날 이끄는 그에게 부담이 되지 않기 위해, 한층 더 가볍고 날렵한 몸을 가지고야 말겠다고, 다짐하고 또 다짐했다.

"우리 학교가 이렇게 컸었던가?"

나는 시답잖은 독백을 뱉으며 머리를 긁적였다. 집에서 늦게 나서는 바람에 오늘 수업에는 모두 결석을 한 상태였다. 나는 이대로 돌아가기엔 아쉬워서 도서관으로 향했다. 도서관 바로 뒤쪽으로는 교회가 있으니, 운이 좋다면 르베르 교수에게 한창 설교를 듣고 나올 웨인과 마주칠지도 모를 일이었다.

이제 곧 오후 네 시가 될 테지. 그럼 케이큘번이 도서관에 모습을 드러낼 것이다. 설사 운이 나빠 웨인을 만나지 못한다 하더라도 케이큘번과 인사 정도는 나눌 수 있을 것이다. 나는 발걸음에 박차를 가했다.

운이 좋았다.

"웨인!"

도서관 입구까지 펼쳐진 긴 계단에 올라섰을 때였다. 저 높은 곳에서 모습을 드러낸 웨인이 보였다. 나는 반갑게 손을 흔들었다. 마치 이제껏 웨인이 나에게 건네왔던 그 인사들처럼.

웨인은 자신을 부른 사람의 정체를 파악하기 위해서인지 잠깐 머뭇거렸다. 하지만 금세 알아보고 아주 반갑게 손을 마주 들었다. 나는 그 작은 행동에서 왠지 모를 감격을 느꼈다. 우리가 아직 크게 어긋난 건 아니었구나 하는 생각이 사무쳐 왔기 때문이다.

"다르젠이 기다리는 곳으로 가려던 참이었지. 그나저나 상당히 오랜만에 보는 느낌인데?"

나는 그냥 싱긋 웃어버렸다. '자네 때문에 학교에 오기 싫어서 집에서 좀 쉬었거든' 이라고 대답할 순 없는 노릇이었으니. 우리는 다르젠이 있는 곳을 향해 함께 걸었다. 나는 지금쯤 도서관에 도착했을 케이큘번을 떠올리며, 도서관 쪽을 한번 힐끗거렸다. 조금은 미안한 마음이 들긴 했지만 그에게 인사를 전하는 건 다음으로 미루기로 했다. 어차피 크게 반가워하거나 섭섭해하지도 않을 친구인데 뭐.

"웨인, 나는 자네가 황태자 전하의 호의를 받아들였으면 좋겠어."

어제와 같은 산들바람이 불고 있었다. 나는 바람결에 넌지시 말을 실어 보냈다.

"호의라니?"

코끝에 알싸한 느낌이 들었다. 나는 손으로 코를 한번 쓱 만진 후, 겸연쩍은 표정으로 말을 이어나갔다.

잔 디 벌 레

"직위를 내리겠다고 하신 것 말일세. 그리고 자네가 나를 위해 황태자 전하를 멀리하진 말아줬으면 좋겠어. 정정당당하게 자네의 힘으로 얻어낸 거잖아. 나 때문에 괜히 자네가 기회를 박탈당하는 건 싫다네."

"흐음."

"나에게 해가 될까 봐 황태자 전하의 호의를 거절하는 건 자네가 나를 세요가 아닌 어니뷔트로 대하는 거야."

"훗. 그런가."

웨인의 미소를 보니 왠지 마음이 풀리는 느낌이었다. 덩어리진 채 내 마음으로 통하는 길목을 콱 막고 있던 무언가가 스르르 녹는 느낌이 들었다. 나는 그 따뜻한 느낌에 남모를 용기가 치솟아 어젯밤 다짐하고 다짐했던 말을 조용히 꺼냈다.

"나도 자네를 저 높이 뜬 구름이 아닌, 함께하고 싶은 친구로 대하겠네. 자네를 허겁지겁 쫓다가 지쳐 좌절하지 않겠어. 그냥 자네와 함께 날기 위해 내 자신을 가꿀 거야. 있는 모습 그대로 말이지. 그러니 자네도 억지로 자네를 숨기려 하지 말게. 만약 자네가 크게 성공해 먼 훗날 내 자리를 가로채는 날이 온다 해도……."

웨인의 얼굴에 피식 하는 웃음이 서렸다. 나는 침을 한번 꿀꺽 삼킨 후 말을 계속했다.

"괜찮아. 난 자네에게 내 자리를 빼앗기지 않기 위해 나름의 최선을 다할 테니까. 최선을 다해본다는 것만으로도 족해. 게다가 난, 어니뷔트라는 엄청난 가산점을 안고 시작하는 거잖아? 겨뤄볼 만하다고 생각해."

"알았어, 알았어. 자네의 결의가 너무 무섭군."

"그러니 자네도 자네의 꿈, 가령 외과에 대한 존중이라든지, 마취나 소독, 해부의 보편화를 위해 열심히 달려. 오는 기회를 막지 마. 황태자 전하든, 황제 폐하든 그 누구의 호의라도 말일세."

저 멀리 다르젠의 모습이 보였다. 다르젠은 품속의 시계를 꺼내 보는 것 같더니 발을 탁탁 차며 이쪽으로 걸어올 태세를 취했다. 웨인은 그 모습을 물끄러미 보더니 혼잣말처럼 내뱉었다.

"이런! 다르젠이 또 기어왔냐며 화내겠는데."

그러더니 갑자기 걸음을 뚝 멈추었다, 뛰어가도 모자랄 판에.

"서둘러, 웨인."

"세요."

웨인은 내 걸음마저도 멈추게 만들었다.

"응?"

"자네 말처럼 황태자 전하의 다른 호의는 모두 다 받아들이겠네. 직위를 내리신다는 것만 빼고 말이야. 이건 자네를 위해서가 아니라, 그냥 내가 싫어서야. 사실, 얼마 전에도 전하께 큰 부탁 하나를 받아서 거절하려고 마음먹었던 참이었는데 자네 덕분에 다시 마음을 정하게 됐어. 그 부탁, 들어드려야겠어."

"부탁?"

멀리서 다르젠의 '이 녀석들, 뛰어올 생각도 안 하지!' 하는 목소리가 들려왔다. 그의 투덜거리는 소리는 점점 가까워졌다. 웨인은 다르젠이 코앞에 도착하기 전에 얼른 말을 꺼냈다.

"프로밍 백작의 눈 수술을 맡아달라고 하셨거든."

"프로밍 백작?"

내가 전쟁 영웅 프로밍 백작의 이름에 깜짝 놀라고 있을 때, 웨인은 아주 나직하게 한마디를 덧붙였다. 나는 그의 마지막 말 덕분에 교묘한 뿌듯함을 느낄 수 있었다.

"다르젠에게는 비밀로 해주게. 녀석은 내가 거절할 거라고 알고 있으니까. 케이큘번도 마찬가지네. 아직은 나의 결정을 자네만 알고 있었으면 좋겠어."

비밀을 공유한다는 건, 꽤나 의미있는 일이다. 그래서일까? 우리에게 다가와 씩씩거리는 다르젠을 보아도 즐거운 웃음만 계속 터져 나왔다.

"웃어? 웃어? 내가 얼마나 기다렸는지 아는가? 냉큼 달려올 생각은 안 하고 뚝 멈춰 섰단 말이지?"

"에에, 미안하네, 미안해. 봐줘."

다르젠이 장난삼아 웨인의 팔을 꺾고 내 목을 조르는 시늉을 하는 동안에도 계속해서 웃음이 실실 터져 나왔다. 그렇게 아주 오랜만에 친구들을 만난 기쁨을 한껏 토해냈다.

＊

미보 폰 프로밍.

요즘엔 외곽 지역의 소소한 다툼, 도적 무리의 집단 난동 따위가 전쟁의 전부라지만, 불과 삼십 년 전만 해도 엘베하토샤 주변에는 진정한 전쟁의 검은 구름이 가득했었다. 각 나라들은 영토를 넓히기 위해 갖은 수를 다 썼고, 그로 인해 숱한 전쟁 영웅들이 탄생한 것이었다. 그중에서도 헤탄을 몰락시켜 엘베하토샤에 영입시킨 업적을 지닌 프로밍 백작의 위세는 실로 대단했다.

그는 몇 년 전부터 여생을 조용히 보내기 위해 서부 외곽 지역의 총통으로 지내고 있는 터였다. 하지만 그의 바람과는 달리, 그의 앞길은 순탄치만은 않았다. 프로밍 백작이 총통으로 부임할 당시에는 그 일대의 도적단들이 프로밍 백작의 이름에 몸을 잔뜩 사렸었지만, 요즘 들어서는 다시 기승을 부리기 시작했다. 그들은 결국 집단적으로 소동을 일으켰고, 프로밍 백작은 그들을 제압하던 와중에 한쪽 눈을 잃고야 말았다. 프로밍 백작의 사고 소식은 멀리 이곳, 토샤에까지 전해져서 많은 이들의 안타까움을 사기도 했다.

"눈에 굵은 침이 박혔다고 하던데."

내가 침을 꿀꺽 삼키며 말을 건네자 웨인이 고개를 끄덕였다.

"그래. 도적 무리가 자주 사용하는 무기지. 직접 살펴보지 못했으니 자세히는 알 수 없지만, 이야기를 들어보면 왼쪽 눈에 침이 아주 깊게 박혔나 보더군. 안면 윤곽이 뒤틀렸다고 하는 걸 보면 안구 내부가 모두 터진 것 같아."

"으음."

아주 살짝, 인상이 구겨졌다.

"남아 있는 안구벽을 제거해야 하는데 아무도 섣불리 나서질 않지. 상대가 프로밍 백작이니까."

"그래?"

"이제껏 쌓아놓은 명성과 인지도를 모두 내걸고 도박을 할 만큼의 강심장을 가진 의사는 없는 것 같아. 게다가 다들 외과 쪽 지식이나 기술이 부족하기도 하고. 그렇다고 무식하게 팔다리를 마구 잘라대는 이발사들에게 영웅의 눈 수술을 맡길 수도 없는 노릇이지."

"훗."

왠지 모르게 웨인의 말에 웃음이 나왔다.

"황태자 전하께서는 이렇게 말씀하셨어. 만약 내가 프로밍 백작의 수술을 성공해 내기만 한다면 나는 한순간에 급부상할 거라고. 그렇게만 된다면 내가 원하는 대로, 제대로 된 의학이 새롭게 대두될지도 모른다고 하셨네.”

“그랬군.”

잠자코 웨인의 이야기를 듣고 있던 나는 잠깐 망설이다가, 아주 조심스럽게 말을 꺼냈다. 행여나 웨인의 기분이 상할까 봐 굉장히 조마조마해하면서.

“만약에 실패하면?”

다르젠이 웨인의 이야기를 듣자마자 고개를 저으며 손사래를 쳤다더니, 그 마음이 백분 이해가 갔다. 웨인은 보통의 학생과는 다르게 뛰어나고, 게다가 획기적인 마취법까지 찾아냈다지만 또 모를 일이었다. 행여나 수술이 잘못되어 웨인의 앞날이 망가져 버린다면! 모든 의사들이 꺼리는 불운이라는 녀석이, 웨인만 비껴가 줄 이유는 그 어디에도 없었다.

“실패한다 해도 내가 잃을 게 뭐 있겠나. 기껏해야 성 켈로츠 의과대학 학생이라는 신분을 버려야 한다는 것, 그것뿐이겠지. 그리고 이건 부끄러운 이야기지만⋯⋯.”

“부끄러운 이야기?”

“만약 수술이 잘못되어 내가 설 자리가 없어진다 해도 황태자 전하께서 죽는 날까지 나를 돌봐주시기로 약속하셨으니 어찌 보면 전혀 손해 볼 것 없는 장사 아니겠는가?”

씨익 웃는 웨인의 모습을 보고 있자니 한결 마음이 놓였지만, 아직은 걱정을 완전히 놓을 수가 없었다. 웨인이 수술에 실패하고 학교를 떠난다면, 그가 의사가 될 수 없다면, 웨인은 앞으로 어떻게 살아가야 하는 걸까. 웨인은 자신의 몸을 온통 의사로서의 사명감으로 단단히 채워놓은 친구인데. 의사가 될 수 없는 삶은 그에게 죽은 것과 마찬가지가 아닐까.

"걱정 말게. 기회가 오면 잡으라고 한 건 자네가 아닌가. 그런 자네가 그런 표정을 짓고 있으면 어떡해."

"그렇긴 하지만……."

"걱정 마. 자네, 설마 잊은 건 아니겠지?"

내 심각한 표정을 읽은 웨인은 마치 날 위로하기라도 하려는 듯 나를 툭 쳤다.

"응?"

"나는 천문학 과제에서 불가능하다고 생각했던 만점을 받은 사람이 아닌가. 불가능, 실패, 이런 단어들은 생각하지 않겠네. 무조건 성공해 보이고 말겠네. 그러니 자네도 나를 믿어. 아니꼽긴 하겠지만, 오죽하면 사람들이 날 천재라고 불러주겠는가."

웨인은 너무나 환하게, 너무나 강인하게 웃으며 대답했다. 그러한 그의 모습이 너무나 견고해 보이고 눈부셔서 나는 한참 동안 넋을 놓고 있었던 것 같다. 정신을 차린 후에는 나도 그를 따라 굉장히 단호하게 고개를 끄덕였다.

결국 웨인은 황태자 전하의 건의를 승낙했다. 웨인의 부탁에 따라 황태자 전하는 비밀리에 웨인의 서신을 프로밍 백작에게로 전달해 주었다. 그리고 얼마 지나지 않아 프로밍 백작에게서 답장이 도착했다. 웨인은 프로밍 백작의 편지를 나에게 보여주며 설레는 마음을 감추지 못했다. 그러한 웨인을 보면서 나는 나대로 설레었다.

다르젠과 케이큘번이 없는 곳에서 비밀스럽게 편지를 보여주는 그의 행동에서 진한 신뢰감과 우정의 향기를 맡았다고나 할까. 나는 반드시 웨인의 비밀을 지켜주어야겠다는 사명감마저 느꼈다. 비밀이 새어나가면 다르젠과 케이큘번이 웨인에 대한 걱정을 앞세워 계획을 방해할지도 몰랐다. 나는 그런 일은 결코 벌어지지 않도록 하겠다고 다짐했다.

"오히려 잘된 것 같아, 세요. 조금 더 공부하고 준비할 시간이 주어졌으니 말일세."

나는 웨인의 목소리에 고개를 갸웃거리며, 편지에 시선을 박았다.

친애하는 파예트 군에게.

웨인 파예트라는 청년이 굉장히 훌륭한 업적을 이루었다는 소문은 이곳 내가 있는 작은 외딴 마을까지도 들려올 정도라오. 나는 국가의 위상을 드높여 줄 인재의 생김생김이 어떠한지 늘 궁금했었는데, 이번 기회에 파예트 군을 만나게 된다니 이모저모로 참 반가운 일이라고 생각하고 있다오.

그 누구도 섣불리 나서지 않는 일을 선뜻 도맡아준다고 하니, 이 고마움을 어떻게 전해야 할지 모르겠구려. 모든 것을 포기한 채 이미 다 늙은 몸, 죽을 때까지만 버티면 그만이라고 체념하고 있던 터였는데 뜻밖에 은인이 나타나 주니 내 말년에 가장 큰 행운이 아닌가 하고 생각하오.

행여나 안구에 독이 스며 있지는 않을까, 이 독이 곧 온몸으로 퍼져나가진 않을까, 이 고통이 언제쯤 사라질까 노심초사하는 것도 지쳤다오. 그래서 당장이라도 파예트 군이 기다리는 토샤로 달려가고 싶은 심정이오.

나는 여기까지 읽고, 프로밍 백작이 자신을 치료해 줄 의사를
얼마나 애타게 찾고 있었는지 어렴풋이나마 느낄 수 있었다.

하나 내가 당장 이곳을 떠나 버리면, 이 작은 마을은 금세 혼란에 휩
싸일 듯싶구려. 내가 잠시 자리를 비우는 동안 또는 일이 잘못되어 내가
영영 돌아오지 않는 동안 대신 이곳을 돌봐줄 사람을 찾아보아야 할 것
같소. 그리고 떠나기 전에 처리해야 할 업무도 많이 밀려 있으니, 이것
들부터 먼저 처리를 해야 할 것 같소.
토샤에 도착하기까지 다섯 달 정도 지체될 것이라 예상하고 있다오.
그동안 몸조심하여 건강한 모습으로 만나길 바라오. 부디 건강한 몸과
마음으로 내 상처를 치료해 주시오.

먼 곳에서, 미보 폰 프로밍.

<u>146</u>

웨인과 내 눈이 마주쳤다. 웨인은 고개를 한번 끄덕였다. 나도
따라 끄덕였다. 나는 반짝이는 그의 눈을 보면서 진심으로 그의
성공을 빌어주었다.

한여름의 더위는 짜증을 한층 더 돋우는 역할을 한다. 아직 해
가 지기엔 이른 나른한 오후 시각 또한 지루함을 더해준다. 그래
서인지 다르젠은 조금 전부터 계속해서 툴툴거리고 있었다.
"요새 웨인은 대체 뭘 하고 지내기에 그렇게 바쁜 척하며 돌아
다니는 건지. 듣자 하니 멜컨 교수님께 불려가서 손님들 상대하
는 일도 일찌감치 손을 뗐다던데."
웨인은 요즘 강의가 끝나기 무섭게 학교를 빠져나가 버렸다.

늘 웨인을 기다려 함께 귀가하던 다르젠에게 그의 행동은 상당히 낮설고 불만스러웠던 모양이다.

"흠, 프로밍 백작을 위해 시신경 공부라도 하는 건가."

나는 케이큘번이 무심코 던진 말에 딱딱하게 굳어버렸다.

"설마. 그 위험한 짓은 절대 하지 않겠다고 굳게 다짐했었는데."

다르젠이 미간을 찌푸렸다. 나는 기회를 틈타 다르젠과 케이큘번 사이의 대화에 끼어들었다.

"아마도 코카인을 연구하고 있을 거야. 황태자 전하께서 웨인에게 코카인의 효능에 대한 제대로 된 이론부터 정립하는 게 좋겠다고 하셨거든."

거짓말은 아니었다. 웨인은 요즘 시신경 공부와 함께 마취 실험과 연습에도 한창 몰두하는 중이었다. 웨인은 자신이 다른 중견 의사들에 비해 내세울 거라곤 코카인을 이용한 마취 하나뿐이라고 말하며, 이번 수술을 반드시 성공시켜 마취의 중요성과 우수성을 증명시키고야 말겠다고 주먹을 쥐어 보였었다.

"오, 그렇군."

다르젠은 의외로 굉장히 쉽게 설득당했다. 그는 더 이상 웨인에 대해 툴툴거리지 않고 화제를 다른 걸로 옮겼다.

"다들 내일까지 제출해야 할 법학 과제는 해둔 건가?"

"응? 법학 과제……? 헉! 법학 과제?"

나는 깜짝 놀랐다. 학년이 바뀌면서 새로 공부하게 된 법학은 나에게 굉장히 까다로운 과목이었다. 지난번에 과제를 하려고 시도했다가 중간에 관두고 다음으로 미뤄둔 걸 까맣게 잊어버렸나 보다. 무섭기 그지없는 법학 교수의 인상이 눈앞에 아른거렸다.

"쯧쯧. 어째 과제 제출 하루 전날만 되면 끙끙거렸어야 할 자네가 웬일로 조용하다 했어. 까맣게 잊고 있었던 거지?"

"아, 큰일이군."

나는 머리를 쥐어뜯었다. 케이큘번은 그러한 내 모습을 한심하다는 듯이 바라보더니 무언가를 내 앞으로 툭 던졌다.

"예전에 자네가 나와 함께 신학 과제를 하겠다고 우겨대던 모습이 떠오르는군. 그때는 대체 무슨 용기였던 건가?"

나는 그의 핀잔에 아무 대꾸도 하지 못하고, 그가 던진 걸 조용히 집어 들었다. 과제에 대한 해답이었다. 나는 솟구치는 감사함을 가득 담아 케이큘번을 바라보았다.

"고마워."

"고마워할 필요없어. 혹시 몰라서 휴학하기 전에 알았던 녀석들에게 부탁해서 슬쩍 받아둔 것들이니까. 켄 교수님은 기억력이 아주 나쁘다고 소문이 자자하니 아마 눈치 채지 못할 걸세."

늘 딱딱한 인상으로 돌아다니면서 사람들의 인사조차 제대로 받아주지 않는 사람이 케이큘번이었다. 그러한 케이큘번이 선배들을 찾아가 과제를 빌리는 모습을 상상하자 왠지 모르게 미소가 지어졌다. 내 상상 속을 가득 채우고 있는 이 극단의 어색함이란.

"은근히 섬세한 구석이 있군, 레럼. 저렇게 안 어울리는 짓을 할 때마다 온몸에 소름이 돋는다고."

다르젠이 몸을 훑으며 장난스럽게 투덜거렸다.

"시끄러워, 체페. 그리고 여기 하나 더."

케이큘번은 가방 속에서 종이 뭉치를 더 끄집어냈다.

"하나 더?"

"요즘 파예트도 엄청 정신없이 돌아다니지 않는가. 과제는 신경도 못 쓸 테지. 우리 따위는 넘보지도 못할 큰일을 하고 계시니 이렇게라도 도와야 하지 않겠는가?"

케이큘번은 진담인지 농담인지 모를 어투로 대답했다. 나는 양손에 들린 과제물들을 뚫어져라 쳐다보았다.

"으, 소름……. 레럼이 저렇게 웨인의 사랑을 받고 싶어하다니. 질 수 없군. 나는 예배당에 가서 웨인을 위한 기도라도 드려야겠어."

노을이 지기 시작했다. 붉은 하늘처럼, 내 마음마저도 훈훈해지는 느낌이 들었다. 모두들 각기 다른 방법으로 웨인을 응원하고 있구나, 웨인은 좋은 친구들을 두었구나 하는 생각이 나를 휘감았다.

나는 과제물들을 챙기면서 나도 웨인을 위해 무언가를 해주어야겠다고 생각했다. 그리고 문득, 작년에 종합 시험이 끝나면 그에게 그림을 그려주기로 했던 지키지 못한 약속이 떠올랐다. 벌써 반년 가까이의 시간이 지나 버렸다는 사실이 새삼 놀라웠다. 웨인이 이 약속을 기억하고 있을까? 하는 의문마저 들 정도였다.

잊었던 약속을 기억해 낸 참에 이 약속을 이행하기로 결심했다. 나는 웨인이 프로밍 백작의 수술을 훌륭하게 성공시키고 난 후에, 그의 성공을 축하하는 의미로 그림을 전달해 주겠노라고 마음먹었다.

✳

그렇게 시간은 흘러갔다. 별 탈 없이 세월을 조각하는 성 켈로츠 의과대학의 다른 학생들과는 달리, 나와 친구들은 요즘 꽤 깊은 고민에 빠져 있었다.

"제길!"

벌써 한 달째 웨인이 학교에 모습을 드러내지 않고 있었다. 다르젠은 답답한 가슴을 퍽퍽 쳤다. 내가 보기엔 눈물을 참기 위해 화를 내는 것 같기도 했다.

다르젠은 어제 웨인의 집에 다녀왔다고 말하며 부들부들 떨었다. 웨인의 집은 난장판이었으며, 집을 살펴보니 웨인이 자취를 감춘 지 일주일은 지난 것 같다고 했다. 거울 앞에는 코카인과 안과학 책들이 잔뜩 놓여 있었는데, 그렇게 책을 두고 떠난 걸 보면 공부를 하러 간 건 아닌 것 같다고 말했다. 다르젠은 웨인이 사고를 당한 것 같다고 말하며 괴로워했다. 웨인의 집 바닥 군데군데를 물들인 핏자국들이 그러한 다르젠의 확신을 더욱더 확고히 해준 것 같았다.

나는 엉뚱하게도, 다르젠이 안과학 책을 발견했다고 말했을 때 심장이 덜컥 내려앉는 느낌을 받았었다. 웨인이 사라진 이 마당에 비밀이 다 무슨 소용이겠냐 하는 마음으로 스스로를 달래긴 했지만.

"사고라… 사고가 아닐지도 모르지. 보아하니 프로밍 백작의 눈 수술을 맡으려고 했던 것 같은데. 혹시 수술이 부담스러워져서 종적이라도 감춘 건 아닐까?"

다르젠은 케이큘번의 말에 고개를 내저었다.

"그럴 리 없어. 그 녀석, 내 말 무시하고 그 수술을 하려고 했던 건 얄밉긴 하지만… 한번 하겠다고 마음먹은 걸 중간에 관둘 녀석은 아닐세. 난 웨인을 잘 알아."

150

괴로워하는 다르젠을 보니 왜 내가 죄책감이 드는지. 사라진 웨인을 찾아야겠다는 생각보다도 다르젠을 달래야겠다는 생각이 먼저 들 정도였다. 나는 조심스럽게 손을 내밀어 그를 토닥였다.

"다르젠, 너무 걱정하지 말게. 수술을 준비하기 위해 잠깐 먼 곳으로 다녀오는 걸지도 모르잖나."

"아니. 그랬다면 나에게 가장 먼저 알렸을 거야."

"자네에게는 비밀이었으니 말을 못했을지도 모르잖아."

"…아니, 아니야. 이건 그런 느낌이 아니라네. 뭔가 불안해. 정확히는 알 수 없지만 상당히 불안한 느낌이 든다고."

다르젠은 얼굴을 감쌌다. 손가락 사이사이로 내비치는 그의 표정이 어둡기 짝이 없었다. 늘 가는 눈을 뜨고 사물을 하나하나 뜯어보며 냉철한 관찰력을 보여주던 다르젠이 이렇게 육감적으로 두려워하는 걸 보자 나 또한 상당히 마음이 좋지 않았다.

대체 웨인은 어디로 가버린 건지. 아무리 답답해해 봤자 소용없었다. 그는 그 후로도 연락이 되지 않았다. 프로밍 백작과 약속한 날짜가 벌써 두 달 전으로 다가왔는데도, 그는 일말의 소식조차 없었다.

그러던 어느 날.

"저어… 도련님, 손님이 찾아오셨는데요."

상당히 난감한 표정을 지으며 나를 부르는 하녀.

"응? 누구?"

"그게, 웨인 파예트라고 하시는데요?"

나는 자리에서 벌떡 일어났다. 내가 놀란 입을 다물지 못하고 있을 때였다.

"세요, 잘 지냈는가?"

상당히 초췌한 몰골의 웨인이 하녀를 비껴 내 방 안으로 들어섰다.

"웨인! 대체!"

그의 윤기가 흐르던 그의 머릿결은 떡이 져 있었고, 옷은 해지고 더러웠다. 턱은 제멋대로 자란 수염으로 뒤덮여 있었고, 얼굴은 전반적으로 꾀죄죄했다.

"오랜만이네."

"그동안 대체, 아니, 여긴 어떻게 알고 찾아온 건가?"

나는 허둥댔다.

"토샤에서 길 가는 사람을 붙들고 어니뷔트 가의 저택을 물어보면 누구나 친절히 대답을 해준다네. 그나저나 좀 씻고 올 걸 그랬나? 하지만 씻으려고 집으로 들어갔다가는 왠지… 다신 못 나올 것 같아서 말일세."

나는 지쳐 보이는 그에게 의자를 권했다. 상상조차 하지 못할 모습으로 나타난 그를 보면서 나는 왠지 울컥함이 치솟는 걸 느꼈다. 대체 어디서 무엇을 하다가 이런 꼴이 된 건지.

"다르젠이 얼마나 걱정했는지 모른다네. 레럼도 마찬가지고. 무슨 일이 있었던 건가? 나는 자네가 프로밍 백작의 수술을 준비하느라고 바쁜 것이구나 하고 막연하게 믿고 있었다고."

웨인은 나를 바라보지도 않았고, 아무 대꾸도 하지 않았다. 그의 눈가에는 피곤함이 가득했다. 나 또한 그의 약한 모습을 더 바라볼 자신이 없어서 고개를 홱 돌려 버렸다. 우리는 서로를 무시한 채 꽤 오랜 침묵을 지켰다.

"황궁 내에는 웨인 파예트를 칭찬하는 목소리가 가득하다지?

혹시 들어본 적 있는가?"

뜬금없는 목소리. 나는 왠지 모르게 화가 났지만, 그래도 성심껏 대답해 주었다.

"그래. 자네가 쉬쉬하던 프로밍 백작의 수술 이야기도 만방에다 퍼져 나갔다네. 모두들 웨인 파예트를 칭찬하고 있고, 자네를 따르는 무리마저 생길 조짐을 보이고 있어."

"훗. 또?"

그의 입가에 아주 옅은 미소가 걸렸다. 그 미소는 그를 건강하게 보이도록 하기는커녕, 더욱더 힘겨워 보이게만 했다.

"황태자 전하께서는 만약 자네가 프로밍 백작의 눈 수술을 별 탈 없이 잘 끝내기만 하면, 자네를 얼마 전에 공작 부인이 되신 공주 마마의 주치의로 삼아달라고 황제 폐하께 말씀드렸다네."

순간 아버지께서 이를 갈며 화를 내시던 모습이 떠올랐다. 원래는 황태자 전하께서 웨인을 공주 마마의 주치의가 아니라 자신의 주치의로 삼아달라고 요청했었으니 말이다. 하지만 황태자 전하는 다음 황제가 되실 몸이라 전통적으로 어니뷔트 가에 몸을 맡겨야 했고, 그래서 그 건의는 기각된 것이었다.

"멋지군, 웨인 파예트. 한순간에 말도 안 되는 높은 자리에 오를 뻔했군."

오를 뻔했군? 내가 그의 마지막 말의 미묘함을 눈치 채고 그 뜻을 되물으려고 하는 순간, 웨인의 입이 먼저 벌어졌다.

"세요, 나는 이 수술을 관두기로 했다네."

"뭐?"

웨인은 양손을 내밀어 손등을 내보였다. 그의 손등과 팔등을 수놓은 숱한 핏자국들이 눈에 들어왔다. 나는 깜짝 놀라며 그의 양팔을 덥석 붙잡았다.

"웨인! 이 상처들은!"

웨인은 싱긋 웃었다.

"벌레가… 몸을 기어가는 것 같아서. 정신을 차려보니 칼로 손등을 후벼 파고 있더군. 환청도 들리고, 환각도 보였어. 하하, 케이큘번이 나를 꾸짖는 환청이 어찌나 자주 들리던지……. 자네와 다르젠의 웃는 모습도 툭하면 눈앞에 아른거리더군."

"그럼, 다르젠이 보았다는 그 핏자국이?"

그의 얼굴에서 웃음이 서서히 지워졌다. 그의 입술은 천천히 아래로 처졌고, 그의 눈은 점점 서글퍼졌다. 그는 굉장한 용기를 짜내어 말을 덧붙였다.

"아무래도 코카인은… 사용해서는 안 되겠어."

다리에 힘이 풀리는 걸 느꼈다. 그리고 숱한 목소리들이 머리를 스치고 지나갔다. 웨인이 스스로의 몸에 코카인을 실험하는 걸 걱정했던 케이큘번의 목소리, 웨인에게 무슨 일이 생긴 거라며 울음을 삼키던 다르젠의 목소리.

"웨인……."

웨인은 아주 힘겹게 입가에 웃음을 걸었다.

"마약 증세를 보이더라고. 이로써 코카인의 효능에 대한 이론은 당당하게 발표할 수 있게 되었다네. 훌륭한 국소 마취제이며 정신을 맑게 해주고, 기분을 상쾌하게 해주지만… 꾸준히 사용하면 중독되어 몸과 마음을 망친다는 것을."

나는 먼지와 피로 얼룩진 그의 팔을 붙들고 그만 고개를 숙여버렸다. 이를 꽉 깨물었는데도 흐느낌이 새어 나왔다.

"흑… 웨, 웨인. 나, 나는 왜……. 자네가 이런 일을 당할 것이라고는 예상도, 의심도 하지 않고……. 아둔한 나는 자네를 걱정할 줄도 모르고……."

"자네 잘못이 아니라네. 중간에 이상함을 느꼈지만, 오기를 부려 계속해서 코카인을 사용했던 내 잘못이지. 몸이 망가져도 시술은 할 수 있을 거라고 자만했던 내 잘못이라네. 시술만 할 수 있다면 내가 아니라도 다른 의학자들이 내 시술을 근거로 제대로 된 의학을 세워줄 거라고 생각하며 오만을 부렸던, 내 잘못이야."

그의 손에 힘이 들어갔다. 나도 그를 따라 손에 힘을 주었다. 우리의 팔은 가늘게 떨리기 시작했고, 이젠 나의 온몸이 손을 따라 함께 떨렸다. 내 다리에는 힘이 풀렸고 나는 주저앉아 버렸다. 나는 흉하게도 친구의 손을 붙잡고 한참 동안 울어댔다.

내 울음소리가 좀 잦아들었을 무렵, 웨인이 조심스럽게 입을 열었다.

"세요, 부탁이 있다네."

"말해!"

그의 부탁이라면 당장 이 자리에서 혀를 깨물고 죽으라고 해도 들어줄 것만 같았다. 그의 앞날을 제대로 걱정하지 못했다는 자괴감과 괴로움을 함께 나누지 못했다는 미안함이 나를 그렇게 만들었다. 나는 웨인이 이성을 잃지 않고, 나에게 부탁이라도 해오는 것에서 엄청난 감격을 느꼈다. 행여나 그 짧은 순간, 웨인이 정신을 놓아버리기라도 할까 봐, 나는 급하게 그의 말에 대답을 했다.

"작년 종합 시험을 치르기 전에 나에게 했던 약속 기억하는가?"

웨인의 저 말, 어디가 그렇게 슬프다고, 나는 또 목놓아 울어버렸던 걸까. 아마도 그가 나와의 약속을 기억하고 있었다는 감격 내지 고마움이었겠지. 나는 간신히 멈추었던 울음을 또 토해냈다. 조금은 바보같이, 웃음기 섞인 그런 울음을 말이다.

나는 웨인의 초상화를 그리기 시작했다. 비록 모델은 초췌하고 흉한 몰골이었지만 나의 화폭은 환하고 멋진 남자로 가득 채워졌다. 나는 지금 내 앞에 앉은 잔뜩 지친 웨인이 아닌, 평소에 그토록 멋졌던 웨인을 그려 넣고 있었다. 찰랑이는 검은 머릿결과 환한 미소를 가진 근사한 남자.

내가 그림을 그리는 동안 웨인은 잠에 빠져들었다. 얼핏 보기에도 며칠 밤을 뜬눈으로 지새운 것처럼 보였는데, 저렇게라도 잠드는 걸 보니 오히려 마음이 편해지는 느낌이었다. 그가 잠들어 있는 모습을 보니 또다시 마음이 울컥해졌다. 나는 손에 연필을 쥔 채 눈물을 쓱쓱 닦아내며 그림을 완성시켜 나갔다.

<u>156</u>

수술은 취소되었고, 프로밍 백작은 상당히 노여워했다. 원래 전쟁 영웅답지 않게 인자하고 부드러운 성품으로 칭송이 자자했던 그가, 그렇게 노발대발하는 건 처음 본다고들 했다. 토샤 전체에 한 어린 의사가 프로밍 백작을 농락하였다는 소문이 자자했다. 낯짝 두꺼운 한 청년이 늙은 귀족을 무시하여, 작심하고 마약을 마취제로 속여 투여하려 했다는 이 말도 안 되는 소문은, 토샤뿐 아니라 멀리 엘베하에도 가득했다.

이 소문은 프로밍 백작을 존경하여 따르던 수많은 사람들, 또는 웨인을 시기하던 인물들이 과장시켜 퍼뜨린 것이었다. 이들 중에 나의 아버지도, 그리고 웨인에게 찬사를 늘어놓았던 의학협회의 인물들도 포함되어 있다는 사실이 나를 경악시켰다.

웨인에게 수여되기로 했던 수많은 상들과 지원 약속들은 일순간에 물거품이 되었다. 황태자 전하는 굉장히 안타까워했지만 웨인을 감싸주지는 못했다. 우선 황제 폐하부터 웨인의 자질과 성품을 의심하고 나섰으니 별수없었다. 웨인은 놀라운 두뇌를 가진 최고의 청년에서 한순간 희대의 사기꾼으로 전락해 버렸다.

의외로 멜컨 교수는 웨인을 믿어주었다. 자신을 보수적이라고 소개했던 꽉 막힌, 이 꽉 막힌 어른만이 웨인을 지키기 위해 힘썼다. 그는 웨인에게 잠시만 학교를 떠나 있으라고 권했다. 마치 케이큘번의 아버지가 몹쓸 일을 당했던 때처럼.

"세요, 그림 잘 간직하겠네. 솔직하지 않은 그림이긴 하지만 나를 멋지게 그려줘서 고맙군."

그는 씨익 웃었다. 그리고 뒤도 돌아보지 않고 마차에 올랐다. 나는 건강을 위해 고향으로 떠나는 그를 지켜보면서 싸해오는 가슴을 쓸어내렸다.

나는 마음속으로 그를 멀게 느꼈던 적이 있었다. 왜 나를 두고 멀어져 가냐고 그를 원망했던 적이 있었다. 그때의 나는 너무나 어리석었다. 이렇게 진짜로 웨인이 멀리 떠나 버리리라고는 생각도 하지 못했었다. 왜 과거에 쓸데없는 감정의 사치를 부렸었는지, 왜 그 아까운 시간 동안 웨인에게 더 잘해주지 못했었는지 후회가 막심했다. 나는 떠나는 웨인을 보면서, 그의 온몸을 뒤덮은 상처와 검은 그림자를 떠올리면서, 고개를 푹 숙여 버렸다.

...emnly pledge myself to the service of humanity.

I will give to my teachers the respect and gratitude which is their due.

I will practice my profession with conscience and dignity.

The health of my patient will be my first consideration.

...will respect the secrets which are confided in me.

I will maintain by all means in my power,

the honor and noble traditions of the medical profession.

Chapter 4

사치스러운 환각

토샤를 뜨겁게 달구었던 사기꾼 청년에 대한 소문은 흔적도 없이 사라졌다. 하루가 멀다 하고 웨인을 건방진 녀석이라 비난했던 아버지의 관심도 이제는 다른 곳으로 돌아섰다. 아늑하고 평화로운 토샤에는 또다시 겨울이 찾아왔고, 벌써부터 거리마다 겨울제 준비로 소란스러웠다.

케이큘번과 나는 뜨거운 차 한 잔씩을 시켜놓고 벌써 몇 분씩이나 말없이 앉아 있었다. 나는 창밖의 자잘한 소란들을 관심없이 흘려들으면서, 김이 모락모락 피어오르는 컵을 멍하니 응시하기만 했다.

"파예트에게선 여전히 아무 연락도 없고?"

드디어 케이큘번의 입이 떨어졌다. 나는 고개를 끄덕였다. 나의 반응을 살펴본 케이큘번은 또다시 입을 다물었다. 시선을 오롯이 찻잔으로 옮기는 그를 보면서 나는 문득 후회감이 들었다.

조금 더 적극적으로 대답을 할걸. 이렇게 답답한 침묵보다야 무슨 말이라도 나누는 게 편할 텐데. 나는 눈치를 보다가 슬쩍 입을 열었다.

"작년 겨울제가 생각나네."

하지만 역효과였다. 케이큘번의 눈매가 파르르 떨리더니, 그의 입술이 더욱더 굳게 다물어졌기 때문이었다. 그의 눈은 추억 속을 헤매고 있었다. 작년 겨울제, 세르게일의 오페라에서 웨인이 보여준 모습을 상기하고 있는 걸 테지. 케이큘번이 웨인을 친구로 받아들인 바로 그날을.

그러한 추억은 케이큘번에게나, 나에게나 더욱더 강한 그리움과 걱정스러움을 심어주기만 할 뿐이었다. 뒤늦게 아차, 하고 입술을 깨물었지만 이미 때는 늦은 터였다. 나는 더 이상 실수하지 않고 차라리 이 침묵이나 지켜야지 하고 마음먹었다. 하지만 그러한 내 결심이 굳게 서기도 전에 케이큘번이 먼저 침묵을 깨뜨렸다.

"파예트가 마취에 성공했다는 소문이 퍼졌을 때, 기억나는가?"

"응?"

"학교의 모든 학생들이 자네를 붙들고 이렇게 물었잖아. 세요, 그 소문이 사실인가? 정말로 웨인이 해냈는가? 하고 말일세."

"훗. 그랬지."

뭔가 아련했다. 그다지 오래전의 일도 아닌데 한없이 아득하게만 느껴졌다. 아마도 웨인에게서 연락이 끊긴 지 세 달이나 지났기에 그런 걸 테지. 그 무료하고 답답했던 기간이 과거의 시간으로 통하는 문을 콱 막고 있어서, 그 이전의 기억을 떠올리면 이렇게 아련하고 먹먹하기만 한가 보다.

토샤를 떠난 직후 한 달 정도는 웨인의 편지가 꼬박꼬박 도착했었다. 그는 고향에서 부모님을 만난 이야기, 평소에 가보고 싶었던 장소를 찾아다닌 이야기를 편지지에 한가득 풀어놓으며 자신의 정황을 알리곤 했었다.

하지만 전염병이 돌고 있는 어느 마을로 떠나, 그곳에서 사람들을 돌봐줄 거라는 세 달 전의 편지가 끝이었다. 고향을 떠난 웨인이 대체 어느 마을에서 지내고 있는 건지, 요즘 어떤 모습인지 깜깜하기만 했다. 다르젠이 직접 그의 가족을 만나 웨인의 소식을 물어보기까지 했지만 헛수고였다. 그들 또한 웨인이 어디로 향했는지 갈피조차 잡지 못하고 있었다.

"나는 파예트가 마취에 성공했다는 소문을 듣자마자 코카나무에 관한 책은 모조리 다 긁어모아 읽었다네. 왜 그랬는지 아는가?"

"글쎄?"

케이큘번은 또다시 찻잔을 멍하니 쳐다봤다. 차를 한가득 담은 두 찻잔은 무관심 속에서 차갑게 식어가고 있었다.

"코카나무 잎을 사용하면 안 된다는 증거를 찾고 싶었거든. 부작용이 있다든가, 또는 독을 지니고 있다든가. 심지어 신께서 코카나무 잎 사용을 금지하셨다는 대목이라도 있길 바랐지. 신은 없다고 당당히 소리쳤던 내가 말일세. 우습지?"

드디어 케이큘번이 찻잔에 손을 가져다 댔다. 너무나 오래토록 사람의 손길을 기다렸다는 듯 찻잔은 반가운 달그락 소리를 내며 케이큘번의 손에 감겨들었다.

"왜 그랬는가?"

"그 녀석이 부러웠다네. 그리고 얄미웠어. 나의 아버지는 제대로 된 마취법을 알아내시기 위해 그 오랜 시간을 투자해 왔는데. 그렇게 노력하셨어도 결국 얻어내지 못했는데. 그 녀석은 고 작⋯⋯."

목이 메어서 그랬을까. 케이큘번은 은근슬쩍 차를 마시며 감정을 억눌렀다. 나는 그의 모습이 왠지 애처롭게 느껴졌지만, 모르는 척하고 그를 따라 차를 한 모금 삼켰다.

"그래서 얄미웠다네. 그런 녀석이 존재함으로써, 나의 아버지의 가치는 더욱더 가라앉는 것 아닌가. 그 녀석의 성공은 나를 너무나 불안하게 만들었어. 파예트라면 우리 아버지가 수십 년에 걸쳐 그토록 갈망하셨던 전신마취법도 너무나 쉽게 알아내겠지? 우리 아버지는 마취를 할 줄 몰라서 그 여자를 죽이고 그런 일을 당하셨는데⋯ 그 녀석은 너무나 쉽게, 너무나 여유롭게 사람들에게 인정받겠지? 그렇게 쉽게 사람을 살려내는 파예트가 존재함으로써 나의 아버지는 한순간에 바보 천치가 되는 거겠지?"

마음이 아팠다. 웨인을 인정한다는 건 어쩌면 케이큘번에게 있어 큰 벌이었을지도 모르겠다는 생각이 들었다.

"그래서 그랬다네. 너무나 애타게 그 녀석의 연구에 허점이 나오기를 기다렸어. 황태자 전하께서 파예트를 황궁에 불렀다는 말을 전해 듣는 그 순간조차도 나는 은근슬쩍 조바심을 내고 있었다네. 신기해. 결국 난 그 녀석을 인정했고, 그 녀석의 연구가 빛을 발해 외과가 바로 서기를 바란 것도 진심이었는데, 그랬는데도 그렇게 악한 마음이 사라지질 않더라 이거지."

"역시 솔직한 친구네."

나는 어색하게 웃었다. 케이큘번 또한 나만큼이나 어색한 표정을 지어 보였다. 아니, 어색한 표정이 아니었다. 서글픈 표정이었다. 그의 얼굴에 저런 표정은 어울리지 않아서 내가 어색하게 느끼는 것일 뿐이었다.

"그런데 막상 파예트가 그렇게 되고 나니 심장이 덜컥 내려앉더군. 혹시 내 불순한 생각이 그를 구렁텅이로 몰아넣는 건 아닌가 하고 자꾸만 나를 괴롭힌다네."

"설마. 그저 운이 나빴을 뿐이야."

"내가 파예트를 걱정할 자격이나 있는 놈인지 모르겠군."

"에에……. 자학하지 마."

나는 조금 당황했다. 케이큘번이 저렇게 괴로워하는 건 처음 본 것이었다. 다르젠이 웨인을 걱정하며 가슴팍을 두드려 대는 동안에도 그는 늘 딱딱한 인상을 유지했었는데. 나는 친구가 보여주는 의외의 모습에 당황해서 대꾸할 말을 찾지 못하고 덤벙거렸다.

"아무리 무소식이 희소식이라지만 어디에서 지내는지 정도는 알려주면 좋잖아. 연락 잘하던 친구가 갑자기 소식을 뚝 끊어버리니 이거야, 원."

내가 케이큘번의 말에 긍정한다는 뜻으로 고개를 끄덕이고 있을 때 다르젠이 카페 안으로 들어섰다. 그는 상당히 급하게 우리에게 다가왔다. 내가 약속 시간에 늦었다는 타박을 줄 요량으로 적당히 몸을 긴장시키고 있을 때 다르젠의 입에서 뜻밖의 말이 튀어나왔다. 마치 우리의 대화를 엿듣던 누군가가 선물을 내리기라도 한 듯, 그 소식은 신기하고 놀라웠다.

"드디어 왔어! 드디어 웨인에게 연락이 왔다고!"

나는 케이큘번과 시선을 교환했다. 그의 눈도 나만큼이나 커져 있었다. 다르젠은 숨을 한번 후 고르더니 품속에서 종이를 꺼내

들었다. 나는 다르젠이 건네준 편지를 찬찬히 읽어내려 갔다. 마치 잠적의 공백이 없었다는 듯, 아무렇지도 않게 소소한 일상을 적어서 보낸 웨인. 너무나 눈에 익숙한 그의 필체 덕분에, 섭섭함보다는 안도감을 먼저 느꼈다.

아쉬운 점이라면 그가 어디에 머무는지는 정확히 나타나 있지 않다는 것. 다만 지난번에 말한 전염병이 도는 그 마을에서 여전히 사람들을 치료해 주고 있다는 이야기만 적혀 있었다. 나는 아쉬움을 삼키면서 다 읽은 편지를 케이큘번에게 건네주었다. 그는 관심없는 척하더니, 내가 종이를 건네주자 못이기는 척 받아 들었다.

"다행히 별 사고는 없나 보군."

"그러게. 다행이야. 잘 지내고 있는 것 같으니."

나는 슬쩍 미소 지으며 케이큘번에게 대꾸했다. 눈동자를 굴리던 케이큘번은 잠시 후 다르젠에게 편지를 획 하고 넘겨주었다. 내 눈동자는 그 편지의 움직임을 좇기에 바빴다. 나는 팔랑이는 종이를 뚫어져라 쳐다보다가 다르젠의 들뜬 말소리에 정신을 번쩍 차렸다.

"잉크에서 향이 나지?"

"잉크?"

다르젠은 내 코에 종이를 가져다 댔다. 나는 향을 맡아보려 했지만 쉽지 않았다. 향이 나는 것 같기도 하고, 아닌 것 같기도 하고. 차향이 가득한 카페 안이라서 그런지 분별해 내기가 더욱 어려웠다.

"이건 헤라키아산 고무를 섞어서 만든 탬프 공장의 잉크라네. 불과 몇 주 전에 출시된 신상품이지. 확실해. 이런 특유의 향이 나는 잉크는 그것밖에 없어.”

“그 잉크가 왜?”

“이 잉크로 만든 펜을 판매하는 곳은 아직 엘베하를 비롯한 서
부 지역 몇몇 군데뿐이라네. 아직 우리 상단에서 판로를 개척하
지 않았으니 동쪽에서는 이 펜을 절대 구입할 수 없어. 나도 아버
지 어깨너머로 슬쩍 구경했을 뿐이지. 이게 무슨 뜻인지 알겠는
가?”

동쪽에서는 구입할 수 없는 펜이라.

“서부……? 웨인이 서부에 있다는 말인가?”

내가 침을 삼키며 묻자 다르젠이 고개를 끄덕였다.

“확실하진 않지만 그럴 가능성이 커. 그리고 여기를 좀 보게.”

다르젠은 케이큘번과 나의 시선을 더욱 바짝 끌어당겼다. 다르
젠의 검지는 편지의 한 부분을 가리키고 있었다.

…(중략)… 어제 내가 치료해 준 여섯 살 난 아이가 선물을 주고 갔다
네. 어머니가 저 먹으라고 구워주신 감자를 소중히 안고 와서는 나에게
불쑥 내밀더군. 그러더니 이렇게 말했어. ‘웬, 먹어요. 맛있어요.’ 아 참
고로 이곳 사람들은 나를 애칭으로 웬이라고 부르더군 앙상한 아이의
팔을 보니 어찌나 마음이 아프던지…(중략)…….

“웨인을 웬이라고 부르는 것 단순한 애칭일까?”

“애칭이 아니면?”

나는 다르젠의 말에 고개를 갸웃거렸다.

“보통 이름을 줄여서 만든 애칭은 본명과는 다른 어감을 가진
다네. 하지만 웨인을 웬이라고 부르는 것……. 나는 애칭이 아니

라 그곳 사람들의 방언에 의한 발음이 아닐까 하고 생각했지."

"오호!"

방언이라! 그렇다면!

"서부 엘베하토샤의 볼티프. 그 지역의 강렬한 어투라면 웨인을 웬이라고 부를지도 몰라. 웬이이 서쪽에 있을 것이라고 생각하니, 이런 억지스러운 발상도 가능하더군. 하여튼 나는 볼티프 지역 중 전염병이 도는 작은 마을을 찾아보았다네."

볼티프는 국경선에 맞닿아 있는 다른 지역들처럼 약탈도 많았고 전염병도 많은 곳이었다. 그래서 다르젠은 웨인이 머물고 있을 법한 후보 지역을 예닐곱 군데나 꼽아야 했다.

"나는 며칠 후에 바로 볼티프로 출발할 것이라네. 자네들은?"

"당연히 나도 함께 가야지."

나는 주먹마저 움켜쥐며 다르젠의 결연한 눈을 바라보았다. 어차피 방학이라 딱히 할 일도 없는걸 뭐. 그렇게 충동적으로 고개를 끄덕이는 나와는 달리, 케이큘번은 참으로 침착했다.

"그 일곱 군데를 차례대로 다 돌아다녀 볼 참인가? 추측만 믿고 행동하기엔 좀 무모하지 않은가?"

"가만히 앉아 있는 것보다는 낫지 않겠어? 웨인이 우리 앞에 나타나지 않겠다면 우리가 나타나 주는 수밖에 없지."

"하지만 편지를 읽어보니 무슨 사고를 당한 것 같지는 않은데. 조용히 지내고 싶은 사람을 괜히 들쑤시는 건 아닌가 걱정되는군."

"그래서 자네는 가지 않겠다고?"

나는 케이큘번을 물끄러미 쳐다보았다. 나와 다르젠의 눈치를 휙휙 살피던 케이큘번은 멋쩍은 듯 대답했다.

"아니. 가긴 가야지."

이로써 우리의 서부행은 결정되었다. 우리는 우선 배를 타고 서쪽으로 건너가기로 했다. 배가 도착할 곳은 엘베하. 나는 이제 곧 웨인을 만날지도 모른다는 기쁨과 함께, 처음으로 엘베하라는 도시에 가본다는 설렘으로 무장했다. 친구들과 여행을 떠난다는 짜릿한 기분은 나의 즐거움을 한층 더 강렬하게 만들었다.

나는 배를 타고 가는 내내 싱글벙글 웃고 있었다. 웨인은 갑작스레 나타난 우리를 보고 어떤 표정을 지을까? 반가워해 주겠지? 자신이 있을 곳을 샅샅이 뒤져서 찾아온 친구들을 보면, 그도 분명 고맙겠지? 웨인과 마주할 그 순간이 기다려졌다.

우리는 웨인을 찾아다니기 전에 우선 엘베하를 구경하기로 했다. 이왕 온 김에 서부의 분위기에 흠뻑 젖어보자는 뜻. 나는 다르젠의 안내를 받아 이곳저곳을 둘러보면서 토샤와는 다른 이곳 풍경에 탄성을 자아냈다. 아기자기하고 포근한 느낌인 토샤에 비해 이곳은 섬세하고 깔끔한 느낌. 특히 엘베하 오페라하우스 외벽의 날렵한 선은 나의 시선을 단박에 앗아가 버렸다. 나는 이다음에 또다시 엘베하에 올 기회가 생긴다면 그때는 반드시 캔버스와 붓을 챙겨 오리라고 다짐했다. 이 멋진 건축물을 화폭에 옮겨두면 얼마나 보기 좋을까. 상상만으로도 즐거웠다.

"아, 정말 이토록 감성없는 친구라니."

"피곤하다니까."

내가 오페라하우스를 바라보며 흐뭇해하는 동안, 다르젠과 케이큘번은 또 티격거리고 있었다. 다르젠은 오페라하우스 안으로 들어가 보자고 우겼고, 케이큘번은 피곤하다며 거부했다.

"쳇. 세요, 자넨 어쩔 텐가? 피곤해?"

피곤하긴 했지만, 이 훌륭한 건축물의 내부를 보고 싶다는 충동이 더 강했다.

"아니, 괜찮아. 음. 나는 안에 들어가 보고 싶기도 한데……."

말끝을 흐리며 케이큘번을 슬쩍 쳐다보았다. 그는 마음에 안 든다는 표정으로 나를 함께 쳐다보았다. 나는 그의 눈빛을 피해 슬쩍 고개를 돌렸다.

"그렇지? 자, 가자고."

다르젠은 상당히 기쁜 표정으로 우리를 이끌었다. 케이큘번은 투덜거리면서도 발걸음을 옮겼다. 한참 후, 우리는 오페라하우스 안에서 뜻하지 않은 인물과 마주쳤다.

"어머? 체페 씨?"

낯은 익었지만 쉽게 떠오르지 않는 여인의 정체를 떠올리기 위해, 나는 한참 동안 머리를 굴렸다.

"와, 포피니에 양?"

다르젠의 대답 덕분에 그녀의 정체를 알아낼 수 있었다. 치리 포피니에. 작년 겨울제에 열렸던 오페라의 여주인공. 웨인이 구해주었던 엘베하의 여가수였다.

케이큘번과 나는 교묘하게 시선을 교환한 후 쿡쿡거리며 웃었다. 다르젠이 기어코 이 오페라하우스에 들어오고자 떼를 썼던 이유가 너무나도 분명했으니. 다르젠도 이곳에서 그녀를 만나리라는 큰 기대는 하지 않았던 것 같지만, 막상 치리와 마주치자 기쁨을 전혀 숨기지 못했다.

"여긴 웬일이에요?"

"아, 친구들과 함께 볼티프로 가던 길에 엘베하에 들른 겁니다.

여기서 만나다니, 신기한데요?"

"그러게요. 너무 반가워요. 친구들한테 자랑해야겠어요. 토샤에서 만난 은인들을 여기서 이렇게 또 우연히 만났다고 하면 얼마나 부러워할까요?"

치리는 뿌듯한지 배시시 웃었다. 그러더니 정말로 자신의 친구들을 모두 불러 토샤의 손님들이 왔다며 신나게 자랑을 했다. 숱한 여인들이 자기네들끼리 모여 우리를 보고 재잘거리고 웃는 바람에, 등에 진땀이 주룩 흘렀다.

숙소로 돌아가는 길에 케이큘번과 나는 다르젠을 얼마나 놀려 댔는지 모른다.

"훗. 솔직히 말해봐, 체페. 엘베하에 온 진짜 이유는 파예트를 만나기 위해서가 아니라, 포피니에 양을 만나기 위해서지?"

"아니! 무슨 소린가. 그녀는 우연히 마주친 것뿐이야. 오랜만에 만나서 반가웠던 것뿐이고."

나는 허둥대는 다르젠이 귀엽다고 생각하면서, 한마디 거들었다.

"에이, 하지만 오페라하우스에 들어가기 직전부터 자네는 은근슬쩍 기대하고 있었잖아?"

다르젠은 못 들은 척 먼저 앞서 나가더니 큰 소리로 일렀다.

"흠흠. 다들 서두르라고! 아침이 오면 바로 웨인을 찾아 나설 테니까! 얼른 가서 잠을 청해야 하지 않겠어?"

우리는 다르젠의 뒷모습에 대고 계속해서 야유를 해댔고, 다르젠은 귀를 막고 앞서 뛰어나갔다. 나는 친구들과의 이러한 행복한 한때를 만끽하면서 얼른 이 무리에 웨인이 끼어들길 바라고 또 바랐다.

다음날 아침, 우리는 다르젠의 말처럼 해가 뜨자마자 떠날 채비를 갖추었다. 엘베하에서 가장 가까운 지역부터 차례대로 방문하기로 했다. 가장 먼저 도착한 곳은 드넓은 바다를 옆에 낀 작은 해안 마을.

"흐음……."

마냥 들뜬 기분으로 즐거운 발걸음을 옮기던 우리였지만, 전염병이 도는 마을에 다가서자 태도가 사뭇 달라졌다. 밝은 목소리로 '웨인, 만나기만 해봐라'라고 허공에다 대고 으름장을 놓던 다르젠도 이제는 침착하게 눈을 굴리고 있었다. 케이큘번의 눈도 한층 더 날카로워져 있었다. 나는 숨을 죽이면서 조심스럽게 행동했다.

"웨인이 정말 이곳에 있으려나?"

이제껏 느끼지 못했던 걱정스러움이 갑자기 스며왔다. 전염병이 도는 곳. 무섭고 음산한 게 당연한 건데 막상 눈앞에 보이기 전까지는 그 심각성을 자각하지 못했었다.

"모르지. 사람들에게 물어봐야 알겠지."

언덕 위에 버티고 선 낡은 교회 안에는 아이들의 울음소리와 병자들의 신음 소리가 가득했다. 이곳에 도착하기 전까지만 해도 나와 함께 이런저런 유쾌한 이야기를 나누던 다르젠도, 이젠 더 이상 아무 말도 하지 않았다.

교회 안으로 들어섰다. 좁은 교회 안에는 저마다의 고통을 호소하는 이들이 모여 있었다. 많은 인파는 아니었지만, 그들의 울음소리가 예배당 안을 가득 채우기에는 전혀 부족하지 않았다.

"실례합니다."

한 중년의 의사가 기절한 듯한 노파의 피고름을 짜내고 있었다. 우리 세 사람은 그 의사 외에 다른 의사는 없는지 살펴보기 위해 긴박하게 눈동자를 굴렸다. 의사는 낯선 무리의 등장에 고개를 갸웃거렸다. 다르젠은 끙끙거리는 사람들 사이를 살살 파고들어 그에게 다가갔다. 한참 후, 다르젠은 중년의 의사를 향해 꾸벅 인사를 하고는 우리의 발걸음을 재촉했다.

"웨인은?"

"이 마을에는 없어."

"그럼?"

"동부 지역 말씨를 쓰는 젊은 의사라면 여기가 아니라 세너든 마을에 있다더군."

마을의 황폐함 때문에 서늘해졌던 심장이 언제 그랬냐는 듯 다시 따뜻해지며 쿵쿵 뛰었다. 정말로 웨인은 볼티프에 있었던 거구나!

"서두르게. 여기에서 세너든 마을은 크게 멀지 않으니, 곧 도착할 수 있을 거야."

다르젠은 지도를 착착 접어 넣으며 앞장섰다. 그의 걸음걸이가 엘베하를 떠날 때처럼 씩씩하고 활기차 보이지는 않았다. 하긴, 전염병이라는 게 이렇게 심각한 거라고는 전혀 자각하지 못했으니까. 다들 웨인을 만날 기쁨에만 들떴었지, 그가 어떤 환경 속에 놓여 있는지는 깨닫지 못했다.

"굉장히 운이 좋군. 헛걸음을 한 번밖에 하지 않았잖아?"

나는 케이큘번의 말에 고개를 끄덕였다. 웨인을 만나는 순간이 상당히 앞당겨진 것, 그것만으로도 행운이었다. 나는 웨인이 전염병에 감염되었다거나 동부 지역 말씨를 쓰는 젊은 의사가 혹시 웨인이 아니라거나, 또는 웨인이 우리가 도착하기 전에 미리 마을을 떠나 버렸을지도 모른다는 부정적인 생각들을 애써 꾹꾹 눌렀다. 나는 의식적으로 입술을 양쪽으로 쭉 늘리며, 건강한 모습의 웨인을 만날 수 있을 거라고 내 자신을 세뇌했다.

얼마나 걸었을까. 다리에 힘이 빠지고 온몸에 땀이 흘렀다. 쉬지 않고 이곳까지 걸어오는 바람에 지칠 대로 지친 상태였다. 더군다나 중간에 지도를 잘못 읽어 길을 헤매는 바람에 세너든 마을에 도착했을 땐 이미 저녁 어스름이 지고 있었다. 해가 지는 걸 보니 마음이 한층 더 늘어졌다.

"비교적 조용하군."

"그러게."

나는 케이큘번의 말에 맞장구를 쳤다. 낮에 들렀던 해안 마을의 처절함에 비해 이곳은 상당히 평화로웠다. 그래서일까. 조금은 안도감을 느꼈다.

우리는 마을 입구에서 가장 가깝게 위치한 오두막의 문을 두드렸다. 그러자 푸짐한 인상의 여인이 우리를 맞아주었다. 우리가 웨인을 아느냐고 묻자, 그녀는 얼굴 가득 미소를 지으며 친절하게 대답을 해주었다.

"웬이요? 어머, 친구 분들이신가 보네. 웬은 스턴 선생님 댁에 머물고 있지요. 이 길을 따라 한참 내려가시다 보면 왼편에 노란 지붕을 가진 집이 보일 거예요. 그 집이 스턴 선생님 댁이랍니다."

처음에 우리는 여유롭게 길을 따라 내려갔다. 그러다가 너나없이 발걸음을 재촉하기 시작했다. 급기야 다르젠은 달리기 시작했다. 나와 케이큘번도 눈치를 보다가 경쟁하듯 달렸다.

"하아, 저기!"

드디어 노란 지붕이 보였다. 우리는 서로를 쳐다보며 아껴왔던 웃음을 터뜨렸다. 이유는 모르겠지만 계속해서 웃음이 났다. 우리는 누가 간질이기라도 한 듯 웃었다. 즐거웠다. 와, 우리가 정말 웨인을 찾아냈구나!

나는 다르젠과 케이큘번처럼 냅다 집 안으로 달렸다. 집주인에게 정체를 밝히고 양해를 구해야 한다는 예의는 까맣게 잊은 듯이, 잠기지 않은 문을 열어젖히고 급하게 들어섰다. 그렇게 들어서면서 웨인의 이름을 부르는 것도 잊지 않았다.

"웨인!"

그렇게 집 안으로 발을 들이미는 순간까지는 좋았다. 하지만 실내의 풍경이 시야로 들어오자마자 나는 입 안 가득 품고 있었던 웃음을 도로 삼킬 수밖에 없었다.

"누구시오?"

나는 눈을 몇 번이나 끔뻑이고 비벼댔는지 모른다. 설마……. 눈앞의 광경을 믿을 수 없었다. 그러다가 결국 눈앞의 광경이 진실이라는 걸 깨달았을 땐 나도 모르게 다리에 힘이 풀려 털썩 주저앉아 버렸다.

"웨인?"

다르젠은 석고상이 된 듯 굳었다. 우리 중 움직일 수 있는 사람은 케이큘번뿐이었다. 그는 숨을 혹 하고 들이쉬더니 웨인의 곁으로 다가갔다. 아니, 정확히는 웨인의 어깨를 단단히 붙든 노인에게로 다가갔다.

"청년들은 웨인의 친구들인가?"

"그렇습니다. 대체 이 상황은……."

케이큘번은 잠긴 목소리로 대답하며 웨인을 내려다보았다. 의자에 단단히 묶힌 채 기절한 웨인. 그의 옷은 갈기갈기 찢겨 있었고, 온몸은 피투성이였다. 그의 손등부터 팔 등까지는 마치 예전에 우리 집을 찾아왔을 때의 모습처럼 상처투성이였다. 아니, 훨씬 더 심했다. 나는 그의 모습을 보면서 속이 울렁거리는 걸 느꼈다.

"사연은 나중에 듣고 일단 나 좀 돕게. 가서 물 좀 떠올 텐가? 이 녀석을 말리느라 힘을 다 써버렸다네. 노인의 몸으로 감당하기에 어찌나 힘이 들던지."

노인은 수건을 물에 적셔 웨인의 몸을 닦아주기 시작했다. 그 손길이 어찌나 능숙한지 한두 번 해본 솜씨가 아닌 듯했다. 나는 흰 천에 묻어나는 웨인의 피를 보면서 결국 참지 못하고 속을 게워내고 말았다. 내가 바닥에 토를 하며 괴로워하자 그제야 다르젠이 정신을 차리고 나를 돌봐주었다.

"세요, 정신 차려."

나는 그 후로도 몇 번이나 더 바닥을 향해 고꾸라질 뻔했다.

"세요라… 그럼 자네들은 다르젠과 케이큘번이겠군."

나는 노인의 목소리를 귓등으로 들으며 정신을 놓고 있었다. 멍청한 눈빛으로 의자에 묶여 있는 웨인을 쳐다보았다.

"으응?"

갑자기 웨인이 정신을 차렸다. 그의 몸이 움직임에 따라 다르젠도 케이큘번도 모두 조금씩 움찔거렸다. 웨인은 고개를 들어, 그의 시선 속에 오롯이 존재하는 나를 힘없이 쳐다보았다. 그의 눈은 나만큼이나 멍했다. 그렇게 나를 빤히 쳐다보던 웨인은 이내 피식 웃어 보였다.

"선생님……. 아직 세요, 세요가 보여요."

웨인은 말을 마친 후 다시 고개를 푹 숙여 버렸고, 나도 그를 따라 고개를 숙이며 결국 참았던 눈물을 쏟아내고 말았다.

"잠들었군."

노인은 웨인을 꽁꽁 묶은 밧줄을 풀어냈다. 그러더니 축 늘어진 웨인의 몸을 일으키려 했다.

"제가 하겠습니다."

다르젠이 노인을 말린 후, 대신 웨인을 부축했다. 그는 조심스럽게 움직여 노인이 안내하는 방 안으로 웨인을 데리고 들어갔다. 웨인은 질질 끌려가면서도 감은 눈을 뜰 줄 몰랐다. 그가 정말로 잠이 든 건지 기절한 상태인지 제대로 분간이 가지 않았다.

"코카인… 입니까?"

하얀 침대에 누운 웨인을 쳐다보았다. 이불이 그의 상처들을 가려주어서일까. 그는 편안해 보였다. 마치 처음 만났을 때처럼, 그는 죽은 듯이 눈을 감고 있었다. 쌕쌕거리지도 않고, 고요히.

"자네들도 상태를 아는가 보군. 그렇다네."

"줄곧 저 상태였던 겁니까?"

"아니지, 아니라네. 한동안 잘 버텨냈었지."

노인은 잠깐 뜸을 들이더니 곧 아주 긴 이야기를 시작했다.

"수개월 전, 토샤의 한 학생이 코카나무 잎으로 마취제를 만들어냈다는 소문을 듣자마자, 그리고 그가 자신의 몸을 상대로 실험을 하고 있다는 소문을 듣자마자 만류의 편지를 써서 보냈지."

우리 세 사람은 긴박한 시선을 교환했다. 검증되지 않은 약품을 자신의 몸에 실험하는 건 당연히 위험한 짓이었다. 비단 저 노인뿐만 아니라 나나 다르젠도 잘 알고 있는 사실이었다. 누군가가 한 젊은이의 위험한 행동을 걱정해 편지를 보내준 건 그다지 놀랄 만한 일이 아니었다.

다만 우리는 직감한 것이었다. 저 노인은, 한 젊은이가 '자신을 상대로 실험을 하는 행동'을 말리려 한 게 아닐 것이다. 그는 웨인이 실험을 하는 약품이 '코카인'이기 때문에 말리려던 게 분명했다. 이유는 알 수 없지만, 그렇게 느껴졌다. 저 노인은 우리가 생각하는 것보다 훨씬 더 많은 걸 알고 있는 것처럼 보였다.

"하나 외딴 마을이라 그런지 소식을 듣자마자 행동을 취했는데도 이미 많이 늦었더군. 그게 아마 다섯 달 전쯤일 걸세. 그때 웨인은 나를 찾아와 웃으면서 말하더군. 염치없지만 자신을 좀 도와줄 순 없겠냐고. 자신의 상태를 가장 잘 알아봐 줄 사람은 나밖에 없을 거라, 그렇게 말하더군. 그때 처음 만나 웨인의 금단을 도왔다네."

다섯 달 전. 웨인이 소리없이 잠적한 그때구나. 가슴이 먹먹했다. 웨인은 이렇게 먼 곳까지 와서 자신과 힘겹게 싸웠구나.

"웨인은 어느 정도 쾌차한 후에 이곳을 떠났지. 하지만 다시 돌아왔을 땐 또 엉망이었다네. 친구들과 부모님을 만나러 간다더니, 또다시 약에 찌들어 버렸어. 내가 얼마나 호되게 꾸짖었는지 모른다네. 하지만 이해가 되더군. 그의 고향 이야길 들어보니……."

"흐흑."

갑자기 다르젠이 울음을 토해냈다. 그는 팔 등으로 눈을 가린 채 어깨를 들썩거렸다. 케이큘번은 멈칫거리더니, 어색한 동작으로 다르젠을 토닥여 주었다.

"다 큰 청년들이 눈물은 왜 그렇게들 많은 건가."

"죄송합니다. 하지만 저도, 저도 그만 웨인이 이해가 돼버려서……."

이야기는 잠시 중단되었다. 다르젠이 진정을 하고 나서야 노인의 상황 설명은 다시 시작되었다.

"하여튼 웨인은 다시 이곳에 오고 나서 한두 달 정도 큰 고생을 하며 나아졌다네. 아주 많이 나아졌었지. 환자들을 돌보는 데 정신을 쏟아 부으면서 기어이기어이 참아내더군. 그리고 이제 더 이상은 걱정하지 않아도 될 줄 알았는데, 일주일 전부터 또 저러지 뭔가."

"일주일 전부터라."

케이큘번이 말을 곱씹었다.

"웨인을 잘도 따르던 꼬마 하나가 그만 세상을 떠버렸거든. 그게 딱 일주일 전의 일이었다네. 그게 문제였지."

"혹시 여섯 살 난 아이입니까?"

케이큘번이 조심스럽게 묻자 노인이 고개를 끄덕였다. 나는 웨인이 다르젠에게 보냈던 편지의 일부를 떠올리면서 쓰린 한숨을 삼켰다.

"자네들이 와주어서 고맙군. 혼자 두면 또 코카인인가 뭔가를 꺼내 드니 문제였단 말일세. 그렇다고 내가 하루 종일 옆을 지킬 수도 없는 노릇이었고. 어떤가, 나 대신 자네들의 친구를 지켜봐 줄 수 있겠나?"

"물론입니다. 걱정 마십시오."

"그럼 나는 장에 좀 다녀와야 할 것 같군. 다들 시장할 텐데 조금만 기다리게."

노인은 방을 빠져나갔다. 나는 웨인을 물끄러미 바라보았다. 저렇게 태평한 얼굴로 잠든 주제에 속은 썩어 들어가고 있다니. 나는 울컥한 마음을 달래다가 문득 고개를 돌렸다. 그제야 벽에 걸린 낡은 액자가 눈에 들어왔다. 환하게 웃고 있는 웨인이 그 속에 들어 있었다. 내가 그려준 그의 얼굴이 나를 바라보고 있었다. 그 그림을 보자 또 마음속에서 뜨거운 물이 끓어올랐다.

기억이 나지 않는다, 웨인이 저런 모습이었던 때가. 그게 너무나 슬프고 애달팠다.

몽롱한 시간은 계속해서 흘러갔다. 잊고 있었던 피로함이 느껴지기 시작했다. 다르젠과 케이큘번은 아무 의자에나 기대어 앉아서 졸기 시작했다. 나는 꾸벅꾸벅 고개를 떨어뜨리는 친구들을 보면서 눈을 비벼 잠을 쫓았다. 나마저 잠들어 버린다면, 혹시 웨인이 또 코카인에 손을 댈지 모르니.

“흐음. 세… 요?”

하품을 늘어지게 하려던 찰나, 웨인이 눈을 가늘게 떴다. 나는 순식간에 졸음을 허공에 흩어버렸다.

“웨인, 날 알아보겠는가?”

웨인은 눈을 감았다 뜨기를 반복했다. 인상을 쓰고 내 얼굴 가까이 얼굴을 들이밀더니, 소스라치게 놀랐다.

“정말 자네인가?”

그는 내 실체를 확인이라도 하려는 듯 내 손을 붙잡았다. 그의 가느다란 손가락은 갈피를 못 잡고 내 손등 위를 누비더니 이내 다부진 힘을 발휘했다. 그의 손아귀 힘이 느껴지자 또다시 마음이 욱해왔지만, 나는 겨우겨우 참아냈다.

“그래, 나야. 세요.”

웨인은 무언가에 놀란 듯 주변을 두리번거렸다. 그는 쓰러지다 시피 엎드려 있는 다르젠과 케이큘번을 발견하고는, 웃었다. 웃 으면서 눈에 고인 눈물을 떨어뜨리지 않으려고 안간힘을 썼다. 그 바람에 그의 눈이 어찌나 새빨개졌는지 모른다.

"하아."

"이 못난 친구. 아무리 힘들어도 우리에겐 알렸어야지. 우린 자 네가 보고 싶어서 그 먼 곳에서 단숨에 달려왔는데 말이야."

"하하, 그러게. 꿈만 같군. 부끄럽게도, 자네들이 찾아오는 환 각을 보기만 했지, 실현되리라곤……."

"바보 같긴."

그는 또 웃는 척하며 눈물을 닦아냈다. 그 모습이 왜 이렇게 안 쓰러운지. 하지만 우습게도 나는, 그 와중에 웨인이 우리를 기다 리고 있었다는 사실에 기쁨을 느꼈다.

웨인과 나는 소소한 이야기들을 나누며 재회의 기쁨을 나누었 다. 그는 창백한 얼굴로 열심히 웃어가며 나의 이야기에 맞장구 를 치고 감격을 토해냈다. 가끔씩 그 감격이 그의 심장을 오그라 들게 만드는지, 웨인은 간간이 가슴께를 쓸어내려주는 것도 잊지 않았다.

"내가 정말 자네들을 많이 그리워했었나 보군. 며칠 전에도 방 금 전 자네가 나의 잠든 모습을 물끄러미 내려다보고 있는 그 장 면을, 똑같이 환각 속에서 보았었지. 다르젠과 케이큘번도 보았 다네. 신기하게도 지금처럼 그들은 내 곁에서 잠들어 있었어. 어 찌나 곤히 자던지 환영인데도 깨울 수 없더군."

"그래?"

"하아. 그리고 자넨 나에게 줄 선물이라며 무언가를 내밀기도

했다네. 그림이었지. 눈 내리는 성 켈로츠 의과대학의 풍경이 그
려진……."

순간 귀가 멍해졌다. 강렬한 전율이 내 온몸을 훑고 지나간 후,
감당해 내기 어려운 소름마저 찾아왔다. 단순한 우연 또는 웨인
의 지나친 바람이 이루어낸 성사일지도 모르지만, 이건 너무나
기가 막혔다.

나는 뻑뻑한 고개를 돌려 내 가방을 쳐다보았다. 그 안에서 조
용히 잠들어 있을 그림 한 장을 떠올렸다. 웨인에게 선물하기 위
해 내가 그려온, 성 켈로츠 의과대학의 전경이 그려진 그림을.

그 그림 속에도 눈이 내리고 있었다.

다음날 아침이 되어서야 모두들 기운을 회복했다. 다르젠과 케
이큘번은 의자와 탁자에 아무렇게나 널브러져 잠이 든 바람에 온
몸이 쑤시는 모양이었다. 인상을 잔뜩 찌푸리며 잠에서 깬 그들
은 잠깐 이곳이 어디인가 살펴보다가 이내 두 눈을 동그랗게 뜬
채 주변을 두리번거렸다. 아마도 웨인을 찾는 거겠지.

"웨인은?"

역시. 비어 있는 웨인의 침대를 멀뚱히 쳐다보던 다르젠이 나
를 향해 물었다.

"자네들보다 훨씬 먼저 일어나서 식사를 준비하고 있다네."

"아, 그렇군."

내가 핀잔을 주듯 대답하자 다르젠이 안심한 듯 한숨을 휴 내
쉬었다. 양손으로 얼굴을 쓸어내리며 잠을 쫓는 그를 보자 괜히
웃음이 났다.

모두들 금방 식사할 준비를 끝내고 식탁에 둘러앉았다. 다르젠

은 웨인의 눈치를 살피더니, 남몰래 슬쩍 웃었다. 다르젠이 잠들기 전에 보았던 모습과는 다르게 지금의 웨인은 상당히 건강하고 밝았다. 그래서 다르젠도 안심을 한 것일 테지.

"어제 장에서 돌아오니 다들 잠들어 있더구먼. 원래는 어제저녁상에 내놓으려던 음식들이라네. 입맛에 맞을지 모르겠군."

아침 식사치고는 확실히 풍성하고 기름지긴 했다. 하지만 상관없었다. 다들 어제 하루 종일 식사도 제대로 못하고 몸을 굴려서 이것저것 살필 여력 따윈 없었으니까. 게다가 스턴 선생님의 요리 실력이 생각보다 굉장히 좋았다. 우리는 건강한 남아들임을 자랑이라도 하듯 순식간에 음식들을 삼켜댔다. 스턴 선생님이 무식해 보인다며 천천히 먹으라고 가는 눈을 흘길 정도였다.

"그런데 내가 있는 곳은 어떻게 알아낸 건가?"

어느 정도 두둑한 배를 두드리고 있을 때, 웨인이 물었다.

"체페가 추리를 해냈지. 자네가 보낸 편지를 읽고 말이야."

케이큘번의 대답에 다르젠이 씨익 웃었다.

"설마 편지 한 통을 근거로 찾아오리란 생각은 못했겠지?"

웨인은 깜짝 놀라더니 고개를 절레절레 저었다.

"내가 열흘 전에 보낸 그 편지 말인가? 어휴, 역시 자넨 징그러워. 예전에 나의 고향을 찾아낼 때부터 조심했어야 되는 건데. 그 사건을 잊어버리고 또 편지를 쓰다니. 내가 바보였군."

"그럼! 바보였지. 자넨 마음대로 숨지도 못할뿐더러 숨는다 해도 기어코 자네를 찾아온 징그러운 우리를 진심으로 반가워하잖아? 그야말로 바보지."

"그런가?"

웨인은 머리를 긁적이며 민망해했다. 다르젠의 말에 반박할 수 없나 보다. 그의 겸연쩍은 웃음을 보니 내 가슴이 뭉클해졌다. 웨인이 왜 우리에게 자신의 위치를 숨기려고 했는지 이해가 되면서도 또 다른 한편으로는 그가 얼마나 우리를 애타게 그리워했을지도 이해가 됐다. 친구들에게 자신의 추태를 보이지 않으려는 마음, 그러면서도 친구들 품에서 자신을 달래고 싶은 마음. 이 양극단의 마음이 한데 합쳐져서 얼마나 괴로웠을까. 어젯밤 웨인은 나를 붙잡고 미안하다, 고맙다는 말만 계속해서 반복할 정도였으니.

식사를 마친 후, 우리는 웨인과 스턴 선생님을 따라 인근 교회로 향했다. 딱히 의료 시설이 마련되어 있지 않은 이런 작은 마을에서는 교회만큼 환자를 수용하기 좋은 곳이 없었다. 우리는 먼저 들렀던 해안 마을의 교회보다는 확실히 조용하지만, 그래도 신음 소리가 조금씩은 새어 나오는 세너든 마을의 교회 속으로 다 같이 몸을 밀어 넣었다.

스턴 선생님은 웨인 때문에 그동안 환자들을 소홀히 대했다며, 그 바람에 일이 밀려 오늘은 특별히 할 일이 많을 것이라고 말했다. 그리고 도와줄 것을 요청했고, 우리는 흔쾌히 승낙했다.

실내에 들어선 후, 케이큘번은 잠들어 있는 한 환자에게로 향했다. 그러자 스턴 선생님이 그를 붙잡으며 말렸다.

"자네들은 환자들 몸에 손댈 생각 말고 가서 수건이나 빨아오게."

"네? 하지만 저희도 의학을 배운 사람들입니다."

"책임감없는 낯선 의사들이 체면치레로 이 마을에 들러서는 치료를 해준답시고 독이 되는 짓만 잔뜩 하고 갔다는 걸 혹시 알고 있나? 그것도 한두 번이 아니란 말일세. 여기 누워 있는 사람들은 낯선 이가 자신을 돕겠다고 나서도 일단 불신부터 하고 본다네. 자네가 아무리 실력이 좋은 성 켈로츠 의과대학의 학생이라 해도, 저들에게는 낯선 이방인일 뿐이야. 방해만 되니 저리 가 있게."

스턴 선생님은 케이큘번을 홱 밀쳐 버렸다. 케이큘번은 기분이 상했는지 살포시 인상을 썼다. 웨인은 그런 그의 어깨를 다독였다.

"처음엔 나에게도 똑같은 말씀을 하셨어. 환자를 아끼는 마음에서 저렇게 말씀하시는 것이니, 자네가 이해하게."

"흐음."

하지만 케이큘번은 기분이 쉽게 풀리지 않는 것 같았다. 그는 팔짱을 낀 채 스턴 선생님의 뒷모습을 뚫어져라 쳐다보다가, 다르젠이 '레럼! 자네도 얼른 이리 와서 빨래해! 게으름 피우지 말라고'라고 고래고래 소리를 질렀을 때야 비로소 그 눈빛을 돌렸다.

교회에 갇힌 채 꼼짝도 못하는 사람들은 굉장한 열을 호소했다. 툭하면 구토하기 일쑤였고, 충혈된 눈으로 한없이 눈물을 쏟아냈다. 특히 어린아이들이 많았는데, 그들은 울면서 엄마를 찾아댔다.

"홍역인가……."

나는 심각한 표정으로 아이들의 열을 짚어보고, 그들에게 자꾸만 물을 마시게 하는 웨인을 쳐다보면서 나지막이 속삭였다. 내 목소리를 들었는지 옆에 서 있던 다르젠이 대꾸했다.

"그런 것 같군. 휴, 합병증이 심한 것 같아."

그 순간 누군가가 굉장히 고통스러운 기침 소리를 끊임없이 뱉어냈다. 기침 소리만 들으면 그는 곧 죽을 것같이 괴로워 보였다. 다르젠과 내가 그 환자를 멀뚱히 쳐다보고 서 있자, 스턴 선생님이 멀리서 소리를 지르셨다.

"얼른 수건에 물 적셔오지 못할까!"

우리는 어깨를 살짝 움츠렸다가 쏜살같이 수건을 향해 내달렸다. 오늘 아침을 손수 준비해 주실 때까지만 해도, 정 많고 자상해 보였던 스턴 선생님이 지금은 아주 호랑이 같았다. 어찌나 단호한 목소리로 게으름 피우는 우리를 꾸짖고, 부려먹으시는지. 내가 웨인을 만나러 온 건지, 이곳에 노동을 하러 온 건지 모르겠다는 생각마저 들었다.

스턴 선생님과 웨인은 환자들의 열을 내려주기 위해 물에 적신 수건으로 계속해서 그들의 몸을 닦아주었다. 그리고 경련과 구토를 일으키는 환자들을 돌보느라 얼마나 분답게 움직였는지 모른다. 게다가 스턴 선생님과 웨인의 실력이 좋다고 멀리까지 소문이 났는지, 세너든 마을 사람들뿐만 아니라, 주변의 다른 마을 사람들까지도 교회 안으로 비집고 들어서곤 했다.

우리는 바쁜 시골 의사들을 보조하느라 환자들만큼의 열과 땀을 흘려대며 수건을 빨고, 바닥을 닦았다. 또 한 환자가 사망해 그의 가족들이 울대를 뽑아낼 듯 소리를 지르고 오열하는 것을 달래주느라 얼마나 고생했는지 모른다. 그렇게 오늘 하루는 모두에게 꽤나 바쁜 하루였다.

늦은 밤. 타닥타닥 타 들어가는 장작 소리는 언제 들어도 좋은 것 같다. 음악이나 지저귀는 새소리 따위에 비견할 만한 아름다움을 지닌 건 아니지만, 듣는 이로 하여금 은연한 중독을 일으키게 하는 그런 매력이 있다. 다른 모든 소리들을 삼켜 버리고, 듣는 이의 시각마저 오롯이 빼앗아 버리는 존재. 나는 그런 모닥불을 꽤나 좋아하는 편이다.

"저 높은 창공에서 바라보면 이 마을은 아름답고 조용한 곳으로밖에 보이지 않을 거야. 그렇지?"

웨인은 탁 트인 하늘을 물끄러미 응시하면서 중얼거렸다. 비교적 높은 지대라서 그런지 이곳의 밤하늘은 토샤와는 비교도 할 수 없을 만큼 많은 수의 별들로 가득 채워져 있었다. 나는 별빛에 매료된 듯한 웨인의 옆모습을 바라보면서 조금 전의 상황을 상기했다.

한 시간쯤 전, 웨인은 스턴 선생님의 방으로 통하는 문을 고민스럽게 쳐다보고 있었다. 나는 고개를 갸웃거리며, 왠지 갈등하는 듯한 그의 모습을 지켜보았다. 웨인은 내 눈길을 느꼈는지 화들짝 놀라더니 다소 인위적인 웃음과 인사말로 상황을 얼버무리며 내 시야에서 총총히 사라져 버렸었다.

그리고 곧, 나는 스턴 선생님의 방 안에 연구 목적으로 모아놓은 코카인이 한가득 있다는 사실을 알아낼 수 있었다. 웨인이 스턴 선생님의 방 앞에서 보여주었던 그답지 않은 초조한 모습. 나는 그 감정의 정체를 눈치 챈 이후, 계속해서 웨인을 안쓰럽게 바라보고 있던 터였다.

"굳이 저 하늘이 아니라 이곳에서 내려다보아도 충분한 것 같은데? 고요하고 잠잠하기만 하지, 전염병이 도는 마을이라고는 보이지 않아."

다르젠은 아직도 술병의 마개를 빼내지 못하고 끙끙거리며 대답했다. 케이큘번이 자기가 열어보겠다고 몇 번이나 손을 내밀었지만, 다르젠은 고집을 세우며 벌써 몇 분째 술병과 씨름하고 있었다.

"처음에는 이곳도 다른 마을처럼 상당히 무서운 곳이었다네. 합병증으로 사망하는 사람이 한둘도 아니었고. 어제까지만 해도 멀쩡하던 사람이 오늘 아침부터 병에 시달리기 일쑤였으니까. 집집마다 시체 한 구씩을 떠안고 살아가는 것처럼 보일 정도였지."

"하긴, 환자의 사소한 기침 한 번이 건강하던 정상인을 쓰러뜨려 버리는 병이니 오죽하겠나. 더군다나 이렇게 깨끗한 환경 속에서 살던 사람들에게 홍역은 치명적이었겠지."

케이큘번의 말에 웨인이 고개를 끄덕였다.

"선생님께서 많은 분들을 구하셨지. 처음에는 환자들을 가족으로부터 격리시키시면서, 매정한 사람이라고 손가락질도 많이 당했다네. 어린아이를 붙들고 울고불고 떨어지지 않으려는 여인에게 아이를 내놓으라고 갖은 협박을 다 하시지 뭔가. 그래도 지금은 병이 많이 잠잠해져서 사람들이 이해해 주는 거지만."

웨인은 노란 지붕의 오두막을 슬쩍 내려다보았다. 나는 그의 눈빛 속에서 굉장히 낯선 감정을 엿볼 수 있었다. 웨인은 저러한 눈빛으로 단 한 번도 멜컨 교수나 르베르 교수를 쳐다본 적이 없었다. 나는 낯선 그의 표정을 모호하게 바라보며, 나도 모르게 입을 열었다.

"웨인, 자네는 스턴 선생님을 굉장히 존경하는가 보군?"

그는 망설임없이 고개를 끄덕였다.

"내가 이제껏 만나왔던 의사들 중, 선생님은 최고일세. 그는 내가 알고 있는 얄팍한 지식들은 벌써부터 모두 알고 있었던 건 물론, 내가 경험하지 못한 것들까지 경험하신 분이지. 내가 어떻게 존경하지 않을 수 있겠나?"

웨인의 존경이라… 새삼 스턴 선생님이 달리 보였다. 범상치 않은 인물이라는 것은 처음 만날 때부터 느꼈던 것이지만, 그리 대단해 보이지는 않았는데. 조금은 다혈질인 괴팍한 노인 정도라고 여겼을 뿐.

"그런 존경하는 분의 뜻을 꺾고 또다시 코카인에 손을 댄 자네도 어지간히 구제불능이군."

케이큘번이 무심코 내던진 말에 나와 다르젠이 빳빳하게 굳어버렸다. 의식적으로 웨인 앞에서는 코카인의 코 자도 꺼내지 않으려고 노력해 왔었는데 큰일이었다. 행여나 웨인이 민망해하거나 상처받을까 봐 모른 척해왔던 건데, 케이큘번은 거침없기만 했다. 술병을 꼭 쥔 채 나와 눈을 마주친 다르젠. 그 또한 나처럼 숨을 멈추고 웨인의 눈치를 살폈다.

"하아, 그런가?"

"그렇지."

189

웨인은 조금 쓸쓸해 보였다. 분명 상처를 받은 것이겠지? 나는 두 눈에 속상함을 가득 담아 케이큘번을 원망스레 쳐다보았다. 정작 그는 나에게는 일말의 관심도 주지 않았지만.

적막이 흘렀다. 거친 바람 소리만 쌩쌩한 가운데, 또다시 술병으로 관심을 옮긴 다르젠이 드디어 주위를 환기시키는 한마디를 내뱉었다.

"땄다!"

드디어 병과의 씨름에서 승리한 다르젠이 의기양양하게 웃었다. 그는 쓸쓸해 보이는 웨인, 차가운 케이큘번을 한번씩 쳐다보더니 결국엔 나에게로 술병 주둥이를 들이밀었다.

"세요 먼저."

"에? 나?"

당황스러워하면서도 술병을 받아 드는 내 모습. 컵 따위는 없었다. 다르젠이 다음번 술병으로 손을 옮기는 모습을 보면서 나는 난감한 표정을 지어 보였다. 설마 이걸 병째로 마시란 건 아니겠지? 행여 아버지께서 병째로 술을 들이키는 내 모습을 보았다간……. 나는 고개를 절레절레 흔들었다.

다음번 병들은 의외로 순순히 다르젠에게 복종했다. 술병을 하나씩 받아 든 우리들. 달빛 아래서 술병 부딪치는 소리를 내며 우리는 음주를 시작했다. 술병에 잘도 입술을 가져다 대는 친구들을 넋 놓고 바라보던 나도, 나중엔 어설프게나마 한 모금 들이킬 수 있었다.

술기운이 차오르는지, 다르젠과 케이큘번은 또 목소리를 높여 언쟁을 시작했다. 주제는 참 어른스럽게도 토샤가 아름다운가, 엘베하가 아름다운가 하는 것.

"자네에게 엘베하가 아름다운 건 포피니에 양 때문이겠지."

"레럼, 이 친구 또 이상한 소릴 하는군. 토샤는 아름다워. 상당히 아름다운데 엘베하도 그에 못지않게 아름답대도?"

"말도 안 되는 소릴. 엘베하는 토샤에게 한참 뒤지지."

나는 두 친구가 계속해서 티격태격 다투는 모습을 재미있다는 듯 바라보았다. 내가 쿡쿡거리고 있을 때, 웨인의 목소리가 나를 잡아끌었다.

"케이큘번의 말처럼 나는 참 구제불능이군."

"응?"

"다른 이를 살리고 싶다고 이야기하면서, 내 자신조차 제대로 돌볼 줄 모르니."

술병을 쥔 웨인의 손이 가늘게 떨리는 것이 보였다. 그 모습이 왜 이렇게 내 마음을 쑤셔대는지.

"그 앙상한 팔로, 자기 어머니가 챙겨준 제 몫의 음식들을 자꾸만 나에게 가져다주던 그 아이가 그토록 새파랗게 잠들어 버린 걸 보니⋯ 난 참을 수가 없었다네. 난 그 아이를 구하지 못했어. 구할 수 있었는데 그 아이를 살리지 못한 내 자신을 참을 수가 없어서, 숨어버리려고 했던 거지. 이 얼마나 나약하고 못난 인간의 표본인가."

"웨인⋯⋯."

다시금 케이큘번이 미워졌다. 저 녀석은 왜 웨인에게 쓸데없는 기억을 떠올리게 해서는.

"그 아이가 너무 밝아 보여서 관심을 줄인 거야. 그 아이에게 쏟았어야 할 관심을 다른 환자에게 쏟는 바람에, 죽어가고 있던 아이는 나에게 미안해서 아프다는 말 한마디 하지 않고 세상을 떠났다네. 내가 그 속 깊은 어린아이의 상태를 정확히 알았다면, 그 아이가 얼마나 고통스러워하고 있었는지 제대로 알기만 했다면, 엄살을 부리는 건장한 남자 하나를 돌볼 시간에 그 아이를 살릴 수 있었겠지."

내가 해줄 수 있는 건 그의 이야기를 들어주는 것, 그것밖에 없었다. 아니, 이것만으로도 웨인에게 힘이 될 것이라 자부했다. 애초에 웨인 파예트에게 세요 폰 어니뷔트가 가지는 가장 큰 존재감은, 그의 이야기를 들어주는 사람. 아무런 편견 없이 그의 이야기를 들어주는 사람이었으니.

"내가 자라면서 만나왔던 수많은 환자들, 죽어가는 사람들을 보면서 나는 늘 바라고 바란다네."

“무엇을?”

“나에게 이 사람들의 생명을 미리 구할 수 있는 능력이 생긴다
면……. 내가, 저 사람들이 다치기 전에 미리 구해줄 수 있다
면…….”

웨인은 거기까지 말하고 술을 들이켰다. 나 또한 그를 따라 술
을 마셨다. 이번에는 술병에 직접 입을 가져다 대야 한다는 거부
감 따위는 전혀 없이.

새벽의 기운이 나를 몰아세웠다. 나는 담요로 몸을 똘똘 두른
채 가만히 앉아 있었다. 술을 마시면 졸려야 정상일 텐데, 어찌
된 일인지 내 정신은 맑기만 했다. 어쩌면 내가 가져다준 담요를
덮은 채 아무것도 모르고 고이 잠들어 있는 친구들 때문에 일종
의 사명감 따위를 느끼고 있는지도 모르겠다. 나마저 잠들어 버
리면 우리에게 어떤 일이 닥칠지 전혀 알 수 없을 테니까.

아직은 공기가 살을 에는 추운 겨울이었다. 아무리 술기운이
몸을 따스하게 만들어주었다곤 해도 다들 이 추위를 느끼지 못할
리 없었다. 그런데도 다들 저렇게 실외인지도 모르고 엎어져서
자는 모습이라니. 잠결에 벌벌 떨면서도 도무지 누구 하나 벌떡
일어설 생각을 하지 않았다. 웨인도, 다르젠도, 케이큘번도. 특히
잠들기 전에 고주망태가 되어 노래를 부르고 마음속에 쌓인 이야
기를 풀어놓던 다르젠은 그 누구보다도 더욱더 깊은 잠에 빠져
있었다.

“휴…….”

옷에 풀물이 밸까 봐 바닥에 앉기를 꺼려했던 내 모습. 케이큘
번은 그 모습을 보며 귀족 티를 낸다고 비아냥거렸었지. 차갑고

더러운 땅바닥에는 차마 드러누울 수가 없어서 꼿꼿이 앉아 있는 지금의 내 모습을 보노라면 그는 또 얼마나 비꼬아댈 것인가.

멀리 노란 지붕이 보였다. 나를 제외한 모든 이들이 조용히 잠들어 있을 줄 알았는데 아직도 저 오두막에서는 불빛이 새어 나오고 있었다. 스턴 선생님도 우리 걱정에 아직 잠들지 못하고 계신 건가. 술 먹고 추태를 부리려면 자신의 수면을 방해하지 말고 밖으로 나가라고 으름장을 놓으시던 모습이 떠올랐다. 혹시 우리가 얼어 죽지는 않을까 하고 걱정하며 밤을 지새우실 거면서 왜 그렇게 야박하게 구신 건지. 훗, 괜히 웃음이 났다.

뜬눈으로 이런저런 잡념을 떠올리며 밤 시간을 보내는 건 참 힘든 일이었다. 예전에 케이큘번과 함께 한 달 동안 신께 사죄하는 기도를 드리라는 벌을 받았을 때만큼이나 지루했다. 이 친구들을 모두 내버려 두고 나 혼자 집 안으로 들어가 잠을 잘까, 하는 생각도 해보았지만 그럴 수는 없었다. 너무 얌체 같지 않은가.

"으윽!"

고요를 깨는 웨인의 신음 소리가 들려왔다. 그는 인상을 쓴 채 괴로워하고 있었다. 그의 이마에서 땀이 한줄기 흐르는 것이 보였다.

"웨인?"

나는 턱 끝까지 감싸고 있던 담요를 치워내고, 웨인의 곁에 가보았다. 그는 몸서리치며 괴로워하더니 갑자기 벌떡 일어나 앉았다.

"후우……."

숨을 크게 내쉬더니 이마의 땀을 쓰윽 닦는 웨인.

"왜 그래?"

그는 내 목소리에 화들짝 놀라더니, 목소리의 주인공이 나라는 걸 알아보고는 곧 안심했다.

"아, 자네였군. 휴, 꿈이었어. 다행이야."

"악몽이라도 꿨나 보네."

웨인은 주변을 휙휙 살펴 자신이 앉아 있는 곳을 자각해 냈다. 그는 최대한 몸을 웅크린 채 담요를 꼭 붙들고 자는 다르젠과 케이쿨번의 모습을 발견하고는 피식 웃었다.

"저들은 춥지도 않나 보군. 잘도 자네. 무디긴."

방금 전까진 자네도 저들과 똑같은 모습이었다고…….

"그나저나 세요, 자네는 왜 깨어 있는 건가?"

"응? 아, 그냥."

나는 어설프게 웃어버렸다. '이렇게 더럽고 차가운 땅에 등을 대고 잘 수는 없지 않은가. 차라리 앉은 채 아침 해를 기다리는 편이 낫지'라고 대답할 바에야 웃음으로 얼버무리는 편이 나을 것 같았다.

웨인이 깨어나자 지루함이 한결 가벼워졌다. 나는 웨인에게 친구들을 깨우느라 고생했던 이야기, 하지만 그들은 꿈쩍도 하지 않더라는 이야기를 늘어놓으며 혼자서 잡념에 빠져 있었던 시간에 대한 보상을 톡톡히도 받아냈다. 웨인은 내 이야기를 들어주며 연신 웃음 짓고 있었다. 결국 내 이야깃거리가 다 떨어졌을 때가 되어서야 비로소 웨인이 제대로 입을 열었다.

"하. 자네들이 오니까 좋군. 너무 좋아. 하지만 한편으론 걱정도 되는군."

"걱정이라니?"

"지금까지는 자네들을 만났다는 즐거움과 반가움으로 참아낼 수 있었다네. 다른 못난 생각들을 떠올리기 전에 자네들과 할 일부터 먼저 헤아릴 수 있었으니까."

"그랬는데?"

"하지만 긴장이 풀렸는지 조금씩 몸과 마음이 힘들어지는 걸 느낀다네. 아마 난 이제부터 상당히 못난 꼴들을 보일지도 몰라. 내가 제일 처음 스턴 선생님을 찾아왔던 그 순간처럼."

시간으로 따지자면 우리가 웨인을 다시 만난 지 고작 만 하루. 하지만 하루라는 시간 내내, 무서운 유혹을 깡그리 잊을 만큼의 강렬한 재회의 기쁨만을 느끼기란 힘든 일이다. 아무리 다시 만난 친구들이 뼈에 사무치게 그리워했던 존재라 하더라도.

웨인은 금방 우리를 만난 기쁨과 반가움에 안주해 버리고, 또다시 유혹의 손길을 받겠지. 저렇게 솔직하게 고백을 해오는 웨인을 보니 또 한 번 사명감이 치솟았다. 잠든 친구들을 지켜야 하니 절대 잠들지 말아야 한다는 사명감만큼이나 강렬하게.

"괜찮다네. 우리가 도와줄 테니까. 걱정 마. 어쩌면 우리가 이렇게 수고스럽게 자네를 찾아온 것도 다 신의 뜻일지도 모르잖아."

신의 뜻이라는 말. 분명 웨인이 좋아하지 않는 단어지만 상관없었다. 웨인에게 우리의 도움이 필요한 시점에 우리가 이곳에 도착할 수 있었던 것. 나에게 있어 그것은 아무리 생각해도 신의 뜻, 그것 외엔 없었다.

우리의 말소리 때문인지 그토록 깊게 잠들어 있던 다르젠과 케이쿨번이 하품을 하며 깨어났다. 그들이 어깨 통증과 감기 몸살을 호소하든 말든 나는 그들이 깨어났다는 자체에 뛸 듯이 기뻐했다. 나와 웨인은 한없이 느린 다르젠과 케이쿨번의 발걸음을 재촉해 가며 오두막으로 향했다.

아직까지 불이 켜져 있는 노란 오두막. 나는 스턴 선생님이 우리를 맞이해 주리라 기대하며 집 안으로 들어섰다. 하지만 우리의 발걸음 소리가 온 집안을 울리는데도, 스턴 선생님은 방 안에서 나와 보기는커녕, 돌아왔느냐는 말 한마디 던지지도 않으셨다.

"불을 켜놓으셔서 깨어 계신 줄 알았더니. 깜빡 잊고 주무시나 보군."

갑자기 웨인이 불길한 표정을 지었다. 그 표정 때문에 나조차도 숨을 죽였다.

"선생님은 단 한 번도 불을 켜놓고 주무신 적이 없는데……."

웨인은 말끝을 흐리며 스턴 선생님의 방문을 열어젖혔다. 그러더니 동상이 된 듯 굳어버렸다.

"무슨 일이야?"

"선생님!"

다르젠의 물음에 정신을 차린 웨인은 소리를 지르며 방 안으로 쏜살같이 뛰어들어 갔다. 스턴 선생님은 바닥에 쓰러져 있었다. 왠지 모르게 상당히 허둥대는 웨인 대신에, 케이큘번이 얼른 다가가 그를 진찰했다.

"걱정 마. 단순한 과로니까. 자네답지 않게 왜 이렇게 허둥거려?"

케이큘번이 핀잔을 주었음에도 여전히 충격에서 벗어나지 못하는 웨인. 그를 대신해 다르젠과 케이큘번이 선생님을 침대로 옮겨 드렸다. 친구들이 선생님께 이불을 덮어드리는 모습을 보면서 나는 웨인의 눈치를 슬쩍 보았다. 그의 눈이 상당히 흔들리고 있었다.

예전에 치리 포피니에가 호흡곤란으로 쓰러졌을 때, 다소 신경질적이긴 했지만 그 누구보다도 차분하게 상황을 처리했던 사람이 웨인이었다. 낮에 교회에서도 날카로운 눈을 풀지 않고 환자를 살펴보았던 사람이 웨인이었다. 그런 웨인이 선생님이 쓰러지셨다는 이유 하나만으로 저렇게 당황하다니. 이상했다.

하지만 나는 아침 해가 밝고 난 후, 곧 알 수 있었다. 웨인이 왜 그토록 그답지 않게 당황했었는지 말이다.

스턴 선생님은 요즘 환자들을 돌보는 것만으로도 모자라, 웨인까지 말리려다 보니 많이 지치신 것 같았다. 그는 세상에서 벗어난 듯 고이 잠든 채, 우리의 내려다봄도 깨닫지 못하고 있었다.

"정말 과로일 뿐이래도. 푹 주무시다가 깨시면 아무 문제 없을 테니 걱정 말게."

케이큘번은 웨인을 바라보고 말했다. 웨인은 심각한 표정으로 고개를 끄덕였다.

"다행이군."

웨인은 넋 나간 표정을 지어 보였다. 케이큘번은 웨인의 표정을 보더니 살포시 인상을 썼다.

"파예트, 그렇게 멀뚱히 서 있지만 말고 내 가방에서 펜과 종이나 좀 꺼내다 주겠나?"

"응? 아, 알겠네. 잠시만."

웨인은 케이큘번의 요청을 들어주기 위해 방 밖으로 사라졌다. 케이큘번은 웨인이 방을 나서는 걸 가만히 지켜보더니, 그의 자취가 완전히 사라지자 다르젠과 나를 향해 입을 열었다.

"저 친구 스턴 선생님 일로 또 충격받아서 코카인에 손을 대거
나 할지도 모르니 우리들이 특별히 신경을 쓰자고."

케이큘번은 어젯밤과는 다르게 꽤 신중하게 행동했다. 나는 그
가 이번에는 웨인 앞에서 코카인 이야기를 함부로 꺼내지 않은
것에 대한 감사함과 어젯밤에도 조금만 더 신중할 것이지 하는
불만이 동시에 솟았다.

"그렇게 말하는 걸 보니 실은 스턴 선생님께 큰일이 생긴 건가?
웨인이 걱정할까 봐 거짓을 말한 거지?"

다르젠이 의심스럽게 묻자, 케이큘번이 고개를 내저었다.

"아니. 그건 아닐세. 정말 단순한 과로일 뿐이야. 단지 파예트
가 이 작은 증세에도 너무 예민하게 반응을 하는 것 같아서. 혹시
모르잖나. 미리 조심하자는 거지."

"그래. 자네의 말이 맞아."

198 나와 다르젠은 케이큘번의 대답에 고개를 끄덕였다. 그로부터
한참의 시간이 지났다. 이때쯤 웨인이 케이큘번의 펜과 종이를
가지고 돌아와야 정상인데, 어째서인지 그의 발소리조차 들리지
않았다.

"웨인이 왜 돌아오지 않는 거지?"

나는 다르젠의 목소리에 흠칫거렸다. 설마, 웨인이 벌써 코카
인에 손을 대고 있는 건 아니겠지! 그렇게 생각하는 순간, 스턴 선
생님의 책상 위에 흩어져 놓여 있는 코카인들이 보였다. 다행이
었다. 코카인은 모두 이곳에 있다고 했으니 지금 웨인이 코카인
을 건드리고 있는 건 아닐 것이다. 하지만 이상했다. 그는 뭘 하
고 있는 거지? 나는 웨인에게 무슨 일이 생겼나 걱정되는 마음에
그의 방으로 얼른 가보았다.

“웨인, 뭐 하는 건가?”

꿈쩍도 않는 웨인의 뒷모습. 곁에 다가가자 그의 손에 들린 무언가가 언뜻언뜻 보였다. 저건…….

“세요, 이건 자네 그림이지?”

까맣게 잊고 있었다, 웨인에게 주기 위해 그려온 그림이 있었다는 사실을. 그의 표정을 살펴보았다. 그는 굉장히 혼란스러워 보였다. 쓰러진 스턴 선생님을 발견했을 때만큼이나.

“그래. 내가 그린 그림이야.”

나는 조심스럽게 대답했다. 그리고 또다시 그의 표정을 살폈다. 그는 입술을 잘근 깨물며 침묵하더니 어렵사리 한마디를 내뱉었다.

“나에게 주려고?”

나를 쳐다보는 그의 눈망울이 너무나 거세게 흔들리고 있었다. 나에게 마약에 중독되었노라고 할 때만 해도, 웨인은 이보다는 담담했다.

“그래. 자네에게 주려고…….”

또다시 웨인의 침묵이 시작되었다. 나는 어찌할 바를 모르고 그의 옆에 서 있었다. 웨인이 어떤 말이라도 해주길 기다리면서. 귓가의 윙윙거리는 소리가 매우 커졌다고 느끼는 순간, 드디어 웨인이 입을 열었다.

“미안하군. 케이큘번과 자네의 가방을 착각했다네.”

그는 가방 안으로 그림을 도로 넣으면서 말했다.

“아니, 괜찮아.”

웨인은 나를 물끄러미 쳐다보더니 나에게서 가방으로 시선을 옮겼다. 그러고는 스턴 선생님의 방을 향해, 그리고 또다시 나를 향해 순차적으로 시선을 움직였다.

"꿈인 줄 알았다네. 하지만 꿈이 아니었나 봐."

드디어 웨인이 속이 트이는 말을 꺼내주었다.

"무슨 소린가?"

"스턴 선생님께서 바닥에 쓰러진 모습을 보았어. 난 그게 꿈인 줄 알고……."

웨인의 눈이 서글퍼졌다. 나는 그의 마음을 엿볼 수 있을 것 같았다. 그는 걱정스러워하고 있었다. 과연 눈앞의 친구가 이 믿지 못할 이야기를 바로 믿어줄 것인가 하는 걱정스러움. 아니, 자기 자신조차도 자신에게 일어난 일을 믿지 못하는 괴리감.

나는 내 자신을 꼿꼿이 세웠다. 혼란스러워하는 웨인을 대신해, 내가 상황을 명확하게 파악하리라고 마음먹었다. 어려울 것도 없었다. 웨인은 내가 그림을 내밀기도 전에 내 그림의 내용을 모두 알았고, 그 상황마저 일치했으며, 이제는 스턴 선생님이 쓰러진 모습까지 미리 알고 있었다. 생각해 보면 우리가 찾아오리라는 환각까지 보았다고 했지.

"그래서 그렇게 놀라면서 꿈에서 깼던 건가?"

그는 고개를 끄덕였다. 나는 눈을 가늘게 떴다. 담담하자고 마음먹으니 모든 것이 대수롭지 않게 여겨졌다. 아, 웨인은 조금 특별한 능력을 가지고 있었구나. 아니, 저렇게 당황스러워하는 걸 보면 최근에 그 능력이 생긴 것이구나.

이로써 모든 상황은 정리되었다. 웨인이 그토록 당황했던 이유. 자신이 꿈에서 보았던 장면이 그대로 재현되었으니 얼마나 놀랐을 것인가. 게다가 저 그림마저 발견했으니.

"잊고 있었어. 자네가 환각 속에서 본 내 그림 이야기를 꺼낼 때 온몸을 타고 흐르는 전율을 느꼈던 주제에, 아주 까맣게 잊고 있었다네. 그때는 단순히 신기한 우연이라고 여겼었는데. 아마도 그게 아닌가 보군."

나는 그를 달랜답시고 조용조용 말을 해주었다. 내 이야기를 가만히 듣고 있던 웨인은 피식 웃었다.

"대체 왜?"

"응?"

"이상해. 하하, 대체 어떻게 내가 갑자기 이럴 수 있단 말인가?"

자조적인 그의 웃음.

"갑자기 왜 내가 이렇게 된 거지? 남들이 날 우러러봐 주니까? 아니, 버림받아서 불쌍하니까? 그것도 아니면 내가, 내가! 금단의 약을 건드렸으니까?"

나는 그의 어깨에 손을 얹었다. 웨인의 떨림이 내 두뇌까지 전해지는 느낌이었다.

"웨인, 단순한 우연일지도 모르잖아. 우연이 아니라 해도 나쁘게 생각할 것도 없고."

"……."

"그래. 그렇게 생각하게. 죽어가는 사람을 미리 살리고 싶었다면서? 그들이 다치기 전에 구해주고 싶었다면서. 그런 능력이 생겼다고 생각하게. 잠깐 나타난 현상이라면 그 나름대로 다행이고."

나는 반응이 없는 웨인을 보며 한숨을 휴 내쉬었다. 무심코 고개를 돌리다가 내가 그려준 웨인의 초상화를 보게 되었다. 그림 속 웨인의 검은 머릿결은 상당히 매력적이었다. 그의 검은 눈동자는 사람을 빨아들일 듯한 매력이 있었다.

"세요."

그의 푸석한 머리카락과 공허한 눈동자를, 과거에는 상상조차 할 수 없었던 초췌한 웨인의 모습을 바라보면서 나는 고개를 끄덕였다. 내가 응답하자 그는 천천히 말을 이어갔다.

"망가진 몸만으로 족해. 스스로도 가누기 힘든 버거운 육체만으로도 나는 충분히 힘들다네. 그러니 남들이 가지지 않은 기묘한 힘까지, 지금은 가지고 싶지 않아. 내 스스로 제어할 수조차 없는 그런 힘은……."

"웨인……."

"우연이야. 우연이라고 말해주게. 지금 내 몸이 정상이 아니라, 나도 모르게 초월적인 현상을 경험하는 것뿐이라고. 그렇게 말해주게."

웨인의 눈에 초점이 돌아왔다. 친구에게 매달리는 애절함 덕분에, 그의 분산되었던 정신이 한군데로 모인 것 같았다. 그런 웨인의 얼굴에 대고 내가 어찌 다른 말을 할 수 있었을까. 나는 고개를 끄덕여 버렸다.

"그래. 우연이야, 우연이라네. 그러니 그만 마음 접고 가서 쉬어."

웨인은 그제야 몸을 돌렸다. 우리는 암묵적으로, 아무 일도 없었던 척하기로 했다. 웨인은 나를 한번 슬쩍 쳐다본 후 케이큘번의 종이와 펜을 챙겨 방을 빠져나가 버렸다.

lemnly pledge myself to the service of humanity.

I will give to my teachers the respect and
gratitude which is their due.

I will practice my profession with conscience and dignity.

The health of my patient
will be my first consideration.

Chapter 5

뛰어넘는 자

will respect the secrets which are confided in me.

I will maintain by all means in my power,

the honor and noble traditions
of the medical profession.

"선생님이 깨어나실 때까지 내가 곁을 지키도록 하겠네. 자네들은 가서 교회의 환자들이나 돌봐주라고."

케이큘번은 스턴 선생님의 책장에서 뽑은 책을 펼치면서 간단하게 말했다. 그는 우리와 눈도 마주치지 않고 손을 흔들었다. 그의 태도에, 다르젠과 나는 눈을 마주치면서 어깨를 으쓱거렸다.

케이큘번과 스턴 선생님이 사소한 일들로 자주 부딪치는 걸 지켜본 우리들은 내심 걱정이 되었다. 스턴 선생님이 깨어나신 후에 또 신경을 긁는 말을 내뱉으신다면, 케이큘번은 또 참지 못하고 발끈하지나 않을까 하는 걱정이 든 것이다.

"세요, 자네가 레럼과 함께 이곳에 있도록 하게. 나는 웨인과 함께 교회에 가볼 테니까. 아무래도 레럼을 다독이기엔 나보다는 자네가 낫지 않겠어?"

결국 내가 중재라는 막중한 임무를 띤 채, 오두막에 남게 되었다.

케이큘번은 스턴 선생님의 책을 들춰보거나 그의 기록들을 훑 찟거리곤 했다. 꽤나 열심히 집중하는 모습이었다. 나는 그의 모습을 보면서, 혹시 스턴 선생님의 연구 결과를 훔치려는 의도가 아닐까 하고 생각하기까지 했다. 훗, 내가 이렇게 두 눈 뻔히 뜨고 있는데 그럴 리야 없겠지만. 내 우스운 생각 덕분에 피식 웃고 있을 때, 케이큘번이 나를 불렀다.

"어니뷔트."

"응?"

"자네 혹시 파예트와 무슨 일 있었나? 아침부터 둘이 교묘하게 말도 없고. 파예트는 뭐 씹은 표정이나 짓고 있고. 다투기라도 한 건가?"

케이큘번이 말하는 웨인의 뭐 씹은 표정을 상기했다. 음, 그러고 보니 웨인은 괜찮은 건가. 굉장히 혼란스러워하던데.

아침에는 웨인을 위해 의식적으로 내가 담담하게 굴긴 했지만, 지금 생각해 보니 나도 어이없긴 마찬가지였다. 뜬금없이 생긴 놀라운 능력이라니. 그것이 일시적인 우연일지, 아니면 앞으로 웨인과 두고두고 함께 지낼 진짜 능력인 건지. 나조차 헷갈리고 믿기 힘들었다. 웨인이 줄줄이 맞춰냈던 숱한 것들을 떠올리며 '신기하네. 으, 소름 끼쳐!'라는 생각에만 멍하니 빠져 있을 때, 또 한 번 케이큘번의 목소리가 들려왔다.

"어이, 내 말 듣고 있는 거야?"

그는 인상을 쓰고 있었다.

"응? 아, 아. 미안하네. 잠시 다른 생각 좀 하느라. 웨인과 다투거나 그런 건 아니야. 그냥……."

나는 잠시 둘러댈 말이 없어 머뭇거렸다. 웨인은 자신에게 생긴 능력을 탐탁지 않게 생각하는 게 분명했다. 그러니 내가 이리저리 떠벌리고 다닐 순 없는 노릇이었다.

"그냥?"

"선생님이 쓰러지신 걸 자기 탓이라고 생각하는 것 같았다네. 그래서 마음이 무거운 거겠지. 모르는 척해."

"그렇군. 그래야겠네."

나의 임기응변에 나름대로 만족했다. 케이큘번도 내 말에 딱히 의심을 가지지 않는 것 같았다. 왠지 친구를 속이는 것 같아 마음이 좋지 않았지만, 머리를 흔들어 털어버리며 스스로를 달랬다. 나는 도둑이 제 발 저린 심정으로 화제를 돌려 버렸다.

"그건 그렇고, 왜 굳이 자네가 선생님의 간호를 하겠다고 나선 건가? 난 자네가 선생님을 싫어한다고 생각했었는데."

"싫어하진 않아. 마음에 안 들 뿐이지."

나로선 이해하기 힘든 대답이었다.

"신기하군."

"뭐가?"

"자네가 누군가를 지켜본다거나 돌봐준다는 건 뭔가… 안 어울린다고 해야 하나?"

"사람을 무시하는군."

나는 손발을 모두 내밀어 내저었다.

"아니, 무시하는 건 아니라네. 다만 자네가 누굴 좋아하는 것도 본 적이 없는데, 마음에 들지 않는 사람을 간호하겠다고 나서기까지 하니 신기한 거지."

케이큘번은 나를 바라보더니 한숨을 푹 내쉬었다.

"파에트가 저 책상 위를 힐끔거리는 눈빛을 보았는가?"

"책상?"

그는 스턴 선생님의 책상을 가리켰다. 숱한 저울들과 손수건, 칼과 연고 따위들이 책상 위에 빽빽하게 자리 잡고 있었다.

"정확히 말하자면 저 책상 위에 놓인 보드라운 가루들 말일 세."

샬레에 놓인 코카인이 보였다.

"코카인?"

"그래. 스턴 선생님이 연구를 하시던 중이었으니 함부로 어딘 가로 치워 버릴 수도 없지 않은가? 저걸 저대로 내버려 두고 파에 트를 감시해야 하는데, 내가 자네들에게 그 일을 온전히 맡길 수 있을 것 같은가? 불안하니 차라리 내가 감시하겠다는 거지."

그의 말에 고개를 끄덕였다. 하긴, 케이큘번이라면, 나와 다르 젠을 어지간히도 못 미더워하는 녀석이니.

"그리고 아까 자네가 한 말 말이야."

"내가 한 말?"

케이큘번은 손가락으로 자신의 코를 슬쩍 건드렸다.

"내가 누군가를 좋아하는 것도 본 적이 없다는 말 말일세."

"응?"

그는 머리를 긁적이며 드문드문 말을 이었다.

"난 자네들을 좋아해. 싫어했다면 번거롭게 이곳까지 오지도 않았을 거라네. 그냥, 알아두라고."

케이큘번은 나에게 시선을 계속해서 꽂아두기가 민망했던지 괜히 옆에 놓인 책을 펼쳐 들었다. 그런 그가 귀엽게 여겨졌다. 내가 피식 웃자 그의 자세가 뻣뻣하게 굳었다. 아마도 자신이 내뱉은 말에 수줍어하고 있는 거겠지.

"뭘 봐, 지루하면 나처럼 책이나 읽으라고."

나는 애써 나와 눈을 마주치지 않으려고 노력하는 케이큘번을 계속해서 쳐다보았다. 이 겨울에 덥다고 옷자락으로 바람을 일으키는 그를 보며 쿡쿡거리면서, 나는 다소 지루했을 법한 시간을 즐겁게 보냈다.

지루한 오후 시간이 모두 지나가고 추위를 한층 더 각인시켜주는 싸늘한 밤.

"엄청나군. 귀가 떨어질 것만 같아."

다르젠이 하얀 입김을 쏟아내며 집 안으로 들어섰다. 지치긴 했지만 즐거워 보이는 다르젠과는 달리, 웨인은 아직도 심각한 표정이었다. 그는 인사도 없이 자신의 방으로 뚜벅뚜벅 향하더니 문을 딸깍 걸어 잠갔다.

"저 녀석, 왜 아직도 저래?"

케이큘번이 팔짱을 끼며 혀를 쯧쯧 찼다.

"모르겠군. 선생님은 단순한 과로일 뿐이라고 아무리 말해도 대답도 않던데 뭐. 내버려 둬. 늘 웃고 다닐 수 있나. 가끔씩은 저렇게 무게도 잡아봐야지. 신경 쓰지 말고 차나 한잔 끓여달라고. 오늘 난 웨인 때문에 엄청난 마음고생을 한 걸로도 모자라 굉장한 추위에까지 시달렸으니까."

나는 스스로 차를 끓여본 적이 없었다. 그래서 다르젠의 이야기를 듣고도 멀뚱히 서 있었던 것 같다. 케이큘번이 찻주전자를 찾아 달그락 소리를 내는 걸 들었을 때야 비로소, 무거운 몸을 움직여 그의 옆에서 알짱거렸다. 나는 케이큘번이 능숙하게 불을 붙이고 물을 끓이는 걸 신기한 듯 쳐다보고 있었다.

"은근히 자연스러운데?"

"당연하지. 아버지와 둘이 살 때부터 잡일은 내가 다 했다네."

그 순간, 갑자기 웨인의 방에서 이유 모를 웃음소리가 들려왔다. 약간은 괴이한 그런 웃음소리가.

다르젠이 벌떡 일어나 웨인의 방문을 힘껏 두드리기 시작했다. 방금 전까지만 해도 피곤하다고 노곤한 표정을 지어 보이던 그가 언제 그랬냐는 듯 펄펄 뛰고 있었다.

"웨인!"

응답 따위는 없었다. 방 안쪽에선 계속해서 웨인의 웃음소리만 들려오고 있었다. 그러더니 그 웃음도 뚝 끊겨 버렸다. 모두가 숨을 죽이고 방문에 바짝 붙어 있는 가운데, 이제는 웨인의 울음이 시작되었다. 어찌나 서럽게 우는지 내 가슴이 턱 막힐 지경이었다.

210

"웨인!"

잠긴 문은 열릴 줄 몰랐다. 다르젠은 거칠게 다루던 문고리를 손에서 놓으며 문을 주먹으로 쾅 쳤다. 그의 욕지거리도 함께 내뱉어졌다. 다르젠은 계속해서 손이 상할 만큼 강하게 문을 쾅쾅 치며 웨인에게 문을 열라고 소리쳤다.

"다르젠, 그만둬."

결국 내가 그를 말렸다. 다르젠의 표정은 뭔가 상당히 복잡했다.

"부수는 수밖에 없겠군."

왠지 이성을 잃은 듯한 다르젠을 대신해 내가 케이큘번의 의견에 고개를 끄덕였다. 곧장 모두의 어깨가 문을 향해 돌진했다. 두세 번 반복하자 문이 많이 낡아서 그런지 허무하리 만큼 쉽게 항복을 선언했다. 털썩 소리를 내며 부서진 문을 밟으면서, 우리는 안으로 들어섰다.

초점없는 눈을 휙 돌려 우리를 바라보더니 야릇한 웃음을 짓는 웨인 때문에, 나는 아슬아슬한 공포마저 느껴야 했다. 조금 전 내 귀를 자극했던 그 웃음소리만 괴기스러웠던 게 아니었다. 내 앞에 주저앉은 나의 친구, 그 자체가 섬뜩했다. 그의 텅 빈 눈, 기이하게 올라간 입술, 그 입술과 입가를 잔뜩 적신 피. 바닥을 긁다가 부서진 손톱과 그 사이에서 흘러나오는 피.

웨인은 벽에 몸을 기댄 채 곧 쓰러질 듯한 자세로 앉아 있었다. 그의 눈물범벅이 된 얼굴이 보였다. 그의 감은 눈과 악다문 이 사이로 고통이 흘러나오고 있었다. 나는 또다시 울렁거림을 느껴야 했다. 누군가 날카로운 쇠침들이 촘촘히 박힌 철사로 내 온몸을 휘감아 당기는 듯했다. 온몸을 압박하는 찌릿하고 더러운 기분.

마치 파노라마처럼, 한 장면이 스쳐 지나갔다. 처음 이곳에 당도했을 때 의자에 묶인 채 정신을 잃고 있던 웨인. 그때와 다른 게 있다면 지금은 그나마 몸을 타고 흐르는 피가 적다는 것 정도.

"일어나!"

그 순간, 갑자기 다르젠이 웨인을 일으켜 세웠다. 웨인은 다르젠에게 멱살이 잡힌 채 축 처져 있었다. 피식 웃으며 자신을 붙든 다르젠을 올려다보는 웨인. 그의 다리는 힘없이 바닥에 질질 끌렸다. 다르젠은 그러한 웨인을 벽으로 던지듯 밀어붙였다. 나는 웨인의 등과 벽이 부딪치는 둔탁한 소리에 살포시 인상을 썼다.

"일어나라고!"

착! 하는 소리가 내 귀를 때렸다. 그와 함께 내 눈도 턱 하고 놀랐다.

“어이! 체폐!”

“일어나! 일어나, 웨인!”

다르젠은 또 한 번 웨인의 뺨을 후려쳤다. 그 바람에 웨인이 입 안에 가득 물고 있던 피를 뱉어냈다. 웨인의 흐린 눈이 다르젠을 원망스럽게 쳐다보았다.

“대체 왜 이 꼴인가! 왜!”

이번에는 주먹을 쥔 다르젠의 손이 또 한 번 허공을 갈랐을 때, 나는 기겁을 하며 그의 팔을 확 붙들었다. 다르젠이 웨인을 정말 죽여 버릴 것만 같다는 생각이 들어서 나는 절대 다르젠의 팔을 놓아주지 않았다. 내가 다르젠을 말리며 웨인에게서 떨어뜨려 놓자, 케이큘번이 다급하게 웨인에게 다가갔다. 그는 웨인의 이곳저곳을 살펴보면서 웨인이 콜록대며 뱉어내는 피들을 닦아주었다.

212 “괜찮군. 다행이야. 다행히 지난번처럼 칼로 자해를 하진 않았어. 머리를 벽에 박아대고, 체폐에게 몇 대 맞는 바람에 코와 입에서 피가 좀 날 뿐이지.”

나는 거친 숨을 몰아쉬며 무시무시한 눈길로 웨인을 바라보는 다르젠을 한 번 툭 쳤다. 다르젠은 눈을 질끈 감으며 화를 삭이고 또 삭였다. 그래도 쉽게 풀리지 않는 것 같았다.

모두가 묵직한 표정으로 숨죽이고 있을 때, 웨인의 입이 살짝 벌어졌다. 그의 입술은 그렇게 힘겹게 벌어져 겨우 한마디를 뱉어냈다. 조용한 웨인의 목소리가 공간을 흔들었다.

“하아, 어머니……..”

그는 눈가와 입가에 일순간 미소를 띠었지만, 이내 슬픈 표정을 지어 보였다. 그러더니 또다시 눈물을 주르륵 흘리며 괴로운 듯 콜록거렸다. 그의 눈물이 그의 입가의 끈적거리는 피를 건드리는 걸 보면서, 나는 역겨움과 함께 쏠려 올라오는 울컥한 무언가에 몸서리쳤다:

가슴을 부여잡았다. 저런 웨인은, 너무도 무섭다. 이 세상에 속해 있지 않은 듯한, 자신만의 공간 속에서 웃고 우는 지금 이 순간 미쳐 있는 그는, 나의 친구이지만 너무나 낯설고 무서웠다.

웨인, 너는 대체 무엇을, 어떤 즐겁고 괴로운 것을 보고 있는 거냐.

"대체 언제 코카인을 챙긴 거지?"

케이큘번이 안쓰럽다는 듯이 말했지만 아무도 대답을 해주진 않았다. 케이큘번도 입을 다물어 버렸다. 모두들 그렇게 무거운 침묵을 지켰다.

"제길!"

이를 갈며 웨인을 노려보던 다르젠은 급기야 방을 빠져나갔다. 내가 어찌할 바를 모르고 허둥대자 케이큘번이 슬쩍 눈치를 줬다. 그의 눈치를 읽은 나는 서둘러 다르젠을 따랐다.

"다르젠, 진정해."

"으악!"

난 분명 진정하라고 했건만, 그는 오히려 더 화를 냈다. 잔잔한 하늘에 소리를 지르고 땅을 퍽퍽 차더니 결국엔 머리를 쥐어뜯으며 바닥에 털썩 앉았다.

"다르젠……."

다르젠이 제풀에 지친 것같이 보였다. 나는 그에게 슬쩍 다가가 그를 토닥여 주었다. 그는 머리를 푹 숙인 채 하염없이, 욕을 내뱉고 숨을 토해냈다.

"교회에서 돌아오는 길에 웨인이 나더러 묻더군. 그때, 그때 내가 대답을 잘못해서 그래."

다르젠은 인상을 썼다.

"무슨 소린가?"

나는 최대한 조심스럽게 물었다.

"만약 자신이 행복한 어머니를 만나려는 시도를 한다면, 그걸 이해해 주지 않겠냐고. 제길. 멋모르고 이해한다고 해버렸다네."

"응?"

"나는, 나는 설마 그게 코카인을 통해서일 줄은……."

"……."

"나 때문에 아픈 친구가 잘못된 선택을 한 것만 같아 참을 수가 없다네."

모두가 괴로웠다. 바닥으로 치달으며 자괴감에 몸서리치는 다르젠도, 그를 지켜보며 웨인을 떠올리는 나도, 웨인을 돌보며 인상을 쓰고 있을 케이큘번도, 그리고 웨인도.

하늘을 물들인 저 아름다운 노을빛이 핏빛으로만 보이는 건 내 잘못된 발상인 건지, 아니면 정말로 하늘이 우릴 보고 비웃는 건지. 휴 하고 뿜어낸 내 입김마저도 안쓰럽게 흩어졌다.

그 이후 웨인은 정신을 차렸지만, 우리에게 사과를 한다거나 미안해하지 않았다. 그는 정신을 놓기 직전의 모습 그대로였다. 굳게 다문 입과 심각한 표정을 유지한 채 그 어떤 말도 하지 않았다. 웨인은 케이큘번이 자신의 온몸을 뒤지고 다르젠이 그의 방을 샅샅이 뒤져 코카인을 찾아내는 모습을 말없이 지켜보았다.

"몸에는 더 이상 지니고 있지 않은 것 같군."

웨인은 케이큘번이 건드리는 대로 휘청거리면서도 아무런 반항도 하지 않았다. 그저 비껴 나간 시선으로 조용히 시키는 대로 따르기만 할 뿐. 어쩐지 웨인은 지금의 상황을 예상했었고, 이 상황에 대한 마음의 준비를 했던 것만 같다. 그는 너무나 차분했다.

케이큘번은 나와 웨인의 눈치를 살피더니 웨인에게서 떨어졌다. 그는 손을 탁탁 털면서 말했다.

"나는 체페와 함께 이 방을 제대로 뒤집어봐야겠어. 어니뷔트, 그동안 자네는 이 친구와 함께 산책이나 하고 오게."

나는 흔쾌히 승낙했다. 웨인 또한 거부하지 않고, 케이큘번이 등을 떠미는 대로 다리를 움직였다.

웨인과 나는 오두막을 떠나 한참을 걸었다. 웨인이 말이 없었기에 자연히 나도 말을 건네지 않게 되었다. 나는 손을 주머니에 푹 찔러 넣은 채 바닥만 보고 걸었다. 차례대로 땅바닥을 탁탁 때리는 내 발들이 보였다. 가만 보니, 웨인이 왼발을 내밀 때 나는 오른발을 내밀고 있었다. 그것이 묘하게 거슬렸다. 나는 엉거주춤히 양쪽 발의 순서를 바꾸기 위해 애썼다. 발걸음이 엉성하게 꼬여 당황해하고 있던 찰나에, 드디어 웨인의 입에서부터 말이 흘러나왔다.

"토샤로 가봐야 할 것 같아."

놀라기를 잠시, 나는 퍼뜩 웨인의 눈동자를 바라보았다. 이 친구가 지금 맑은 정신인가 살펴보기 위해서였다.

"토샤라니?"

"멜컨 교수님을 만나봐야 할 것 같다네."

"갑자기 멜컨 교수님은 왜? 그에게 부탁할 거라도 있는 건가?"

나는 고개를 갸웃거렸다. 웨인은 조금 망설이더니 대답했다.

"그를 말려야 해."

"무슨 소린가? 제대로 좀 말해보게."

답답했다. 뜬금없이 멜컨 교수를 말리러 토샤에 간다니. 나는 그의 정확한 말뜻을 이해할 수 없는 나머지 약간의 짜증스러움까지 내비치고 말았다.

"조금 전 환각으로 아주 짧은 한 장면을 보았다네. 멜컨 교수님이 누군가의 배를 갈라 수술을 하고 있었지, 너무나 당당한 표정으로. 그는 환자를 마취한 후 배를 갈라 성심을 다해 내장을 살펴보고 있었지만……."

웨인은 거기까지 말하고 나를 빤히 쳐다보았다. 나는 기울이고 있던 귀를 더욱더 쫑긋 세우며 침을 꼴깍 삼켰다.

"환자는 이미 죽어 있었다네."

"환자가 누구였는가?"

"내가 아는 얼굴은 아니었어. 하지만 그는 굉장한 신분을 가진 사람일 걸세. 멜컨 교수님이 집도를 하는 공간이 아주 호화스러웠거든."

"흐음."

멜컨 교수가 높은 직위의 누군가의 배를 갈라 수술을 하더라, 하지만 환자는 죽었더라, 라는 환각. 내 마음조차 두근거렸다. 이것은, 웨인의 예지인가?

"이게 앞으로 다가올 현실인지, 아니면 나의 광기에 의한 착각인지 확신할 순 없다네. 나는 무조건 별것 아닌 환상일 뿐이라고 믿고 싶지만, 그러기엔 마음이 너무 불편하군."

"이해해."

나는 진심을 담아 고개를 끄덕였다. 사실, 웨인에게 힘이 되어주고 싶은 마음에 괜히 과장스럽게 고개를 끄덕인 감도 없지 않아 있긴 했다.

"세요."

"응?"

"이번에 나에게 실망했지?"

그의 목소리가 한층 부드러워져 있었다. 저런 목소리에 대고 어떻게 '그래! 실망했네!' 라고 대답할 수 있을까.

"괜찮다네. 앞으로 조심하면 되지. 난 자네의 입장이 되어보지 않아서 모르지만, 자네가 얼마나 힘들었을지 조금은 짐작하고 있다네. 자네를 원망하거나 구제불능이라고 생각하진 않아. 안타까울 뿐이지."

내 이야기를 가만히 듣던 웨인은 갑자기 주먹을 쥐어 보였다. 그 주먹을 주머니 속으로 푹 찔러 넣더니, 허공을 바라보며 말을 건넸다.

"확인해 보고 싶었다네. 나에게 정말 비범한 능력이 생긴 건지 아닌지. 제발 아니기를 바라며 코카인에 손을 가져다 댄 거야. 확인을 하지 않고는 견딜 수가 없었다네. 내가 보통 사람들과 다른 존재가 아니라는 걸 어떻게든 증명하고 싶었어."

'보통 사람들과 다른 존재가 아니라는 것에 대한 증명.'

나는 웨인이 내뱉은 말 때문에, 가슴에 뜨거운 쇳물을 부은 듯한 뜨끔함을 느꼈다. 입학을 하던 그 순간 나의 모든 신경을 휘어잡았던 청년. 모든 이들이 천재라고 떠받드는 존재. 코카인을 정제했고, 이제는 코카인의 그늘 속에 몸부림치는 '평범' 이라는 단어와는 전혀 어울리지 않는 웨인 파예트. 그가 '보통' 을 갈구하고 있었다.

그것은 묘하게 이질적인 느낌을 풍기며, 그를 '특별' 하게 바라보고 있었던 나에게 일침을 쏘았다. 나는 그를 특별한 사람이라고 여기고 있었던 내 자신을 합리화시키기 위해, 깊게 생각하지 않은 말을 툭 내뱉어 버렸다.

"하지만 자네는 늘 사람을 구할 수 있는 능력을 가지고 싶어했다고 말하지 않았었나. 그건 보통 사람들과는 다르고 싶다는 욕망이 아닌가?"

웨인은 바로 대답하지 않았다. 그는 한참을 골똘히 생각하더니 나중엔 훗 하고 웃었다.

"하하, 자네 말이 맞아. 나는 엄청난 모순을 껴안고 살고 있다네."

"모순?"

"남들과 다르다는 건 유쾌한 일이 아니라네. 유쾌하기는커녕 스스로를 지옥 속으로 밀어 넣는 날카로운 창칼처럼 느껴지지. 똑같은 옷을 입은 사람들은 다른 옷을 입은 한 사람을 손가락질하며 그를 돌연변이로 만들어 버린다네. 그리고 그를 배척하지. 그러면 돌연변이는 어찌해야 하겠는가?"

"으음… 글쎄."

"남들과 다른 자신의 모습을, 단순히 남들과의 다름이 아닌, 남들에 비한 '우수함' 으로 만들어야 한다네. 그리고 그 우수함으로 보통 사람들을 도와주어야 해. 그래야 자신의 다름이 배척당하지 않거든. 그것이 돌연변이가 미치지 않고 살아남는 법일세."

오랜만이었다, 웨인이 이렇게 강하게 자신의 의견을 이야기하는 것은. 추억 속의 웨인이 눈앞에 돌아온 것만 같아서 나는 그의 이야기를 제대로 알아듣지 못했음에도 불구하고 가만히 귀를 기울이고만 있었다. 조마조마한 마음으로 그의 당당한 목소리가 끊이지 않기만을 바라면서 숨을 죽였다.

"나는 남을 돕고 싶다네. 이건 의식적으로 어릴 때부터 이렇게 세뇌를 해와서 그런지도 모르겠군. 나는 저들에게 배척당하지 않을 것이다. 나는 저들 속에 포함되어서 살 것이다. 나도 그 사회의 일원이 되어 나의 자리를 당당하게 차지하며 살 것이다. 그러기 위해서 남들과 다른 나는, 저들에게 무조건 도움이 되는 존재여야 한다. 내 모든 걸 다 내어주어 저들 속에 포함될 수 있다면, 나는 기꺼이 그렇게 할 것이다, 라고. 이젠 이 이유 따윈 옅어지고 사람을 살리겠다는 그 마음만 단단히 뭉쳐서 남아 있는 거라네."

"웨인……."

그의 볼은 상기되어 있었다.

"그래서 나는 사람을 살리고 싶다네. 도움이 되고 싶다네. 그래서 내가 내린 결론이 뭔지 아는가?"

"뭔가?"

"내가 보통 사람들과는 다르게 예지력을 가지게 된 거라면, 그것 때문에 내가 돌연변이가 되는 걸 피할 수 없다면……. 나는 자네의 말처럼, 이것이 내가 그토록 바라왔던 그 능력이라 생각하고, 이 예지력으로 사람들을 구할 거야."

조금 전처럼, 과하게 고개를 크게 끄덕여 보였다.

"그래. 그렇게 생각해."

"만약 제대로 된 능력이 아니라면, 내가 남들과 다르지 않은 것이니 그것 나름 괜찮을 테고. 그렇지 않은가?"

"자네 말이 옳아."

웨인은 다시 한 번 토샤에 가야 한다고 강조했다. 그곳에 가서

정말 자신이 본 환각이 실제로 나타날 가능성이 있는 건지 살펴
보리라, 그리고 운이 좋다면 멜컨 교수를 구렁텅이에서 구해내리
라고 말했다. 내 가슴이 얼마나 벅차올랐는지 모른다. 환하게 웃
는 웨인이 내가 아는 웨인으로 잠시나마 돌아간 것 같아서 얼마
나 뿌듯했는지. 자신의 금단현상을 도와달라며 다부지게 말하는
그의 표정에서 나는 잊고 있었던 웨인의 '빛'을 볼 수 있었다. 희
망과 자신감에 가득 찬 그의 빛을 말이다.

웨인은 떠나기 전까지, 성심을 다해 환자들을 돌보았다. 그는
잠을 자야 한다는 생각마저 잊은 듯했다. 끙끙거리는 환자들의
신음 소리 속에 간간이 웨인의 지친 숨소리가 섞여오기도 했다.
하지만 그는 멈추지 않았다. 그는 자신의 모든 걸 쏟아 부어 환자
를 진찰하고 간호했다. 스턴 선생님이 쓰러지셨다는 소문에 불안
해하던 환자들도 웨인의 성심 어린 모습에 조금은 마음을 놓은
듯했다.

애초에 스턴 선생님이 전염병 환자들을 격리시켜 놓고, 훌륭하
게 치료를 해두었기에 다행이었다. 전염병의 기운이 완전히 죽지
는 않았지만, 이제 이 세너든 마을을 시커멓게 지배할 만큼의 위
력은 가지고 있지 않은 상태였으니까. 남은 건 고통받는 자들의
끙끙거림을 줄여주는 것뿐이었다. 웨인은 그것을 위해서, 환자들
을 돌보는 순간만큼은 자신의 몸 상태도 잊은 듯 전력을 다했다.

하지만 밤이 되어 오두막으로 돌아오면 그는 그 누구보다도 힘
겨운 시간들을 버텨내야 했다. 불면증 때문에 더더욱 길기만 한
밤은 그에게 유혹의 손길을 계속해서 내밀었다. 웨인은 달콤한
목소리에 귀를 기울이지 않기 위해 악을 쓰며 버텼다.

몸을 벌벌 떨며 구토하기 일쑤였고, 잔잔한 바람 소리에도 날카롭게 신경을 곤두세우곤 했다. 그의 금단현상은 굉장히 심각했다. 우리는 그러한 웨인의 곁을 지켜주기 위해 무던히도 애썼다.

"아악!"

웨인은 비명을 지르며 우당탕하는 소리를 냈다. 그는 불안하게 앉아 있던 자리에서 벌떡 일어서서 달리려고 했으나, 몸이 말을 듣지 않아 넘어지고 만 것이었다. 그는 마비된 듯 꼼짝없이 누워서는 파리한 입술만 움직이고 있었다.

"웨인!"

"…줘. 코, 코카……."

잘 참다가도 가끔씩은 무언가에 홀린 듯 다른 사람이 되는 웨인. 그는 필사적으로 몸을 움직여 스턴 선생님의 방으로 가려 했지만, 곧장 친구들에게 붙들렸다. 웨인은 어린아이처럼 고집을 세우며 괴로워했다. 나는 괴로워하는 웨인의 모습을 보면서 차라리 그에게 코카인을 줘버렸으면 좋겠다는 생각마저 했다. 하지만 그럴 순 없었다. 나는 주먹을 꽉 쥐면서, 이를 꽉 깨물면서, 가슴속에 끓는 나약함을 짓눌렀다.

"놔줘, 제발. 친구들, 부탁일세. 하아, 이, 이젠 괜찮으니까."

머리를 푹 숙인 채, 웨인이 애걸을 해왔다. 나는 다르젠의 눈짓에 다시 한 번 방문의 잠금장치를 확인했다. 내가 아무 이상이 없다는 뜻으로 고개를 끄덕이자 그제야 친구들이 웨인을 놓아주었다.

"지옥이 따로 없군."

나지막한 케이큘번의 목소리. 웨인은 그의 말을 들었는지 못 들었는지 아무 미동도 없이 잠잠하기만 했다. 그는 탁자에 초라

한 몸을 간신히 기대어놓은 채, 조용히 눈을 감고 있었다. 모르는 사람이 보면 아주 깊이 잠들어 있는 줄 알 테지.

"흐음."

시간이 흘러, 실내는 조용해졌다. 가끔씩 창문을 때리는 소리, 뻐꾹거리는 소리만 들려올 뿐이었다. 그 단조롭고 반복적인 음색에 나의 단정하던 자세가 서서히 풀려갔다. 웨인이 조용해지는 바람에 나도 긴장이 풀린 걸까. 내 눈꺼풀이 스르르 감겨왔다. '안 돼, 잠들면 안 돼!' 라고 아무리 스스로에게 외쳐 봐도 내 몸은 불가항력적이기만 했다. 친구들마저 꾸벅꾸벅 조는 게 보였다. 그들의 모습은 어떻게든 졸음을 이겨보려고 애쓰는 내 의지를 한 풀 더 꺾어버렸다. 내가 이 참기 힘든 손짓과 간신히 겨루고 있을 때,

"하아!"

"웨인!"

다르젠의 귀를 찌르는 목소리가 들려왔다. 그 바람에 정신이 번쩍 들었다. 나는 반사적으로 자리에서 일어서며 흐릿한 시선을 움직여 웨인을 찾아댔다. 비틀거리는 내 시야가 맑아지며 사물이 제대로 분간되기 시작했을 땐, 이미 다르젠과 케이큘번이 먼저 웨인에게 들러붙어 있었다. 나는 얼른 그들에게 다가가 웨인을 살펴보았다.

"제길, 이 녀석 정말 묶어두는 수밖에 없겠군."

나는 다르젠의 말에 인상을 쓰면서 웨인을 빤히 쳐다보았다. 웨인이 자해를 한 것 같았다. 그의 셔츠가 피로 잔뜩 물들어 있는 걸 보면서, 나는 눈을 감아버렸다. 친구들이 웨인을 의자에 꽁꽁 묶는 걸 멍하게 보면서 나는 아직도 내 뇌리 속에 강인하게 박혀

있는 한 장면을 떠올렸다. 그 장면의 감흥을 잊지 않으려 노력하면서 나는 피식피식 웃고 있는 웨인의 앞에 다가갔다. 그리고 그의 앞에 무릎을 꿇고 앉았다. 나는 나의 친구와 눈높이를 맞추며, 그가 나를 바라보도록 만들었다.

"웨인."

"……."

웨인의 정신은 맑았다. 그는 괴로움을 참지 못해 극단적인 방법을 선택한 것일 뿐이었다. 지금 이 순간 그의 정신을 지배하고 있는 건 다른 그 무엇도 아닌, 웨인 파예트 그 자신이었다. 나는 안도했다. 지금 내 앞에 앉은 웨인이 정말 웨인이라면, 그도 분명 기억하고 있을 것이다.

"잔디가 왜 푸른지 아는가?"

웨인의 눈동자가 흔들렸다. 그의 눈에 눈물이 고이는 걸 보면서 나는 따가운 목구멍을 다시 한 번 열었다.

"피처럼 붉은색이면 안 되기 때문이라네."

"하하, 세요……."

그는 힘겹게 내 이름을 불렀다. 나는 울컥 치솟는 감정을 가만히 재우면서 차분하게 말을 이어갔다.

"피란 무서운 것이기 때문일세. 상당히. 사람을 살려주고 고쳐주고 싶다는 자네가, 자기 자신을 해치는 건 어떻게 용납하는 건가. 이제 그만 일어나. 그 붉은 잔디밭에서 일어서게. 빠질 수 없는 새빨간 핏물이 배기 전에, 조금만 힘을 내면 되니까. 힘을 내."

웨인은 눈이 새빨개지도록 참고 있던 눈물을 후두둑 흘렸다.

"흐윽……. 세요 폰 어니뷔트. 이 무서운 친구 같으니라고. 아무도 눈치 채지 못하는 나의 맹점을, 자네는 항상 잘도… 잘도 알

아채는군. 내 이야기를 가만히 들어줄 때부터 알아봤어야 하는
건데……."

나는 떨리는 다리를 움직여 가방을 뒤졌다. 그리고 그 속에 고
이 간직된 그림을 꺼내 들었다. 나는 눈 내리는 성 켈로츠 의과대
학의 풍경을 웨인의 눈앞에 가져다 대면서 차분하게 말했다.

"돌아가자, 이곳으로 돌아가자고. 가서 사람들을 살리자. 그러
니 우선, 자네부터 살아."

다행이었다. 웨인은 내가 보여준 그림을 품에 꼭 껴안은 채 잠
에 빠져들었다. 그가 정말로 잠이 든 것이라는 걸 확인하고 나서
야 우리는 한숨을 돌릴 수 있었다. 케이쿨번과 다르젠과 나는, 한
사람씩 교대로 돌아가면서 잠들지 않고 웨인을 지키기로 했다.
내 차례가 되었을 때, 나는 같은 실수를 저지르지 않기 위하여 자
리에 앉지도 않고 가만히 서 있지도 않았다. 계속해서 움직이고
잠을 쫓으며, 웨인을 감시하고 지켜보았다.

그렇게 악몽 같은 시간이 며칠이나 지났는지 모르겠다. 나는
한동안 시간이 어떻게 흘러가는지, 웨인 외에는 내 주변에 어떤
일들이 벌어지는지도 모르고 지냈다. 스턴 선생님이 깨어나셨다
는 사실조차 제대로 자각하지 못하고 있었으니 말 다한 거지.

하지만 그러한 시간이 아깝다거나 짜증스럽지 않았다. 케이쿨
번의 말을 빌리자면 그 '지옥 같은' 시간이 지나간 후에는, 웨인
이 더 이상 구토를 하지 않고, 이유없는 불안에 시달리지 않게 되
었으니. 웨인이, 정말 웨인으로 돌아왔으니 말이다.

우리는 서둘러 세너든 마을을 떠날 준비를 갖추었다. 다르젠은
이곳에 올 때 헤맸던 실수를 반복하지 않기 위해 지도를 꼼꼼히

살폈고, 케이큘번은 혹시 빠뜨린 짐이 없나 서너 번씩 확인하였
다.

웨인은 스턴 선생님과 깊은 이야기들을 나누면서 헤어짐을 준
비했다. 나는 여전히 기력이 없으신 스턴 선생님의 팔다리를 주
물러 드리며 두 사람의 대화를 슬쩍 엿들었다.

"그래서 프로밍 백작을 찾아갈 것이라고?"

"네. 그게 최선인 것 같습니다."

웨인은 고개를 끄덕였다.

"꽤나 위험한 도박이 되겠구나."

스턴 선생님의 얼굴에 걱정스러움이 가득 떠올랐다. 웨인은 씨
익 웃어 보이며 조금 더 목소리를 키웠다.

"제 걱정은 마십시오. 선생님 건강부터 챙기세요. 제가 다시 돌
아왔을 땐, 저도 선생님도 모두 건강해야 하지 않겠습니까?"

"오냐. 긴말 않으마. 단지 이것만 명심해라. 네가 무너지면 네
가 살릴 수 있는 수많은 사람들도 함께 무너지는 것이다. 알겠느
냐?"

웨인은 스턴 선생님의 까칠한 손을 꼭 잡고 난 후 자리에서 일
어섰다. 그가 짐을 챙겨 들고 밖으로 나가는 걸 보면서 나도 얼른
그를 따를 준비를 했다.

"세요라고 했던가?"

갑자기 스턴 선생님이 나를 붙잡았다. 나는 이미 밖으로 나가
버린 웨인의 자취를 흘끔거리다가 다시 자리에 앉았다.

"그렇습니다."

"얼굴선이 자네 아버지를 많이 닮았군."

"저희 아버지를 아십니까?"

"당연하지. 의학을 공부하는 사람들 중 어니뷔트를 모르는 자가 어디에 있겠는가."

그는 아직 말하는 것조차 힘이 드는지 잠깐 이야기를 멈추었다. 색색거리며 숨을 고르더니, 내가 알아듣지 못할 말 한마디를 툭 던졌다.

"부디 자네 아버지와 같은 실수를 저지르진 말게."

이유는 알 수 없었다. 끔찍하리 만큼 따갑게 심장을 에는, 마치 회오리바람과도 같은 강렬한 바람이 마음속을 휙 휩쓸고 지나간 것 같았다.

"무슨 말씀이신지."

스턴 선생님은 내 눈을 빤히 쳐다보더니 곧 눈을 감아버렸다.

"내가 공연한 소릴 했군. 됐네. 이만 가보게."

가끔씩은 왜 케이큘번이 스턴 선생님을 그토록 마음에 들어하지 않는지 알 것 같았다. 스턴 선생님은 저렇게 자기 할 말만 딱 하고 말을 끊어버린 후, 상대로 하여금 더 이상의 질문도 하지 못하게 만드는 때가 간혹 있었다. 그럴 때는 마음이 찝찝하고 싱숭생숭해지는데 지금이 딱 그랬다.

"건강하십시오."

별로 캐묻고 싶은 마음도 생기지 않았다. 나는 마지막으로 인사를 건넨 후 방을 빠져나왔다.

토샤로 가기 위해선 엘베하에서 배를 타야 했다. 엘베하로 향하는 다르젠의 한없이 가벼운 발걸음을 지켜보고 있노라면, 나조차도 마음이 들뜨는 듯했다. 엘베하에 들어선 이후에는 마차를 이용했다. 밤이 깊어 길이 어둑하기도 했고, 우리의 몸도 많이 고단한 상태라 더 이상 걸었다간 쓰러질지도 모를 일이었기 때문이다. 우리는 모두 터덜거리는 마차에 몸을 맡긴 채 숙소로 향했다.

숙소로 향하면서 우리는 웨인의 갈 길에 대해 이야기를 나누어 보았다. 웨인은 계속해서 프로밍 백작을 만나겠노라고 이야기했고, 다르젠은 왜 프로밍 백작을 만나려고 하는 건지 이유를 캐물었다. 하지만 웨인은 '그냥'이라고 대답할 뿐, 다르젠의 속을 시원하게 풀어주지 않았다. 나도 그들의 이야기를 가만히 들으면서 웨인의 속내를 파헤치기 위해 애썼지만, 역시 무리였다.

웨인이 토샤를 떠나기 직전, 프로밍 백작은 눈 수술을 받기 위해 단단히 준비를 하던 터였다. 그는 자신의 직책을 다른 이에게 넘기고 자신의 식솔들을 먼저 토샤로 보냈다. 자신이 미처 해결하지 못했던 일들을 깔끔하게 정리한 후, 그는 뒤늦게 토샤로 향할 예정이었다. 그가 유서까지 써두었다는 소문을 들으면 얼마나 마음의 준비를 했는지 알 수 있었다.

하지만 웨인으로부터 수술 취소를 통보받았고, 그는 이러지도 저러지도 못할 상황에 놓여 버린 것이었다. 총통이라는 직책은 이미 다른 이에게 넘겼고, 식솔들은 마차로 꼬박 달려도 한 달 반이 소요되는 토샤로 갔다. 그는 아무런 계획도 없이 터덜터덜 토샤에 와서 지내고 있는 중이었다. 물론 그를 존경하고 따랐던 수많은 사람들을 상대하며 즐거운 노년을 보낸다고 봐도 무방하겠지만, 활동적이고 일하기를 좋아하는 프로밍 백작에게 있어 지금의 생활이 그다지 매력적이지는 않을 것이었다.

그러한 프로밍 백작이 웨인을 만난다면 어떤 반응을 보일지. 솔직히 웨인에게 특별히 좋은 생각이 없는 이상, 그의 행로를 말리고만 싶었다. 하지만 웨인의 고집은 꺾기 힘들었다. 언젠가 다르젠이 말했던가? 웨인이 웃으며 '절대 싫어'라고 말하는 모습을 보고 있노라면 얼마나 기가 질리는지 모른다고. 프로밍 백작을 만나러 가는 걸 다시 한 번 신중하게 생각해 보고 행동하라고 해도 들은 척도 하지 않으니 모두 다 허사였다. 결국 우리는 웨인 설득하기를 포기하고 그에게 별 탈이 없기만을 빌어주었다.

다음날. 다르젠은 토샤로 향하는 배편을 알아보러 다녔다. 하지만 토샤와 엘베하 사이에는 왕래가 잘 없어서 타고 갈 배를 구하는 게 만만치 않은 일이었다. 그나마 체페 상단에서 운영하는 상선이 내일모레 토샤로 떠날 예정이라 다행이었다. 우리는 다르젠 덕분에 그 배에 오를 수 있게 되었다.

이런 일이 있을 때마다 다르젠이 새롭게 보이곤 했다. 체페 상단에서 일하는 노동자들이 다르젠을 한없이 떠받드는 걸 보고 있노라면, 평소에 알고 지내던 털털하고 소박한 다르젠이 아닌 것만 같다고 해야 하나? 체페 상단의 아드님이신 다르젠과 내 친구 다르젠은 전혀 다른 인물인 양 느껴지는 것이었다. 그런 이질감을 느낄 때면 괜히 재미있어서 홀로 쿡쿡거리곤 했는데, 그러다가 다르젠과 눈이라도 마주치면 나 혼자 얼굴이 새빨개지기 일쑤였다.

배를 타기 전까지 엘베하에서 보내는 시간. 우리는 다르젠의 성화 덕분에 치리의 아름다운 목소리가 울려 퍼지는 엘베하 오페라하우스에서 하루를 꼬박 흘려보내야 했다. 다르젠은 치리를 보느라 정신이 없는 것 같았지만, 나머지 세 사람은 그런 다르젠을 쳐다보며 웃느라 정신이 없었다.

그렇게 여유를 가진 후 우리는 곧장 토샤로 향했다. 정확히 말하자면 토샤의 중심부를 으리으리하게 장식하고 있는 프로밍 백작의 저택으로. 낯선 청년들의 등장에 당황한 시녀가 프로밍 백작께 어떤 손님이 오셨다고 전해 드릴지 묻자, 웨인은 기다렸다는 듯 거침없이 대답했다.

"웨인 파예트라고 합니다. 지금 당장 프로밍 백작의 눈을 수술해 드리기 위해 찾아왔노라 전해주십시오."

케이큘번은 심각한 표정으로 웨인을 위아래로 훑어보았고, 다르젠은 역시 그런 거였나 하는 표정으로 피식 웃어버렸다. 나는 어찌 반응해야 할지 모른 채 당황스러운 눈빛만 잔뜩 머금었다. 나는 하녀의 안내를 받아 응접실로 들어가면서도 지금 상황을 실감하지 못하고 머뭇거렸다.

"지금 당장 수술이라니? 자네, 제정신인가?"

하녀가 조금만 기다리라는 말을 하고 자리를 뜨자마자, 케이큘번이 톡 쏘듯 말했다. 웨인은 씨익 웃으면서 고개를 끄덕였다.

"자네의 얼굴에 눈 두 개, 코 하나, 입 하나가 제대로 달려 있는 걸로 보이는군. 오, 그리고 케이큘번 레럼은 나에게 화를 내고 있지. 내가 앉은 곳은 프로밍 백작의 호화 저택이고 말일세. 이 정도의 상황 파악 능력을 발휘할 수 있다는 건, 내가 제정신이라는 말이 되지 않겠는가?"

케이큘번은 고개를 절레절레 저었다. 나는 케이큘번이 웨인을 상대하기 싫다는 듯이 인상을 쓰며 입을 다물어 버리는 것에 강한 아쉬움을 느꼈다. 케이큘번과 웨인의 대화를 통해 조금 더 깊은 웨인의 속마음을 캐내고 싶었기 때문이다. 나는 마음을 졸이며 그들의 대화가 계속되길 빌었다. 하지만 케이큘번은 좀처럼 다시 말을 건넬 기미가 보이지 않았고, 다르젠마저도 모든 걸 알겠다는 표정으로 침묵을 지키고 있으니 나로선 답답해 죽을 지경이었다.

웨인이 왜 굳이 프로밍 백작을 만나러 온 건지, 어떤 수로 수술을 하겠다는 건지. 프로밍 백작이 화가 나기라도 하면 간신히 되돌아온 이 토샤에서 또다시 쫓겨날지도 모를 일인데, 대체 그에겐 무슨 뾰족한 다른 수가 있는 것인가.

"그렇게 마음 졸일 필요 없어, 세요."

다르젠이 나를 툭 치며 나지막이 속삭였다. 나는 귀가 쫑긋 서는 걸 느끼며 다르젠에게로 조금 더 가까이 귀를 들이밀었다.

"웨인이 토샤에 돌아왔는데 프로밍 백작과 그 측근들이 그를 가만히 내버려 둘 리 없지 않은가. 신이 나서 웨인을 물어뜯고 난도질할 거라네. 그러니 웨인은 토샤에서 마음 편히 행동하기 위해선 프로밍 백작의 일부터 해결해야겠다고 생각한 거야. 우리에게 자세한 내막을 이야기하지 않은 건 분명, 우리가 자신을 말릴 거라 생각했기 때문이겠지."

"흐음. 하지만 대체 어떤 수로 수술을 하겠다는 건가?"

"나도 그게 의문이군. 대체 어떻게 이 수술을 성공시키겠다는 건지. 도박을 하자는 건가. 아니, 저 확신에 차 있는 눈빛을 보니 그런 건 아닐 텐데."

"으음."

"그리고 또 하나. 우리가 말릴 거란 걸 뻔히 알고 있었으면서 왜 굳이 우리를 이곳에 데려온 건지 모르겠군. 차라리 우리 몰래 이곳에 홀로 찾아와 일을 치르는 편이 편했을 텐데 말이야."

우리 나름대로 목소리를 죽여 소곤소곤 이야기한 것이지만, 웨인의 귀에도 충분히 들린 모양이었다. 웨인은 피식 웃더니 우리의 대화에 끼어들었다.

“이 자리를 박차고 나가지 않겠다고 약속하면 자네들의 질문에 모두 대답을 해줄 용의가 있다네. 어쩔 텐가?”

웨인의 여유로운 미소를 보니, 나는 마치 나쁜 짓을 하다가 들킨 어린아이가 된 듯 어색하고 민망했다. 내가 다르젠의 눈치를 살피기 위해 그를 슬쩍 쳐다보자, 다르젠은 고개를 절레절레 저으며 농담 삼아 말을 툭 내뱉었다.

“내가 웨인의 친구로서 그에게 해를 끼친 게 있다면, 그에게 거래와 내기의 재미를 가르쳐 준 걸 거야.”

결국 우리는 이 자리를 박차고 나가지 않기로 약속했다. 관심 없다는 듯이 묵묵히 앉아 있던 케이큘번조차 몸을 기울이며 우리의 질문과 웨인의 대답에 집중했다.

“어떻게 수술을 진행할 예정인가? 그리고 왜 우리를 이곳에 함께 데려온 건가?”

다르젠의 간단한 질문.

“수술 도구는 저 가방 안에 모두 다 들어 있다네.”

모두의 시선이 탁자 위에 놓인 웨인의 가방으로 향했다.

“우리가 학교에 다니면서 한 번도 잡아보지 못한 숱한 종류의 수술용 칼들이 들어 있지. 그리고 스턴 선생님께서 챙겨주신 소독 약품, 상처에 바르는 연고와 코카인.”

나는 움찔거렸다. 아마 다르젠도 마찬가지였을 것이다.

“코카인?”

내가 간신히 입을 열어 묻자 웨인이 고개를 끄덕였다.

“나는 코카인으로 프로밍 백작을 마취한 후, 위험하게 노출되어 있는 그의 시신경을 적출해서 조치를 취할 것이라네.”

“코카인이라니? 웨인, 그건……..”

“스턴 선생님이 왜 위험한 코카인을 자신의 방 안에 두고 연구를 계속하셨다고 생각하나? 쓸모가 있기 때문이지. 치사량만 넘지 않으면 아무 문제 없어.”

“하지만!”

“날 믿게, 세요.”

자신을 믿으라며 말을 잘라 버리는 웨인에게 대체 어떤 대꾸를 할 수 있겠는가. 나는 다르젠과 케이큘번이 말려주길 바랐지만, 그들은 심각한 표정만 지어 보일 뿐 아무런 말도 하지 않았다.

“이 수술을 성공시키기 위해서는 자네들의 동행이 필요했다네. 자네들은 옆에서 나의 집도를 도와주고⋯⋯. 내가 수술용 코카인에 눈독을 들이지 않도록 도와줘. 그리고 웨인 파예트의 수술이 성공적이었음을 증명하는 증인이 되어주어야 해. 나와 나의 코카인이 쓸모가 있었음을, 웨인 파예트가 토샤로, 성 켈로츠 의과대학으로 돌아오는 것이 당연함을 증명해 주는 그런 증인 말일세.”

양손을 맞잡은 그의 모습은 당당하고 굳건했다. 나는 더 이상 그의 말에 반박을 할 수가 없었다. 나는 체념한 듯 고개를 터덜터덜 끄덕여 버렸다.

“그래, 그렇게 하도록 하지.”

웨인은 내 어깨를 꽉 붙잡았다. 그는 나에게 조금 더 깊은 믿음을 심어주기 위해서인지, 내 눈을 똑바로 쳐다보며 말을 이어갔다.

“이번 수술은 중요하다네. 내 앞길을 가로막는 장애물을 치울 수 있을 뿐만 아니라, 어쩌면 그 이상의 것을 얻을 수 있을지도 모른다네. 내가 그토록 외쳤던 외과의학, 그것의 중요성과 효율성을 모두에게 증명해 줄 수도 있을 테니. 어쩌면 외과의학 강의 시

간에 해부학 실험과 절개 연습을 하게 되는 날이 올지 또 누가 알
겠는가."

그리 반가운 이야기는 아니었다. 해부나 절개 따위에 대한 거
부감이 많이 줄었고, 그 중요성을 머리로 이해할 수 있다고는 하
나, 여전히 나는 그런 것들에 눈살을 찌푸리는 사람이었으니까.
왠지 마음이 움찔하였지만 최대한 내색하지 않기 위해 애썼다.

의문이 풀리고 상황을 실감하게 되자 이제껏 느끼지 못했던 강
렬한 긴장감이 엄습해 왔다. 나는 시간이 흘러가는 걸 가만히 느
꼈다. 손에 땀이 난다고 느끼는 순간, 드디어 응접실의 거대한 문
이 끽 소리를 내며 열렸다.

"아!"

나도 모르게 탄성을 내뱉으며 자리에서 일어섰다. 소문으로만
듣던 늠름한 장군이 눈앞에 나타났다. 저절로 느껴지는 위압감
덕분에 나는 군인이 된 양 자세를 꼿꼿하게 세웠다. 우리를 쭉 훑
어보던 프로밍 백작은 큰 걸음걸이로 우리에게 다가왔다.

"그래. 반갑군. 자, 어느 쪽이 나를 기만한 파예트 군인가? 용
감한 청년의 얼굴이 몹시도 궁금하였다네."

나는 숨을 훅 들이마시며, 웨인을 쳐다보았다. 웨인은 여유롭
게 웃으며 프로밍 백작 앞으로 나섰다.

"처음 뵙겠습니다."

내가 딛고 선 카펫이 울렁울렁 움직이고 있는 건가? 자의와 상
관없이 몸이 흔들리고 있는 것만 같았다. 시야가 흔들리지 않는
걸 보니 분명 나는 똑바로 서 있는 게 분명할 텐데, 그런 느낌이
들었다. 단단히 발을 붙이고 서 있기가 힘들다는 기분. 속을 알
수 없는 프로밍 백작의 온화한 미소가, 하지만 날카로운 그의 눈

'이 나를 아찔하게 만들었다.

그리고 프로밍 백작의 등을 지키고 선 뱀 같은 눈을 가진 남자가 있었다. 깔끔하게 빗어 넘긴 머리가 그의 인상을 더욱더 차갑게 만들었다. 나는 저 남자를 본 적이 있었다. 아버지를 만나러 두어 번 찾아온 적이 있는 사람이었다. 셸, 시포위츠 셸이라 했던가?

"내가 지금 이 자리에서 나의 부하들에게 자네의 목숨을 거두도록 명령하여도 법적으로 아무런 하자가 없다는 걸 알고 있는가?"

나는 시포위츠에게 정신을 팔고 있다가, 무언가에 얻어맞은 듯 눈을 번쩍 떴다. 프로밍 백작이 웨인을 향해 우아하게 내뱉은 말이 내 뒤통수를 친 둔기였다.

"알고 있습니다."

어째 웨인과 나의 태도가 뒤바뀐 듯싶었다. 서 있는 것조차 버거울 정도로 힘들어하는 나와는 달리, 마치 자신과 관계된 일이 아니라는 듯 여유를 부리는 웨인. 옅은 위화감이 나를 감쌌다.

"알고 있다면서 잘도 나를 찾아왔군. 자네 역시 신분 따위는 구시대의 산물이라고 주장하는 평민 젊은이들 중 하나인가? 하나 파예트 군, 아무리 세상이 어수선하고 변화 중이라고는 하나 아직은 자네가 나를 가지고 놀 위치는 아니라고 생각하네만."

"저는 사람을 가지고 노는 법은 알지 못합니다."

"거만하게 말대꾸하는 걸 보니 정말 죽여야 정신을 차리겠군."

나는 크게 뜨끔했지만 곧 긴장을 풀었다. 말하는 것과는 달리, 그의 눈에 살기라곤 전혀 찾아보기 힘들었으니까. 나는 휴 하고 안심을 한 후, 마음놓고 프로밍 백작을 찬찬히 뜯어봤다.

프로밍 백작의 거친 손등이 보였다. 힘줄이 불룩 선 그의 피부에는 갖가지 상처들이 가득했다. 나는 그의 손에서 시선을 거두고 그의 얼굴을 바라보았다. 왼쪽 눈을 가린 안대가 보였다. 안대라… 저 안대 뒤는 어떤 모습일까. 눈알이 터졌다던데. 새빨간 핏물이 가득 고여 있으려나. 아니면 끝이 보이지 않을 만큼 새카만 공간이 담겨 있으려나. 그 어떤 모습을 상상해도 눈살이 찌푸려졌다.

"프로밍 백작께서는 저를 죽이지 않으실 겁니다."

내가 프로밍 백작의 왼쪽 눈을 제멋대로 상상하고 있는 순간이었다. 웨인의 목소리가 들려왔다. 웨인의 태도에 프로밍 백작이 살짝 인상을 썼다.

"어찌 아는가?"

그나마 다행이었다. 그는 심각해졌을 뿐, 심기가 불편해진 것 같진 않았으니까. 오히려 맑아지는 눈동자를 보니 웨인의 자신감에 흥미를 느끼고 있는 것 같았다. 나는 아주 살짝 마음이 들뜨는 걸 느꼈다. 왠지 일이 웨인의 뜻대로 되어가고 있는 것 같았다.

"지옥과도 같은 고통의 시간 속에서 백작을 구해 드릴 사람은 저, 웨인 파예트뿐이니 말입니다. 그런 저를 죽이진 못하실 겁니다."

프로밍 백작은 멈칫거렸다. 그러더니 갑자기 앉을 자리를 찾았다. 그도 카펫이 울렁울렁 움직이고 있다고 느낀 걸까?

"파예트 씨, 프로밍 백작의 다친 안구는 이미 몸에서 완전히 제거된 상태입니다. 백작은 주치의인 제가 돌봐 드리고 있으니 굳이 다른 의사가 나설 필요는 없을 겁니다. 프로밍 백작께서는 이미 쾌유한 상태이며, 더 이상 고통을 호소하지도 않으십니다."

프로밍 백작이 대답이 없자 그의 곁에 서 있던 시포위츠 셸이 대신 나섰다.

"백작의 시신경은 모두 위험하게 노출되어 있습니다. 게다가 그 주변 근육이 공기와 닿으면 새빨간 속살에 끓는 기름을 붓는 것마냥 고통스러우실 게 뻔합니다. 그런데도 고통을 호소하지 않으신다면, 참고 계시는 거겠지요."

"참다니요? 그럴 필요가 없지 않습니까?"

"안구가 빠져나왔으니 이젠 다 나았다고 여기는 주변 사람들 때문입니다."

시포위츠의 눈이 더욱더 가늘게 쭉 찢어졌다. 그는 곧이어 입가에 조소를 걸치며, 허리를 쭉 펴고 웨인을 내려다보는 자세를 잡았다.

"이 세상의 의사는 자신뿐이라고 생각하십니까? 능력도 없이 코카인인가 뭔가로 프로밍 백작을 능멸하려고 했던 주제에 오만하기 짝이 없군요. 이렇게 무턱대고 찾아와 아무 문제도 없는 프로밍 백작의 눈을 수술하겠다니, 제정신이십니까? 프로밍 백작의 건강은 저에게 맡기시고 이만 돌아가십시오."

"이대로 두면 위험합니다. 비단 지금 느끼는 고통뿐만이 아닙니다. 앞으로 시신경이 감염되면 두고두고 후회하실 겁니다."

"말을 잘도 지어내는군요. 그 어느 의학 서적에도 그런 내용은 없었습니다. 자신의 상상력으로 프로밍 백작을 혹하게 하실 모양인가 본데, 죄송하지만 얼른 나가주십시오."

나는 프로밍 백작을 흘깃거렸다. 그는 눈을 감고 둘의 대화를 듣고 있었다. 그가 무슨 말이라도 해주길 바랐다. 지금 상태라면 웨인은 아무것도 못해보고 저 시포위츠의 기세에 눌려 이곳을 떠나야 할 텐데.

그때였다. 드디어 프로밍 백작이 눈을 떴다.

"셀, 그만 하게."

"하지만 너무 억지를 쓰고 있지 않습니까."

"아닐세. 그 친구 말이 맞네. 나는 지금 이 순간에도 혀를 깨물고 싶은 충동을 느끼고 있지."

"백작!"

시포위츠의 얼굴이 새빨갛게 달아올랐다.

"파예트 군, 진정으로 내 고통을 없애줄 수 있는 건가?"

"물론입니다."

웨인은 자신만만하게 고개를 끄덕였다.

"한 번만 더 자네에게 기회를 주지. 대신 실패하거나 거짓일 경우, 자네는 살아서 나가지 못할 게야."

"각오하고 있습니다."

다르젠의 목젖이 크게 움직였다. 그는 고여 있던 침을 삼킨 것일 테지. 그 모양새를 보고 있자니, 왠지 내 입에도 침이 고이는 느낌이었다. 나도 다르젠을 따라 침을 꿀꺽 삼키며 프로밍 백작과 웨인의 대화에 집중했다.

"그래, 이제 솔직하게 말해보게. 나에게 원하는 게 무엇인가? 의사로서의 사명감만으로 나를 찾아왔다고 하기엔 자네의 도박이 꽤나 위험하지 않은가. 수술이 성공했을 시에 내가 자네에게 무엇을 해주면 되지?"

웨인은 빙그레 웃었다. 그는 승기의 깃발을 휘두르고 있는 것만 같았다. 그는 조금 떨리는 듯한 목소리를 내뱉었다.

"학교에 다시 다닐 수만 있게 해주십시오."

수술은 곧 시작되었다.

웨인은 우리의 손을 깨끗이 씻긴 후, 듣도 보도 못한 소독제로 우리의 팔 등을 닦아내 주었다. 손을 깨끗하게 소독해야 하는 이유는 알고 있다. 하지만 왜 팔꿈치 위까지 벅벅 씻어야 한단 말인가. 나는 의문과 동시에 묘한 불만을 가졌지만, 웨인의 표정이 워낙 심각해 말을 꺼내지 못했다. 그저 시키는 대로 따를 뿐.

"스턴 선생님께 배운 소독법인가?"

"뭐, 그렇다네."

"난 대체 성 켈로츠 의과대학에서 무엇을 배웠는지 모르겠군."

케이큘번은 웨인의 소독법에 굉장한 관심을 가졌다. 약품이 들어 있는 병을 뚫어져라 쳐다보더니 냄새를 맡아보았다. 심지어 술 냄새가 난다며 맛까지 보려고 하는 걸 간신히 말렸다.

모두가 준비를 마쳤다. 내가 할 일이야 고작 웨인을 지켜보는 것뿐일 테지만 그래도 긴장이 되었다. 이것은 어찌 보면 내 인생에 있어 엄청난 사건일지도 모른다. 누군가의 상처 부위를 찢고 그곳을 칼로 후벼댈 것이다. 사람의 배를 갈라놓은 그림만으로도 인상을 쓰는 내가, 인간의 눈 안에 칼을 밀어 넣는 모습을 빤히 보게 될 것이다.

친구들이 막연하게 외치던 그 외과의학이라는 걸 드디어 눈앞에서 확인할 수 있게 된 것일 터. 겁나고 피하고 싶었지만 한편으로는 호기심이 일었다. 예전에 아버지와의 언쟁 후 베우스의 해부학 책을 향해 달려갔던 기억이 새록새록 떠올랐다. 마치 그때처럼 새로운 세계에 대한 내 마음의 문이 조금 더 열린 듯하여, 설레고 긴장됐다.

"시작하겠습니다."

웨인의 눈빛이 변했다. 우리를 지켜본다는 명분하에 멀리 의자에 앉아 있는 시포위츠. 웨인의 목소리에 그의 눈썹이 살짝 움직였다.

프로밍 백작은 목을 살짝 까딱여 허락을 나타냈다. 강렬해진 웨인의 눈동자가 우리 모두의 눈을 한 번씩 훑었다. 그는 숨을 한 번 흠, 내쉬더니 곧 프로밍 백작에게로 시선을 돌렸다.

코카인을 이용한 마취. 나는 웨인이 약물 용액을 수술할 부위에 직접 뿌리는 걸 바라보면서 얼마나 떨었는지 모른다.

지금 저 코카인이 가지는 의미는 강했다. 웨인 스스로가 코카인을 오로지 환자를 위한 약물로만 사용하는 데 한걸음 다가선 것이다. 그리고 웨인을 망쳤던 저 코카인이, 이번에는 웨인의 위상을 세워줄 것이다. 지금 사용하는 저 코카인은 그 어느 때보다도 값지고, 중요했다. 웨인의 긴 속눈썹이 파르르 떨리기를 잠시, 그는 곧 마취를 끝내고 눈을 한 번 크게 감았다가 떴다.

프로밍 백작의 입꼬리가 슬쩍 올라갔다. 어째 기분이 좋아 보였다. 나는 그의 표정을 보면서 온몸이 바싹 말라 쪼그라드는 기분을 느꼈다. 저런 표정을 내비친다는 건, 어쩌면 그도 웨인처럼 코카인의 마력에 묶여 버린 것인가! 그렇다면 어떻게 되는 거지? 웨인은 또다시 토샤에서 쫓겨나는 건가? 아니, 여기서 무사히 빠져나갈 순 있을까? 어떻게 해야 된단 말인가!

"어이, 세요, 손 떨지 마."

"응? 아, 으응."

다르젠의 속삭임 덕분에 망상에서 빠져나올 수 있었다. 나는 얄궂은 다르젠의 눈길을 슬쩍 피하며 프로밍 백작을 다시 쳐다보았다. 다행이었다. 내가 너무 앞서 나간 모양이었다. 그는 그저 기분 좋은 웃음을 띠고 있을 뿐, 환각 따위의 상태를 보여주진 않았다. 나는 안도하면서 과한 상상을 한 것에 대한 민망함을 느꼈다.

웨인은 프로밍 백작의 뻥 뚫린 눈 안으로 가느다란 집게를 쑥 집어넣었다. 나는 아찔함을 느끼며 눈을 꾹 감았다. 액체에 버무려진 무언가가 질퍽거리는 소리가 살짝 들려왔다. 웨인이 준비해 온 쇠붙이가 자기네들끼리 부딪치는 소리도 함께 들려왔다.

샤샤샤샥.

뇌를 갉는 듯한 그 소리에 나는 온몸을 부르르 떨었다.

나는 용기를 내어 눈을 슬쩍 떠보았다. 시신경 주변의 근육들이 터진 모양인지 웨인이 들고 있는 집게 끝에서 핏방울이 후두둑 떨어지고 있었다. 웨인은 신속하게 집게를 깨끗하게 닦아내더니 다시 한 번 안으로 쑥 밀어 넣었다.

그는 눈 한 번 깜빡이지 않고, 그 어떤 망설임도 없이 칼과 집게를 놀려대고 있었다. 그 모습은 놀라울 정도로 생소하기도 하고, 또 괴상하기도 했다. 손이 굉장히 빨랐다. 비교할 대상은 없었지만, 감각적으로 느낄 수 있었다. 그가 행하고 있는 시술이 굉장히 고차원적이란 것도 막연하게나마 느낄 수 있었다. 대체 웨인은 어디에서 저런 손놀림을 배워온 건가. 스턴 선생님으로부터?

"케이큘번, 이것 좀 잡아주게."

케이큘번이 웨인을 도와 또 하나의 집게를 푹 찔러 넣는 걸 보면서 나는 또 한 번 움찔거렸다. 그래도 이번에는 눈을 꾹 감아버리지 않았다는 것에서 내 자신에 대한 기특함을 느꼈다.

그래, 나도 저들처럼 당당하게 의사의 자세를 취해야지. 내가 거부감을 느낀다고는 하나, 이런 외과 시술은 분명 사람을 돕는 행위이다. 나는 배워둘 필요가 있다고.

"조심해."

웨인의 빠르고 날카로운 경고. 그의 말에 케이큘번의 손길이 조금 더 조심스러워졌다. 다르젠이 그들에게 방해가 되지 않는 선까지 다가가 눈 안을 슬쩍 살펴보았다. 그는 볼 근육을 양쪽으로 밀며 인상을 썼다.

그의 표정 때문에 나마저도 호기심이 생겼다. 이 위치에서 프로밍 백작의 눈 안을 들여다보기란 힘들었다. 나는 갈팡질팡하기 시작했다. 나도 저들에게 다가가 상태를 살펴볼 것인가, 당당한 의사의 자세를 취하기 위해선 나도 그래야 하지 않을까?

하지만 내가 그것을 지켜볼 수 있을까? 프로밍 백작의 눈구멍 속을 제멋대로 드나드는 저 쇠붙이들만으로도 나는 충분히 역겨운데. 마치 내 눈을 포크로 찌르는 것만 같아 몸이 부들부들 떨리는데, 내가 저 속을 들여다본다고?

웬일로 호기심이 두려움을 이겼다. 나는 갈등하면서도 발걸음을 옮겼다. 다르젠의 옆에 다가가며 웨인과 케이큘번의 손에서 눈을 떼지 않았다. 꼼지락거리며 프로밍 백작의 눈 안을 찔러대는 그들의 손길을 보며 침을 꼴깍 삼켰다.

프로밍 백작의 왼쪽 눈썹에 똑똑 떨어져 있는 몇 방울의 피와 천장만을 뻔히 바라보고 있는 프로밍 백작의 오른쪽 눈이 먼저 보였다. 그의 눈동자는 편안해 보이기도 했고, 반대로 불안해 보이기도 했다. 나는 프로밍 백작이 살아 있는 존재라는 걸 새삼 실감하며 묘한 위화감을 맛보았다.

기름칠을 해주어야 할 것만 같은 뻑뻑한 목을 돌리자 드디어 내가 두려워했던 것들이 보였다. 케이큘번이 집게로 들고 있는 신경인지 핏줄인지 알 수 없는 가느다란 무언가와 새빨간 인간의 내부를 서슴없이 공략하는 웨인의 칼 따위들이. 나는 눈을 감지 않고 이 악몽 같은 시간을 버텨내기 위해 최선을 다했다.

시간은 도대체 왜 이리도 더딘 건지. 호흡마저 곤란해질 지경이었다.

"다 됐군."

끔찍함에 소리를 질러 버리고 싶다는 충동을 느낀 순간, 드디어 웨인의 모든 손길이 멈추었다. 눈동자만 조금씩 움직여 웨인의 눈치와 프로밍 백작의 상태를 살피던 케이큘번도 이젠 집게를 끄집어냈다. 남은 건 지혈과 마취가 풀리기만을 기다리는 것.

나는 웨인이 마무리를 하는 걸 보며 남몰래 가슴을 쓸어내렸다. '다행히 쓰러지거나 토하지 않고 버텨냈군, 세요' 라며 내 자신을 다독이면서.

"이보게, 파예트 군."

휴 하는 나의 한숨 소리를 파묻어 버리는 프로밍 백작의 걸걸한 목소리. 깊게 잠긴 그의 목소리가 웨인을 불렀다. 웨인은 상기된 표정으로 그의 부름에 응답했다.

"네."

프로밍 백작의 오른쪽 눈꺼풀이 몇 번 껌뻑거렸다. 그리고 믿을 수 없는, 아니, 믿기 싫은 말이 내뱉어졌다.

"왜 이렇게 깜깜한 건가? 앞이 전혀 보이지 않는군."

충격을 받은 듯한 웨인. 나는 머릿속에 울리는 위험을 알리는 종소리를 애써 무시하며, 웨인만큼이나 커다래진 눈동자로 그를 쳐다보았다.

자리에서 서성이다가 가끔씩 우리를 톡톡 쏘아보는 시포위츠. 그의 시선을 의식하지 않기 위해 무던히도 노력했다. 나는 프로밍 백작의 상태를 살펴보는 웨인에게 시선을 고정한 채, 시포위츠의 시선을 느낄 때마다 식은땀을 한 줄기씩 흘리곤 했다.

"아직도 앞이 전혀 보이지 않으십니까?"

프로밍 백작은 눈꺼풀을 껌뻑거리더니 고개를 가로저었다. 웨인과 케이큘번이 눈을 마주쳤다. 케이큘번도 웨인만큼이나 혼란스러운 표정이었다. 웨인과 케이큘번도 알 수 없는 이유라니. 일시적인 증상일 거라 예상했지만 벌써 몇 시간째 차도가 없자 불안감이 극도에 다다랐다.

프로밍 백작은 시포위츠를 불러 자신을 부축하게 했다. 앞이 보이지 않는 사람치고는 선 자세가 제법 안정적이었다. 어쩌면 프로밍 백작이 앞이 안 보이는 척 연기하는 건 아닐까, 하고 의심해 버릴 정도로.

"잠깐 바람 좀 쐬고 오도록 하지."

노신사의 가라앉은 목소리. 무겁게 공기를 울리는 그 음성은, 왠지 모를 공포가 되어 다가왔다.

"하지만 지금은……."

웨인이 백작을 저지하기 위해 한발 나섰다. 하지만 저지당한 쪽은 오히려 웨인이었다. 프로밍 백작은 오른손 집게를 단호하게 세워 보이며 웨인의 말을 막아버렸다.

"나는 이미 자네에게 마지막 기회를 주었다네. 그러니 더 이상 내가 자네의 이야기를 들어줄 이유 따위야 없지. 셀과 함께 자네를 어떻게 처벌해야 할지 상의하겠네. 그때까지 가만히 기다리도록."

　웨인이 무언가 할 말이 남은 듯 입을 벙긋거렸다. 다르젠은 웨인이 입속에 가득 담은 말을 내뱉기 전, 얼른 그를 자신 쪽으로 끌어당겼다. 다르젠이 가만있으라는 눈치를 주자, 웨인도 포기하고 입을 다물었다.

　시포위츠와 프로밍 백작이 빠져나간 실내에 차가운 공기가 내려앉았다. 케이큘번은 흘러내린 머리를 쓸어 넘기며 한숨을 푹 쉬었고, 다르젠은 웨인의 수술 도구와 책들을 찬찬히 살펴보았다. 웨인은 손가락을 까딱거리며 깊은 생각에 빠져 있었다.

　나는 아무것도 할 수 없었다. 이 수술이 어떻게 진행되었는지도 제대로 모르는 내가 함부로 입을 놀릴 수는 없는 노릇이었다. 다만 내가 할 수 있었던 건, 만약 사태가 악화된다면 어떻게든 아버지께 도움을 요청해 보리라 마음먹는 것, 그것뿐이었다.

　하지만 아버지를 어떻게 설득해야 할까. 아버지는 웨인을 좋아하지도 않는데……. 물감이나 붓을 살 돈을 주십사 하는 부탁도 덜덜 떨면서 했던 내가, 웨인을 구해달라는 부탁을 제대로 할 수나 있을까? 어린아이처럼 울며불며 떼를 써보아야 할까? 아니다. 이건 역효과만 가져올 것이다. 이번 학기에는 반드시 탑의 자리를 차지하고 말겠다고 말씀드려 볼까? 이것도 무리다. 나름의 심각한 고민 때문에 지끈거리는 내 머리. 나는 이마를 꾹꾹 누르며 괴로워했다.

　"수술은 문제없었어. 확신해."

　다르젠의 확고한 목소리가 들려왔다. 그의 목소리는 마치 성서의 한 구절을 읊는 성직자의 그것과도 같았다. 뭔가 빛이 난다고 할까. 절망에 빠져 있는 우리에게 저렇게 단호한 희망을 줄 수 있다는 건 사실 대단한 것이었다.

"그래. 나도 그렇게 생각한다네. 잘못되었을 리 없어. 파예트, 자네는 무서우리 만큼 정확하고 깔끔하게 집도했어."

케이큘번이 몸을 돌려세우며 다르젠의 말에 힘을 실어주었다. 눈을 빛내며 친구들에게 고마워하리라 예상했던 웨인은, 어째서인지 반응이 없었다. 웨인에게 힘을 주려고 애쓰는 친구들을 보고 있으니 나 또한 그들처럼 행동해야 할 것 같다는 생각이 들었다. 우리 모두가 한마음이 되어 웨인을 위로해야 웨인이 저 심각한 분위기를 떨쳐 버릴 수 있을 것만 같았다. 나는 말을 꺼낼 적절한 때를 놓치지 않아야겠다는 급한 마음에 불쑥 아무 말이나 내뱉어 버렸다.

"만약 잘못되면 내가 어떻게든 아버지께 부탁해 볼 테니까, 너무 걱정 마."

말을 뱉어놓고는 얼마나 후회했는지 모른다. 차라리 가만히 있을걸. 그나마 다행인 건 나에게 찌릿한 시선을 던지는 다르젠이나 케이큘번과는 달리, 웨인은 미동도 없이 여전히 손가락만 까딱거리고 있다는 것 정도일까.

"프로밍 백작이 젊은 시절 아무리 전장에서 용맹을 떨쳤다고는 하나, 지금은 오랜 고통에 시달리던 늙은 신사일 뿐이지."

갑자기 다르젠의 이야기가 시작되었다.

"젊었을 때야 마취 하나 없이 팔이나 다리를 하나 잘라내도 꼿꼿이 참았을지도 몰라. 하지만 지금은 다르다네. 그는 나이 들고 지친 상태야. 그도 보수적인 다른 어른들처럼 외과라면 생소하고 꺼려질 거야. 아무리 수천 구의 시체를 보고도 눈 하나 깜빡 안 했던 이름 높은 장수라 할지라도, 기력이 약해진 지금은 누군가가 자신의 눈을 후벼 판다는 게 두려울 수도 있어. 게다가 정신이 말짱하게 깨어 있는 상태 아니었는가. 두렵고 떨려서 심리적인 충격을 받았을지도 몰라."

"그렇겠군."

다르젠의 이야기에 케이큘번이 고개를 끄덕였다.

"웨인, 레럼, 자네들은 할 만큼 했어. 충분히 훌륭했고, 실수 하나 없었어. 내가 혹시나 해서 지켜봐서 안다네. 앞으로 상황이 어떻게 더 악화될진 모르겠지만, 어쨌거나 지금은 자네들이 쉬어야 할 시간이야."

다르젠은 케이큘번에게도 앉아서 편히 쉴 것을 권했다. 하지만 케이큘번은 서 있는 게 편하다며 거부했다. 다르젠은 케이큘번더러 정이 없네, 친구의 호의를 무시하네 하며 불만을 쏟아내기 시작했고, 결국 둘은 또 투덕거렸다. 나는 평상시와 다름없는 그들의 모습 덕분에 긴장되는 마음이 살짝 가시는 느낌이었다. 뭐, 웨인은 그러거나 말거나 아직도 꼼짝없이 생각 중이었지만.

잠시 후, 시포위츠의 부축을 받으며 되돌아온 프로밍 백작. 그는 간신히 자리에 앉은 후 웨인을 불렀다.

"파예트 군."

그제야 웨인이 움직였다. 웨인은 프로밍 백작이 앞을 보지 못하는데도 굉장히 정중하게 서서 그의 부름에 응답했다.

"네. 여기 있습니다."

"자네는 젊은 청년일세. 게다가 똑똑하고 용기있지."

"……."

"그래서 자네를 죽이진 않을 걸세."

죽이진 않는다… 라.

“대신 자네의 두 눈을 내놓게.”

시포위츠의 입술이 둥글게 삐죽 올라갔다. 제 딴에는 감정을 숨긴다고 숨긴 모양인데 쉽지 않은 모양이었다. 나는 자리를 박차고 나갈 준비를 했다. 아버지에게 가야 했다. 아버지가 웨인을 구해주지 않는다면! 아니, 이런 걸 생각할 때가 아니었다. 내 눈을 뽑겠다고 난리를 쳐서라도 무조건 웨인을 구하고 말 테다.

“저기 말씀 중에 죄송합니다만, 제가 한 말씀 드려도 되겠습니까?”

내 다리가 문 쪽을 향해 움찔거리려던 순간, 다르젠의 목소리가 들려왔다. 나는 동작을 멈추고 다르젠과 프로밍 백작을 번갈아 보았다. 프로밍 백작은 귀를 쫑긋거리며 목소리가 들려온 방향을 찾았다.

“말해보게.”

“저와 내기 한번 하시겠습니까?”

“내기라니?”

프로밍 백작의 감은 눈이 움찔거렸다.

“이 내기에 웨인 파예트의 두 눈뿐만 아니라 저, 다르젠 체페의 목숨, 그리고 제 앞으로 상속받기로 약속된 체페 상단의 모든 자금을 걸겠습니다.”

무례했다. 백작이 말씀하시는데 감히 젊은 학생이 툭 끼어들다니. 만약 프로밍 백작이 그걸 빌미로 다르젠을 벌한다 해도 별수 없었다. 하지만 다행히도 프로밍 백작은 다르젠에게 무엄하다고 호통을 치지 않았다. 그는 오히려 한 젊은이의 행각을 흥미롭게 여기는 듯했다. 마치 수술 전에 웨인의 당당한 말투에 호기심을 내비쳤던 것처럼, 다르젠의 말에도 가만히 귀를 기울였다.

"재미있는 제안이군. 어떤 내기를 하자는 건가?"

"제가 프로밍 백작의 오른쪽 시력을 찾아드리겠습니다."

프로밍 백작의 눈꺼풀이 씰룩 움직였다.

"시력을 찾아주겠노라고 말하는 건, 웨인 파예트가 실패한 수술을 자네가 대신 바로 세우겠다는 뜻인가?"

"아닙니다. 그의 수술이 성공적이었음을 증명하려는 것뿐입니다."

프로밍 백작의 입꼬리가 매끄럽게 올라갔다.

"그의 수술이 성공적이었다고? 내 온전하던 눈마저 이렇게 망가져 버렸는데?"

"그러니 제가 증명하도록 하겠습니다. 그것이 가능하다면, 웨인의 의사로서의 자질에는 아무런 문제가 없다는 게 밝혀지는 것 아니겠습니까?"

프로밍 백작은 잠깐 고민했다. 하지만 잠시일 뿐이었다. 프로밍 백작은 이내 입을 열었다.

"좋군. 그래, 나는 무엇을 걸면 되지?"

다르젠이 내건 것에 비견할 만한 무언가가 존재할까? 나의 친구라는 점을 생각하지 않고 객관적으로 따져 보아도, 체페 상단의 자금과 견줄 만한 것은 쉽사리 떠오르지 않았다.

"웨인이 예전처럼 토샤에서 지낼 수 있도록 도와주십시오."

"바라는 건 오로지 그것뿐인가?"

"그렇습니다."

다르젠은 전혀 망설임 없이 대답했다.

"젊은이, 자네는 체페 상단의 후계자라고 알고 있었네만, 이제 보니 장사를 할 재목은 아니군. 그렇게 손해 보는 거래를 서슴없이 걸다니.”

다르젠은 빙그레 웃었다.

“제가 승리할 거란 걸 알기 때문에 손익을 저울질하지 않을 뿐입니다. 이런 내기에선 제가 걸 수 있는 모든 걸 걸어 상대를 현혹시키는 편이 현명합니다. 어차피 저는 잃는 것 없이 제가 원하는 걸 가지게 될 테니까요.”

“하하! 자네가 지금 나를 현혹하고 있다는 말인가?”

“상당한 실례라는 건 알고 있지만, 실상 그렇습니다.”

프로밍 백작이 얼마나 즐거워하며 웃었는지 모른다. 그는 순순히 다르젠의 요구에 응해주었다. 어쩐지 그가 이 상황을 즐기고 있다고 생각하는 건 나뿐인 건가. 속을 알 수 없는 표정으로 일관하는 웨인. 나만큼이나 불안한 표정을 짓고 있는 케이큘번. 어디서 나온 자신감인지 프로밍 백작에게 시종일관 환한 웃음을 선사하는 다르젠. 대체 일이 어떻게 돌아가고 있는 거지? 머리가 아파왔다.

얼마의 시간이 지났다. 다르젠은 프로밍 백작을 수술대로 썼던 침대에 다시 한 번 눕혔다. 의심스러운 눈초리를 풀지 않는 시포위츠와는 달리, 프로밍 백작은 거침없이 행동했다.

“백작, 저는 다시 한 번 이 마취제를 도포할 겁니다.”

움찔. 프로밍 백작의 눈썹이 아주 미세하게 떨렸다.

“파예트 군이 썼던 그 약인가?”

“그렇습니다.”

“어째서 그런 선택을 한 것이지?”

“어쩌면 한쪽만 마취를 했기 때문에 전반적인 불균형을 초래한

건 아닌가 하는 생각이 들었기 때문입니다. 웨인이 왼쪽만 마취
를 해서 오른쪽에 무리가 간 거라면, 오른쪽도 함께 마취를 해주
면 아무런 문제가 없을 겁니다.”

“흐음.”

미심쩍은 표정. 프로밍 백작의 표정이 그랬고, 내 표정이 그랬
다. 다르젠, 대체 그런 말도 안 되는 궤변으로 어찌하겠다는 것이
냐.

“베우스의 해부학 책을 보신 적이 있으십니까?”

“베우스라… 그 이름을 들어본 적은 있군.”

“그의 책을 보면, 사실 시신경들은 어느 지점에서 하나로 합쳐
져 있다는 걸 알 수 있습니다. 그러니 그 시신경의 한쪽을 자극하
려면, 다른 한쪽도 똑같이 자극을 해주어야 무리가 가지 않습니
다. 차라리 따로 떨어져 있다면 서로에게 영향을 주지 않겠지만,
서로 연결되어 있으니 한쪽이 망가지면 다른 쪽도 흔들리는 것이
랍니다.”

“흠.”

“왼쪽 눈을 잃고 나서, 오른쪽 눈이 희미해지는 걸 느끼셨지요?
초점을 맞추기가 힘들고 어지러우셨을 겁니다. 그것도 다 같은
맥락의 이야기입니다.”

누구나 마찬가지일 것이다. 자신이 잘 알지 못하는 한 분야의
전문적인 지식이 화두로 떠오르면 그 분야의 전문가가 하는 말은
모두 다 진실인 듯 느껴진다. 특히 그의 말 중 일부가 경험해 본
적 있는 완벽한 진실이라면 더더욱 그렇다.

결국 그의 말이라면 새롭게 접한 생소한 이야기도 곧이곧대로
받아들이게 되는 것이다.

의학, 그것도 외과의학에 프로밍 백작이 깊은 조예가 있을 리 없었다. 시포위츠마저도 고개를 갸웃거릴 지경인데. 나조차도 지금 다르젠의 이야기가 사실인지 거짓인지 확신할 수 없었다. 다만 너무나, 그럴싸하다고 느낄 뿐. 프로밍 백작도 마찬가지인 것 같았다. 나는 그의 얼굴에서 분명, 다르젠에 대한 신뢰를 읽었다.

"칼을 쑤셔 넣어 수술을 하거나 하지는 않을 것입니다. 그냥 이 마취제를 도포한 후 시간이 지나기만을 기다릴 겁니다. 한숨 주무시고 일어나시면, 두 눈의 균형이 올바르게 돌아와 앞을 볼 수 있게 되실 겁니다. 이건 수술도 뭣도 아닙니다. 그저 눈에 물을 뿌렸구나, 하고 생각하시면 되는 겁니다. 괜찮으시겠습니까?"

칼을 쑤셔 넣지 않을 거라는 이야기가 프로밍 백작을 굉장히 편안하게 만들어준 것 같았다. 프로밍 백작의 허락 아래, 다르젠은 프로밍 백작의 멀쩡한 오른쪽 눈에 마취제를 도포했다. 프로밍 백작은 마치 최면에 걸린 듯 잠에 빠져들었다. 시포위츠는 그의 곁을 불안하게 서성였고, 다르젠은 어깨를 한번 으쓱거린 후 우리에게로 다가왔다.

"체페, 대체 어쩔 생각인가? 그렇게 코카인을 마구 사용했다가 행여나 파예트처럼……."

"쉿. 아직 마취제가 코카인이란 건 비밀인 상태 아닌가? 프로밍 백작의 주치의가 듣기라도 하면 낭패일세. 목소리를 낮춰."

다르젠은 케이큘번의 어깨를 툭툭 쳤다. 그리고 자신을 믿으라고 말하고는 더 이상 일체의 질문도 허용하지 않았다.

숨 막히는 공백. 시계를 꺼내어 보았다. 삼 분의 시간이 지났군. 시간을 잡아먹기 위해 최대한 천천히 팔을 움직여 시계를 품

251

속으로 도로 넣었다. 버틸 만큼 버텼다고 자부한 후, 다시 시계를 꺼내어 보았다. 이 분 경과. 겨우 도합 오 분이라는 시간 동안 나는 그렇게 벌벌 떨었던가.

프로밍 백작이 무사히 잠에서 깨어나기만을 바라야 하는 답답한 시간. 과연 그가 무사히 깨어날 수 있을까. 만약 깨어나서도 앞이 보이지 않는다고 말하면 어떻게 해야 하지?

나는 다시 한 번 자리를 박차고 나갈 준비를 했다. 역시 불안했다. 조금 전에는 다르젠에 비해 한발 늦어버렸지만, 이번에는 반드시 프로밍 백작이 잠에서 깨어나기 전에 아버지가 계신 곳에 먼저 도착하리라 다짐했다. 내가 할 수 있는 일이라곤 그것뿐이었다. 늦어서는 안 되었다.

하지만 이번에도 다르젠이 나보다 앞섰다. 그는 갑자기 실내를 장식하고 있는 뿔피리를 집어 들었다. 아마도 프로밍 백작이 전장에 있을 때 사용한 것이겠지. 낡은 걸 보니 의심의 여지가 없었다. 다르젠은 그 누구의 양해도 구하지 않고 갑자기 뿔피리를 힘껏 불기 시작했다. 그 소리가 어찌나 시끄러웠는지!

그때였다. 프로밍 백작이 자리에서 벌떡 몸을 일으켰다. 그러더니 침착하게 주변을 살피기 시작했다. 몇 번 두리번거리다가 몸을 더듬던 그는, 자신이 누운 곳이 어디인가 겨우 자각해 냈다.

"하하, 이런, 검을 찾을 필요가 없군. 이곳은 토샤가 아닌가!"

"깨어나셨습니까, 백작."

백작은 선명하게 뜬 눈으로 다르젠을 직시했다. 그제야 모든 상황을 파악한 백작은 굉장히 즐겁다는 듯이 크게 웃기 시작했다.

"그래, 그래. 체페! 자네였군, 자네였어! 하하."

웃었다. 나도 웃어버렸다. 모든 상황은 정리되었다. 사실은 다르젠이 코카인 용액이 아닌 물을 도포했었다는 사실 또한 나를 즐겁게 했다. 깊은 잠에 빠져 있다가 뿔피리 소리에 본능적으로 전투 채비를 갖추었던 프로밍 백작은 자신의 현재 상태를 의식하지 않았기에 자연스럽게 눈을 뜰 수 있었다. 그것이 다르젠이 노린 것이었다.

"믿음을 드리기 위해 궤변을 쏟아낸 점 용서하십시오. 그리하지 않고는 백작을 잠들게 할 자신이 없었습니다."

"하하, 자네에게 장사에 소질이 없다고 한 말은 취소해야 되겠군. 사람을 홀릴 줄 아는군 그래."

싱긋 웃는 다르젠. 성공이었다. 시포위츠를 제외한 모두가 웃었다. 긴장하고 있던 웨인도 의자에 털썩 앉으며 안도의 한숨을 내쉬었다. 그렇게 프로밍 백작의 눈 수술을 성공적으로 마칠 수 있었다.

<u>253</u>

lemnly pledge myself to the service of humanity.

I will give to my teachers the respect and
gratitude which is their due.

I will practice my profession with conscience and dignity.

The health of my patient
will be my first consideration.

Chapter 6

섣부른 행동

will respect the secrets which are confided in me.
I will maintain by all means in my power,

the honor and noble traditions
of the medical profession.

토샤의 분위기가 변했다. 한 도시가 술렁였다. 훌륭한 마취제 덕분에 고통없이 수술을 마쳤다는 프로밍 백작의 이야기에 모두가 귀를 기울였다. 신망 높은 영웅의 이야기에 모두가 혼을 빼버렸다.

"나의 눈을 수술한 것은 웨인 파예트였다. 그리고 그가 사용한 마취제는, 코카인이었다. 적정량의 코카인은 사람을 해치지 않는다. 그 증거로 나는 이렇게 멀쩡하며, 오히려 수술 도중에는 상쾌하고 기분이 좋기만 했다."

의학의 판도가 뒤집힐 지경이었다. 웨인 파예트라. 그를 비난하고 손가락질하며 몰아냈던 사람들이 이제는 언제 그랬냐는 듯 그를 추앙하기 시작했다.

길을 걷는 한 낯선 이가 연인에게 자신의 주장을 강력히 펼쳐
낸다.

"나는 처음부터 웨인 파예트를 믿었어. 솔직히 어린 의사가 프
로밍 백작을 괜히 노엽게 할 필요가 없잖아?"

술집의 주인들도 손님들을 앉혀놓고 장황하게 연설을 시작한
다.

"나는 웨인 파예트가 토샤로 돌아오기만을 기다리고 있었죠.
그가 만들어낸 코카인이 마약에서 그치지 않을 거란 걸 예상했으
니까. 결국 그는 나의 예상대로 멋지게 돌아왔군요."

의학협회의 수장 자리를 노리는 뭇 세력가들은 새로운 시대의
흐름을 읽는다.

"웨인 파예트를 나의 사람으로 만들어야 해. 그는 나의 명성에
큰 도움을 줄 거야. 서둘러, 다른 이가 채가기 전에!"

<u>258</u>

"쳇."

혀와 입천장이 벌어지며 깊게 묵은 불만이 툭 튀어나갔다. 웨
인이 쓸쓸히 토샤를 떠날 때는 거들떠보지도 않았던 이들이 이제
는 꼬리를 친다. 아니, 무시했으면 차라리 괜찮았다. 비난을 거듭
하고 각종 뜬소문으로 상처를 주었으면서 이제는 헤헤거리는 꼴
이라니. 아무리 생각해도 속상했다.

"차나 물을 씹어먹으면 기분이 참 묘하지 않은가?"

양손으로 찻잔을 든 채, 입을 오물거리는 웨인. 토샤를 후끈하
게 데워놓은 장본인은 정작 너무나 평범하게 시간을 보내고 있었
다. 아니, 차를 씹어먹고 있으니 평범하다고 보기엔 좀 힘든가?

그는 나처럼 속상해하거나 분해하지도 않았다. 그러려니 할

뿐. 방금 전까지만 해도 우리의 얼굴을 모르는 옆 테이블의 청년들이 웨인 파예트에 대해 신나게 떠들어대고 갔는데도 웨인은 무덤덤하기만 했다. 그들의 이야기에 얼굴을 붉히지도, 자랑스러워하지도, 그렇다고 그들을 가소롭게 여기지도 않았다. 남의 이야기인 양 관심없다는 태도를 보여줄 뿐.

의학협회의 몇몇 인사들과 황태자 전하가 웨인에게 접촉하기 위해 꽤나 애썼지만 웨인은 계속해서 그들을 피하고 있었다. 큰 사건의 중심에 있는 사람치고는 너무나 소박하게 지냈다. 프로밍 백작이 청을 들어줄 테니 원하는 걸 더 말해보라고 했을 때도, 웨인은 오로지 학교에 보내달라고만 했었다.

수술 직전, 웨인은 말했었다. 프로밍 백작의 눈 수술을 성공시키면 자신의 앞길을 막는 장애물을 치우는 것 외에 '그 이상의 것'을 얻을 수 있을지도 모른다고. 나는 그 소리를 듣고, 웨인이 세력을 얻어 외과의학을 강화할 거라 생각했었다. 만약 수술에 성공하면, 그것을 빌미로 의학 교육을 개편하고 소독법이나 마취법을 널리 퍼뜨리지 않을까 하고. 하지만 틀린 생각이었다.

내가 웨인에게 '그 이상의 것'이 대체 무엇인가 하고 물었을 때, 그는 이렇게 대답했다.

"사람들이 마취와 소독의 중요성을 인식했지 않은가. 이제 시체를 닦던 더러운 손으로 산모를 도우려 할 때, 움찔거리기는 하겠지."

상념에 빠져 있을 때 웨인의 목소리가 들려왔다.

"어릴 때 어른들이 음식을 꼭꼭 씹어먹으라고 하지 않는가?

난 그때마다 참 당황했었지. 꼭꼭 씹다가 언제 삼켜야 할지 감을 잡지 못했거든. 계속해서 씹기만 했지. 그러다 보면 시간이 다 지나가 버려, 한입도 제대로 못 먹고 식탁에서 물러나야 했어.”

나는 웨인의 이야기에 어색하게 빙긋 웃었다. 내가 경험해 본 적은 없지만, 왠지 공감할 수 있는 저런 이야기를 들을 때마다 참 낯설면서도 편안한 느낌이 든다. 그리고 저런 모습은 참, 웨인답다는 생각이 들어서 추억에 잠긴 듯 아련해지기도 했다.

그렇게 방학이 끝난 후, 나는 학교의 문턱을 넘었다. 이제 곧 웨인 파예트가 학교에 돌아온다는 이야기가 모두의 입에 오르내렸다. 웨인은 우리와 함께 수업을 듣기 위해 한 학기를 월반하였는데 그것조차도 화제가 되었다. 역사적으로 월반을 한 학생은 웨인뿐만이 아니었다. 월반이 쉬운 건 아니었지만, 그렇다고 천재성을 요구하는 것도 아니었다. 그런데도 학생들은 웨인의 월반이 마치 그의 천재성을 뒷받침해 주는 큰 증거라도 되는 양 떠들어댔다.

웨인을 한 번도 본 적 없는 신입생들조차 웨인 파예트를 언급하며 설렘을 감추지 못했다. 그들은 선배들을 통해 웨인의 이야기를 들으면서 상상 속의 웨인을 조각했다. 멀리서 그런 모습을 보고 있으면 과거의 한 기억이 가만히 떠오르곤 했다.

“훗.”

내가 신입생이었던 시절, 케이큘번 레럼이 복학한다는 이야기를 들었지. 선배들은 그가 차갑고, 무례하며, 친구 따위는 귀찮아하는 사람이라고 말해주었다. 그는 누구보다도 독보적인 학생이며, 참 가까이 하기 힘든 인물이라고. 역시 비범한 사람은 평범한 사람과 어울리기 힘든가 보다, 라고.

"웨인 파예트는 보고 있는 것만으로도 빛이 나는 사람이야. 이마에 천재라고 써 붙이고 다니는 것 같지. 그의 천재성을 이해해주는 사람이 얼마 없어서 그런지 많은 이와 어울리진 않아. 아마 가까이하긴 힘든 인물일 거야. 천재들은 좀 남다르잖아?"

신입생을 데려다 놓고 웨인에 대해 설명을 해주는 한 청년. 나는 그의 이야기를 듣고 다시 한 번 피식 웃어버렸다. 과거의 나와 선배들의 모습을 보는 것만 같았다. 그리고 문득 이런 생각이 들었다. 케이큘번도 웨인처럼 꽤나 자의와 상관없이 칼질된 사람이구나.

물론 그들의 이야기가 다 틀린 건 아니었다. 다만, 그들은 천재나 수재들을 너무나 아름답고 높게 장식하기를 즐긴다는 게 문제였다. 케이큘번도, 웨인도 함께 지내고 보면 별다를 게 없는 사람들인데.

웨인을 구름처럼 여기고 쭈뼛거렸던 내가 할 말은 아니지만……. 뭐 지금에 와서는 나는 그 누구보다도 웨인을 잘 안다고 자부할 수 있는 사람 중 한 명이니까, 웨인을 환상 속에 가둬둔 저들을 조금은 비웃어주어도 괜찮겠지?

"어이! 어니뷔트! 강의가 곧 시작한다고. 또 늦을 생각인 건가?"

멀리서 나를 손짓하며 부르는 케이큘번이 보였다. 그를 보니 왠지 즐거워졌다. 이제는 범접할 수 없는 냉기도, 가시 돋친 말도 잘 내뱉지 않는 그를 보니 괜히 마음이 훈훈해졌다. 아무리 천재들이 생각이 남다르고, 뛰어나다 해도 그들이 인간관계마저 남들과 남다를 이유는 없었다. 상대가 꺼리고 어려워하지 않는 이상,

천재든 수재든 평범한 친구가 될 뿐이다. 천재를 멀리하는 쪽은 오히려 범인들. 범인들이 팔을 벌려주면 천재들은 친구가 될 뿐, 그 이상도, 그 이하도 아무것도 아니다.

나는 그것을 꽤 오래전에 깨달았고, 다시 한 번 자각해 낼 수 있어서 기뻤다.

"곧 갈게!"

웨인, 얼른 학교로 돌아오라고. 너를 두 팔 벌려 맞아줄 친구들이 여기에 있으니. 천재의 귀환이 아닌 친구의 귀향을 진심으로 환영해 줄 그런 친구들 말이지.

얼마 후 웨인은 성 켈로츠 의과대학의 당당한 학생으로 돌아왔다. 웨인은 학교의 전경을 올려다보며 꽤 감격스러워했다고 했다. 봄기운에 기지개를 켜는 새싹들과 꽃들이 얼마나 가슴을 뭉클하게 만들었는지 모른다고 말했다.

"세요, 토샤의 겨울은 참 아름답다고들 하지 않는가?"

"그렇지."

"나 또한 토샤의 겨울을 상당히 사랑한다네. 그런데 이상하지?"

"응?"

"그 겨울을 밀어내고 자리를 차지해 버리는 이 봄을 미워해야 정상일 텐데, 나는 이 봄마저도 너무나 사랑스러우니 어찌해야 할지 모르겠군. 겨울이 그리우면서도 다가오는 봄이 너무 반갑다네. 겨울이 이런 나를 이해해 주려나?"

웨인은 작년 이맘때쯤엔 봄이 온다는 걸 자각할 새도 없이 코카인 연구에 매달렸었다. 학교에 꽃이 얼마나 피었는지 느낄 새

도 없이 멜컨 교수에게 불려가 코카인에 대해 설명을 하고, 그의
손님들을 맞아주느라 진을 다 뺐었다고 한다.

이렇게 여유롭게 봄을 즐기는 날도 오는구나 하고 탄성을 자아
내는 그를 보면서, 나는 고개를 절레절레 저었다. 그가 얼마나 가
슴 벅차게 봄을 즐기고, 자연에 대한 경탄을 자아내고 싶어하는
지는 나도 충분히 알고 있었다. 하지만 얼른 끝내기를 바랐다.

"저 사람이 웨인 파예트야."

"저기, 저, 검은 머리!"

신입생들이 손가락으로 웨인을 가리키며 수군거리는 통에, 그
의 곁에 붙어 있는 나마저도 구경거리가 되어버렸기 때문이다.
차라리 그들이 웨인에게만 집중했다면 덜했을지 모른다. 처음 웨
인에게 관심을 던졌던 어린 학생들이, 이제는 웨인 파예트의 친
구마저도 찬찬히 뜯어보니 고역이었다. 그들은 우리의 귀에 들릴
만큼 호들갑스럽게 떠들어댔다.

저 사람은 훗날 황제 폐하의 주치의가 될 어니뷔트야! 저 사람
은 체페 상단의 후계자고, 저 사람은 그 말로만 듣던 케이큘번 레
럼? 와! 역시 천재는 다르구나. 어울리는 친구들도 다 대단해.

그들 중에는 양 볼에 호기심을 잔뜩 띤 채 노골적으로 우리를
쫓아다니는 학생들도 있었다. 누가 어린 학생들 아니랄까 봐 무
례하기도 했다. 오랜만에 학교를 함께 걷고 싶다는 웨인의 부탁
을 거절할 수도 없고, 그렇다고 사람들의 시선을 의식하지 않을
수도 없어서 나는 진땀을 뻘뻘 흘렸다.

"저기."

그러다가 결국 무리 중 한 놈이 톡 튀어나왔다. 신입생들 중에
서 꽤 눈에 띄는 녀석이었다. 나도 이름을 들어본 적이 있었다.

아이작 폰 버넷. 버넷 가의 막내아들이라고 알고 있었다. 늦둥이
로 태어나서 그런지 몸이 참 약하다고 들었는데, 그런 그가 의사
의 길을 걷고 있었구나.

"응?"

모두의 관심이 아이작과 웨인에게로 쏠렸다. 웨인에게 말을 걸
어보고 싶었지만, 그의 '천재성'이 두려워 차마 나서지 못한 많
은 신입생들이 주먹으로 손바닥을 쾅 쳤다. 그들의 눈에 아쉬움
이 한가득 담겼다. 나도, 나도 저 선배에게 말을 걸어보고 싶었는
데!

"아, 아이작 폰 버넷이라고 합니다! 자, 잘 부탁드립니다!"

아이작의 몸이 어찌나 뻣뻣한지, 저렇게 허리를 팍 숙여 인사
를 했다가는 몸이 부서지지나 않을지 걱정이었다. 음, 내 걱정이
들어맞은 걸까? 허리를 직각으로 꺾어 웨인에게 인사를 한 아이
작은 어째서인지 몸을 일으킬 줄 몰랐다. 웨인은 당황한 채 어쩔
줄 몰라 했다.

"버넷 군, 아무리 그래도 귀족이 평민에게 그렇게 허리를 굽혀
서야 쓰나?"

웨인 대신 다르젠이 그의 어깨를 툭 치며 말했다. 아이작은 그
제야 허둥지둥 몸을 일으키더니, 모두의 시선에 얼굴을 붉혔다.

"죄, 죄송합니다! 저, 전 파예트 선배님을 만나고 싶어 이 학교
에 입학하였습니다!"

"나를 만나고 싶어서?"

눈을 껌뻑이며 놀라는 웨인.

"예! 존경합니다. 웨인, 아, 아니, 웨인 파예트 선배님!"

거참 귀족답지 못하군……. 나는 그렇게 생각하다가 아이작만

큼이나 얼굴을 붉혔다. 귀족이라는 단어가 괜히 도드라지면서 왜 이렇게 나를 부끄럽게 만드는 건지. 허리를 숙이지 않았다뿐이지, 사실 나도 웨인을 만난 초창기엔 저만큼이나 당황하고 떨지 않았던가.

"그래, 고맙군. 앞으로 잘 지내보자고."

웨인은 손을 내밀어 후배에게 악수를 청했다. 아이작의 표정이 얼마나 감격으로 물들었는지 모른다. 그는 두 손을 모두 내밀어 웨인의 손을 부둥켜 잡더니, 빛나는 눈으로 웨인을 한참이나 쳐다보았다. 웨인이 손을 빼내려고 하자 그제야 자신도 힘을 풀고, 웨인을 놓아주었다.

"귀여운 녀석이긴 한데, 왠지 꺼려지는걸? 저러다가 사랑 고백이라도 할까 봐 걱정이란 말이지."

다르젠의 장난 섞인 목소리에 나도 모르게 고개를 끄덕끄덕 맞장구를 쳐주었다.

생각해 보면 웨인은 매년 주목을 받았었다. 입학하자마자 멜컨 교수와 르베르 교수가 지정한 교재를 거부하며 소란을 일으키더니, 그 이듬해에는 코카인을, 그리고 올해는 일약 스타가 되어 화려한 복학을. 올해는 특히 그가 유명세를 치르는 기간이 길었다. 물론 그의 곁을 떠나지 않고 지켜주어야 하는 우리들의 피로도 함께 쌓여만 갔다.

그렇게 시간이 지나 학교의 분위기가 조금 안정되었을 때, 웨인은 드디어 멜컨 교수를 찾아갔다. 웨인이 학교에 돌아온 걸 그 누구보다도 강하게 반겨준 이가 멜컨 교수였다. 인자하긴 하지만 감정을 잘 내비치지는 않던 그가, 돌아온 웨인을 향해서는 눈물마저 글썽여 주었다고 했다.

“정말 멜컨 교수님이 누군가를 수술할 예정이라고 하던가?”

나는 최대한 조심스럽게 물었다. 웨인은 고개를 갸웃거렸다.

“그걸 직설적으로 물어볼 수가 없었다네. 하지만 분위기상 큰 계획은 없는 것 같았다네. 단순한 나의 환각일 뿐이었는지, 아니면 아직 다가오기엔 한참 먼 미래의 일인지는 모르겠지만 현재로서는 말리고 말고 할 일도 없는 것 같더군.”

“아직 확실하지 않다, 이거군.”

“그렇지.”

“그럼 여전히 다르젠과 레럼에게는 자네의 상태를 비밀로 하는 건가?”

웨인의 환각 이야기를 할 때마다 친구들을 따돌려야 한다는 사실이 못내 마음에 걸렸다. 웨인이 왜 갑자기 토샤로 돌아올 마음을 먹었을까? 하고 넌지시 묻는 다르젠의 목소리가 들릴 때마다 움찔거리며 식은땀을 흘리기도 지쳤다.

“그래. 비밀로 해줘. 부탁하네.”

하지만 그 비밀은 오래가지 않았다.

휴일 저녁. 델크 광장에서 만나기로 약속한 우리들. 주변 미술관에서 전시했던 작품들을 경매하는 날이었다. 꽤 값어치가 나가는 작품들이 많아서 나도 흥미로워했던 찰나에, 다르젠이 경매장에 함께 가보자고 제안을 한 것이다. 나는 흔쾌히 승낙했다. 나에게 경매에 참가할 돈 따위는 없었지만, 보고 즐기는 거야 누구에게나 열려 있지 않겠는가.

나는 약속 시간에 늦는 바람에 걸음을 재촉했다. 또 다르젠에게 한 소리 들을까 봐 최선을 다해 몸을 움직였다.

잔 디 벌 레

“어엇? 레럼? 자네뿐인가?”

“늦었군.”

생각 외로 약속 장소에 나와 있는 사람은 케이큘번뿐이었다.

“다른 친구들은?”

“난들 아나.”

케이큘번과 많이 친해졌다고 생각했는데 역시 이렇게 둘이 서 있으면 참 어색했다. 나는 얼른 누구든 더 와주길 바라며 먼발치를 하염없이 쳐다보았다. 잠시 후 웨인이 도착했다. 반가운 마음에 조금 과장된 목소리와 몸짓으로 그를 반겼다.

“왜 이리 늦은 건가?”

“미안해. 나도 모르게 낮잠에 빠져 버렸지 뭔가.”

웨인은 케이큘번의 쯧쯧 혀 차는 소리를 건성으로 넘기며 실실 웃었다. 우리는 다르젠을 기다리며 한참 동안 광장에 멀뚱히 서 있었다.

“그런데 우린 오늘 왜 만난 건가?”

“그것도 모르고 나온 건가?”

“나야 뭐, 다르젠이 나오라고 하니 나왔을 뿐이지.”

어깨를 으쓱이는 웨인. 나는 뭔가 허무해지는 걸 느꼈다. 나는 웨인에게 오늘 미술 작품 경매가 있는 날이라, 그걸 구경하기 위해 모였노라고 설명해 주었다. 내 이야기를 듣고 고개를 끄덕이던 웨인은 한참 후 불현듯이 눈을 번쩍 떴다.

“경매? 경매라고?”

“그래. 경매.”

나는 말끝을 흐리며 대답했다.

“잠깐. 다르젠이 오늘 살 물건이 있다고 하던가? 그러니 그가 돈을 챙겨오겠다고 한 적이 있냐는 말일세."

"글쎄, 그건 나도 잘 모르겠는데? 흠, 그런 말은 안 했던 것 같
은데……."

다르젠이 무언가를 산다고 한 적이 있었는지 곰곰이 생각해 본
후 다시 한 번 확고하게 고개를 내저었다. 하지만 헛수고였다. 웨
인은 나의 응답을 기다려 주지도 않고 벌써 어딘가로 뛰어가고
있었으니까.

"어이! 웨인! 어디 가?"

나와 케이큘번은 눈빛을 교환한 후 허겁지겁 웨인을 뒤쫓았다.
웨인은 뒤도 돌아보지 않고 뛰다가 장바구니를 든 한 여인과 부
딪쳤다. 과일을 우르르 쏟아버린 여인은 속상한 표정을 지으며
웨인을 나무랐다.

"죄송합니다, 죄송합니다."

웨인은 사과를 거듭하며 그녀의 물건을 주워주었다. 그들이 충
돌한 건 여인과 웨인에게는 좋지 않은 일이겠지만, 케이큘번과
나에게는 다행이었다. 웨인이 그녀와 부딪친 덕에 우리가 그를
따라잡을 수 있었으니.

"웨인! 서두르지 말고 말을 하게. 대체 어디로 가는 건가!"

"세요, 다르젠이……. 다르젠이!"

웨인은 말을 끝맺지 못했다.

"체페가 왜?"

케이큘번이 불안한 표정으로 웨인을 붙들고 물었다. 웨인은 나
를 힐끗거렸다. 나는 그의 눈빛이 도움을 요청한다고 느꼈다. 웨
인이 저렇게 불안해하며 나에게 도움을 요하는 것이라면! 혹시?

"일단 어디로 가야 하는지 말해보게."

나는 케이큘번이 더 캐묻기 전에 웨인을 재촉했다. 웨인은 나에게 목적지를 알려주었고, 나는 이내 지나가는 마차를 한 대 세웠다. 웨인은 조금 진정한 듯 숨을 후 내쉬더니 곧 마차에 올라탔다.

유난히 마차의 터덜거림이 심하다고 생각했다. 숙달되지 않은 마부인가.

"이제 말해보게. 갑자기 체페를 애타게 찾으면서 그렇게 뛰어간 이유가 뭔가?"

웨인과 나의 눈이 마주쳤다. 나는 웨인을 향해 고개를 끄덕였다. 말을 해주라는 의미였다. 오늘 웨인의 행동은 어떤 변명으로도 그럴싸하게 둘러댈 수 없었다.

"케이큘번, 앞으로 내가 할 말을 믿어줄 수 있겠나?"

팔짱을 낀 채 고개를 끄덕이는 케이큘번. 웨인은 침을 한번 꿀꺽 삼키더니 간신히 입을 열었다. 친구가 과연 자신의 기이한 능력을 어떻게 받아들여 줄지. 웨인은 걱정하고 있었다. 행여나 케이큘번이 웨인의 예지력을 마약 중독의 일부로 치부해 버리고, 가는 눈을 뜨진 않을지.

"내가 기묘한 경험을 몇 번 했다네."

"기묘한 경험이라니?"

웨인은 다시 한 번 나를 쳐다보았다. 나는 그의 버팀목이 되어주기 위해 짐짓 긴장하지 않은 척 고개를 빳빳이 세워 들었다.

"앞일을 몇 번 예견했다네."

"흐음, 예견?"

"환각이나 꿈 따위로."

케이큘번은 팔짱을 고쳐 다시 끼더니, 나와 웨인을 번갈아 쓱

쓱 쳐다보았다.

"어니뷔트, 자네도 알고 있었던 건가?"

저 말이 왜 나오지 않는가 했다. 나는 기다렸다는 듯 최대한 점잖게, 침착하게 대답했다.

"그래, 알고 있었어."

"왜 나에게 말하지 않았지?"

어떻게 대답해야 할까. 상당히 기분 나쁠 수도 있을 만한 사안이었다. 내가 조심스러운 단어를 고르고 고르는 동안 웨인이 대답을 해버렸다.

"내 상태가 좋지 않을 때 찾아온 일이었으니까. 처음엔 내가 받아들이지 않았다네. 우연의 연속일 뿐이라고 외면했었지. 마약을 건드린 대가로 하나의 저주를 더 받는가 하고 괴로워했다네. 그래서 세요도 모른 척해준 거고."

_270_ "그래? 지금은 어떤가? 나에게 터놓아도 될 만큼 그 경험을 받아들이고 인정하기로 한 건가?"

웨인은 입술을 잘근 깨물더니 머리를 쓸어 넘겼다.

"지금은 외면하는 수준을 벗어난 정도지. 나에게 어쩌면 독특한 능력이 생긴 걸지도 모르겠군, 하지만 일시적인 현상일지 모르니 너무 믿지는 말자, 하는 정도? 이제껏 나조차도 확신을 할 수 없는 상황이라 자네들에게 밝히기를 꺼려왔다네."

케이큘번의 팔에 단단히 들어가 있던 힘이 스르륵 풀렸다. 다행히 두 눈 가득 심어두었던 의심도 풀어버린 것 같았다.

"그렇군. 그러니 지금 자네 말은, 그 예지력으로 체페가 위험에 처했다는 걸 보았다, 이거로군."

"…그렇다네."

"흠. 그나저나 마차 참 험하게 모는군. 이러다가 뒤집히지나 않을지 모르겠네."

케이큘번은 주변을 환기하려는 듯 창밖을 내다보며 중얼거렸다. 나도 그의 말에 맞장구를 치며 창밖으로 고개를 내밀었다. 마부에게 조심하라고 한마디 할 참이었다.

"마……! 어엇, 다르젠?"

그 순간, 길 한복판을 가로질러 걷고 있는 다르젠의 옆모습이 보였다. 생각에 멍하니 잠겨 터벅터벅 걷던 그는 내 목소리에 고개를 돌렸다.

"어헛! 이 녀석들!"

끼히이이잉!

픽! 갑자기 마차가 굉장하게 흔들리며 멈춰 섰다. 나는 마차 벽에 온몸을 박아댔다. 그렇게 흔들리는 와중에도 똑똑히 보았다. 다르젠이, 다르젠이!

나는 마차를 부술 기세로 문을 열고 내렸다. 아찔한 순간에 균형을 잃는 바람에 다르젠이 우리가 탄 마차와 어떻게 부딪쳤는지 자세히 보지는 못했다. 하지만 분명한 건 그는 붕 떠올랐었다. 그것이 내 눈에 과장되어 비춰진 모습인지… 아니면, 설마!

"다르젠!"

나는 길가에 깔린 금화들을 저벅저벅 밟으면서, 위험하게 엎어진 다르젠에게로 소리를 지르며 달려갔다.

"으윽!"

다르젠은 신음을 토해냈다. 전체적으로 온몸에 충격이 가해진 것 같았다. 특히 한쪽 다리는 거의 박살이 나 있었다. 어찌나 상처가 깊게 패어 있는지 혹시 뼈가 드러난 건 아닐까 생각하고 몸서리를 쳤다. 다르젠은 이를 악문 채 다친 다리를 부여잡았다. 그의 손바닥에 피가 묻어났다. 그는 벌어진 상처를 오므렸다. 피에 젖은 그의 너덜한 살들이 다르젠의 손가락 틈새로 삐죽이 삐져나왔다.

"다르젠! 괜찮은가?"

나는 그를 건드리지도 못했다.

"으악! 제길."

허공에다 대고 고래고래 욕지거리를 뱉어내던 다르젠은 길가의 흙을 한 움큼 집어 들었다. 그 흙을 상처 부위에 뿌리려고 하는 걸 웨인이 간신히 막았다.

"무슨 짓이야!"

"지혈… 해야지."

"허튼소리! 대체 어디서 흙으로 지혈한다는 말도 안 되는 이야기를 들은 건가? 큰일 날 짓 그만둬!"

우리가 타고 온, 엄밀히 말하면 다르젠을 친 마차가 다르젠을 병원까지 실어다 주었다. 꾸벅꾸벅 졸며 성의없게 마차를 모느라 미처 다르젠을 보지 못했던 마부가, 이번에는 제대로 눈을 뜨고 있는 모양이었다. 마차가 크게 들썩이거나 불편하지 않은 걸 보면.

"조금만 참아."

다르젠은 눈을 감은 채 갖은 욕지거리를 끊임없이 뱉어냈다. 그런 모습조차도 고통스럽게 보여서, 그의 행동이 짜증스럽기는커녕 안쓰럽기만 했다.

"체페, 다리 말고 다른 곳은 괜찮은 건가?"

"하아, 머리가 어지럽고 온몸이 으스러질 것 같다고 느끼는 게 정상이라면, 괜찮다네."

"흐음, 그래도 말이 아닌 마차와 부딪쳐서 다행이군. 하마터면 사지가 갈기갈기 찢어졌을지도 모르는데 말일세. 운이 좋군."

다르젠은 색색거리며 숨소리를 내더니 케이큘번의 말에 아주 힘들게 피식 웃었다.

"내가 원래 좀 날쌔지 않은가? 으윽, 만약 내가 아닌 세요였다면 지금쯤 찢어진 팔 하나가 엘베하 한가운데 툭 떨어졌을지도 모를 일이지."

다르젠은 자신의 농담에 홀로 웃더니 기분이 좀 나아진 듯 편안한 표정을 지어 보였다. 자신의 옷을 쭉 찢어 다르젠의 다친 다리를 동여매 주던 웨인은 매듭이 잘 묶이지 않는지 몇 번이나 헛손질을 했다.

"웨인, 내가 할게."

나는 어두운 표정의 웨인을 슬쩍 밀어냈다. 웨인은 별 반항 없이 내 손길대로 밀려났다. 나는 웨인 대신 다르젠의 다리에 천을 묶으면서 웨인을 흘낏거렸다. 웨인의 표정은 어째 참담해 보였다. 당황스럽거나 안타까워하는 수준이 아니었다. 그는 왠지 굉장한 절망감에 휩싸인 것 같았다. 무슨 일이냐며 당장 묻고 싶었지만, 우선은 다르젠에게 신경을 쓰기로 했다.

성 켈로츠 병원. 토샤에서 가장 크고 권위있는 병원이라면 단연 이곳이었다. 성 켈로츠 의과대학을 졸업한 학생 중에서도 뛰어난 자만이 성 켈로츠 병원의 의사가 될 수 있었다. 그러니 그 권위가 대단할 수밖에.

다친 다르젠은 긴급히 침대로 옮겨졌다. 토샤에서 가장 크고 멋진 병원이라곤 하지만, 그것은 여타 다른 병원에 비할 때나 가능한 이야기였다. 누가 병원 아니랄까 봐 이곳 역시 칙칙하고 음울하기 그지없었다. 누가 그랬던가, 병원은 신께 죄를 지어 벌을 받은 자들을 가둬두는 감옥과도 같다고.

다르젠이 가족들이 염려할 것을 걱정해 절대 집으로는 가지 않겠다고 우기는 바람에 이런 눅눅한 곳에 데려오긴 했지만 못내 마음이 좋지 않았다. 그의 집으로 갔더라면 깨끗하고 포근한 침대에 그를 눕혀줄 수 있었을 텐데. 하지만 아무리 설득해도 완강히 거부하니 무리였다.

"으음……."

다르젠보다 더 심한 상처를 입은 사람들이 곳곳에 누워 있었다. 신체의 일부가 잘려 나간 자들도 많았고, 열이 펄펄 끓는 아이를 안고 우는 여인도 보였다. 공간을 가득 메운 그들의 신음 소리가 소름이 되어 나를 껴안았다. 다르젠을 살펴볼 의사들은 한참 뒤에야 도착했다.

"어쩌다 이렇게 다친 겁니까?"

인상을 쓴 채 다르젠을 건성건성 살펴보는 젊은 의사. 나는 성의없는 그의 태도에 불만이 발끈 솟는 걸 느꼈다.

"마차에 부딪쳐 찢어졌습니다. 살갗이 깊게 패었더군요. 환자 딴에는 피한다고 피한 것 같은데 다리의 충돌은 막지 못한 것 같습니다."

케이큘번도 나처럼 불만을 가진 걸까? 의사를 쳐다보는 그의 눈빛은 싸늘하기만 했다. 정중하게 다르젠이 다친 경위를 설명해 주면서도, 그는 눈에 힘을 풀지 않았다.

"뭐 별수없군요. 저대로 내버려 두면 썩을 테니 잘라내야겠군요.”

어깨를 으쓱이며 고개를 절레절레 젓는 의사. 기가 막혔다. 출혈이 심하다고는 하나 다리를 잘라낼 필요까진 없었다. 아무리 이론뿐이라곤 하나, 나도 어느 정도 외과의학 강의를 들은 학생이었다. 저 정도의 찰과상은 지혈을 하고 살이 벌어지지 않도록 한 후 새살이 돋기를 기다리면 충분히 치료가 가능한 것이었다.

의사가 특별히 신경 써야 할 건 상처에 낀 이물질을 제거해 주는 것뿐이었다. 마차를 타고 오는 길에 케이큘번이 소독이 어쩌고 하는 이야기를 하긴 했지만, 그것까지는 바라지도 않았다. 그런데 그런 최소한의 노력조차 하지 않고 무턱대고 다리를 잘라내겠다니! 어이가 없어서 허탈한 웃음마저 새어 나왔다.

“자르다니요? 제대로 살펴보기나 하고 그런 이야기를 하십시오.”

나는 젊은 의사의 팔을 붙잡아 끌며 말했다. 사색이 된 다르젠이 아픈 다리를 웅크리는 모습이 보였다.

“충분히 살펴보지 않았습니까? 행여나 잘못 건드렸다가 다른 곳까지 악화될지 어떻게 압니까? 차라리 지금처럼 고통스러울 때 깔끔하게 잘라내 버리는 편이 낫지. 나중에 정신이 제대로 들고 나서 톱을 들고 설치는 걸 보면 더 두렵지 않겠습니까?”

톱이라니! 나는 입을 떡 벌리며 다르젠을 쳐다보았다. 다르젠은 눈을 감고 있었다. 그의 악다문 입을 보니, 지금 그의 심정을 어느 정도 헤아릴 것도 같았다.

젊은 의사는 동료에게 톱을 가져올 것을 명했다. 웨인은 다급하게 그의 옷을 붙들었다.

“이보십시오. 잘라내는 수 외엔 아무것도 없다, 이겁니까?”

“그렇습니다.”

웨인은 고개를 저었다.

“제가 잘라내지 않도록 해보겠습니다. 얼음이나 차가운 술이 있다면 좀 가져다주십시오.”

젊은 의사는 사나운 눈초리로 우리를 훑어보았다.

“지금 무슨 소리를 하는 겁니까! 당신들이 의사입니까? 의사는 납니다. 내가 시키는 대로 따르십시오.”

저 젊은 의사의 면전에다 대고 얼마나 ‘그래, 의사다!’ 라고 외치고 싶었는지 모른다.

“부탁드립니다. 섣불리 다리를 잘라내는 건 옳지 않습니다.”

웨인은 다시 한 번 부탁했다. 하지만 젊은 의사는 단호하기만 했다. 그렇게 친구의 다리를 지켜내고 싶으면 이 병원에서 당장 나가라고 으름장을 놓기만 했다. 제길, 이럴 줄 알았으면 병원으로 달려올 게 아니라 차라리 웨인이나 케이큘번의 집으로 갈 걸! 지금에 와서 후회해 봐야 너무 늦었다. 이대로 쫓겨났다가는 적절한 수술 장소를 찾기도 전에 다르젠이 지쳐 버릴 테니까.

멀리 젊은 의사의 조수가 큰 톱을 가지고 오는 게 보였다. 주먹을 불끈 쥐었다. 무슨 행동이라도 해야 했다. 이대로 다르젠의 자리가 잘리도록 내버려 둘 수는 없었다.

결국 나는 나답지 않은, 그리고 나를 훑어보는 저 의사보다도 훨씬 더 강렬한 사나운 눈초리를 띠며, 다소 강압적인 목소리를 흘려보냈다.

“당장 내 친구의 말을 들어주도록 하십시오.”

“안 된다고 했…….”

그의 말허리를 잘라 버렸다.

"웨인 파예트. 혹시 들어보셨습니까? 당신의 눈앞에 선 저 청년이 웨인 파예트입니다. 당신은 그를 이길 자신이 있습니까?"

나는 그의 명찰을 슬쩍 읽었다. 다행이군, 이름을 보니 평민이었다. 나는 괜히 그의 이름을 넌지시 덧붙였다.

"…린토 선생?"

"웨인, 파예트?"

그가 당황하는 게 보였다. 나는 때를 놓치지 않고, 난생처음으로 내가 가진 것으로 상대방을 압박했다. 다소 비겁하다고는 생각하지만 악의적이지 않다면 그것이 나쁜 건 아닐 거라고 나 스스로를 다독이면서. 가식적인 미소를 띠며 내가 아닌 척 연기를 했다.

"내 친구의 말을 들어주지 않으면 당신을 이 자리에서 죽여 버릴 수도 있습니다. 나는 어니뷔트 가의 후계자, 세요 폰 어니뷔트입니다. 자, 결정하십시오."

친구들이 얼마나 놀랐는지 모른다. 나는 그들과 시선을 마주칠 자신이 없어서 괜히 흠흠 거리며 딴청을 피웠다. 저 부담스러운 시선을 고스란히 받아내기란 여간 힘든 게 아니었다. 얼음과 술을 가지러 간 젊은 의사는 대체 언제 도착하려고 이리 능장을 부리는 건지.

"새로운 면을 보았군, 어니뷔트. 자신이 귀족인 걸 잊고 사는 줄 알았더니 그런 건 아니었나 보군."

"흠흠."

"훗, 세요, 자네 지금 떨고 있지? 하하, 당신을 이 자리에서 죽여 버릴 수도 있습니다, 라니. 너무나 세요답지 않은 말투 아니었는가?”

“그, 그만 하게.”

“어쩌면 내일부터 어니뷔트 가의 자제는 굉장히 차갑고 독단적인 사람이라는 소문이 퍼질지도 모르겠군. 와, 나의 친구가 말도 안 되는 소문의 주인공이 될 거라고 생각하니 벌써부터 들뜬다네. 세요, 역시 자네는 멋진 친구였어.”

“어, 어쩔 수 없었어. 너무 그러지들 말게.”

얼굴이 화르륵 달아올랐다. 나도 대체 내가 무슨 용기로 그런 행동을 했는지 모르겠다. 요즘 들어 내가 어려운 사건을 해결해야 할 때 계속해서 아버지나 가문의 위세에 기대려 한다는 걸 어렴풋이 느끼긴 했지만 사실 이렇게 노골적으로 뜻을 드러낸 적은 없었다. 그것이 부당하고 옹졸하며, 잘못된 방법이라고 생각했었으니까.

하지만 꼭 그렇지만은 않겠다는 생각도 들었다. 불의를 정의로 제압할 수 없다면, 불의를 불의로 제압하는 것도 하나의 좋은 방법이 될 테니까. 나는 다소 비겁한, 하지만 정의로운 삶의 방식을 하나 배웠다.

젊은 의사는 기세가 한풀 꺾인 모습으로 얼음과 술, 그리고 여러 칼들, 그리고 실 따위를 챙겨왔다. 왠지 그에게 미안한 감정이 생겼다. 조금 전에는 그가 너무나 단호하게 거절을 표해서 어쩔 수 없이 그리 행동했다지만, 그렇게 심하게 말할 생각까진 없었는데.

후에 사과를 해야지 하고 마음먹으면서, 나는 다시금 다르젠의 다리로 신경을 쏟았다. 손을 씻고 온 웨인은 긴장되는 표정으로 다르젠에게 말을 건넸다.

잔 디 벌 레

“다르젠, 이곳에 마취제 따위는 없다네. 무슨 말인지 아는가?”

다르젠은 새파랗게 질린 주제에 담담한 척 웃었다.

“후, 잘라내는 것보다야 훨씬 낫겠지. 나는 괜찮다네.”

나는 그의 입술 근육이 미묘하게 떨리는 걸 분명히 보았다.

“내가 할 수 있는 한 최대한 빨리 끝내겠네. 조금만 참게.”

다르젠은 침을 꿀걱 삼킨 후, 상기된 표정을 한 팔로 가렸다.

웨인은 술병을 집어 들더니 마개를 땄다. 자신의 팔과 칼에 술을 주우욱 부어 탁탁 털어내더니 한숨을 휴 쉬었다. 잠깐 눈을 감고 무언가를 중얼거리더니 갑자기 눈을 탁 떴다. 내가 다르젠에게도 술을 마시게 하는 게 어떻겠냐고 묻자, 웨인은 어차피 지금 술을 주어봐야 취하지도 않을 거라며 고개를 저었다.

“세요, 케이큘번, 다르젠이 심하게 움직이면 붙잡아주게.”

그는 나지막하게 속삭였다. 우리는 고개를 끄덕인 후 다르젠의 양쪽에 나란히 섰다. 다르젠의 쿵쿵 뛰는 심장 소리가 여기까지 들려오는 것 같았다. 하아, 얼마나 무서울까…….

웨인은 우선 거친 천으로 다르젠의 피를 닦아내 주었다. 쓰라린 천의 감각 때문인지 다르젠이 기겁을 했다. 웨인은 어쩔 수 없이 그 거친 천도 던져 버리고 자신이 가진 가장 보드라운 것, 입술을 이용했다.

술을 입에 한 모금 넣어 입을 이리저리 헹구더니 다르젠의 다리에 거침없이 입을 갖다 대는 웨인. 그의 새빨간 입 주변에, 그보다 더 빨간 다르젠의 피가 잔뜩 묻어났다. 상처 부위가 작으면 저 방법이 효과적일지도 모르겠지만, 워낙 심하게 다쳐서 저것도 쉽지 않은 듯했다.

웨인은 성심 성의껏 다르젠의 상처를 빨아냈다. 그는 입 안 한

가득 흙먼지와 뒤범벅된 피를 머금었다. 가래를 뱉어내듯 더러운 피를 뱉어내기를 수차례, 다르젠은 용케도 비명을 참아주었다.

이젠 더 이상 피가 상처를 가리지 않는다고 여긴 걸까. 웨인은 입가에 묻은 피를 소매로 쓱 닦아낸 후, 다르젠의 상처를 뚫어져라 쳐다보았다. 그는 그동안 눈을 단 한 번도 깜빡이지 않는 것 같았다.

웨인은 다르젠의 다리를 얼음으로 한참 동안 문질렀다. 그리고 드디어 칼을 가져다 댔다. 낮게 뜬 허공에서 조심스럽게 칼의 각도를 잡고 힘의 세기를 조절하던 그는, 일순간 그 쇳덩이를 다르젠의 살 속에 푹 찔러 넣었다.

다르젠의 윗니와 아랫니가 서로를 부술 듯 세게 부딪쳤다. 그의 몸이 크게 움찔거리는 걸 본 나와 케이큘번은, 아차 하고 다르젠의 몸을 붙들었다. 나는 린토에게 입에 물릴 재갈을 가져올 것을 명했다. 린토의 조수가 허겁지겁 재갈을 찾으러 갔지만 그는 한참 동안이나 감감무소식이었다.

"으아악!"

결국 다르젠은 참지 못하고 비명을 질러댔다. 그는 고통에 허덕이며, 갓 잡아 올린 생선처럼 요동을 치려고 했다. 행여나 그가 크게 움직였다가는 웨인에게 방해가 될 것이다. 그랬다간 어떤 실수를 할지 모른다. 나는 젖 먹던 힘을 다하여 다르젠이 몸부림치지 못하게 막았다.

"다르젠, 조금만 참아."

"으악!!"

다르젠은 배를 튕겨내며 안달했지만 그것마저도 케이큘번에 의해 저지당했다. 웨인의 손이 긴급하게 움직이는 것이 보였다.

웨인은 이마에서 흐르는 땀을 닦아낼 생각도 하지 않고 칼을 놀려댔다. 질퍽한 피에 버무려진 흙과 모래들이 칼에 묻어났다. 웨인은 입으로 빼내지 못했던 이물질들을 신속하게 칼로 걷어내고 물로 닦아냈다. 칼날에 걸쳐진 죽은 살덩이와 굳은 피들을 보니 속이 울렁거렸다.

"연고!"

웨인이 소리치자 옆에 있던 젊은 의사가 움찔거리며 무언가를 내밀었다. 웨인은 연고의 상태를 눈으로 쓱 훑더니 실망한 듯 연고통을 바닥에 놓아버렸다. 털썩하고 떨어지는 물체에 시선을 빼앗기는 바람에 손에 힘을 풀어버린 나는, 다르젠이 다시 한 번 몸부림을 치려고 하는 걸 아주 간신히 막아낼 수 있었다.

웨인은 다시 한 번 얼음으로 다르젠의 상처를 차갑게 만들었다. 그러더니 이번엔 실과 바늘을 집어 들었다. 다르젠은 피부에 와 닿는 침의 감촉을 느꼈는지 탄성을 토해냈다. 나는 마음속으로 수도 없이 외쳤다. 다르젠, 조금만 참아, 다르젠, 조금만 참아!

"으아악! 웨, 웨인! 그만!"

케이큘번의 이마에 땀이 맺혔다. 그는 조금 전보다 더욱 강한 힘으로 다르젠을 제압하고 있었다. 웨인은 눈을 한 번 깊게 감았다가 뜨더니 눈에 힘을 주었다. 그리고 곧 다르젠의 피부를 상대로 한, 바느질을 시작했다.

나는 눈을 질끈 감았다가 떴다.

이제껏 그런 손놀림은 본 적이 없었다. 칼로 상처를 쿡쿡 쑤셔댔던 건 차라리 느리고 조심스러운 편이었다. 마치 기계가 된 듯 정밀하고 일정하게 손놀림을 유지하는 웨인을 보면서 나는 입을 떡 벌렸다. 사람이 저렇게 빠를 수 있는 건가! 웨인은 대체 속으로 무엇을 세고 있는 걸까? 초 단위의 시간? 초로 재기엔 너무나 세세한 또 다른 시간을 읊고 있는 건가? 어쩜 저렇게 흐트러짐없이!

"웨인!"

다르젠은 숨을 헐떡였다. 웨인은 눈에 힘을 준 채 미동도 하지 않았다. 그는 자신만의 공간에 갇혀 아무 소리도 못 듣는 양 행동했다. 초월적인 그의 행동을 보면서 입을 벌린 건 나뿐만이 아니었다. 두 눈을 동그랗게 뜬 채 웨인에게서 시선을 뗄 줄 모르는 케이큘번도 나만큼이나 놀란 것 같았다.

꿀꺽. 침 넘어가는 소리가 양쪽 귀를 찡하게 울렸다. 나조차도 다르젠의 비명 소리를 못 듣는 걸까? 내 주변에 적막만 가득했다. 그 적막 속에 나와 나의 시선을 사로잡아 끈 웨인만이 존재하는 것 같았다. 나는 인간이라고 믿기 힘든 그를 빤히 쳐다보며 넋을 놓았다.

"하아."

벌어진 상처를 모두 꿰맸나 보다. 웨인은 입으로 실을 끊고 다르젠에게서 한 걸음 물러섰다. 그러더니 다리에 힘을 잃은 듯 주저앉았다. 이제는 눈도 깜빡이고, 이마의 땀도 닦아내고, 호흡도 가다듬었다. 나는 다르젠을 압박했던 팔에 힘을 풀었다. 다르젠을 챙겨야 할까, 웨인을 챙겨야 할까 망설이던 차에, 케이큘번이 다르젠을 툭툭 건드는 걸 보고 나는 웨인에게로 다가갔다.

"웨인."

"다르젠은? 괜찮은가?"

조금 전과는 다른 사람 같았다. 나는 웨인의 질문에 답을 해주기 위해 다르젠 쪽을 슬쩍 쳐다보았다.

“잠깐 기절한 것 같군. 잘 버텨준 것 같아. 걱정하지 말게.”

웨인은 케이큘번의 말에 안도했는지 깊게 묵은 한숨을 후 하고 토해냈다.

“다행이군, 하아.”

웨인은 덜덜 떨리는 양손으로 얼굴을 감쌌다. 저렇게 떨고 있었으면서도, 대체 어떻게 그리 깔끔하게 행동할 수 있었을까. 나는 웨인에게 수고했다는 말과 함께 손수건을 건네주었다. 내가 손수건을 지니고 있었다는 사실을 까맣게 잊고 있었다. 진즉 생각해 냈더라면 웨인이 다르젠의 상처 부위를 동여매기 위해 자신의 옷을 찢지 않아도 되었을 테고, 또는 거친 천 대신 입으로 피를 걷어내는 행동을 하지 않아도 좋았을 텐데. 나는 웨인의 입 주변에 잔뜩 묻은 다르젠의 피를 보면서 미안함을 느꼈다.

우리는 다르젠이 깨어나길 기다렸다. 마취제 대신 사용했던 얼음은 이젠 물이 되어 몽땅 녹아버렸다. 얼음 표면에 잔뜩 묻어났던 피들이 이젠 묽은 선홍빛을 띠었다. 짙음으로 시야를 더럽히던 그 피들이 옅어지는 걸 보니 왠지 마음이 안정되는 기분이 들었다.

“어이, 친구들, 나… 살아 있는 건가?”

힘없는 다르젠의 목소리. 고개를 푹 숙인 채 시간을 밟던 나는, 머리를 세차게 들어 올리며 다르젠의 곁으로 다가갔다.

“다르젠!”

“오우! 귀족 나리. 훗, 자네가 살아 움직이는 걸 보니 나도 죽진 않은 모양이군. 살아 있는 자와 함께 천당에 있을 리는 없으니.”

다르젠은 실없는 소리를 뱉어내며 몸을 일으켰다. 아직 통증이 채 가시지 않았는지 인상을 쓰면서 겨우겨우 몸을 가누었다. 다르젠은 붕대가 칭칭 감긴 다리를 지그시 쳐다보았다. 좀 전의 기억이 떠오르는지 입술을 살짝 떨던 그는, 금방 입술을 혀로 핥아버리고 피식 웃었다.

"어때? 좀 괜찮은가?"

다르젠은 케이큘번의 질문에 고개를 끄덕였다. 그는 한숨을 휴 내쉬었다.

"세요가 마음에 들어하는 그림이라도 있으면 하나 선물하려고 했더니 아쉽게 되었군. 돈을 챙기느라 약속 시간에 늦을 각오까지 했었는데 말이지."

다르젠의 말에 가슴이 뭉클해졌다. 나는 고맙다는 말을 전하면서 다르젠의 손을 꼭 붙잡아주었다.

"하아, 하마터면 끔찍하게 살해당할 뻔했군."

"그러게. 조심했어야지. 마차가 다가오는 줄도 모르고 그렇게 정신을 놓고 있으면 어떻게 하나?"

내가 타박을 주자 다르젠이 고개를 가로 저었다.

"마차가 아니야. 하마터면 웨인에게 살해당할 뻔했다는 말이지."

"응?"

당황하는 나의 모습에, 다르젠이 재미있다는 듯 웃었다.

"하하, 농담일세. 칼과 바늘로 피부를 헤집을 때마다 정말 죽을 것 같긴 했지만 뭐, 어쨌든 살아 있으니 됐지."

"이런, 농담하는 걸 보니 정말 기운이 나긴 하는가 보군."

다르젠은 자신은 애초부터 기운이 없던 적이 없었고, 이제까지 모두 엄살이었노라고 떵떵 큰소리를 치더니, 케이큘번이 장난삼아 다친 다리에 손을 가져다 댈 자세를 잡자 경악하며 어깨에 힘을 풀었다.

"그나저나 내가 참 묻고 싶었던 게 있는데 물어봐도 되는가? 대체 어떻게 내가 있을 곳을 알고 찾아온 건가, 다들? 우연이라고 하기엔 너무 기가 막힌데? 약속 장소에 있었어야 할 자네들이 어째서 그 순간, 그곳에 나타난 거지?"

"그게……."

나는 웨인을 흘끗거렸다. 웨인은 내 눈치를 받고 마음을 다잡더니, 이제껏 마음속에 무겁게 안고 있었을 이야기들을 천천히 하나하나 쏟아내기 시작했다.

나는 웨인이 마차 안에서 케이큘번에게 했던 이야기들을 다시 한 번 더 들어야 했다. 그에게 믿지 못할 능력이 생겼는데, 그것이 일시적인 우연의 연속이었는지 아니면 앞으로 함께할 능력인지 확신하지 못했었다는 이야기. 웨인은 왜 토샤로 돌아와야 했는지에 관한 이야기도 덧붙였다.

"그러던 중에 꿈에서 본 거야. 자네가 숱한 금화들과 함께 쓰러져 있는 장면을 말일세. 사실 깨어난 후 약속 장소에 나갈 준비를 하느라 잊어버렸었지."

가느다랗게 떨리는 음성.

"그러다가 세요로부터 오늘 경매장에 갈 거란 이야기를 듣고는 잊었던 꿈을 번뜩 떠올렸다네. 나는 그 꿈이 예지인지 아니면 단순한 꿈인지 가릴 처지가 아니었어. 더군다나 자네가 평소답지 않게 약속 시간에 늦기까지 했으니 나는 무작정 뛰기 시작했던 거지……."

문득 꿈이란 참 신기한 거라는 생각이 들었다. 꿈을 꾸고 있는 도중에는 마치 현실인 양 꿈속 세계에서 최선을 다해 발버둥치게 되지만, 어렴풋이 잠에서 깨어날 때쯤이면 그 느낌이 대부분 희미해져 버린다. 그리고 완전히 깨어나면, 내가 꿈을 꾸었다는 사실마저 망각해 버리는 때가 종종 있다.

그렇게 망각해 버렸던 꿈을 다시금 번뜩 떠올렸을 때의 기분은 과연 어땠을까? 그것도 친구가 다친 모습을, 어쩌면 예지일지도 모를 그런 장면을! 어찌 보면 참 무서운 것 아닐까.

"그래서 날 찾아올 수 있었던 거군. 하하, 고마워, 웨인. 나를 위해 앞뒤 가리지 않고 뛰어주었다니, 새삼 감격인데?"

다르젠의 눈썹이 초승달처럼 둥글게 휘었다. 그는 진심으로 감사함을 전하며 손을 내밀었지만, 웨인은 좀처럼 그 손을 마주 잡지 못했다. 그는 파리한 눈꺼풀을 두어 번 떨어 보이더니 고개를 푹 숙였다.

"…아니, 고맙다는 말은 하지 마. 나는 그런 말 들을 자격이 없어."

"응? 왜 그래?"

예상외의 반응에 다르젠이 어찌할 바를 몰라 했다.

"내가 섣불리 행동하지만 않았어도, 꿈 따위 그대로 잊어버리고 가만히 서서 자네를 기다렸더라면! 자네는, 이런 꼴을 당하지 않아도 되었을 텐데. 예지랍시고 설쳐 대지만 않았더라면! 얼마나 좋았을까……."

병원으로 향하던 마차 안에서 웨인이 왜 그렇게 절망적인 표정을 짓고 있었는지, 왜 매듭조차 제대로 묶지 못할 만큼 넋을 놓아 버렸는지, 묻지 않아도 될 것 같았다.

휴, 절로 한숨이 새어 나온다.

다르젠이 건강한 젊은이라서 다행이었다. 그는 빠르게 회복했고, 별다른 후유증도 없는 것 같았다. 다만 아쉬운 건 오른쪽 종아리의 찢어진 상처가 평생토록 그와 함께할 거라는 것. 다르젠은 '낯선 이를 만나면 전쟁터에서 얻어온 상처랍시고 자랑하지, 뭐'라 말하며 대수롭지 않게 여기는 듯했지만, 지켜보는 우리로서는 참 안타까운 심정이었다. 특히 웨인은 다르젠의 상처 이야기만 나오면 입을 다물고 표정을 지워 버리곤 했다.

그러던 어느 날, 외과의학 강의 시간. 왠지 멜컨 교수의 몸놀림이 굉장히 가벼웠다. 그는 소풍을 앞둔 어린애마냥 설렘을 감추지 못했다. 무엇이 멜컨 교수를 들뜨게 하는 것이지? 오늘 강의를 모두 마칠 무렵에야 그 의문이 비로소 해소되었다.

"다음 이 시간에는……."

나는 멜컨 교수가 다음에 이을 말을 나름대로 추측해 보았다. 늘 그랬듯이 '이러이러한 과제를 해오게' 또는 '강의 시간에 늦지 않도록 하게' 정도? 나는 책과 노트를 설렁설렁 챙기면서 멜컨 교수의 말이 끝나기를 기다렸다.

"마취 실습을 하도록 하겠네."

으음. 마취 실습이구나…….

잠깐, 실습? 나는 눈을 동그랗게 뜨고 멜컨 교수를 바라보았다. 그는 평소보다 상기되어 있긴 하지만 침착해 보였다. 나는 혹시 내가 잘못 들었나 싶어서 주변 학생들의 반응을 살펴보았다.

"방금 교수님께서 마취 실습이라고 하셨나?"

"그러게. 그랬던 것 같은데?"

잘못 들은 건 아닌 모양이었다. 학우들은 저마다 어리둥절한 표정을 지으며 나와 같은 반응을 보여주고 있었다. 혹시 잘못 들은 건 아닌지 옆 사람에게 물어물어 확인하는 모습들. 나는 고개를 돌리다가 케이큘번과 눈이 마주쳤다. 그와 눈이 마주치는 순간 예전의 기억이 떠올랐다.

"실습은 반드시 필요합니다."

케이큘번의 강하고 직선적인 말투.

"자네들의 의견을 무시하진 않겠네. 하나, 나를 설득시키려 하진 말게. 미안하게도 나는 너무나 보수적인 사람일세."

부드러운 듯, 하지만 단호하게 거절했던 멜컨 교수의 모습. 나는 지금 강단 위의 멜컨 교수와 과거 기억 속의 멜컨 교수를 비교하며 굉장한 위화감을 느꼈다. 자신은 보수적이라는 한마디로 케이큘번과 웨인이 입을 다물도록 만들었던 그 멜컨 교수가, 실습을 하겠다니!

그의 눈빛은 웨인에게 향해 있었다. 웨인은 조금 놀란 듯한 표정으로 멜컨 교수의 눈빛을 모조리 받아내고 있었다.

"이보게, 파예트. 잠깐 나 좀 보겠나?"

학생들이 대부분 강의실을 빠져나갔을 때, 멜컨 교수가 웨인을 살짝 불렀다.

"네, 교수님."

웨인은 얼떨떨한 표정으로 그에게 다가갔다. 우리는 웨인을 기다린다는 명분 하에 밖으로 나가지 않고 그들의 이야기에 가만히 귀를 기울였다. 다행히 멜컨 교수가 우리더러 잠시 나가달라는 말을 직접적으로 건네진 않았다. 하지만 몇 차례나 헛기침을 하고 숨소리를 내는 걸 보니, 노골적으로 호기심을 드러내는 우리가 어지간히도 거슬리는 것 같긴 했다. 우리는 민망하고 죄송스러웠지만 고집스럽게 자리를 지켜냈다.

"자네의 마취법을 학생들에게 실습하도록 하는 게 좋을 것 같군. 그러니 자네가 나를 좀 도와주게."

"제가 어떻게?"

"마취 방법이야 자네가 학교를 떠나기 직전에 나에게 주구장창 설명을 해준 걸로 됐네. 다만 마취제의 적정량이나 주의할 점 따위를 알려주면 되지. 아, 혹시 얼마 만에 마취에서 깨어나는지 기록해 놓은 차트가 있는가? 그런 게 있다면 나에게 보여주면 좋겠는데."

멜컨 교수는 꽤 열의에 차 보였다. 입학한 이래 내가 보았던 그의 모습 중 가장 젊어 보였다. 그는 교수가 아닌 학생이 된 듯 홍조를 띠었다.

"교수님."

"응? 왜 그러지? 혹시 무슨 문제라도 있는 건가?"

"문제는 없습니다. 다만……."

"다만?"

웨인은 잠깐 머뭇거렸다.

"괜찮으시겠습니까?"

웨인의 태도는 사뭇 진지했으며 조심스러웠다. 멜컨 교수는 웨인이 진심으로 자신을 걱정하고 있다는 걸 깨달은 듯, 옆에서 엿듣는 우리들은 의식도 하지 않고 자신의 속마음을 슬쩍 끄집어냈다.

289

"혹시 아는가, 파예트? 나는 자네를 만나 굉장한 충격을 받았었지. 너무나도 당당히 베우스의 해부학 책을 권하는 자네를 보면서 나는 쥐구멍에라도 숨고 싶은 심정이었다네."

귀가 더욱더 쫑긋 섰다. 몸이 점점 더 저들에게로 기울어졌다. 침 삼키는 소리마저 낮추었다.

"젊은 날 반짝, 자네와 같은 뜻을 품어본 적이 있지. 하지만 그 뜻은 이룰 수 없는 것이라 단념하고 일찍이 마음을 접었다네. 나는 나의 나약함을 합리화시키기 위하여 이런저런 핑계들을 갖다 붙이기 시작했지. 신의 뜻, 패륜, 비도덕성!"

"교수님……."

"그래! 그래, 난 자네를 보면서… 얼마나 괴로웠는지 모른다네. 자네는 나와는 달랐어. 누가 뭐라고 하든 누가 어떤 방해를 하든, 자신만의 뜻을 펼쳐 당당히 되돌아온 젊은 자네는! 하하, 내가 닮고 싶었던, 너무나 본받고 싶었던 내 젊은 날의 친구와 닮아 있었다네. 세상에 버림받고 내처지면서도 자신만의 세계에서 군림했던 그를!"

멜컨 교수는 손을 펼쳐 이마를 감쌌다. 웨인이 휘청거리는 그를 받쳐 주려 했지만 거부했다.

"나는 이제부터 후회할 선택은 하지 않을 거라네. 사람들은 나더러 국내 제일의 외과의학 교수라고 칭찬을 아끼지 않지. 하지만 내가 그런 칭찬을 받을 자격이 있는가? 자네들에게 제대로 된 소독법 하나 가르치지 않았으면서? 파예트, 나는 더 이상은 눈 가리고 아웅 하는 짓은 하지 않을 테야. 내 젊은 날 이루지 못했던 꿈을, 늦었지만 지금부터라도 다시 실현시켜 보아야지. 자네와 같은 그 꿈을 말일세."

왠지 가슴이 뭉클해졌다. 제자에게 배워서라도 제대로 된 의술을 행해보고 싶다고 말하는 멜컨 교수의 말은 내 눈시울을 붉히게 했다. 다행히 눈물은 흘리지 않았지만, 코끝이 찡한 걸 참아내느라 얼마나 고생했는지 모른다.

"내일까지 코카인의 적정량을 정리한 표를 가지고 찾아가겠습니다."

"그래. 도와준다니 고맙군."

멜컨 교수는 손수건으로 땀을 닦아내며 웨인에게 고마움을 전했다. 웨인은 환하게 웃으며 장난스럽게 대꾸했다.

"드디어 그토록 바라던 외과의학 실습이 실현되는 건데요. 당연히 도와야지요. 아, 교수님."

"뭔가?"

"수술 목적이 아닌 이상, 절대 코카인은 건드리지 마십시오. 아시겠죠?"

멜컨 교수는 언제 흥분했었냐는 듯 다시 차분한 상태로 돌아와 있었다. 그는 평소와 다름없는 표정으로, 아니, 그것보다는 조금 더 부드럽고 웃음기 띤 얼굴로 웨인을 강의실에서 쫓아냈다.

"신경 쓰도록 하지. 이만 돌아가 보게."

노골적으로 대화를 엿듣던 우리도 강의실을 우르르 빠져나왔다.

왕궁에 성 켈로츠 의과대학에서 마취 실습을 할 거라는 소문이 전해진 모양이었다. 그 때문에 아버지는 나를 붙들어놓고 이것저것 캐물으셨다. 정말로 마취 실험을 하는 건지, 진정으로 멜컨 교수가 고작 그 어린 파예트 놈을 믿고 부적절한 수업을 하려고 하는 것인지.

"해부나 절단을 하는 것도 아닌걸요. 웨인의 마취는 프로밍 백작을 통하여 충분히 검증되었지 않습니까? 그리 위험하지도, 저질스럽지도 않은 작업이니 걱정 마세요."

딴에는 아버지를 안심시키려는 뜻이었다. 하지만 아버지의 화를 더욱 돋우는 결과만 낳고 말았다.

"날 가르치려 드는 거냐, 세요?"

"아니, 그런 게 아니라……."

"새롭고 낯선 것은 많은 검증과 확인을 거친 후에 도입시켜야 뒤탈이 없는 법이다. 코카인은 충분히 위험한 것이 아니냐? 프로밍 백작은 운이 좋아 아무런 해를 입지 않았을 수도 있지. 하지만 그것이 언제 어떤 모습으로 사람을 해칠지 모를 일이다. 마취만 믿고 급하게 수술을 행하다가 몹쓸 꼴을 당하는 사람들이 생겨날지도 모르지. 그런 염려도 없이 그리 급하게 행동을 하다니. 쯧쯧. 멜컨 교수도 꽤 신중하지 못한 면이 있군."

여기서 대꾸했다가는 아버지의 호랑이 같은 눈초리를 받아내야 되겠지? 나는 묵묵히 딴청만 피웠다.

아버지의 염려와 비난을 뒤로한 채, 실습날이 다가왔다. 선배들은 물론, 멋모르는 후배들까지 통로를 빽빽이 채웠다. 약학과 내과의학 교수들, 그리고 다른 학년을 담당하는 외과의학 교수들마저 자기네들끼리 소곤거리며 학생들 틈에 끼어 있었다.

실습은 조를 이루어 행해졌다. 조를 이룬 학생들 중 거침없고 대담한 자들이 기꺼이 마취당하겠노라 나섰다. 살짝 겁먹었으면서도 아무렇지도 않은 척 몸을 내주는 그들의 모습은 꽤나 가관이었다. 그리고 구경거리를 하나 더 꼽으라면, 단연 다르젠과 케이큘번일 테지.

"아, 내가 한다고 해도 자꾸 그러네."

"시끄러워. 아작 난 다리 하나로 만족하라고."

"자네, 지금 내가 환자라고 무시하는 건가?"

"조금은."

다르젠은 다친 다리를 보조하기 위해 들고 다니던 지팡이를 케이큘번에게로 겨누었다.

"한번 겨뤄볼 텐가?"

"애송이는 다 낫거든 덤벼."

"이 친구가!"

처음에는 웨인이 먼저 지원을 했었다. 하지만 우리는 만장일치로 웨인에게 절대 코카인을 투여할 순 없다고 입을 모았다. 웨인이 아니면 누가 피실험자가 될 것인가에 대해 의견을 나누던 두 사람은, 결국엔 또 저렇게 유치하게 투덕거렸다.

"웨인, 저들은 내버려 두고 그냥 자네가 나에게 실험하게."

나는 '포피니에 양의 치마폭이나 찾아가시지' 하고 도발하는 케이큘번의 목소리와 '여기서 치리 얘기가 왜 나와!' 하고 꽥 소리를 지르는 다르젠의 목소리를 귓등으로 넘기며, 웨인에게 어설프게 웃어 보였다.

"그러는 게 좋겠군."

저 친구들은 내가 담담하게 의자에 앉는 걸 발견하지도 못했나 보다. 유치한 목소리들이 끊임없이 귀에 콕콕 박혀왔다. 떨리긴 했지만, 웨인이라면 믿을 수 있었다. 그는 바로 내 눈앞에서 프로밍 백작을 마취한 사람이고, 귀신같은 손놀림으로 다르젠을 치료해 준 사람이니까. 나는 최대한 편안한 마음을 가지기 위해 애썼다.

"절대 겁먹지 말게."

"걱정 마. 나도 나름, 마취 정도는 꺼리지 않을 정도로 성장했으니까. 자네만 의사인 게 아닐세."

"훗. 그래? 그럼 조만간 자네와 함께 인체 해부도를 완성하는 것도 기대해 볼 수 있겠군."

나는 실없는 소리 하지 말고 얼른 실습이나 하라고 재촉했다. 웨인은 웃으면서 실습에 임할 준비를 했다.

"음."

그는 나의 눈 안에 마취 용액을 똑똑 떨어뜨렸다. 심리적으로 두려워서 그런지 마취 용액이 닿는 부분이 괜히 뜨겁게 열이 나는 것처럼 느껴졌지만 곧 잠잠해졌다. 나는 행여나 시력이 상실되는 건 아닐까 내심 걱정하면서도 아무렇지도 않은 척 담담히 굴었다. 앞이 깜깜해질 줄 알았더니 그렇지는 않았다.

"뭐야, 세요가 하는 건가?"

허탈한 듯한 다르젠의 목소리.

"자네가 고집을 세우지만 않았어도 좋았을 것 아닌가?"

다르젠을 나무라는 케이큘번의 목소리. 나는 그들의 목소리를 들으며 피식 웃었다. 코카인의 각성 효과 때문인지 기분이 더할 나위 없이 상쾌했다.

다르젠은 호기심 가득한 표정으로 내 눈에 손가락을 가져다 댔다. 나는 호흡을 훅 들이키며 긴장했다. 눈을 꾹꾹 누르는 느낌이 전해졌다. 그 느낌이 불쾌하지도, 아프지도 않아서 잠자코 있었다. 다만 거슬리는 거라면 뾰족한 손가락이 자꾸만 다가오는 바람에 겁이 나, 긴장을 풀지 못하게 된다는 점이었다.

"정말 아무것도 못 느끼는 것 같지?"

다르젠이 계속해서 장난을 쳤다. 그는 리듬에 맞추어 내 눈을 살짝살짝 꾹꾹 눌러댔다.

"언제까지 누를 거야? 다 느껴진다네."

"에, 뭐야? 느껴져? 별론데?"

실망감이 가득 묻어 나왔다. 다르젠은 내가 적당한 압박감은 느낄 수 있다는 사실 때문에 흥미를 잃었는지, 더 이상은 내 눈에 손을 가져다 대지 않았다.

"기분은 어떤가? 불안하거나 불쾌하진 않아?"

케이큘번이 진지하게 물었다. 나는 기분이 상당히 맑고 좋으며, 생각 외로 앞이 잘 보인다고 말했다. 피부가 왠지 딱딱해진 것 같기도 하다는 말도 덧붙였다. 그가 통증이 느껴지냐고 물었을 때에는 망설임없이 고개를 내저었다. 사각사각. 펜이 종이를 스치는 종이가 들려왔다.

"이제 마취에서 풀리기를 기다려야겠군."

마취가 풀리기까지는 대략 이십 분 정도의 시간이 소요됐다. 생각보다 그 시간이 지루하지는 않았다. 생전 처음 해보는 경험들이 꽤 흥미로웠기 때문이다. 겁을 내긴 했었지만, 내 몸에 아무런 해가 없다고 생각하니 두려움도 차츰 사라졌다.

다르젠과 케이큘번도 자기네들끼리 실습을 했다. 물론 그들이 짝을 이루어 하는 일에 소음이 없을 리 없었다. 우리는 투덕거리면서, 웃으면서, 생각보다 즐겁고 유쾌하게 실습을 마칠 수 있었다. 다른 학생들도 우리와 별다를 것 없는 반응을 보여주었다.

멜컨 교수는 모두가 즐겁게 실습에 임하는 걸 보면서 흐뭇하게 웃었다. 별 탈 없이 실습을 마친 우리들. 덕분에 토샤 전역에 성 켈로츠 의과대학 학생들이 마취 실습을 무사히 끝마쳤다는 소문이 퍼져 나갈 수 있었다.

멜컨 교수의 실습 수업 덕분에 다시 한 번 성 켈로츠 의과대학에 세간의 관심이 쏠렸다. 간단한 마취 실습은 거대한 프로젝트라도 되는 양 사람들의 입에 오르내렸다. 사람들은 성 켈로츠 의과대학의 외과 교수가 그의 제자와 엄청난 업적을 이루어냈다며 환호를 보냈다.

혹자는, 지금은 그들의 업적이 사소해 보일지 몰라도 사실 이것이 전통적인 의술을 모두 뒤집는 시발점이 될 것이라 예측했다. 또 다른 누군가는, 사실 멜컨 교수와 그의 제자 파예트는 전신마취제를 벌써부터 개발해 냈으며, 그들은 은밀히 인체를 해부하고 있다고 주장했다. 어쩌면 외국의 베우스를 앞지르는 해부학자가 탄생할지도 모른다고 지레 들떠서는, 이제는 당당히 해부를 할 수 있는 시대가 도래했다고 소리치곤 했다.

끝을 알 수 없는 과장된 소문은 역효과를 초래했다. 성직자들은 신이 노여워할 거라고 눈물로 호소했고, 그에 설득당한 많은 국민들은 비통해했다. 인간의 몸을 칼로 썰어대는 저 성 켈로츠 의과대학의 마귀들이 도살장 주인과 무엇이 다르냐며 떠들어대는 사람들 때문에 귀가 아플 지경이었다.

웨인이 코카인을 개발했을 때, 그리고 훗날 프로밍 백작의 눈을 말끔하게 수술했다는 소문이 돌 때만 해도 반발 세력이 이렇게 드세지 않았는데. 그때는 염려하는 목소리가 대세였지, 이렇게 대놓고 말세라고 말하는 사람은 많지 않았다.

"그 당시에는 마취에 성공했다는 소문만 돌아서 그렇지. 성직자들 대부분이 마취를 싫어하긴 하지만, 사실 마취가 엄밀히 말해 신께서 금지하신 일은 아니거든. 그리고 마취학이라는 게 일반인들에게 굉장히 생소하기도 하고. 처음 들어본 사람도 많을걸? 그러니 다들 화를 낼 이유가 없었던 거야."

"그런가."

"그렇지. 그런데 이번에는 멜컨 교수와 웨인이 공동묘지의 시체를 훔쳐 해부를 했네, 어쨌네 하는 말도 안 되는 소문이 함께 도는 바람에 이렇게들 난리인 걸세."

"흠."

"멜컨 교수님이 실수하신 거지. 괜히 이제 곧 전신마취도 성공하면 인간의 배를 갈라 내장을 꿰매는 일도 불가능하지만은 않을 거라고 말씀하시는 바람에 이렇게 된 거야. 인간의 배를 가르는 짓을 할 수 있냐는 질문에 서슴없이 못할 것도 없다고 대답해 버리는 바람에 소문이 이상하게 난 거지. 뭐, 하여튼 곧 잠잠해질 거야. 너무 신경 쓰진 마."

"그래. 곧 괜찮아지겠지. 그나저나 다리는 좀 어때?"

그러고 보니 다르젠은 이제 지팡이를 가지고 다니지 않았다. 다리가 쾌유된 모양이었다. 예전처럼 걷고 뛰는 데 아무런 지장이 없는 것 같았다. 참 다행이었다.

"내가 몇 번을 말해야 하는가. 나는 굉장히 건강한 청년이래도. 다만 문제가 있다면, 웨인을 기다리느라 이 건강한 몸이 다 녹아 버릴 것만 같다는 거지."

웨인이 멜컨 교수에게 불려가는 바람에 다르젠은 또 그를 기다리는 중이었다. 그는 바닥을 탁탁 차면서 지루함을 달랬다. 바닥을 차는 소리가 난잡하지 않고 굉장히 리듬감이 있었다. 다르젠, 어디선가 들은 노래를 마음속으로 연주하는 중인가?

297

섣부른 행동

“저기 오는군.”

다르젠의 발놀림이 뚝 멈추었다. 그의 발놀림을 유심히 살펴보던 나도 정신을 차리고 다르젠이 가리킨 곳을 내다보았다. 저 멀리 웨인이 보였다. 천천히 걸어오던 웨인이 갑자기 걸음을 멈추었다. 그러더니 고개를 빤히 들어 우리가 서 있는 곳을 멀뚱히 쳐다보았다.

“왜 저러지?”

“종종 저래.”

다르젠은 어깨를 한번 으쓱거리더니, 익숙하게 발걸음을 옮겼다. 웨인을 향해 소리치는 것도 잊지 않으면서.

“웨인! 자꾸 그런 식으로 다리 아픈 나를 움직이게 할 요량이야?”

훗, 조금 전까지만 해도 자신은 굉장히 건강한 청년이라며 큰 소리를 치더니.

웨인은 어째서인지 대꾸가 없었다. 우리가 그의 곁에 다가가 그의 멍한 시선을 손바닥으로 흩트릴 때까지도 그는 미동도 하지 않았다.

“왜 그래?”

“세요…….”

불길한 예감이 스쳤다. 저렇게 절망스러운 표정의 웨인을 분명 어디선가 본 적이 있었는데.

“나는 어떻게 해야 할지 모르겠군.”

어디서 봤더라? 웨인이 저런 표정을 지어 보인 적이 언제였지?

“무슨 안 좋은 일이 생긴 건가? 고향에서 안 좋은 소식이라도 전해온 거야?”

다르젠의 다급한 질문.

"아니. 그건 아니라네."

다르젠과 웨인의 말을 들으면서도 나는 계속해서 생각했다. 저런 절망스러운 표정은…….

"그런데 왜 그래? 무슨 일이야?"

웨인이 눈을 질끈 감는 걸 보면서, 나는 주먹으로 손바닥을 탁 내려쳤다. 저 표정은 분명 다르젠이 다치던 날, 다르젠을 마차로 싣고 가면서 웨인이 지어 보였던 그 표정이었다. 어째서 웨인이 그때와 똑같은 분위기를 풍기며 서 있는 거지?

"하아, 나는 멜컨 교수님을 막을 수가 없었다네."

또다시 웨인의 심장을 도려내는 사건이 벌어졌다.

멜컨 교수는 코카인을 과신했다. 그는 웨인을 불러 앉혀놓고 코카인에 대한 찬사를 늘어놓았다. 웨인이 코카인에 중독되어 토샤를 떠나는 순간에도, 멜컨 교수는 코카인의 위험성보다는 유용성에 더욱더 집중했다. 그래서 그는 웨인이 토샤를 떠나 있는 동안에도 홀로 힘겹게 코카인을 연구했었다. 하지만 생각보다 쉽게 풀리지 않았고, 그 와중에 코카인과 함께 돌아온 웨인을 보고 드디어 뜻이 이루어졌노라고 여겼다. 웨인의 귀환이 멜컨 교수의 코카인에 대한 믿음을 엄청나게 가중시켜 준 것.

멜컨 교수와 웨인은 코카인이 눈, 코뿐만 아니라 다른 신체 부위를 마취시키는 것에도 효과가 있지 않을까 하고 생각했다. 어쩌면 코카인이 전신마취제의 실마리가 될지도 모른다고 막연하게 생각하고 있던 찰나에, 그롤드 후작에게서 연락이 온 것이다.

근 일 년 동안 내장이 뒤틀리는 고통에 허덕이며 삶의 마지막 순간만을 기다리는 그롤드 후작. 모든 의사들은 이유를 알 수 없는 병이라며 물러섰고, 성직자들은 신의 부름을 받는 거라며 그를 축복해 주었다. 그렇게 모든 걸 체념했던 그롤드 후작은 우연히 토샤에 떠도는 소문을 접하게 되었다. 멜컨 교수가 전신마취의 비밀을 알고 있을지도 모른다는 소문을.

자신의 배를 갈라 고통의 싹을 잘라 달라고 요청해 온 그롤드 후작. 멜컨 교수는 아직 전신마취법을 알지 못할뿐더러, 병의 증세도 제대로 파악하지 못했다며 거절했다. 하지만 그롤드 후작은 물러서지 않았다. 그는 만약 수술이 실패하더라도 절대 책임을 묻지 않을 거라고 말했다. 아예 이번 기회에 전신마취를 한번 실험해 보지 않겠느냐는 그롤드 후작의 달콤한 꼬임에 넘어간 멜컨 교수는, 결국 비밀리에 그에게 승낙의 편지를 보내 버렸다.

여기까지가 웨인이 전해준 이야기였다.

"그는 바로 내일……. 코카인을 이용해서 그롤드 후작을 수술할 거라고 말했다네."

나와 다르젠이 눈을 동그랗게 다시 뜨며 놀람을 표시했다.

"내일? 이렇게 급작스럽게 무슨 수술을 한다는 거지?"

다르젠의 다급한 물음에 웨인이 머리를 쥐어뜯었다. 무슨 말이라도 해주어야 할 것 같았다. 나는 말을 고르고 고른 후 겨우 한마디를 내뱉었다.

"의외로 별 탈이 없을지도 모르잖나. 자네도 코카인이 전신마취에 효과가 있지 않을까 하고 생각해 보았다면서. 잘될지도 모르니 너무 걱정 말게."

웨인의 긴 속눈썹에 걱정스러움이 잔뜩 앉아 있었다.

"아니. 그건 말 그대로 막연한 예상일 뿐이었다네. 코카인에 중독되어 온몸을 미친 듯이 긁어대도 고통을 느끼지 못했으니까 혹시 가능하지 않을까 하고. 으윽, 그걸 입 밖으로 뱉어낸 게 실수였어."

나는 그를 격려해 주려 했지만, 딱히 건네줄 말이 떠오르지 않았다.

"하아, 나를 더욱 괴롭히는 게 뭔지 아는가?"

"응?"

나는 그저 들어줄 뿐.

"멜컨 교수님이 이 수술을 하기로 결심한 이유가 모두 나 때문이라는 거야. 내가 토샤에 돌아와 코카인의 능력을 입증했고, 내가 새로운 가능성을 제시했으니까."

"웨인……."

"무슨 뜻인지 알겠는가? 내가, 내가! 그를 말린답시고 토샤로 돌아온 내가, 오히려 그를 지옥의 구렁텅이로 밀어 넣은 거라 이 말일세. 차라리… 차라리 내가 돌아오지 않았더라면."

웨인의 절망스런 표정이 다시 한 번 내 눈에 들어왔다. 그의 표정 위로 과거의 기억이 떠올랐다.

"내가 섣불리 행동하지만 않았어도, 꿈 따위는 그대로 잊어버리고 가만히 서서 자네를 기다렸더라면! 자네는, 이런 꼴을 당하지 않아도 되었을 텐데. 예지랍시고 설쳐 대지만 않았더라면! 얼마나 좋았을까……."

다르젠을 향하여, 지금 머금은 딱 그만큼의 절망을 쏟아냈던 웨인. 마음이 아팠다. 어째서 이런 상황에만 놓이게 되는 건지. 웨인은 쉼없이 자학했다. 행여나 웨인이 저러다가 무너질까 봐, 내 마음이 덜컥 내려앉았다. 그가 망가지는 꼴은 볼 수 없었다. 나는 그를 달래야 했다.

"웨인, 자네가 본 환각은, 아직은 환각일 뿐이야. 아직 실현되지 않았다고. 그러니 일단 마음을 놔. 그렇게 걱정되면 아직 시간이 있으니 교수님을 말리러 가보자고. 얼마든지 막을 수 있을 거야. 그러니 그렇게 괴로워하지 말게."

자리에서 벌떡 일어서는 나와는 달리, 웨인은 오히려 고개를 푹 숙여 버렸다.

"무리야, 세요."

"해보지도 않고 어떻게 아는가?"

웨인은 웅얼거리듯, 하지만 한 글자도 틀리지 않게 또박또박 천천히 말을 했다.

"해보지 않은 게 아니야. 나는 지금까지 계속 멜컨 교수님에게 애걸하듯 매달리며 그를 막으려고 발버둥을 쳤다네. 제발 그만두라고, 다시 생각해 보라고, 너무나 위험한 짓이라고."

"……."

"하지만 그는 듣지 않았어. 다시는 몸 사리고 물러서는 짓은 하고 싶지 않다는데, 행여 마지막이 될지언정 진정 외과의사다운 행적을 남기고 싶다는데… 내가 어떻게 그를 말려. 만약 실패하더라도 괜찮다면서 이번 기회에 코카인이 전신마취에 효능이 있나 없나 살펴보자고, 다소 비양심적이고 위험할지라도 그것이 외과의학 발전에 큰 토대가 될 거라며 다독이는데……. 내가 어떻게 그를 말리겠는가."

나는 다시 자리에 털썩 앉아버렸다. 웨인의 말마따나 멜컨 교수를 막을 방법은 없었다. 이제 남은 건, 웨인의 예지가 빗나가고 멜컨 교수가 성공하기만을 비는 것뿐.

하지만 그게 가능할까? 머리가 지끈지끈 아파왔다.

"골치 아프군."

다르젠이 짜증을 섞어 한숨을 뱉어냈다. 그의 답답한 심정이 내가 앉은 곳까지 전해져 왔다.

"그롤드 후작이 접근해 오기 전에 내가 먼저 눈치 챘더라면, 아니, 멜컨 교수님이 승낙해 버리기 전에만 막았더라도……. 하아, 그를 막자고 이리로 와놓고는 난 대체 뭘 한 거지?"

웨인이 괴로워하는 모습을 멍하니 지켜보았다. 요즘 들어 그의 머릿결에 다시 윤기가 흐르고 그의 피부가 다시 매끄러워졌다고 여겼었는데, 저러는 걸 보니 다시 푸석해지겠군, 하는 생각이 들었다.

"일단 기다려 보자고, 웨인. 아직은 자네도 자신의 능력을 확신하지 못하는 수준 아닌가. 이번에는 그 예견이 빗나가길 빌어보도록 해."

다르젠이 격려를 해주었지만 큰 효과는 없는 듯했다. 나는 절망 속에서 허우적대는 웨인에게 그 어떤 말도 건네지 않았다. 지금 내가 어떤 말을 해도 그에겐 들리지 않을 거란 걸 어렴풋이 깨달았으니까. 다만 마음속으로 소리치며 빌 뿐이었다.

멜컨 교수님, 제발! 제발 수술에서 성공해서 돌아와 주십시오. 제발!

"휴……."

꽃이 만발한 봄. 지천에 흐드러지게 피어 몸을 살랑거리는 꽃과 나무들은 충분히 아름다울지도 모른다. 나는 유명 화가의 가치없는 회화를 찬사하는 기분으로 화단을 훑어보았다. 아무런 감흥이 없다.

처음 이 학교에 입학하여 멜컨 교수를 찾아 헤매었던 기억이 떠올랐다. 국내 최고의 외과의학 교수라며 칭송받았던 사람. 어렸던 나는 그 사람의 이름을 듣는 것만으로도 묘한 압박감을 느꼈었다. 외과. 그 무서운 과목의 일인자, 하지만 한 번도 신의 뜻이나 도덕에 역행하는 짓은 하지 않았던 철저한 사람.

입학했던 그때에는, 아니, 불과 열흘 전까지만 해도 상상조차 할 수 없었다. 그 철저했던 멜컨 교수가 환자에게 치사량을 훨씬 웃도는 코카인을 복용하게 하고, 살갗을 찢어 죽이리라고는. 그것도, 환각 상태에서.

"돼지의 등뼈에 대해서 알아보도록 하지."

강의실에서는 더 이상 멜컨 교수의 그림자를 찾을 수 없었다. 멜컨 교수를 대신하여 강단에 선 빼빼 마른 젊은 교수를 보고 있으니 왠지 모르게 절로 한숨이 새어 나왔다. 이것은 나뿐만이 아니라, 다른 친구들도 마찬가지인 듯했다.

약속은 지켜지지 않았다. 멜컨 교수에게 책임을 묻지 않는다는 그롤드 후작의 유서 따위는 아무런 효력도 발휘하지 못했다. 멜컨 교수는 결국 살인죄를 뒤집어쓰고 감옥에 갇혔다. 그롤드가의 강력한 요청에 의해 이제 곧 멜컨 교수의 사형 날짜가 잡힐 예정이라던데.

하지만 나를 더욱더 걱정시키는 것은 다른 것.

"휴……."

잔 디 벌 레

　고개를 돌려 텅 빈자리를 쳐다보았다. 멜컨 교수의 수술이 잘 못되었다는 소식이 들려온 순간부터 외과의학 강의에는 코빼기도 내비치지 않는 웨인. 나는 저녁쯤엔 다르젠을 따라, 오늘 하루 종일 도서관에 콕 처박혀 나오지 않을 예정이라는 웨인을 방문해 보아야겠다고 마음먹으면서 나른한 수업에 집중을 했다.

solemnly pledge myself to the service of humanity.

I will give to my teachers the respect and
gratitude which is their due.

I will practice my profession with conscience and dignity.

The health of my patient
will be my first consideration.

Chapter 7
혼란

I will respect the secrets which are confided in me.
I will maintain by all means in my power,

the honor and noble traditions
of the medical profession.

나의 어머니는 요 근래 파티 참석이 잦았다. 본인의 말에 의하면, 의학의 태세가 슬슬 뒤틀리는 걸 느끼고 아버지를 위해 미리 사교 활동을 해두는 거라고 하지만, 글쎄.

결국 몸에 무리가 왔는지 통증을 호소하시더니, 나에게 이곳저곳 안마를 해달라고 부탁하셨다. 원래 안마 같은 건 시녀가 하는 게 아니냐고 물었더니, 아무리 그래도 시녀보단 의사가 낫지 않겠냐고 하신다.

"살살 좀 주물러라. 넌 네 어미가 무슨 장군처럼 보이는 거니?"

어머니의 핀잔에 손에 힘을 뺐다. 그랬더니 이번에는 무슨 남자애가 힘이 그렇게 없냐며 불만을 쏟으셨다. 사실, 이래서 어머니의 안마 요청은 들어드리고 싶지가 않다.

"이럴 줄 알았으면 딸도 하나 더 낳는 건데. 아들이란 녀석은 도통 사근사근한 맛도 없고 애교도 없으니 데리고 놀 재미가 없단 말이야."

나를 낳고 다시는 아이를 낳는 고통은 감수하지 않겠다며 버럭버럭 우기셨다는 나의 어머니. 어릴 때 동생 하나만 낳아달라고 그렇게 부탁했던 나를 무시하서 놓고는, 이제 와서는 저러신다.

"그런데 어머니, 뭐 하나 여쭤봐도 될까요?"

그래도 아버지에 비해 어머니가 훨씬 말을 걸긴 쉬운 상대였다.

"응? 말해보렴."

"아버지께서는 멜컨 교수님을 구하실 생각이 없다고 하시던가요?"

"영 모른 체하기야 하시겠니? 그래도 네 아버지가 친구라고 부르는 사람은 멜컨 교수뿐인데."

어머니는 멀리 외국에서 사 왔다는 그 조막만 한 거울로 얼굴 이곳저곳을 비춰보시며 건성으로 대답했다. 나는 애타는 마음을 숨기며 다시 한 번 넌지시 질문을 던졌다.

"어떻게 해보겠다고 말씀하시진 않던가요?"

"황제 폐하께 주청을 올리겠다고는 하시더구나. 황제 폐하께서도 평소에 멜컨 교수를 굉장히 아끼는 편이셨으니, 잘될 거야. 너무 걱정하진 말아라."

나는 어머니의 어깨를 더욱더 열심히 주물렀다.

"그럼 언제쯤 풀려나실 수 있을까요?"

"무슨 소리니? 풀려나? 멜컨 교수가 말이냐?"

"네."

"아서라. 사형을 면하게 된다면 그것만으로도 다행이지. 아무리 발버둥쳐도 감옥에서 생을 마감해야 하는 건 피할 수 없을 거야. 세요, 네가 걱정하는 마음은 이해한다만, 멜컨 교수에게 너무 신경을 쓰진 말거라. 괜히 그러다가 너까지 구설수에 오를까 봐 걱정이구나.”

어머니는 나의 손등을 토닥이며 말씀하셨다. 나는 잠깐 차올랐던 희망이 발끝으로 주루룩 새어나가는 걸 느꼈다. 역시, 무리인가.

“어머니, 부탁이 있어요.”

“웬일일까? 우리 아들이 나에게 부탁이란 걸 다 하고? 벌써 물감이 다 떨어진 거니?”

어머니는 어린아이를 대하는 표정으로 나를 바라보았다. 나는 그 표정에 움찔 뒷걸음질쳤다.

“아니요. 물감은 충분합니다.”

“그럼 무슨 부탁일까?”

나는 괜히 어머니의 고운 머리카락들을 빗질해 드렸다. 이렇게 시키지도 않은 짓까지 해서라도, 어머니가 꼭 내 부탁을 들어줄 마음을 먹도록 만들어야 했다.

“멜컨 교수님을 한 번만 뵙게 해주세요. 아버지께 말씀드리면 그 정도는 가능할 테니, 부탁드려요.”

“그러니 네 아버지더러 그 부탁을 대신해 달라 이거니?”

나는 더욱더 정성스럽게 손을 놀렸다.

“네. 아버지가 어머니 말씀이라면 그래도 존중해 주시니까요.”

어머니는 즐거운지 깔깔 웃으시고는 금세 대답했다.

“그래. 알겠다. 오늘 안마까지 해주었으니 그 정도 부탁은 들어주어야지. 수고했다. 오늘 밤에 네 아버지께 말씀드려 보마.”

“감사합니다, 어머니.”

311

곧 아버지의 허락이 떨어졌다는 이야기를 들을 수 있었다. 나는 마지막으로 한 번만 멜컨 교수를 만났으면 좋겠다고 털어놓았던 웨인에게로 곧장 달려가, 이 소식을 전해주었다. 다른 친구들에게는 비밀로 하기로 했다. 원래는 면회가 금지된 죄인이니, 여럿이 우르르 몰려갈 순 없다는 게 아버지의 말씀이셨다.

멜컨 교수를 찾아가기로 한 날 밤. 나는 웨인과 만나기로 한 길목에 서 있었다. 밤공기가 찼다. 이런 온도에, 감옥은 습하기까지 할 텐데 과연 멜컨 교수가 잘 버티고 있을지 걱정이었다. 어둠이 내려앉으면 사람이 감상적으로 변한다더니, 이제껏 눌러왔던 억울한 심정이 푹푹 치고 올라오기 시작했다.

"쳇."

수술에 실패해도 아무런 책임도 묻지 않겠다고 따뜻한 바람을 불어넣을 땐 언제고, 이제 와선 죽이려고 달려들다니. 멜컨 교수가 분명 무모하게 행동하긴 했지만, 너무 부당했다. 더 속상한 것은 멜컨 교수의 뒤를 이어 수업을 진행하는 젊은 교수가 너무나 마음에 들지 않는다는 것. 그래서 멜컨 교수가 더욱더 그립고 안타까운지도 모른다.

그나마 다행인 건 이제 웨인이 괴로움 속에서 빠져나와 평소와 다름없이 행동한다는 것이었다. 위태로워 보였던 그는, 우리를 실망시키지 않고 오히려 감격시켰다. 얼굴에 깊게 드리워진 그림자를 완전히 걷어내지는 못했지만, 그래도 억지로라도 웃고 건강하게 행동해 주니 고마웠다.

"어이, 세요."

누군가 뒤에서 툭 치는 바람에 아련한 잡념 속에서 빠져나올 수 있었다. 두꺼운 천으로 얼굴을 가린다고 가린 것 같지만, 내가 그의 정체를 못 알아챌 리 없었다.

"웨인, 대체 그 복장은 뭔가?"

"자네 아버지께서 나를 탐탁하지 않게 여긴다고 하신다는 이야기를 들었거든."

"에? 누구한테?"

"다르젠한테."

틀린 말은 아니었지만 기가 막혔다. 내가 다르젠에게 아버지가 웨인을 싫어한다며 호소한 적이 있었던가?

"난 다르젠에게 그런 말을 한 적이 없는데……."

"다르젠의 눈썰미야 보통이 아니니까. 자네와 대화하던 중에 알아챘을지도 모르지. 하여튼 그게 중요한 게 아니야. 자네 이제부터 나를 웨인이라고 부르지 말고 다른 이름으로 부르게. 기껏 변장까지 했는데 허무하게 들켜서 내쳐지면 곤란하지 않은가."

나는 크게 웃으며 웨인의 얼굴을 감싼 천을 걷어내었다.

"걱정 마. 아버지는 함께 가시지 않으니까. 우리만 가는 거야."

웨인의 얼굴이 확연하게 밝아졌다. 어둠 속에서도 그것은 또렷하게 볼 수 있었다.

"그래도 이왕 챙겨온 거 계속 변장하겠네. 행여나 자네가 나와 함께 있었다는 소문이 자네 아버지의 귀에 들어가면 좋지 않을 테니까."

"이 밤중에 자네의 얼굴을 알아볼 사람을 만나기란 무리라고, 웨인."

하지만 그는 내 말을 들으려 하지 않았다. 결국 내가 그의 고집에 두 손을 들어야 했다.

우리는 어두운 밤길을 조심스럽게 걸어 목적지로 향했다. 나뭇

가지 따위가 저벅저벅 밟히는 소리가 들렸다. 남은 길이 짧아지면서, 멀리 감옥 건물을 밝힌 횃불이 아스라이 눈에 들어왔다.

"나는 결심했다네, 세요."

둘 다 별말없이 걷던 중이었다. 갑자기 웨인이 침묵을 깨고 대화를 걸어왔다.

"결심이라니?"

"내가 예견한 것들은 모두, 나로 인해 벌어진 일들이었잖은가. 다르젠이 그렇게 다친 것도, 멜컨 교수님이 불행해진 것도, 모두. 내가 막으려고 발버둥치지만 않았다면 벌어지지 않을 일들이었다, 이 말일세."

"음."

굳이 그렇게 생각할 필요는 없다고 말을 해주려고 했다. 하지만 웨인이 나보다 더 빨랐다.

314"어쩌면 내가 미래를 보는 이유는, 내 잘못에 대한 벌이 아닌가 하는 생각이 들어. 내가 그 미래를 피하기 위해 발버둥치며 오히려 그 미래에 가까이 가는 것, 그것이 벌이 아닐까 하는 생각."

그는 자신이 세너든 마을에서 머무른다는 사실을 숨겨 우리를 피했지만, 결국엔 환각에서 본 것처럼 우리가 찾아왔다는 이야기를 꺼냈다. 하지만 스턴 선생님이 쓰러지시는 건 억지로 막으려 하지 않았기에, 꿈에서 본 것보다 스턴 선생님이 건강할 수 있었던 것 같다는 말도 덧붙였다.

결론은 간단했다. 그가 막으려 할수록 상황은 예견에 가까워져 간다는 이야기. 막으려 하지 않으면, 차라리 낫다는 것.

"난 이제부터 움직이지 않기로 했다네. 벌은 충분히 받았으니까. 내가 억지로 막으려 하지 않는 이상, 내가 예견했던 일들은

발생하지 않을 거야. 아니, 많이 약화되기라도 할 거야. 그렇겠
지?"

비교적 긍정적인 태도였다. 그는 좌절하거나 슬퍼하지 않았다.
담담하게 자신의 입장을 밝히는 모습을 보니 한결 마음이 놓였
다. 나는 그가 어떻게 행동을 하더라도 그의 예견은 반드시 실현
될 것 같다고 생각하면서도, 겉으로는 그의 말에 끄덕여 주었다.
내가 그렇게 빈말로나마 긍정해 주어 웨인의 마음이 잠깐이라도
편할 수 있다면, 그리해 주어야지. 그리고 내가 틀리고 웨인이 맞
기를 빌어주어야지.

"도착인가."

멜컨 교수가 머무르는 공간이 바로 앞으로 다가왔다. 우리는
마음을 다잡고, 건물로 바짝 다가갔다.

"누구시오?"

의심스러운 눈초리로 우리의 움직임을 막는 문지기. 나는 자연
스레 그에게 악수를 청했다.

"세요 폰 어니뷔트입니다. 이쪽은 제 친구죠."

악수를 하는 척하며 건네받은 동전의 느낌에 만족했는지, 문지
기가 빙긋 웃어 보였다.

"아! 어니뷔트 가의 자제 분이시군요. 말씀은 미리 들었습니다.
자, 따라오시지요."

문지기는 옆의 동료 문지기에게 당부를 요하는 눈빛을 보내더
니, 곧장 우리에게 길을 안내했다. 축축하고 어두운 감옥 내에는
많은 죄인들이 잡혀 있었다. 온몸을 사슬로 칭칭 감은 자들이 낯
선 인물의 등장에 집중했다.

"어이, 샌님! 그 깨끗한 옷은 여기다가 벗어놓고 나가라고."

“낄낄. 뽀얀 게 아직 어려서 사내 티도 안 나는군. 구미가 당기는데? 이리 와보련, 귀족 아가?”

“옆에 천으로 뚤뚤 둘러싼 놈은 하인인가, 귀족? 으하하, 다음부턴 하녀를 데려오라고.”

감옥 문으로 슬슬 다가오는 시체 같은 죄인들 때문에 소름이 끼쳤다. 고름과 먼지로 범벅된 그들의 손길에 닿기라도 할까 봐 몸을 잔뜩 사렸다. 기분이 너무나 좋지 않았다. 나는 인상을 썼다.

“오, 화낼 줄도 아는데?”

“시끄러! 이 새끼들아! 이분이 누군지 알고 지랄들이야? 심기 거슬렸다간 너넨 내일로 사형이야. 조용히 닥치고 가만있어!”

내 눈치를 살피던 문지기가, 긴 봉으로 죄인들을 쿡쿡 쑤셔 밀며 윽박질렀다.

316

“미친놈. 어차피 우린 다 죽을 건데 오늘 죽으나 내일 죽으나 무슨 상관이야? 차라리 빨리 죽여 달라고. 죽기 전에 야들야들한 귀족 놈 엉덩이 한 번 만져 보면 영광이지 뭘 그래. 낄낄.”

“이 자식이, 그래도 자꾸!”

문지기는 감옥 문살 틈으로 막대를 거침없이 들이밀며 죄인들을 위협했다. 가뜩이나 쇠사슬 때문에 온몸에 시퍼렇게 멍이 들고 다친 그들은, 거친 문지기의 손짓 한번에 맥없이 쓰러졌다. 힘없이 넘어지면서도 뭐가 좋다고 그렇게 낄낄거리는지.

나는 인간답지 못한 행실을 하고, 또 인간답지 못한 대우를 받는 너저분한 죄인들을 보면서 고개를 절레절레 내저었다. 그러다가 언뜻 웨인의 표정을 보게 되었다. 문지기에게 저지당하는 죄인들을 안쓰럽게 바라보는 나의 친구.

　죄인들이 문지기의 봉에 푹푹 찔리는 이유가 나를 놀려댔기 때문이라는 것만 아니면, 웨인은 진즉에 문지기의 거친 행동을 말리려 들었을 것이다. 다만 나에게 미안해서 그리하지 못하는 거겠지. 그의 눈에는 감옥 속의 죄인들에 대한 연민과 안타까움으로 가득 차 있었다. 나는 결국 웨인을 위하여 문지기를 말릴 수밖에 없었다.

　"그러지 말고 내버려 두세요. 신경 끄시고 안내나 해주십시오."

　"예, 이해하십시오. 인간쓰레기들이라 예의고 뭐고 없습니다. 원래 저러는 녀석들이니 무시하시는 게 상책이죠."

　문지기는 행동을 멈추고 나에게 허리를 굽히며 황송해했다. 그러자 누군가가 문지기더러 엉덩이 흘러내리겠다고 간수 잘하라며 농담을 던졌다. 문지기는 참지 못하고 그 죄인을 향해 또다시 봉을 겨누었다. 나는 얼른 그의 손목을 붙잡아 행동을 막았다.

　"저들을 치지 마십시오. 시간이 없으니 얼른 멜컨 교수님께나 데려가 주십시오."

　그 이후로도 계속되는 죄인들의 저질스런 농담을 간신히 무시하며, 간간이 욱하는 문지기를 겨우 말리며, 드디어 멜컨 교수가 있는 곳에 도착하게 되었다. 그는 감옥의 깊은 내부에 수감되어 있었는데 다행히도 다른 죄인들처럼 쇠사슬에 묶여 있진 않았다. 공간도 비교적 깨끗한 것 같았고, 시끌벅적한 소음도 적은 편이었다. 생각보다 깔끔한 모습에 내심 가슴을 쓸어내렸다.

　"교수님."

　눈을 감고 가만히 앉아 있던 멜컨 교수가 천천히 눈을 떴다. 웨인은 그제야 변장이랍시고 머리에 뒤집어쓰고 있던 천을 걷어냈다.

"자네들, 여긴 어쩐 일인가."

그의 푸른 눈망울이 한없이 흔들렸다. 그는 입을 앙다물며 침과 함께 굵은 한숨을 삼켰다. 크게 움직이는 그의 목젖이 그가 지금 이 상황을 얼마나 감격스러워하는지 잘 나타내어 주었다.

"건강은 어떠십니까?"

"보다시피 이곳의 다른 누구보다도 건강하고 편안하게 지내고 있다네. 대학 교수라는 직책의 덕을 여기에서 톡톡히 보게 되더군. 간수들이 그래도 내 이름을 들어본 적이 있다며 성의있게 대우해 주니, 고마운 일이지."

소소한 안부를 전하고 까칠한 손들을 마주 잡으며, 우리는 마치 아주 오랜만에 재회한 친척처럼 서로를 대했다. 멜컨 교수와 나는 그다지 친밀한 사이도 아니었는데 왜 이렇게 울컥함이 치솟는 건지. 눈시울이 자꾸만 붉어지려는 걸 겨우겨우 참았다. 눈에 힘도 줘보고 속으로 우스웠던 일들도 떠올려 보았다.

"하하, 내 마지막 가는 길에 속을 시원하게 털어놓을 상대가 필요했는데 자네들이 와주었군. 나는 참 행운아일세. 이 늙은이의 지루하고 긴 이야기를 들어줄 자신있는가, 제군들?"

망설임없이 고개를 끄덕였다. 오늘 밤을 다 새는 한이 있더라도 이 가여운 패배자의 곁을 지켜주겠노라고, 그렇게 다짐했다. 웨인과 나는 더러운 감옥 바닥에 편안하게 주저앉은 채 멜컨 교수의 이야기를 경청할 마음의 준비를 했다.

"나는 가난한 이발사의 아들로 태어나 근근이 입에 풀칠을 하며 자라났다네. 오! 어니뷔트, 가난하다는 낱말에 그렇게 측은한 눈빛을 지을 필요는 없다네. 그 당시엔 나뿐만 아니라 모두가 가난했으니까. 그 일대는 전쟁 중이었고 시대는 혼란스러웠으니 당연한 게지."

조금은, 민망해졌다.

"전쟁 때문에 다친 셀 수 없이 많은 환자들이 이발사인 나의 아버지를 찾아왔다네. 아버지는 부자의 머리를 손질해 준 후, 곧장 쉬지도 않고 도끼로 환자들의 다리를 찍어내셨지. 그 바람에 목숨을 잃은 자들이 한둘이 아니었다네. 하지만 아무도 우리 아버지를 탓하지 않았어. 그 당시엔 그게 당연한 것이었으니까. 너무나 고통스러워서 차라리 죽기를 각오했던 환자들 중, 운이 좋은 자만이 살아서 이발소를 빠져나가는 것이었지."

옛날이야기로만 전해들었을 법한 끔찍한 내용. 정말로 그런 경험을 한 사람이 이렇게 내 눈앞에 있다니.

"어렸던 나는 나의 아버지가 사람을 다루는 모습을 옆에서 빤히 지켜보곤 했다네. 그러다가 밤이 깊어 손님들이 모두 우르르 빠져나가면 아버지는 나를 무릎에 앉혀놓고 이렇게 이야기하셨지. 제논, 너는 크거들랑 사람을 살리는 사람이 되어라. 무식하게 사람을 죽이는 네 아비 같은 사람 말고, 진정으로 사람을 살리는 사람 말이다."

멜컨 교수의 눈은 과거의 어느 지점을 헤매고 있었다. 그의 눈동자가 아련해지더니, 곧 주름진 눈꺼풀에 가려졌다.

"나는 그 말을 새겨들었고, 자라나면서 의학에 눈뜨게 되었다네. 열심히 공부했고 대학에도 입학할 수 있었다네. 훗, 이건 자랑이네만, 나도 자네들과 같은 성 켈로츠 의과대학 출신이라네. 나의 아버지가 배를 곯아가며 나를 의대에 보내주셨지."

"선배님이셨군요."

웨인이 멜컨 교수를 따라 빙그레 웃었다.

"그렇지. 나는 그렇게 대학을 다니며 외과의 발전이 필요하다는 걸 뼈저리게 느꼈다네. 그러던 와중 나와 같은 뜻을 가진 친구들도 여럿 만나게 되었지. 오랜 전쟁 덕분에 미미하게나마 외과의 위상이 오르면서 외과에 뜻을 가진 자들이 많이 생겨난 거야. 외과의더러 천한 이발사라며 손가락질하는 사람도 많이 줄었으니 말일세. 스스로 해부를 하려는 자들도 나타났지. 파예트처럼 마취제를 찾겠답시고 몸에다 실험을 하다 죽은 자들도 많았다네. 다만 성공하는 자가 극히 드물었지. 하지만 그 무모한 시도들이 다 부질없었다고 말할 순 없다네. 사람들은 지금이 의학의 과도기라고 말하지만 가만히 살펴보면 그건 틀린 말이야. 삼십 년 전에 많은 의학자들이 목숨을 내놓고 실험을 하고 연구를 한 게 지금 서서히 드러날 뿐이지. 솔직히 말하자면, 파예트 자네도 세너든 마을에서 만난 스승님께 코카인에 대한 많은 걸 배웠다고 하지 않았던가. 그러니 자네 혼자 해낸 일이라고 보긴 힘든 게야. 숱한 경험과 실패를 겪은 자네의 그 스승님이 자네의 성공 확률을 높여준 거지. 그건 굉장히 값지고, 고마운 거라네. 하여튼 수많은 우여곡절 끝에 그나마 외과의학이 이나마 발전되었다는 걸 잊지 말게. 뭐, 아직도 한없이 부족하긴 하지만."

멜컨 교수의 긴 이야기는 계속되었다.

"하여튼 그렇게 의기가 넘쳤던 대학 시절 동안 만난 친구들 중에는 자네 아버지도 있다네, 어니뷔트. 사실 자네를 어니뷔트라고 부를 때마다 나는 굉장히 어색한 감정을 느낀다네. 자네의 아버지는 어니뷔트라는 성을 굉장히 싫어했거든. 그는 자신을 절대 성으로 부르지 말고 이름으로 불러달라고 말했지. 내가 실수로 그의 성을 부를 때마다 그는 불같이 화를 냈다네. 부끄러운 이야기지만 나는 자네의 아버지를 상당히 두려워했다네. 그래서 나는 아직도 어니뷔트라는 성을 입에 올릴 때마다 움찔거리게 되는군."

"저희 아버지가요?"

뜻밖의 말에 깜짝 놀랐다.

"그렇다네. 자네 아버지 외에 한 친구가 더 있었어. 바라보는 것만으로도 눈이 부시고, 존재하는 그 자체가 축복인 듯한 그런 친구였지."

내 마음 속에 웨인이라는 글자가 또렷하게 떠올랐다. 나는 멜컨 교수의 말에 크게 공감을 하며 반가움을 느꼈다.

"우리 세 사람은 틈만 나면 외과의 발전에 대해 토로했다네. 얼마나 즐거운 시간이었는지. 젊음과 혈기를 불태워서 미래를 꿈꿨지! 나는 친구들과 보내는 시간을 너무나 소중하게 여겼다네. 하하, 추진력있고 단호한 자네 아버지는 툭하면 쥐나 개구리 따위를 잡아 몹쓸 실험이나 해부를 하곤 했지. 지금 생각해 보면 잔인했지만 그 당시로서는 미래를 향한 발걸음이라고 생각해서 굉장히 즐거워했다네. 그리고 어터라는 친구는 나에게 숱한 외과의학 서적을 추천하며 읽어보라고 권해주었지. 지금은 되돌아갈 수 없는 그 시간들은, 나에게 너무나 값지고 훌륭하다네. 보잘것없는 촌구석 이발사의 아들인 나를 자신의 진정한 친구로 여겨주며 뜻을 함께 세워주었던 나의 친구들을… 나는 너무나 아끼고 사랑했어."

그가 아픈 표정을 지어 보였다. 왜 이렇게 내 마음이 쿵쾅거리는 것일까. 그나저나 나의 아버지가 작은 동물들을 해부하고 외과를 주장했었다니. 믿기 힘들었다.

"다만 우리 사이에 유일한 문제점을 꼽으라면, 바로 시기라는 감정일 게야. 나는 내 주제를 잘 알고 있었지. 머리 터지게 공부하지 않으면 절대 친구들의 발끝도 따라가지 못한다는 걸 잘 알고 있었어. 그래서 시기라는 감정도 일찌감치 접었다네. 하지만 자네의 아버지는 자존심이 강한 사람이었다네, 어니뷔트. 그는 자신보다 뛰어난 우리의 친구를 못 견뎌 했어. 가끔씩 어터와의 언쟁에서 말문이 막히기라도 하면 그는 화를 주체하질 못했지. 어쩔 땐 어터가 일부러 져주기도 했지만, 그것마저 눈치 채고 자신을 무시하냐며 싸늘하게 굴었지. 자네 아버지가 화를 낼 때 굉장히 무섭다네. 그래서 나는 그들이 뒤틀어지는 순간을 굉장히 싫어했지. 자네 아버지의 차갑고 매서운 눈빛을 처다볼 용기가 나지 않았으니까."

322 이것도 공감이 갔다. 나조차도, 나의 아버지의 눈을 처다보기가 얼마나 힘이 드는가.

"자네의 아버지는 속이 상하면 나를 붙들어놓고 노골적으로 묻곤 했지. 제논, 말해봐. 어터와 나 중 누가 옳은가? 하고. 나는 어설프게 웃으면서 늘 자네 아버지의 편을 들어주었지. 그러면 그는 빙그레 웃으며 나를 놓아주곤 했다네. 하지만 이제 와서야 밝힐 수 있는 거지만, 나는 단 한 번도 그 말을 진심으로 한 적이 없었다네. 사실은 어터가 항상 옳았어."

"교수님은 어터라는 분을 굉장히 동경하셨군요."

웨인의 말에 멜컨 교수가 또 한 번 웃어 보였다.

"동경하는 정도가 아니었다네. 나는 그가 만들어놓은 그만의 세계에 함께 있길 원했다네. 절대 이룰 수 없는 꿈이란 걸 잘 알고 있었지. 하지만 나는 그와 함께 날고 싶었어. 날 수 없다면, 그가 나는 모습을 옆에서 지켜보기라도 하고 싶었어. 나는 그 친구를 하늘처럼, 신처럼 절대적인 존재로 생각했던 거라네.”

가슴이 먹먹해졌다. 겨우 말려두었던 눈물이 다시 샘솟을 것만 같았다. 너무나 분하면서도 기쁘다. 나와 같은 감정을 느껴본 사람이 있다는 사실이 행복했다. 나는 너무나 정상적인 인물이었구나 하는 것이 느껴져서, 그것이 안심이 되어서 기뻤다.

“하지만 나는 나약했지…….”

꿈을 꾸는 듯했던 멜컨 교수의 표정이 일순간 변화했다. 그의 이마에서 땀이 한줄기 주르륵 내렸다. 그 모습을 보니 내 심장마저 오그라드는 것 같았다.

“사건이 터졌다네. 누군가 공동묘지의 시신을 훔쳐 간 거야. 한 구가 아니었다네. 범인은 일정한 주기를 두고 세 차례나 시신을 훔쳤지. 사람들은 처음에 공동묘지에 신의 재앙이 내렸다며 두려워했지. 하지만 이상한 소문이 돌기 시작했어. 어둠 속에서 누군가가 시체를 옮기는 모습을 똑똑히 보았다, 그자는 시신을 업고 성 켈로츠 의과대학으로 갔다, 라는 소문.”

“설마…….”

“거짓이 아니었다네. 정말로 폐쇄된 강의실 안에서 시신들이 발견되었지. 그 시신들을 가장 먼저 발견한 게 나와 어터였어. 우리는 소문을 접하자마자 불길함을 느끼고, 언젠가 모두 함께 봐두었던 폐쇄된 그 강의실로 바로 달려갔던 거라네.”

“흐음.”

“팔다리가 잘리고 목이 잘리고 내장이 모두 파헤쳐진 시신들이 강의실 바닥에 아무렇게나 뒤엉켜 있었지. 그리고 그 틈에 시신을 훔친 진범이 넋을 놓고 앉아 있었다네."

땀이 났다. 멜컨 교수의 눈빛에서 다음 말을 읽은 나는 두려움을 느꼈다. 그가 다음 말을 잇지 않기를 바랐다. 하지만 그는 잔인하게도, 나의 부탁을 들어주지 않았다.

"자네의 아버지가 말일세."

"하아."

맥이 탁 풀렸다. 근엄하고 냉정했던 아버지가 해부된 시신들 틈에 존재하는 모습이 상상되었다. 이토록 강렬한 이질감이라니.

"그는 반쯤 풀린 눈으로 어터를 붙잡고 외쳤지. 어터, 나를 구해줘. 이게 다 자네 때문이야. 자네를 따라잡고 싶어서, 자네를 이기고 싶어서 이런 짓을 한 거야. 제발, 제발 나를 구해주게, 어터! 저 시신들이 나에게 달려들어 나의 목을 조른다네. 구해줘! 어터 자네라면, 자네라면 못하는 게 없지 않은가. 나를 감옥에 보낼 건가, 어터? 그러진 않겠지? 나는 어니뷔트야. 나의 몰락은 우리 가문의 몰락이라고. 자네는 잃을 게 없어서 모르겠지만 나는 달라. 나를 구해줘. 사람들이 나를 비난하지 않게 도와줘……. 자네의 아버지는 그때 제정신이 아니었을 거야. 그토록 싫어하던 어니뷔트라는 성마저 들먹이면서 어터의 다리에 매달려 울부짖었지."

"세요, 괜찮은가?"

웨인이 걱정스러운 눈빛을 보냈다. 나는 호흡을 가다듬으면서 딱딱한 고개를 끄덕였다.

"어터는 자네의 아버지를 향해 너무나도 환하게 웃으며 말했지. 걱정 마, 친구."

제길. 참았던 눈물이 결국 쏟아져 나왔다.

"그는 우리의 뒤를 이어 곧 도착한 수색대원들에게 자네의 아버지를 대신해 자수했다네. 그는 그 바람에 고문을 당하고 사람들에게 손가락질을 받으며 토샤를 떠났지. 나는 그가 떠나면서 남겼던 마지막 말을 아직도 잊지 못한다네."

멜컨 교수의 말이 잠깐 멈춰졌다. 웨인은 그를 살짝 닦달했다.

"무엇이었습니까?"

"내가 먼저 가서 우리가 꿈꿔왔던 세상을 만들어놓도록 하겠네. 천천히 따라오게, 친구들."

적막. 어디선가 물이 똑똑 떨어지는 소리가 들렸다. 너무나 청아하게 똑똑 떨어지는 걸 보니 내 눈물은 아닐 터.

"나는 자네의 아버지를 붙들고 어터를 구해내라며 소리쳤지. 내가 당장 가서 진범을 밝힐 거라고 큰 소리를 떵떵 쳤지. 하지만 나는 그러지 못했어. 자네 아버지가 시간이 지나면 어터를 데려올 거라고 약속했었으니까. 사실 나는 처음부터 그 약속을 믿지 않았다네. 우스갯소리로, 나의 아버지는 늘 나에게 귀족의 말은 믿지 말라고 가르쳤으니. 나는 단지 그의 약속을 내가 한발 물러서기 위한 변명거리로 삼았을 뿐이라네. 나는 친구의 약속을 믿고 물러설 뿐이다, 내가 비겁한 게 아니다, 하고 세뇌했지. 나는 애초에 자네의 아버지에게 맞설 용기 따위는 없었으면서 어터를 위해 무엇이라도 할 준비가 되어 있는 척 굴었다네. 그러고는 자네의 아버지를 믿고 물러서는 척하면서 나는 내심 안도했던 거야. 자네 아버지와 정면으로 부딪치지 않아도 되겠구나, 하고. 나는 그만큼 나약하고 구차한 인간이었지."

"흐윽."

나는 고개를 숙였다. 흐느낌이 이 사이로 새어나갔다.

"고백하고 싶었다네. 어니뷔트, 자네의 아버지를 욕보이려 한
게 아니라네. 단지 너무나 나약했던 내 자신에 대한 고해성사를
하고 싶었다네. 어쩔 수 없는 척하며 친구의 불행에 눈감아 버리
고, 자연스럽게 외과는 나쁜 거라고 외면했던 내 삶이 너무나 부
끄러워서, 그래서 털어놓고 싶었다네. 하하, 말년에 파에트를 만
나 부끄러웠던 인생을 어떻게라도 되돌려 보고 싶었지만 그것 또
한 제대로 되지 않았군. 귀족의 말은 믿을 게 못 된다는 걸 뻔히
알고 있었던 내가, 귀족의 말 하나에 모든 걸 걸어 죽음을 재촉하
다니. 마지막 순간까지도 나는 참 보잘것없는 인간이군."

그의 이야기는 그렇게 끝이 났다. 밤은 더더욱 깊어만 갔다.

그 일이 있은 후, 나는 한동안 아버지를 마주하지 못했다. 원래
아버지는 바쁜 분이라 만나기 쉽지 않긴 했지만 그것과는 달랐
다. 만날 기회가 있어도 일부러 내가 피했다. 나는 멜컨 교수를
뵙게 해주셔서 감사하다는 인사를 드리는 것조차 차일피일 미루
었다. 어머니가 버릇없다며 얼른 아버지께 감사하다는 말을 전하
라고 야단을 치셨지만 어쩔 수 없었다.

그러던 중, 웨인이 또 심상치 않은 환각을 보았다. 처음에 그가
환각을 보았다고 말했을 때 나는 혹시 그가 또다시 코카인에 손
을 댄 건가 하고 얼마나 놀랐는지 모른다. 하지만 다행히도 코카
인과는 관련이 없었다. 웨인은 단순히 책을 읽고 있었을 뿐인데,
강렬한 한 장면이 언뜻 뇌리를 스쳤다고 했다. 그는 그 모습이 너
무나도 생생히 남아 지금도 자세히 떠올릴 수 있다고 말을 하면
서, 과연 그것이 예지일까 하고 나에게 조심스럽게 물어왔다.

웨인이 본 환각의 주인공은 바로 치리 포피니에였다. 웨인은

그녀가 괴한의 습격을 받는 장면을 보았다고 했다. 다행히도 한 남자가 그녀를 향해 돌진했을 뿐, 그녀가 피를 흘리거나 정신을 잃지는 않았다는 말도 덧붙였다. 그리고 찰나의 순간이라 확실하진 않지만, 왠지 모르게 사건이 일어나는 장소가 토샤의 어딘가라는 강력한 느낌도 들었다고 말했다.

"음, 하지만 엘베하의 여가수가 토샤에 올 거라는 이야기는 아직 들어본 적이 없는데?"

"그래? 요즘 피곤해서 단순히 헛것을 본 것이려나?"

"그럴 거야. 너무 신경 쓰지 말게."

"흠, 하지만 이게 정말 예지라면 좀 곤란한 것 아닌가? 아무리 그녀가 다치지 않는다 해도, 낯선 남자가 달려들면 크게 충격을 받을 텐데. 걱정스럽군."

웨인이 입술을 잘근 깨물었다.

"잊어버려. 그리고 전에 자네가 말하지 않았던가. 이제부터 예지를 본다 해도 막으려고 나서지 않겠다고. 괜히 깊게 생각해 봐야 머리만 아플 뿐이야."

"그렇지?"

웨인은 한숨을 휴 내쉬며 풀밭에 드러누웠다. 나는 연필을 들어 화폭에 담을 풍경을 쟀다. 꽤 멋진 구도를 찾았다고 생각한 후, 연필을 옮겨 종이에 스케치를 시작하려 했다. 일순간 나의 손길을 멈칫거리게 하는 웨인의 목소리가 들려왔다.

"자네는 왜 그림을 그리는가?"

웨인은 무언가에 의미를 부여하는 행위를 굉장히 좋아했다. 그런 그에게 '그냥, 좋아서'라고 성의없게 대답했다간 자기 멋대로 내 뜻을 해석해 버릴 가능성이 높았다. 나는 태어난 후 처음으로,

내가 왜 그림을 그릴까에 대해 진지하게 고민해 보기 시작했다.

"음, 그림이라……."

나는 귀족이었다. 태어나서 다른 귀족 자제들이 교육을 받는 건 나 또한 다 받아보았다. 음악도 배웠고, 미술도 배웠고, 알량한 검술과 승마도 배웠다. 물론 가문의 내력에 대해 완벽하게 이해했을 만한 나이가 되었을 때부터는 다른 모든 걸 접어두고 의사가 될 준비를 했지만, 그전까지는 자유롭게 많은 경험을 접해보았다.

그랬던 내가 다른 건 즐기지 않으면서, 왜 유독 그림만 그리는 걸까. 찬찬히 생각하면 할수록 의구심이 더더욱 깊어져만 갔다.

답이 나오지 않는 문제를 끙끙거리며 안고 있다 보면 생각은 곧 다른 곳으로 새고 만다. 처음과는 판이하게 떨어진 곳에서 허둥대다가 다시 원점으로 되돌아오기 일쑤다. 그나마 생각의 깊이를 더해가고 똑바로 길을 파다 보면 마지막엔 넘을 수 없는 벽에 부딪쳐 머리를 털어버리고 생각을 관두게 된다.

나는 내가 그림을 그리는 이유가 어쩌면 인류를 구하라는 역사적인 사명 때문이 아닐까, 그림으로 어떻게 사람을 구해야 하지? 하는 생각까지 파고들어 간 후, 더 이상은 갈피를 잡지 못하고 고개를 세차게 털어버렸다. 그렇게 고개를 털면서 문득 원론적인 질문에 대한 대답이 반짝 떠올랐다.

"내가 그림을 그리는 이유는……."

"응? 생각났는가?"

피식 웃는 웨인.

"어릴 때 어렴풋이 깨달았던 것 같아. 아버지께 칭찬을 받으려면 그림을 그리면 된다는 걸 말일세. 나는 어릴 때부터 뛰어나게

잔 디 벌 레

잘했던 게 없었어. 그저 고만고만하게 뒤떨어지지 않는 수준을 유지할 뿐이었지. 그러다가 재미로 낙서를 한 적이 있는데, 아버지께서 즐거워하며 칭찬을 해주었다네. 너는 그림을 잘 그리는구나, 세요. 이 그림을 아버지가 가져도 되느냐? 하고 물으시면서 내 머리를 쓰다듬어 주셨지. 아마 난 그때부터 붓을 손에 쥐게 된 것 같아."

"오우. 굉장한데?"

"뭐가 말인가?"

웨인은 여전히 누운 채로, 바닥에서 뽑아 든 풀잎을 살랑살랑 흔들면서 대답했다.

"다들 취미가 있더라고. 다르젠은 공연을 즐기고, 케이큘번은 다양한 독서를 하지. 자네는 그림을 그리고."

"그런데?"

"다르젠과 케이큘번에게 왜 그런 취미를 가졌느냐고 물었을 때 그들은 그냥 재밌으니까, 라고 대답했을 뿐이었거든. 그런데 자네에게는 특별한 이유가 있었군. 역시 자네라면 뭔가 다를 줄 알았어."

"허어."

왠지 모르게 배신감이 들면서 허탈했다. 뭐, 웨인에게 있어 독특한 사람이 된 자체는 기쁘지만 머리 아프게 고민을 했던 게 조금은 아깝다고 해야 하나.

"음, 내 취미는 뭘까?"

뜬금없는 질문.

"취미라고 하기엔 좀 그렇지만, 자네는 남들과 다른 걸 하나 즐기긴 해."

“내가? 무엇을?”

그는 흥미가 이는 듯했다.

“상상하기. 자네에게 뚜렷한 취미랄 게 없는 이유가 늘 달고 다니는 그 상상력 때문일지도 모른다네. 늘 요상한 걸 생각하느라 여가 시간을 다 써버리니 말일세.”

“세요, 자네도 때로는 실없는 소리를 할 줄 아는군.”

“하하…….”

나는 목 끝까지 올라온 ‘자네만 하겠는가’ 하는 말을 도로 집어삼켰다.

“자네, 그 그림 다 그리면 나에게 보여주게. 앞으로 내 취미는 세요 폰 어니뷔트의 그림 감상하기로 정할 테니. 아, 그렇게 따지면 나는 이제껏 취미 생활을 잘 즐겨온 건가?”

진지하게 고개를 갸웃거리는 그를 보면서 피식 웃어버렸다. 역시 독특한 친구다, 라고 생각하며 다시 화폭으로 시선을 옮기려 했다. 하지만 하얀 종이보다도 먼저 내 눈길을 잡아끄는 장면이 포착되었다. 굉장히 가벼운 발걸음의 다르젠이 이쪽으로 걸어오고 있었다.

“어이! 세요, 웨인!”

그는 멀리서 손을 흔들더니 우리를 향해 신나게 뛰어왔다. 무슨 기분 좋은 일이라도 있는 건가?

“왜 그렇게 들떠 있는 거야, 다르젠?”

나도 함께 들뜬 채 질문을 던졌다.

“치리가 토샤에 올 거야! 이곳 극장에서 노래를 할 것이라네.”

누워 있던 웨인이 자리에서 벌떡 일어나 앉았다. 나는 연필을 떨어뜨릴 뻔했다. 우리는 별로 믿고 싶지 않은 소식에 정신을 번쩍 차리면서 한참 동안이나 놀란 눈을 감추지 못했다.

　며칠 후, 아버지께서 나에게 연락을 하셨다. 손님이 오실 테니 나더러 저녁 식사에 필히 참석하라는 말씀. 아직까지 아버지를 볼 용기가 나지 않았던 나는 또 한 번 어설픈 핑계를 댔다. 오늘 저녁에는 담당 교수의 지휘 아래, 모든 학생들이 학교에서 천체 관측을 해야 한다는 말도 안 되는 핑계를.
　하지만 헛수고였다. 위기를 잘 모면했다고 생각하고 안심하고 있을 때, 시녀 하나가 쪼르르 달려와 아버지의 말씀이라며 이렇게 전해주었다.
　"오늘 방문하시는 손님 중 한 분이 성 켈로츠 의과대학 학생이시랍니다. 다른 학생들은 한 번도 들어보지 못한 천체관측에 관한 이야기를 어째서 세요 도련님만 알고 계시는지에 대해 또박또박 설명할 자신이 없으시다면, 당장 주인어른이 계신 곳으로 달려오시랍니다."
　나는 당장 달려갔다. 과거에 아버지께 거짓을 고했다가 호되게 꾸중을 들었던 기억을 떠올리니 식은땀이 주르륵 흘렀다. 나는 아버지가 더 노여워지시기 전에 얼른 움직였다.
　"늦었구나, 세요."
　손님들은 미리 착석해 있었다. 아버지는 움찔거리는 눈썹을 겨우 잠재우시며 나에게 화를 내듯 웃어 보이셨다. 나는 손님들 덕분에 이곳이 야단의 장이 되지 않았음에 진심으로 감사했다.
　"죄송합니다."
　"버넷 백작과 부인이시다. 인사드려라."
　나의 아버지보다도 한참은 연배가 더 높아 보이는 노신사를 발견했다. 그의 멋스럽게 넘긴 희끗희끗한 머리가 인상적이었다.

"처음 뵙겠습니다. 세요 폰 어니뷔트라고 합니다."

"하하하, 청년이 말로만 듣던 어니뷔트 가의 다음 주인이시오? 만나게 되어 영광이오. 이쪽은 나의 처, 이쪽은 이번에 어니뷔트 군과 같은 학교에 입학한 나의 아들이라오."

나는 그의 손길이 움직이는 대로 고개를 돌리며 인사를 전했다. 그러다가 낯익은 얼굴이 눈에 들어와 나도 모르게 깜짝 놀랐다.

"아, 자네는?"

왠지 모르게 딱딱하게 굳어 있는 청년. 아니, 청년이라기보단 소년에 가까운 아이작 폰 버넷이 내 눈앞에 서 있었다. 그는 나에게 고개를 까딱 숙이며 어렵게 인사를 건넸다. 그의 행동 하나하나가 어색하고 부자연스러워서 나마저도 몸이 굳을 것만 같았다.

"자제 분이 굉장히 수려한 외모를 지녔구려. 하긴, 아버지를 닮았으니 당연하다고 해야 하는 것이오?"

"하하, 듣기에 나쁘진 않군요, 버넷 백작."

"수려한 외모라면, 제 아버지보다는 어미를 닮았다고 보는 편이 더 좋지 않을까요, 버넷 백작? 호호."

사교성 좋으신 어머니께서 포도주 잔을 들며 자연스레 대화에 끼어드셨다. 버넷 백작은 즐겁다는 듯이 웃어 보였다.

"그러고 보니 그렇소. 저렇게 아름다운 아내를 두셨으니, 굉장한 복을 받으셨구려."

버넷 백작이 나의 아버지를 향해 말을 던진 순간, 버넷 부인의 표정이 살짝 변했다.

"그건 버넷 백작도 마찬가지가 아닙니까?"

아버지의 말씀에 버넷 부인이 어색한 미소를 지어 감사함을 전했다. 그러다가 아버지의 시선이 돌아서는 순간, 그녀는 얼굴의 미소를 싹 지워 버렸다. 손님들을 하나하나 뜯어 살피던 나는, 혹시 그녀가 나의 무례한 눈길 때문에 기분이 상한 것인가 하고 그제야 조심스럽게 행동하기 시작했다.

버넷 부인은 모든 대화에 관심없는 척 도도하게 굴면서도 버넷 백작이 나의 어머니를 칭찬할 때마다 미간을 찌푸리곤 했다. 그러면 아이작은 그녀의 행동 하나하나에 크게 반응하여 어깨를 움츠렸다. 아이작에 비하면 내가 아버지 앞에서 움츠러드는 건 아무것도 아닌 것처럼 느껴질 수준이었다.

나는 유난히 맛없게 여겨지는 음식들을 꾹꾹 씹으면서 어른들의 대화를 들었다. 버넷 부부가 나의 아버지를 찾아온 이유는, 이번에 성 켈로츠 의과대학의 신입생이 된 막내아들 때문인 것 같았다. 어쩌다 보니 집안에 의사가 나게 생겼으니, 의학협회의 수장이자 황제 폐하의 주치의이신 어니뷔트 선생이 신경 좀 잘 써달라는 이야기. 버넷 가의 위세라. 나의 아버지가 그들을 박대할 리 없었다. 훌륭한 인맥은 언제고 빛을 발한다고 믿으며 사는 분이시니.

"버넷 가의 훌륭한 혈통을 물려받았다면 훗날 의학협회의 한 자리를 꿰차는 것도 무리가 아닐 겁니다. 실력이 크게 뒤떨어지지만 않는다면야, 버넷 가의 자제가 황실의 의사가 되지 못할 리 없지요."

시종일관 삭막한 표정을 유지하는 버넷 부인과 간간이 흐르는 땀을 닦느라 식겁을 하는 아이작만 제외하면 전체적으로 분위기는 밝고 화기애애했다. 서로를 향한 입바른 칭찬들이 식탁 위를 오가고, 맑은 유리잔 소리가 청아하게 울렸다. 원래 버넷 부부는 저녁 식사만 즐기고 돌아갈 예정이었다. 하지만 서로에 대한 호감도가 너무나 높아졌는지, 나의 부모님과 버넷 부부는 식사 후에 함께 모 파티에 참석하겠노라는 계획까지 세우셨다. 물론 버넷 부인은 그 순간까지도 무거운 표정이었다.

"세요, 이번 기회에 너도 사교를 익히는 게 어떠니?"

어머니께서 자꾸만 나의 옷소매를 잡아끌며 동행하자고 하시는 바람에 얼마나 진땀을 뺐는지 모른다. 파티 따위는 적성에 맞지 않았다. 가지 않겠다고 몇 차례나 거절을 하고 나서야 어머니를 단념시킬 수 있었다. 그렇게 부모님을 배웅해 드리고 나니, 내 옆엔 아이작만이 덩그러니 남아 있었다.

"으음. 다들 돌아오실 때까지 차라도 한잔하겠는가?"

그의 부모님은 무성의하게도 그를 위한 마차 하나 남기지 않고 파티 장소로 향해 버렸다. 집으로 돌아가지도, 부모님을 따라가지도 못하고 어정쩡하게 서 있는 아이작의 모습이 왠지 모르게 안쓰러웠다.

"아, 감사합니다."

그는 쭈뼛거리면서 나를 따랐다. 나는 시녀에게 차를 준비시켜 놓고는, 그녀가 돌아올 때까지 멍하니 앉아 있었다. 아이작도 아무 말이 없었다. 문득 후회가 들었다. 차라리 아이작이 응접실에서 홀로 시간을 보내든 말든 모른 척해 버릴걸. 이렇게 어색하리라곤 생각하지 못했었다.

"저기."

고마웠다. 그가 드디어 침묵을 깨주어서.

"응? 말해보게."

그는 머뭇거리더니 겨우 다시 입을 열었다.

"웨인 파예트 선배님과는 어떻게 친구가 되신 겁니까?"

이 녀석, 정말로 웨인을 좋아하는 모양이었다.

"입학식 때 우연히 그를 만났지. 그가 하는 이야기를 아무런 의심도, 선입견도 없이 들어주었다는 이유만으로 친구가 되었다네."

간단하게 대답해 주었다. 내 말이 끝났는데도 그는 계속해서 나를 멀뚱히 쳐다보았다. 내가 말이 다 끝났음을 알리자 그는 깜짝 놀란 눈을 떴다.

"예? 단지 그것뿐입니까?"

"하하, 뭘 기대한 건가."

"음. 왠지 너무 다가가기 어렵거든요. 그분과 친구가 되려면 훌륭한 자격을 갖추고 있어야만 할 것 같다는 생각이 들었습니다."

"그렇지 않네. 그는 누구에게나 열려 있어. 하지만 자네처럼 그를 너무나 높게 보고 어려워하면 친구가 되긴 힘들 거야."

나는 경험을 담아 솔직하게 대답해 주었다.

"와, 그런가요? 그렇게 말씀해 주시는 걸 보니 어니뷔트 선배님도 소문대로 굉장히 멋진 분이시군요."

환하게 웃으며 말하는 아이작. 나는 그의 해맑은 표정에서 거짓을 찾을 수 없어서 오히려 당황했다. 소문 속의 나는, 멋진가? 기분이 나쁘지 않았다. 나도 꽤 좋은 평가를 받고 있구나, 하는 생각은 내 입꼬리를 쭈욱 찢어주었다.

그는 자신이 어릴 때부터 몸이 좋지 않았고, 성장이 더디다고 말했다. 그래서 저렇게 어려 보였던 것이로구나.

대화를 하다 보니 어색한 분위기가 사라졌다. 저녁 식사 시간 내내 어깨를 움츠리고 있던 아이작은 더 이상 이 자리에 없었다. 그는 줄곧 웃으면서 갖가지 이야기들을 펼쳐 냈다. 꽤나 꿈이 많은 사람 같았다.

"하피의 전시회에서 바다 그림을 본 적이 있답니다. 와, 숱한 그림을 봐왔지만 그 그림처럼 제 마음을 사로잡은 건 없었어요."

귀가 쫑긋 섰다.

"그림을 좋아해?"

"네. 저는 몸이 약해서 이곳저곳 잘 다니지를 못해요. 그래서 화가들의 그림을 보는 걸 굉장히 좋아합니다. 특히 풍경화를요. 그렇게 그림을 보다 보면 제가 그 안에 있는 것만 같아서 기분이 좋아지거든요. 하하, 언젠가 건강해지면 하피의 그림의 배경이 된 바다에도 꼭 찾아가 보고 싶답니다. 아, 산에도 올라보고 싶습니다. 음, 언젠간 술도 마셔보고 싶네요."

그는 이런저런 이야기를 마친 후, 벽에 걸어놓은 내 그림들을 칭찬해 주었다. 나더러 소문대로 멋진 사람이라고 말했던 순간처럼 그의 얼굴에서 거짓을 찾을 수 없어서 나는 내심 흐뭇해했다.

그와 함께 보낸 시간은 꽤 즐거웠다. 부모님들이 파티에서 돌아왔을 때, 나는 생각보다 귀여운 후배를 배웅해 주면서 호감도 짙은 손을 가만히 흔들어주었다.

치리가 토샤에 도착하기 사흘 전부터, 다르젠이 어찌나 설레어 했는지 모른다. 제 딴에는 아무렇지도 않은 척 굴긴 했지만 뺨을 물들인 홍조를 다 숨기진 못했다.

치리를 토샤에 초대하기 위해, 그녀가 설 수 있는 무대를 마련해 주고 공연을 기획해 준 다르젠을 향해, 케이큘번은 가차없이 혀를 끌끌 차주었다.

"자네의 돈 씀씀이를 보니 체페 상단의 앞날이 눈에 훤하군. 아에 포피니에 양을 위해 전용 극장을 하나 새로 세워주는 건 어떻겠는가? 아니지, 차라리 궁전을 하나 지어놓고 그 안에 가둬놓는 편이 낫겠군."

"에에, 그렇게 과장해서 놀리진 말라고, 레럼. 나는 단지 무대를 빌리는 데만 돈을 썼을 뿐이야. 그리고 생각해 보게. 치리의 노래를 들으러 오는 사람들에게 돈을 받을 것 아닌가. 그러니 이건 돈을 헤프게 쓰는 게 아닐세. 체페 상단의 후계자답게 장사를 하는 것이지."

"오호, 그래? 그렇게 당당한 친구가 왜 내 눈을 똑바로 못 보는 건가?"

"내가 거친 사내의 얼굴을 뭣 때문에 빤히 쳐다봐? 눈 버릴까봐 조심하는 거야. 아아, 더 이상 말 걸지 말게. 기분 좋게 즐거운 소식이나 전할까 했더니 왜 이렇게 잡소리가 많아?"

"한심해서 그래, 한심해서."

웨인과 나는 그들의 말다툼을 계속해서 지켜보았다. 가만있으면 졸릴 법한 이런 오후에, 다르젠과 케이큘번의 투덕거림이 상당한 흥밋거리가 되어주고 있었다. 그들은 끊임없이 몇 마디씩 주고받으며 웨인과 나를 즐겁게 해주었다.

"쳇. 자네도 좋아하는 여자가 생겨보라고. 한심한 짓을 하나, 안 하나."

계속되는 케이큘번의 도발에 열심히 자기 방어를 펼치던 다르젠이 종래에는 지쳤는지 무의식적으로 한마디를 내뱉고야 말았다. 나는 입꼬리가 올라가는 걸 참을 수가 없었다.

　“오, 다르젠 체페! 드디어 치리 포피니에 양에 대한 자신의 사랑을 인정한 건가?”

　이상하게 강세를 주며 질문을 던지는 내 모습. 다르젠은 깜짝 놀라더니 손을 내저으며 당황했다.

　“아니! 아니, 무슨 소린가. 실수야, 실수. 말이 잘못 나왔다고. 나는 그저…….”

　“쯧쯧. 이제 곧 체페 상단의 자제가 자신의 신부를 위해 엘베하토샤 전역을 다 사들였다는 소문이 돌겠군.”

　다르젠의 얼굴이 활활 타오를 것만 같았다.

　“말도 안 돼! 레럼.”

　“하하, 다르젠. 나는 아직 자네에게 결혼 선물을 줄 만한 처지가 아닌데 이를 어쩌면 좋지? 아, 결혼 선물로 자네가 노리던 내 머리카락을 몇 개 뽑아주는 건 어떤가? 괜찮겠지?”

　웨인이 쐐기를 박았다.

　“아, 정말 다들 짓궂군. 됐어. 놀리려면 실컷 놀리게. 나는 천문학 과제나 하러 갈 테니까.”

　다르젠은 투덜거리며 먼저 일어섰다.

　“그래, 그래야지. 떳떳한 남편 구실을 하려면 우선 학교 졸업부터 해야 하지 않겠나. 과제를 제대로 제출해야 졸업을 시켜줄 테니 힘내도록 하게.”

　케이큘번이 그의 등에 대고 계속해서 놀려댔다. 다르젠은 못 들은 척하며 걸음을 빠르게 재촉하더니 나중엔 귀를 막고 뛰어가 버렸다.

　“휴…….”

　다르젠이 그렇게 자리를 뜨자 웨인이 남모르게 한숨을 내쉬었다. 나는 그가 왜 한숨을 내쉬는지 알 것 같았다.

치리가 걱정이 되는 거겠지. 모르는 척 신경을 쓰지 않기로, 그렇게 하면 아무 일도 벌어지지 않을 거라 생각하기로 했지만 무거운 마음을 몽땅 털어버리기란 쉬운 게 아닐 것이다. 혹시? 설마? 하는 기분이 머리를 으깰 듯이 짓눌러서 괴롭고 불안할 것이다. 새삼 웨인이 참 안쓰럽게 여겨졌다.

시간은 금방 지나가고 드디어 치리가 토샤의 땅을 밟는 날이 왔다. 나는 그녀에게 사고가 일어날 거라는 생각은 억지로라도 지우기로 했다. 사실 사건이 일어난다 해도 별문제가 없지 않은가. 그녀가 다치는 것도 아니고 그저 충격만 조금 받을 텐데. 일이 벌어지면 그때 가서 달래주면 될 일. 이렇게 생각하니 마음이 한없이 가벼워졌다.

가끔씩 만나 인사만 나누던 그녀와 제대로 된 대화를 하고, 친구가 될 수 있는 기회였다. 소중한 시간을 허무하게 날려 버리지 말자고 다짐하면서, 다르젠만큼은 아니더라도 그의 반만큼은 들떠보기 위해 애썼다.

배가 생각보다 늦게 당도하는 바람에 그녀는 쉴 틈도 없이 준비된 무대에 올라야 했다. 예전, 세르게일의 오페라에서 들었던 엘베하 여가수의 목소리를 그리워하는 사람이 꽤 많았다. 토샤의 청중들은 잔뜩 부푼 마음을 안고 객석에 앉아 씰룩거리려는 엉덩이를 겨우 자제하고 있었다.

화사하게 차려입은 치리가 무대에 올랐다. 세르게일의 오페라에서 독보적인 프리마돈나였던 그녀가, 이번에는 자신만의 노래를 준비한 채 토샤 시민들을 내려다보았다. 치리는 우아하게 웃으며 관중들에게 허리를 숙였다. 곳곳에서 박수 소리가 터져 나왔다.

"흠, 저렇게 마음의 준비도 없이 급하게 무대에 올랐다가 지난 번처럼 또 호흡곤란이라도 일으키면 어쩌나?"

케이큘번의 나지막한 목소리에 다르젠이 움찔거렸다. 다르젠은 약간 날카로운 눈빛을 띠며 대꾸했다.

"이번에는 괜찮을 거야. 걱정돼서 분장사에게 코르셋을 너무 조이진 말라고 신신당부를 해두었으니까."

다르젠은 예전의 기억이 떠올랐는지 인상을 쓰며 몸을 부르르 떨었다. 순간 민망한 의문이 들었다. 다르젠이 저렇게 몸을 떠는 이유는 과거에 치리가 위급하게 쓰러졌기 때문일까, 아니면 많은 사람들 앞에서 속살을 훤히 드러냈었기 때문일까. 나는 절대 입 밖에 꺼내지 못할 이 질문을 가슴 밑으로 꾹꾹 밀어버리기 위해 침을 꿀꺽 삼켰다. 그리고 치리에게 집중했다.

340

이젠 사랑한다고 말할 시간이에요.
이젠 나를 향해 웃을 시간이에요.
차가운 태양과 뜨거운 달이 만나는 이 순간,
지금 내가 선 이곳,
내 꿈속이 아닌 곳에는 절대 찾아오지 않는
이 순간이 바로,
우리가 사랑한다고 말할 시간이에요.

치리의 목소리는 굉장히 맑은 편이었다. 뭇 소프라노들의 억지 고음 처리로 인한 둔한 소리는 그녀에게선 찾아볼 수 없었다. 그녀는 방긋거리며 너무나 자연스럽고 예쁘게 노래를 했다. 지난번에 토샤에 왔을 때보다 한층 더 성숙해진 치리에게서는 엄청난 매력이 흘러나오고 있었다. 다르젠이 좋아하는 여인이라는 생각이 더해졌기 때문일까? 그녀의 모습이 왠지 모르게 자랑스럽고 대견했다.

그녀는 몽롱한 표정을 지었다. 그녀는 정말 꿈속을 밟고 선 듯 연기했다. 무대를 가득 채운 몽환적인 분위기가 여기까지 전해져 왔다. 대부분의 청중들이 넋을 놓고 있었다. 다들 반쯤 풀린 눈으로 엘베하의 아름다운 여인을 향해 목을 뺐다.

"하아……!"

다르젠은 스스로가 의식하지 못하는 사이, 탄성을 슬쩍 자아냈다. 그는 우리들이 뚫어져라 자신만 쳐다보는 것도 눈치 채지 못했다. 오로지 치리에게만 시선을 고정한 채, 그녀의 노래 속에 빨려 들어갔다. 그녀가 노래를 끝내고 무대 뒤로 퇴장하고 나서도 다르젠은 한참 동안이나 멍한 눈빛을 풀지 않았다.

공연이 끝난 후.

"다르젠!"

수수한 복장의 치리가 굉장히 낯설어 보였다. 늘 그녀가 화려한 드레스를 입은 것만 보아서 그런가?

다르젠은 그녀를 토샤에서 가장 번화한 곳, 델크 광장에 데려가 주기로 약속했었다. 델크 광장에는 어린 천사들의 조각상이 하나 서 있는데, 그것은 엘베하에선 절대 구경하지 못할 만큼의 어마어마한 크기였다.

다르젠이 그 조각상에 관한 자랑을 얼마나 늘어놓았었는지 알 것 같았다. 델크 광장에 관한 말이 나올 때마다 치리는 반짝거리며 '역시, 엄청난 조각상이 서 있을 만한 곳이군요'라고 말하곤 했으니.

"와, 기대되는걸요? 델크 광장의 조각상도 보고 싶고, 황궁도 먼발치에서나마 꼭 보고 싶어요. 아, 그리고 여러분이 다니시는 학교도."

그녀가 눈웃음을 치며 배시시 웃었다. 다르젠은 두 눈 가득 애정을 담아 그녀를 쳐다보았다. 그러다가 장난기 가득한 우리들의 눈과 마주칠 때면 슬쩍 시선을 돌려 버리는 것도 잊지 않았다.

"토샤에는 마차처럼 달릴 수 있는 사람들이 태반이라면서요? 바위를 한 손으로 드는 사람도 숱하고, 숨을 몇십 분씩 참는 사람도 많다면서요?"

웨인과 케이큘번과 나는 다르젠을 가느다란 눈으로 쳐다보았다. 다르젠, 대체 얼마나 허풍을 쳐댄 것이냐.

"물론입니다. 그 대표적인 사람이 체페죠. 체페는 한 손에 바위를 든 채, 숨을 참으면서 마차를 따라 달릴 수 있답니다."

케이큘번의 말에 웃음이 터져 나왔다.

"오, 정말요? 다르젠, 정말이에요?"

저 아가씨는 정말로 순진한 건가, 아니면 속는 척 연기를 하는 것인가. 뭐 직업이 연기자니 불가능한 일도 아니겠지. 하지만 어째 눈빛을 빛내며 다르젠을 쳐다보는 걸 보니 완전히 거짓이라고 생각하는 것 같진 않았다.

다르젠이 당황하며 그녀에게 변명을 늘어놓는 것도 굉장한 눈요깃거리였다. 치리는 다르젠이 '사실 그런 사람들이 그렇게 많지는 않아’ 라고 어설프게 꽁무니를 빼자 실망한 기색을 역력히 드러냈다. 물론 그런 사람들이 지천으로 깔렸다는 이야기는 믿지 않았었지만 영 터무니없는 이야기는 아닐 거라고 생각했다며, 토샤에 오면 그래도 기이한 능력을 가진 사람을 한 명쯤은 볼 수 있을 거라고 기대했다고 말했다. 속상해하는 그녀를 보고 있으니, 왜 이렇게 내가 다 미안한 걸까.

“그럼 델크 광장의 조각상 이야기도 거짓말인가요?”

그것마저 거짓이었다간 한 여인을 울릴지도 모를 상황이었다. 우리는 그 조각상만큼은 사실이니 걱정 말라며 어정쩡하게 치리를 달래주었다.

곧장 델크 광장의 조각상을 확인하러 가기로 했다. 불신으로 가득 찬 그녀를 다시 순수한 사람으로 바꿔놓기 위해서는 그 수밖에 없다는 게 모두의 일치된 생각이었다.

“으아, 정말 크네요!”

치리는 목을 거의 직각으로 젖혀서 조각상을 바라보았다. 그래도 그 꼭대기가 제대로 보이지 않는지 조금씩 뒷걸음질을 치며 끝을 찾았다. 치리는 연이어 탄성을 내뱉었다.

“휴, 여자는 참 다루기 힘든 상대야. 언제 깨질지 모르니 항상 벌벌 떨어야 하지.”

케이큘번은 치리를 보며 고개를 절레절레 저었다.

“그래도 귀엽잖아. 딱 저만한 여동생 하나만 있으면 좋겠는데.”

“귀찮기만 하지.”

“음, 자네는 치리가 마음에 들지 않는 건가?”

“그런 건 아닐세. 단지.”

“단지?”

“나는 여인이라는 존재를 별로 좋아하지 않는다네.”

“어째서?”

“믿을 수 없으니까.”

그는 거기까지 말하고 입을 다물었다. 더 이상은 나의 질문을 받지 않겠다는 뜻으로 보였다. 그를 기분 상하게 하면서까지 알아내고 싶은 건 없었다. 그래서 나도 자연스럽게 입을 다물게 되었다.

“다르젠, 여기 조각된 천사는 총 몇인가요?”

“흐음. 그런 건 생각해 본 적 없는데.”

“으음. 세어볼까? 보자, 하나, 둘, 셋……. 아니, 다시. 하나, 둘…….”

치리는 여전히 고개를 하늘로 쳐든 상태였다. 그녀는 조각상을 손으로 가리키며 천사의 수를 중얼중얼 세었다. 생각처럼 잘되지 않는지 간간이 인상을 쓰면서 꽤 오랫동안 조각상을 손가락질했다. 그녀의 모습을 보고 있으니 난데없는 호기심이 들끓었다. 그래서 나도 치리가 던져 준 과제를 행하기 시작했다. 나뿐만이 아니었다. 웨인, 다르젠도 중얼거리며 천사의 머릿수를 세기 시작했다.

“어엇? 헉, 어머, 죄송해요.”

치리의 목소리에 언뜻 고개를 돌렸다. 그녀는 불안하게 뒷걸음질을 치다가 지나가던 행인과 부딪쳐 넘어진 모양이었다. 행인은 신사답게 넘어진 치리를 향해 손을 내밀었다. 치리가 환하게 웃으며 그 손을 잡고 간신히 몸을 일으킨 순간이었다. 누군가 벼락같이 움직였다.

“아악!”

흰옷을 입은 웬 사내였다. 그는 치리를 덮쳐 쓰러뜨린 후에 그녀의 배 위에 올라탔다. 굉장히 짧은 순간에 벌어진 일이었다. 나는 깜짝 놀라며 괴한에게 달려들었지만, 그를 말리기엔 역부족이었다. 나는 오로지 그의 오른팔만 죽어라 붙들고 늘어졌다. 괴력의 사내는 나 따위는 아랑곳하지도 않고 상스러운 욕을 쏟아내며 치리의 머리와 뺨을 미친 듯이 후려쳤다. 멀리 떨어져 있던 친구들이 금방 다가와 사내의 나머지 팔다리를 함께 붙잡았다. 그리 길지 않은 시간 동안 벌어진 일이었지만, 그 짧은 순간 동안에도 치리의 옷과 얼굴은 엄청나게 엉망이 되어 있었다.

“이봐!”

“놔! 저 죽일 년!”

케이큘번과 내가 겨우 사내를 옭아매었다. 웨인과 다르젠은 치리를 살펴보았다. 그동안에도 사내가 어찌나 꿈틀거리는지 내 몸이 다 비틀릴 지경이었다. 웨인은 치리가 다친 곳은 없는지 신속하게 살펴보았고, 다르젠은 그녀를 달래느라 여념이 없었다.

너무 급작스러운 일이라 폭행을 당할 때는 울음소리도 못 내던 치리가 기어이 눈물을 흘렸을 때, 다르젠은 폭주해 버렸다. 그는 우리에게 붙잡힌 사내를 걷어차고 밟으며 괴성을 질렀다. 사내와 한데 엉켜 있던 나와 케이큘번도 다르젠의 발길에 픽픽 채였다.

“어이, 어이. 다르젠, 참아!”

웨인이 다르젠을 말렸지만 소용없었다. 다르젠은 이성을 잃은 것 같았다. 그는 친구고 뭐고 가리지 않고 미친 듯이 발길질을 퍼부었다. 나는 등뼈가 으스러지는 고통을 느끼고 반사적으로 손에 힘을 풀어버렸다. 케이큘번도 마찬가지인 것 같았다. 자신을 속박하고 있던 우리의 팔이 힘을 잃자마자, 사내는 또다시 미친 듯이 내달렸다. 그는 다르젠 따위는 무시한 채, 눈에 불을 켜고 오로지 치리에게로만 달려들었다.

"악!"

그렇게 우리가 다시 한 번 그를 붙잡기까지 걸린 그 짧은 시간 동안, 모두를 절망에 빠뜨리는 사건이 발생하고야 말았다.

"놔!"

품에서 꺼낸 단도로 치리의 어깨를 찌른 괴한. 우리가 할 수 있었던 최선은 그가 두 번째로 칼을 휘두르는 것을 막아내는 것, 그것뿐이었다.

"치리, 치리?"

그제야 정신을 차린 다르젠. 치리는 충격을 받고 정신을 잃은 듯했다. 나와 케이큘번이 사내에게서 칼을 뺏고 그를 묶어두는 동안, 웨인과 다르젠은 치리를 둘러업고 뛰었다.

곧 치안관이 도착했다. 치안관은 치리의 피로 잔뜩 물든 흰옷을 보며 즐거워하는 이 미치광이 사내를 질질 끌며 데려갔다.

괴한이 치리를 공격한 이유는 참 간단하면서도 어이가 없었다.

"그년이 딴 놈이랑 놀아나잖아. 당신들도 봤잖아? 아무 남자한테나 몸 비벼대는 거! 그래도 당신네들한테는 엉덩이를 흔들어대진 않더군. 그래서 참아줬다고. 잘 참던 내 마음에 불을 지른 건 그년이야! 난 참을 만큼 참아줬어!"

케이큘번은 주먹으로 책상을 퍽 치며 그를 향해 눈을 부릅떴다.

"헛소리 마! 포피니에 양은 실수로 지나가던 행인과 살짝 부딪친 것뿐이야. 누구더러 몸을 비벼댔다는 건가?"

"실수? 실수라고? 아무한테나 눈웃음 살살 치고 다니는 그런 년이 남자한테 부딪친 게 실수일 것 같아? 으하하, 순진하군."

"설사 실수가 아니라 한들 당신이 대체 왜!"

아무리 봐도 제정신이 아닌 사람이었다. 나는 마음속으로 그의 말을 조합해 보았다. 그가 치리를 처음 본 건 대략 한 달 전. 무대에 오른 치리를 보고 한눈에 반한 그는 그때부터 치리를 몰래 쫓아다니기 시작한 모양이었다.

"왜 토샤로 온 거야, 왜. 으하하, 엘베하에 굴러다니는 사내 녀석들로는 모자라서 토샤까지 온 게 분명해. 더러운 창녀 같은 게."

"입 조심해, 친구."

그의 입에서 쉴 새 없이 터져 나오는 치리에 대한 모욕을 더 이상 참을 수가 없었다. 나는 그의 입을 틀어막고 눈을 뽑아버리고 싶은 심정을, 입 조심하란 한마디로 대신했다.

저 괴한은 치리를 따라 토샤까지 오면서 그나마 제대로 붙들고 있던 정신을 놓아버린 듯했다. 그래도 엘베하에서는 이렇게 노골적으로 치리를 괴롭히지는 않았던 것 같으니까. 그녀가 토샤에 와서 관객들을 매료시키고, 또 우리와 어울리는 모습을 보고 불안해진 그는 끝내 미쳐 버린 것 같았다.

"으하하, 그년은 벌을 받아야 해. 더러우니까. 그래서 벌해준 것뿐이야. 내가 뭘 잘못했다고 이러는 거야! 놔! 놔줘! 나를 엘베하에 보내달라고!"

미치기 전엔 그래도 번듯한 청년이었던 것 같은데. 안타깝다고 해야 할지, 무섭다고 해야 할지.

많은 시민들이 노니는 광장에서, 그것도 대낮에 사람에게 칼질을 한 괴한은 곧 법정에 서게 될 것이다. 배심원들은 모두 토샤의 시민들일 테고. 그는 일단 엘베하 사람이라는 이유만으로 배심원들에게 감점을 당하겠지. '아무리 발버둥쳐도 징역이겠군' 하는 생각을 하면서 속으로 혀를 끌끌 찼다.

범인이 쇠사슬을 차고 감옥에 갇히는 모습을 끝까지 지켜본 케이큘번과 나는 곧장 웨인과 다르젠을 찾아 헤맸다. 그들을 찾기는 어렵지 않았다. 목격자가 많아서 환자가 어디로 향했는지 금세 알아낼 수 있었기 때문이었다. 사람들은 칼에 찔린 아가씨가 체페 가의 저택으로 가더라 하고 알려주었다.

다르젠의 가족들은 얼마 전에 붕대를 몇 겹씩이나 칭칭 감고, 다리를 절며 집으로 돌아온 다르젠을 보고 엄청나게 기겁을 했었다던데. 그들은 아직도 다르젠이 마차에 치여서 다친 줄은 모른다고 했다. 다르젠이 살짝 다리가 삔 것인데 엄살 부리려고 붕대를 칭칭 감았다고 하도 우겨대서 그러려니 하고 속아 넘어가 줄 뿐.

하여튼 그런 다르젠의 가족들이 이번에는 칼에 찔린 웬 낯선 아가씨를 마주하게 생겼으니. 얼마나 심장이 덜컥 내려앉았을까. 아니나 다를까, 다르젠의 누나들은 다르젠을 살짝 불러, 혹시 네가 찌른 거냐며 심각하게 물어보았다고 했다.

"상태는 어때?"

나는 퉁퉁 부은 치리의 잠든 얼굴을 내려다보면서 조심스럽게 물어보았다. 아무 말 없이 치리의 손만 붙잡은 채 고개를 숙이고 있는 다르젠을 대신해, 웨인이 대답을 해주었다.

"다행히도 위험하진 않다네."

“그래? 휴.”

“그자도 힘이 빠지고 급했던 상황이라 제대로 칼을 박진 못했어. 원래 칼을 다루는 사람도 아니었던 것 같고. 표피는 많이 상했지만 뼈나 핏줄은 별로 다치지 않았으니 조금만 지나면 회복할 것이라네.”

웨인과 나의 대화를 가만히 듣던 다르젠이 갑자기 자리를 박차고 일어섰다. 그는 성큼성큼 걸어 밖으로 나가 버렸다. 문을 어찌나 세게 쾅 하고 닫는지 천장이 무너지는 줄로만 알았다. 나는 다르젠을 토닥여 주어야겠다는 생각에 그를 따라나서려고 했다.

“어니뷔트, 자넨 여기에 있게. 내가 가보지.”

케이큘번이 나를 막았다. 그는 곧장 다르젠을 따라나섰고, 방 안에는 잠든 치리와 웨인, 그리고 나 이렇게 세 사람만이 남았다. 웨인은 치리의 이마나 손목 따위를 만져 보며 그녀를 진찰했다. 나는 그의 옆에 조용히 앉아서 그 모습을 지켜보았다. 어쩐지 치리를 건드리는 웨인의 손에 힘이 하나도 없는 것 같았다. 시선을 옮겨 그의 얼굴을 쳐다보니 암울하기 짝이 없었다.

“자네, 괜찮은가?”

웨인의 긴 속눈썹이 내려왔다. 그는 눈을 감고 숨을 휴 내쉬더니, 눈꺼풀을 파르르 떨며 다시 시야를 열었다.

“세요, 난 말일세……”

내가 웨인의 목소리에 집중하려고 고개를 들이미는 순간, 밖에서 다르젠의 고함 소리가 들려왔다. 그 덕분에 웨인의 말은 중간에 뚝 잘려 버렸다.

“이게 다 자네 때문이라고! 자네가 극장에서 불길한 소리를 해서 그래. 치리가 지난번처럼 또 호흡곤란이라도 일으키면 어떻게 하냐고 입방정을 떨어서 이런 일이 벌어진 거야!"

"자네, 지금 그게 나한테 할 소리인가!"

밖으로 나가보았다. 다르젠은 실핏줄이 다 터져 무서우리 만큼 새빨개진 눈으로 케이큘번을 노려보고 있었다.

"다르젠, 아무리 그래도 레럼 탓을 하면 곤란하지."

나는 그의 어깨를 토닥여 주었다. 그러자 다르젠은 주먹으로 벽을 쿵쿵 치기 시작했다. 나는 그의 손이 망가지기 전에 얼른 그의 팔을 붙잡았다.

"어째서 이런 일이 벌어진 거야, 왜! 웨인, 웨인! 자네는 미래를 볼 수 있다면서! 그럼 치리가 저렇게 될 거란 걸 미리 알았어야지. 그래서 말려주었어야지. 왜, 왜 아무것도 못하고 가만히 있었던 건가."

그는 무너졌다. 벽에 기댄 몸을 주룩 미끄러뜨리면서 너무나도 보잘것없게 움츠러들었다.

"미안해, 다르젠."

웨인의 낮은 목소리. 웨인은 미세하게 떨리는 손을 재빨리 주머니 속으로 숨겼다. 그리고 진심으로 미안한 표정으로 다르젠의 뒷모습을 응시했다.

"쳇. 바보 같긴. 고작 여자 하나 때문에 저렇게 한심해지다니. 요즘 들어 조금 마음에 들었는데 또 실망시키는군, 다르젠 체페. 후우, 포피니에 양은 무사하다니 나는 이만 가보겠네."

케이큘번은 짐을 챙겨 가버렸다. 웨인과 나는 벽에 기대어 처져 있는 다르젠을 억지로 질질 끌어서 방 안으로 데려왔다. 그를 치리의 옆에 앉혀놓고 얼마나 설교를 했는지 모른다. 치리는 무사하니 너무 걱정하지 말라고, 자책하지도 말고, 친구를 탓하지도 말라고.

“미안해, 미안하네. 레럼의 말처럼 내가 너무 한심했어.”

그나마 다르젠이 금세 침착함을 찾아주어서 얼마나 고마웠는지 모른다. 나는 기쁜 마음에 다르젠에 대한 칭찬을 아끼지 않았다. 덧붙여, 치리를 돌봐줄 사람은 다르젠뿐이란 것도 누누이 강조했다. 내가 그렇게 호들갑을 떠는 동안에도 웨인은 단 한 마디도 하지 않았다.

다르젠이 드디어 빙긋 웃어 보였을 때, 비로소 웨인과 나는 그를 남겨두고 떠날 수 있었다. 요즘 들어 왜 이렇게 사고가 많은 건지 머리가 지끈지끈 아파왔다. 이젠 더 이상 나쁜 일은 벌어지질 않길 바라면서 나는 웨인과 함께 뚜벅뚜벅 흙 길을 걸었다.

저벅저벅. 돌이 흙을 으깨는 소리가 들려왔다. 또르르르 돌이 굴러가는 둔탁한 소리에 온 신경을 집중하며 한 발, 한 발 조심스럽게 내딛어 걸었다. 길을 밟을 때 들려오는 효과음에 금방 질린 나는 신경을 다른 데다 쏟았다. 침묵을 지키며 걷는 웨인. 조금의 휘청거림도 없이 잘 걷고 있긴 하지만 왠지 모르게 불안해 보이는 친구.

“웨인.”

“응?”

나는 뚝 멈춰 섰다. 신발이 돌을 부수는 소리 따위가 우리의 대화를 방해하도록 허락할 순 없었다.

“조금 전에 나에게 하려고 했던 말이 뭔가?”

다르젠의 고함 소리가 들려오기 직전에 웨인이 하려고 했던 말. 나는 그 말의 정체가 무엇이었는가 하고 물었다.

“자네가 물어주길 기다리고 있었다네.”

웨인도 자리에 뚝 멈춰 서며 대답했다. 내가 물어주길 기다리고 있었다는 말. 즉, 마음을 터놓고 싶다는 이야기였다.

"말해보게. 얼마든지 들어줄 테니까."

그는 뜸을 들였다. 그는 또다시 침묵하며 길을 벗어나 풀밭에 올라섰다. 머릿속으로 생각을 정리하는 중인가? 나는 인내력있게 그의 말문이 트이길 기다려 주었다.

그는 풀밭에 앉았다. 그러고는 습관적으로 잘 자란 풀잎 두세 장을 쥐어뜯더니 이파리의 끝 부분부터 잘근잘근 찢어서 낮은 허공에다 던지기 시작했다. 웨인은 굉장히 멍했다. 지금 자신이 어떤 행동을 하는지 자각이나 하고 있는 건가? 하는 생각이 들 정도로.

나는 끈기있게 기다려 주었다, 그와 똑같은 행동을 취하면서. 그러는 동안 우리가 풀밭에 자리 잡는 순간에 하늘에 떠 있었던 구름들은 모두 바람에 실려 나가 버렸다. 이젠 새로운 구름들이 내 머리 위를 가득 채우고 있다는 걸 깨달았을 무렵, 드디어 웨인이 말을 꺼냈다.

"나는 너무 혼란스러워. 어떻게 행동해야 할지 도무지 감이 잡히지 않는다네. 어떻게 해야 할까? 자네라면 어떻게 하겠는가? 만약 자네가 나라면."

"……."

"문득 그런 생각이 들었다네. 내가 세너든 마을에서 돌아온 직후에 사고가 너무 많았지 않은가."

"그랬지."

고개를 끄덕끄덕거렸다.

"혹시 내가 사고를 몰고 다니는 재앙 덩어리인 건 아닐까?"

“말도 안 돼.”

“하지만 그렇게밖에 생각이 되지 않는다네. 예견된 상황을 막기 위해 몸부림을 치면 오히려 더욱더 그 미래에 가까이 다가가질 않나, 그래서 먼저 나서지 않으면 괜찮을 줄 알았더니 그런 것도 아니었어.”

“으음.”

그는 미간을 찌푸렸다.

“분명 환각 속의 치리는 웬 남자가 달려들어 넘어지기만 했지, 그에게 맞는다거나…….”

웨인은 눈을 깊게 감았다 떴다.

“칼에 찔리진 않았다네. 내가 가만있기만 하면 치리는 넘어지지도 않을 줄 알았는데 그렇지 않았어. 그 반대였다네. 막으려고 하지 않았더니 환각은 오히려 더 악화된 상황으로 실현되어 버렸지.”

“흐음…….”

오래 묵은 한숨이 절로 새어 나왔다.

“내가 아무리 발버둥쳐도 절대 피할 수 없다는 이야기겠지? 내가 어떻게 행동을 해도 막을 수 없는 것이었어. 하하, 세요. 나는 바보같이 그걸 이제야 제대로 깨닫고, 고민하고 있다네.”

주변에 술이 있었더라면 당장에 웨인에게 권했을 거라는 생각이 들었다.

“옴짝달싹 못하고 당해야 하는 내 처지도 서글프지만, 그것보다 나를 더욱더 슬프게 하는 생각이 있다네.”

“으음. 뭔가?”

“내가 봐버린 미래는 반드시 실현된다, 라는 것. 이것이 나를 괴롭히는 주범이지. 무슨 소린지 아는가? 어쩌면 발생하지 않을지도 모를 재앙이, 내가 봐버리는 순간부터는 '무조건' 발생하게 된다, 이 말일세. 내가 보지만 않았다면 근래의 무서운 사건들은 어쩌면 발생하지 않았을지도 몰라, 세요. 여기까지 생각이 미쳤을 때 내가 내린 결론이 무엇인지 아는가?"

"글쎄."

왠지 섬뜩한 느낌이 들었다.

"내가 미래를 보지 못하게 되면 된다."

"응? 무슨 소린가?"

어느새 웨인이 쥐어뜯던 풀잎들이 모두 허공에 뿌려졌다. 웨인은 손에 묻은 잔재를 탈탈 털며 덤덤하게 대답했다.

"내가 불길한 환각을 보지 않으면 돼. 그러려면 내가 죽어서 사라지면 된다, 이 말일세."

움찔. 나도 모르게 바닥의 풀들을 한 움큼이나 뜯어내 버렸다. 척추를 따라 땀방울이 주르륵 미끄러졌다. 뜨거운 땀이 식어서 옷 속으로 스며들고 나서야 나의 커졌던 동공이 다시 줄어드는 느낌이 들었다.

"그런 말 함부로 하는 거 아니야."

쭈뼛거리거나 더듬지 않기 위해 온 힘을 다 쏟았다.

"모르겠어. 그냥, 그냥 그게 최선이 아닐까 하는 생각이 들 뿐이라네."

어떤 말을 해주어야 할까. 멋진 말을 떠올리기 위해 애썼다. 하지만 좀처럼 웨인을 감복시킬 만한 문장이 떠오르지가 않았다. 나는 결국 포기하고 진심을 담은 한마디를 전했다.

"죽지 마, 웨인."

웨인이 쓸쓸하게 웃었다.

"그저 그런 답을 내렸다는 거지. 걱정 말게, 나는 남을 사랑하는 만큼 나 자신도 너무나 사랑하니까 함부로 죽이지 못한다네. 그저 혼란스러울 뿐이야."

긴장하며 오그라들었던 가슴이 쭉 펴지는 느낌이 들었다. 행여나 웨인이 허튼짓을 할까 봐 마음 졸였지만, 다행히 그럴 필요는 없어 보였다. 긴장이 풀렸기 때문일까? 이젠 웨인에게 해줄 말을 억지로 떠올리려 하지 않아도 되었다. 그에게 전하고 싶었던 내 마음이 단 한 마디의 머뭇거림도 없이 입을 통해서 술술 흘러나가기 시작했으니까.

"자네가 본 환상 그 자체를 막으려 들진 말게. 어차피 아무리 막으려 해도 막을 수 없다는 걸 깨닫지 않았는가? 물론 자네가 미리 본 미래와 실제로 벌어진 사건들이 조금씩은 다른 모습이었을지도 몰라. 하지만 그 주된 것들은 절대 변하지 않고, 막을 수도 없었잖아?"

"그렇지."

"차라리 자네가 예견한 일은 반드시 일어난다고 생각하고, 그 일로 인해 벌어질 다른 나쁜 일들을 막아. 또는 예견된 상황이 최대한 덜 나쁜 쪽으로 발생하도록 미리 손을 써. 다르젠이 다치는 걸 보았다면 미리 그를 수술할 준비를 해놓게. 멜컨 교수님이 누군가를 수술하다 죽이는 장면을 보았다면, 차라리 그가 감옥에 들어가지 않도록 다른 조치를 미리 취해놓자, 이 말일세."

웨인이 조금은 놀란 듯한 눈으로 나를 쳐다보았다. 나는 멈추지 않고 말을 이어갔다.

"그렇게 하면 자네가 원하는 대로 많은 사람들을 구할 수 있을

거야. 그러니 자네는 저주를 받은 게 아니야, 웨인. 자네는 축복
받은 사람일세."

웨인은 손으로 이마를 짚어 바닥으로 떨어지는 머리를 지탱하
였다. 그는 바닥을 향해 한숨을 하아하아, 쉬어내며 웃었다. 나는
그의 입꼬리가 둥글게 휘어지는 걸 보면서 내심 안심을 했다.

"그래. 자네 말이 맞아. 그렇게 단순한 걸, 그렇게 쉬운 걸 왜
난 진즉에 깨닫지 못한 걸까."

조금은 으쓱해지는 느낌.

"지금 이 순간 자네가 내 옆에 있어주어서 너무나 고맙군, 세
요. 자네가 아니었더라면 나는, 절대 그 해답을 찾을 수 없었을
테니."

때로는 아무런 죄책감도, 욕심도, 절망도 없이 객관적으로 상
황을 바라볼 필요가 있다. 그렇게 객관적으로 상황을 바라보면
답은 굉장히 쉽게 나온다. 하지만 자괴감 속에서 허우적거리다
보면 답을 찾기는커녕 오히려 더 큰 수렁으로 빠져들기 마련이
다.

사건의 중심에 있는 사람은 객관적으로 상황을 판단하기가 힘
든 법이다. 그런 사람들에게는 대신 상황을 바라봐 줄 누군가가
필요하다. 그런 의미에서 웨인에게는, 내가 필요했다.

쓰윽 미소가 지어졌다. 나는 잘 불지도 못하는 휘파람마저 휙
휙 불면서 아주 가벼운 걸음으로 집으로 향했다.

olemnly pledge myself to the service of humanity.

I will give to my teachers the respect and
gratitude which is their due.

I will practice my profession with conscience and dignity.

The health of my patient
will be my first consideration.

Chapter 8
구원

will respect the secrets which are confided in me.
I will maintain by all means in my power,

the honor and noble traditions
of the medical profession.

치리를 습격한 괴한은 계속해서 말도 안 되는 소리를 우겨댔
다. 자신이 치리 포피니에의 연인이며 이제 곧 약혼도 할 사이라
는 것. 그런 연인이 다른 남자와 눈이 맞아 이곳 토샤에 온 걸 보
고 참을 수 없어 범죄를 저질렀다는 이야기. 눈물까지 흘리며 호
소하는 그의 진심 어린 태도 때문에 치안관들과 법 집행인들은
적잖이 당황한 것 같았다.

여인의 외도는 받아들일 수 없는 비도덕적인 행위였다. 비록
법으로는 아무런 하자가 없다곤 하나, 사람들의 인식 속에 그것
은 굉장한 범법 행위와도 맞먹는 것이었다. 그러니 만에 하나라
도 괴한의 주장이 사실이라면, 그에게 모든 책임을 물을 수는 없
는 것이었다. 이대로 모두가 설득당하면 저 괴한은 며칠간의 감
옥 신세를 진 이후 아무 탈 없이 풀려날지도 몰랐다. 그리고 눈총
의 화살은 부도덕한 여인, 치리에게로 돌아설 것이다.

"치리, 괜찮아요?"

나는 창백한 표정을 짓고 있는 치리를 향해 넌지시 물었다. 그녀는 인위적으로 미소를 지어 보였다.

"괜찮아요. 엘베하의 공연들을 모두 취소해야 한다는 것만 빼면 아무런 문제도 없어요."

아직도 칼에 찔린 어깨를 움찔거릴 때마다 인상을 쓰는 그녀였다. 그렇게 몸 상태가 좋지 않으면서도 일 걱정이라니. 치리는 한없이 어리고 순진해 보이다가도, 또 가끔씩은 놀랄 만큼의 어른스러움을 보여주곤 했다. 파리해진 입술을 굳게 다문 채 마차의 창밖만 터덜터덜 쳐다보고 있는 지금 이 순간의 그녀는 평소보다 조금 더 성숙해 보였다. 아니, 정확히 말하자면 고독해 보였다.

범인의 주장을 반박하기 위해 치리가 직접 나서야 했다. 아직 완쾌되지 않은 그녀에게 자신을 찌른 자와 맞대면하도록 하는 것이 마음에 걸리긴 했지만, 이대로 가만히 있다가는 언제 범인이 풀려날지 모를 일이었다.

사실 난 그가 큰 벌을 받길 원하는 것은 아니었다. 다만 그가 풀려났을 경우, 그는 치리에게 또 어떤 위해를 가해올지 모를 일이라 걱정이 되는 것이었다.

다르젠이 그녀의 보호자 신분으로 동행하기로 했다. 그러면서 그는 나에게 슬쩍 요청을 해왔다. 나더러 그들과 함께 치안대에 가달라는 것. 어쩌면 그들은 이미 치리를 부정한 여자로 보고 있을지도 모르니 권위있는 귀족인 내가 그녀의 편을 들어달라고 했다. 은근히 무시했던 여인이 어니뷔트 가의 자제와 함께 나타나면, 그들은 일순간에 선입견을 없애 버릴 것이라고 그렇게 말했다.

거절할 이유가 없었다. 내 이름 하나 밝히는 것으로 친구에게 도움을 줄 수 있다면 당연히 해야 했다. 나쁜 짓이 아닌 이상, 도움이 되는 것이라면 무엇이라도 써먹어야지.

"으하하하, 치리."

테이블에 가만히 앉아 있던 괴한은 치리가 들어서는 걸 보자마자 벌떡 일어섰다. 그가 치리를 향해 손을 뻗었다. 치리는 눈을 질끈 감으며 그의 손길을 피했다.

"움직이지 마!"

건장한 치안관이 둘씩이나 붙어서 괴한의 움직임을 막았다. 그는 팔다리가 붙잡힌 상태에서도 치리를 향한 눈빛만은 풀지 않았다. 욕망에 이글거리는 섬뜩하리 만큼 강렬한 눈동자.

"치리 포피니에 양?"

깔끔하게 생긴 남자가 다가와 치리를 향해 물었다. 아마도 진술을 받아 적을 서기 겸 관리인인 듯했다. 치리는 고개를 끄덕였다. 그는 곧 나와 다르젠을 번갈아보았다.

"동행하신 분들은 잠깐 밖에서 기다려 주시지 않겠습니까? 포피니에 양 혼자만 남는 게 좋을 것 같습니다만."

"포피니에 양은 지금 환자입니다. 옆에서 돌봐줄 사람이 필요합니다. 홀로 둘 순 없습니다. 그것도 자신을 찌른 자와 함께는 도저히 불가합니다."

다르젠이 얼른 나섰다. 그는 잠깐 고민하더니 고개를 끄덕였다.

"그렇다면 공정성을 위해 두 분의 이름을 기록해 놓겠습니다. 성함들이?"

나와 다르젠이 이름을 말해주었다. 괴한을 제외한 실내의 모든 낯선 이들이 놀라움을 금치 못했다. 체페와 어니뷔트라. 뭐, 놀랄 만도 하지. 그걸 노리고 내가 여기에 온 것이니.

치리는 자신을 뚫어져라 쳐다보는 남자의 맞은편에 앉았다. 그는 치리가 다가오자 또 몸을 뒤척였다. 야비한 웃음을 지으면서 붙잡힌 팔을 대신해 가슴과 얼굴을 내밀며 치리에게 다가가는 사내. 그는 가능한 한 치리에게서 최대한 가까운 거리에 머물고 싶어했다.

"치리, 밥은 먹었어? 아니, 노래, 노래는? 엘베하에서 열릴 오페라 준비는 잘돼가? 낯선 토샤가 무섭진 않아? 언제 돌아갈 거야? 나랑, 나랑 함께 돌아가자."

치리는 겁에 질린 듯했지만 굉장히 침착했다. 그녀는 괴한이 자신에게 이상한 소리를 하거나 말거나, 그가 치안관들에게 붙들린 채 몸부림을 치거나 말거나 아무런 반응도 하지 않았다. 숨을 후후 고르며 그녀는 범인의 얼굴을 뜯어보고 또 뜯어보았다.

"이 남자가 누군지 아시겠습니까?"

서기의 질문에 치리가 고개를 내저었다.

"제가 무대에서 노래를 할 때 늘 앞 좌석에 앉아 있던 분이세요."

"그게 답니까? 조금 더 특별한 사이라거나 그렇진 않습니까?"

"늘 오셔서 너무나 열심히 경청하시기에 다른 분들보다 조금 더 잦은 눈길을 드렸을 뿐이에요."

사내는 고개를 내저으며 소리를 질렀다.

"날 사랑한다고 했잖아! 이제 와선 그게 무슨 소리야! 말해봐, 이 죽일 년!"

저러다 눈이 뒤집히면 어쩌나, 하는 걱정마저 들 지경이었다.

그는 또다시 타인에 의해 속박당하고 이젠 입에 재갈까지 물렸다. 치리의 이야기가 끝날 때까지는 그가 아무런 소리도 못 내게 하려는 참인 것 같았다.

"저 남자의 말이 사실입니까?"

날카로운 서기의 눈빛.

"제가 부르는 노래는 대부분 사랑을 고백하고 이별을 슬퍼하는 내용이에요. 노래를 통한 것 외에는 단 한 번도 누군가에게 사랑한다는 말을 한 적은 없습니다."

서기는 펜을 까딱까딱 움직이며 기록해 나갔다.

"흐음. 죄인의 주장에 따르면 자신과 포피니에 양은 곧 약혼할 사이라던데. 전혀 모르는 이야기이십니까?"

치리는 단호하게 고개를 까딱거렸다. 그러더니 조금은 흔들리는 눈빛으로 긴장한 듯 말을 뱉었다.

"저에게는 약혼하기로 예정된 다른 남자가 있습니다. 집안에서 맺어준 사람이에요. 엘베하에 연락해서 확인해 보셔도 좋아요."

나는 뜻밖의 이야기에 크게 놀랐다. 치리에게 약혼하기로 한 남자가 있다고? 나는 얼른 다르젠을 쳐다보았다. 그도 나만큼이나 충격을 받은 것 같았다. 눈을 동그랗게 뜬 채 숨조차 멈추고 있었다.

"그러니 저 사내는 포피니에 양의 노래를 듣던 청중 중 한 사람이었고, 저 사람이 주장하는 모든 말은 거짓이며, 그가 토샤에 따라온 것도 몰랐다, 이 말씀이십니까?"

"그렇습니다."

곧이어 괴한의 진술도 시작되었다. 그는 입에 물린 재갈을 빼자마자 갖은 욕을 쏟아내며 분위기를 어지럽혔다. 나는 남자 망신이라곤 혼자서 다 시키는 저 못난 사내를 보면서 지끈거리는 머리를 한참이나 꾹꾹 눌러야 했다.

괴한은 스스로 무너졌다. 치리가 눈앞에 없을 땐 이성적으로 자기 변호를 한 모양이었지만, 치리가 나타나자마자 짐승처럼 변해 버린 까닭이었다. 그는 말도 안 되는 이야기를 쏟아내면서 자신의 상태가 정상이 아님을 스스로 밝혔다. 치리와 약혼을 할 예정이라는 진술은 온데간데없이, 이제는 치리와 결혼하여 아이까지 있다고 우겨대는 그의 말을 들으면서 나는 손바닥으로 얼굴을 쓸어내렸다. 이 자리가 너무나 부끄럽고 민망해서 더 지켜보기가 힘들었다.

그는 이제 곧 법정에 서겠지. 한 여인을 삐딱한 방법으로 사랑했던 대가로 그는 벌을 받게 될 예정이었다. 어찌 보면 참 안타까우면서도, 한편으로는 그가 다시는 치리에게 접근할 수 없도록 평생토록 감옥에 있기를 바랐다.

또박또박 말을 잘하던 치리가 집으로 돌아가는 길에는 결국 눈물을 쏟았다. 얼마나 무서웠을까. 나는 다르젠에게 그녀를 토닥여 주라는 눈치를 주었다. 그런데 이게 웬일일까. 다르젠이 꿈쩍도 하지 않았다. 결국 내가 다르젠을 대신해 치리를 달래주어야 했다.

치리는 몸이 다 나아 엘베하로 돌아갈 때까지 다르젠의 집에 머물기로 한 것 같았다. 집으로 돌아온 다르젠은 그녀를 방에다 재워놓고 조심스럽게 밖으로 빠져나왔다.

"세요."

복잡해 보이는 표정.

"응?"

"술 한잔하겠나?"

그를 따랐다. 평소에 자주 들렀던 주점으로 향하는 내내, 다르젠은 간간이 인상을 쓰는 것 외에는 아무런 표현도 하지 않았다. 기분이 어떻다는 말도 없이 뚜벅뚜벅 걷기만 했다.

점원이 주문한 술을 가져다주자마자 다르젠은 그것을 벌컥벌컥 들이켰다. 나는 안주만 톡톡 집어먹으면서 다르젠이 무슨 말이라도 하길 기다렸다.

"마음이 어지러워."

드디어 기다렸던 순간이 왔다.

"왜?"

"자꾸만 마음에 걸린다네. 치리에게 곧 약혼할 남자가 있다는 소리가……."

"당연히 그렇겠지."

내가 대수롭지 않다는 듯 대꾸하자 다르젠의 눈꼬리가 사나워졌다.

"당연히 그렇다니? 무슨 소린가?"

"자네가 치리를 많이 좋아하니까."

다르젠의 손이 다시 한 번 술병으로 향했다. 그의 손끝이 술병 주둥이에서 약간 머뭇거리더니 이내 다르젠의 가슴께로 돌아왔다.

"그래. 영 호감이 없다고는 말 못하네. 하지만 자네들이 매번 놀려대는 그런 식의 호감은 아니야. 그저 괜찮은 사람이라고 여길 뿐이지. 그녀의 연인이 되고 싶다거나, 결혼을 하고 싶다는 생각은 해본 적 없어. 나는 자네들을 좋아하듯이 그녀를 좋아했다네. 단지 자주 만날 수 없으니까 자네들보다 조금 더 반가워했고,

멀리 있으니까 조금 더 그리워했을 뿐이지."

"그러니 자네는 치리를 여인으로서 좋아하진 않는다, 이 말이 군?"

다르젠의 고개가 옆으로 살짝 꺾였다.

"아마도."

나는 속으로 피식 웃었다. 다르젠이 기분 나빠할까 봐 내색하 진 않았지만 참 답답했다.

"그럼 그녀가 누구랑 약혼을 하든, 결혼을 하든 상관없는 것 아 닌가? 왜 자네가 그걸 기분 나빠해?"

"나도 그것에 의문을 가지고 곰곰이 생각을 해봤지. 어쩌면 그 녀가 누군가와 약혼을 하게 되면, 사적으로 만나서 이런저런 이 야기하기가 어려워져서 그런 건 아닐까? 누군가의 아내가 된 여 인에게 편지를 보내는 것도 실례일 것 같고. 소중한 친구를 하나 잃는 것 같아서 내 마음이 이렇게 울적해지는 것 같아. 가뜩이나 멀리 사는 사람이라 얼굴 한번 보기가 힘드니 말일세."

왜 이렇게 자꾸만 웃음이 치솟을까.

"오호. 그럼 다르젠 자네는 내가 나중에 결혼을 한다고 해도 똑 같은 반응을 보여주겠네?"

"에? 내가 왜?"

"나도 누군가와 결혼을 하고 나면 친구들과 보낼 시간이 줄어 들 테니까."

"흠……."

그는 손가락으로 이마를 짚더니 갸웃거렸다.

"그거랑은 좀 다른 것 같은데?"

당연히 다르겠지. 나는 삐져나오려는 웃음을 참기 위해 괜히 술병에 손을 가져다 댔다.

"다르젠, 치리를 쳐다볼 때 자네의 눈빛이 얼마나 애정으로 빛나는지 모르지? 그녀 얘기가 나오면 자네는 자기도 모르게 슬쩍 미소를 짓고 있지. 그리고 치리가 다쳤을 땐, 자네는 이성을 잃었어. 웨인이 그렇게 망가진 걸 보고서도 멀쩡했던 사람이 말이야."

"그야! 치리를 토샤로 불렀던 게 나니까……. 그녀가 다친 게 내 잘못이란 생각이 들어서 속이 상해서 자제할 수가 없었던 거야."

내 말에 손사래를 치며 극구 발뺌을 하는 것과는 달리, 그의 표정은 미묘하게 변했다. 조금 전보다 훨씬 편안해진 얼굴이었다. 그는 아니야, 아니야 하고 외치면서도 속으로는 한편으로는 내 말을 받아들이고 있는 게 분명했다.

"자네가 혼란스러웠던 이유는 스스로의 진심을 그렇게 자꾸만 거부해 왔기 때문이 아닐까 하는 생각이 들어."

367

다르젠의 표정이 눈에 띄게 밝아졌다. 그의 얼굴에 제대로 된 혈기가 도는 것이 보였다. 혹시 다르젠은 긴가민가한 자신의 마음에 대한 정의를 누군가가 내려주길 바랐던 건가? 정말로 자신이 치리를 사랑하는 건지 아닌지 혼란스러운 이 시점에, 누군가가 쐐기를 박는 한마디를 해주길 기다리는 건가? 그렇다면 내가 도와주어야지.

"자네는 분명히 치리 포피니에를 사랑하고 있어."

둘 사이에 대화가 끊겼다. 주변의 주정뱅이들이 왁자지껄하게 떠드는 소리들이 내 귓속을 파고들었다. 나는 다르젠이 다시 입을 열 때까지 그들의 소소한 대화를 엿듣기로 했다. 나는 우연히 마주친 어여쁜 한 아가씨에 대한 찬사를 늘어놓는 누군가의 이야기를 듣고는 피식 웃었다. 그리고 곧 그의 친구가 '난 더 아름다운 사람도 봤다고' 로 이야기를 펼치려 했다. 그는 얼마나 더 아름다운 사람을 보았는지 자세히 들어보려고 귀를 세우는 순간, 다르젠이 그들로부터 나의 관심을 앗아갔다.

"만약 자네의 말이 사실이라면……."

"응?"

다르젠은 머리를 긁적였다.

"정말로 내가 치리를 사랑하는 것이라면 나는 어떻게 행동해야 하지? 그녀는, 약혼할 연인도 있다고 하지 않았는가."

"그 질문에 대한 대답은 자네가 가장 잘 알 것 같은데."

"글쎄."

우리의 친구였던 다르젠이 이제는 한 여인의 남자가 될 것이라는 이야기는, 어찌 보면 참 반가우면서도 한편으로는 아쉽다.

하지만 그것은 미미한 감정일 뿐. 중요한 건, 다르젠이 행복하려면 치리가 필요하다는 걸 나는 너무나 잘 알고 있다는 것이었다. 친구가 행복하다면, 그것 또한 나의 행복인 것이다. 미미한 아쉬움쯤은 저 밑에 파묻어 버릴 수 있을 정도의 큰 기쁨.

"치리는 노래가 아닌 이상, 그 누구에게도 사랑한단 말을 하지 않았다고 그렇게 진술했네. 아직 그녀의 마음을 함부로 단정하지 마. 약혼할 상대는 그저 집안에서 맺어주었을 뿐, 그녀에게 아무런 의미가 없을지도 모르잖아. 가서 부딪쳐. 그래야 다르젠 체폐답지."

다르젠은 피식 웃고는 곧 화제를 바꾸었다. 나는 모르는 척 그가 이끄는 대로 대화를 따라가 주었다. 시답잖은 이야기를 하면서 시간을 보내는 동안 그의 마음은 계속해서 다른 곳에 가 있었

다. 나와 함께 흥미없는 주제로 대화를 이어가면서도, 그는 마음
을 정리하는 듯했다. 그렇게 꽤 오랜 시간 허무하게 시간을 보내
다가 결국 다르젠은 자리를 박차고 일어섰다.

"세요, 난 이만 가볼게. 내일 보자고."

그러고는 나를 남겨놓고 재빨리 사라져 버렸다.

다르젠은 그렇게 당당하게 나를 버려두고 치리를 찾아갔던 주
제에 정작 그 어떤 말 한마디도 꺼내지 못한 것 같았다. 무턱대고
그녀에게 다가갔지만, 그녀의 얼굴을 보는 순간 앞이 새하얘지기
만 하더란다.

그 후로도 몇 번이나 그녀에게 마음을 터놓을 적절한 때를 기
다렸지만, 막상 좋은 순간이 오면 망설여지더라는 것이었다. 내
가 정말로 치리를 사랑하는 걸까? 세요의 말을 듣고 섣불리 행동
하는 건 아닐까? 괜히 그녀의 약혼만 망치고, 혼란스럽게만 하는
건 아닐까? 조금 더 신중해야 하는 건 아닐까? 하는 갖가지 고민
들이 그의 발목을 붙잡은 것이었다.

케이큘번은 그런 다르젠을 보면 혀를 차거나 고개를 내젓기 일
쑤였고, 그러면 다르젠은 또 발끈했다. 그렇게 둘이 토닥거리고,
다르젠이 치리 때문에 속을 끓이는 것만 제외하면 비교적 조용한
시간들의 연속이었다.

아, 한 가지 더. 생활이 안정된 웨인이 또다시 르베르 교수에게
불려가 고대 신학 서적 구입하기를 계속해서 강요당하는 것도 나
름 사건이라면 사건이었다.

친구들과 함께 보내는 시간은 즐거웠다. 우리는 싱그러운 햇볕
이 내리쬐는 교정을 거닐며 각자의 철학을 토로하기도 하고, 서
로의 앞날에 대한 의견을 펼치기도 했다. 어제 읽은 책에 관해 의

견을 교환하고, 악법을 맹렬히 비판했다.

사회의 구조적 모순이 화제로 떠오를 때면 늘 열띤 대화가 오가다가 결론은 무조건 신이 존재하느냐 마느냐 하는 것에 이르게 된다. 그럴 때면 늘 웨인과 케이큘번은, '우주를 움직이는 강력한 법칙 혹은 절대자는 존재한다. 하지만 그 절대자가 교회에서 말하는 그 신은 아니다. 신학자들이 떠받드는 신은 존재하지 않는다, 설사 그런 신이 존재한다 하더라도 그가 인간사를 제대로 돌보지는 않는다' 는 것에 입을 맞추었다. 그러면 다르젠은 그렇게 섣불리 판단할 문제가 아니라고 고개를 내저었고 나는 함부로 신을 모독하는 것은 죄악이라며 친구들을 조심시켰다.

우리가 그렇게 젊은이다운 나날들을 불태우고 있을 때면 늘, 누군가가 우리를 지켜보는 시선을 느낄 수가 있었다. 그 시선은 너무나 따갑고 강렬해서 가끔씩은 신경이 무딘 웨인조차도 알아챌 정도였다.

"아이작 폰 버넷인가?"

케이큘번은 그 시선을 별로 탐탁하게 바라보지 않았다. 자기 자신에게 떳떳하지 못한 자나 숨어서 남을 지켜보는 법이라며 저런 식으로 행동하는 자와는 말 한마디도 섞고 싶지 않다고 이야기했었다. 나는 그럴 때마다 아이작에 대한 극도의 동정심을 느끼며, 멀리서 우리를 지켜보는 그를 안쓰럽게 흘끔거리곤 했다.

그러던 어느 날, 우리 가족 모두는 버넷 가의 초대를 받게 되었다. 지난 저녁 식사 대접에 대한 보답이라는 명분이었다. 하지만 그 속뜻을 내가 모를 리 없었다. 그들은 어떻게든 어니뷔트 가와의 좋은 인연을 단단히 붙잡아두려는 거겠지. 나까지 초대하는 걸 보면 차기 황제 폐하의 주치의가 될 나에게 호감을 사려는 의도일 것이다.

"어머니, 저는 버넷 가에 가고 싶지 않습니다."

나는 이번에도 어머니의 고운 머리카락들을 빗어드리며 넌지시 뜻을 전했다.

"미안하구나, 세요. 그 부탁은 들어줄 수가 없겠구나."

"네? 어째서요?"

"훗, 이번에는 네가 나를 안마해 주지 않았으니 들어줄 필요가 없지 않느냐?"

내가 퍼뜩 놀라며 어머니의 어깨에 손을 가져다 대려고 했다. 어머니는 내 손을 걷어내며 호호 웃으셨다.

"농담이다. 그렇게 기겁하다니."

"그러면 그냥 들어주시는 건가요?"

"설마 그렇겠니. 내가 들어줄 수 없는 부탁이란다. 버넷 가에서 우리 가문과 굉장히 친해지고 싶어하는 것만큼 네 아버지도 버넷 가에 관심이 많으시니까. 아마 허락하지 않으실 거다."

나는 어머니의 머리카락을 빗어드리던 손길을 멈추었다. 어머니는 계산적인 녀석, 정없는 녀석, 이기적인 녀석이라며 나를 타박하시더니 이내 깔깔 웃으셨다. 그러더니 나에게도 꽤나 귀여운 면이 있다고 말씀하시며 그렇게 뾰로통해 있지 말고 버넷 가에 가서 실수하지 않을 마음의 준비나 해두란다.

"마음의 준비라니요?"

어머니가 손짓을 하자 하녀가 이쪽으로 쪼르르 달려왔다. 어머니는 하녀에게 자신의 손톱을 정리하도록 시키신 후, 내 말에 대답을 해주셨다.

"너도 봐서 알겠지만 버넷 부인은 버넷 백작이 막내아들을 위해 우리를 만나는 걸 별로 좋아하지 않는단다. 그녀에게 있어 우리는 불청객일 거야. 그러니 좀 조심할 필요가 있지 않겠니?"

나는 고개를 갸우뚱거렸다.

"어째서죠? 버넷 부인은 우리를 별로 좋아하지 않는 건가요?"

"아니. 그건 아니란다. 잠깐. 예티, 약지의 손톱을 다시 다듬도록 해. 보기 흉하구나."

"알겠습니다, 부인."

하녀는 고개를 숙이며 어머니의 명에 따랐다.

"사실 아이작은 버넷 부인이 낳은 아들이 아니거든."

나는 깜짝 놀라며 어머니 앞으로 의자를 더욱더 가까이 바싹 당겼다. 이야기에 흥미가 생겼다는 뜻이었다.

"정말인가요?"

"나도 뒷소문으로 들은 거지만 아마 확실할 거야. 사실 아이작을 낳았다고 보기엔 버넷 부인이 너무 나이 들지 않았니?"

"흐음… 저는 그저 아이작이 늦둥이라고만 알고 있었는데."

어머니는 목소리를 낮추시며 귓속말을 하듯 속삭이셨다.

"그게 다 세간의 이목을 피하기 위한 눈가림이지. 실은 아이작의 친모는 굉장히 미천한 신분이었다더구나. 뭐라더라, 이름은 잘 기억나지 않는다만 뭔 향신료를 만드는 공장의 말단 직원이었다더군. 집이 가난해 그곳에서 일을 하다가 우연히 버넷 백작의 눈에 든 거지."

"조금 믿기 힘든데요. 버넷 백작이 그런 곳에 갈 이유가 없지 않습니까."

어머니는 하녀가 다듬어준 손톱을 이리저리 살펴보시더니 말을 이어갔다.

"거기 공장장이 버넷 백작에게 꾸준히 자기네 공장의 향신료를 갖다 바치면서 아부를 해왔었단다. 그 때문에 버넷 백작이 그곳을 가끔씩 드나들었던 게지. 사실 거기서 일하던 사람들은 대부분 알 만큼 안다고 하더구나. 버넷 백작이 웬 여인에게 눈독을 들였고, 얼마 후에 그녀는 배가 불러오더니 곧 공장에 다니는 걸 관두었다고. 굶어 죽어가던 그녀의 아버지는 갑자기 웬 농장 하나를 갖게 되었다지? 이 정도면 믿을 만하지 않니?"

아이작이 버넷 부인의 기세에 잔뜩 눌려 있던 모습이 떠올랐다. 그에 대한 연민이 치솟았다. 케이큘번이 아이작을 싫어하는 티를 낼 때마다 느꼈던 동정심과는 비교도 되지 않았다.

"그럼 그 친모는 어떻게 된 겁니까? 보통 그런 경우라면 아이와 여자는 같이 버려지지 않나요? 어째서 아이작은 귀족의 칭호를 얻게 된 건가요?"

어머니는 또다시 목소리를 낮추셨다.

"그게 그 여자가 아이를 낳아서 직접 버넷 가에 찾아왔다나 봐. 아이를 버넷 부인의 품에 넘기면서 아이를 받아주지 않으면 그 자리에서 죽어버릴 거라고 협박을 했었던 거지. 버넷 부인은 냉정한 사람이란다. 그런 협박에 넘어갈 사람이 아니었지. 그러니 어떻게 됐겠니?"

침이 꿀꺽 넘어갔다.

"정말 자살했나요?"

"그렇다고 해. 그것도 버넷 백작이 집으로 돌아오는 순간을 기다려서 말이지. 아주 영악한 여자였나 봐. 하여튼 그 모습을 본 버넷 백작은 자신의 아내더러 으름장을 놓았다네? 다시는 자신을 마주하고 싶지 않은 게 아니라면, 아이를 자신의 자식처럼 키우라고."

"흐음……."

"버넷 부인은 남편 없이는 못 사는 여자란다. 아무리 당차고 냉정하다고는 해도 남편이 자신을 떠나는 것은 못 참을 사람이지. 그래서 버넷 백작이 그렇게 외도를 하고 다녀도 모르는 척 눈감아주며 사는 것 아니겠니? 하여튼 그래서 아이작을 자신의 자식으로 받아준 것이란다. 하지만 그 미움이 어디 가겠니? 그녀는 아이작이 잘되는 걸 절대 좋아하지 않을 거야. 그러니 아이작의 앞날을 위해 네 아버지가 도움을 주는 것도 싫을 테고."

"그런가요?"

"그렇겠지. 사실 그녀가 낳은 친자식들 중에는 그다지 잘난 이가 없다는 것도 그 미움을 더 부추길 거야. 그 와중에 아이작은 성 켈로츠 의과대학에까지 입학했으니……. 어머, 수고했다, 예티."

어머니는 손톱 정리를 끝낸 하녀에게 동전을 쥐어주었다. 하녀는 함박웃음을 지으며 멀어졌다.

"그리고 아이작이 어릴 때부터 몸이 약하고, 죽을 고비를 수도 없이 넘긴 게 모두 버넷 부인의 짓이라는 이야기도 있단다. 뭐, 뜬소문일 뿐이지만 그만큼 그들 사이가 나쁘다는 것이지. 하여튼 세요, 이런 이야기들은 사교계에 조금만 발을 들이면 금방 알아낼 수 있는 내용이란다. 너도 이젠 그런 것에 신경을 좀 써야 하지 않겠니? 네가 마주할 사람이 어떤 사람인지 똑바로 알고 파악하는 게 얼마나 중요한데. 이젠 그렇게 어린 나이도 아닌데 네 앞가림은 해야지 않겠니?"

나는 '네네, 알겠어요' 라는 말로 어머니의 말에 건성으로 대답하며 방을 빠져나왔다. 이번에 버넷 가에 찾아가게 되면 과연 내가 아이작을 똑바로 쳐다볼 수나 있을까 하는 새로운 고민거리가 생긴 순간이었다. 나는 한숨을 휴 내쉬면서 그림이나 그려야지, 하고 억지스럽게 마음을 훌훌 털었다.

버넷 가를 방문해야 하는 날은 생각보다 굉장히 일찍 다가왔다. 나는 어머니가 직접 준비해 주신 의복을 차려입었다. 절대 얕보이면 안 된다는 어머니의 말씀을 귀에 박히도록 들으면서 나는 마차에 올라탔다.

아버지와는 최대한 눈이 마주치지 않게 조심을 가했다. 나는 터덜거리는 마차에 몸을 내맡긴 채 하염없는 먼 풍경만 바라보았다. 간간이 내 뒤통수에 와 닿는 아버지의 뼈아픈 시선이 느껴지기도 했지만, 나는 모르는 척하며 힐끗거리는 것조차 하지 않았다.

"멜컨 교수는 다행히 사형은 면했다. 일단은 종신형에 처해졌지만 그롤드 후작의 유서가 공식적이라는 인증만 거치게 되면 형이 조금 더 약해질지도 모른다는구나."

"네. 그렇군요."

아버지의 눈을 보지 않고 대답했다. 그것이 굉장히 무례한 것이란 걸 알고 있었지만 어쩔 수 없었다. 아버지의 눈을 직시하게 되면, 감옥에서 들었던 멜컨 교수의 말소리가 귓가에서 계속해서 맴돌 것만 같았기 때문이었다. 자기중심적이고 권위적이란 것만 제외하면 이제까지 내가 알았던 아버지와 모습과 멜컨 교수가 알려준 젊은 날의 아버지의 모습이 너무나도 판이하게 달랐다. 나에겐 그 강력한 이질감을 참아낼 능력이 없다는 걸 스스로도 잘 알고 있었다. 결국 내가 택할 방법은, 무례하긴 하지만 어떻게든 아버지를 피하고 보는 것. 그것이 최선이었다.

다행히 아버지도 더 이상 말을 걸어오지 않으셨다. 요즘 왜 자신을 피하냐고 직설적으로 묻기라도 하면 어떻게 대답해야 하나 하고 걱정하고 있었는데 다행이었다.

마차는 곧 버넷 가의 저택 앞에 멈추었다. 우리 가족은 버넷 백작의 열렬한 환영을 받으며 실내로 들어섰다. 역시나, 나에게 반갑게 인사를 건네오는 아이작을 보고 있으니 자꾸만 죄의식이 솟구쳤다. 왠지 그의 깊은 치부를 들여다본 것만 같은 느낌이 스멀스멀 기어올랐기 때문이었다. 아무렇지도 않은 척 그의 인사를 받아주기 위해 나는 땀을 스무 바가지 이상이나 흘려야 했다.

형식적인 서로의 칭찬들이 난무하는 식사 시간이 끝난 후, 아이작은 나에게 보여줄 게 있다며 자신의 방으로 안내했다. 한결 나아지긴 했지만 여전히 그를 대하기가 어색하긴 마찬가지였다. 나는 그에게 '너 버넷 부인이 친엄마가 아니라면서?' 라든가, '혹시 넌 버넷 부인 때문에 그렇게 몸이 약한 거니?' 따위의 질문을 던지기라도 할까 봐 굉장히 조심스럽게 신중에 신중을 가해야 했다.

"얼마 전에 열렸던 경매장에서 구입한 그림이랍니다. 어니뷔트 선배님이 보시면 좋아하실 것 같아서요."

그는 빙긋 웃으며 말했다. 고마운 마음이 스며들었다. 그래서 인지 그를 대하는 나의 태도가 상당히 부드러워졌다.

"얼마 전에 포뮌 경매장에서 열렸던 그 경매 말인가?"

"네! 알고 계셨군요."

그는 뭐가 그리 즐거운지 얼굴 한가득 웃음을 품었다.

"친구들과 함께 구경 가기로 했었지. 그러다가 그만 친구에게 사고가 생겨서 가지 못했다네."

다르젠이 나에게 그림을 선물할 예정이었다며 아쉬워했던 모습이 떠올랐다. 마음이 훈훈해지고 입가에 미소가 슬쩍 걸렸다. 내가 그 이야기를 해주자 아이작도 함께 미소 지었다.

"좋은 친구 분들을 두셨군요."

아이작의 말을 들으면서 속으로 고개를 끄덕끄덕거렸다. 나의 초승달이 된 눈썹이 분명 그에게 이렇게 말하고 있었을 것이다.

'나도 알아.'

"오! 하피의 그림인가?"

그의 방 중앙에 멋들어지게 배치된 그림 하나가 보였다. 나는 흥미가 이는 걸 느끼며 그 앞으로 다가갔다.

"예. 지난번에 말씀드렸던 바다 그림은 아쉽게도 다른 분께 낙찰되었답니다. 대신 이것을 사 온 것이죠."

웅장한 그림이었다. 구름과 태양을 표현한 탁월한 색감이 인상적이었다. 나는 그림 안으로 손을 밀어 넣다가 중간에 뚝 멈추고 말았다. 범접할 수 없는 거대한 무언가가 그림 속에 숨쉬고 있었다. 나는 형언할 수 없는 그 느낌에 압도된 채 이러지도 못하고 저러지도 못하고 손만 뻗고 있었다.

아기 천사들은 아기답게 울음을 터뜨리고, 한쪽에서는 여자를 껴안은 하프 연주자가 매력적인 선율을 터뜨리고 있었다. 그 하프 소리에 취한 주정뱅이는 세상에서 가장 행복한 미소를 지었고, 그 주정뱅이보다 몇십 년은 더 늙어 보이는 그의 아내는 등에 날개를 달고 있었다.

전체적으로는 굉장히 아름다운 그림이었다. 보통 사람들에게 인물들의 표정 따위는 보이지 않을 것이었다. 그들은 아기 천사들이 우는 표정이란 걸 못 알아챌 것이었다. 하프 연주자가 여자를 껴안았다고 보지 않고, 그저 춤 상대와 노닐고 있다고 여기겠지. 행복한 미소를 지은 저 남자를 주정뱅이로 보지도 않을 것이고 늙은 그의 아내는 천사로 바라볼 것이다.

나는 그림 속을 가득 메운 엄청난 위화감에 더 이상 다가가지 못하고 손을 거두었다. 이 그림은 대체 무엇을 말하고 있는 것인가?

"이 그림의 제목이 무엇인지 아는가?"

"[천국]입니다."

"흐음… [천국]이라……."

나는 말끝을 흐렸다. 그러자 아이작이 슬쩍 다가왔다.

"선배님도 느끼신 건가요?"

"응? 느끼다니?"

"이 그림을 가득 채운 모순을 말입니다."

"음. 내 시선이 이상한 게 아니었나 보네. 자네도 느낀 것이로군?"

아이작은 빙그레 웃었다.

"천국. 그 자체는 너무나 황홀하고 아름다운 공간이지만, 그곳에 머무는 사람들은 추할지도 몰라요. 착한 사람은 천국에 간다고 하지만, 그들이 꼭 아름다우란 법은 없지 않습니까? 술을 마시고 여자를 끼고 논다고 해서 천국에서 다 몰아내 버리면 천국에는 과연 몇이나 남을까요? 하피는 어쩌면, 천국의 시민은 착하면 그만이지 아름답기까지 할 필요는 없다는 걸 나타낸 건지도 모릅니다. 착하면서 추잡해도 얼마든지 천국에 갈 수 있다고 말하는 것일지도 모르지요."

　다소 주관적인 해석이긴 했지만 나쁘지 않았다. 사실 미술 작품을 감상하는 데 답이 어디에 있겠는가. 자신이 보고 느끼는 대로 감상하고, 자기 나름대로 가치를 부여해 그 아름다움만 꿰뚫어 볼 줄 알면 되는 것이지. 그런 의미에서 아이작의 태도는 상당히 마음에 들었다.

　"그래서 전 그 그림이 마음에 든답니다. 하피의 생각대로라면, 나도 천국에 갈 수 있겠구나 하는 생각이 들거든요. 전 착하게 살 자신은 있는데 아름답지는 못하니까 말입니다. 그 그림을 산 이유는 제가 저런 천국에 가고 싶기 때문입니다."

　역시 꿈이 많은 친구구나 하는 생각이 들었다. 그는 몽롱한 눈빛으로 그림을 뚫어져라 쳐다보더니 나에게 차를 대접했다. 나는 유난히 향이 좋은 차에 코끝을 가져다 대고 후각을 즐겁게 했다. 그와 이런저런 이야기를 나누다가 문득, 생뚱맞은 질문이 하나 떠올랐다.

　"그런데 자네는 웨인을 보기 위해 우리 학교에 입학했다고 말하지 않았었나? 그게 무슨 소린가? 특별한 사연이라도 있는가?"

　아이작은 머리를 긁적이더니 약간 민망한 기색을 드러냈다.

　"그분은 제 생명의 은인이십니다."

　"생명의 은인?"

　"그리고 제가 너무나 닿고 싶은 먼 하늘과도 같은 분이세요. 비록 저 따위는 닿을 수도 없이 높아서 포기했지만 말입니다."

　나는 '생명의 은인'에 관한 사연을 조금 더 캐묻고 싶었지만 아이작이 별로 원하지 않는 것 같아 관두기로 했다. 나는 아쉬운 마음을 향이 좋은 차에 듬뿍 담아서 품위없이 꿀꺽꿀꺽 삼켰다.

아이작은 웨인과 얽힌 사연에 대해서는 자세하게 말해주지 않았지만, 웨인 자체에 대한 이야기는 굉장히 많이 꺼냈다. 웨인이 신입생인 시절에 천문학 과제에서 만점을 받았다는 이야기, 그가 환하게 웃으면서 교수들의 수업을 지적했노라 하는 이야기, 아직도 마음에 들지 않는 교과서들은 구입도 하지 않았다면서요? 하는 질문들. 그가 얼마나 웨인을 동경하고 있는지 뼈저리게 느낄 수 있을 정도였다. 웨인은 모든 학생들의 동경의 대상이긴 하지만, 아이작은 뭔가 더 특별했다.

나는 절실한 그의 마음을 안 것에 더해 그의 출생에 얽힌 사연에 대한 연민이 자꾸만 솟아오르는 바람에 아이작에게 친절하게 대해주기로 했다. 친구들과 교정을 거닐다가 멀리서 아이작의 시선이 느껴지기라도 하면 나는 손짓을 해서 그를 불렀다. 케이쿨번이 나에게 날카로운 눈치를 주긴 했지만 모르는 척했다.

"웨인, 기억하지? 얼마 전에 자네 앞에 톡 튀어나왔던 신입생."

"오, 이름이 뭐였더라? 음, 폰 버넷?"

아이작은 감격에 물든 얼굴을 크게 끄덕였다.

"아이작 폰 버넷입니다."

"아! 아이작. 오, 우연히 만났네? 반가워."

나는 우연히 만난 것이 아니라고 말해주고 싶은 걸 간신히 참았다. 웨인이 손을 내밀어주자 아이작은 지금 이 자리에서 죽어도 괜찮다는 듯한 표정으로 그 손을 마주 잡았다. 웨인이 아이작에게 이런저런 사소한 질문을 던지고 아이작이 그에 대답하는 걸 보면서 다르젠이 나를 쿡 찔렀다.

"아무래도 저 녀석은 웨인을 그냥 동경하는 수준이 아니야. 나와 내기하겠나? 저 녀석이 웨인에게 사랑 고백을 하나, 안 하나?"

나는 싱거운 소리 말라며 웃었다. 하지만 다르젠의 표정이 꽤나 진지한 걸 보고, 나도 진지하게 내기에 임했다.

"나는 한다는 것에 걸지."

다르젠은 어엇? 하고 놀라더니, 둘 다 같은 곳에 돈을 걸 순 없다며 이 내기는 없었던 것으로 하자고 말했다.

그렇게 아이작을 우리의 틈에 끌어들이기를 수차례, 드디어 케이큘번이 투덜대기 시작했다.

"대체 왜 자꾸 저 녀석을 부르는 거지? 난 저 녀석이 마음에 들지 않는다고 분명히 말했을 텐데."

웨인이 케이큘번의 어깨를 툭 쳤다.

"뭐 어때. 좋은 사람 같던데. 예의도 바르고 식견도 넓은 것 같던데 같이 어울리면 좋지."

"자네한테야 좋겠지."

다르젠이 톡 끼어들었다.

"그게 무슨 소린가?"

"녀석이 자네를 어찌나 좋아하는지 옆에서 보고 있으면 눈이 부실 지경이라네. 그 정성이 자네에게 전해지지 않을 리 없고. 그러니 당연히 자네도 버넷 녀석을 좋게 보게 되겠지. 하지만 나는 달라. 용기가 없어서 숨어서 누군가를 계속해서 지켜보는 건 그다지 좋은 행동이 아니야."

숨어서 누군가를 계속해서 지켜보는 행동. 괴한이 치리에게 했던 짓인가.

"용기가 없었다면 저번에 나에게 당당히 인사를 건네오지도 못했었겠지. 너무 그리 야박하게 굴진 말게."

"자네야 누가 자네를 끊임없이 지켜본다 해도 신경도 안 쓸 만
큼 무디지만, 난 자네와는 다르단 말일세. 거슬려."

"그건 나도 마찬가지야, 파예트."

웬일로 다르젠과 케이큘번의 뜻이 맞았다. 친구들이 아이작을
싫어하는 걸 보니 내 마음이 한없이 불편했다. 그렇다고 아이작
의 손을 놓아버리자니 너무나 미안했다.

"버넷……. 마음에 들지 않아. 마치 레럼을 처음 보았을 때만큼
말일세."

"아, 체페. 또 쓸데없는 이야기를 시작하는군."

역시. 둘이 한마음 한뜻으로 오래 버티기란 힘들겠지. 둘이 투
덕대는 걸 멍하니 지켜보는데, 웨인이 슬쩍 말을 걸어왔다.

"세요, 자네도 아이작이 마음에 들지 않는 건가? 하지만 자네가
그에게 반갑게 손을 흔드는 걸 보면 그렇진 않은 것 같던데. 내가
아이작을 좋게 보는 건 자네가 그를 좋아하는 것 같기 때문이라
네. 그런데 만약 자네 뜻이 그게 아니라면……."

웨인의 질문에 투덕거리던 두 친구도 나에게 시선을 던졌다.
그들은 너무나 강렬한 눈빛으로 나에게 대답을 요구하고 있었다.

'말해봐, 세요. 대체 왜 저 녀석을 자꾸 우리의 틈으로 끌어들
이는 것이냐?'

누군가와의 사담을 남에게 전달하는 게 바람직하지 못한 일이
란 건 잘 알고 있었다. 그래서 아이작과 대화를 했던 내용을 꺼내
기까지 한참을 머뭇거려야 했다. 하지만 나 개인적으로도 그 사
연을 알고 싶기도 했고, 친구들도 설득시켜야 했기에 결국 입을
열어 이야기를 시작했다.

"웨인, 아이작은 자네를 자신의 생명의 은인이라고 말했다네."

"그게 무슨 소린가? 알아듣기가 힘든데?"

웨인은 당황한 표정이었다. 생명의 은인이라는 단어를 꺼내면 과거에 있었던 모 사건을 이야기해 줄 줄 알았던 그가 오히려 더 당황하는 걸 보면서 나는 순간 아이작과의 대화가 꿈속에서 일어났던 일인가? 하는 의문까지 가지게 되었다.

"나도 자세히는 모른다네. 웨인 때문에 성 켈로츠 의과대학에 입학했다는 말이 무슨 소리냐고 물었더니 그렇게 대답을 하더라고. 자네라면 뭔가 짐작 가는 사건이라도 있을 줄 알았는데."

웨인은 턱을 괴고 잠잠히 생각에 빠졌다.

"글쎄, 혹시 몇 년 전에 홍역을 앓던 갓난아기인가? 아니지, 그러기엔 시간이 맞지 않잖아? 살면서 내 또래의 남자를 구한 기억은 많지 않다네. 그중 하나라면 내가 분명 얼굴을 기억했을 텐데 아이작은 처음 본 얼굴이었어."

"그 녀석 혹시 웨인에게 접근하기 위해서 없었던 이야기라도 지어낸 것 아니야?"

다르젠이 삐딱하게 인상을 썼다. 나는 아이작이 순수하게 털어놓았던 자신의 미래에 대한 이야기들, 그리고 웨인에 대한 그의 철저한 동경을 떠올리면서 그를 변호하고 싶다는 생각을 잔뜩 머금었다.

"설령 그렇다 하더라도, 그게 죄는 아니지 않은가? 나쁜 뜻이 있는 것도 아니고 그저 웨인을 상당히 동경하는 것뿐이라네. 그러니 가까이 다가가고 싶은 거겠지. 너무 그렇게 나쁘게 볼 것만은 없잖아?"

나도 모르게 흥분을 했는지 목소리가 높아지고 말이 빨라졌다.

"그러면 당당하게 웨인에게 손을 내밀면 되지, 왜 기분 나쁘게 숨어서 힐끗거리느냐 이걸세. 확실히 그런 행동은 나쁜 인상을 주기에 충분한 것 아닌가?"

울컥. 나는 주먹을 쥐었다.

"자네들은 몰라. 처음부터 당연하게 웨인과 같은 부류였던 자네들은 친해지고 싶으면 그저 마음의 문을 열기만 하면 되었겠지. 하지만 나처럼 웨인이 멀고 높기만 한 사람들은 그에게 닿고 싶어하면서도 함부로 도약을 하지 못한다네. 저 높이 뜬 사람이 나를 어떻게 봐줄지 두렵기도 하고, 그와 친구가 될 가능성을 엿보지도 못해서 지레 포기해 버리지. 친해지고 나면 그저 친구가 될 뿐이지만, 그전에는 넘지 못할 벽 때문에 주저앉아 버리는 걸세."

"세요……."

모두의 눈이 놀란 것 같았다.

384 "평범한 자들은 높은 자들이 손을 내밀었을 때 그 손을 너무 크게 여겨 움찔거리고 제대로 잡지도 못하게 돼. 그런 자들이 천재들에게 먼저 다가가서 손을 내민다? 그게 쉬울 것 같나? 왜 성 켈로츠 의과대학의 수많은 학생들이 웨인 파예트라는 이름을 마음속에 품고서도 제대로 된 이야기 한번 나눠보려고 시도하지 않는지 정녕 모른다, 이 말들인가?"

과거의 열등감이 새록새록 상기되어 샘솟았다. 지금에 와서야 내 신분 때문에 나를 어려워하는 자들을 많이 봐와서 알게 모르게 웨인의 처지도 어렴풋이 느껴보았고, 천재든 범재든 그저 다 같은 친구라는 걸 깨달았다지만 그때는 달랐다. 아마도 아이작은 과거의 내 모습을 조금 더 과장시켜 놓은 정도겠지.

아이작의 행동이 분명 거슬리는 것이긴 하나, 그의 입장에선 그것이 최선이라는 걸 나는 알고 있었다. 그를 돕고 싶은 내 마음을 몰라주는 친구들이 야속해서 나는 꼭 쥔 주먹을 풀지도 않고 주절주절 마음을 풀어야 했다. 그것이 어째 분위기가 이상한 쪽으로 흘러 이제껏 내가 참아왔던 속상함에 대한 한탄이 되어버렸느냐가 문제였지만.

이봐, 친구들. 난 처음에만 잠깐 그랬지, 지금은 아무렇지도 않다고.

"치리가 다 나으면 토샤의 오페라를 보여줄 생각이야. 그때 버넷에게 함께 가자고 말해, 세요."

다르젠은 나를 달래주려는 듯 어깨를 토닥이며 말했다. 케이큘번은 아무 말이 없었고, 웨인은 피식 웃어버렸다. 나는 괜히 더 마음이 상한 척 크게 행동을 하면서 다르젠과 케이큘번이 미안한 마음에 내 말을 모두 다 들어주도록 만들었다. 나는 가끔씩은 친구를 속이는 연기란 것도 꽤나 필요한 것이구나, 하는 걸 깨닫고는 마음속으로 피식 웃었다.

치리와 아이작까지 한자리에 모이자 일행이 꽤 많았다. 적당히 부산스럽고 적당히 어색하게 서로를 대하면서 우리는 오페라극장으로 향했다.

"와, 정말요? 그럼 가장 큰 형님과는 나이가 스무 살이나 차이 나는 거예요?"

"네. 그렇습니다."

"신기해요. 저는 언니만 셋인데 다들 저와 비슷한 또래랍니다. 둘째, 셋째 언니는 쌍둥이고요. 큰언니와 저는 네 살밖에 차이가 나지 않거든요. 그래서 엄청 싸우면서 자랐는데. 음, 아이작 씨는 그런 경험은 없으시겠네요?"

"네. 잘 만나지도 않는답니다. 이야기를 잘 나누지도 못해요. 하핫."

아이작은 눈을 빛내며 질문하는 치리에게 슬머시 대답을 해주었다. 마지막에 눈웃음을 치며 어색한 하핫 소리를 내는 걸 보니 괜히 내 마음이 푹 찔렸다. 아이작의 배다른 형제들이라… 버넷 부인이 아이작을 그렇게 쌀쌀맞게 대하는데 형제들이라고 다르리라는 법이 있겠는가.

"신기하겠다. 음, 저희 어머니가 지금 동생을 하나 더 낳아주실 수 있을까요? 저도 아이작 씨 같이 어린 동생 있으면 정말 좋을 것 같은데."

치리는 자신의 나이와 어머니의 나이를 손꼽아 계산해 보았다. 그러더니 실망한 듯 손을 거두어들였다. 그 모습을 흘낏거리던 다르젠의 얼굴에는 붉은 기가 가득 넘쳤다. 그는 혼자 쑥스러워하며 고개를 돌리다가 나와 눈이 마주쳤다. 내가 눈빛으로 '거봐, 자네는 정말 치리를 사랑하고 있잖아. 얼른 고백하라고' 라고 말한 걸 알아들은 건지 못 알아들은 건지 눈을 다른 곳으로 돌리며 내 시선을 모른 척했다.

아이작의 안색이 좋지 않았다. 나는 그에게 혹시 몸이 불편하냐며 걱정스레 물어보았다. 그는 기겁을 하며 고개를 내저었다.

"부모님의 동행 없이 외출을 한 게 처음이라 떨려서 그런 겁니다. 학교에 갈 때도 늘 어머니와 함께 마차를 타곤 하거든요. 이렇게 집에서 멀리 떨어진 곳에 나와본 적이 없어서 긴장하나 봐요. 걱정 마십시오."

"그래? 그렇다면 다행이지만."

아이작은 눈을 빛냈다.

"꿈만 같습니다. 이렇게 사람들과 어울려서 오페라를 보러 가는 날이 오리라곤……."

나는 그의 어깨를 툭 쳐주었다.

"얼른 건강해지라고."

요즘 토샤의 예술계를 뒤흔드는 작품은 바로 호로크의 [물 긴는 노인]이었다. 아픈 아들을 위해 기도를 드리던 노인은 신탁을 받게 된다. 깊은 숲 속의 샘물을 떠와 아들에게 마시게 하라는 것. 노인은 단 한 번도 듣지도, 보지도 못했던 그 샘을 찾아내게 되고 아들에게 꾸준히 그 샘물을 떠와서 먹이게 된다. 그 샘물은 여타 샘물과는 다르게 굉장히 탁하고 더러웠다. 하지만 노인은 눈 하나 까딱하지 않는다. 그에게 중요한 건 오로지 병상에 누워 있는 아들의 목숨뿐.

아들은 점점 회복하게 되지만 그 속도가 굉장히 느렸다. 노인은 더더욱 샘물을 더 열심히, 더 자주, 더 많이 길어온다. 마을 사람들은 노인더러 미쳤다고 비난을 한다. 아들에게 더러운 구정물을 먹인다고 비난하던 그 마을 사람들은 어느 날 하나하나 죽어나가기 시작했다. 노인은 마을 사람들이 죽어가는 걸 안타까워하면서도 샘물 긴기를 멈추지 않는다.

마을의 인구가 반으로 줄어버린 시점. 노인은 또다시 샘을 찾아가 그곳에서 믿을 수 없는 광경을 목격한다. 마귀가 사람들을 죽여 샘 안에 그들의 피를 짜 넣고 있었다. 마귀는 말리는 노인을 향해 이렇게 말한다.

'네 아들을 살리는 샘물은 모두 이 인간들의 핏물이다. 내가 멈추면 네 아들은 죽는다.'

노인은 결국 아들을 선택하게 되고 마지막엔 마귀에게 사람을 갖다 바치기까지 한다. 그렇게 해서 결국 아들은 살아나게 된다. 아들은 자신의 마지막 생명을 채워줄 수 있는 건 아버지의 피라고 말하며 깨어나자마자 노인을 죽인다. 하지만 죽어가는 노인은 너무나 행복하게 웃으면서 감격을 토해낸다.

'살아났구나, 사랑하는 나의 아들아.'

"굉장히 파격적인데?"

다르젠은 놀라움을 금치 못했다. 호로크의 음악에 대한 기호는 원래 호불호가 굉장히 극단적으로 나눠지는 편이긴 했지만, 이번 오페라는 훨씬 더 큰바람을 불러일으킬 듯했다. 다르젠은 이렇게 시험적이고, 파격적인 음악을 치리에게 들려준 것이 조금 걱정스러운지 공연 내내 치리를 불안하게 흘깃거렸다.

치리는 조금은 겁에 질린 것 같긴 했지만 의외로 무대에서 한시도 눈을 떼놓지 않았다. 그녀의 눈에는 흥미로움이 가득했다.

"작곡자가 누구라고 했죠?"

"호로크."

"기억해 놔야겠어요. 엘베하로 돌아가면 저 작곡가 분께 오페라를 하나 써달라고 부탁해야겠는데요?"

"으응. 돌아가면……."

다르젠은 말끝을 흐리면서 치리를 멀뚱히 쳐다보았다. 치리가 왜 그러냐고 자신의 얼굴에 뭐가 묻었냐고 묻자 그제야 시선을 슬쩍 거두었다.

우리는 저마다의 감흥을 안고 늘 향하던 주점으로 갔다. 아이작에게 괜찮겠냐고 물었다. 그는 술만 입에 대지 않으면 상관없다면서 기어코 우리와 동행하려 했다.

"자네는 어떻게 생각하는가, 케이큘번?"

"뭘?"

"그 노인의 행동 말일세. 자신의 아들을 살리기 위해서 마을 사람들의 죽음을 못 본 체하지 않았었나. 마지막엔 자신이 직접 사람을 죽여 악마에게 바치기도 했고 말일세. 그 노인의 행동을 어떻게 생각하느냐는 말일세."

웨인의 질문에 케이큘번은 단 한순간의 머뭇거림도 없이 대답했다.

"어리석어."

"그래?"

"제 아들의 목숨이 소중한 만큼, 다른 이의 목숨도 소중한 것이지. 그 노인이 객기만 부리지 않았더라면 마을 사람들은 죽을 필요가 없었지 않은가. 엄밀히 말해서 죽었어야 할 한 사람의 목숨과 죽지 않았어도 될 백 사람의 목숨을 맞바꾼 것과 마찬가지지. 이기적이고 어리석은 행동이었어."

케이큘번의 가차없는 비평. 웨인은 잠깐 고민하는 것 같았다.

"이성적으로 판단하면 자네 말이 옳다네. 의사의 입장에서 보더라도 자네 말이 맞아. 한 사람을 살리는 동안 나머지 열 사람이 죽어야 한다면, 차라리 그 열 사람을 살리고 앞선 한 사람을 죽도록 내버려 두는 게 그나마 낫다고 생각했었으니 말일세. 안타깝긴 하지만 그런 상황이 온다면 대를 위해 소를 희생시켜야 하겠지."

"그래, 그 말이 옳아."

"하지만 문득, 희생시켜야 할 사람이 내가 사랑하는 사람이면 어땠을까 하는 생각이 든 것이라네. 그렇게 생각하니 사람 마음이 참 간사하더군. 이제까지의 생각이 다 흔들리지 뭔가. 내가 저 노인이었어도 저렇게 행동하지 않았을까 하는 생각이 들어서 마음이 착잡해."

케이큘번은 인상을 썼다.

"실망이군, 파예트. 자네가 정이 많은 건 알지만 의사로서 행동해야 할 땐 참 이성적인 친구라고 생각했었는데. 아무리 사랑하는 사람이라고 해도 그 사람 때문에 다른 이들이 죽어나가야 한다면 그를 버려야 하는 거야. 객기로 그를 붙잡고 있는 것은 비난받아 마땅해."

나는 고개를 끄덕거렸다. 그의 말에 크게 동의를 하는 것은 아니었다. 다만 케이큘번이라면 만약 희생시켜야 할 사람이 바로 나라고 하더라도 가차없이 버릴 사람이라는 생각이 들었던 것이다.

"그렇게 함부로 말씀하지 마세요."

앳된 목소리가 케이큘번에게 대들었다. 모두의 시선이 아이작에게로 향했다. 그는 물을 홀짝이더니, 케이큘번의 눈은 쳐다보지도 못하고 드문드문 말을 이어갔다.

"모든 걸 다 바쳐서라도 구하고 싶은 사람이… 있는 법입니다. 그 사람을 잃을 바엔 차라리 수백, 수천 명의 다른 사람들이 대신 죽었으면 좋겠다고 생각되는 그런 사람……. 그 상황이 되어보지 않은 이상 그렇게 함부로 말씀하시면 안 되는 겁니다."

아이작은 조심스럽게 고개를 들었다가 케이큘번의 매서운 눈초리와 마주치고는 다시 고개를 숙였다. 내 머리가 지끈지끈 아파왔다. 겨우 케이큘번과 아이작 사이가 그나마 가까워졌다고 여겼더니 말짱 헛수고였다.

휴, 나는 그저 모르는 척, 눈감을밖에.

치리는 더 이상 토샤에서 시간을 지체할 수 없었다. 이젠 몸도 거의 다 나았으니 변명거리도 없었다. 체페 상단의 거래 물품을 실어 나르는 배의 선원들은, 엘베하에 다녀온 후 다르젠에게 아쉬운 소문을 넌지시 일러주기도 했다. 엘베하 오페라하우스에서는 치리 포피니에가 돌아오기만을 애타게 기다리고 있다는 듣기 싫은 소문.

치리는 결국 귀향 날짜를 잡았다. 그녀가 떠나기로 한 바로 전날, 다르젠은 너무 쓸쓸해 보였다. 그는 우리에게 비싼 술을 대접하겠노라며 평소에 늘 들르던 주점을 지나쳤다. 내가 걱정스러운 마음에 다르젠의 팔을 붙들자, 그는 내 손을 뿌리치며 이렇게 말했었다.

"세요, 잊은 건가? 난 체페 상단의 후계자잖아. 늘 허튼 데다 돈을 쓰는 못난 놈이지."

어째 그의 발걸음이 이상한 곳으로 향했다. 화려한 불빛이 새어 나오는 곳으로 우리를 인도하는 다르젠. 다르젠을 제외한 우리들은 눈치를 주고받았다. 하지만 다르젠이 너무 불안해 보였기에 함부로 저지할 수가 없었다. 일단은 그가 어떻게 행동하는지 지켜보기로 했다.

아니나 다를까, 불길함은 적중했다.

"다르젠, 이만 돌아가자."

다르젠이 라미에르 부인의 살롱 안으로 발을 들여놓으려고 할 때, 나는 얼른 그의 팔을 붙들었다. 다르젠은 나를 톡톡 치며 싱긋 웃었다.

"괜찮아, 괜찮아. 우리도 가끔은 이런 경험을 해야 하지 않겠는가? 토샤에서 가장 훌륭한 성 켈로츠 의과대학! 그 속에서 독보적인 존재가 바로 우리들 아닌가. 그런 사내들이 여자 하나 건드려 보지 못한다는 건 수치지."

"마음에 안 드는군."

케이큘번이 몸을 돌렸다. 그러자 웨인이 그의 소매를 붙들었다. 웨인은 심각한 표정으로 고개를 한번 저었다. 떠나지 말라는 이야기. 케이큘번은 인상을 쓰더니 웨인의 뜻에 따라주었다. 분명 다르젠의 곁에 우리가 있어주긴 해야 했다. 하지만 이런 곳은 정말 꺼려지는데.

나는 어머니의 말씀을 들은 적이 있어서 알고 있었다. 라미에르 부인의 살롱은 절대 정숙한 장소가 아니었다. 고귀한 신분을 가진 사내들의 음흉한 속사정을 풀어주기 위해 마련된 파티. 그것이 바로 라미에르 부인의 살롱이었다.

다르젠이 라미에르 부인의 저택으로 들어서려고 하자 문지기들이 가로막았다. 다르젠은 품속에서 집히는 대로 돈을 꺼내 들어 그들에게 건네주었다.

"다르젠 체페다. 저쪽은 세요 폰 어니뷔트. 모든 비용은 내 앞으로 청구하게."

왜 이런 데다 내 이름을 파는 것이냐고 따지며 톡 끼어들려던 걸 간신히 참았다. 지금 나섰다간 누가 세요 폰 어니뷔트인지 저들에게 밝히는 꼴이었으니까. 나는 괜히 딴청을 피웠다.

우리의 입장을 허가해 주느냐 마느냐를 결정하기 위해 문지기

하나가 저택 안으로 총총히 뛰어들어 갔다. 나는 그새에 다르젠에게 다가가 속삭였다.

"내일이면 치리가 떠난다면서? 그럼 그녀와 함께 있어주어야지, 왜 이런 곳엘 온 건가. 얼른 돌아가자."

다르젠은 못 들은 척하며 내 말소리가 닿은 귀를 탈탈 털어버리기만 했다. 나는 당황한 눈빛으로 웨인을 쳐다보았다. 웨인이 다르젠을 말려주길 바랐다. 하지만 어째서인지 웨인은 아무런 행동도 취하지 않았다.

살롱 안은 너무나 화려했다. 언젠가 어머니의 성화에 못 이겨서 어느 귀부인의 살롱에 따라간 적이 있었는데, 그 분위기와는 상당히 달랐다. 그때는 유명한 음악가들이 연주를 하거나 고가의 미술품을 전시하고, 또는 저마다의 잔에 시를 한 모금씩 담아 나누곤 했었다.

하지만 이곳은 화려하고 원색적이었다. 과감한 옷을 입은 뛰어난 미모의 아가씨들이 남자들에게 유혹의 눈길을 보내고, 이름만 대면 알 법한 신사들은 그녀들에게 슬쩍슬쩍 팁을 찔러주었다. 파티가 끝날 때쯤, 아니, 어쩌면 그전에 저들은 쌍쌍이 짝을 맞추어 연회장을 빠져나가겠지…….

"오호, 체페?"

문지기에게서 우리 이야기를 들었는지 라미에르 부인이 모습을 드러냈다. 다르젠은 그녀를 아는 걸까? 익숙하게 그녀에게 인사를 전했다.

"아름다운 부인."

라미에르 부인은 자신의 손에 입맞춤을 하는 다르젠을 내려다보며 아름답게 웃었다.

"예전에 아버지와 함께 있던 모습을 보았죠. 그땐 아무것도 모르는 어린아이이더니 어느새 어엿한 남성이 되어 나의 살롱까지 찾아왔군요. 그리고 어니뷔트 가의 자제도 함께 왔다고 들었는데?"

나는 원망스러운 눈초리로 다르젠을 쳐다보았다. 하지만 라미에르 부인의 나를 찾는 눈빛을 더 이상 기다리게 할 순 없어서 슬쩍 앞으로 나섰다.

"처음 뵙겠습니다. 세요 폰 어니뷔트라고 합니다."

라미에르 부인은 부채로 입을 가린 채 웃어 보였다.

"오호, 어니뷔트 부인은 굉장한 미모의 소유자라고 알고 있는데, 어머니를 닮으신 모양이로군요."

불편한 인사는 곧 끝이 났다. 살롱의 마담인 라미에르 부인은 우리 외에도 접대할 사람이 많았다. 그녀는 우리보다 조금 더 나이가 많고, 우리보다 조금 더 이런 문화에 익숙한 자들을 만나기 위해 곧 자리를 떴다. 나는 목이 졸리는 느낌이 들어 첫 단추를 풀어버렸다.

테이블에 자리를 잡고 앉은 우리는 아무 말도 하지 않았다. 다르젠만이 실없이 웃으며 우리의 잔을 채워주었다. 케이큘번은 화가 나는지 포도주를 꿀꺽꿀꺽 마셔 버렸다. 나는 '레럼, 포도주는 그렇게 마시는 게 아닐세'라고 말을 해주려다가 또 귀족 티 낸다는 타박을 들을까 봐 관두기로 했다.

가끔씩 화려한 아가씨들이 우리에게 다가와 눈길을 주고 가곤 했다. 특히 다르젠의 인기가 굉장했다. 젊은데다 멋진 외모까지 지니고 있고, 체페 상단의 후계자라는 배경이 그를 빛내주고 있는 것이겠지. 몸을 팔기 위해 이 살롱에 온 아가씨들은 모두들 다르젠을 노리고 있을 것이다. 저렇게 열려 있으니 접근하기도 쉽고.

다르젠은 그중 한 명더러 귀고리가 잘 어울린다며 칭찬을 하더니 사는 곳이 어디냐고 묻기까지 했다. 그 모습을 지켜보기가 왜 이렇게 어려운지. 괜히 내 마음이 두근거리고 떨리고 민망해서, 나는 참지 못하고 시선을 다른 곳으로 치워 버리거나 술잔을 들곤 했다.

웨인은 어여쁜 아가씨들의 유혹을 깔끔하리 만큼 정중하게 거절을 했고, 케이큘번은 아예 무시를 했다. 나는, 누가 나에게 다가올 기미를 보일 때마다 아예 일찌감치 자리를 떠버렸다. 그리고 그녀가 시야에서 사라지면 다시 총총히 돌아오곤 했다. 꽤나 고역이었다. 대체 왜 이런 짓을 해야 한단 말인가.

"이만 했으면 돌아가자, 다르젠."

드디어 웨인이 다르젠을 향해 입을 열었다. 하지만 다르젠은 손사래를 쳤다.

"무슨 소린가. 진정한 파티의 시작은 이 파티가 끝난 이후라고. 저기 봐, 웨인. 저 푸른 옷을 걸친 아가씨 말일세. 몇 살일까? 상당히 어려 보이는데. 예쁘지 않은가?"

다르젠이 매력적인 눈웃음을 지으며 말했다. 다르젠의 눈길을 받은 아가씨가 곧 화답을 해왔다.

"치리 포피니에가 훨씬 더 아름답다네."

웨인의 도발. 다르젠은 그저 못 들은 척.

"열여섯쯤 되려나?"

"다르젠."

"아니지. 어쩌면 더 어릴지도 몰라."

"다르젠!"

"그래. 너무 어린애는 별로야. 역시 아까 그 아가씨가……."

"다르젠 체페!"

웨인이 소리를 질렀다. 그가 화를 내다니. 케이큘번과 나는 뜻밖의 웨인의 모습에 깜짝 놀랐다. 누군가를 치료할 때가 아닌 이상, 웨인이 화를 내거나 신경질을 내는 경우는 극히 드물었다. 아니, 거의 없다고 봐도 좋았다. 그런 그가 다르젠을 향해 소리를 질렀다. 우리는 숨을 죽였다. 우리 주변에서 노닐던 사람들이 우리를 힐끔거렸다. 하지만 그들은 이내 관심을 접었다.

"나도 안다네, 치리가 훨씬 더 아름답다는 것쯤은. 하지만 그녀는 내가 가질 수 없다네. 하하, 내가 돈만 쥐어주면 가질 수 있는 여자 중에는 저 여자가 가장 아름답다, 이 말일세. 치리가 아름다운 것과는 전혀 상관이 없어."

396

조금은 취기가 오른 듯한 다르젠을 툭 건드려 보았다. 그는 내가 건드리는 줄도 몰랐다. 이 친구 아까부터 술을 닥치는 대로 들이켜더니 지금 힘든가 보다.

"무슨 일 있는 건가, 다르젠?"

나는 웨인의 눈치를 살피며 다르젠에게 질문을 던졌다. 다르젠은 땅이 꺼질듯 한숨을 쉬더니 게슴츠레한 눈을 최대한 치켜 떴다.

"거절당했어. 그녀는 절대 부모님의 뜻을 거스를 수 없다고 말했다네. 미안하다면서 생긋 웃더군. 그러더니 이렇게 말했지. 다르젠, 어차피 나와 연인이 되면 우리는 토샤와 엘베하를 가로막는 벽을 넘지 못하고 헤어지고 말 거예요. 먼 곳에서 당신을 소중한 친구로 기억할게요, 라고."

다르젠은 까칠한 손바닥으로 얼굴을 쓸어내렸다. 그의 스치는 손에 눈물이 묻어났다. 다르젠은 소매로 눈가를 쓱쓱 닦더니 눈물 따위는 애초에 흘리지 않았던 척 또 싱긋 웃었다.

"그럼 그녀의 부모님을 찾아가면 되지 않나? 그녀와 약혼하기로 한 남자를 이길 자신이 없는 건가? 객관적으로 봤을 때, 자네만 한 신랑감을 찾기가 쉬울 것 같진 않은데."

케이큘번의 입에서 오랜만에 다르젠에 관한 칭찬이 나왔다. 하지만 다르젠은 아무런 감흥도 없어 보였다.

"그건 중요한 게 아니라네, 레럼. 중요한 건 치리의 마음이 어떠냐 하는 것이지. 만약 그녀가 나를 사랑한다면 그렇게 망설임 없이 부모님의 뜻을 거스를 수 없다고 단박에 잘라서 말했겠는가? 적어도 부모님의 뜻을 거스르긴 힘들지만 말씀은 드려보겠다고 했겠지. 그건 핑계일 뿐인 거야. 나는 바보가 아니라고."

다르젠은 마음이 격해오는지 결국 소리 내어 흐느꼈다.

"세요, 왜 내가 그녀를 사랑하고 있다고 깨닫게 한 건가. 차라리 먼 곳에 사는 친구에 대한 깊은 우정이라고 말해주었다면, 치리가 나를 소중한 친구로 기억할 것이라는 말을 듣고 행복해했을 것 아닌가."

우정만 가득했던 우리들은 사랑은 다룰 줄 몰랐다. 친구 중 하나가 사랑이라는 감정 때문에 아파하고 슬퍼하는 걸 보면서도 우리는 그 어떤 제대로 된 조언 하나 해주지 못했다. 우리가 다르젠을 위해 해줄 수 있는 건 그가 따라 주는 술을 마시고, 그의 이야기를 들어주고, 그가 하자는 짓을 하는 척해주는 것.

깊은 밤. 우리는 술에 잔뜩 취한 다르젠을 부축해 라미에르 부인의 살롱을 빠져나왔다. 오늘 밤 체페의 여인이 되려고 단단히 마음먹었던 아가씨들이 여기저기서 눈총을 주었다. 다시는 이곳에 오지 말아야지, 하고 마음먹으면서 나는 최선을 다해 그곳에서 벗어났다.

다음날 치리는 엘베하로 향하는 배에 올랐다. 그녀는 아무렇지도 않은 얼굴로 다르젠에게 인사를 하고 그의 뺨에 키스를 해주었다. 나는 정말 다르젠이 그녀에게 고백했다가 거절당한 게 맞나? 하는 의문마저 가졌다. 혹시 술에 취해 자신의 기억을 조작한 건 아닐지. 그렇지 않고서야 치리가 어쩜 저렇게 자연스럽게 행동할 수 있는 거지?

"편지 쓸게요. 초대해 줘서 정말 고마웠어요."

그녀는 손을 흔들고 사라졌다. 배는 곧 출항했고 다르젠은 그녀가 떠난 자리를 한참이나 더 쳐다보았다.

곧 방학이 시작될 참이었다. 방학 전에는 한 학기 동안 배운 것에 대한 시험을 쳤다. 나는 그 시험을 준비해야 했다. 나는 공부 그 자체가 좋아서 푹 빠져 사는 케이큘번이나, 따로 공부 따위 하지 않아도 시험에서 탑의 자리를 차지하는 건 아무 일도 아닌 웨인과는 달랐다. 나는 과제나 시험의 압박이 없는 한 적당히 여유를 부리다가 그것들이 닥쳐오면 부랴부랴 마무리를 하는 평범한 학생이었다. 평범한 나는 머리 터지게 시험 공부를 해야 했다.

시험은 그렇게 나를 긴장시켰다. 그리고 또 한 사람, 다르젠에게도 시험의 손길을 뻗쳤다. 치리 때문에 괴로워하던 그는 입학한 이래 처음으로 대단한 집중력을 보여주고 있었다. 마치 책을 읽으면서 자신이 처한 상황을 잊어버리고 싶어하는 것만 같았다.

그런 와중에, 내가 한창 도서관에서 코피를 쏟아가며 법학을 공부하고 있을 때였다.

“어니뷔트.”

“뭐?”

나도 집중하고 있을 땐 누가 건드리면 짜증을 낼 줄 안다고. 인상을 팍 쓰면서 소리 난 쪽을 쳐다보았다. 케이큘번이 팔짱을 끼고 그곳에 서 있었다. 이거 어째 언젠가 경험해 본 적 있었는데…….

아, 생각났다. 신입생 시절, 케이큘번이 나에게 내과의학 필기 노트를 건네줄 때가 딱 이런 상황이었다. 나는 끙끙거리며 집중하기 위해 발버둥치고 있었고, 케이큘번은 그런 나를 툭 건드려 짜증나게 만들었지.

“예전에 내가 준 노트 기억하는가?”

신기했다. 케이큘번도 나와 똑같은 추억을 떠올리고 있는 건가 하는 생각에 굉장히 반가웠다.

“오호, 나도 지금 그 생각을 하고 있었다네.”

내가 신이 나서 대답해 주자 케이큘번이 고개를 갸웃거렸다.

“무슨 소린가? 생각이라니?”

케이큘번의 심각한 표정을 보아하니 아무래도 내가 잘못 짚은 듯싶었다. 나는 머리를 긁적이며 어설프게 웃었다.

“아, 아닐세. 예전에 준 그 내과의학 필기 노트 말하는 거지?”

“그래, 그것. 아직 가지고 있나?”

“버리진 않았으니 집에 있을 거야. 왜?”

그의 오른쪽 눈꼬리가 파르르 떨렸다.

“버리진 않았다, 이거군.”

이건 뭔가 실수한 느낌.

“아, 아니, 그런 뜻이 아니라, 잃어버리거나 내다 버린 기억이

없는 걸 보니 분명 내가 간직하고 있을 것이라는 그런 말이었다
네. 하찮게 생각한다거나 그랬다는 건 절대 아니야."

내 등에 땀이 흐르는 걸 케이큘번은 알까. 그가 피식 웃는 걸
보니 그나마 안심이 되었다.

"뭐 그리 변명하지 않아도 된다네. 하여튼 그 노트 필요없다면
나에게 돌려주지 않겠나?"

"왜?"

한동안 펴보지도, 심지어 어디에 놓여 있는지조차 모를 케이큘
번의 노트가 왜 갑자기 아깝게 느껴지는 것일까.

"줄 사람이 있다네. 어차피 그 안에 적혀 있는 건 워낙 기초적
인 내용들이라 자네 정도 공부했으면 다시 그 노트를 펴볼 일은
없지 않은가? 자네에겐 필요없는 물건일 테니."

"그렇긴 하지. 흠. 하여튼 알겠네. 내가 내일 찾아서 가져다줄
게."

베우스의 해부학 책을 닮은 케이큘번의 노트. 그것은 내 책장
에서 가장 잘 보이는 위치에 꽂혀 있었다. 나는 케이큘번의 노트
를 쉽게 찾아낸 것에 감사했다. 만약 찾아내지 못했다면 나는 그
의 차가운 눈빛을 몇십 분씩이나 참아냈어야 할 테니.

다음날 나는 케이큘번에게 노트를 건네주었다.

"그런데 누구에게 주려는 것인가?"

어째 노트에 붙은 손이 잘 떨어지지가 않았다. 조금이라도 내
손안에 더 두고 싶어서였을까? 나는 시간을 끌며 괜히 흥미도 없
는 질문을 던져 보았다.

"버넷."

“응?”

“버넷이라고. 아이작 폰 버넷. 그에게 주려는 것이라네.”

노트에 붙었던 손이 순식간에 떨어졌다. 몸에 힘이 탁 풀린 것이었다. 케이큘번이 아이작에게 자신이 필기한 노트를 준다? 차라리 나의 어머니가 그 자그마한 손거울을 내다 버리길 기대하는 편이 훨씬 더 바람직하지 않았을까? 그런데 그런 일이 실제로 벌어질 것이라고?

“왜?”

“왜냐니?”

“자네는 아이작을 상당히 싫어하는 줄 알았는데.”

지난번에 아이작이 케이큘번의 말에 대꾸를 한 이후로 그들은 개인적으로 단 한 마디도 나누지 않았다. 나는 양쪽 다에게 미안해서 요즘엔 우리들 사이에 아이작을 불러들이는 행동조차 자제하던 차였다.

“자네는 항상 내가 누군가를 싫어한다고 말을 하는군. 나는 그 녀석을 싫어하지 않아. 버넷이 이젠 더 이상 내가 눈살을 찌푸릴 만한 행동을 하지 않으니까 싫어할 이유가 없잖아? 오히려 마음에 든다네. 용기없고 한심한 인간인 줄로만 알았더니 나름 뜻도 있고 주장도 세울 줄 아는 녀석 아닌가. 나는 그런 자들을 꽤 좋아하는 편이야. 함부로 판단하지 말라고.”

“내가 함부로 판단한 게 아니라네. 자네가 감정 표현에 서툰 것이지. 누가 봐도 나처럼 생각했을 거야.”

나름 뜻도 있고 주장도 세울 줄 아는 녀석을 좋아한다는 케이큘번의 말이 나로 하여금 그의 마지막 말에 토를 달 수 있게 만들었는지도 모르겠다. 평소의 나였다면 슬쩍 웃어버리거나 대답을

401

하지 않았을 텐데.

나는 아이작을 찾아 나서는 케이큘번의 뒤를 슬쩍 따랐다. 아이작이 걱정되었기 때문이다. 아이작은 그리 강한 심장을 가진 사람이 아니었다. 케이큘번이 무뚝뚝하게 노트를 건네주면 혹시 그 노트 표지에 독이나 묻은 건 아닐까 하고 걱정할지도 모를 노릇이었다. 내가 둘 사이의 긴장감을 완화시켜 주어야지, 하는 생각에 따라나선 것이었다. 뭐 사실 조금은 그들이 어떤 대화를 할 것인가 궁금하기도 했고.

케이큘번은 아이작이 늘 공부를 하며 시간을 보내는 장소를 안다고 말했다. 우연히 본 적이 있는데, 그 뒤로도 계속 그곳에 머물더라는 것이었다.

"이봐."

나무에 등을 기댄 채 눈을 감고 있던 아이작은 소스라치게 놀라며 자리에서 벌떡 일어섰다. 그는 머리와 옷매무새를 금방 정리하더니 케이큘번에게 꾸벅 머리를 숙였다. 그러더니 떨리는 목소리로 안녕하시냐고 물었다. 어이, 여기는 군대가 아니라고.

"이거. 도움이 될 거야. 필요없으면……."

다음 말이 무엇이 될지 내 귀에 쟁쟁하게 울렸다.

"버려 버리든가."

"버려 버리든가."

나는 예상이 적중했다는 기분 좋은 느낌에 혼자서 흐뭇해했다.

"감사합니다."

아이작은 어리둥절한 표정으로 노트를 건네받았다. 그는 노트

를 어설프게 손에 든 채 이러지도 못하고 저러지도 못하고 우리
의 눈치만 살폈다. 케이큘번 앞이라 그 노트를 당당히 펼쳐 볼 용
기조차 나지 않는 것 같았다.

"한번 열어봐. 이 친구의 필기 실력은 굉장하거든. 아마 자네도
깜짝 놀랄 거야. 나도 그 노트의 덕을 많이 보았다네."

나의 사명은 무려 그들 사이의 어색함과 긴장감 완화시켜 주기
였다. 어떻게 해서든 아이작의 마음을 편안하게 해주고 싶었다.
나는 최대한 다정하게 웃어 보였다.

아이작은 내 미소에 힘을 얻었는지 노트를 슬쩍 펼쳐 보았다.
그리고 처음 내가 그것을 보았을 때와 거의 흡사한 반응을 보여
주었다. 놀람을 금치 못하고 그 자리에 굳은 듯 서 있기.

아이작은 빨개진 코끝을 손으로 몇 번 어루만지더니 또 눈물을
글썽이기 시작했다.

"감사합니다. 잘 쓰겠습니다."

그러더니 케이큘번에게 이번에는 머리가 아닌 허리를 꾸벅 숙
였다. 나는 왠지 기분이 좋아지는 걸 느끼며 그의 등을 톡톡 쳐주
었다.

"아이작, 아무리 그래도 귀족이 평민에게 허리를 숙여서야 쓰
나."

그때였다. 갑자기 아이작이 폭삭 무너져 내렸다. 나는 혹시 내
손길에 힘이 너무 강하게 실려 있었나 하는 생각에 깜짝 놀라며
손을 거두어 들었다.

"어이, 버넷! 버넷!"

아이작은 그렇게 쓰러졌다.

"아이작! 정신 차려!"

아이작은 가슴을 부여잡고 인상을 썼다. 나는 놀란 마음에 아이작의 몸을 흔들었다. 케이큘번이 손짓으로 떨어지라고 말했다. 나는 방해가 되지 않기 위해 얼른 물러섰다.

케이큘번은 아이작의 가슴께에 볼을 가져다 대더니 바로 몸을 일으켰다. 아이작은 호흡이 곤란한 듯했다. 케이큘번은 신속하게 아이작의 고개를 젖힌 후, 그의 목에 검지와 중지를 가져다 댔다. 경동맥을 짚어 맥박을 확인하려는 것이었다. 그러더니 아이작의 눈을 뒤집어 동공을 확인했다.

"심장이 멈췄어. 어니뷔트! 도와줘."

아이작은 의식을 잃은 것 같았다. 나는 케이큘번을 도와 아이작을 평평한 곳에 똑바로 눕혔다. 케이큘번은 그의 옆에 무릎을 꿇고 앉아 손가락으로 아이작의 가슴뼈 아랫부분을 꾹꾹 눌렀다.

"잘 들어. 내가 다섯을 세면 자네는 저 녀석의 입에 숨을 불어넣는 거야."

"엇, 숨을?"

"얼른! 그렇게 하지 않으면 이 녀석은 죽어."

케이큘번은 양쪽 소매를 걷으면서 나를 닦달했다. 죽음이라는 단어에 압도당한 나는 뒷말을 붙이지 않고 아이작의 머리 위쪽에 꿇어앉았다. 그리고 가만히 그의 턱을 붙들었다.

케이큘번은 양팔을 곧게 펴고, 손바닥이 아래로 향하도록 하여 두 손을 가만히 겹쳤다. 그리고 손바닥 아래의 손목 관절을 이용하여 아이작의 가슴께를 힘있게 누르기 시작했다. 손목 상체의 무게를 가득 실으면서 그는 구호를 외쳤다.

"하나, 둘……."

긴장했다. 케이큘번도 나만큼 긴장한 건지, 아니면 힘이 든 건지 굉장히 숨에 차 보였다.

"다섯!"

그는 나에게 눈빛을 보냈다. 나는 아이작의 입 안에 숨을 불어넣었다. 케이큘번은 아이작이 숨을 다시 다 토해내기 전에 그의 가슴팍에 또다시 힘을 가했다.

내 이마에서 땀이 흘렀다. 나는 몸에서 열이 나는 걸 느끼며 케이큘번처럼 소매를 걷었다.

"…다섯!"

다시 한 번 더 아이작의 입 안에 나의 숨을 불어넣었다. 그렇게 몇 차례 반복했다. 나는 케이큘번이 아이작의 흉골을 푹푹 누르는 동안 그를 대신해 아이작의 경동맥을 짚어보았다. 갈수록 맥이 강해지고 빨라졌다. 나는 힘이 나는 걸 느꼈다.

나는 케이큘번을 향해 희망적으로 고개를 끄덕였다. 내 행동을 지켜보던 케이큘번은 또다시 외쳤다.

"다섯!"

곧바로 아이작의 입 안에 숨을 가득 불어넣었다.

그렇게 얼마나 시간이 소요되었을까. 드디어 맥이 정상으로 돌아왔다. 케이큘번은 마지막으로 한 번만 더 하자며 수를 세기 시작했고, 나는 아이작의 얼굴 위에 땀을 한 방울 흘리며 고개를 끄덕였다.

"케엑. 헤에……. 하아."

아이작이 드디어 스스로 호흡을 할 수 있게 되었다. 나는 온몸에 힘을 빼면서 그제야 이마의 땀을 닦아내었다. 아이작은 아직도 상황을 제대로 파악하지 못하고 어지러운 상태인 것 같았다.

케이큘번은 당장 그를 둘러업었다. 그리고 곧장 길을 따라 급하게 움직였다. 나는 그를 뒤따르려다가 바닥에 놓인 노트와 책을 발견했다. 그냥 내버려 둘까 싶었지만, 그래도 케이큘번이 신경 써서 아이작에게 건네준 노트인데……. 하는 마음에 얼른 그것들을 짐과 함께 챙겨 들었다. 그리고 곧 달리기 시작했다.

케이큘번의 등에 업힌 아이작은 굉장히 창백했다. 힘없는 그의 팔다리가 바람에 나부끼듯 흔들렸다. 나는 지나가는 마차를 세웠고, 우리는 곧장 버넷 가로 향했다. 버넷 가의 모든 하인들이 우리를 보고 놀랐지만, 정작 아이작에게로 달려와 살펴보는 자는 아무도 없었다. 그의 방이 있는 곳으로 안내해 준 사람은 우습게도 버넷 가의 사람이 아닌 바로 나였다.

"이쪽으로!"

케이큘번은 깨끗한 침대에 아이작을 가만히 눕혔다. 아이작은 잠에 빠져 있는 건지 기절한 건지 모를 정도로 조용했다. 어쨌거나 숨은 쉬고 있으니 큰 문제는 없겠지.

"휴……."

"수고했군, 어니뷔트."

케이큘번이 단추 하나를 풀며 나를 툭 쳤다. 나는 온몸을 몰아세우던 긴장감이 한시에 풀리는 걸 느꼈다. 허탈한 웃음을 지으면서 나도 케이큘번을 툭 쳐주었다.

아이작은 결국 시험을 치지 못했다. 건강이 너무 좋지 않은 건지, 그 이후로 학교에 나오지도 않았기 때문이었다. 어린 학우들의 이야기를 들어보면 이번에 신입생 중 유력한 탑의 후보가 아이작이었다던데. 코끝이 시릴 만큼 안타까운 일이었다.

내가 아이작에 대한 안쓰러움을 친구들에게 털어놓고 있을 때였다. 멍하게 내 이야기를 듣던 웨인이 불쑥 입을 열었다.

"아이작에게 가보아야 할 것 같아."

"응? 갑자기 왜?"

"꿈을 꾸었거든."

짤막한 대답. 그것이 끝이었다. 어떤 꿈이었는지, 아이작에게 가야 하는 이유가 왜 꿈 때문인지는 알 수 없었다. 나는 초점없이 멍하게 앞을 내다보는 웨인을 더 이상 다그치지 못했다.

우리는 다 함께 아이작을 방문했다. 아이작은 창백한 표정으로 우리에게 감사함을 전했다. 웨인이 안쓰러운 표정으로 안부를 전하자 그가 얼마나 힘겹게 웃어 보이던지.

"괜찮습니다. 원래 몸이 안 좋아서 침대 신세를 자주 지거든요."

이런저런 대화들이 오갔다. 이번 시험은 어땠으며 무슨 교수가 어떤 학생을 어떻게 벌했다더라, 하는 이야기들.

"천문학 교수님께서는 이번 신입생들 중에는 제대로 된 두뇌를 갖춘 자가 없다고 하시더군. 안타까워. 자네가 있었어야 하는 건데."

다르젠이 익살스럽게 너스레를 떨었다. 아이작은 다르젠의 우스갯소리에 굉장히 즐거워했다.

나는 친구들이 이런저런 대화를 나누는 것을 들으며 문득 고개를 돌렸다. 작은 액자 속에 나의 시선을 사로잡는 그림 하나가 들어 있었기 때문이었다. 지난번에는 없었던 것 같은데.

"저희 누나랍니다. 이름은 엠마고, 저 그림은 그녀가 열 살 때의 모습이라고 해요. 제가 태어나던 해에 그린 그림이라면서 선물로 주었답니다."

"그래? 그럼 지금은 꽤 나이가 많이 드셨겠는데?"

내가 여전히 그림에서 시선을 떼지 못하고 물었다.

"아니요. 늘 스무세 살이세요."

"응? 무슨 소린가?"

"엠마 누나는 스물셋의 나이로 세상과 하직했거든요."

내가 얼마나 당황했는지 모른다. 아픈 기억을 건드린 것 같아 어찌할 바를 모르고 허둥거렸다.

"미안하네. 몰랐어."

아이작은 입꼬리를 씨익 올리며 웃었다.

"아닙니다. 오래전의 일인걸요."

무거운 침묵이 내려앉았다. 그 누구도 섣불리 말을 꺼내지 못했다. 액자를 손에 들고 가만히 내려다보는 아이작의 표정이 너무나 진지했기 때문이었다. 그를 방해할 수가 없었다.

답답한 침묵에 목이 답답하다고 느낄 때쯤, 드디어 아이작이 입을 열었다.

"저는 외톨이였습니다. 다른 형, 누나들과는 나이 차이가 많이 나다 보니……."

그의 마지막 말이 미세하게 떨렸다. 나는 가슴이 저리는 걸 느꼈다.

"엠마 누나는 저처럼 몸이 별로 좋지 않았어요. 그래서인지 저에게 굉장히 잘해주었답니다. 제가 아플 땐 간호도 해주고, 꽃목걸이도 만들어서 걸어주고, 노래도 가르쳐 주었어요."

그는 엠마에게 배운 것이라며 우리의 귀에 익숙한 가락을 허밍으로 읊어주었다.

"잘하는데?"

웨인이 빙긋 웃으며 칭찬해 주자 그도 미소로 답례했다. 하얗

잔 디 벌 레

게 웃는 모습에 가슴이 뭉클해졌다.

"한번은 콜록거리는 누나에게 물은 적이 있었어요. 누나는 그렇게 아플 땐 어떻게 버텨내냐고. 나는 죽을 것만 같아서 도무지 참을 수가 없다면서 울었답니다. 하하, 이해해 주세요. 그때 전 굉장히 어렸거든요."

그의 푸석한 머리카락이 창밖에서 불어온 바람에 나부꼈다.

"그때 누나가 우는 저를 달래면서 해준 이야기가 있답니다. 지금으로부터 십 년 전인가……. 엠마 누나는 요양을 위해 잠깐 페온쉬 마을에 다녀온 적이 있었어요."

페온쉬라면 토샤 근처의 작은 마을이었다. 풍경이 굉장히 아름답고 울창한 숲으로 둘러싸인 곳이라고 했다.

"페온쉬 마을? 거긴 자네 고향이잖아, 웨인."

다르젠의 말에 웨인이 고개를 끄덕였다.

"엠마 누나는 그곳에서 한 소년을 만났다고 말했습니다. 검은 머리와 검은 눈동자를 가진 소년이었다고 해요."

웨인에게로 모든 이의 시선이 쏠렸다. 웨인은 어색하게 웃으면서, 모두에게 진정하라는 듯한 손짓을 했다.

"요양원 안을 거닐다가 지쳐 앉아 있는 누나에게 그가 다가와 물었다는군요. 배고프지 않으냐고. 누나는 이제껏 아프지 않냐, 어디 불편하진 않냐 하는 질문은 많이 받아봤어도 배고프지 않으냐는 질문은 처음 받은 것이었다고 했습니다. 그 느낌이 너무 신기해서 그 어린 소년을 빤히 쳐다보았다고 해요."

웨인은 진지하게 아이작의 이야기를 경청하고 있었다. 아이작이 말하는 사건을 과연 웨인도 기억하고 있을까?

"하아, 누나가 가만 돌이켜 보니 정말 배가 고프더라는 것입니다. 그래서 배가 고프다고 대답을 했더니 그 작은 소년이 빵을 하나 내밀더라는군요. 그는 웃으면서 이렇게 말했답니다.”

아이작에게로 내 몸이 기우뚱하게 기울었다. 그의 이야기에 애가 타는 것이었다.

“누나, 제가 배고픈 건 지금 당장 달래 드릴 수 있는데 아픈 건 금방 못 고쳐 드릴 것 같아요. 하지만 조금만 참으세요. 그러면 제가 꼭 살려 드릴게요, 라고. 엠마 누나는 엉겁결에 그 빵을 받아 들었다고 했습니다. 그러자 소년은 너무나 환하게 웃으면서 우선 배고픔부터 달래고 아픈 건 자신이 조금만 더 클 때까지 기다리라고 했답니다.”

아이작의 표정이 살짝 일그러졌다. 그러더니 곧 눈에 눈물이 고였다. 나는 그 모습을 멍하게 지켜보았다.

“누나는 그 소년이 다 클 때까지 기다린다고 했습니다. 그가, 페온쉬 마을의 웨인 파예트가 어른이 되어 성 켈로츠 의과대학에 입학할 때까지 기다린다고. 그래서 꼭 살아날 것이라고. 그 말을 믿고 아픔을 참고 버틴다고 그렇게 말했습니다.”

아이작의 눈에 고였던 눈물이 결국 베개로 후두둑 떨어져 내렸다. 그 모습을 보고 있으니 왜 내 눈에 눈물이 고이는 건지. 나는 눈에 힘을 주며 눈물을 말려 버리려고 했다.

“누나는 페온쉬 마을에 다녀온 이후로 정말로 악착스럽게 고통을 버텨냈습니다. 의사들이 모두 혀를 내둘렀어요. 이만큼 버틸 수 있으리라곤 생각도 못했다고 말했습니다. 누나는 자신보다 한참이나 어렸던 한 소년의 말을 진정으로 자신의 삶의 빛으로 여기고 살았던 겁니다.”

“하아…….”

웨인이 참았던 숨을 터뜨려 냈다. 다르젠은 웨인의 어깨를 토 닥여 주었다.

"그리고 누나의 빛은 곧 저의 빛이었습니다. 어렸던 저는 누나 와 같은 꿈을 지녔습니다. 누나가 웨인 파예트라면 너도 살려줄 거야. 너도 조금만 참고 버티라고, 그렇게 말했으니까요. 그리고 몸이 다 나으면 너도 웨인 파예트처럼 사람을 살려주지 않겠냐 고. 이름만으로도, 말 한마디로도 사람을 살릴 수 있는 존재가 되 지 않겠냐고. 흐윽. 저는 몸이 찢어질 만큼 아프고 힘들어도 머릿 속으로 나를 살려줄 인물을 떠올리면서……. 이제 곧 웨인 파예 트가 나를 살려줄 것이라고 그렇게 믿고 지금까지 버텼는 데……."

"아이작……."

"머릿속으로 웨인 파예트는 이런 사람일 것이다, 라고 수없이 새기고 새기면서 몇 년 동안 버텼는데… 드디어 그가 성 켈로츠 의과대학에 입학했다는 소문을 들었을 때… 그가 당당하게 프로 밍 백작을 수술하고 돌아왔을 때……. 저는 엠마 누나의 초상화 를 붙들고 얼마나 울었는지 모릅니다. 흐윽."

얼마나 망설였는지 모른다. 아이작을 안아주어야 하나 말아야 하나 하고.

"누나는 마지막 순간에 제 손을 붙들고, 너무나 아름답게 웃으 면서 지켜주지 못해서 미안하다고. 웨인 파예트를 만나면 기다려 주지 못해서 미안하다고 전해 달라고 말했습니다. 그리고 자기 대신 아이작을 살려줄 순 없냐고 꼭 물어보라고… 말했습니다."

아이작은 눈을 꾹 감고 눈물을 짜냈다. 나는 눈이 새빨개지도 록 힘을 줘보았지만 무리였다. 뺨을 타고 흐르는 이질적인 느낌이 너무나 원망스러웠다.

"내가 살려주겠네, 아이작. 꼭 살려줄 테니 조금만 버텨."

웨인은 아이작의 손을 붙들고 흐느꼈다. 그의 얼굴을 보니 만감이 교차하는 것 같았다. 미안함, 고마움, 안타까움 내지, 감격과 서글픔.

"선배님, 웨인 파예트 선배님, 저를 살려주세요. 흐으흑, 살려주세요. 저는, 저는 아직 죽고 싶지 않아요."

아이작은 어린아이처럼 울었다. 웨인은 그의 손에 얼굴을 파묻었다.

"미안해. 내가……. 하아, 자네를 너무 기다리게 했군……."

"너무나 살고 싶습니다. 살아서 저도 누군가를 살리고 싶어요. 왜 제가 죽어야 합니까? 저는 나쁜 짓은 하지 않았어요. 흐억, 저는 아직 하고 싶은 일이 많습니다. 흑, 전 아직 천체관측도 제대로 해보지 못했는데… 엘베하가 어떻게 생긴 곳인지도 알고 싶은데……."

가슴이 답답하고 미어질 것 같았다. 아이작은 기침을 하더니 거칠게 호흡을 했다. 케이큘번과 웨인이 반사적으로 일어나 그를 살펴보려 했지만, 거부당했다. 혼자서 괴로워하던 아이작은 눈을 감은 채 드문드문 이야기를 이어나갔다.

"신께서 천국에 가고 싶다는 제 소원을 들어주시겠죠? 천국에 가고 싶어서 하피의 천국 그림도 그렇게 어렵사리 사 왔으니까요……. 흐으흑. 우습네요. 그림을 사 왔기 때문에 천국에 갈 수 있게 되는 것이라면 무슨 수를 써서라도 하피의 바다 그림을 사 올 걸 그랬습니다……. 그럼 죽기 전에 바다를 한 번이라도 볼 수 있었을 텐데. 하하."

다르젠이 몸을 일으켜 아이작에게 이불을 다시 덮어주었다.

"이제 그만 쉬도록 하게, 버넷 군. 자네는 지금 안정을 취해야 해. 그렇게 격해지면 안 돼. 죽긴 왜 죽나. 이렇게 멀쩡히 살아 있는데."

아이작은 이를 악물었다. 새어 나오는 흐느낌을 막기 위해 입술마저 닫아버리고 꾹꾹거리더니 기어이 또 말을 내뱉었다.

"어머니께 너무 죄송합니다……. 저 때문에 속 많이 썩으셨는데 이제 의사가 될 테니 제 몸 하나는 제가 챙겨서 어머니께 부담을 드리지 않으려고 했는데… 하하, 다행이네요. 그래도 제가 죽으면 어머니는 덜 슬퍼하실 테니. 엠마 누나가 세상을 떠났을 때처럼 슬퍼하진 않으실 테니… 끄윽. 그것만은 정말 다행입니다."

그날 아이작을 찾아간 건 내 생애 얼마 안 되는 잘한 일 중 하나였다. 적어도 그는 속에 있던 말을 모두 풀어낼 수 있었으니까. 웨인에게 꼭 전해야 했던, 전하고 싶었던 이야기를 전할 수 있도록 도와주었으니까.

"휴우……."

꿈에서 아이작이 죽는 모습을 보았다는 웨인의 예지는 또다시 맞아떨어졌다. 아이작이 심장 발작을 일으켰지만, 주변에선 아무도 도와주지 않고 그대로 숨이 멎어버리더라는 이야기.

"천국이 있다면 말일세, 정말로 하늘에 있을까? 인간은 하늘을 날아본 적도 없는데 어떻게 천국이 하늘에 있다는 걸 알까? 참 신기한 일 아닌가?"

장례식장. 실없는 웨인의 목소리가 내 귀를 찔렀다. 나는 피식 웃어버렸다. 어디에 있든 있기만 하면 그만이지. 그리고 나는 간절히 바랐다. 제발 그 천국에는 바다가 있길.

버넷 가에서 아이작의 죽음을 진정으로 슬퍼해 주는 사람은 버넷 백작 단 한 사람뿐이었다. 그는 아들의 시신이 든 관을 붙들고 한참이나 울었지만, 버넷 부인은 그 어떤 미세한 떨림도 보여주지 않았다.

버넷 부인에게 자신이 귀족으로 살아갈 수 있는 무한한 인정을 베풀어주서서 감사했노라고 적혀 있다는 아이작의 유서. 그 유서의 이야기를 들었을 땐 난 정말로 심장을 도려내는 것만 같았다.

그렇게 한 생명이 묵묵히 지는 것을 보면서 우리는 나름대로 성장했다. 케이큘번은 모든 걸 다 바쳐서라도 살리고 싶은 단 '한 사람'이 실제로 존재할 수도 있다는 것에 대한 가능성을 인지했다. 다르젠은 자신이 헛되이 보낸 시간이 너무나 죄스럽다고 말했고, 나는 조금 더 의사로서의 사명감을 강하게 느꼈다.

웨인은 자신의 능력을 어떻게 써야 하는지에 대해 배웠다. 그는 미래를 본 것에 대해 혼란스러워하지도, 그것을 막지 못한 것에 대해 좌절하지도 않았다.

그리고 곧 아무 일도 없었다는 듯이 평화로운 나날들이 찾아왔고, 우리는 생활에 익숙해져 갔다.

solemnly pledge myself to the service of humanity.

I will give to my teachers the respect and
gratitude which is their due.

I will practice my profession with conscience and dignity.

The health of my patient
will be my first consideration.

Chapter 9

어긋난 가족

will respect the secrets which are confided in me.

I will maintain by all means in my power,

the honor and noble traditions
of the medical profession.

방학이 곧 시작될 무렵, 케이큘번은 책에 푹 빠져 있었다. 그는 심장이나 폐에 관한 서적을 책상에 한 아름 쌓아놓고 읽고 또 읽었다. 모두들 시험이 끝난 여유를 한껏 부리고 있을 때도 그는 도서관에서 벗어날 줄을 몰랐다.

"왜 그렇게 책을 열심히 읽는 건가?"

나는 엄청난 책의 양에 질리는 걸 느끼며 물었다. 뭔가 특별한 사연이라도 있나 했더니 그의 대답은 너무나 간단하기만 했다.

"그냥. 재밌으니까."

단순히 재미로 읽는 사람치고는 그는 너무나 진지했다. 책을 뚫어버릴 듯 바라볼 때도 있고, 노트에 이상한 그림까지 그리며 책을 파헤칠 때도 있었다. 그리고는 항상 한숨을 푹 쉬며 책을 덮어버리는 걸 보니 뭔가 마음에 안 드는 모양이었다.

"저 녀석은 아직도 버넷이 그렇게 된 걸 마음에 두고 있는 건가."

"응?"

나는 다르젠의 혼잣말에 반응했다.

"버넷은 심장에 문제가 있었던 거라며? 저렇게 심장이나 폐에 관해서 샅샅이 파헤치는 걸 보니 분명 버넷의 죽음에 대한 죄책감을 안고 있는 거야."

다르젠은 한숨을 푹 내쉬었다. 그의 한숨이 공기 중에 부서지는 걸 보면서 나는 문득 기억의 한 조각을 집어 들었다. 언젠가 케이큘번은 스치는 말로 나에게 이렇게 말했었지.

"어니뷔트."

"응?"

"만약 내가 버넷에게 그 노트를 전해주는 짓만 하지 않았더라면……. 그는 그렇게 쓰러지지 않았을지도 모르겠군. 그렇지?"

그땐 우스운 소리 말라며 대수롭지 않게 여겼는데, 다르젠의 이야기를 듣고 나니 마음이 무거웠다. 케이큘번은 진정으로 아이작의 죽음을 자기 탓으로 생각하고 있는 건가?

케이큘번은 그 이후로도 계속해서 책을 뒤지고 뒤졌다. 도서관에 진열된 책 중, 심장에 관한 내용이 단 한 줄이라도 포함된 게 있다면 모두들 케이큘번의 손을 거쳤을 것이다. 그는 그만큼 열정적으로 책을 읽더니 결국 옆에서 지켜보는 우리가 지칠 무렵이 되어서야 책 더미 속에서 잠깐 빠져나왔다.

"파예트, 물어볼 게 있다네."

아마도 책에서 찾지 못한 해답일 테지. 케이큘번의 마지막 돌

잔 디 벌 레

파구는 웨인이었나 보다. 나는 둘 사이의 대화에 귀를 기울이며 찻잔을 슬쩍 집어 들었다.

"응? 무엇인가?"

"자네는 심장의 내부를 본 적이 있는가?"

나도 모르게 눈썹이 꿈틀거렸다. 나는 짐짓 모른 체하며 우아하게 입으로 찻잔을 가져왔다.

"흐음, 베우스의 해부학 책에 자세히 나타나 있잖아?"

"책 말고."

"책 말고?"

나는 찻잔 위로 눈길을 살며시 옮겨 케이큘번의 표정을 살폈다. 책 말고, 라니?

"자네가 직접, 인간의 심장을 갈라본 적이 있느냐 이 말일세."

"푸웁."

입에 머금었던 차를 뿜어버렸다. 다르젠과 케이큘번이 인상을 쓰며 나를 보았다. 나는 얼른 입가를 닦아낸 후, 다르젠에게 손수건을 건네주었다. 다르젠은 얼굴에 묻은 차의 잔해들을 손수건으로 쓸어내리면서, 제발 애정 표현은 이런 식으로 하지 말라며 투덜거렸다.

"아직은 없어."

'아직은' 이라는 단어가 왜 이렇게 또렷하게 들려오는 걸까. 인간의 심장을 꺼내 들고 칼로 조각내는 웨인의 모습이 상상되어 인상이 찌푸려졌다. 그가 해부에 대해 거리낌이 없다는 걸 알았기에 평소에도 이런 상상을 자주 해본 편이긴 하지만, 이렇게 괴기스럽게 연상된 적은 잘 없었는데.

나는 입에 남은 차 맛이 꼭 피처럼 비릿하게 느껴져, 혀로 곳곳

을 훑아 얼른 맛을 없애 버렸다. 그 와중에 몸서리치며 소름을 느
낀 것도 물론이었다.

"그렇군. 책을 아무리 뒤져 봐도 심장이 어떤 원리로 움직이는
지는 알 수가 없다네. 왜 움직이는지도. 왜 핏줄이 그렇게 얽혀
있는지도 도무지 찾을 수 없더군. 정말 속이 탄다고. 휴우. 차라
리 나에게 해부를 할 기회가 생긴다면 속이 좀 풀릴 것 같기도 하
단 말이지. 아쉬운 대로 자네에게 경험이 있었는지 물어본 거라
네."

케이큘번은 정말로 속이 타는지 앞에 놓인 차를 꿀꺽꿀꺽 한
번에 다 삼켜 버렸다. 하지만 그 차가 케이큘번의 속을 식혀주진
못했을 것이다. 벌컥벌컥 마시기엔 굉장히 뜨거운 차였으니까.
속을 데우면 더 데웠지. 역시, 케이큘번은 인상을 쓰더니 입을 벌
리고 숨을 하하 뱉어냈다.

훗. 얼마나 괴로울까.

"그럼 한번 해보겠는가?"

웨인이 갑자기 눈을 빛냈다. 나는 멀뚱히 그를 쳐다보았다.

"응? 뭘 한다는 건가, 웨인?"

내가 상황 파악을 하지 못하고 물었다. 웨인은 한쪽 입꼬리를
씨익 올리더니 눈동자를 가만히 굴렸다. 웃는 눈꼬리 끝에 눈동
자를 걸고 나에게 시선을 던지면서, 그는 나에게 말하는 건지 케
이큘번에게 말하는 건지 모를 태도로 대답을 했다.

"해부. 인체 해부 말이지."

나는 아마도 굳어버렸던 것 같다. 늘 먼 미래에 있을 일이라며
상상 속에서만 다듬었던 일이 현실로 벌어질지도 모를 일이었다.
그렇게 생각하니 두려웠다.

“어이, 웨인, 진심인가?”

다르젠이 나섰다.

“확실히 한번쯤은 해보아야 할 일 아닌가.”

“안 돼. 위험해.”

다르젠이 말려주어서 얼마나 고마웠는지 모른다.

“성서의 해부를 금하는 대목이 사실은 진실이 아니라는 주장마저 나오는 시대야. 물론 미미한 목소리긴 하지만 과거처럼 해부를 무조건적으로 비난하는 시대는 지나갔다, 이 말일세. 그러니 뭐가 두려운가. 우리는 배워야 해. 의지가 있고 용기가 있을 때 배워두는 게 옳지 않겠나?”

“아직은 일러. 개혁을 일으키려는 건 힘없는 젊은이들뿐이지. 아직 세상을 주름잡고 있는 건 해부라는 단어만으로도 인상을 쓰고 이단 취급을 하는 보수적인 어른들이란 말일세. 섣불리 행동했다간 얻는 것 없이 지금 이룩해 놓은 것도 모두 잃게 돼.”

“잃다니?”

“막말로 해부의 중요성을 외치며 시체의 팔다리를 가르던 젊은이들이 지금 어떤가? 삶의 터전에서 쫓겨나고 버려지며 결국 아무것도 해보지 못하고 타향에서 농사나 짓고 있지. 그들이 인간의 배를 한 번 갈라봤다고, 인체에 대해서 다 알 것 같은가? 웃기지 말라 그래. 그렇게 무시무시하고 소외된 공간에서 해부를 해봤자 배우면 얼마나 배운다고. 그렇게 해서 해부학이 발전하고 인체의 신비가 풀릴 것이었다면 벌써 몇백 년 전에 가능했겠지. 그때도 세상의 목소리를 무시하는 의기 넘치는 젊은이들은 꼭 한 둘씩 있었으니 말일세. 하지만 그들은 제대로 이루어놓은 게 없지. 차라리 막대한 지원을 받으며, 엄한 보호 아래에서 연구한 베우스만이 제대로 된 책을 펴낼 수 있었다네."

"틀린 말은 아니군."

"흐름을 기다리게. 자네는 인지도를 쌓고, 레럼은 다른 공부를 더 열심히 해놓게. 그리고 시간이 지나 조금 더 세상이 부드러워지면 그때 시작해. 그때가 되어서 행동을 하는 게 훨씬 더 수월하고 효과적이야. 그렇게 해야만이 실수없이, 부담없이 제대로 연구하고 발전할 수 있는 거야. 자네들이 인간을 해부한다고 해도 아무도 반박을 못하고 아무도 법적인 제재를 가하지 못하게 되는 때가 오면, 그땐 인간의 뇌를 하나하나 쑤시든 심장을 토막토막 내든 군말하지 않을 테니까, 지금은 참아."

나는 다르젠의 말에 빙긋 웃었다. 그의 말이 웨인과 케이큘번이 해부를 하겠다고 나서는 걸 말리는 내용이라는 자체도 기뻤지만, 긴말을 끝내고 허덕이는 그의 모습이 우습기도 했던 것이다.

422"그럼 다르젠의 말대로 조금은 미뤄야 하나."

웨인도 나와 같은 심정인지 피식 웃으며 말했다.

"하지만 그렇게 미루는 동안에도 죽어나갈 사람이 많을 텐데."

케이큘번은 탐탁지 않은 표정으로 대꾸했다. 그는 아무래도 웨인의 제안이 반가웠던 모양이었다.

"자네들이 섣불리 해부를 했다가 잘못되면 오히려 자네들이 살릴 수 있는 더 많은 사람들을 버리는 꼴이라네."

나는 쐐기를 박았다. 아무도 내 말에 반박을 하지 않았다. 나는 내심 안심하며 이제야 제대로 맛이 나는 차를 한 모금, 한 모금 들이켰다.

"그럼 우리가 인체를 갈라보는 날은 세요가 해부에 대한 거리낌을 떨쳐 버리는 날로 정하도록 할까? 세요가 담담해질 때쯤이면 세상 대부분의 사람들이 해부를 꺼리지 않을 시대 같은데.”

장난기 가득한 웨인의 말투. 나는 그의 말에 어설프게 웃기만 했다. 아무런 대답도 않고, 묵묵히 차만 마셨다.

방학이 시작되기 며칠 전.

케이큘번은 여전히 도서관을 자기 집처럼 여기며 독서에 여념이 없었다. 웨인은 아직까지도 르베르 교수의 부름을 받았다. 몇 년 동안이나 둘 다 엄청난 고집들이었다. 이제 곧 방학이 시작될 거라 그런지 르베르 교수는 웨인을 더욱더 오래 붙들고 있곤 했다. 이젠 둘 사이의 주장 펼치기는 단순히 책을 사느냐, 마느냐의 문제가 아닌 것 같았다.

그 어떤 정치적인 싸움도 그들 사이의 신경전보다는 덜하리라.

나는 다르젠과 함께 웨인을 기다리고 있던 차였다. 지루한 시간 동안 쓸데없는 이야기를 주고받으며 한참을 걸었다.

“저기 좀 봐, 세요.”

갑자기 다르젠이 걸음을 멈추었다. 나는 그의 손끝이 가리키는 곳을 바라보았다. 사람들이 분주하게 움직이며 마치 이삿짐을 나르듯 물건들을 옮기고 있었다. 우리는 무슨 일인가 하여 슬쩍 그들 곁으로 가보았다.

멜컨 교수의 서재가 깨끗이 정리되고 있었다. 나는 청소부들이 멜컨 교수의 물건들을 밖으로 몽땅 꺼내 수레에 싣는 걸 멀뚱히 지켜보았다. 생전 처음 보는 갖가지 물건들이 홍수처럼 쏟아져 나왔다. 정말로 저 많은 물건과 책들이 그 좁은 공간에 함께 뭉쳐 있었다는 건가 하는 의문이 들 정도였다.

“으아.”

　나도 모르게 이상한 소리를 내고 말았다. 청소부들이 투덜거리며 갖가지 박제된 동물들을 옮기는 모습이 눈에 들어왔기 때문이었다. 적당히 해부된 채 흉한 모습을 뽐내고 있는 작은 동물들도 보였다. 이를테면 쥐라든지, 썩은 물고기 따위. 형체를 알아볼 수 있으면 다행이었다. 오랜 기간 동안 갇힌 공간에 방치되는 바람에 뭉개지고 으스러져 그 꼴을 알아볼 수 없는 사체의 잔해들도 많았다.

　"멜컨 교수님은 그렇게 보수적인 척하셨으면서 뒤로는 굉장히 일을 많이 벌여놓으셨군. 엄청난데."

　다르젠은 정체 모를 내장들이 쓰레기 더미에 퍽퍽 던져지는 걸 보면서 말했다. 우리가 서 있는 곳까지 썩은 냄새가 전해지는 것 같았다. 나는 진짜인지 가짜인지 모를 악취에 인상을 찌푸리며 코를 잡았다.

424

　"토할 것 같군."

　"그럼 안 되지. 이만 가자. 저런 모습 봐야 좋을 것도 없고. 이제 웨인도 슬슬 나올 시간이라네."

　다르젠이 나를 붙잡아 끌었다. 인간에게는 자해 본능이라는 게 있다고 했던가. 나는 시각과 후각을 끔찍하게 자극하는 모습을 계속해서 힐끔거렸다. 그때마다 이마에 깊은 주름이 질 만큼 인상을 쓰면서도 자꾸만 뒤돌아보았다. 뭔가 미련이 남았다. 저 물건들이 모두 성 켈로츠 의과대학 밖으로 버려지는 게 싫었다. 보기 싫고 흉한 물건들인데도 그것들이 저 자리에 가만히 있기를 바랐다.

　"아쉽지?"

　또 한 번 뒤돌아보다가 다르젠의 말에 얼른 고개를 돌렸다.

“그러게. 허탈하고 아쉽고 그러네.”

“멜컨 교수님……. 그래도 다행이지. 그롤드 후작의 유서가 제대로 인정되었다고 하니까. 그롤드 가에서 조작된 거라고 우기긴 했지만 유서의 글씨는 분명 그롤드 후작의 필체임이 확인되었다는군. 하여튼 비공식적이긴 하지만 분명 그 내용은 고인의 뜻일 테니 따라주라는 판결이 나왔대. 또 항소한다니 어찌 될진 모르겠지만.”

“그래? 보통 그런 경우는 가족들이 기를 쓰고 우기면 유서의 효력이 없어진다고 알고 있는데.”

그롤드 후작의 유서에는 싸인이 없었고, 도장도 찍혀 있지 않았다. 즉석에서 펜으로 한 줄 휘갈겨 쓴 한낱 종잇조각. 그것이 법정에서 효력을 발휘했다니 믿을 수 없는 일이었다.

“자네 아버지 덕분이지 뭐.”

“무슨 소린가? 우리 아버지 덕분이라니?”

425

“무려 어니뷔트 가 아닌가. 그롤드 후작은 사실 별세할 연세였고, 싫다는 멜컨 교수를 억지로 붙들고 수술을 시킨 것도 후작 본인이었다고 말하며 그롤드 가의 모든 일원들의 가슴을 도려내셨지 않은가. 울며불며 어떻게 그런 말을 할 수 있냐고 원망하는 그롤드 부인에게, 자네 아버지는 의사는 살릴 수 있는 사람을 살릴 뿐 죽기로 예정된 사람을 살릴 수는 없다고 말했다지?”

“그게 어니뷔트와 무슨 상관인가. 그건 그저 아버지의 성품일 뿐이라네.”

“그렇기도 하지. 하지만 그렇게 조목조목 멜컨 교수님에게 잘못이 없음을 법정에서 밝힐 수 있었던 건 자네 아버지가 어니뷔트이기 때문일세, 세요. 자네 아버지가 한낱 농부였다면 또는 별 이름없는 의사였다면 그게 먹혀들었을 것 같은가?"

이 친구, 지금 나의 가문과 아버지를 비난하는 건가? 나는 아랫입술을 지그시 깨물며 다르젠을 쳐다보았다.

"무슨 말이 하고 싶은 건가? 자네가 잊고 있는 건지, 아니면 의도적인지는 모르겠지만 자네 옆에 선 나도 어니뷔트라네."

다르젠은 화들짝 놀라더니 고개를 저었다.

"이런, 내가 실수를 했군. 그런 뜻이 아니었다네. 나는 오히려 긍정적으로 말했던 건데. 조금 전에 멜컨 교수님의 서재가 비워지는 걸 보고 감정이 좋지 않아 말투가 삐딱해진 것뿐이야. 이해해 주게. 기분 상했다면 사과하지."

"뭐, 그럼 됐고."

나는 참 단순한 인간인가 보다. 다르젠이 저렇게 진심 어리게 사과를 해오니 언제 기분이 상했냐는 듯 스르르 풀려 버렸다.

"세요, 다시 한 번 말하지만 나는 자네 아버지의 행동을 좋게 본다네. 보통 자네 아버지 정도의 권력을 가진 사람들의 행동은 크게 두 가지야. 자신의 이익을 위해 몸을 사리거나, 또는 남을 괴롭히거나."

"……."

"하지만 자네 아버지는 순수하게 친구를 위해 자신의 권위를 사용한 분 아닌가. 그건 정의로운 거라네. 적어도 난 그렇게 생각해. 순수한 의도로 자신이 가진 걸 적절하게 사용할 줄 아는 것. 그건 현명한 거지. 나 또한 나의 친구가 어려움에 처해 있을 때 그를 돈으로 구할 수 있다면 서슴없이 그렇게 할 거야."

나는 막연하게 친구들이 나의 아버지를 좋아하지 않을 거라고 생각해 왔다. 배운 사람들 사이에 평등이라는 개념이 서서히 전

파되고 있고, 귀족이나 계급 같은 건 버려야 할 구시대의 산물이라고 과감히 주장하는 학자들도 나타나니까. 나의 친구들은 혈기 넘치는 젊은이들이었다. 그래서 당연히 그들이 최고의 귀족 중 하나인 나의 아버지를 싫어하리라, 그렇게 믿어왔던 것이다. 그러던 중에 다르젠이 해준 이야기는 참 신선하게 다가왔다.

"자네가 그렇게 생각하는 줄은 몰랐어."

"훗, 기억하는가? 내가 마차에 치여 다리를 다쳤을 때 말일세."

"기억하지. 그걸 어떻게 잊을 수 있겠나."

"그때 날 진찰했던 의사가 가차없이 내 다리를 자르겠다고 나서지 않았는가?"

"그랬지."

"그때 놀리긴 했었지만 사실 자네가 가문을 밝히며 그를 막아준 걸 굉장히 멋지게 보았다네."

이런. 좋은 티를 숨기고 싶은데 자꾸만 어깨가 으쓱해졌다.

"그리고 이번에 자네 아버지에 관한 이야기를 들으면서 자네는 아버지의 좋은 점을 배웠군, 하고 생각했지."

"그랬군."

"하하, 그리고 이건 웃자고 하는 이야기네만 나 또한 아버지를 닮은 사람이야. 장사꾼의 속성이 몸에 배어 있지. 그래서 나는 늘 자네를 보면서… 자네가 지금처럼 자네가 가진 권위라는 걸 정의롭게, 적절하게 쓰는 법을 잊어버리지만 않는다면 훗날 나에게 큰 도움이 되겠군, 하는 생각도 하곤 하지."

다르젠은 분위기를 가볍게 만들려는 의도인지 조금은 작위적인 표정으로 크게 씨익 웃어 보였다. 그의 의도는 성공했다. 내 마음이 이렇게 편해졌으니.

"이런. 다르젠 체페, 벌써부터 나에게 아부를 시작하는 건가?"

"눈치 챘나? 이런. 쳇. 그래도 걱정 말라고. 절대로 자네에게 억지로 독점권을 달라거나 다른 상단을 견제해 달라거나 하는 부당한 요구는 하지 않을 테니까. 자네는 그저 내가 부당한 처지에 놓여 있으면 자네의 정당한 권위를 이용하여 정의롭게 나를 구해 주면 되는 거야. 그게 귀족 친구를 둔 복이지 뭐. 후훗."

가끔씩은 내가 귀족이라는 사실이 한없이 부끄러워질 때가 있었다. 남의 아내를 가로채 자신의 정부로 만들고 그녀의 남편에게 높은 지위를 내려주었다는 모 공작의 이야기. 자신이 가진 권위를 이용하여 가난한 평민들의 재산을 약탈하고 딸을 빼앗았다는 어느 지방의 영주의 이야기. 그런 이야기가 들려올 때마다 나는 친구들의 눈을 똑바로 볼 수 없었다.

그래서일까. 내가 귀족이라는 권위에 기대게 될 때마다 옅은 죄의식을 느끼곤 했었다. 가령 웨인이 위험에 빠졌을 때 아버지께 그의 목숨을 살려달라고 부탁할 마음을 먹는다든지, 다르젠이 말한 것처럼 어느 의사에게 내가 세요 폰 어니뷔트이니 내 말을 들으라고 강요했다든지 하는 사건들.

'나쁜 짓이 아니야, 나는 친구를 살리기 위해 어쩔 수 없이 내가 할 수 있는 최선을 다하는 것뿐이라고'. 이렇게 스스로를 달래면서도 남에게 떳떳하지 못했었다. 하지만 이제는 마음을 편히 먹을 자신이 있었다. 다르젠의 솔직한 말들이 나를 추켜세워 준 덕분이었다.

웨인에게는 천재적인 두뇌가 있다. 케이큘번 또한 그에 버금갈 만큼 해박했고, 다르젠은 소름 끼칠 만큼 섬세하게 사물을 바라보고 사람의 마음을 읽을 줄 알았다. 그들은 그렇게 자신이 가진

428

능력으로 다른 이를 돕고, 친구를 구하고 자신을 빛냈다.

내가 가진 것. 그중 가장 내세울 만한 게 나의 가문이라는 사실을 이젠 부끄러워하거나 속상해하지 않기로 했다. 나는 나의 가문이 선물해 준 '권위'라는 걸 정의롭게 사용할 줄 아는 사람이니까. 나는 분명 나의 친구들에 비해 모자란 인간이 아니었던 거다.

다르젠의 말을 빌리자면 어니뷔트 가에서 태어난 내가 웨인의 두뇌에 케이큘번의 근성, 그리고 다르젠의 관찰력까지 가졌다면 과연 제대로 된 친구를 사귈 수 있었겠느냐고.

누구나 완벽할 순 없다. 모자란 만큼 가지는 게 있는 법이다. 나는 내가 가진, 내가 가지게 될 권위에 어울리는 빛을 내면 그만인 것이다. 어떤 방법으로든 친구들과 비슷한 수준의 빛을 낼 수 있는 사람이 되기만 하면 그만인 것이었다. 그래, 나는 누구나 부러워하는 황제의 주치의가 될 사람이 아닌가. 자각하진 못했지만 그것만으로도 나는 빛이 나는 사람이었다.

발걸음이 한없이 가벼워졌다. 이대로라면 하늘로 날아갈 것만 같았다. 나는 너무나 기뻐서 다르젠의 어깨에 어깨동무를 한 채 바보같이 하하하! 웃으며 한참 동안 걸었다.

드디어 방학. 웨인은 모두에게 뜻밖의 제안을 해왔다.

"페온쉬 마을에?"

"그래. 여름이라 주변의 숲에서 벌레들이 엄청 날아들겠지만, 그것만 제외하면 굉장히 좋은 곳이거든. 어떤가? 함께 가지 않겠는가?"

자신의 가족들을 소개시켜 주고 싶다는 웨인. 나는 아버지의 엄한 눈동자가 무서워 웬만해선 아버지 앞에서 웨인 이야기도 꺼내지 않는데, 웨인은 오히려 친구들에게 자신의 가족들을 보여주고 싶다고 했다. 정확히 말하면 가족이 아니라 고향의 풍경이라지만, 어쨌거나 그곳에 가면 그의 가족들이 있을 테지.

"나야 가면 좋지."

나는 조금 쭈뼛거리며 대답했다. 그에게 미안한 마음이 들어 마음껏 신난 기분을 풍길 수가 없었다.

"그래. 자네라면 반드시 같이 가줄 줄 알았어."

씨익 웃으며 반가워해 주는 웨인. 그의 말이 듣기에 좋아 나도 씨익 웃었다.

"나도 가기야 할 테지만 의문이군. 갑자기 왜 우리를 페온쉬 마을에 데려가겠다는 생각을 한 건가?"

팔짱을 끼고 곰곰이 생각을 하던 케이큘번이 불쑥 물었다. 웨인은 아주 잠시 머뭇거렸다.

"사실은 아이작이 살아 있을 때부터 생각했었던 거라네. 그의 사연을 듣고 그에게, 그리고 자네들에게 나의 가족들을 소개시켜 주어야지 하고 마음먹고 있었다네. 자네들도 나에 대해 알 권리가 있으니까."

생소한 이야기였다. 아마도 웨인이 말하는 아이작의 사연이란 그의 출생이나 가족 관계에 얽힌 이야기인 듯싶었다. 웨인이 그것에 대해 아는 것도 뜻밖이었지만 우리를 모두 제쳐 두고 아이작에게 자신의 가족을 먼저 보여주려고 했었다니. 아이작이 어느새 나나 케이큘번보다도 웨인에게 더 애틋한 사람이 되었다는 뜻인가. 왠지 우울해졌다.

미묘하게 변하는 내 분위기를 눈치 챈 것일까? 한참 후, 다르젠이 나에게 다가와 내 어깨를 슬며시 잡아주었다.

"훗, 걱정 말게. 웨인이 왜 버넷에게 자신의 가족을 보여주려고 했는지는 짐작이 가니까. 자네 생각처럼 버넷이 자네보다 웨인에게 더 소중한 사람이라거나 그런 건 아니라네."

"응? 아니, 아닐세. 난 다만……."

마음을 들키는 건 참 부끄러운 일이었다. 나도 모르게 변명을 하려고 손을 내젓긴 했지만 뒤에 이을 말이 없었다. 다르젠은 그런 내 모습을 보며 쿡쿡대더니 다시 한 번 나를 토닥여 주었다.

"자네도 가보면 알 거야. 그러니 벌써부터 우울해하거나 그러지는 말게."

생각보다 웨인의 고향으로 향하는 순간은 빨리 찾아왔다. 아무런 준비도 없이 넋 놓고 있다가, 바로 내일이 출발할 날짜라는 걸 알았을 땐 어찌나 기가 막혔는지 모른다. 부랴부랴 준비를 하는 바람에 짐은 제대로 챙겼는지도 의문이었다.

페온쉬 마을은 숲이 우거지고 자연경관이 아름다워서 그런지 몸이 아픈 사람들의 요양지로는 손에 꼽히는 수준이었다. 그리고 페온쉬 요양원은 귀족들이나 이름난 부자들만이 사용할 수 있을 정도였다. 차별화되어 있는 것이었다.

"갑옷이라도 입고 올걸. 이거야 원 벌레들이 나를 다 물어뜯고 나면 난 뼈만 남겠군."

엄청난 길이로 자라난 풀들을 헤치면서 다르젠이 불만을 토로했다. 하지만 불만을 토로해야 할 사람은 오히려 따로 있었다.

"내 피가 맛있는 건가?"

웨인은 벌레 물린 팔등에 입을 가져다 대며 갸웃거렸다. 어째서인지 벌레들이 웨인에게로만 자꾸 달려들었다. 웨인은 투덜거리는 다르젠에 비해 벌레들에게 두세 배나 더 많은 공격을 받고 있었다. 물린 자국을 보면 입이 절로 벌어질 지경이었다. 얼마나 부었는지 보기 흉하기까지 했다.

"왜 벌레들에게 물린 곳은 딱딱해질까?"

신발에 밟히는 나뭇가지들이 바삭바삭 부서졌다. 나는 웨인의 질문에 대한 답을 곰곰이 생각해 보았다. 벌레들에게 물린 곳이 딱딱해지는 이유라……

"벌레들이 피와 함께 물도 빨아먹어 버려서 그런 건 아닐까? 물기가 빠지면서 딱딱해지는 거지."

"그럼 물린 곳이 부어오르기보다 푹 가라앉는 편이 훨씬 더 합당할 것 같은데. 그리고 피부에 물이 빠지면 딱딱해지기는커녕 축 처지고 헐거워지겠지. 말이 되는 소리를 하게."

케이큘번이 핀잔을 주었다. 어차피 상상력의 나래인 것을, 쳇.

"그럼 벌레들이 피를 빨아먹고 그 안에 피 대신 뭘 채우고 가는 건가? 피부를 딱딱하게 만드는……. 제 딴에는 값을 치르는 거지."

다르젠이 내 말에 쿡쿡 웃었다. 나도 말을 내뱉고 나니 참 어이가 없었다. 말이 되는 소리를 해야지.

"오, 그럴싸한데? 그쪽으로 생각해 보아야겠군."

"엇? 진심인가?"

심각하게 고개를 끄덕이는 웨인. 당황하는 쪽은 오히려 나였다.

"물론이지. 인간의 입에도 침이 고이지 않는가? 벌레들도 그러지 말라는 법이 없지. 벌레들의 침이 인간의 몸에 스며들어서 살갗이 퉁퉁 부어오른다거나 딱딱해지거나 그런 걸지도 모른다네.

잔 디 벌 레

상당히 생각해 볼 만한 문제야. 기발한데, 세요?"

이런 상황을 어디에 비유해야 할까. 제대로 된 하늘색을 만들고 싶어 물감을 이리저리 섞다가 다신 못 볼 듯한 훌륭한 바다색이 나왔을 때의 느낌?

내가 받아야 할 칭찬이 아니라는 걸 알면서도 친구의 칭찬에 기분이 좋아지는 이 느낌은 도대체 어떻게 설명해야 한단 말인가. 뭐, 누구의 생각을 훔친 것도 아닌데. 의도가 어떻든 간에 내 머리에서 나온 거니 모른 체하고 칭찬을 즐겨야지.

즐거운 마음에 기분 좋게 몸을 움직였다. 한참 걷다 보니 어디선가 흙을 잔뜩 실은 바람이 불어왔다. 모두가 콜록거리고 괴로워했다.

"그러게 닦아놓은 길로 가자니까 왜 굳이 숲을 지나자고 해서 이 고생인가, 웨인!"

다르젠은 결국 버럭 소리를 질렀다. 그는 눈에 눈물마저 그렁그렁한 채 웨인을 원망했다.

"그 이유는 자네가 더 잘 알잖아, 다르젠."

"사람들이 자네를 발견하고 좀 과하게 반기는 게 어때서? 늘 이렇게 몰래몰래 마을을 드나드는 건가? 아아, 힘들어."

"아마 자네는 큰길로 갔어도 똑같이 불평했을 거야. 예전에 사람들이 우글우글 달려들어서 우리를 귀찮게 했을 때, 자넨 지금이랑 반대로 말했지 않았나. 그러게 숲으로 가자니까 왜 사람들이 다 보게 큰길로 와서 이 고생인가! 하고."

나는 푸하하 하고 웃음을 터뜨렸다. 목까지 새빨개진 다르젠의 모습이 꽤나 볼만했다.

"쳇, 기억력 좋군."

다르젠은 더 이상 투덜거리지 않았다. 그가 입을 다물고 난 뒤 얼마 지나지 않아, 시야가 확 트였다.

"하아, 다 왔군."

웨인이 손으로 햇빛을 가리며 탄성을 자아내듯 말했다. 우리는 찬란한 햇빛 아래 아름다운 자태를 뽐내는 페온쉬 마을에 드디어 도착했다. 페온쉬 마을은 전체적으로 지대가 낮았다. 그래서 우리가 디디고 선 이곳에서는 눈앞에 한 아름 펼쳐진 마을을 한눈에 구경할 수 있었다.

"생각보다 큰데?"

나는 케이큘번의 말에 고개를 끄덕였다. 시골 마을이라고 해서 소박한 몇 가구만 옹기종기 모여 있는 게 다일 줄 알았더니 제법 규모가 컸다. 지붕이 빽빽하게 모여 있고 저 멀리 큰 농장도 보였다. 그리고 이곳에서 꽤 멀리 떨어진 곳에 교회처럼 생긴 건물이 하나 있었는데, 웨인은 그곳이 페온쉬 요양원이라고 설명해 주었다.

"저 농장에서 조금 떨어진 곳에 푸른 지붕이 보이는가?"

"응? 아, 보여. 왼쪽? 오른쪽?"

"왼쪽. 거기가 바로 나의 집이라네."

생각보다 크고 훌륭한 집이었다. 하긴, 아들을 수도의 큰 대학에 보내려면 집에 어느 정도 돈이 있긴 해야겠지?

"가자."

웨인은 숨을 한번 훅 들이마시더니 앞장섰다. 나는 들뜨는 걸 느끼면서 그를 총총히 따랐다. 신나게 발걸음을 옮기는 나와는 달리, 어째 웨인은 뻣뻣하게 굳은 것 같았다. 그는 우리를 챙길 생각도 않고 기계적으로 딱딱 걸음만 옮겼다. 오랜만에 가족을 만나는 게 긴장되는 건가, 하고 생각하고 있을 때, 다르젠이 속삭이듯 말을 건네왔다.

"세요, 레럼."

"응?"

"미리 말해두겠는데……. 절대 웨인의 가족들의 행동을 보고 놀라거나 비난하진 말게. 웨인은 자신의 가족이 도마 위에 오르는 걸 별로 좋아하지 않으니까."

케이큘번도 나도 다르젠의 말이 정확히 무엇을 의미하는지 제대로 파악할 수 없었다. 그저 집안 분위기가 별로 화목하지 않으리라고 넘겨짚고 고개를 끄덕이기만 했다.

끼익. 육중한 문이 열리면서 실내에 빛이 비스듬히 스며들었다. 웨인은 또각또각 소리를 내며 집 안으로 들어섰다.

"실례합니다."

아무도 없는 것 같았다. 나는 숨소리를 낮추고 웨인을 따라 집 안으로 들어섰다.

"아무도 없는 건가?"

조심스럽게 들어서는 나와는 달리, 케이큘번은 마치 제집인 양 자연스럽게 발을 들이밀었다. 다르젠이야 웨인과 함께 이곳을 몇 번 방문했다지만, 케이큘번은 대체 어떻게 저토록 긴장감이 없을 수 있단 말인가. 걱정스러운 내 눈빛을 모르는지, 그는 집 안을 마구 활개 치며 돌아다녔다. 마치 건축물을 심사하는 심사관과도 같이 꼼꼼하게 구석구석을 살펴보고 기둥을 툭툭 쳐보곤 했다.

"어이, 파예트, 자네가 온다는 소식을 아무에게도 말하지 않은 건가? 편지 썼다고 들은 것 같은데."

아삭. 케이큘번은 어디서 난 건지 살구 하나를 베어 물고, 우적

우적 씹으며 물었다.

"으아, 레럼. 그렇게 남의 집 물건에 함부로 손을 대면 어떻게 하는가. 허락을 구하고 먹어야지."

내가 그의 손에서 살구를 뺏으려고 하자 그는 냉큼 손을 치워 버렸다.

"걱정 마. 이건 내 가방에서 꺼낸 거니까. 탐내지 말라고."

"탐내긴 누가!"

나는 목소리가 높아진 걸 느끼고 의식적으로 몸을 움츠렸다. 혹시 집 안에 누가 있다면 민폐일 테니 조심하려는 것이었다.

웨인은 집 안에 사람이 있나 없나 살피려는 건지 자리를 뜨고 없었다. 다르젠도 어디론가 사라졌고, 케이큘번은 멋대로 집 안을 돌아다녔다. 나도 혼자 멍하니 서 있기가 뭣해서 슬쩍 걸음을 옮겼다.

436 발소리도 낮추며 집 안을 살금살금 움직이던 나는 어디선가 이상한 소리가 아주 작게 나는 걸 들었다.

"하… 아. 흐, 응……."

소리가 나는 곳으로 발을 옮겼다. 집 안에 아무도 없는 줄로만 알았더니 누군가 있는 모양이었다. 나는 웨인이 왔음을 알려주기 위해 문에 똑똑 노크를 했다.

"아으, 제시……."

나는 눈을 번쩍 다시 떴다. 내 앞을 가로막은 문. 내 예상이 틀리지 않다면 나는 지금 엄청난 실수를 저지른 것이었다.

"아나, 뭐야!"

옷을 반쯤 풀어헤친 남자가 문을 벌컥 열었다. 나는 움찔거리며 뒤로 물러섰다.

“죄, 죄송합니다.”

남자의 뒤로 짜증스러움을 두 눈 가득 품은 한 여인이 보였다. 그녀는 이불을 끌어 훤히 드러났던 젖가슴을 가리면서 나를 얄밉게 노려보았다. 그녀는 입에 담배를 태워 물더니 내 얼굴 쪽으로 연기를 후 뿜어냈다.

“오우, 귀여운 아가네?”

그녀와 나 사이가 굉장히 멀어서 다행이었다. 안 그랬으면 저 연기 때문에 인상을 찌푸려야 했겠지.

“뭐냐? 웬 노크야?”

이왕 이렇게 된 거 노크를 한 본연의 의도나 살려야겠다고 마음먹었다.

“그게… 웨인이 토샤에서 돌아왔습니다. 그래서 혹시 집 안에 가족 분이 계시면 알려 드리려고…….”

“뭐야. 그 자식 또 왔어? 넌 또 그 자식이 달고 온 찌꺼기냐?”

남자의 언성이 굉장히 높았다. 그의 목소리를 들었는지, 누군가가 이쪽으로 두다다다, 다가오는 발소리가 들렸다.

“제시 형!”

웨인이었다. 그는 활짝 웃으며 형에게 아주 반갑게 다가섰다.

퉤.

흐음. 내가 잘못 본 것일까? 지금 분명…….

“이 자식아. 친구를 데려오려면 제대로 된 놈을 데려와. 짜증나게 방해하지 말고.”

제시라고 불린 남자는 탕 소리를 내며 문 안으로 도로 들어가 버렸다. 웨인은 나를 향해 멋쩍게 웃어 보였다. 나는 미간을 찌푸리며 웨인에게 손수건을 건네주었다.

“여기… 닦아.”

그는 내 손수건을 받아 들더니 갸웃거렸다. 내가 손가락으로 눈 사이의 코 부근을 가리켰다. 웨인은 그제야 자신의 형이 뱉고 간 침을 닦아내라는 나의 뜻을 알아차렸다.

“이런, 흉한 꼴을 보였네. 미안하군. 제시 형이 원래 성격이 급해서 그래. 이해해 주게.”

오랜만에 본 동생에게 처음 하는 인사가 침 뱉고 화내기인 형을 이해하라고? 어떻게 그런 모욕을 당하고도 저렇게 웃을 수 있는지가 의문이었다. 또다시 이상한 신음 소리가 들려오는 문 너머를 지그시 바라보면서 나는 주먹을 꽉 쥐었다.

하지만 이곳에 들어서기 전 다르젠이 해둔 말이 있었다. 웨인의 가족을 보고 놀라지도 비난하지도 말라고. 그러니 내가 여기서 제시를 비난하면 웨인은 싫어하겠지. 참기로 했다. 뭐, 참지 않는다고 해서 저 문을 부수고 들어가 엉켜 있는 두 남녀에게 삿대질을 해댈 수 있는 것도 아니었으니.

소란을 들은 친구들이 모두 다가와 있었다. 다르젠은 안쓰러운 표정으로 웨인을 쳐다보았고, 케이큘번은 아직도 살구를 우적우적 씹고 있었다. 하지만 그도 심상치 않은 분위기를 감지한 건지 조심스럽게 웨인의 눈치를 살폈다.

“우선 짐부터 푸는 게 좋겠군.”

웨인은 어색한 분위기를 환기하면서 우리를 자신의 방으로 데려갔다. 구석에 달린 방문 하나를 활짝 열어젖히자 자욱한 먼지가 쏟아져 나왔다.

“짐 풀기 전에 청소부터 하는 게 옳겠군.”

케이큘번이 콜록거리며 말했다. 웨인의 방 안에 햇볕이 가득한

것만큼은 큰 장점이었다. 하지만 그 햇볕이 존재함으로써 먼지의
존재도 굉장히 뚜렷하게 드러난다는 게 문제였다. 햇볕을 등지고
촘촘하게 떠 있는 자잘한 먼지를 보고 있으니 머리가 어지러울
지경이었다.

"자네가 떠난 동안 한 번도 청소를 하지 않은 모양이군?"

내가 볼멘소리로 묻자 웨인 대신 다르젠이 대꾸했다.

"원래 자기 방은 자기가 청소하는 거야. 그렇게 멀뚱히 서 있지
말고 자네도 뭔가를 해, 세요. 세너든 마을에서 주구장창 수건을
빨아댔던 것보다는 쉬울 테니."

우리는 다르젠의 성화에 못 이겨 신속하게 청소를 시작했다.
처음엔 웨인의 가족들이 웨인에게 너무 무심한 것 같아 속상했지
만, 그래도 친구들과 함께 웃고 떠들며 청소를 하다 보니 기분이
한결 좋아졌다.

땀을 흘리며 깨끗하게 정리 정돈을 한 후, 우리는 모두 바닥에
드러누웠다. 어찌나 더운지 땀이 비 오듯 쏟아졌다. 나는 찝찝한
몸을 더 이상 움직이지 못하고 그대로 잠에 빠져들었다.

잠에서 깨어나니 벌써 저녁이었다. 창밖으로 하늘에 보석처럼
박힌 별들이 보였다. 딱 세너든 마을의 밤하늘만큼 별빛이 쏟아
졌다. 나는 아름다운 밤하늘의 풍경에 넋을 놓았다.

"일어났는가?"

어디선가 웨인의 목소리가 들려왔다. 이제 보니 이제껏 잠들어
있었던 사람은 나뿐인 것 같았다. 다르젠도 케이큘번도 어디론가
가고 없었다. 나는 허겁지겁 몸을 일으키고 옷매무새를 다듬었
다.

"다들 식사를 하려던 참이었다네. 일어났으면 자네도 함께 가도록 해. 억지로 깨우기 미안했던 참이었는데 잘됐군."

나는 눈을 비비고 하품을 끊임없이 하면서 웨인이 이끄는 대로 발걸음을 옮겼다. 식탁에는 다르젠과 케이큘번, 그리고 낯선 이들이 잔뜩 모여 있었다. 그들의 시선이 일제히 나에게로 쏠렸다. 나는 사과를 전하며 자리에 앉았다. 그리고 드디어 숨 막히는 파예트 가의 식사가 시작되었다.

"네가 올 거라는 이야기는 오늘 아침이 되어서야 할머니께 들었다. 일찍 알았더라면 농장 일을 하루 쉬었겠지만, 갑자기 소식을 들은 거라 어쩔 수가 없었다."

친구들을 데려가겠다는 편지는 꽤나 오래전에 부쳤다는 소리를 똑똑히 들었다. 그런데 그 소식을 오늘 아침이 되어서 들었다고?

"괜찮습니다, 아버지."

"어쨌거나 오랜만이구나. 너도, 친구들도 다들 반갑군."

웨인의 아버지는 전혀 반갑지 않은 표정으로 무뚝뚝하게 인사를 건네왔다. 그는 말을 마친 후에 우리의 답례 인사를 들을 생각도 않고 스프를 떠먹기 시작했다. 나는 다르젠의 눈치를 살폈다. 다르젠이 무슨 말이라도 하면 나도 인사를 건넬 참이었다. 하지만 그가 아무런 반응도 없기에 나도 가만히 있었다.

아무도 말을 걸어오지 않았다. 보통 집에 손님이 오면 이런저런 이야기를 건네고 이름을 물어보는 게 순서 아닌가?

"이분은 나의 아버지시라네. 그 옆에는 할머니. 그리고 왼쪽부터 오센, 로렐, 메이렌, 제시. 나의 형, 누나들이야."

내가 이제껏 독특한 가정만 방문했던 걸까? 이제껏 내가 만난 사람들은 집에 손님이 오면 반갑게 손을 내밀어 웃음으로 맞아주고, 자기 자신을 소개하며 식사를 대접했다. 그 어느 곳에서도 자신이 소개되는데 눈 하나 깜빡하지 않는 사람들은 없었다.

그것이 당연한 게 아니었단 말인가? 원래 이런 시골 마을의 평민가의 풍경은 이렇단 말인가?

나는 너무나 당황한 나머지 어찌할 바를 몰랐다. 나의 예상과는 굉장히 다른 모습들을 보여주는 이 사람들을 어떻게 받아들여야 하는 거지?

"그리고 이쪽은 다르젠. 다들 아시지요?"

말을 하는 자는 오로지 웨인뿐이었다. 케이큘번은 가만히 상황을 지켜보기만 했고, 다르젠은 다른 파예트 가족들처럼 관심없다는 태도로만 일관했다.

"알아."

메이렌이 짧게 대답했다. 웨인은 누군가 대답을 해준 게 고마운지 조금 더 들뜬 듯 우리를 소개했다.

"그 옆은 케이큘번 레럼."

"풉."

갑자기 제시가 웃음을 터뜨렸다. 웨인이 왜 그러냐는 듯한 눈빛으로 쳐다보자 그는 입가에 튄 물기를 닦아내며 성의없게 대답했다.

"뭘 봐. 갑자기 우스운 장면이 떠올랐을 뿐이야."

웨인의 눈이 둥글게 휘어졌다. 그는 미소를 띠며 마지막으로 나를 소개했다.

"저 청년은 세요 폰 어니뷔트."

"폰… 어니뷔트?"

메이렌이 미심쩍은 눈으로 나를 바라보았다. 순박한 듯하지만 날카로운 그녀의 눈빛에 몸이 오그라들었다.

"귀족이란 말이냐?"

아마도 파예트 가의 장남인 듯한 오셴. 그가 웨인을 향해 물었다. 웨인은 고개를 끄덕였다.

"응. 귀족이지."

"이젠 귀족까지 끌어들이는 거냐?"

오셴은 불만스럽게 말을 툭 내뱉었다. 하지만 웨인은 여전히 미소를 풀지 않았다.

"하지만 세요는 다른 귀족들과는 달라. 소박하고 정도 많아."

왜 이렇게 의자가 딱딱하게 여겨지는 것일까.

"아버지, 쟤 좀 보세요. 이젠 막 오셴 오빠에게 말대꾸하네요?"

매서운 인상의 로렐이 기어이 한마디 뱉었다. 그녀의 말에 웨인의 입술이 다물어졌다.

"웨인."

웨인의 아버지는 웨인을 차갑게 쳐다보며 가만히 그의 이름을 불렀다. 웨인은 조금 더 밝게 웃으려고 노력하는 것 같았다.

"죄송합니다. 저도 모르게 실수를 해버렸습니다."

"이래서 대학인가 뭔가 보내면 안 돼. 지 잘난 줄 알고 엄청 기어오르잖아? 그 학비 다 대주는 게 누군데."

로렐은 혀를 쯧쯧 찼다. 그러면서도 웨인과 눈 한 번 마주치지 않았다.

"얘야."

웨인의 아버지가 근엄하게 로렐을 달랬다. 로렐은 이내 조용해졌다.

“저기, 진짜 귀족이에요?”

메이렌이 나에게 살며시 물어왔다. 나는 떨어지지 않으려는 입술을 겨우 벌렸다.

“예…….”

“그렇구나. 귀족도 뭐 우리랑 다를 거 없네.”

그녀는 나에게 시선을 거두면서 모호한 말을 남겼다. 나는 얼른 이곳을 피하고 싶었다. 이 가족들은 대체 왜 이런 거지?

“다르젠.”

식사가 한창인 가운데 웨인의 아버지가 다르젠을 불렀다. 다르젠은 일순간 제 귀를 의심하더니 웨인의 아버지가 자신의 대답을 기다리느라 가만히 지켜보는 걸 깨닫고 나서야 허둥지둥 대답을 했다.

“네? 아, 네. 아저씨.”

“다리를 다쳤다는 이야기를 들었다. 유감이구나.”

“감사합니다. 이젠 다 나았습니다.”

다르젠은 두 눈을 몇 번 껌뻑이더니 엉거주춤 대답했다. 웨인의 아버지가 더 이상의 말을 하지 않자 다르젠도 자연스레 다시 음식에 집중했다.

“제 몸 하나 간수 못하는 의사를 어디다 쓰누?”

웨인의 할머니는 푸근하게 웃고 있었다. 저분은, 제발 다정한 분이길 바라고 또 바랐다.

“하, 하하. 그러게요.”

웨인은 어색하게 웃으며 대답했다. 할머니는 다르젠을 향해 미소를 한번 지어 보였다. 크게 나빠 보이는 인상이 아니라서 정말 다행이었다.

"쟨 다쳐도 상관없잖아요? 웨인, 웨인. 사람들이 천재라고 떠들어대는 의사 녀석을 옆에 친구로 끼고 있는데. 알아서 고쳐 주겠지, 뭐."

로렐의 말에 왜 내 가슴이 푹 찔리는 느낌일까. 그녀가 상황을 정확하게 짚어내고 있긴 했지만, 저렇게 부정적인 시각이라니.

"푸하! 나는 저 녀석한테 치료받을 바에야 그냥 죽고 말래."

제시가 입 안에 고기를 집어넣으며 말했다. 그 말에 웨인의 형제들은 입을 맞추어 깔깔거리고 웃었다.

대체, 무엇이 그렇게 즐겁다는 거야, 당신들.

나는 도무지 삼킬 마음이 들지 않는 음식들을 꾹꾹 씹으면서 얼른 시간이 지나가기만을 바랐다.

"풋. 귀족 나리께서는 천한 평민의 음식은 못 드시나 봐. 얼굴 표정 보니 곧 토할 것 같아."

메이렌은 재미있다는 듯이 자신의 언니를 보고 쿡쿡거렸다. 아니, 저 아가씨는 아까부터 왜 자꾸 귀족을 들먹거리는 거야.

메이렌의 웃는 모습이 어찌나 거슬렸는지 나는 자리를 박차고 나가 버릴까 하는 생각도 했다. 하지만 그랬다가는 이번엔 '역시 귀족들은 제멋대로야' 소리를 하겠지.

웨인이 불안한 눈동자로 나를 쳐다보는 걸 발견했다. 그는 내가 참길 바라는 걸까? 단순히 참기만을 바라는 것 같지는 않았다. 너무나 미안해하고 몸 둘 바를 몰라 하는 저런 표정이라니. 나는 속으로 한숨을 삼키며 다시 나이프를 꾹 쥐었다.

"메이렌, 무례하구나."

웨인의 아버지가 주의를 주었다. 그는 나를 빤히 쳐다보았다. 저건 대신 사과하는 눈빛일까? 내가 그 눈빛의 뜻을 제대로 파악하기도 전에 그는 다시 음식으로 시선을 돌려 버렸다.

"친구들이 묵을 방이 필요합니다."

웨인이 조심스럽게 말을 꺼냈다. 하긴, 그의 방은 네 명의 청년이 뭉쳐 있기엔 다소 좁은 감이 있었다.

"아, 갑자기 쳐들어와서는 방 내놓으라네."

로렐이 짜증스럽게 대꾸했다.

"남은 방은 없단다, 얘야. 이제 곧 마키 삼촌이 오신다고 했거든. 그에게 방을 내어주어야 하니 젊은 너희들끼리 한방을 쓰도록 해라."

웨인의 할머니가 웃으며 대답했다. 웨인은 고개를 끄덕이며 수긍했다. 우리를 쳐다보는 그의 눈빛에 얼마나 미안함이 가득한지, 나는 그의 눈에서 행여나 눈물이라도 뚝뚝 흘러 내릴까 봐 매우 마음을 졸였다.

그 이후로는 비교적 조용했다. 식기들이 달그락거리는 소리만이 가득했다. 나는 메이렌이 나를 흘끔거리며 지켜보는 게 너무나 거슬렸다. 그녀에게 트집 잡히지 않기 위해 나는 경직된 얼굴 근육을 억지로 움직여 음식을 씹고 삼키고 씹고 삼키기를 계속해서 반복했다. 차가운 겨울바람을 맞으며, 들판에 서서 돌을 씹는 게 차라리 쉽겠다는 생각이 들었다.

"감사히 잘 먹었습니다."

드디어 식사 시간이 끝났다. 다들 입을 닦으며 자리를 떠났다. 할머니가 웨인에게 다가와 그의 어깨를 슬며시 잡아주었다.

"갑자기 많은 사람들의 식사를 준비하느라 이 할미가 너무 피곤하구나. 식탁 정리와 설거지는 네가 해줄 테냐?"

"네. 알겠습니다."

“그럼 수고해라.”

할머니는 앞치마를 풀고는 곧 방 안으로 사라졌다. 이제 주방에 남은 건 우리 네 사람뿐이었다. 나는 드디어 숨이 트이는 걸 느끼며 참았던 한숨을 한껏 토해냈다.

“파예트, 대체 자네 가족들은…….”

다르젠이 급하게 케이큘번의 팔을 붙잡았다. 그는 원망하는 눈초리로 케이큘번을 쳐다보았다. 다르젠의 눈빛은 케이큘번더러 이렇게 말하고 있었다.

‘웨인의 가족을 비난하지 말라고 미리 말했잖아!’

“자네들, 나를 좀 도와주겠는가? 혼자서 하기엔 좀 많은데. 원래는 집안일을 도와주시는 카렌이라는 아주머니가 계신데……. 오늘은 하루 쉬시나 보군.”

나는 웨인의 마지막 말이 떨리는 걸 알아차렸다.

“어이, 어니뷔트. 그 가정부가 하필이면 오늘 쉬는 이유는, 오늘이 파예트가 오기로 예정된 날이기 때문이다, 이게 내 생각이라네. 내가 과하게 생각하는 건가?”

“웅? 무슨 소린가?”

“어떻게든 파예트를 괴롭히려고 하는 것 같단 말일세. 이런 소소한 집안일이라도 못 시켜 먹어서 안달인 것처럼 보인다, 이 말이지. 휴. 정말이지 답답해서 죽을 뻔했다네.”

나에게 속삭이듯 말해오는 케이큘번. 나는 그의 이야기를 가만히 들으면서 웨인을 힐끗거렸다. 정작 웨인은 아무렇지도 않은 표정으로 그릇을 닦고 정리하고 있었다. 능숙해 보였다. 접시 하나 옮기는 것도 제대로 못하는 나에 비하면 그는 아주 오랜 기간 해온 일인 양 자연스럽게 행하고 있었다.

"뭔가 이상해. 웨인을 굉장한 불청객쯤으로 여기고 있는 것 같아."

"젠장. 체페를 붙들어놓고 대체 이 집안은 왜 이런 건지 한번 물어보아야겠군. 저 녀석은 파예트한테 아무런 내색도 하지 말라면서 우리에게 이렇다 할 제대로 된 설명도 안 해주다니……. 우리더러 속 터져 죽으라는 건가, 뭔가."

"어이! 거기 수다 떠는 처녀 둘! 엉덩이 걷어차기 전에 조금 더 열심히 일하지 못해!"

다르젠이 소리를 버럭 질렀다. 나는 케이쿨번이 발끈하려던 걸 겨우 말리면서 그에게 촛대 따위를 한 아름 안겨주었다.

저녁 식사에 참석한 사람이 많아서 그런지 식탁을 치우는 일이 만만치 않았다. 어째 오늘은 하루 종일 청소만 하는 것 같다고 느끼면서 식탁을 벅벅 닦다 보니, 나도 집안일에 이력이 생길 것만 같았다.

"휴, 끝났다."

털썩. 저절로 다리에 힘이 풀리는 느낌이었다. 그렇게 자고 일어났는데도 지금 당장 침대만 보이면 달려들어 가 잘 수 있을 것만 같았다.

웨인은 잠깐 아버지를 뵈러 간다며 자리를 떴다. 케이쿨번은 이때다 하고 다르젠의 목덜미를 잡아 끌어당겼다.

"무슨 짓이야! 놔, 놔!"

"이젠 말해봐, 체페. 대체 파예트의 가족들은 다들 분위기가 왜 저런 거야?"

다르젠은 뻐근한 목을 붙잡으며 계속해서 통증을 호소했다.

"아아, 나 아파."

케이큘번은 이를 악물며 그의 목을 더 세게 거머쥐었다.

"엄살 부리지 말고!"

"쳇."

우리의 눈길을 교묘하게 피하던 다르젠이 드디어 체념한 듯 자리를 잡고 앉았다. 그는 한숨을 연거푸 후후 내쉬더니, 케이큘번의 재촉을 이기지 못하고 이야기를 시작했다.

"별거 아니라네."

"별거 아니라니? 우리 모두를 벌레처럼 쳐다보는 그 눈길하며 파예트가 뭔 말 한마디 할 때마다 죽일 듯이 대꾸하는 그 말소리들이 별거 아니란 말인가?"

케이큘번은 삐딱하게 고개를 젖히며 물었다. 다르젠은 또 한숨을 푹푹 내쉬었다.

"내 맘대로 이런 이야기를 밝혀도 괜찮을지 몰라서 망설였던 거야. 하지만 웨인이 자네들을 이리로 데려온 걸 보면 말해주어도 괜찮겠지?"

"그래. 말해."

나도 몸을 바싹 들이밀며 다르젠을 닦달했다.

"웨인은 저 사람들과 한 핏줄이 아니라네."

"음, 주워온 아이라 이건가?"

"아니. 웨인은… 웨인의 어머니가 결혼을 하기 전에 다른 남자와의 사이에서 밴 아이라네."

케이큘번의 놀란 눈과 마주쳤다.

"정말인가?"

"그래. 웨인은 엄밀히 말해 사생아라 이걸세."

"흐음……."

예상치 못했던 이야기에 케이큘번도 나도 모두 당황했다. 우리는 잠자코 다르젠의 말이 이어지길 기다렸다. 양손을 불안하게 비비던 다르젠은 무언가 깊게 생각하더니 이내 다시 입을 열었다.

"미혼모였던 웨인의 어머니를, 지금의 웨인의 아버지가 새 아내로 받아준 거지. 이건 내 생각이지만…… 웨인의 아버지는 결혼 생활을 하면서도 웨인의 어머니를 줄곧 사랑해 왔던 게 아닌가 해. 그렇지 않고서야 전처를 여읜 지 얼마 안 되서, 그것도 미혼모를 덥석 후처로 받아들이진 않았을 거야."

"그렇군……."

"그래서 가족들이 웨인을 싫어하는 거야. 형제들은 웨인의 어머니 때문에 자신의 친어머니가 불행했다고 여기는 것 같고, 할머니 또한 겉으로는 웃으셔도 웨인을 굴러 들어온 못난 돌쯤으로 여기시지. 아버지는 내색은 안 하시지만, 웨인이 예쁘진 않을 거야. 충실히 뒷바라지를 해주시긴 하지만 그냥 의무적인 것 같아. 하여튼 저 사람들은 웨인이 잘난 것도 싫어해. 웨인은 어릴 때부터 토샤에서 학교를 다녔는데, 그게 돈이 만만치 않게 깨졌나 봐. 그러니 더 싫어하지. 제 아버지의 돈을 웨인이 축낸다고 생각하거든."

"확실히 그렇겠군."

케이큘번이 팔짱을 끼며 말했다.

"그리고 이 마을 사람들은 웨인의 출신에 대해 대부분 알고 있어. 그러니 웨인이 뛰어나면 뛰어날수록 가족들이 구설수에 오르기 쉬운 거야. 파예트 가에서 그만한 인재가 나오긴 힘들지, 그 가족들은 웨인에게 감사해야 해 따위의 말들. 웨인이 사라지길

간절히 바라는 가족들이 그런 소리를 들을 때마다 얼마나 웨인을
눈엣가시처럼 여기겠는가.”

커다란 바윗돌을 가슴께에 푹 얹어놓은 느낌이었다. 너무나 무
겹고 아파서 몸을 쉽게 움직일 수도 없는 느낌. 웨인이 늘 웃고
다니기에 몰랐다. 나는 그가 화목한 가정에서 사랑받고 자라 가
족에게서 배운 사랑을 남에게 실천하는 줄로만 알았다.

“휴우, 우습지 않은가? 처음엔 이 마을 사람들도 모두 웨인을
피하고 싫어했다고 해. 저주받은 아이라면서. 웨인이 굉장히 어
릴 때 혼자서 글을 깨우친 걸 보면서도 마귀가 쓰였다며 난리를
쳤다던데……. 그래놓고는 이제 와서는 웨인을 구세주 취급을 하
지.”

“아!”

불현듯, 언젠가 웨인과 나누었던 대화가 떠올랐다.

<u>450</u>

“남들과 다르다는 건 유쾌한 일이 아니라네. 유쾌하기는커녕
스스로를 지옥 속으로 밀어 넣는 날카로운 창칼처럼 느껴지지.
똑같은 옷을 입은 사람들은 다른 옷을 입은 한 사람을 손가락질
하며 그를 돌연변이로 만들어 버린다네. 그리고 그를 배척하지.
그러면 돌연변이는 어찌해야 하겠는가?”

“으음. 글쎄.”

“남들과 다른 자신의 모습을 단순히 남들과의 다름이 아닌, 남
들에 비한 ‘우수함’으로 만들어야 한다네. 그리고 그 우수함으로
보통 사람들을 도와주어야 해. 그래야 자신의 다름이 배척당하지
않거든. 그것이 돌연변이가 미치지 않고 살아남는 법일세.”

그 당시에는 웨인의 말을 이해하지 못했었다. 하지만 이제는 어렴풋이나마 그 느낌을 잡아챌 수 있었다. 웨인은 돌연변이였구나. 가족들, 이웃들과는 다른 옷을 입은 돌연변이.

그가 그렇게 웃고, 화내지 않는 이유는 이들에게 배척당하지 않기 위해서였구나. 나라면 차라리 화를 내고 배척당하고 말 텐데.

"그리고 웨인의 어머니는… 아닐세. 이 이야기는 웨인이 직접 하는 편이 좋을 것 같아. 내가 전하는 건 실례일 것 같으니까. 휴… 이 정도면 왜 이 집안 분위기가 이런지쯤은 알겠지? 딴에 웨인은 버넷에게 제 가족을 소개해서 동질감을 심어주려고 했던 것 같은데, 쩝. 둘 다 안 됐지 뭐."

갑자기 나의 부모님들의 모습이 머릿속에 가만히 떠올랐다.

냉정하긴 하지만 가끔씩은 칭찬도 해주시며 부정을 내비춰 주시는 아버지. 아버지는 권위적이긴 하지만 가족들을 제멋대로 후리려고 하진 않으신다. 무뚝뚝하신 분이라고 여겨왔었는데, 웨인의 아버지를 뵙고 나니 나의 아버지는 얼마나 다정하신 분이셨는지를 뼈저리게 느낄 수 있었다.

그리고 아름다운 나의 어머니. 다른 건 모두 제쳐 두고 나를 아버지의 아들로 낳아주신 것만으로도 감사했다.

"여어, 친구들. 산책이나 갈래?"

계단을 터덜터덜 내려오며 우리를 향해 말을 걸어오는 웨인. 그의 얼굴을 보자 가슴에 잉크를 뿌린 듯 마음이 까맣게 차올랐다. 나는 안쓰러움을 애써 모른 척하며 웨인의 말에 고개를 끄덕거렸다.

나는 밤공기의 신선함을 제대로 느끼지 못했다. 웨인이 페온쉬 마을의 아름다운 밤 풍경에 대해 찬사를 늘어놓는 것에도 집중하지 못했다. 나는 계속해서 웨인의 뒤통수를 흘끔거리며 그의 상황을 안타까워하고 속상해했다. 산책이 끝날 때까지 계속.

휴, 여름인데도 내 마음에 부는 바람은 한없이 차갑기만 했다.

이튿날 아침.

"웨인, 웨인!"

누군가 밖에서 웨인을 계속해서 불렀다. 어찌나 큰 목소리인지 한창 잠에 빠져 있던 나도 부스스하게 눈을 뜨고 잠에서 깨어났다.

"웨인, 누가 자네를 찾는데?"

나는 눈도 제대로 뜨지 못한 상태에서 옆에 엎어진 웨인을 흔들어 깨웠다. 웨인은 굉장히 피곤한 모양인지 쉽사리 깨어나지 못했다.

"웨인."

"으음……. 응?"

웨인은 게슴츠레하게 눈을 떴다. 주변을 살펴보더니 이곳이 자신의 방이라는 사실을 알았는지 잠깐 안도했다.

"웨인, 웨인!"

여전히 밖에서는 웨인의 이름을 부르는 큰 목소리가 들려오고 있었다. 웨인도 그 목소리를 들은 것 같았다. 그는 반쯤 닫혀 있었던 눈을 순식간에 뜨고는 자리에서 벌떡 일어났다. 그러더니 자신을 부르는 이에게로 곧장 다가갔다. 나는 무거운 몸을 질질 이끌고 창문에 붙었다. 마당에 웨인과 웨인을 불렀던 할머니가 보였다.

“많이 피곤했느냐?”

저 할머니의 인상은 정말로 푸근하다. 하지만 눈매가 사나웠다. 가만 생각해 보니, 로렐이 자신의 할머니의 눈을 닮은 것 같았다.

“아닙니다. 괜찮아요.”

“그래? 그럼 장작 좀 패놓으려무나.”

나는 귀를 의심했다. 지금은 한여름이었다. 찌는 더위에 허덕이는 걸로도 충분했다. 그런데 웬 장작? 혹시 부엌에서 요리를 할 때 쓰려는 건가? 하는 생각도 해보았지만 그렇지는 않은 것 같았다. 웨인에게서 얼마 떨어지지 않은 곳에 장작은 이미 산더미처럼 쌓여 있었으니까. 저것만으로도 올여름 내내, 아니, 가을까지도 요리를 하기 위한 불을 때기엔 충분해 보였다.

“장작을요? 얼마나?”

웨인도 당황한 것 같았다. 할머니는 앞치마에 손을 쓱쓱 닦더니, 깨끗해진 손가락으로 어딘가를 가리켰다.

“저것들 모두 패면 된다. 오늘 하루면 될 테니 그리 어렵지 않지?”

입이 쩍 벌어졌다. 세상에, 동화 속에서나 나올 법한 사람 괴롭히기가 이렇게 눈앞에 펼쳐지다니.

“어렵진 않지만, 오늘은 어머니를 뵈러 갈 생각이었습니다.”

“네 어미를?”

할머니의 웃는 표정이 일시에 싹 풀렸다.

“전에 알아보니 오늘이 면회 날짜였습니다.”

“꼭 오늘이어야 하는 거냐?”

“오늘이 아니면 한 달을 더 기다려야 한다는데……. 여기서 그만큼의 시간을 지체할 수가 없습니다."

"그래. 알았다."

할머니는 손을 탁탁 털더니 자리를 떠나 버렸다. 웨인은 상당히 미안한 표정으로 할머니의 뒷모습을 지켜보았다. 할머니는 뒤도 돌아보지 않았다. 그대로 문을 쾅 닫고 집 안으로 들어와 버렸다.

혼자 남은 웨인을 물끄러미 쳐다보았다. 웨인은 멀뚱히 서 있더니 옆에 놓인 도끼를 집어 들었다.

"웨인!"

나는 창밖으로 고개를 내밀고 웨인을 불렀다. 웨인은 아침 햇살이 눈부신지 살포시 인상을 쓰면서 나를 향해 돌아섰다.

"응?"

"장작 패려고?"

"그래야지."

"어머니… 는?"

그가 웃었다. 참으로 아침 햇살과 잘 어울리는 미소였다.

"아직 친구들이 일어나려면 멀었잖은가. 그때까지만 해놓지 뭐."

"어엇. 그럼 잠시만 기다리게. 나도 도와줄 테니까."

나는 얼른 마당으로 내려갔다. 웨인은 내가 내려오길 기다리는 중이었는지 아무 동작도 없이 그대로 서 있었다.

"홋. 어제 그릇 닦는 것만으로 자네의 잡일 실력은 이미 검증되었다고. 저기 앉아서 구경이나 하게."

웨인의 우스갯소리.

"그래도 어제 하루 배웠으니 이제 그릇은 잘 닦을 자신이 있다네. 이젠 도끼질 좀 배워보지 뭐. 또 아는가? 내가 황제 폐하에게 잘못된 처방을 내렸다가 내쳐지기라도 하면 도끼질을 하고 살지."

둘 다 웃음이 터졌다.

나는 서너 번 도끼질을 해보다가 결국 웨인의 팔에 밀려났다. 그는 낡은 의자에 나를 앉혀놓고는 나더러 가만히 쉬라고 했다. 처음엔 반항을 하던 나도 도끼로 웨인의 발을 찍을 뻔하고 나서는 잠자코 그가 시키는 대로 따랐다.

"저기, 웨인."

"응?"

아직 아침이라 찌는 듯한 더위는 아니었다. 그런데도 웨인의 이마에는 땀이 한가득이었다. 그는 수건으로 땀을 쓰윽 닦아내면서 성의없게 대답했다.

"다르젠에게 자네 이야기 들었어."

왠지 말을 해주어야 할 것 같았다. 도끼를 쥔 웨인의 손가락이 일순간 도끼 자루에서 미끄러질 뻔한 걸 보았다. 내가 혹시 실수한 건가.

"그렇군. 오늘쯤 내가 말해주려고 했는데. 더 이상 자네들을 당황시키면 안 될 것 같아서 말이지. 다르젠이 나 대신 어려운 이야기를 해주었으니 고맙네."

웨인은 이를 다 드러내면서 웃었다. 그의 이가 아플 정도로 시려 보였다.

"다르젠은, 자네 어머니에 대한 이야기는 자네에게 직접 들으라고 말했다네. 음… 돌아가신 건 아닌 것 같은데……."

딴에는 굉장히 조심스럽게 말한 것이었다. 유리판 위를 걷는 심정으로 살살. 하지만 웨인의 얼굴에 너무나 커다란 슬픔이 떠오르는 걸 보고 얼마나 후회를 했는지 모른다. 쏟아냈던 말들을 집게로 하나하나 집어 내 목구멍 속으로 도로 집어넣고 싶은 심정이었다.

"이제 곧 알게 될 거야. 어머니께 친구들을 소개시켜 드릴 예정이니까."

"아, 그렇군."

나는 더 이상 실수하지 않겠다는 일념하에 그저 그의 말에 고개를 끄덕이기만 했다. 그리고 혼자서 웨인의 어머니는 어떤 분이실까, 왜 어제저녁 식사에는 참석하지 않으신 걸까, 아, 면회 어쩌고 하는 걸 보니 혹시 감옥에라도 가 계신 건가? 하고 상상의 바다 속에서 마구 헤엄을 쳤다.

"세요, 나는 나의 가족들이 너무 좋아."

상상 속에서 허우적거리다가 현실로 바로 돌아오기란 힘들었다. 그래서 웨인의 말에 반응을 해주기까지 꽤 시간이 걸렸던 것 같다. 그리고 준비없이 말을 내뱉는 바람에 또다시 실수를 해버렸다.

"대체 어디가 좋단 말인가?"

"몰라. 그냥, 그냥 좋다네."

"…그렇군."

"어쩌면."

"응?"

웨인은 도끼를 내려놓고 나에게로 뚜벅뚜벅 다가왔다.

"저들을 미워하는 게 너무 힘들어서 차라리 좋아하는 걸지도 모르지."

더 이상 질문하지 않았다. 그 한마디로 충분했다.

'미워하기 힘들어서 차라리 좋아한다.'

그래, 웨인이라면……. 웨인이기 때문에 저 말이 어색하게 들리지 않았다. 나는 다가오는 웨인으로부터 말로 표현할 수 없는 어떤 감정을 전달받은 것 같기도 했다. 그의 온몸을 압박하는 자기 세뇌.

미움에 허덕거리다가 지친 그가 마지막으로 찾아낸 돌파구는 무조건적인 사랑이겠지. 사람들에게 소외받지 않기 위해 그들을 무조건 이해하려 드는 가련한 사람. 나는 가슴께에 피가 뭉친 듯한 답답함과 뭉클함을 동시에 느꼈다.

"자네들이 나의 가족들을 비난하지 않아주었으면 좋겠어. 어떻게 보일지는 몰라도 어쨌거나 나에겐 소중한 사람들이니까. 그리고 미리 말해두는 거지만, 나의 어머니도……. 어머니도 이해해주길 부탁하네."

가족에 대한 힐난. 그것은 얼마나 괴로운 것인가. 나는 얼마 전, 다르젠이 나의 아버지에 대한 이야기를 했을 때, 그를 오해한 적이 있었다. 그때 다르젠의 말을 참지 못하고 주먹을 쥐었다.

웨인 또한 마찬가지겠지. 파예트 가의 모든 이가 자신을 가족으로 받아주든 말든 그에게 그들은 무조건 소중한 '가족'인 것이다. 친구가 그 가족을 비난하면 상처가 되고 화가 날 테지.

그 '가족'이 코카인을 끊었던 웨인으로 하여금 다시 코카인에 손을 대도록 만든 장본인이든 말든, 중요한 것은 그들이 웨인의 하나뿐인 '가족'이라는 것. 어떻게 생겨먹었든 간에 웨인이 사랑하는 '가족'이라는 것. 그것이 중요한 것이었다.

휴, 머리로는 이해가 되면서도 눈이 먹먹하고 가슴이 침침했다.

오후가 되어서야 웨인의 어머니를 만나러 갈 수 있었다. 나는 혹시 어두컴컴한 어느 감옥 속으로 들어서야 하는 건 아닌가 하고 긴장을 했지만, 다행히도 웨인이 향하는 곳은 그보다는 훨씬 밝은 곳이었다.

페온쉬 요양원. 웨인의 어머니는 그곳에서 생활하고 있다고 했다.

우리는 긴 복도를 한참 걷고 코너를 몇 번이나 꺾어서야 웨인의 어머니가 계신 곳에 당도할 수 있었다. 돌아가는 길을 외우지 못할 정도였다.

"파예트 부인."

우리를 안내해 준 남자가 웨인의 어머니를 불렀다. 의자에 앉은 채 창밖만 내다보는 그녀. 그녀는 자신을 부르는 목소리를 못 들은 건지 몸을 돌릴 생각을 하지 않았다. 나와 친구들은 그녀의 뒷모습만 계속해서 쳐다보았다.

"저기, 파예트 부인?"

다시 한 번 더 들려오는 목소리. 의자의 팔걸이에 가만히 놓인 웨인 어머니의 손가락이 꿈틀, 미세하게 움직였다.

"파예트 부인."

남자는 끈기있게 그녀를 불렀다. 이 정도 무반응이라면 다가가서 고할 것 같은데, 어째서인지 이 남자는 그녀 곁에 갈 생각을 좀체 하지 않았다.

"시끄러! 그렇게 부르지 말랬잖아!"

탕. 앙칼진 목소리와 함께 둔탁한 물체가 바닥에 내쳐지는 소

리가 났다. 귀를 때리는 그 소리에 어찌나 놀랐는지 나는 뒷걸음
질을 치고 말았다. 안내해 준 남자도 마찬가지 반응이었다. 그는
가슴을 쓸어내리더니 눈꼬리를 파르르 떨었다.

"아드님이 오셨습니다."

그때까지도 뒷모습으로만 우리를 맞이하던 여인이 드디어 몸
을 돌렸다. 의자를 빙글 돌려서 우리를 마주하는 웨인의 어머니.
상당히 고혹적이고 아름다운 외모였다.

"어머니."

웨인의 어머니는 웨인만 한 아들을 두었다고 보기엔 상당히 젊
은 편이었다. 차라리 웨인이 누나라고 부르는 편이 덜 어색하지
않을까 하는 생각이 들 정도였다.

"오, 왔구나, 내 아들."

웨인의 어머니는 양팔을 넓게 벌렸다. 웨인은 성큼성큼 다가가
어머니를 안아주었다. 다르젠이 그를 따르기에 우리도 함께 따랐
다. 안내해 준 남자는 치를 떨면서 문을 닫고 사라져 버렸다.

웨인은 어머니에게 우리를 소개시켜 주었다. 그녀는 환하게 웃
으면서 편지에서 우리를 만난 적이 있다며 굉장히 반가워해 주었
다. 우리는 처음으로 웨인의 가족으로부터 환대를 받아본 것이었
다.

그녀는 아름답고 우아했다. 처음에 소리를 버럭 지르긴 했지
만, 그 뒤로는 조곤조곤한 말투로 대화를 이어나갔다. 비록 얼굴
이 창백하긴 했지만 그것만 제외하면 건강해 보였다. 그녀가 어
디가 아픈 건지는 모르겠지만, 왠지 이제 곧 완쾌하지 않을까 하
는 생각도 들었다.

즐거운 시간들이 계속해서 흘러갔다. 그녀는 우리의 학교 생활

에 대해 묻고 멜컨 교수의 일을 안타까워해 주었다. 그녀는 언젠가 토샤에 가본 적이 있다면서 그곳에서 사는 우리를 참 부러워했다.

"세요 폰 어니뷔트?"

그러던 중, 갑자기 웨인의 어머니가 나의 이름을 불렀다.

"네?"

"파예트들은 귀족을 싫어하지. 하지만 나는 달라요. 귀족! 그들은 아름답고 고귀하며 매력적이거든."

그녀가 나를 빤히 쳐다보는데, 일순간 온몸에 전율이 파바박 일었다. 떨림을 주체하기 위해 몸을 꼿꼿이 세웠다. 나는 차가운 손이 내 몸을 쓱 훑고 지나가는 느낌에 인상을 썼다.

"나의 아들을 보아요. 내 말이 맞지? 아름답고, 훌륭하지. 파예트들은 절대 나의 아들을 따라올 수 없죠. 그런 조잡한 무뢰한들 따위."

"어머니……."

웨인이 그녀를 말리려고 했다. 웨인의 어머니는 자신의 아들을 너무나 사랑스럽다는 눈빛으로 쳐다보았다. 그 눈빛이 왜 이리도 섬뜩한 것이지? 나만 그렇게 느낀 게 아닌 것 같았다. 케이큘번도 바짝 긴장하고 있었다. 화기애애했던 분위기는 어디론가 사라지고 없었다.

"웨인, 내 아들. 왜 이렇게 얼굴이 상한 것이냐. 내가 얼마나 예쁘게 잘 키워놨는데."

웨인의 어머니는 웨인의 얼굴을 양손으로 더듬으면서 곧 눈물을 흘릴 듯한 표정을 지어 보였다. 웨인은 그녀의 손 위에 자신의 손을 겹쳐 꼭 잡아주었다.

“피곤해서 그런 겁니다. 저는 아무렇지도 않아요.”

“그래? 그렇지? 아프면 안 된다, 아가.”

웨인의 몸이 한번에 기우뚱 기울어졌다. 웨인의 어머니가 그를 끌어당겨 안았기 때문이었다. 그녀는 품에 아기를 안듯 웨인을 껴안으려 했지만, 아기라고 보기엔 너무나 큰 웨인은 어정쩡한 자세를 유지해야 했다.

“어머니, 불편해요.”

“이런. 어미 품이 불편하다니……. 내가 힘들까 봐 걱정하는 거니?”

“하하, 네. 제가 너무 커져 버리는 바람에 힘드실 겁니다. 이제 그만 놓아주세요.”

“됐다. 내 아들을 내가 안는데 불편할 게 뭐가 있니.”

그녀는 고집을 세웠다. 웨인은 상당히 불편해 보였다. 그 모습은 참 우습기도 하고 애처롭기도 했다.

잠시 후. 똑똑. 문밖에서 노크 소리가 들려왔다. 우리를 안내해 주었던 안내원이 다시 돌아와 있었다. 케이큘번이 그를 맞아주기 위해 밖으로 나갔다. 안내원을 발견하자, 다르젠의 얼굴에 뜻 모를 안도감이 활짝 떠올랐다. 그는 남몰래 한숨을 휴 내쉬며 시계를 꺼내어 보았다.

“어이, 파예트. 이제 면회 시간이 다 끝났다는데?”

케이큘번이 다시 안으로 들어오며 소식을 전했다. 그 순간이었다. 웨인의 어머니가 자리에서 벌떡 일어섰다. 그리고 곧장 케이큘번의 앞으로 다가갔다.

탁. 나는 크나큰 마찰음에 깜짝 놀라며 눈을 크게 떴다.

“레럼!”

다르젠이 케이큘번의 팔을 붙들어주었다. 케이큘번의 한쪽 뺨이 빨갛게 달아올라 있었다. 그는 한쪽으로 젖혀졌던 고개를 천천히 돌렸다. 그의 머리카락이 아무렇게나 흐트러져 그의 얼굴 위에 쏟아져 있었다.

"파예트라니! 누구더러 파예트라는 거야!"

"어머니!"

웨인의 어머니가 다시 한 번 더 오른손을 높이 들었다. 웨인은 그녀를 붙들어 의자에 앉히느라 용을 썼다. 웨인의 어머니는 웨인에게서 벗어나려고 발버둥을 쳤다. 그녀의 몸부림에 웨인이 퍽퍽 두들겨 맞았다.

"악! 아들! 내 아들아! 저 녀석을 혼내주어라! 누가 너더러 파예트라는 거냐!"

웨인의 어머니는 이성을 잃은 것 같았다. 소리를 지르고 손을 내저으며 악을 썼다. 그녀는 분을 참지 못하고 손을 내젓다가 결국 웨인의 얼굴에 긴 손톱 자국마저 남겼다.

"어머니, 진정하세요."

웨인은 쓰라린 감촉을 느꼈는지 미간을 살포시 찌푸리더니, 곧 자신의 어머니에게 집중했다.

"웨인! 어디로 간 거니. 웨인, 웨인!"

고개를 뒤로 젖히고 허공을 쳐다보며 서럽게 우는 웨인의 어머니. 그녀는 천장을 쳐다보며 천장에다 손을 휘저으며 웨인을 찾아댔다. 그녀의 눈물과 콧물이 한데 뒤섞여 얼굴 옆으로 한없이 흘러내렸다. 고상하고 우아했던 여인은 더 이상 이 안에 없었다.

"어머니, 어머니. 저 여기에 있어요."

웨인은 그녀의 얼굴을 붙잡아 자신을 보게 만들었다. 웨인의 어머니는 굵은 눈물방울을 후두둑 흘리며 웨인을 쳐다보았다.

"내 아들. 날 떠나면 안 된다. 웨인, 웨인 폰 루스캇……. 어미
는 널 사랑해. 알지? 너무너무 사랑한단다, 내 아가."

웨인 폰 루스캇? 폰 루스캇……?

"예, 예. 알아요. 그러니 이만 진정하세요. 전 여기에 있습니
다."

웨인은 이를 꽉 깨물었다. 나는 예고되지 않은 이 상황을 놀란
눈으로 지켜보면서 아무 행동도 취하지 못했다. 웨인의 어머니가
웨인의 도움을 받아 침대에 오르는 걸 보고 나서야 케이큘번에
대한 걱정이 번뜩 떠올릴 수 있었다.

"괜찮은 건가?"

내가 걱정스럽게 묻자 케이큘번은 뺨을 어루만지며 고개를 한
번 크게 까딱거렸다. 다르젠은 손으로 자신의 이마를 짚으며 고
개를 절레절레 내저었다.

"그걸 생각지 못했군. 레럼은 웨인을 성으로 부른다는 걸 잊고
있었어. 하아, 진즉에 주의를 주었어야 하는 건데……."

다르젠이 혼잣말을 내뱉듯 속삭였다.

웨인의 어머니는 금세 잠에 빠져든 모양이었다. 언제 소란을
부렸냐는 듯이 평온하게 잠든 얼굴. 웨인은 어머니의 손을 꼭 잡
아드린 후 그 손을 이불 속으로 넣어주었다. 그러더니 지친 한숨
을 폭 내쉬고 우리의 곁으로 다가왔다.

"미안하네, 케이큘번."

웨인은 어제 식탁에서 메이렌이 나에게 무례를 저질렀을 때만
큼의, 딱 그만큼의 미안한 표정으로 케이큘번을 쳐다보았다. 케
이큘번은 머리를 쓱 쓸어 넘기며 어깨를 으쓱거렸다.

"괜찮아. 원래 여자들은 섬세한 존재들이니까. 내 뜻없는 말 한
마디에도 속이 뒤집어질 수 있는 것이지. 이해한다네."

괜찮다고 말하면서도 그의 표정은 싸늘하기만 했다.

"정말 미안해. 다소 걱정하긴 했지만, 이런 일이 벌어질 거라곤
미처 생각 못했다네."

웨인은 큰 죄를 지은 것마냥 케이큘번에게 미안해했다. 케이큘
번은 그의 태도에 오히려 화가 나는 건지 더욱더 깊게 패인 인상
을 썼다.

"괜찮아, 괜찮대도. 신경 쓰지 말게, 웨인."

…웨인?

내가 놀랄 틈도 없이, 케이큘번은 문을 열고 밖으로 빠져나가
버렸다. 다르젠은 잔뜩 굳어 있는 웨인을 툭 쳤다. 웨인은 그제야
몸에 힘을 풀었다. 나도 그제야 그를 따라 가슴을 쓸어내릴 수 있
었다.

solemnly pledge myself to the service of humanity.

I will give to my teachers the respect and
gratitude which is their due.

I will practice my profession with conscience and dignity.

The health of my patient
will be my first consideration.

Chapter 10
신의 여인

I will respect the secrets which are confided in me.
I will maintain by all means in my power,

the honor and noble traditions
of the medical profession.

페온쉬 요양원에서 웨인의 집으로 돌아가는 길.

"자네 어머니가 그래도 많이 건강해지신 것 같아. 이젠 자해를 하진 않으시는 것 같으니. 혈색도 많이 좋아지셨고."

다르젠은 웨인의 곁에서 뚜벅뚜벅 걸으며 그에게 이런저런 이야기를 건넸다. 웨인은 연신 웃으며 고개를 끄덕였다.

"그래? 자네가 보기에 그렇다면 정말 그런 거겠지. 다행이네."

케이큘번과 나는 앞서 가는 두 사람을 멀뚱히 쳐다보았다. 나는 케이큘번의 발걸음에 맞춰 걸으면서 이상한 이야기를 꺼냈다.

"레럼."

"왜?"

그는 왜 항상 내가 부르기만 하면 귀찮다는 듯한 대답일까. 저러니 내가 케이큘번은 좋아하는 사람이 없다고 여기는 것이지.

"앞으로 웨인을 웨인이라고 부를 텐가?"

“그게 중요한가?”

케이큘번은 짜증스럽다는 듯이 되물었다. 중요하진 않지만 꽤나 관심이 가는 사안이었다. 하지만 내가 이런 사소한 것에 관심을 두고 있다는 걸 알면 그는 또 나에게 핀잔을 줄 것이다. 그래서 나는 관심없는 척, 그저 지루한 시간을 견디기 위한 지나가는 말을 꺼낸 척하기로 했다.

“별로.”

안 되는 휘파람마저 휘휘 불며 케이큘번의 대답이 어떠하든 그다지 상관없다는 듯한 태도를 취해 보였다. 귀는 쫑긋 세우고 있으면서도 눈은 멀리 들판으로 보냈다. 물론 시야는 불안하기 그지없었다.

“어이, 파예트. 오늘 저녁 식사도 자네 가족들과 함께해야 하는가?”

그는 보란 듯이 말 한마디를 날리며 나의 질문에 단호하게 대답을 해주었다.

“아마도 그래야 할 것 같은데?”

“그래? 그렇군.”

케이큘번의 피부가 살짝 질리는 걸 보았다. 그의 볼이 아주 살짝 부어오르는 것도 보았다. 그 모습이 마치 사탕을 빼앗긴 어린아이의 표정 같아서 나는 그가 눈치 채지 못하게 혼자 끅끅거리며 웃었다.

숨 막히는 식사 시간은 또 찾아왔다. 나는 오늘은 메이렌에게 절대 트집 잡히지 않으리라 마음을 단단히 먹었다. 빵이 아무리 투박하고 딱딱하더라도 물을 마시듯 먹어주리라.

“아휴, 어깨야.”

　식사 중에 웨인의 할머니는 계속해서 자신의 어깨를 툭툭 두드렸다. 조용히 식사에 집중하던 웨인의 아버지는 그 모습을 힐끗거리다가 결국 조용히 질문을 던졌다.

　"어머니, 어디 불편하신 겁니까?"

　"늙은이가 어디 도끼 들 힘이 있니?"

　"도끼라니요?"

　"땔감으로 쓸 장작을 패놔야지. 언제 다 떨어질지 모르는데."

　웨인의 할머니는 미소를 지으면서 손사래를 쳤다. 걱정 말라는 듯한 표정. 하지만 곧이어 인상을 쓰고 허리를 두드리셨다. 그러한 행동이 오히려 웨인의 아버지의 걱정을 더욱 가중시켜 주는 것 같았다.

　"그런 일은 저에게 부탁하지 그러셨습니까."

　"됐다. 너는 농장 일로도 충분히 바쁘지 않으냐. 그렇다고 오센에게 부탁하자니 제 일 때문에 바쁜 것 같고 제시도 요즘 공부하느라 쉴 틈이 없어 보이던데……."

　선입견이란 무섭고 타파해야 할 것이란 걸 나는 분명히 알고 있었다. 하지만 그렇게 알면서도 제시에 관한 선입견을 깔끔히 지워 버릴 수가 없었다. 그에 대해 제대로 파악하진 못했지만, 적어도 그가 공부를 하면서 시간을 보낼 것 같진 않았다. 처음 만났을 때 여자를 안고 놀았던 모습이나, 대낮까지 늘어지게 잠을 자던 모습을 떠올려 보면 그랬다. 글쎄, 그가 공부하느라 쉴 틈이 없다… 라.

　"웨인도 있지 않습니까?"

　"웨인은 오늘 친구들과 놀러 나간다고 바쁘다고 하더구나. 어쩔 수 있니? 내가 해야지."

웨인은 상기된 표정으로 수저질을 하고 있었다.

"웨인, 할머니를 좀 도와드리지 그랬느냐. 친구들과 보낼 시간이 그리 중요한 것이었느냐?"

웨인의 아버지가 웨인을 쏘아보며 말했다. 나는 상황이 이상하게 돌아간다고 느끼고 그들 사이에 불쑥 끼어들었다.

"웨인은 오늘 어머니를 뵙고 왔습니다. 그리고 웨인은……."

모두의 시선이 나에게 쏠리자 땀이 삐질 흘렀다. 나는 불안하게 눈동자를 굴리다가 다르젠과 시선이 마주쳤다. 다르젠은 심각한 표정으로 고개를 살짝 저었다. 아무 말도 하지 말라는 건가? 하지만 이왕 입을 연 이상 웨인을 끝까지 변호해 주기로 했다.

"…아침에 장작을 많이 패두었습니다. 그것 때문에 늦으면서도 말입니다."

식탁보를 뜯어서 땀을 닦아내고 싶은 심정이었다. 오센의 차가운 눈빛, 로렐의 날카로운 눈빛, 메이렌의 한심하다는 눈빛, 제시의 재미있다는 듯한 눈빛. 그 모두가 화살이 되어 나를 푹푹 찔렀다.

"어미를 보러 갈 예정이었으면 말을 하지 그랬느냐. 그럼 내가 다른 날 부탁했지. 네 어미를 보러 간다고 하면 할미가 가지 말라고 발목이라도 붙잡을 것 같았니?"

부드러운 할머니의 목소리. 그녀는 사랑스러워 죽을 것 같다는 표정으로 웨인을 바라보았다. 나는 그 가면을 두 손으로 찢어서 벗겨 버리고 싶다는 생각이 들었다. 웨인은 오늘 아침 분명, 너무나 공손하게 어머니를 뵈러 갈 것이라고! 오늘밤에 시간이 안 된다고 분명 그렇게 말했는데!

"웨인은 분명 어머니를 뵈러 간다고 말씀드렸었습니다. 그리고 할머니께서도 분명 들으셨습니다.”

나는 분을 참지 못하고 대꾸했다. 그러자 할머니가 포크와 나이프를 곱게 내려놓으시고는 자리에서 일어서셨다.

“내가 늙어서 정신이 오락가락하는 모양이구먼. 분명 들은 이야기를 안 들었다고 말하는 걸 보니 내가 죽을 때가 다 된 게지.”

그러더니 식탁을 벗어나 버렸다. 웨인의 아버지가 나를 지그시 쳐다보는 게 느껴졌다. 그러더니 곧장 웨인에게로 시선을 옮겼다.

“당돌한 친구를 두었구나, 웨인.”

다르젠이 눈을 질끈 감는 게 보였다.

“아우. 귀족들은 진짜 아무 데나 나서는 거 되게 좋아해. 짜증나.”

결국 메이렌에게 또 트집을 잡혀 버렸다. 제길. 입에 맞지 않는 호밀 빵도 맛있는 척 먹으면서 잘 버텨왔는데, 또 이렇게 되어버리다니.

“죄송합니다, 아버지. 세요가 잠결이라 착각한 것 같아요. 할머니께는 제가 사과드리겠습니다.”

“흠, 앞으로는 네 어머니를 뵈러 갈 때 할머니께 꼭 말씀드리고 가거라. 네가 어머니를 찾아갈 때 손에 쥐어준다고 손수 과자까지 만드시던 분이다. 이제부터는 할머니를 속이지 말고 솔직하게 행동하여라.”

속이 뒤집어질 것 같았다. 웨인의 아버지는 정말 웨인이 할머니께 거짓을 고했다고 여기는 것 같았다. 일순간 손자의 무시에 상처받고, 그를 대신해 도끼질을 하다가 몸을 다친 불쌍한 노파로 변신한 웨인의 할머니는 지금쯤 자신의 방에서 얼마나 웃고 있을까?

나는 질긴 고기를 퍽퍽 썰어 꾸역꾸역 먹었다. 식사 시간이 끝날 때까지 계속해서 속으로 성서의 한 구절만 반복해서 읊었다. 그리고 끔찍한 식사 시간이 끝나자마자 나는 집 밖으로 빠져나왔다. 수풀이 잔뜩 우거진 곳에 오늘 먹은 걸 다 게워내면서 홀로 분노와 씨름을 했다. 혼자서 씩씩거리고 서 있었다. 뒤에서 웨인이 조용히 나를 불렀다.

"세요."

"으악! 제길."

나는 큰 돌을 발로 퍽 차고 하늘을 향해 소리를 지르고, 다르젠에게서 배운 욕지거리도 뱉어내어 보았다. 그랬는데도 왜 이렇게 속을 태우는 불이 꺼지지 않는 건지.

"세요."

"웨인! 말해봐. 대체, 대체 자네는 어떻게 저런 분위기에서 식사를 할 수가 있는 건가? 밥이 제대로 넘어가긴 하나?"

털썩. 제풀에 지친 나는 자리에 주저앉았다. 웨인도 내 곁에 다가와 슬쩍 함께 앉았다.

"굉장히 어릴 땐 나도 자네처럼 행동했었지. 난 잘못이 없다고 울고불고, 매달리고, 결백을 주장했지. 하지만 결과는 같더라고. 무조건 모든 건 내 책임이었어. 아무리 발버둥쳐도 결국 손해보는 건 나더라고."

"후우."

"나는 그걸 일찍 깨닫고 일찌감치 마음을 접어버린 것일 뿐이야. 나의 어머니는… 불행히도 그걸 참지 못하고 제 발버둥에 스스로 지쳐 버리신 거지. 넋을 놓아버린 나의 어머니를 요양원에

가두면서 가족들이 얼마나 비릿하게 웃었는지 몰라. 내 어린 기억 속에는 가족들이 나의 어머니를 미치게 하려고 온갖 애를 쓰던 모습이 강렬하게 박혀 있지.”

“…….”

“아마도 그때부터였던 것 같네. 나는 절대 나의 어머니처럼 되지 않겠다, 라고 마음먹은 건. 나는 누가 뭐라고 해도 웃었고, 누가 때리면 때리는 대로 맞았다네. 그렇게 해서라도 저들 속에 포함되고 싶었으니까. 혼자가 되어 내쳐진다는 게 얼마나 무서운 건지, 나는 알고 있었으니까…….”

웨인과 이야기를 나누고 있으니 마음이 진정되어 왔다. 거세게 타올랐던 불꽃은 모래를 끼얹은 양 잠잠해졌고 이젠 열기만 잔뜩 남아 있었다. 그것마저도 쏟아질 듯한 별들을 보고 있으니 차츰차츰 옅어졌다.

“내쳐지지 않고 살아남는 방법. 난 그걸 어릴 때 터득했고, 지금은 자연스럽게 몸에 배었을 뿐이야. 나에겐 지금 가족들의 모습이 말을 하고, 걷고, 밥을 먹는 것처럼 그저 당연한 삶의 모습이 되어버렸다네. 누가 나에게 왜 가족들의 부당한 대우에 그렇게 웃는 거야! 라고 묻는다면, 그건 왜 배가 고프면 밥을 먹는 거야! 하는 것과 같은 질문이라는 걸 말해주고 싶다네. 내가 싫고 좋은 것과는 상관이 없는 그저 숙명. 가끔씩은 힘들지만 참을 만해. 참을 만하니까 괜찮아.”

“바보 같군.”

마음에 없는 말을 툭 내뱉었다.

“그럴지도 모르지. 하지만 저 가족들이 없었다면 난 의사가 되려는 생각도 하지 못했을 거야, 세요.”

웨인이 의사가 되려는 생각을 하지 않았을 것이다? 차라리 내일은 달이 네모나게 각진 모양으로 하늘을 수놓을 거라고 하는 게 더 믿기 쉬웠다.

"난 저 가족들을 이해하고 좋아하기 위해 애쓰면서……. 내가 누군가에게 도움이 되었을 경우엔, 내가 누군가를 구해주었을 경우엔 저들도 나를 좋아해 준다는 걸 알았거든. 내가 제시 형의 목에 걸린 가시를 빼주었더니, 그는 며칠간 나를 괴롭히지 않았어. 내가 이웃집에 죽어가는 개를 살려주니, 나를 마귀의 자식이라고 부르던 그 가족들은 그 순간부터 나를 볼 때마다 반갑게 인사를 해주었지."

쳇. 야비한 인간들. 난 내뱉지 못할 말을 잔뜩 머금은 볼을 빵빵하게 부풀렸다.

"내가 독특한 행동을 할 때마다 신의 저주를 받은 거라며 손가락질하던 사람들이 내가 그들에게 도움이 되고 나서부터는 그 저주를 천재성이라고 불러주기 시작했다네. 나는 신이 버린 아이에서 일순간 신이 내려주신 축복 덩어리가 된 거지. 훗, 그래서 난 사람에게 도움이 되어야 한다고 생각한 거야. 그렇게 사람들을 살리다 보니, 어느 순간 의사로서의 사명감에 눈뜨게 되었다네."

언젠가 이 비슷한 이야기를 한 적이 있었다. 과거의 기억이 눈앞에 아롱졌다. 이제 내 안에 더 이상 불길은 없었다. 나는 이 답답한 페온쉬 마을에 오기 전의 웨인, 그저 천재로서 추앙받기만 했던 행복한 웨인과 함께 있는 것 같아 마음이 흐뭇해졌다. 역시 추억의 힘이란 대단했다.

"전에도 비슷한 이야기를 한 적이 있다네, 웨인. 그때는 무슨 소리인지 이해를 하지 못했지. 아니, 물론 지금도 잘 이해가 가진 않아. 다만, 자네의 마음이 그렇다면 내가 자네더러 왜 그렇게 바보같이 지내냐고 더는 캐물을 수 없겠지."

"고맙네. 그렇게 말해주어서."

고즈넉한 침묵이 찾아왔다. 나는 너무나 말하고 싶은 한 가지를 할까 말까 망설이다가 큰마음 먹고 입을 열었다.

"식사는 따로 하면 안 될까, 웨인?"

웨인은 즐겁다는 듯이 크게 웃기 시작했다. 벌레가 자잘하게 떠다니는 여름밤 허공에 소리를 탁탁 뱉어내면서 그는 굉장히 즐겁게 웃었다.

"왜 그렇게 웃는 건가?"

"아아, 미안, 미안하네. 케이큘번이 똑같은 소리를 했었거든. 다른 건 아무 말 하지 않겠다고. 식사만 따로 하면 안 되겠느냐고."

"훗. 그랬군."

"아버지께서 식사만큼은 가족 모두 같이하시길 원하시거든. 그래서 자네들에게 실례인 줄 알면서도 모른 체해왔던 건데 그렇게 힘들면 어쩔 수 없지. 외식을 하도록 하자고. 페온쉬 마을에는 좋은 식당이 많거든."

방긋 웃어버렸다. 웨인이 미안하지만 그 이야기는 들어줄 수 없을 거라고 말할 줄 알았는데 뜻밖의 수확이었다. 나는 말하길 잘했다고 생각하며 싱글거렸다. 내일 저녁은 맘 편히 먹을 수 있겠지, 라고 생각하면서 하늘에 시선을 꽂았다. 조금 전에 말을 꺼내기 전에 보았던 별빛들도 참 예뻤지만, 지금은 더욱더 눈이 부실 만큼 아름답게 느껴졌다. 나는 마음이 탁 트이는 걸 느끼며 웨인에게 조금 더 큰 욕망을 드러냈다.

"토샤에는 언제 돌아갈 건가?"

제발 웨인이 내일 당장 떠난다고 해주길 바랐다.

"왜? 이곳에 더 이상 있기가 싫은 건가?"

그는 피식 웃으며 되물었다.

"이 마을은 좋아. 너무 아름다운 곳이야……. 하지만 자네의 가족들은 이미 소개받을 만큼 받은 것 같고, 자네의 옛 사연도 알았으니 여기에 더 머물 필요가 있나 해서."

'자네 가족들과 하루도 더 같은 장소에 머물고 싶지 않아!' 하는 내 속마음을 눈치 챘을까? 눈치 챘겠지?

괜히 머리를 긁적였다.

"아니. 아직 소개시켜 줄 사람들이 더 남았다네."

"응? 누구? 가족이 더 있나?"

"아니, 가족은 아니야."

순간 웨인의 눈이 굉장히 아련해졌다. 그리고 꿈을 꾸는 듯 행복해졌다. 나는 왠지 모르게 그 표정이 다르젠과 닮아 있다고 생각했다. 이유는 알 수 없었지만.

"그럼 누군가?"

"있어. 자네들에게 꼭 소개시켜 주고 싶은 사람. 나에겐 자네들만큼이나 소중하고 그리운 사람들이 이 마을에 있다네."

"그래? 언제 만나러 갈 건데? 내일?"

내 질문이 너무 의도적이었나? 무언가에 놀란 듯이 불안하게 나를 빤히 쳐다보는 웨인의 눈길이 너무나 부담스러웠다.

"이런……. 미안하게도 이 마을을 쉽게 떠나진 못할 것 같네."

실망감이 물밀듯이 밀려왔다.

"왜?"

잔 디 벌 레

웨인은 자리에서 벌떡 일어섰다. 그러더니 그 상태에서 나를 내려다보았다.

"세요, 내가 지금 또 미래를 보았다면 믿을 수 있겠는가?"

"정말인가?"

나도 자리에서 벌떡 일어섰다.

"방금 환각이 스치듯 지나갔다네. 이런, 결혼했다는 이야기는 못 들었는데……. 확인하러 가보아야겠어!"

웨인은 무언가에 홀린 듯 걸음에 힘을 싣기 시작했다.

"웨인! 같이 가자고."

웨인의 걸음이 어찌나 빠른지 간신히 따라잡는 것만으로도 숨이 찼다. 나는 턱까지 차오른 숨을 켁켁 뱉어내면서도 쉬지 못했다. 웨인이 나를 기다려 줄 생각조차 하지 않았으니까.

우리가 도착한 곳은 자그마한 오두막. 웨인은 낡을 대로 낡아 구실도 제대로 못할 듯한 문을 끼익 밀었다. 불빛 하나 없는 공간이 눈앞에 펼쳐졌다. 한여름이라 늦은 시간임에도 불구하고 밖은 그리 어두운 편이 아니었다. 그런데도 이 오두막 안은 유난히 깜깜했다. 웨인은 어둠 속으로 발을 집어넣었다. 나는 그를 얼른 붙들었다.

"함부로 들어가면 안 돼."

웨인은 불안한 표정으로 나를 쳐다보더니 고개를 끄덕였다.

"계십니까?"

내가 웨인을 대신해 인기척을 냈다. 깜깜한 어둠 저편에서는 그 어떤 대답도 들려오지 않았다. 나는 빈집이라고 확신하면서도 다시 한 번 소리를 내었다.

"실례합니다, 누구 계신가요?"

그때였다. 어딘가에서 비명 소리와 함께 우당탕 소리가 났다. 웨인은 소리가 난 쪽으로 바로 걸어갔다. 나는 어이, 어이 하면서 웨인을 붙들었지만 소용없었다. 그에게 나의 말림 따위는 안중에 없었다.

웨인은 소리가 난 곳과 우리를 가로막고 있는 방문에 손을 가져다 댔다. 그가 힘을 주어 문을 밀려고 하는 순간, 문이 저절로 열렸다.

"벨?"

문의 저편에는 촛불이 있었다. 나는 옅은 빛의 도움을 받아 문을 열어젖힌 장본인의 얼굴을 확인했다. 상당히 젊은 여인.

"웨인?"

웨인과 나의 시선이 동시에 한곳으로 향했다. 여인이 촛대를 들고 있지 않은 나머지 손으로 가린다고 가린 그녀의 배. 이런 한여름에 외투를 입고 있는 모습이 참 의아했지만 그 의문은 바로 풀렸다. 그녀는 두꺼운 천을 자신의 배에 꽁꽁 두르고 있었다. 그 천을 가리기 위해 그 위에 겉옷을 한 겹 더 입은 것 같았다. 하지만 우리가 다가오는 소리에 마음이 급했는지 차림새가 조잡하기 그지없었다.

우리의 시선을 느낀 그녀는 움찔 뒤로 물러섰다.

"어쩐 일이야?"

어둠에 익숙해지고 나니 한결 사물을 분간하기가 편해졌다. 이젠 그녀의 방 안 풍경도, 그녀의 지친 표정도 제대로 볼 수 있었다.

"너야말로 어쩐 일이야, 벨? 부모님은?"

그녀의 두 눈에 서러움이 가득 차올랐다. 끓어오르는 슬픔을 도저히 참지 못하겠다는 표정으로 웨인을 직시하던 그녀는 결국 고개를 숙여 버렸다.

"부모님은 아직 일터에 계셔. 이만 돌아가 줘, 웨인."

그녀는 문을 닫으려고 했다. 웨인은 다급하게 손을 내밀어 움직임을 막았다.

"얼마나 된 거야?"

"뭐가 얼마나 됐냐는 거야."

"임신."

"잘못 본 거야. 돌아가."

그녀는 고개를 들 줄 몰랐다. 웨인은 그녀에게서 촛대를 뺏어 탁자 위에 올렸다.

"옷 벗어."

순간 내 얼굴이 화르륵 달아올랐다. 여인에게 옷을 벗으라니!

"무슨 소리야!"

벨도 나처럼 생각한 모양이었다.

"대체 임산부가 차림새가 왜 그 모양새야! 태아를 죽일 요량이야? 그 배 압박하고 있는 천 당장 풀지 못해!"

벨은 아랫입술을 꾹 깨물었다.

"싫어……."

웨인은 눈에 힘을 주더니 벨의 겉옷을 벗겨내기 시작했다. 벨은 싫다고 발버둥을 쳤다.

"세요, 벨을 붙잡아."

그는 여전히 손을 놀리면서 나에게 말했다. 나는 굉장한 죄의식을 느끼면서도 그가 시키는 대로 따랐다. 나는 낯선 여인의 몸을 등 뒤에서 어설프게 붙들었다. 밖에서 누군가 우리를 본다면 참 흉한 꼴이겠지? 사내 둘이서 강제로 한 여인의 옷을 벗기고 있다니…….

"놔! 뭐 하는 짓이야, 웨인!"

벨은 소리를 지르고 난리를 쳤다. 나는 그녀를 세게 붙드는 게 너무 미안해서 힘을 슬쩍 풀었다. 약하게 잡았을 뿐인데도 벨은 한없이 힘들어했다.

웨인은 벨의 배를 압박하고 있던 천을 둘둘 벗겨냈다. 한 겹, 두 겹, 세 겹……. 그녀가 어찌나 세게 배를 압박해 놨었던지, 천을 풀어내자 그녀의 배가 두 배는 더 많이 튀어나온 것처럼 보였다. 다행히 그녀가 입고 있는 옷은 헐렁했다. 만약 그 옷마저 몸을 잔뜩 조이는 디자인이었다면, 웨인은 가차없이 옷을 찢어버렸겠지?

"웨인, 웨인, 제발! 날 그냥 내버려 둬! 흐윽."

내 품을 벗어난 벨은 결국 울음을 터뜨렸다. 하지만 웨인은 냉정했다. 그는 그녀를 침대로 데려갔다. 벨은 그에게 끌려가지 않으려고 용을 썼다. 하지만 한낱 여인의 힘일 뿐이었다. 그것도 만삭인 배를 안고 지칠 만큼 지친 여인의 몸.

"누워. 다 너를 위해서야. 내가 언제 너를 해친 적 있었어? 날 믿어. 난 항상 너를 도와왔잖아. 벨, 제발 이번에도 날 믿어."

웨인의 목소리가 굉장히 크게 떨렸다. 그만큼 그의 진심이 절실하게 묻어 나왔다. 벨은 울음을 삼키더니 망설이며 내 눈치를 살폈다. 나는 어색하게 웨인의 뜻에 따라주라는 눈빛을 띠었다. 내 눈빛을 읽은 것일까? 벨은 눈물을 쓱 닦아내더니 침대에 올라가 누웠다. 그 행동이 참, 소녀 같았다.

침대 곳곳에 혈흔이 보였다. 어두워서 확실하진 않지만, 저렇게 불규칙적으로 흉하게 거뭇거뭇 얼룩진 것이라면 분명 피일 테지. 임신한 여인이 월경을 할 리는 없었다. 흠, 하혈인가…….

웨인은 벨의 맥을 짚었다. 그러더니 그녀의 상의를 들어 올려 배의 임신선 따위를 확인했다. 벨은 모든 걸 체념한 듯, 눈을 질끈 감고 가만히 누워 있었다. 웨인은 그녀에게 이것저것 묻기 시작했다. 마지막 월경일은 언제냐, 관계를 가진 건 언제냐, 하혈은 언제 한 것이냐, 처음부터 그렇게 배를 조이고 있었느냐 등등. 벨은 입술을 잘근잘근 깨물면서도 웨인의 질문에 모두 대답해 주었다.

그녀가 배를 조인 건 임신 초기에 밖으로 외출할 때만 그랬을 뿐, 요즘 들어서는 오늘이 처음이라고 말을 해서 내가 얼마나 다행스러워했는지 모른다. 혹시나 태아에게 무리가 가서 몸이 기형적으로 변해 버리진 않았을까? 하는 걱정을 조금은 덜어놓을 수 있었기 때문이다.

그렇게 웨인의 질문에 대한 그녀의 대답을 가만히 듣고 있던 나는 슬슬 다른 걱정스러움이 밀려왔다. 벨의 말대로라면, 이제 곧 얼마 안 있어 출산일이었다. 아니, 오늘 당장이라도 산통이 올지 모를 일이었다.

"애 아버지는?"

"몰라."

"누군지 몰라?"

벨은 대답을 하지 않았다. 웨인은 한숨을 휴 내쉬더니 다시 한번 물었다. 하지만 벨은 이번에도 대답을 하지 않았다.

"아이의 아버지에게 알려야 해. 혼자서 아이를 낳아서 키울 요량이야?"

벨의 눈에서 또 눈물이 쏟아져 나왔다. 그녀의 옆에 의자를 끌어다 놓고 앉았다. 나는 벨의 눈물을 닦아주었다. 왜 이렇게 안쓰러운 건지.

"내가 알아서 할게. 혼자서 키울 수 있어."

"그건 무리야."

"네가 뭘 알아! 내가 할 수 있다는데 네까짓 게 왜!"

갑자기 벨이 소리를 버럭 질렀다. 웨인은 한숨을 또 한 번 휴, 내쉬었다.

"내가 혼자서 아이를 낳아 키우는 여자의 심정을 모를 것 같아? 진심으로 그렇게 생각하는 거야, 벨?"

벨은 웨인의 아픈 표정을 쳐다보더니 또다시 울음을 토해냈다. 이번에는 우는 시간이 꽤 길었다. 우리는 그녀가 울음을 다 토해내고 진정할 때까지 가만히 기다려 주었다. 어둠이 조금 더 짙어지고, 달빛이 조금 더 강해졌다고 느낄 무렵, 벨이 드디어 속마음을 터놓기 시작했다.

"나는 어떻게 해야 할지 모르겠어, 웨인. 너무 무섭다고……. 이제 곧 애가 나올 텐데 난 아무런 준비도 안 되어 있다고. 흐윽. 죽어버리려고 했는데 그것도 쉽게 안 돼. 흐으윽. 난 어떻게 해야 해, 웨인? 날 도와줘. 아기 낳기 싫어. 유산시키려고 별짓을 다해 봤는데도 안 돼. 제발, 제발… 도와줘, 웨인."

어린 여자였다. 외모만큼이나 마음도 어렸다. 길가에 버려진 어린아이처럼 울어대는 벨을 보고 있으려니 나는 저절로 입술을 잘근잘근 깨물게 되었다.

벨은 어느 순간부터 우리가 다그치지 않았음에도 불구하고 자신의 이야기를 줄줄 쏟아냈다. 뱃속에 아이와 함께 근심을 품었던 긴긴 세월 동안, 그 누구에게도 쏟아내지 못했던 숱한 이야기들을 웨인에게 하나하나 늘어놓았다. 그녀의 눈물 섞인 이야기를 듣고 있으니 나조차 앞이 깜깜해지는 느낌이었다.

페온쉬 마을은 외부인의 출입이 잦은 곳이었다. 아름다운 풍경 덕분이기도 했지만, 페온쉬 요양원이라고 떡하니 세워진 외부인들의 안식처 때문이기도 했다. 하여튼 그렇게 페온쉬 마을로 굴러들어온 한 남자가 벨을 건드리고 떠나 버린 모양이었다. 그녀의 이야기를 들어보면 그 남자는 분명 귀족일 터. 그 사실에 왜 이렇게 내 자신이 구멍 속으로 숨고 싶어지는지.

하. 대체 이 마을은 왜 이 모양이지? 웨인의 가족들은 엄청난 불협화음을 연주하고, 웨인의 어머니는 정신을 놓아버렸으며, 마을의 어린 처녀는 타지에서 잠깐 다녀간 남자의 아이를 배고 있다. 아름다운 풍경 속에 폭 파묻힌 이 따스한 마을 속에 이리도 어두운 면이 있으리라고 누가 상상할 수 있을까.

마치 섬세하고 우아한 건축물인 페온쉬 요양원 안에는 건물의 모양새와는 너무나도 어울리지 않는 환자들이 들끓고 있다는 것. 딱 그것만큼의 위화감이었다.

멀리서 바라보면 눈이 부시게 아름답지만, 조금만 시야를 당기면 얼른 떠나 버리고 싶은 곳. 이곳이 바로 웨인의 고향.

벨의 부모님은 멀리 주술사를 찾아 나서서 집을 비운 상태라고 했다. 그들은 벨이 가진 아이를 없애기 위해 최후의 몸부림을 치는 것이었다. 외출할 땐 벨이 불룩한 배를 숨기기 위해 천으로 몸을 꾹꾹 둘러싼 것도 모두 그녀의 부모님이 시킨 짓이란다.

더 이상은 그런 식으로는 숨길 수 없게 되었을 때, 그녀의 부모님은 그녀가 밖으로 나가지 못하도록 했고, 그 바람에 그녀는 몇 개월 동안이나 집 안에 꽁꽁 틀어박혀 있는 중이었다. 벨 스스로도 자신의 임신 사실이 소문날까 봐 부모님이 시키는 대로 고분고분 따른다고 했다.

딴에는 딸자식을 위한 처방이었다지만 산모와 태아에게는 너무나 비인간적인 행위였다. 독한 약을 먹이고, 언덕에서 구르게 하고, 딸의 배가 불러오는 걸 더 이상 참지 못한 그녀의 아버지는 칼부림까지 했다고 했다. 그녀가 너무 놀라면서도 본능적으로 자신의 배를 감싸는 걸 보고 그녀의 아버지는 너무나 서럽게 목놓아 울었다고 했다.

"휴… 아무리 그래도 산달인 산모를 홀로 내버려 두고 떠나 버리시다니."

웨인이 고개를 절레절레 내저었다.

"아버지는 내가 아이를 낳을 바에는 차라리 죽는 게 나을 거라고 하셨으니까. 아버지는 나더러 이제 곧 소포베니가 너를 잡아갈 것이라고……. 그 무서운 괴물이 오기 전에 자기와 함께 죽자고 하신 분이시니까……. 부모님은 오로지 아이를 지울 생각밖에 안 하셔. 낳고 기르는 건 전혀 생각해 본 적이 없어."

벨의 울음소리가 많이 약해졌다. 그녀는 퉁퉁 부은 눈을 제대로 뜨지도 못하고 코를 훌쩍였다.

소포베니라……. 부정한 과부와 미혼모들을 응징한다는 그 괴물? 언뜻 과거에 보았던 소포베니 퍼레이드가 떠올랐다. 그리고 나는 무언가 둔탁한 것에 뒤통수를 맞은 듯 정신을 번쩍 차렸다. 주먹으로 손바닥을 탁 내려쳤다. 소포베니의 퍼레이드가 진행되던 날 웨인이 그렇게 슬퍼 보였던 이유, 다르젠이 짜증을 냈던 이유가 이제야 명확해졌다. 그랬던 것이구나. 그래, 그런 것이었어.

나는 벨에게로 향해 있던 안쓰러움이 잔뜩 담긴 눈길을 오롯이 웨인에게로 돌렸다. 갑자기 웨인이 왜 이렇게 처량하게 보이는지.

내가 그렇게 딴생각에 잠겨 있을 때 웨인이 나를 툭 쳤다.

"어이, 세요."

"응?"

화들짝 놀라며 잡념에서 벗어났다.

"흐음. 나는 며칠 이곳에서 묵어야겠어."

"에? 이곳에?"

"얼추 계산해 보아도 출산이 얼마 남지 않았다네. 벨이 위험해. 혼자 둘 순 없어. 내가 아니면 아이를 받아줄 사람도 없다네."

웨인의 표정이 굉장히 단호했다. 벨은 겁에 질린 듯한 표정으로 웨인을 쳐다보고 있었다.

"내가 말려도 듣지 않을 거지?"

말은 그렇게 했지만, 사실 나는 그의 뜻을 좇을 생각이 없었다. 웨인이 크게 고개를 한 번 끄덕이는 걸 보면서 나도 덩달아 고개를 끄덕였다.

"그럼 나도 이곳에 있겠네. 가서 자네의 짐 따위를 챙겨오도록 하지. 다르젠과 레럼에게도 말을 해주어야 할 것 같아. 우리가 이곳에 오래 묵으면 의아해할 테니……. 아, 그들에게 당신의 상태를 말해주어도 괜찮겠습니까, 아가씨?"

벨은 상기된 표정으로 나를 쳐다보더니 한참 후에 고개를 끄덕였다. 내가 나를 믿어달라는, 우리는 당신을 도울 거라는 눈빛을 쏘아주느라 눈 한 번 깜빡이지 않은 게 효과가 있었던 모양이다.

485

나는 곧장 친구들에게로 내달렸다.

"갑자기 이게 뭔 일인지 모르겠군. 뜬금없이 위험한 산모라니?"

다르젠은 아직도 영문을 모르겠다는 표정으로 눈을 끔뻑거렸다.

"웨인이 환각을 보았다면서 갑자기 어디론가 향하더라고. 아무래도 뭔가 미래를 본 모양이야."

"미래를 보았다……."

케이큘번은 내 말을 곱씹으며 뚜벅뚜벅 걸었다.

우리가 모두 벨의 오두막에 모였을 땐 이미 어둠이 깊이 내려앉은 이후였다. 친구들이 짐을 내려놓는 소리에 웨인이 방 밖으로 나와 보았다. 그는 입에 손가락을 가져다 대며 조용히 하라는 주의를 주었다.

우리는 아무 데나 옹기종기 주저앉아 대화를 나누기 시작했다. 벨의 상태, 벨의 부모님의 행방, 그리고 앞으로 우리의 처신들에 관하여.

"자네가 애를 받을 생각인가?"

케이큘번은 팔짱을 낀 채 웨인을 쳐다보았다.

"아마도 그럴 것 같아."

"흠. 복중 태아는 건강한가?"

이번엔 다르젠의 질문.

"맥박에는 별문제가 없었다네. 하지만 산모가 엄청나게 불안정한 상태고, 배까지 칭칭 동여매어 놓았으니 절대 문제가 없다고는 확실하게 말 못해."

"아까 보니까 하혈이 심했던 것 같은데, 괜찮을까?"

나의 걱정스러운 목소리. 웨인도 나처럼 덩달아 걱정스러운 표정을 지어 보였다.

"임신 초기가 아니라 중, 말기에 피를 쏟았다는 게 좀 걱정스럽긴 하지만 별문제없을 거야."

"어떻게 확신하나?"

케이큘번이 날카롭게 물었다. 웨인은 우리 세 사람의 눈을 한 번씩 훑어보더니 차분하게 눈을 한 번 감았다가 떴다.

"나는 조금 전에 세요와 이야기를 나누다가 언뜻 환각을 보았다네."

"그 이야기는 들었어."

다르젠이 굉장히 집중하는 모습으로 웨인의 말을 받아주었다.

"대체 뭘 본 건가?"

케이큘번이 다그쳤다.

"갓 산통에서 벗어난 듯한 벨이 핏덩이를 안고 눈물진 얼굴로 미소 짓는 모습이었어. 아기의 울음소리가 굉장히 쩌렁쩌렁했다네. 그러니 그녀는 분명히 건강하게 아이를 출산할 수 있을 거야. 내가 예견한 모습은 반드시, 실현되니까."

"하지만 그것만으로 그렇게 확신하기엔 모자라지 않은가? 예지가 아닐지도 모르지 않나."

웨인은 케이큘번의 미심쩍은 말투에 고개를 저었다. 그는 어둠 속에서 눈을 빛냈다.

"예지가 아니라면 지금 벨이 저렇게 애를 배고 있다는 게 너무 큰 우연이 아닌가. 물론 내가 본 미래가 틀릴 수도 있지. 하지만 이제까지의 경험에 비춰보면 반드시, 반드시 실현되고 말 거야.

그렇게 되어야 해. 만약 그렇게 되지 않으려고 한다면 내가 그렇게 되도록 어떻게든 할 거라네. 지금은 믿는 수밖에 없어."

웨인은 양손을 맞잡아 비볐다. 그는 분명 초조해하고 있었다. 하지만 내색하지 않으려고 무던히도 애썼다.

"우선 산모의 건강이 중요하군. 산모가 홀로 남겨진 지 며칠째라고?"

"그녀의 부모님이 집을 비우신 지는 얼추 사흘 정도 되는 것 같아."

내가 다르젠의 말에 대답을 해주었다.

"후우. 그럼 사흘 동안 내리 굶었겠군. 피 묻은 침대 시트를 갈아주지도 않을 정도로 박하게 군 부모님이라면, 분명 그전부터 먹을 것 하나 제대로 챙겨주지 않았을 테지. 어이, 레럼, 자네가 산모를 위해 요리 한번 해봐."

케이큘번의 눈썹이 삐죽 올라갔다.

"자네가 뭔데 나한테 명령이야?"

"뭐 얼핏 보니 요리 꽤 잘하겠던데. 칼 잡는 모양새도 적당하게 잡혀 있고 주방을 거니는 걸음걸이도 전혀 어색하지가 않고. 세요가 뭘 어떻게 해야 할지 몰라서 허둥거리던 것에 비하면 자네는 전문 주부야, 주부."

다르젠은 킥킥거렸다. 케이큘번은 한심스러움을 가득 실은 눈길을 다르젠에게 끊임없이 발산했다.

"환자만 없었다면 자네는 벌써 나한테 한 대 맞았어."

그러더니 주먹을 불끈 쥐고 일어서서 주방으로 향했다.

"아, 예예. 어련하시겠습니까."

"자네는 가서 산모가 뭘 먹고 싶어하는지나 물어보게."

"아, 귀찮은데?"

다르젠은 벌렁 드러누웠다. 케이큘번이 식칼을 손에 꼭 쥔 채 다르젠에게 슬슬 다가왔다.

"엉덩이 걷어차기 전에 빨리 움직이지 못해?"

"…정말 죽이겠군."

다르젠은 쳇 소리를 내며 벌떡 일어섰다. 케이큘번은 씨익 웃더니 다시 주방으로 들어갔다.

웨인은 친구들이 흩어진 틈을 타 자신의 가방을 살펴보았다. 그는 다부진 표정으로 이것저것 살펴보고 가방 안을 정리하더니, 깊은 숨을 들이마시고 가방을 철컥 닫았다.

우리는 그 순간부터 모두가 한마음이 되어 벨을 돌보았다. 처음엔 경계 가득한 눈빛으로 우리를 쳐다보던 벨도 이제는 안심을 했는지 편안하게 행동했다. 그녀가 툭하면 눈물을 흘리며 고마움 내지 두려움을 쏟아낸다는 것만 제외하면 조용한 시간들이었다.

그녀는 처음으로, 임산부 취급을 받았다. 그녀의 걸음걸이를 네 남자가 가는 눈을 뜨고 유심히 지켜보았다. 행여나 비틀거리기라도 하면 누가 먼저냐 승부라도 하듯 모두가 그녀에게 달려들 준비를 했다.

벨에게 필요한 것은 절대안정이었다. 가끔씩 그녀가 우리에게 미안한 나머지 돕겠다고 나설 때가 있었다. 그녀가 무거운 물동이에 손을 가져다 댈 때마다 우리는 기겁을 하며 말리곤 했다.

다르젠은 틈만 나면 그녀가 아이를 가진 게 얼마나 아름다운 일인지, 어머니가 된다는 게 얼마나 훌륭한 일인지 설명을 해주었다. 처음엔 어리고 불안해 보이기만 하던 그녀는 시간이 지날수록 자신감을 얻는 것 같았다.

"웨인."

반복적으로 숟가락질을 하던 벨이 웨인을 가만히 불렀다. 그녀의 곁에서 식사를 하던 우리는 누가 시키기라도 한 듯 일시에 벨에게로 시선을 던졌다.

"응?"

"내 아기도… 너처럼 자라날 수 있겠지?"

"나처럼 자라나면 네가 피곤할 텐데."

벨은 고개를 푹 숙이고 있었다. 우리는 또 그녀가 눈물을 흘리는 것인가, 하고 잔뜩 숨을 죽였다.

"내 아이가 너만큼만 자라날 수 있다면, 나는 소포베니에게 끌려가도 무섭지 않을 것 같아. 고마워, 웨인. 평생 잊지 않을게, 이 은혜는……. 다른 분들도, 정말 감사합니다."

다행히도 그녀는 울지 않았다. 다소 억지스럽긴 했지만, 그녀가 고개를 들어 올렸을 때 분명 웃고 있었다. 그녀가 많이 강해져서 다행이었다. 몸도 많이 상한 상태에서 마음마저 약하면 좋을 게 없었다.

며칠 후, 벨의 부모님이 돌아오셔서 우리에게 한바탕 난리를 치셨다. 하지만 그들은 분명 딸의 앞날을 걱정하는 부모였다. 우리가 그녀를 돕기 위해 나섰다는 걸 계속해서 호소하자, 그들도 마음의 문을 열었다. 마지막엔 벨의 아버지가 나의 팔에 붙들리다시피 매달려 내 딸을 살려달라고 울부짖었다.

그렇게 시간은 흘러갔고, 드디어 벨의 산통이 시작되었다.

"으윽!"

벨이 이를 악물며 진통을 참아내는 소리가 들렸다. 약하게 천천히 찾아온 진통이 점점 심해져 이제는 극에 달한 것 같았다. 벨이 진통 때문에 신음을 뱉어낸 지도 벌써 열 시간에 달했다.

우리가 그토록 기다려 온 순간이었다. 나는 벨의 부모님과 함께 방 밖에 있었다. 도무지 아기가 여인의 자궁을 뚫고 나오는 모습을 지켜볼 자신이 없었기 때문이다. 다르젠은 나와 함께 있어 주었고, 케이큘번은 웨인을 돕기로 했다.

문 너머에서는 별 해괴한 소리들이 다 오갔다.

"조금만 참아. 아직 조금밖에 열리지 않았어."

"파예트, 손을 넣어서 살펴보게."

"안 돼. 아직은 무리야."

다르젠은 의자에 가만히 앉아 있는 반면, 나는 초조하게 움직였다. 벨의 부모님은 손을 맞잡고 기도를 드리고 있었다.

"후우. 산모가 초산인데 스트레스까지 많이 받아서 어지간히 고생이네. 출산일을 훨씬 늦은 것도 모자라 자궁 문이 열리는 데도 굉장히 오래 걸리는군."

다르젠이 혀를 쯧쯧 찼다. 그는 턱을 괴며 시계를 꺼내어 보았다. 그가 시계를 확인하는 것도 벌써 여섯 번째. 그러는 동안 시간은 고작 오 분 정도밖에 흐르지 않았다.

유난히 맑은 밤. 유난히 깊은 어둠이 낮게 깔린 밤. 유난히 크게 흔들리는 촛불. 아니, 촛불이 유난히 더 흔들리는 건 내 눈동자가 흔들리기 때문일까? 나는 손톱을 물어뜯었다. 원래는 이런 버릇이 없었는데 나도 모르게 잘근잘근 손톱을 씹고 있었다.

얼마나 지났을까. 벨은 그동안에도 크고 작은 신음 소리를 계속해서 흘려보냈다. 그녀의 신음 소리가 굉장히 크게 귀를 스친다고 생각하는 순간이었다.

"됐어! 이제 제대로 열렸어! 벨!"

웨인의 목소리가 들려왔다. 아무렇지도 않은 척 가만히 앉아 있던 다르젠이 자리에서 벌떡 일어섰다. 곧 다시 앉긴 했지만.

"아기는? 적당히 내려왔는가?"

케이큘번의 다급한 목소리.

"잠깐! 이상해……."

웨인의 목소리가 굉장히 불안했다. 나는 문에 귀를 바짝 가져다 댔다. 침이 너무 많이 고여서 식겁을 했다. 침을 계속해서 삼키면서, 나는 웨인과 케이큘번의 대화에 집중했다.

"왜 그래?"

"큰일이야, 케이큘번."

"아아악!"

다시 한 번 들려온 벨의 비명 소리 때문에 그들의 대화를 듣기가 힘들었다. 나는 더욱더 귀를 세웠다.

"왜? 아이가 아직 덜 내려온 건가?"

"아니……. 아기가 거꾸로 선 것 같군."

나는 깜짝 놀랐다. 내가 놀라는 걸 본 다르젠이 다시 한 번 제자리에서 일어섰다. 그는 불길함을 느꼈는지 나에게로 다가왔다. 그리고 나처럼 문에 귀를 가져다 댔다. 벨의 부모님은 우리의 행동을 불안하게 쳐다보았다.

"거꾸로 서다니?"

케이큘번의 목소리에 다르젠이 눈을 크게 떴다. 그는 그 놀란 눈으로 나를 쳐다보았다.

"머리가 아니야. 다리가 잡힌다네."

"아악! 웨인! 나 죽을 것 같아!"

벨의 울음 섞인 목소리가 들려왔다. 나는 무릎의 바지 자락을 꾹 움켜쥐었다. 벨은 계속해서 고통을 호소했고, 다르젠과 나는 그 자리에 그대로 굳어버렸다.

"제길. 팔다리가 어디에 안 걸리기만을 바라야지. 믿을 건 운뿐이군."

어쩌다가 아이가 거꾸로 서게 된 것일까. 혹시 그녀가 천으로 배를 둘둘 말아놔서? 아니, 뭔가를 잘못 먹인 건가? 아니, 지금은 그런 이유를 따지고 있을 때가 아니었다. 난 무엇을 해야 하지? 하아, 가뜩이나 어려운 이 출산에 태아마저 거꾸로라니!

심장을 찌르는 유리 칼날 같은 벨의 비명 소리를 듣고 있자니 마음이 너무 고단했다. 벨의 부모님들도 어찌할 바를 모르고 자리에서 멀뚱히 서 있었다. 기도를 할 때의 침착한 모습은 어디로 가고 사라지고 없었다.

"벨… 벨에게 무슨 문제가 생긴 건가요?"

벨의 어머니가 다르젠을 붙들고 물었다. 다르젠은 그녀를 다시 자리에 데려가 앉히며 빙긋 웃었다.

"아닙니다. 아무 문제도 없습니다. 단순한 산통일 뿐입니다."

"흐윽. 다 제 잘못이에요. 아이구, 그렇게 다그칠 게 아니라 잘 돌봐주었어야 하는데…….″

"어허. 어디서 눈물 바람이오?"

벨의 아버지가 벨의 어머니에게 호통을 쳤다. 벨의 어머니는 소맷자락으로 눈물을 닦아내면서 울음을 꺼이꺼이 목 뒤로 삼켰다. 그녀는 가슴팍을 손으로 퍽퍽 치면서 소리로 토해내지 못하는 괴로움을 몸짓으로 표현했다.

"걱정 마십시오. 별 탈 없을 겁니다."

내 목소리가 떨리는 걸 저 부부가 눈치 챘을까? 벨의 아버지의 파리한 얼굴에 전혀 변화가 없는 걸로 봐서는 나의 미세한 떨림을 들키진 않은 것 같았다. 나는 안도의 한숨을 내쉬면서 다시 문 너머로 시선을 돌렸다.

"으악! 아아악! 흐윽, 웨인! 웨인!"

나도 모르게 눈을 감으며 고개를 슬쩍 돌렸다. 너무 끔찍했다.

"케이큘번! 벨의 호흡을 도와줘! 다리, 다리를 더 단단히 붙잡아."

"후우. 알았으니 빨리 애를 꺼내기나 해!"

"벨, 조금만 더 힘을 줘. 힘내."

하. 시간이 얼마나 지났을까. 창밖을 보니 밤은 더더욱 깊어 이젠 모두가 잠들었을 새벽이었다. 하지만 페온쉬 마을을 가득 덮친 저 강렬한 잠의 기운도 이 집안에 들러서는 그 누구에게도 마수를 뻗치지 못했다.

494

"안 돼. 아이가 작은 체구가 아니야. 이대로는 위험해."

대체, 내 입 안 가득 고인 이 침은 왜 이렇게 삼켜도, 또 삼켜도 계속 생긴단 말인가.

"방법이 없잖아! 이대로 산모가 힘을 내는 수밖엔!"

뭔가 찰칵찰칵 부딪치는 소리가 났다. 분명 쇠붙이의 마찰음이었다. 출산 중에 쇳소리가 날 일이 뭐가 있다고 이런 소리가 들려오는 거지?

"자궁문을 넓히겠네."

"무슨 소린가, 파예트? 설마……."

설마.

"제길. 대체 어떻게 되어가고 있는 거야!"

다르젠이 내 옆에 와서는 짜증을 냈다. 벨의 부모님은 다시 손을 맞잡고 기도를 올리기 시작한 것 같았다. 그들은 육감적으로 자신의 딸이 위험하다는 걸 알았는지 하염없이 눈물을 흘리고 있었다.

"웨인이 자궁문을 넓히겠다, 그렇게 말했어."

"그건 무슨 소린가? 으휴. 밖에서 기다리는 게 더 속 터지는군."

갑자기 다르젠이 문을 벌컥 열었다. 나는 얼떨결에 그를 따라 안으로 들어가 버렸다. 들어가자마자 나의 눈에 들어오는 건 웨인의 손에 들린 시퍼런 칼날. 케이큘번은 우리의 등장에 잠깐 놀라는 눈치였지만 웨인은 아무런 미동도 없었다.

벨은 웨인이 들고 있는 저 칼에 충격을 받은 건지, 아니면 오랜 진통 끝에 진이 다 빠져 버린 건지 눈에 초점이 없었다. 땀에 젖은 그녀의 머리카락이 그녀의 입으로, 코로, 귀로 마구 파고들어 있었다.

"신중하게 행동하게, 파예트. 산모가 버텨낼 거라고 생각하는가?"

케이큘번이 강한 눈빛으로 웨인을 바라보며 말했다. 웨인은 숨을 한번 혹 들이마시더니 케이큘번만큼이나 강한 눈빛을 띠었다.

"나는 나의 예지를 믿어. 내가 무슨 짓을 하더라도 벨과 아기는 무사할 거야. 다만 나는 그녀를 최대한 빨리 이 고통에서 벗어나게 해주고 싶을 뿐이라네. 그러자면 이게 최선이야."

나는 벨의 손을 꼭 잡아주었다. 그녀의 손에 땀이 질펀했다. 내 손이 닿자 그녀는 반사적으로 내 손을 꾹 움켜쥐었다.

"벨, 힘내요. 조금만 참으면 되요. 조금만."

나는 사내와 팔씨름을 하는 요량으로 벨의 손을 꼭 쥐었다.

“아악!”

벨의 손에 엄청난 힘이 들어갔다. 나는 손가락이 부서져 나갈 것 같다는 느낌을 받으면서 이를 악물었다.

얼핏 고개를 돌리자 달빛을 머금어 은빛을 내던 웨인의 칼이 벨의 다리 사이를 파고드는 게 보였다.

“웨인! 안 돼, 아악……!”

벨은 몸부림을 쳤다. 나는 얼른 고개를 돌렸지만 눈앞에서 자꾸만 그 끔찍한 영상이 반복되었다. 나도 벨의 손을 강력하게 붙잡았다. 이건, 벨이 고통스러운 건지 내가 고통스러운 건지 분간이 잘 가지 않을 지경이었다.

제길, 왠지 모르게 귓가에 살갗이 터지는 소리가 가득 울려 퍼졌다. 너무나 끔찍하고 징그러운 소리들. 나는 부르르 치를 떨었다.

“됐어, 벨! 힘을 줘! 넌 할 수 있어! 너의 아기가 곧 울음을 터뜨릴 거야. 힘내!”

잠시 후, 웨인은 벨의 회음부를 찢어낸 칼을 바닥에 놓아버렸다. 그는 자유로워진 두 팔에 힘을 줘 벨의 다리를 넓게 벌렸다.

“웨인! 흐으윽. 웨인. 나 죽을 것 같아! 흐윽, 아악! 하아, 하……. 아, 아이 이름은… 로우……. 로우벨이라고 불러줘. 혹, 내가 죽으면… 네 부모의 이름을 딴 거라고…….”

“넌 안 죽어! 넌 살아! 자, 다리, 다리가 나왔다고. 아들이야. 아들! 네가 사랑하는 남자를 닮은 아들일 거야. 벨, 힘내, 괜찮아. 배가 아니라 엉덩이에 힘을 주는 거야, 알겠지? 한 번 더!”

“흐윽. 웨인……. 웨인!”

“후우, 후우. 호흡! 호흡 조절해!”

잔 디 벌 레

　나는 웨인의 외침에 깜짝 놀라며 그녀의 호흡을 도와주었다. 그녀와 함께 숨을 쉬어주며, 그녀가 안정적으로 호흡할 수 있게 최선을 다했다.
　"살 수 있어요. 당신은 절대 죽지 않아요."
　그녀의 어깨를 꽉 붙들어주었다. 벨은 천장을 뚫고 나갈 듯한 비명을 또 질렀다. 다르젠도 그녀의 곁에 다가와 나와 함께 그녀를 붙잡아주었다.
　"오오! 양팔이 몸에 붙어 있군. 하아, 다행이야. 하마터면 자궁 안에 팔 하나가 걸렸을지도 모를 일인데! 벨, 벨! 아이가 이제 다 나왔어요. 힘내요."
　다르젠은 가슴을 부여잡으며 말했다. 그는 정말로 기뻐하는 것 같았다. 그가 웃었다. 그의 웃음이 벨에게 힘을 준 것 같았다. 벨은 이를 악물고 눈을 번쩍 떴다.
　"다됐어, 벨. 이제 어깨야……. 목! 목이 나왔어! 남은 건 머리뿐이야. 지금 쉬면 안 돼! 지금 쉬면 네 아기는 질식해서 죽어버려! 힘 줘. 자, 하나, 둘, 셋!"
　"아악!"
　"한 번 더! 힘내, 힘내, 벨!"
　웨인은 절실하게 끙끙거렸다. 나는 속으로 제발, 제발, 제발, 제발! 하고 외치며 벨을 쳐다보았다.
　찰나의 순간, 나는 벨의 얼굴에서 굉장한 오기를 보았다. 살고야 말겠다는, 이제껏 수고한 게 아까워서라도 버티고 말겠다는 오기. 그녀의 눈에 살기와 비슷한 광채가 번뜩인다고 느낀 순간.
　"흐아."
　다르젠과 케이큘번이 벨의 몸에서 떨어져 나갔다. 피에 잔뜩

497

젖은 신생아가 웨인의 품에 들려 있었다. 웨인은 눈물진 얼굴로 아기를 감격스럽게 쳐다보았다. 아기는 우렁차게 울음을 토해냈다. 웨인은 곧 아기의 탯줄을 끊어, 미리 준비해 둔 포대기로 갓난아기를 덮어주었다.

"흐윽……."

나도 우는 아기를 따라 참았던 눈물을 터뜨렸다. 내가 왜 우는지는 모르겠지만 자꾸만 눈물이 나니 어쩔 수가 없었다. 벨은 정신을 놓고 멍하니 천장만 쳐다보고 있었다. 그녀의 다리 주변은 터져 나온 양수들로 흥건히 젖어 있었다. 곧이어 태반이 빠져나왔다. 케이큘번은 그것에 굉장히 관심을 가지는 것 같았다. 다르젠은 눈살을 찌푸렸지만.

"나를 도와줘. 아직 끝나지 않았다네. 찢었던 살갗을 다시 꿰매야 해."

"끔찍하군. 정말."

다르젠이 인상을 쓰며 내뱉은 한마디. 웨인은 그의 말을 무시하고 미리 준비해 두었던 가느다란 실과 바늘로 벨의 회음부를 다시 봉합시키기 시작했다. 난 그 모습을 지켜볼 수 없어 눈을 감고 고개를 돌리고 있었다.

벨은 오랜 고통에 허덕인 덕분에 이 정도는 아프지도 않은지, 크게 소리를 내지르거나 하지 않았다. 다만 계속해서 넋을 놓으며 간간이 신음을 토해낼 뿐.

오랜 고투 끝에 평화가 찾아온 늦은 시각.

실내의 환경은 흉측하기 그지없었다. 벨은 피와 양수로 범벅된 침대 위에 오롯이 누워 있었고, 케이큘번은 땀범벅, 웨인은 피범벅이 되어 있었다. 다르젠은 아기를 내려다보며 탄성을 자아냈고, 나는 벨의 옆에서 눈물을 흘리며 그녀가 무감각하게 흘리는 눈물을 닦아내어 주었다.

케이큘번은 몸을 움직여 벨에게로 다시 다가왔다. 그는 벨의 맥을 짚어보더니 깊게 묵은 숨을 후 내뱉었다.

"다행이야. 산모는 건강하다네."

정말로 모든 것은 끝이 났다. 우리는 벨을 곧 깨끗한 침대로 옮겨주었고, 그 뒤로는 벨의 어머니가 벨을 돌보아주었다. 기운을 차린 벨이 아기를 품에 안고 파리한 입술로 웃는데, 그 모습이 얼마나 가슴 벅찼는지 모른다. 나는 웨인이 벨의 모습을 보면서 혼잣말처럼 주절거렸던 말을 기억한다.

"그래, 저 모습이야."

"흐으."

벨의 아버지도 딸의 모습을 보면서 결국 '눈물 바람'을 해버렸다.

새로운 해가 밝았다. 새 생명과 함께 새 아침이 열렸다. 씻지도 않고 마룻바닥에 지쳐 잠들었던 우리는 늦은 아침이 되어서야 벨의 오두막을 빠져나올 수 있었다.

"어머니는 강해. 그렇지?"

다르젠의 환한 목소리. 그는 너무나 가볍게 발걸음을 옮겼다. 나는 벨이 아이를 품에 안은 채, 감격스러운 표정으로 아기의 손가락 하나하나에 입 맞추던 모습을 떠올렸다. 우리가 처음 발견했을 당시에만 해도 힘없는 어린 여인일 뿐이었던 벨은 우리가 그녀의 집을 나서는 순간에는 한층 더 성숙하고 강인한 여성이

499

되어 있었다. 아, 비록 내가 한 일은 없지만 너무나 뿌듯했다.

"아, 덥다. 가서 씻자."

케이큘번은 무덤덤한 척 앞서 나가긴 했지만 다르젠 만큼이나 발걸음이 가벼웠다. 나는 그의 걸음걸이에 속으로 푸훗 웃으며, 상쾌한 기분으로 그를 따랐다.

웨인의 집으로 돌아온 게 얼마 만인가. 굉장히 오랜만에 돌아왔음에도 불구하고 그 누구 하나 우리를 반겨주지 않았다. 삐꺽하고 열리는 낡은 문소리뿐.

모두가 서로 먼저 씻겠다고 난리를 피웠다. 웨인의 집에 욕실은 두 개. 나는 웨인이나 케이큘번의 꼴에 비하면 너무나 단정함에도 불구하고, 먼저 씻겠다고 바득바득 우기는 다르젠의 옷깃을 슬쩍 붙잡았다.

"뭐야, 세요?"

"양심을 가져, 다르젠."

다르젠은 투덜거렸다. 만약 내가 자신을 붙잡지 않았더라면, 자신이 케이큘번 대신 웨인을 도왔을 거라고 말하면서 나를 원망했다. 자신이 케이큘번처럼 땀을 흘렸다면 먼저 씻게 해주었을 거라고 어찌나 한탄을 늘어놓던지. 농담인지 진담인지 구분하기도 힘들 정도였다.

"왜 이렇게 시끄러워!"

우리가 소란을 피우자 제시가 문을 열고 우리를 쳐다보았다.

"엇, 형. 집에 있었던 거야?"

"그래, 이 자식아. 조용히 좀 해. 공부하는 거 안 보여?"

"미안, 미안."

웨인은 양손을 모으고 웃으며 사과를 전했다.

"어디서 거지 꼴을 해서 온 거냐? 사람이라도 하나 죽였냐?"

그는 웬일로 웨인의 행색에 흥미를 가졌다.

"좀 뜬금없긴 하지만… 산모를 돕고 오는 길이야. 어젯밤에 아이가 태어났지. 내 손으로 직접 받았어."

웨인은 살짝 들뜬 것 같았다. 자신의 자랑스러운 행동에 대해 형이 관심을 가져 주었기에 그런 것 같았다.

"산모? 뭐야, 어느 집 개가 또 강아지라도 낳은 거냐?"

"아니."

"너 설마… 진짜 애를 받았다고 말하는 거냐?"

"응."

지금 웨인의 모습은 마치 어린아이가 부모에게 칭찬을 받을 때의 자세 같았다.

"도대체 네가 왜? 왜 그런 짓을 한 거지?"

"내가 돕지 않으면 도울 사람이 없었거든."

"그렇군. 오호, 너 이 자식. 그런 거였군."

제시는 모호하게 대꾸를 했다. 그러더니 삐죽이 웃어 보이더니 다시 제 방 안으로 들어가 버렸다. 왠지 그의 미소가 음흉하게 느껴졌지만 선입견과 기분 탓이라고 여기고 대수롭지 않게 넘겼다.

모두가 깨끗이 씻고 편히 쉬는 시간.

케이큘번은 젖은 머리를 닦으며 웨인에게 속을 털어냈다.

"이제 그만 토샤로 돌아가자고. 난 자네가 이곳에 우리를 데려온 정확한 의중도 모르겠고, 이곳에 더 이상 머물러야 할 이유도 모르겠네. 자네의 가족들이라면 이미 질리도록 보지 않았는가. 어니뷔트의 말을 들어보니 이곳에 머무르는 시간을 더 지체한 이

유가 자네가 본 환각 때문이었다면서? 그 일도 모두 해결되었으
니 곧장 떠나도록 하지."

웨인은 빙그레 웃었다.

"그래. 어차피 그러려고 했어."

"그럼 당장 짐을 싸겠네. 난 오늘 당장 떠나도 상관이 없어."

"아직. 아직 소개해 줄 사람들이 더 남았어. 그들을 꼭 만나고
싶다네."

"귀찮군."

우리는 바로 그날, 웨인이 우리에게 소개시켜 주고 싶었다는
마지막 사람들을 만날 수 있었다.

나는 훗날, 가끔씩 이날을 돌이켜 보곤 했다. 그러면 내 안에
남는 건 늘 아쉬움과 후회뿐이었다. 이날, 그들을 만나러 가지 않
는 편이 더 좋지 않았을까……. 웨인이 케이큘번의 투정에 못 이
겨 마지막 일정을 취소하고 그대로 토샤에 와버렸다면 어땠을까.

하지만 그때는 몰랐다. 몰랐기에, 나는 그저 웨인의 소중한 사
람들을 만나러 간다는 그 자체에만 들떴었다.

웨인이 우리만큼이나 그리워하고 보고 싶어한다는 사람들. 나
는 그들이 어떤 모습일까 마음대로 상상을 하며 그를 따라나섰었
다. 그들이 제발 파예트 가의 일원들과는 다른 사람들이기만을
간절히 바라면서 말이다.

마차 밖으로 보이는 날씨는 화창했다. 어제 새벽 공기도 유난
히 깨끗하더니 그 상쾌함이 오늘까지 지속되었나 보다. 나는 어
젯밤에 일어났던 일들을 떠올리고 있었다. 힘겹게 아이를 낳던
벨의 모습. 건강하게 울던 아이. 그토록 없애 버리고 싶어했던 손

자를 품에 안아보며 신께 감사를 올리던 벨의 부모님들. 무엇 하나 흐뭇하지 않은 게 없었다.

나는 끊임없이 혼자서 씩씩 얼굴을 쪼개어 웃었다. 다르젠이 그런 나를 이상한 눈치로 쳐다보았지만 나는 웃음을 멈출 줄 몰랐다.

우리가 향하는 곳은 웨인의 집에서 꽤 멀리 떨어진 곳이었다. 마차를 타고도 한참을 달려야 했다. 나는 밖으로 지나가는 풍경이 보기 좋아 지루하지 않았지만, 케이큘번과 다르젠은 다른 것 같았다. 그들은 연신 하품을 해대고 시계를 꺼내보곤 했다.

"여기라네."

웨인이 가볍게 뛰어내렸다. 푸른 언덕이 광활하게 펼쳐진 곳이었다. 바람결에 싱그럽게 자태를 뽐내는 키 큰 풀잎들이 상당히 매력적이었다. 지평선과 맞닿은 하늘까지 녹색으로 잔뜩 물들어 있었다. 어찌나 푸른지, 손을 살짝 갖다 대기만 해도 풀물이 묻어 나올 듯했다.

"교회인가?"

다르젠이 언덕 위를 올려다보며 말했다. 그도 처음 와보는 모양이었다. 이곳이 낯설지 않은 사람은 웨인뿐이었다.

완만한 언덕 꼭대기에 자리 잡은 작은 교회. 그곳이 아마도 목적지인 듯했다. 이곳에서 교회로 통하는 외길이 하나 나 있었다. 친구들이 좁은 길을 따라 걷는 모습을 보면서 나는 일부러 길게 자란 풀잎들 틈으로 파고들었다. 바람에 살랑거리는 풀잎들이 내 다리를 언뜻언뜻 스쳤다. 그 느낌이 좋아서 나는 일부러 길을 빙 둘러갔다.

"세요, 그러다가 해 져."

친구들은 어느새 저 위에 도착해 나를 내려다보고 있었다. 케이큘번과 다르젠은 팔짱을 끼고 내가 언제까지 저러고 노나 지켜본 것 같았다. 나는 민망한 기색을 급급히 숨기며 얼른 그들에게로 다가갔다.

주변은 한적하고 고요했다. 웨인이 예배당으로 통하는 문을 끼익 열었다. 장엄한 빛이 가득한 실내는 신성하고 아늑해 보였다.

금빛. 스테인드글라스를 뚫고 들어온 금빛이 예배당 안에 오롯이 머물고 있었다. 그 빛에 자잘한 티끌들 따위가 투영되었다. 화려한 금빛에 자신을 드러낸 저 티끌들은 분명 공기 중에 존재하는 더러운 이물질임이 분명했다. 그런데도 왜 이렇게 우아하게만 보이는 것일까.

나는 몽롱하게 사로잡혀 있던 시선을 바로잡았다. 가만 보니 잘게 부서진 빛 속에는 아름다운 티끌뿐만 아니라, 살아 움직이는 인간도 함께 있었다. 아니, 살아 움직이지는 않았다. 마치 조각상처럼 꿈쩍도 않고 기도를 하고 있었을 뿐. 내가 선 위치에서는 그의 뒷모습밖에 보이지 않았지만, 왠지 모르게 굉장히 낯익은 분위기였다.

또각또각. 누군가의 발소리가 들려왔다. 웨인이었다. 웨인은 굳은 듯이 기도를 올리고 있는 남자에게로 다가가고 있었다.

"신부님."

이유는 알 수 없었다. 왜 내가 이렇게 불끈 주먹을 쥐게 되는 건지. 왜 절대 저들을 방해해서는 안 된다는 일종의 사명감 따위가 치솟는 건지. 왜, 왜 이렇게 숨이 막히고 가슴이 먹먹해지는 건지.

"웨인……."

이젠 저 영롱한 금빛 속에 웨인도 함께 스며 있었다. 웅장한 스테인드글라스를 등지고 마주선 두 남자. 그들은 분명 내 눈앞에 서 있음에도 불구하고 너무나 멀게 느껴졌다. 얼핏 친구들을 살폈다. 그들도 나와 비슷한 심정인 것 같았다. 조용히, 아무도 그리하라고 시키지 않았음에도 불구하고 가만히 숨죽인 채 두 사람을 지켜보는 우리들.

"새벽에 한 명의 성숙한 여인이 아이를 낳았습니다. 산모의 이름은 벨 홀슨이며, 그녀의 아이는 로우벨이라 부르기로 했습니다. 아이의 아버지는……. 불행히도 그들 곁에 없습니다."

신부의 얼굴이 살짝 굳은 듯했다.

"그렇군."

"그들의 앞길은 가시밭길과도 같습니다. 하지만 잘 헤쳐 나가리라 믿습니다. 신부님께서 그들을 돌봐주시고, 축복을 내려주십시오."

둘 사이에 침묵이 이어졌다. 하지만 그들이 서로에게 할 말이 없어서 침묵을 지키고 있는 것 같지는 않았다. 오히려 너무나 할 말이 많은데 어떤 말부터 꺼내야 할지 몰라 망설이는 듯한 표정들. 그들은 오랜 시간 동안 서로를 그런 안타까운 모습으로 마주했다.

"새 생명과 그리고 그 생명을 지켜줄 용기있는 여인을 위해 내가 오늘부터 그들을 위한 기도를 올리도록 하겠네."

이제까진 시야가 몽롱해서 제대로 자각하지 못했었다. 웨인의 앞에 선 저 신부님 또한 웨인처럼 아름다운 검은머리를 가진 사람이라는 것을.

저 두 남자가 마주 선 모습이 어쩜 그렇게도 그림같이 아름다울 수 있었는지 어렴풋이 알 것 같았다. 두 사람, 굉장히 닮았구나.

“감사합니다…….”

웨인은 떨리는 목소리로 감사를 전하고 고개를 푹 숙였다. 나는 그의 태도에 가슴이 저려오는 걸 느꼈다. 나는 찡해오는 코끝을 쓱 만졌다. 그와 동시에 귓가에 쟁쟁하게 울려오는 목소리.

“내 아들, 날 떠나면 안 된다. 웨인, 웨인 폰 루스캇……. 어미는 널 사랑해. 알지? 너무너무 사랑한단다, 내 아가.”

“정말 감사합니다… 루스캇 신부님.”

한 가지 깨달았다. 마음이 쓰리다는 표현은 이럴 때 쓰는 것이구나, 라는걸.

신부는 웨인의 어깨를 한번 세게 붙잡아주더니 이내 그를 놓아주었다. 웨인은 무언가 할 말이 있는 듯 신부를 쳐다보았지만 결국 아무 말도 하지 않았다. 말없이 양손을 모으고 자신을 닮은 남자에게 공손이 인사를 한 게 다였다. 그러고는 그 어떤 미련도 남기지 않고 자리를 떠나 우리를 향해 다가왔다.

누가 먼저랄 것도 없었다. 나와 다르젠은 웨인의 어깨에 팔을 걸쳤고 케이큘번은 웨인의 머리를 헝클이며 쓰다듬어 주었다. 우리는 웨인이 그랬던 것처럼 아무 말도 하지 않았다. 그저 단단한 가슴으로 그를 받아주며 조용히 맞아줄 뿐.

가족들이 아무리 야박하게 굴어도 늘 웃기만 했던 웨인이 몸을 부르르 떨며 참을 수 없는 울음을 삼키는 모습을 보면서도 우리는 말없이 조용히 곁에 있어주기만 했다.

네 사람이 언덕 위에 제멋대로 늘어져 있었다. 다르젠은 누운 채로 풀잎 하나를 입에 물고 후후 불었고, 케이큘번은 정좌를 한 채 팔짱을 끼고 있었다. 웨인은 양팔을 등 뒤로 받친 후 하늘을 쳐다보았고 나는 짙은 풀물이 밸까 봐 돌부리 위에 앉아 다리를 꼬고 있었다.

"웨인."

그렇게 제각기 딴 짓을 하고 있던 우리들이 한순간에 시선을 하나로 통일시켰다. 하늘을 등지고 선 루스캇 신부가 우리의 시선 끝에 닿아 있었다.

"무슨 일이십니까?"

웨인은 의아한 눈빛을 띠며 손을 탈탈 털고 일어섰다.

"잠깐 차라도 한잔하겠느냐? 바쁘지 않다면, 그리고 다른 손님들이 조금만 너를 기다려 줄 수 있다면."

모두가 눈빛으로 웨인의 등을 떠밀었다. 웨인은 우리의 성화에 못 이기는 척하며 루스캇 신부를 따랐다. 우리는 멀어져 가는 두 사람을 멀뚱히 쳐다보았다.

우리들은 웨인이 자리를 비운 틈을 타 함께 산책이나 하기로 결정했다. 이곳 풍경은 페온쉬 마을 중에서도 유독 아름다운 곳이었기에 산책하는 재미가 꽤나 날 법했다.

"웨인 말일세, 아버지와 굉장히 닮은 것 같지?"

다르젠은 땅을 퍽퍽 차면서 걸었다. 땅이랑 싸워서 겨루기라도 할 참인가?

"많이 닮았더군. 어머니를 닮았다고 생각했었는데 오늘 그 생각이 완전히 사라졌다네."

케이큘번이 다르젠의 말에 긍정을 해주었다. 나는 그들의 대화를 들으며 묵묵히 걷기만 했다. 나는 교대로 앞을 다투는 내 신발을 가만히 내려다보았다. 점점 다르젠과 케이큘번의 목소리가 멀어져 가고 나는 멍한 시야 속에 빠져들었다. 나는 아무런 생각도, 아무런 느낌도 없이 계속해서 신발만 빤히 쳐다보다가 번뜩 정신을 차렸다.

다르젠과 케이큘번은 벌써 저만치 앞서 있었다. 나는 그들을 얼른 쫓아가려다가 문득 시선을 돌렸다. 그리고 그곳에서 나의 시선을 한순간에 사로잡는 장면을 목격했다.

한낱 수녀일 뿐이었다. 비단 이곳뿐만이 아니라 다른 교회들, 토샤의 그 어떤 교회에서도 쉽게 볼 수 있는 평범한 수녀였다. 그녀가 꿇어앉은 곳의 배경이 숨이 탁 트일 정도로 아름답고, 그녀의 몸 주변에서 옅은 빛이 나는 것만 같다는 느낌만 제외하면, 보통 수녀들이 기도를 올리는 모습과 별다를 게 없는 모습이었다. 하지만 우습게도 나는 그걸 알면서도 빨려 들어가듯이 그녀에게로 가까이 다가가고 있었다.

그녀는 낯선 이가 다가오는 소리에 집중력이 흩어진 모양이었다. 기도를 멈추고 나를 바라보면서 자리에서 가만히 일어섰다. 나는 그녀의 눈에서 시선을 떼지 못하고 계속해서 다가갔다.

신기했다. 보통 사람이라면 낯선 이가 자신에게 다가오면 당황하고 의아스러워할 텐데 그녀는 마치 기다렸다는 듯 미소를 짓고 있었다. 내가 굉장히 가까운 거리에 도달할 때까지 그녀는 한 치도 물러서지 않고 가만히 기다렸다. 그리고 내가 멈추어 섰을 땐 방긋 웃으며 먼저 인사를 건네 오기까지 했다.

"웨인과 함께 오신 분이시죠?"

당황한 쪽은 오히려 나였다.

“어떻게 아셨습니까?”

“함께 걸어오시는 모습을 보았답니다.”

가만 보니 그녀가 앉아 있던 곳이 꽤나 높은 지대였다. 시야도 탁 트여 있었기에 언덕의 등성이를 한눈에 내려다볼 수 있을 것도 같았다.

“그러셨군요.”

문득 수녀 복장이 이렇게 잘 어울리는 사람이 세상에 또 있을까? 하는 생각이 들었다.

“웨인은 이제 건강한가요? 지난번에 봤을 땐 많이 지쳐 있던데.”

나는 고개를 끄덕거렸다.

“지금은 건강합니다. 아, 제가 혹시 기도에 방해가 된 건 아닌지 모르겠습니다. 죄송합니다.”

나는 진심을 담아 사과의 말을 건넸다.

“아닙니다.”

그녀는 눈웃음을 지으며 고개를 저었다. 그러더니 몸을 돌려 멀리 언덕 아래에 시선을 꽂았다. 나도 그녀와 시선을 일치시켰다. 작은 집들이 지상에 촘촘히 박혀 있는 모습이 상당히 내 마음을 설레게 했다.

“여긴 오고 가는 사람이 많답니다. 그래서 이곳에 가만히 앉아 있어도 토샤에 떠도는 소문의 대부분을 들을 수 있지요.”

“그렇군요.”

“웨인에 관한 이런저런 이야기를 들을 때마다 신께서 그를 버리지 않고 돌봐주고 계신다는 것에 대해 늘 감사하곤 한답니다.”

신의 돌봄이라… 웨인이 이 이야기를 들었을 때 과연 어떤 반응을 보여줄까.

"어이, 어니뷔트."

케이큘번이 나를 부르는 소리에 몸을 돌렸다. 다르젠과 케이큘번과 웨인이 모두 함께 내 뒤에 서 있었다.

"걷다 보니 자네가 없어져서 깜짝 놀랐다고."

나는 머쓱하게 웃으며 미안함을 전했다.

"웨인, 신부님과의 면담은 다 끝낸 건가?"

"웅? 으웅."

분명 내 말에 대답을 하면서도 그의 신경은 다른 곳에 가 있었다. 나를 비스듬히 비껴 내 뒤편을 응시하는 웨인. 그의 시선을 좇아보았다. 그는 나와 이야기를 나누던 수녀를 아련하게 쳐다보고 있었다.

"오랜만이에요, 웨인."

웨인은 뚜벅뚜벅 걸음을 옮겨 그녀에게로 다가갔다.

"잘 지내셨습니까, 젠케 수녀님?"

서로에게 너무나 정중한 두 사람. 웨인은 적당한 거리에서 불안한 눈빛으로 젠케 수녀를 내려다보았고 그녀는 여유롭게 생긋이 웃으며 웨인을 올려다보았다.

"난 잘 지내요. 정말 건강해 보여서 다행이네요."

"감사합니다."

웨인의 목소리가 바람결에 흔들리는 나뭇잎마냥 흔들렸다.

"앞으로도 신자님께 신의 너그러운 가호가 함께하길……."

그녀는 축복을 내려준 후, 평평한 바위 위에 올려두었던 성서를 집어 들었다. 그리고는 우리를 향해 한 번씩 고개를 숙여 이별

의 인사를 고한 후, 한 치의 망설임도 없이 그대로 자리를 떠버렸
다. 그녀의 뒷모습을 끝까지 지켜본 후, 그녀의 잔상이 사라진 허
공마저 멍하니 직시하던 웨인. 그는 우리가 가만히 자신을 지켜
본다는 사실을 깨닫자마자 피식 웃었다.

"이제 모두 만났다네. 자네들에게 보여주고 싶었던 사람들은,
모두."

웨인은 주머니에 손을 푹 찔러 넣었다. 저 너머에서 불어오는
바람이 웨인의 머리카락을 살살 간질였다.

"웨인, 혹시 자네, 저 수녀님을……."

다르젠이 뒤를 흘깃거리며 웨인을 향해 물었다. 웨인은 뒷말을
잇지 못하는 다르젠을 대신하여 입을 열었다.

"신이 없다는 것을 증명하고 싶은 이유, 내가 어떻게든 그것을
해내고 싶은 가장 큰 이유가 바로, 저 여인이라네."

그날 그렇게 아로페 젠케 수녀를 처음 만났다.

웨인의 집 외벽에 가지런히 쌓여 있는 장작들. 나는 홀로 서서
그 장작들을 물끄러미 쳐다보았다. 내 기억이 틀리지 않다면 저
장작더미는 일전에 웨인이 쌓아둔 딱 그 높이를 유지하고 있었
다. 이후에 누가 장작을 패서 더 쌓아올린 적이 없다는 이야기.
나는 절로 쳇 소리를 내뱉었다. 웨인의 할머니는 웨인을 대신해
장작을 패다가 몸이 상했다고 그렇게 한탄을 하셨으면서 사실은
아무 일도 하지 않았던 게 분명했다.

"아, 짜증나. 쟨 또 왜 여기 있는 거야."

거슬리는 목소리. 언제 밖으로 나온 건지 메이렌이 팔짱을 끼
고 서 있었다. 그녀는 벌레를 쳐다보는 듯한 눈빛으로 나를 바라

보고 있었다.

무시했다.

"벨이 아이를 낳았다면서요?"

무시하려고 했다. 하지만 이곳에는 그녀와 나 둘뿐인데다 나를 향한 게 분명한 그녀의 질문을 끝끝내 모른 체할 수가 없었다. 나는 최대한 간단하게 대답해 주었다.

"네."

"웨인 이야기 들어보니까 애 아빠가 귀족이라던데."

또 귀족 이야기인가. 저 아가씨는 귀족한테 크게 데인 적이 있나?

"글쎄요."

"역시 그렇지 뭐."

그녀는 비난의 눈초리를 나에게 흘겼다. 누가 보면 벨을 임신시킨 게 나인 줄 알겠다. 참았다. 따지고 보면 귀족이라는 건 사실이니까. 그냥 자리를 뜨기로 했다. 정신은 충분히 맑아졌으니 더 이상 이곳에 서 있을 이유도 없었다. 집 안으로 들어가려면 그녀의 곁을 스쳐야 한다는 게 다소 짜증을 불러일으켰지만, 순간일 뿐이니 견뎌내기로 했다.

"아, 걸음걸이가 뭐 저래? 여기에 무슨 융단이라도 깔려 있는 줄 아나."

내 걸음걸이가 경직되어 있는 이유는 내가 귀족이라서가 아니었다. 의식하고 싶진 않지만, 나에 대해 부정적인 메이렌 때문에 뻣뻣하게 굳은 것뿐이었다. 나는 발끈 솟구치는 화를 꾹꾹 삼켰다.

"뭐야, 들었나? 재수없어. 귀족들은 귀만 밝아."

나는 결국 손을 확 뻗었다. 그녀의 입을 틀어막아 버렸다. 메이렌이 놀란 눈을 뜨며 뒷걸음질을 쳤다.

"그렇게 크게 말하는데 못 들을 리가 없지 않습니까?"

"뭐야!"

메이렌은 나를 쳐다보며 얼굴을 새빨갛게 달아 올렸다. 어찌나 분해하는지 어이가 없을 지경이었다. 혼자서 춤추듯이 발광을 하던 그녀는 결국 나의 따귀를 향해 손을 내려쳤다. 나는 잽싸게 그녀의 팔을 붙잡았다.

"메이렌 파예트 양."

"놔! 안 놔? 너 지금 귀족이라고 나 무시하는 거야?"

아, 저 빌어먹을 귀족, 귀족 소리.

나는 그녀의 손을 놓아주었다. 그러자 또 덤볐다. 나는 또 붙잡았다. 나도 참을 만큼 참았다. 대체 내가 어쨌다고 나에게만 이렇게 달려드는 건지. 나는 결국 그녀의 양팔을 모두 붙잡고 팔에 단단히 힘을 주었다.

"한 번만 더 그 귀족 소리 입 밖에 꺼내면……."

"뭐, 이 자식아, 어쩌라고!"

나는 그녀의 몸을 붙잡고 거칠게 흔들었다. 약한 여인의 몸이라 그런지 쉽게 휘청거렸다. 나는 조금 미안한 감정을 느끼면서 슬쩍 손에 힘을 풀었다.

"진짜 귀족의 힘을 보여주겠습니다."

욕을 한 바가지 더 쏟아주고 싶었지만 참기로 했다. 몸을 흔들고 무섭게 노려보는 것만으로도 그녀는 이미 겁먹은 것 같았으니. 나는 그녀를 놓아주고 손을 탈탈 털었다. 제길, 왠지 더러운 먼지가 손에 가득 묻은 느낌이었다.

그녀는 주저앉아 울기 시작했다. 하지만 무시했다. 나는 메이렌이 울든 말든 신경 쓰지 않고 그대로 손을 계속해서 탈탈 털며 집 안으로 들어와 버렸다.

"세요, 분위기가 이상해."

내가 실내로 들어서자마자 다르젠이 나에게 다급하게 다가왔다. 가만히 귀를 기울이니 밖에 있을 때는 듣지 못했던 누군가의 고함 소리가 들려왔다. 소리의 진원지는 이층의 어딘가쯤.

"절대 그렇지 않습니다."

"그럼 네가 건드리지도 않은 여자의 알몸을……. 됐다. 네 아이가 아니라고 해도 넌 이미 여인의 순결을 뺏은 것과 다름이 없어!"

웨인의 아버지가 웨인에게 호통을 치는 모양이었다. 가족들이 모두 숨죽이고 이층만 쳐다보고 있었다.

"아버지, 그런 게 아닙니다."

웨인이 안타깝게 대응하고 있었다.

"메이렌 누나, 어디 갔다 왔어? 지금 한창 재밌는 구경 중인데."

언제 집 안으로 들어온 건지 메이렌이 보였다. 제시는 그녀를 붙들고 즐겁게 웃었다. 나는 조금 전 메이렌의 입을 틀어막은 것처럼 제시의 입을 막아버리고 싶다는 생각을 했다.

"아무 상관도 없는 여자의 집에 머물면서 그 여자의 다리를 벌려 그 속에서 아이를 꺼내놓고는! 그것도 결혼도 안 한 네가! 그게 대체 말이 된다고 생각하는 거냐? 더 이상 우기지 마라. 네 아이가 분명하다. 가서 벨을 데려와. 어서!"

웨인이 대꾸를 하지 않았다. 어서 아버지를 말려, 웨인!

"아주 단단히 오해를 하시는 모양인데. 이러다가 파예트가 우리 중에 제일 처음으로 결혼이라도 하는 거 아닌가 모르겠군."

케이큘번이 냉소적으로 목소리를 흘려보냈다. 그는 제시를 빤히 쳐다보았다. 제시는 케이큘번의 눈빛을 느끼는지 못 느끼는지 재미있어 죽겠다는 표정으로만 일관할 뿐이었다.

결혼이라. 오늘 나는 웨인이 사랑하는 여인을 만나고 왔는데. 물론 그녀가 웨인과 결혼을 할 수는 없겠지만……. 어쨌거나 마음이 너무 좋지 않았다.

"아버지, 저는 의사입니다."

한참 후에야 웨인의 목소리가 들려왔다.

"뭐 하는 짓이냐? 지금 넌 똑똑하니 무식한 나더러 입을 다물라, 이 뜻이냐?"

아무래도 웨인의 아버지는 이성적인 판단력을 잃은 것 같았다.

"저는 사람을 살리고 싶어서 의사가 된 겁니다! 제가 살린 게 산모일 뿐, 벨은 아무것도 아닙니다. 그러니 제발, 제발 그만 하세요!"

집 안의 모든 사람이 놀랐다. 나도, 나의 친구들도, 파예트 가의 모든 다른 사람들도. 할머니는 털썩 주저앉아 웨인 저놈이 드디어 아버지를 죽이려 든다며 목놓아 한탄을 하기 시작했다. 그 어떤 소리를 들어도 조용히 대응하던 그가 아버지를 향해 소리를 지르다니. 예상치 못한 상황이었다.

"가서 말려야 하지 않을까?"

나는 친구들에게 넌지시 물었다. 하지만 그들에게도 딱히 답이 없는 듯했다.

탁. 굉장한 마찰음이 울렸다. 그리고 곧 우당탕탕 하고 물건이 넘어지는 소리가 들렸다. 나는 이번에는 친구들의 행동을 기다리지 않고 먼저 내달렸다. 순식간에 이층에 도착해 문을 벌컥 열어젖혔다. 웨인의 아버지가 의자를 들고 웨인에게 내려치려고 하는 순간이었다. 나는 반사적으로 그에게 뛰어들어 팔을 붙들었다.

내가 달려들자 그는 잠깐 숨을 고른 후 의자를 멀리 던져 버렸다. 웨인은 헝클어진 머리를 가만히 쓸어넘겼다.

"넌, 네 아비를 그대로 빼다 박았군. 생긴 것도, 하는 짓도……. 웨인, 명심해라. 여자를 버리면 천벌을 받을 게다."

웨인의 아버지는 휘청거리며 웨인에게서 멀어지더니 그대로 방을 빠져나갔다. 현관문이 둔탁하게 탁 닫히는 소리가 나는 걸 보니 아예 집 밖으로 나가 버리신 모양이었다.

"하아. 내가 실수를 했어……."

웨인이 스르륵 무너졌다. 아버지에게 얻어맞은 것에 대한 고통 따위는 느끼지도 못하는지 가슴을 붙잡고 후회만 잔뜩 쏟아냈다. 아버지에게 그렇게 말하는 게 아니었어. 아버지가 진정하시면 차분히 이야기해야 했어…….

어린 청년이 미혼모의 아이를 받아주었다고 해서 그런 관계에 예속되어 버려야 하는 것인가? 그녀의 은밀한 속살을 경건한 마음으로 쳐다본 것에 대해 책임이 따르고 죄책감이 따라야 하는 것인가?

아무리 생각해도 답은 '그렇지 않다'였다. 저들도 분명 그걸 알 텐데, 분명 벨과 웨인은 친구 그 이상 아무 사이도 아니라는 걸 알 텐데도 억지로 그들을 더러운 관계로 엮어가려 했다. 웨인을 여자를 버리는 불한당으로, 자신의 친부를 닮은 몹쓸 녀석으로 만들기 위해 말도 안 되는 떼를 쓰는 것이었다.

"가자, 웨인. 토샤로."

더 이상 이곳에 머물고 싶지 않았다. 우리는 다음날이 되기를 기다리지도 않았다. 곧장 짐을 챙겨 웨인의 집을 떠났다.

우리가 집을 떠나는 그 순간까지, 우리 대신 빈방을 차지해야 한다던 그 마키 삼촌은 잠시도 다녀가지 않았다.

『잔디벌레』 2권에 계속

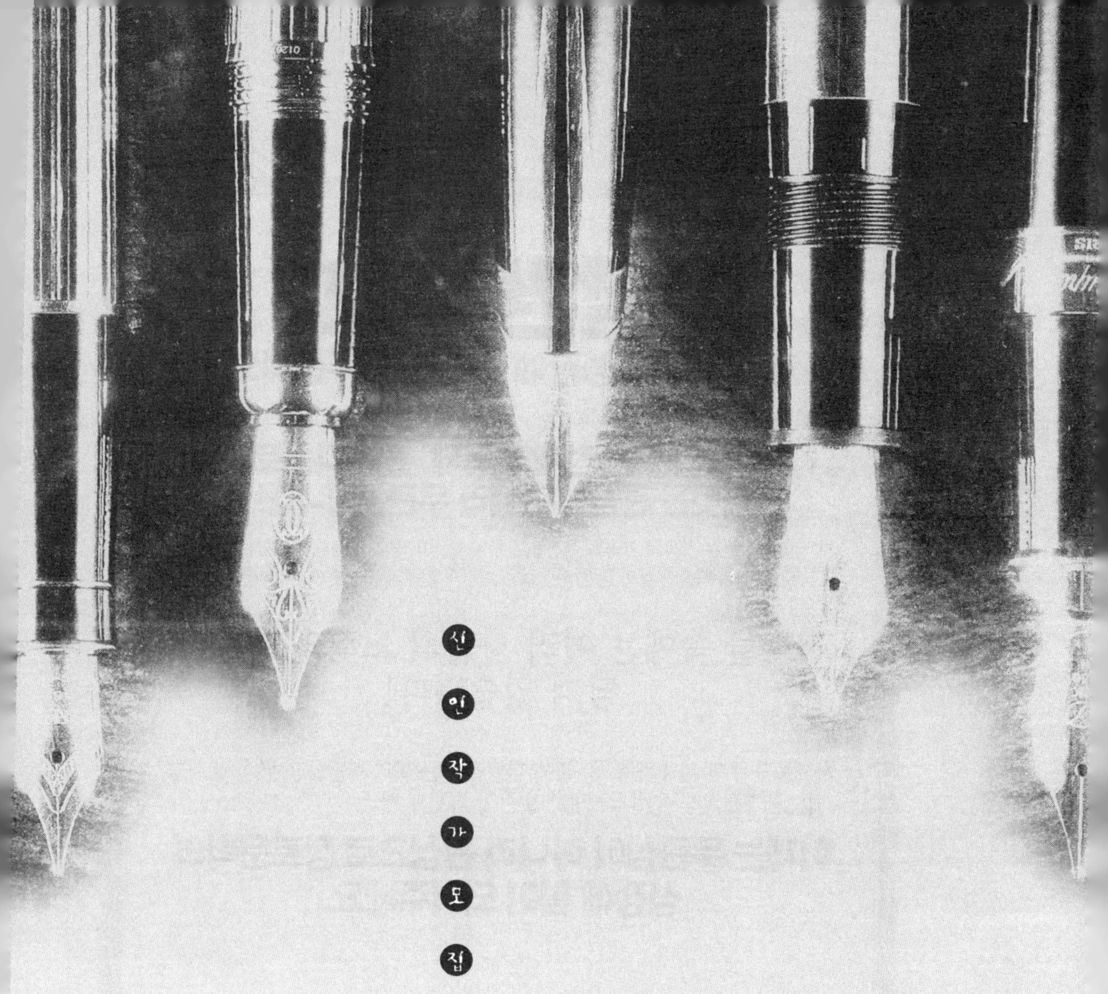

신
인
작
가
모
집

시작이 반이라고 했습니다.
작가의 길에 대한 보이지 않는 벽을 과감히 깨뜨리십시오!
청어람은 작가 지망생 여러분들의
멋진 방향타가 되어드리겠습니다.

저희 도서출판 청어람에서는
소설 신인 작가분들을 모집합니다.
판타지와 무협을 사랑하시는 분들의 많은 참여를 바랍니다.
소정의 원고(A4용지 150매)를 메일이나 우편으로 보내주시면
검토 후 출판 여부를 알려드리겠습니다.

주소:경기도 부천시 원미구 심곡1동 350-1 남성B/D 3F 우편번호420-011
TEL:032-656-4452 · FAX:032-656-4453
http://www.chungeoram.com
e-mail:chungeoram@chungeoram.com

저작권 보호!!
장르문학의 성장에 힘이 되어주십시오.

저작물의 무단 전재와 복제, 불법 다운로드!
이것은 관심이 아니라 무관심입니다!

작가님들은 창의적 열정과 시간을 투자해 자신의 꿈과 생계를 유지합니다.
한 권의 책을 만들어 많은 사람들은 자신의 인생과 미래를 설계합니다.

저작물 속에는 여러 사람의 노력과 희망이
담겨 있습니다!

저작물의 무단 전재와 복제, 불법 다운로드는 여러 사람들의 꿈과 생계를
위협함으로써 장르문학을 심각한 상황에 빠뜨리고 있습니다.

이제는 무관심이 아니라 관심으로 장르문학의
성장에 힘이 되어주세요.

[도서출판 **청어람**은 항시적인 저작권 보호를 통해 장르문학과
여러분의 희망을 지키겠습니다.]

저작물의 무단 전재와 복제, 불법 다운로드는 법률에 의해 처벌받을 수 있습니다.
저작권법 제97조의5 (권리의 침해죄)
저작재산권 그 밖의 이 법에 의하여 보호되는 재산적 권리(제73조의 4의 규정에 의한 권리를
제외한다)를 복제·공연·방송·전시·전송·배포·2차적 저작물 작성의 방법으로 침해한
자는 5년 이하의 징역 또는 5천만 원 이하의 벌금에 처하거나 이를 병과(동시에 두 가지 이상의
형벌을 지우는 일)할 수 있다.